D1181038

Collection
Incontournables

LES LOWLANDS ÉCOSSAIS

L'honneur d'un prince

LIZ CURTIS HIGGS

TRADUIT DE L'ANGLAIS PAR
PATRICE NADEAU

A•A
ÉDITIONS

Copyright © 2005 by Liz Curtis Higgs
Titre original anglais : Whence Came a Prince
Copyright © 2011 Éditions AdA Inc. pour la traduction française
Cette publication est publiée en accord avec Random House Inc., New York, NY
Tous droits réservés. Aucune partie de ce livre ne peut être reproduite sous quelque forme que ce soit sans la permission écrite
de l'éditeur, sauf dans le cas d'une critique littéraire.

Éditeur : François Doucet
Traduction : Patrice Nadeau
Révision linguistique : Féminin Pluriel
Correction d'épreuves : Nancy Coulombe, Suzanne Turcotte
Conception et montage de la couverture : Matthieu Fortin
Image de la couverture : Gaylon Wampler
Mise en pages : Sébastien Michaud
ISBN papier 978-2-89786-985-4
ISBN PDF numérique 978-2-89786-986-1
ISBN ePub 978-2-89786-987-8
Première impression : 2011
Dépôt légal : 2011
Bibliothèque et Archives nationales du Québec
Bibliothèque Nationale du Canada

Éditions AdA Inc.
1385, boul. Lionel-Boulet
Varennes, Québec, Canada, J3X 1P7
Téléphone : 450-929-0296
Télécopieur : 450-929-0220
www.ada-inc.com
info@ada-inc.com

Diffusion
Canada :   Éditions AdA Inc.
France :   D.G. Diffusion
                Z.I. des Bogues
                31750 Escalquens — France
                Téléphone : 05.61.00.09.99
Suisse :   Transat — 23.42.77.40
Belgique :   D.G. Diffusion — 05.61.00.09.99

Imprimé au Canada

Crédit d'impôt   Gestion
livres   SODEC
Participation de la SODEC.
Nous reconnaissons l'aide financière du gouvernement du Canada par l'entremise du Fonds du livre du Canada (FLC)
pour nos activités d'édition.
Gouvernement du Québec — Programme de crédit d'impôt pour l'édition de livres — Gestion SODEC.

À mes lectrices et lecteurs, nom-
breux et fidèles, qui ont accueilli
*l'*épine *et la* rose... *votre*
prince *est arrivé.*

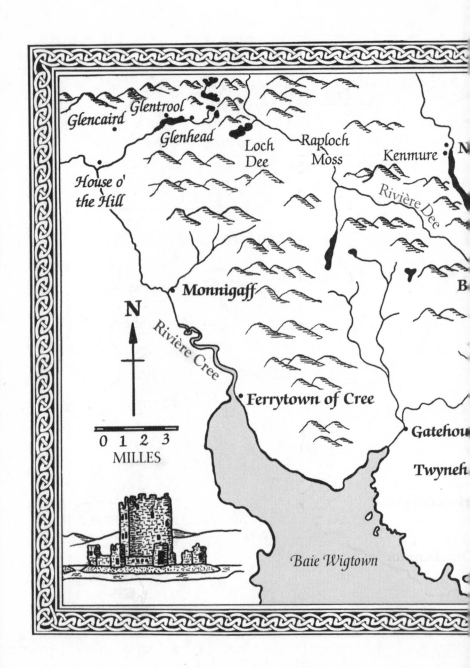

GALLOWAY, Écosse
1790
par Benny Gillies

Rivière Nith

Dumfries

Milltown
Lochend
Drumcultran
Auchengray
Lowtis
Hill
Newabbey
Haugh of Urr

Carlinwark
Loch
Dalbeaty
Criffell
Kirkbean

Urr Water

ellan
way

hreave

eltonhill

kcudbright

Jundrennan

Solway Firth

Highlands

Lowlands

Et Jacob, comme ils aiment
À méditer longuement,
Des épisodes de ton histoire,
étrange et variée,
Ton labeur patient, ta foi inébranlable,
Ta force dans ta lutte
Pour vaincre l'ange,
Qui te valut, toi, prince de Dieu,
Ton nouveau nom, Israël.

— JOHN STRUTHERS

Chapitre 1

Le cœur qui est le plus tôt sensible aux fleurs
Est toujours le premier piqué par les aiguilles.
— Thomas Moore

Cottage Burnside
Pentecôte 1790

Je ne t'abandonnerai jamais.

Leana McBride se redressa dans son lit, désorientée, s'agrippant aux lambeaux de son rêve. Elle s'y voyait assise sous l'if à la lisière du jardin d'Auchengray, berçant son petit garçon contre sa poitrine, glissant les doigts entre ses cheveux soyeux, chantant doucement en l'allaitant.

Balou, balou, mon p'tit, mon p'tit bébé.

La chaude senteur d'Ian semblait imprégner l'air du petit cottage de sa tante, à Twyneholm. La douceur évoquée de sa joue lui paraissait plus réelle que le vêtement de lin sous le bout de ses doigts, le souvenir de sa petite bouche gourmande, plus tangible que l'étoffe rugueuse sur sa peau nue.

Elle agrippa les bords du lit quand la douleur transperça son cœur de nouveau. Tante Meg lui avait pourtant dit que la souffrance s'apaiserait avec le temps. Leana regarda la vieille femme, toujours profondément endormie, par-dessus son épaule. Sa tante avait voulu bien faire, mais deux mois n'avaient pas amoindri les souvenirs vivaces de son fils, qui hantaient ses rêves et troublaient ses pensées.

À toute heure, elle jonglait avec l'idée de retourner à Auchengray. À douze milles[1] de distance seulement, pourtant «à l'autre bout du monde» avait dit tante Meg un jour. Leana s'était imaginée grimpant quatre à quatre les marches jusqu'à la chambre d'enfant, pour prendre Ian dans ses bras

---

1. N.d.T. : Un mille équivaut à un peu plus de mille six cents mètres.

et le tenir pendant des jours entiers. Elle l'aurait fait. Oui, elle l'aurait fait, s'il avait été possible de voir Ian sans voir aussi Jamie.

Oh, mon cher Jamie.

Oui, elle se languissait de lui aussi, désespérément. D'une manière différente, mais autant. *Chair de ma chair, sang de mon sang.* Les doux plans de son visage, les traits noirs formés par ses sourcils, sa généreuse bouche et son menton bien dessiné s'élevaient devant ses yeux comme un portrait peint par un maître. Elle avait aimé Jamie McKie dès l'instant où il avait posé le pied sur la pelouse d'Auchengray, par un lumineux après-midi d'octobre. Bien qu'il eût pris plus d'une année à répondre à son amour, Jamie, lorsqu'il l'avait fait, lui avait donné tout son cœur.

Mais, maintenant, ce cœur appartenait à sa sœur. À Rose.

Leana tourna la tête sur l'oreiller, imaginant Jamie à côté d'elle. L'aimait-il encore comme elle l'aimait? Pensait-il seulement à elle? Avait-il souffert comme elle? Elle était honteuse de ses pensées, mais elle ne les étoufferait pas.

Elle savait ceci: aucune lettre ne lui était parvenue, implorant son retour. Ni attelage ni monture ne s'étaient présentés en faisant claquer leurs fers devant la porte de Burnside, pour la ramener à la maison. Elle avait quitté Auchengray de son plein gré le jour du mariage de Rose, dans l'intention d'habiter chez tante Meg assez longtemps pour guérir son cœur meurtri. Et assez longtemps pour que Rose ait le temps de guérir celui de Jamie, même si cette pensée affligeait Leana.

Le mois de juin approchait. Quand l'agnelage du printemps prendrait fin à Auchengray, ils s'en iraient sûrement dans la maison ancestrale de Jamie, dans la vallée de Loch Trool, emportant son précieux Ian avec eux. «Nous essuierons la poussière d'Auchengray de nos semelles dès le début du mois de mai», lui avait promis Jamie en février. Mais c'était plutôt Rose qui ferait le voyage à Glentrool.

Est-ce que sa sœur lui écrirait, lorsqu'ils s'y seraient installés? Pour lui décrire Ian en train de grandir? Pour lui dire qu'il ressemblait un peu plus à son père, chaque jour qui passait? De telles nouvelles la feraient peut-être souffrir, mais Leana les préférerait au silence. Pas une seule lettre portant l'écriture familière de Rose n'était arrivée au cottage Burnside. Rien de son père non plus. Mais l'attentionnée Neda Hastings, la gouvernante d'Auchengray, lui avait fait parvenir une longue missive le mois précédent, regorgeant de détails sur les progrès d'Ian.

Il n'y était fait nulle part mention de Jamie. L'homme qui avait été autrefois son mari. L'homme qui avait béni son ventre avec Ian. L'homme qui avait épousé sa sœur.

— Soit mon roc inébranlable, murmura Leana dans l'obscurité.

Se couvrant de la réconfortante présence du Tout-Puissant comme d'un plaid épais, elle se leva de son lit mobile. Meg l'avait tiré de sous son propre lit, le soir de mars où sa nièce était arrivée. Bas sur le plancher et étroit, il ressemblait à celui dans lequel Leana avait dormi, dans la chambre d'enfant d'Auchengray. Avec Ian.

Son regard tomba sur la petite chemise de nuit déposée sur son sac de couture. Elle l'avait faite à l'aide de retailles de coton doux, et avait l'intention de broder des chardons violets sur les manches et l'ourlet. Quand elle l'aurait terminée, Ian serait âgé de neuf mois et il lui en faudrait une nouvelle. Si elle ne pouvait le voir, elle pouvait néanmoins coudre pour lui. Tenir l'étoffe entre ses doigts le rapprochait d'elle. Imaginer les coutures effleurer sa peau délicate lui donnait un peu de réconfort.

Pendant que sa tante ronflait doucement, Leana baigna ses mains et son visage dans la cuvette d'eau tiède, près du foyer. Elle passa sa banale robe verte, puis accrocha la bouilloire au-dessus du feu de charbon pour faire bouillir l'eau du thé, plus que jamais consciente que ses jours à Twyneholm étaient comptés. Sa tante pouvait difficilement continuer d'héberger une invitée longtemps encore. Et Leana s'ennuyait de la maison.

Elle alluma l'une des bougies faites avec la cire des abeilles des ruches de Meg, puis rassembla ses ustensiles — un *spurtle*[2] en bois pour brasser le gruau, un rouleau à pâte, une spatule métallique en forme de cœur pour soulever les petits gâteaux d'avoine — en se remémorant les innombrables fois où Neda et elle avaient travaillé côte à côte dans la spacieuse cuisine d'Auchengray.

Une poignée de farine, une pincée de soude, un soupçon de sel, une cuillerée de graisse d'oie du dîner de la veille, et le premier gâteau d'avoine prit forme entre ses mains. Elle saupoudrait la planche de farine tout en travaillant, ajoutait un tout petit peu d'eau chaude, puis pétrissait la masse sous ses jointures. La voix de Neda résonnait dans sa tête. « *Étends l'avoine également. Que tes mains restent toujours en mouvement.* » Leana amincit finement la pâte au rouleau, puis pinça les bords entre ses doigts et déposa son premier gâteau d'avoine sur la plaque, au-dessus du feu, avant de reprendre le processus avec le suivant.

Une clarté blafarde se répandit dans la pièce pendant qu'elle travaillait. Bientôt, un cocorico retentit d'une ferme voisine, saluant le lever du soleil.

— Je n'ai jamais vu une aussi belle paire de mains de pâtissière.

Elle leva les yeux et vit Margaret Halliday, qui lui souriait de l'autre côté de la pièce, vêtue d'une jaquette usée nouée autour de la taille. Leana lui sourit timidement.

— Bonjour, tantine.

— Tu me gâtes, jeune fille ; tu prépares mon petit-déjeuner, tu désherbes mon jardin et tu remplis mon seau de charbon.

— C'est le moins que je puisse faire, répondit Leana, qui gardait un œil sur ses gâteaux.

Quand les bords s'ourlèrent, ils étaient prêts.

— Mes mains sont occupées à cuisiner, dit-elle, sinon je vous verserais votre thé.

— Oh ! Je vais m'en charger.

---

2. Petit bâton de bois pour brasser le porridge.

Les deux femmes s'animèrent pour se prêter mutuellement assistance dans le petit espace de travail de la cuisine et,
bientôt, elles furent assises à table, leur petit-déjeuner servi
dans des assiettes de poterie. Leana grignota un peu son gâteau
d'avoine, puis le déposa sans l'avoir terminé, son appétit envolé.
Tante Meg étendit la main au-dessus de la table et tourna le
menton de Leana vers la fenêtre pour l'examiner.

— Tu as maigri, depuis ton arrivée. Ce matin, en particulier, tu m'as l'air bien pâle.

— Mon estomac est un peu embarrassé.

Leana ravala le goût désagréable qu'elle avait en bouche,
puis pressa une main sur son front.

— Mais je ne suis pas fiévreuse.

— Nous n'avons pas eu d'épidémie dans la paroisse depuis
une trentaine d'années. C'était une fièvre aiguë, accompagnée
de frissons incontrôlables.

Tante Meg la regarda plus attentivement.

— Aurais-tu mal digéré mon oie rôtie? demanda-t-elle. Je
croyais qu'elle nous changerait agréablement du mouton et du
poisson.

— J'en ai trop mangé, j'en ai peur. J'irai me promener, tout à
l'heure, cela devrait m'aider.

Elle baissa les yeux vers sa tasse de thé, comme si le liquide
noir contenait la force dont elle avait besoin pour dire ce qui
devait l'être.

— Tantine, reprit Leana, il est temps pour moi de rentrer à
Auchengray.

— Oh, ma chère nièce.

La déception dans la voix de Meg était évidente.

Leana leva le regard et toucha la joue ridée de sa tante.

— Je suis déjà restée trop longtemps. Près de deux mois.

Les yeux de Meg s'emplirent de larmes.

— Quand tu as frappé à ma porte en cette veille pluvieuse
de sabbat, j'étais heureuse de te faire une place. Et je partagerai
avec plaisir le cottage Burnside avec toi jusqu'à la fin de mes
jours, si la compagnie d'une vieille femme ne te gêne pas.

— Vous êtes loin d'être vieille, et je chéris votre compagnie, dit Leana, essuyant tendrement les larmes de Meg. Mais vous ne pouvez continuer de me nourrir et de m'habiller. Et j'ai des devoirs qui m'attendent à la maison. Rose partie, Auchengray n'a plus de maîtresse. Les jardins seront à l'abandon, et la laine ne sera plus filée.

Leana serra les mains osseuses de Meg.

— Pardonnez-moi, ma tante, reprit-elle. Vous saviez que ce moment viendrait.

— Oui, je sais bien, même si j'espérais que non.

Sa tante la regarda longuement, et ses yeux bleu-gris brillaient de compassion.

— Écriras-tu à Willie pour lui demander de venir avec le cabriolet ?

— Non, répondit fermement Leana.

Elle ne pouvait impliquer Willie, l'homme à tout faire d'Auchengray, sans la permission de son père. Pas une autre fois.

— Il faut que je me débrouille toute seule, dit-elle. Avec mon propre argent. Une voiture louée.

Sa tante ne put contenir sa surprise.

— Mais tu n'as pas d'argent.

— Une situation à laquelle je compte remédier bientôt.

Leana essaya de paraître confiante, bien qu'elle n'eût pas encore songé au moyen de se procurer la somme nécessaire.

— Monsieur Crosbie, le péager, m'a dit qu'un cabriolet et un conducteur me coûteraient quinze shillings, expliqua-t-elle.

Une fortune, pour une femme qui n'avait pas un penny dans son porte-monnaie. Meg appuya son menton dans sa main.

— Comme j'aimerais pouvoir te donner cet argent.

— Vous en avez déjà assez fait pour moi, tante Meg. Et si j'allais marcher un peu, pour voir si une bonne idée ne se présenterait pas d'elle-même ?

Leana se leva, se sentant un peu étourdie un moment, puis endossa sa cape, priant pour que l'air frisquet du matin lui calme l'estomac. L'un des deux colleys de sa tante bondit et franchit la porte avant elle. Il s'ébroua des oreilles à la queue, puis se retourna pour attendre Leana.

Leana referma derrière elle la porte de bois de rouge de Burnside, puis gratta distraitement la tête soyeuse de l'animal. Twyneholm n'était pas vraiment un village, seulement une grappe de cottages de deux pièces — quelques-uns avaient des toits de chaume, comme celui de Meg, d'autres en ardoise — construits le long du chemin militaire. Le révérend Scott, le ministre de la paroisse, se plaisait à répéter qu'une grande et ancienne bataille, qui s'était livrée non loin de l'église, avait vu un roi être occis et ses hommes se retirer en titubant. Le nom du village, en vieux gaélique, commémorerait d'ailleurs ce fait d'armes. Tante Meg se moquait de cette fable romantique.

— C'est une parcelle de terre, un îlot coincé entre la Tarff Water et le Corraford Burn.

Leana savait seulement que Twyneholm l'avait bien servie. Un refuge paisible pour un cœur déchiré. Dans quelques jours, quand le mois de juin serait là, elle regarderait vers le nord, vers Auchengray, et prierait d'avoir les moyens — et la force — de rentrer à la maison.

Elle n'avait plus d'enfant à materner ni de mari à aimer. Mais elle avait foi en Celui qui ne l'avait pas quittée. *Je ne t'abandonnerai jamais.* Les mots que le Tout-Puissant avait dits à Jamie en rêve. Des mots qu'elle avait murmurés à Jamie, quand leur avenir était assuré. Des mots que Leana portait toujours tout près de son cœur.

Chapitre 2

De tous les esprits qui courent le monde maintenant,
L'insincérité est le plus dangereux.
— James Anthony Froude

— Patience, jeune fille.

Jamie McKie regarda le visage de sa jeune femme, dont les yeux sombres brillaient d'espoir. Dans sa main, il tenait une lettre de sa mère, livrée au village de Newabbey, puis apportée à la barrière d'Auchengray. Son avenir avec Rose tenait au contenu de la lettre.

Le soleil de fin d'après-midi projetait une chaude lueur dans leur chambre. Rose était debout, sur la pointe des pieds, les mains jointes devant elle, comme si elle s'apprêtait à se lancer vers l'escalier.

— Maintenant que nous avons enfin reçu des nouvelles de Glentrool, nous sommes libres de faire notre annonce, n'est-ce pas ?

Elle pressa les paumes sous sa taille, écartant les doigts sur sa robe de lin bleu.

— Si nous n'informons pas la maisonnée nous-mêmes, notre enfant le fera bientôt à notre place.

Jamie accueillit ses paroles avec un léger hochement de tête. Même si la silhouette de Rose n'avait pas encore changé, de subtils indices se manifestaient. Une rougeur persistante sur ses joues délicates. Un bol de porridge laissé intact au petit-déjeuner. Une sieste l'après-midi. Il connaissait bien ces signes. L'été précédent, il avait assisté à l'épanouissement de sa sœur portant un enfant. Leana, la femme qu'il avait aimée trop tard. Cet été, c'était au tour de Rose, la femme qu'il avait épousée trop tôt.

Le chant gazouillant d'une linotte attira un moment l'attention et le regard de Jamie vers la fenêtre ouverte de la chambre à coucher. L'été était aux portes, pourtant ils n'étaient toujours pas partis pour Glentrool comme prévu. Tous les contretemps ne faisaient qu'aiguiser son désir de retourner à la maison pour revendiquer son héritage. Peu importe ce que la poste apportait, leur avenir se trouvait à l'ouest.

— S'il te plaît, Jamie.

C'était Rose, qui réclamait de nouveau son attention.

— Ouvre la lettre, je ne peux supporter d'attendre une minute de plus.

Jamie déplia la lettre de sa mère, d'un épais papier couleur crème, rigide entre ses doigts, et il rangea les quelques guinées qu'elle avait insérées. De l'argent pour le voyage, sans doute. Sa belle écriture et le mot « Glentrool », tracé en haut de la page, ranimèrent des souvenirs de la maison. Les collines et les vallons distants devaient être plus verts que jamais, un pâturage riche pour les troupeaux de son père. « Hâte-toi de rentrer », lui dirait Alec McKie. Oui, le moment était venu.

Rose vint doucement se placer à côté de lui, une nuance de reine-des-prés perceptible dans son haleine.

— Elle a été écrite il y a une semaine. Lis-la-moi, Jamie, demanda-t-elle, et il l'obligea sans attendre.

À James Lachlan McKie
Lundi 17 mai 1790

Mon très cher fils,

J'espère que cette lettre te trouvera en bonne santé et par un temps agréable. Bien que nos brebis n'aient pas toutes donné naissance à des jumeaux comme les tiennes, nous avons connu une très bonne saison d'agnelage. Henry Stewart est impatient de te voir à l'œuvre avec nos troupeaux, cet automne.

La poitrine de Jamie se gonfla d'orgueil à la pensée qu'un berger d'expérience comme Stew apprécierait son aide en octobre. Il continua la lecture, certain que de bonnes nouvelles allaient suivre.

Je sais que tu as attendu patiemment l'invitation de ton père de rentrer à la maison. Lorsque nous t'avons envoyé à l'est, à Auchengray, pour chercher une épouse, il y a maintenant deux automnes, aucun de nous deux n'envisageait un séjour prolongé. Pourtant, c'est à regret que nous devons te demander d'y rester un peu plus longtemps...

Rose soupira avant même qu'il eût fini sa lecture.

— Mais qu'y a-t-il, cette fois ? Evan ne partira-t-il donc jamais pour le Wigtownshire ?

Jamie secoua la tête, trop irrité pour parler. Au cours des mois d'hiver, les lettres de sa mère lui avaient assuré qu'Evan, son frère jumeau au tempérament bouillant, partirait dans le sud du pays au printemps, lui laissant le champ libre pour un retour sans danger. Maintenant, un autre délai surgissait devant eux. Comme d'habitude, sa mère n'offrait que peu d'explications.

— « Attends jusqu'au jour de Lammas[3] ».

Jamie donna une petite tape sur les mots, comme pour les bannir de sa vue. Lammas, l'un des quatre jours de terme de l'année, tombait le 1er août.

— Encore deux mois, alors ! lança-t-il en marchant vers la fenêtre, jetant avec dépit la lettre sur la table de chevet.

Comment cette femme osait-elle lui demander d'attendre encore ?

Autrefois, Rowena McKie lui avait demandé bien plus. *Fais seulement ce que je te dis, Jamie.* Sur l'insistance de sa mère, Jamie avait commis un geste odieux, et il avait dû fuir ensuite pour sauver sa vie. Sa mère était curieusement muette, à ce propos. Son père lui avait-il vraiment pardonné ? Ou, en cet instant même, Evan affûtait-il son poignard, ourdissant quelque plan de vengeance ?

---

3. N.d.T. : Fête de la moisson célébrée le 1er août.

Rose le suivait pas à pas, ses jupes froufroutant sur le plancher de bois.

— Est-il possible de lui faire changer d'avis ?

Jamie regardait les bâtiments de ferme en contrebas, le regard vague, ayant du mal à contenir sa colère.

— Tu ne connais pas ma mère.

— Pas aussi bien que toi.

Elle effleura la manche de sa veste.

— Mais je connais mon père, et toi aussi. Tu ne dois pas le laisser tirer avantage de ce contretemps, Jamie, car s'il a la moindre chance, il la saisira.

— Non !

Il moulut le mot comme de l'avoine sur une pierre à provende.

— Lachlan McBride ne se jouera pas de moi une autre fois.

Après vingt longs mois sous le toit de son oncle, Jamie avait appris à tenir sa langue et à cacher sa bourse, quand Lachlan était présent.

— Si je dois vivre à Auchengray tout l'été, déclara-t-il, je travaillerai à mes conditions, pas aux siennes.

La main de Rose sur sa manche le serra légèrement.

— À quoi penses-tu ?

— Et si je disais à ton père que c'est *moi* qui ai décidé de différer notre départ au jour de Lammas ?

Déjà, Jamie se réconciliait avec l'idée, car c'était maintenant son plan, et non plus celui de sa mère.

— Le 1er août, les agneaux seront vendus, et mes tâches ici seront terminées, ajouta-t-il. Je n'aurai plus qu'à réclamer ma part des profits.

Décidé, Jamie se retourna, projetant presque Rose hors d'équilibre.

— Il est préférable d'attendre, sinon nous risquons de tout perdre. Me feras-tu confiance, Rose ?

Elle le regarda, un demi-sourire décorant sa jolie figure, une lueur dans le regard.

— Le 1er août me convient parfaitement.

Depuis qu'il avait pris Rose pour épouse, Jamie avait répertorié ses nombreuses expressions faciales ; celle-là portait la marque de la complicité. L'idée de déjouer Lachlan McBride lui souriait autant qu'à lui.

Rose rejeta son épaisse tresse par-dessus son épaule, puis déposa un baiser rapide sur la joue de son mari.

— Nous célébrerons mon dix-septième anniversaire et nous quitterons Auchengray le même jour.

Glissant la main dans le creux de son coude, elle le tira vers la porte.

— En ce qui concerne notre heureuse nouvelle, dit-elle, je suggère que tu l'annonces à père tout de suite. Tu sais à quel point il déteste les secrets.

— Bien sûr qu'il les réprouve, dit Jamie.

Il plaça les billets arrivés de Glentrool dans un tiroir, puis accompagna sa femme dans le corridor.

— Quand ce ne sont pas les siens, ajouta-t-il.

Le fumet de la viande rôtissant dans l'âtre de la cuisine s'élevait dans l'escalier, les attirant à table aussi efficacement que la cloche de cuivre du laird. Quand ils entrèrent dans la salle à manger, Lachlan les salua d'un bref signe de tête, ses doigts tambourinant la table dans l'attente du déjeuner. Son costume sombre annonçait non pas un fermier ordinaire, mais un laird à bonnet maître de la terre qu'il travaillait, chevauchant l'abîme qui séparait la noblesse de la classe paysanne. Lachlan n'appartenait ni à l'une ni à l'autre ; il était envieux des riches et ignorait les pauvres, affirmant qu'aucun d'eux ne comprenait la valeur de l'argent durement gagné.

Jamie et Rose étaient les seuls bienvenus dans la salle à poutres basses à l'heure des repas, où le dernier plat était toujours un pudding délicat, à la demande de Lachlan. Les serviteurs de la maison prendraient le leur plus tard — sans pudding —, à la table de pin bien frottée de la cuisine, tandis que les travailleurs de la ferme et les bergers mangeraient leur maigre pitance à l'extérieur.

— Oncle Lachlan, commença Jamie, en s'efforçant de prendre un ton plaisant. Quel temps magnifique, aujourd'hui, n'est-ce pas ?

Ils parlèrent de sujets anodins tandis que Neda dirigeait son personnel, qui servait le déjeuner.

— Messieurs, dit la gouvernante avec un grand sourire qui démentait son âge, vous aimerez cette poule dodue, j'en mets ma main au feu.

Une poulette farcie fut présentée au laird pour approbation, puis rapidement tranchée et servie. Jamie la dévora avec appétit, accumulant des forces pour la confrontation à venir. Rose picora sa nourriture ; bien peu fit le trajet de la fourchette à sa bouche. Quand le pudding au citron arrosé de jus d'épinard vert pâle apparut, Rose blêmit et fila vers la porte.

— Mais qu'est-il advenu de l'appétit de ma fille ? interrogea Lachlan en plongeant une cuillère dans son pudding.

Ses cheveux d'ébène, retenus par nœud serré, étaient striés d'argent — un peu plus à chaque année, pensa Jamie. Le regard perçant de Lachlan rencontra le sien.

— Ta femme est-elle malade ?

— Non, pas malade, dit Jamie en repoussant son dessert intact. Peut-être soupçonnez-vous déjà la nature de son malaise.

Lachlan abaissa sa cuillère, en même temps que ses sourcils s'élevaient.

— Serait-elle… enceinte ?

— Oui, dit Jamie, observant l'homme, qui essayait de cacher sa joie. Rose m'a dit que l'enfant naîtrait en janvier, bien qu'on ne puisse jamais être certain de ces choses. Dieu seul connaît le lieu et l'heure.

— Bien sûr qu'il les connaît, dit Lachlan en se croisant les mains sur l'estomac. Crois-tu que cet enfant dont tu es le père devrait naître à Glentrool ?

Jamie saisit l'occasion de défendre sa cause.

— Il est grand temps pour moi de rentrer à la maison.

Son cœur accéléra, mais il continua.

— Quand les agneaux seront vendus, oncle, il faudra me payer mon salaire. Je dois pourvoir aux besoins de ma famille, qui grandit. Et vous ne pouvez nier la valeur du travail que j'ai accompli pour vous.

— L'impatience ne te sied pas, Jamie, répondit son oncle en brandissant un doigt vers lui, comme s'il réprimandait un enfant. Le laird de Glentrool est peut être vieux, ajouta-t-il, mais Alec McKie n'est pas encore en terre.

Jamie grimaça à cette image. Plaise à Dieu, plusieurs années s'écouleraient avant qu'il voie une pierre dressée sur la tombe de son père.

— Je voulais simplement dire que mon père a besoin de moi, car son cheptel s'accroît d'année en année, tout comme le vôtre. Je vous ai servi assez longtemps, oncle. Ma femme et moi partirons d'Auchengray le jour de Lammas.

— Ah, Lammas. Quand toute l'Écosse célèbre l'abondante moisson.

Lachlan était presque rayonnant.

— La date que j'avais moi-même choisie, renchérit-il. Voilà un signe.

Un signe? Jamie savait Lachlan d'un naturel superstitieux, en dépit du fait qu'il fréquentait l'église régulièrement. Lachlan insistait pour que Neda tranche chaque miche de pain en trois parts pour la chance ; prenait garde de ne pas porter de rouge et de vert ensemble, car cela attirait le malheur ; et dormait la tête tournée vers l'est, dans l'espoir que cela lui apporterait la richesse. Après avoir attendu une explication un moment, Jamie se décida à la demander.

— Un signe, oncle ?

— De la Providence.

Les yeux de Lachlan étaient clairs. De l'astuce, pensa Jamie.

— J'en suis venu à comprendre que le Tout-Puissant a béni mes terres à cause de toi, neveu.

Jamie en demeura bouche bée. Jamais dans toutes leurs tractations, le vieil homme n'avait parlé aussi généreusement à son endroit. Avec une mine satisfaite, Lachlan écarta ses doigts boudinés, et se mit à compter.

— Depuis ton arrivée à Auchengray, tu as travaillé un mois entier sans demander un seul shilling, puis tu as travaillé pendant sept semaines, et sept autres mois pour obtenir la main de Rose, n'est-ce pas? Après cela, tu as choisi les béliers pour les brebis, t'assurant qu'elles soient bien fécondées, et tu as si bien fait qu'elles ont toutes mis bas des jumeaux. Même le révérend Gordon t'a louangé en chaire. Pourtant, tu n'as toujours pas reçu deux écus à frotter l'un contre l'autre.

Lachlan étendit un bras au-dessus de la table et abattit la main sur l'épaule de Jamie, la serrant fermement.

— La main de Dieu est sur toi, James, dit-il avec chaleur.

Jamie était si stupéfait que sa langue semblait collée à son palais.

— Oncle, je... suis heureux d'entendre cela de votre bouche...

— Car tu as béni ma terre.

Lachlan relâcha sa prise sur Jamie après une secousse finale, puis il se leva.

— J'ai l'intention de vendre les agneaux à la foire de Lammas, à Lockerbie, où nous en obtiendrons un bon prix.

Jamie observa Lachlan parcourir du regard le petit salon, la pièce qui servait de bureau et de chambre à coucher à son oncle, et qui contenait tout ce qu'il chérissait — en particulier son coffre de bois plein de pièces de monnaie et de billets de banque. Lachlan posa ensuite sur Jamie des yeux qui brillaient comme le contenu de son trésor.

— En août, quand tu partiras pour Glentrool, je m'assurerai que tes poches soient remplies d'argent.

Jamie regarda Lachlan, incrédule. Il avait accepté ses plans de départ si volontiers. Les paroles de l'homme pouvaient-elles vraiment être sincères?

— J'ai travaillé fort pour vous, oncle, dit-il lentement. La preuve est étalée sur vos collines et dans vos vallons.

— Alors, que dois-je te donner, mon garçon ? Dis ton prix, et je le paierai.

Immédiatement, Jamie comprit un fait capital : il ne voulait pas de l'argent que ses agneaux rapporteraient à Lockerbie ; il voulait les bêtes elles-mêmes. Le germe d'une idée que Duncan Hastings, le superviseur d'Auchengray, avait semé dans son esprit éclot soudain. *Un plan qui t'permettrait d'obtenir la moitié des agneaux, vu qu'y sont tous jumeaux.* À cette seule pensée, le pouls de Jamie se mit à battre plus fort. Il amènerait ses agneaux à Glentrool et les croiserait avec la race vigoureuse de son père. Si ses agneaux étaient vraiment bénis de Dieu, il serait insensé de les abandonner derrière lui.

— Ne me donnez pas d'argent, dit Jamie, s'étonnant lui-même et son oncle encore davantage. Donnez-moi plutôt le plus petit de chaque paire d'agneaux. Je marquerai chacun d'eux comme étant mien, ainsi vous n'aurez pas à craindre que j'en réclame un qui ne m'appartienne pas.

Il respira profondément, laissant la fin de son plan prendre forme dans son esprit, aussi vite qu'il l'avait concocté.

— Si nous sommes d'accord, reprit-il, je veillerai sur vos troupeaux jusqu'au jour de Lammas, ensuite j'amènerai ma famille et mes agneaux à l'ouest.

Lachlan ne dit rien pendant un moment, étudiant Jamie comme s'il jaugeait sa détermination.

— Ce ne sera pas une tâche aisée, car les moutons ne se laissent pas conduire facilement à travers un pays si rude. On ne peut les chausser, ni leur faire traverser les rapides à gué. Tu devras franchir l'Urr, le Dee, le Fleet et bien d'autres ruisseaux avant d'arriver à Loch Trool.

En dépit de la sagesse des remarques de son oncle, Jamie refusa de se laisser dissuader.

— Je me hâterai d'aller à la foire de Dumfries. J'embaucherai assez de bergers pour m'aider à guider les agneaux jusque chez moi, le moment venu.

Il se leva, respirant la confiance, et tendit la main.

— Nous sommes bien d'accord ?

Lachlan offrit sa main le temps d'un bref serrement, puis la glissa dans la poche de sa veste.

— Je m'assurerai que tu obtiennes ce que tu mérites.

Chapitre 3

La rose qui vient d'éclore est la plus jolie,
Et l'espoir né de la peur est le plus brillant.
— Sir Walter Scott

— M'dame McKie ? V'z'êtes malade ?

Rose fit un effort pour s'asseoir, une main pressée contre sa bouche. Est-ce que sa sœur, Leana, avait ressenti cela, quand elle avait porté Ian ? Comme c'était embarrassant d'être retrouvée ainsi, effondrée sur le parterre, comme un tas de chiffons !

— Merci de vous en informer, Willie.

Rose regarda le vieux serviteur, qui se tenait à une distance prudente, comme s'il pouvait attraper ce qui l'avait frappée.

— Ce n'est pas le croup, cette fois-ci, le rassura-t-elle.

— C't'une bonne chose.

Le bonnet sur sa tête oscillait avec son pas incertain. Même par une journée aussi chaude que celle-ci, Willie gardait son vieux bonnet de laine fermement vissé sur son crâne presque chauve.

— Neda m'a dit qu'z'étiez partie d'la maison à toute vitesse.

— Le déjeuner ne m'a pas trop bien réussi, expliqua-t-elle.

Quand Jamie aurait informé son père de sa condition, tout Auchengray saurait pourquoi leur maîtresse avait fui sa table. Rose rassembla ses jupes, puis tendit la main pour recevoir l'aide de Willie. Ses doigts noueux l'agrippèrent, et il la tira sur ses pieds.

— Qu'Dieu soit avec vous, m'dame.

Willie effleura du doigt le bord de son couvre-chef, puis marcha à pas traînants en direction des étables. Duncan

Hastings trouvait toujours amplement de besogne pour l'homme à tout faire; conduire le cabriolet quand c'était nécessaire; panser Walloch, Bess et les autres chevaux; se rendre au village de Newabbey pour faire les courses de la famille; et tous les autres petits travaux qu'il pouvait encore exécuter.

Rose le regarda aller de son pas hésitant avec une profonde affection. En plein hiver, il l'avait accompagnée au cottage de tante Meg, à Twyneholm. Willie avait aussi conduit Leana là-bas, le soir du mariage de Rose. Mais Leana n'était pas rentrée à la maison. Elle ne reviendrait pas, selon Jamie.

Debout au milieu du jardin de sa sœur, Rose imagina Leana avec ses tresses dorées, penchées au-dessus de ses giroflées roses, aspirant leur doux parfum. Une sourde douleur monta en Rose, comme une vieille blessure par un temps pluvieux. *Je m'ennuie de toi, ma sœur.*

Plus vieille que Rose de cinq ans, mais infiniment plus mature, Leana avait pris sa jeune sœur sous son aile, quand Agness McBride était morte en lui donnant naissance. Quoique les deux sœurs fussent de caractère complètement différent, leur affection réciproque avait tenu bon, saison après saison. Jusqu'à ce que l'arrivée de leur cousin, Jamie McKie, deux ans auparavant, vienne mettre leur vie sens dessus dessous.

La tendresse dans la voix de Jamie, quand il prononçait le nom de sa sœur, inquiétait Rose. Il adoucissait toutes les voyelles, comme le font les habitants des Lowlands. Il le chantait presque, comme une berceuse. *Leh-ah-nah.* Rose le prononçait aussi de cette façon. Mais quand c'était Jamie, Rose détectait une légère note de désir dans sa voix.

Ah! Elle secoua les brindilles d'herbe accrochées à ses jupes. Elle était la femme qui portait son enfant, n'est-ce pas? Son *fils*, si elle pouvait se fier à son intuition et à la tradition. Ce matin-là, elle avait fait osciller une aiguille et un fil au-dessus de son ventre. Il s'était balancé d'avant en arrière, sans décrire de cercles. Ce serait un frère pour Ian. Un autre fils pour son mari.

Comme s'il avait été convoqué par ses pensées, Jamie apparut à la porte de derrière.

— Te voilà, jeune fille.

Son mari fut à côté d'elle en une demi-douzaine de pas ; ses longues jambes étaient moulées dans des hauts-de-chausses en peau de daim, et ses vieilles bottes venaient d'être polies. Les brebis ne verraient pas leur maître dans les bergeries, cet après-midi-là ; Jamie était vêtu pour les affaires.

— Je me rends à Dumfries avant la fin de la foire d'embauche de la Pentecôte, expliqua-t-il en lui prenant les mains. Nous aurons besoin de plus de pâtres, le jour de Lammas. Il est préférable de faire les arrangements maintenant.

— D'autres bergers ?

Qu'est-ce qui lui avait donc échappé ?

— J'ai beaucoup de choses à te dire, Rose. Qui sont toutes bonnes.

L'excitation dans sa voix était palpable.

— Ton père, reprit-il, a accepté de me laisser emporter la moitié des agneaux, quand nous partirons au mois d'août.

Elle se laissa pénétrer par cette nouvelle inattendue. Le silence momentané était ponctué par les bêlements des moutons dans les pâturages entourant les environs.

— Des moutons à la place de l'argent ?

Un frisson d'appréhension lui grimpa le long des vertèbres.

— Crois-tu que c'est sage ?

Jamie sourit et l'attira plus près de lui.

— Écoute-moi, chère femme.

Ses yeux vert mousse brillaient d'une ferveur qu'elle ne lui avait pas vue depuis des mois.

— Ton père a déclaré que c'était une bénédiction de m'avoir ici. Une *bénédiction*. C'est ce qu'il a dit, Rose. « Le Tout-Puissant a béni mes terres à cause de toi. » As-tu déjà entendu pareille chose de sa bouche ?

Non, elle n'avait jamais rien entendu de tel. Pas plus qu'elle ne pensait que son père en crût une seule parole. Oserait-elle le dire à son mari et piétiner ses espoirs ?

— Jamie…

Elle leva le regard vers son visage souriant.

— Mais si les compliments de mon père n'étaient qu'une ruse ? demanda-t-elle. Et s'il cachait quelque chose, espérant masquer la vérité derrière tous ces éloges ?

Quand elle vit le sourire de Jamie s'évanouir, elle s'empressa d'ajouter :

— Si Duncan était là, il te dirait que « les bonnes paroles ne coûtent rien ».

— Duncan est occupé à Dumfries, répondit-il d'une voix où le doute était palpable. Il embauche des travailleurs de ferme pour la moisson. Il est temps que j'aille le rejoindre.

Quand il fit un pas en arrière pour s'éloigner, elle ne le libéra pas. Au contraire, elle avança vers lui, les mains toujours posées sur ses avant-bras.

— S'il te plaît, Jamie. Dis-m'en davantage au sujet de cet accord avec père. Ton avenir est aussi le mien, n'est-ce pas ?

Rose écouta attentivement pendant que son mari lui décrivait ses plans, priant pour que son intuition la trompe, mais craignant le pire. *Jamie, cher Jamie, ne te laisse pas duper !* Bien que Lachlan McBride eût reconnu que la croissance d'Auchengray était redevable à Jamie, la cassette de l'homme racontait une autre histoire. Un jour, elle avait entraperçu la corde nouée couleur or déposée sur l'amas de pièces de son père. D'aucuns n'y verraient qu'un rituel inoffensif pour attirer la richesse, mais Rose connaissait son origine. Un talisman provenant d'une sorcière comme Lillias Brown devait forcément faire appel aux puissances des ténèbres.

— Alors, dis-moi, Rose.

La voix de Jamie était plus sereine.

— Que penses-tu de ce changement d'attitude de mon oncle ?

— C'est *toi* qui m'importes, Jamie.

Elle baissa les yeux vers le bout de ses mules en cuir, pour lui donner le temps de répondre à sa marque d'affection. Comme il ne dit rien, Rose ravala sa déception et leva la tête, cherchant ses yeux.

— Je suis heureuse que tu puisses garder tes agneaux, dit-elle enfin.

La chaleur du regard de Jamie semblait sincère, comme l'était la tendresse dans sa voix, quand il répondit.

— Rose, c'est l'agneau que tu portes qui compte par-dessus tout.

Oh, Jamie. Est-ce que son cœur avait finalement changé? Répondrait-il enfin à l'affection qu'elle lui prodiguait? Il ne lui avait jamais avoué son amour, pas depuis la naissance d'Ian au mois d'octobre précédent. Le jour de mars où elle avait épousé Jamie, Rose avait fait sien le mari de sa sœur et son fils aussi. Pas étonnant que Leana ait fui Auchengray. *Et qu'elle se soit enfuie de moi.*

— Tu es trop silencieuse, la taquina Jamie. Mais je sais où tes pensées vagabondent. À la chambre de l'étage où dort ton beau-fils.

Effrayée de voir à quel point Jamie lisait facilement dans ses attitudes, Rose revêtit un sourire comme d'autres se voilent d'un foulard, couvrant ce qu'elle pouvait.

— Je pensais à Ian, en effet. Le garçon marchera bientôt.

Rose libéra Jamie, sachant qu'il devait partir pour Dumfries.

— Tu seras de retour avant la tombée du jour?

— Je te le promets.

Il se dirigea vers les écuries, inclinant la tête en direction de la porte de la cuisine au passage.

— Annonce l'heureuse nouvelle à toute la maisonnée, lança-t-il. Je sais à quel point l'attente a mis ta patience à l'épreuve.

Elle le regarda s'en aller. La chaleur odorante de la cuisine l'attirait maintenant dans la maison comme la houlette d'un berger. Quelque chose mijotait sur le foyer dans un chaudron de cuivre — un bouillon d'orge, d'après l'arôme. Dans l'arrière-cuisine, de la vapeur s'élevait d'un grand baquet d'eau savonneuse, dans lequel la rousse Annabelle plongeait méticuleusement les assiettes graisseuses du déjeuner. Lachlan n'aimait pas voir ses domestiques désœuvrés et il les forçait à accomplir des tâches au-dessus ou au-dessous de leur condition. Annabelle servait de dame de compagnie à Rose, quand elle n'était pas occupée à trancher les légumes de Neda ou à rassembler le linge sale pour Mary, la blanchisseuse de Newabbey. De l'autre côté du plancher de brique de la cuisine se trouvait la servante de Leana, Eliza, les bras chargés de linges de table, une boucle blonde surgissant de sous son bonnet blanc.

— B'jour à vous, maîtresse McKie, dit Eliza d'un ton joyeux. Quand vot' garçon s'réveillera, j'm'occuperai d'son dîner.

Bien que son ancienne maîtresse fût partie, Eliza continuait de s'occuper d'Ian, au grand soulagement de Rose. Les siestes du nourrisson raccourcissaient pendant que les journées à Auchengray allongeaient. Dans une semaine, le soleil se lèverait avant les serviteurs et ne disparaîtrait sous l'horizon que lorsque la plupart d'entre eux seraient déjà au lit.

— J'range ceci, dit Eliza, en indiquant son chargement d'un mouvement de la tête, et j'monte tout d'suite après.

Rose la renvoya, sachant qu'Ian serait heureux de voir la riante jeune fille, qui gardait toujours une sucrerie dans la poche de son tablier à son intention. Même si Rose aimait beaucoup le garçon et avait du plaisir en sa compagnie, elle était encore peu sûre d'elle comme mère. Deux semaines auparavant, par suite d'une imprudence, elle avait dévalé Auchengray Hill avec Ian dans les bras, les terrifiant tous les deux. Par quelque miracle, il ne s'en était sorti qu'avec des ecchymoses, tandis qu'elle avait subi une vilaine entorse au genou. Dans sept mois, le Tout-Puissant la bénirait d'un bébé à elle. Rose pria pour que la maisonnée partage sa joie et que tous ne tournent pas des regards chargés de regrets vers Twyneholm.

— R'gardez qui vient nous rendre visite.

C'était Neda qui émergeait du garde-manger, un pot de confiture dans une main, une poignée d'amandes dans l'autre. Dès qu'elle eut posé le regard sur Rose, un sourire plissa le visage rougeaud de la gouvernante.

— J'pense pas qu'vous êtes ici pour des victuailles.

Elle se libéra, puis fit signe à Rose de venir la rejoindre dans un coin tranquille.

— J'crois plutôt qu'vous avez une bonne nouvelle à m'annoncer.

Rose rit doucement.

— On ne peut rien dissimuler à Neda Hastings.

— Rien, acquiesça son aînée avec un clin d'œil. Suis-je pas moi-même la mère de grandes filles ? Une grand-mère aussi ? V'pourriez difficilement cacher une si heureuse nouvelle à vot' vieille Neda.

Elle jeta un regard à la taille de Rose avant d'ajouter :

— Car j'connais tous les signes.

— Je ne suis pas très avancée, la prévint Rose. Il pourrait encore y avoir des… complications. Ma mère…

— Allons, la fit taire Neda du ton le plus prévenant. V'z'inquiétez pas. V'z'êtes en bonne santé, une femme toute jeune qui n'a rien à craindre. Et qui mûrit plus vite qu'la plupart des autres.

Elle prit les mains de Rose dans les siennes et les serra très fort.

— V'z'avez écrit à Leana ?

— Pas encore, avoua Rose. Je le ferai avant la fin de la semaine.

Rose l'appréhendait, car que pourrait-elle bien lui dire ? *Pardonne-moi, Leana.* Sauf qu'il n'y avait aucune raison de s'excuser, pas pour ce qui lui arrivait. Elle était la femme légitime de Jamie, aussi insolites qu'aient été les circonstances de leur mariage. Elle avait parfaitement le droit de porter son enfant.

Toutefois, le besoin d'être pardonnée la hantait, en dépit de la générosité de sa sœur. *Si tu ne peux me pardonner, Rose, moi, je te pardonne.* Était-ce possible, quand la vérité révélée par Rose avait tout enlevé à sa sœur ?

— Elle s'ra heureuse pour vous, Rose, dit Neda, et son visage sans ride reflétait la sincérité de ses paroles. Mais v'feriez bien de lui écrire vite, avant qu'elle l'apprenne par q'qu'un d'autre.

Plus tard, ce soir-là, Rose s'assit dans l'ombre du lit clos aux rideaux tirés, attendant que Jamie revienne de Dumfries. Encastré dans le mur, le lit de bois était fermé de trois côtés, ne laissant qu'un seul flanc ouvert sur la chambre. En hiver, Rose le trouvait intime ; en été, étouffant. En toutes saisons, cependant, il était sûrement plus confortable que le petit lit mobile de tante Meg au cottage Burnside.

Sa planchette à écrire en équilibre sur ses genoux, éclairée par une petite grappe de bougies sur sa table de chevet, Rose avait recommencé sa lettre à Leana une demi-douzaine de fois, en vain. *J'ai une grande nouvelle à... Jamie et moi avons appris... Ian aura un frère ou une sœur dès janvier...* Le flot des mots s'arrêtait à chaque essai, comme s'ils étaient retenus captifs au cœur de sa plume, malgré ses efforts pour les en déloger.

Pardonne-moi, Leana. Elle revenait toujours au même point de départ.

Après avoir froissé et lancé au sol une autre feuille du coûteux papier, Rose saisit la lettre de la mère de Jamie sur la table, heureuse de trouver un prétexte pour remettre sa tâche à plus tard. Jamie en avait lu chaque mot à voix haute ; il n'en voudrait pas à sa femme de parcourir une autre fois la missive de tante Rowena. Tout en la dépliant avec soin pour ne pas la froisser, Rose se sentait néanmoins coupable. S'inclinant légèrement vers la lueur vacillante des bougies, elle s'attarda sur la page chargée de volutes et de fioritures.

Après une seconde lecture, un fait devenait apparent : l'ombrageux frère de Jamie, né avec une chevelure couleur de feu et un caractère à l'avenant, n'était pas l'obstacle à leur retour, sinon sa mère l'aurait mentionné. C'était plutôt le scandale à Auchengray qui refroidissait l'accueil de ses parents ; Rose en était persuadée. Les commères de la paroisse de Monnigaff feraient des gorges chaudes pendant des années de l'histoire de l'héritier de Glentrool et de ses deux femmes — d'abord, sa cousine la plus âgée, puis la cadette —, tout comme les gens de Newabbey, qui n'avaient cessé d'en parler.

Elle relut les mots de tante Rowena. *Attends jusqu'au jour de Lammas.* Le sens de ces paroles était on ne peut plus clair. *Restez loin d'ici pour le moment.*

Déposant la lettre repliée sur la table avec un lourd soupir, Rose se résigna enfin à passer la majeure partie de l'été à Auchengray. Les longs jours à venir auraient été bien plus agréables dans les vallons lointains de Loch Trool, où les vents nordiques dévalaient les pentes du Merrick et où les rapides du Gairland Burn rafraîchissaient les pâturages. Quand Jamie décrivait les vertes collines abruptes, les rochers de granit escarpés et les profondeurs bleues du loch, Rose les voyait dans son imagination comme si elle y était.

Deux mois semblaient un temps bien long à attendre.

Rester dans sa paroisse offrait toutefois un avantage : tout Newabbey découvrirait bientôt qu'elle était aussi fertile que Leana. Rose s'enfouit sous ses couvertures, pensant à la vitesse à laquelle la nouvelle galoperait de ferme en ferme, de village en village. « Le saviez-vous ? Rose McKie attend un enfant. Elle n'a pas perdu de temps à rattraper sa sœur. »

Sa conscience ne la laissa pas jubiler trop longtemps. Une chaleur grimpa le long de son cou et la contrition remplit son âme. Elle ne voulait pas triompher de Leana. Pas de cette sœur qui l'avait aimée depuis le jour qui l'avait vue naître. Tout ce que Rose désirait était une maison pleine d'enfants tirant sur ses jupes.

Dieu merci, la sombre prédiction du docteur Gilchrist de l'hiver précédent ne s'était pas matérialisée. Le croup ne l'avait pas rendue stérile ; le Tout-Puissant avait plutôt entendu ses prières. *Il assied la stérile en sa maison, mère en ses fils heureuse.*

— Deux enfants, dit-elle.

Rose pensait à celui à la chevelure foncée, couché dans la chambre à côté, tout en se caressant le ventre.

— Celui de Leana. Et le mien.

Chapitre 4

Une mère est toujours une mère,
L'être le plus saint qui existe.
— Samuel Taylor Coleridge

Leana respira pour se calmer et se mit à marcher, heureuse du sanctuaire que lui offrait la campagne paisible en cette charmante matinée. Elle n'avait pas bien dormi et s'était encore réveillée nauséeuse. Elle aurait bien aimé avoir ses herbes médicinales à portée de main. À défaut de camomille ou de gingembre, une petite promenade autour de Twyneholm lui apparut le meilleur remède.

Avant que l'horizon s'éclaire d'un rose éclatant, des bandes dorées strièrent le ciel. Une brise rafraîchissante soulevait les mèches de ses cheveux sur son visage. Tout était calme, à l'exception du faible murmure de l'eau coulant derrière elle. Un ruisseau profond où foisonnaient les truites brunes courait à travers le centre de Twyneholm, passant devant le cottage de sa tante avant de disparaître derrière un pont de pierre.

Leana sentait le moindre petit caillou sous ses chaussures en vachette, tant les semelles usées étaient minces. Elle avait laissé la plupart de ses possessions à Auchengray, n'apportant qu'une petite malle d'objets de première nécessité et deux robes — une verte, toute simple, qu'elle portait maintenant, et sa favorite, la robe brodée couleur bordeaux qu'elle avait mise le jour de son mariage. C'était d'ailleurs une sage décision de s'en être tenue au strict minimum ; la maisonnette n'aurait pu en contenir davantage.

Twyneholm avait ouvert ses portes toutes grandes pour l'accueillir, mais rien n'apaisait sa douleur d'être séparée d'Ian. Dès le moment de sa naissance, la lueur dans les yeux du garçon annonçait un esprit éveillé. Jamie ferait-il venir un gouverneur à Glentrool pour l'instruire? Les pensées de Leana volèrent à travers Galloway, portées par l'espoir. *Je viendrai, Jamie. J'instruirai mon fils.*

Sa raison se rit de ses prétentions. *Pour lui enseigner quoi?* À lire et à écrire? À tenir les comptes? Elle ne connaissait ni le latin ni le grec, n'avait aucune formation en logique ou en rhétorique. Jamie était allé à l'université, pas elle. Même Rose, au cours des mois passés à l'école Carlyle pour jeunes filles, avait acquis quelques notions de français. Leana pouvait gérer avec compétence une maisonnée active et équilibrer les comptes; elle pouvait aimer un mari et élever ses enfants. On ne lui demandait plus de jouer ces rôles, maintenant.

Éperdue, elle grimpa la colline jusqu'au carrefour. Un soudain haut-le-cœur la fit aussitôt redescendre à toutes jambes vers le ruisseau. Se penchant par-dessus sa berge abrupte, elle rendit son petit-déjeuner dans le courant, prenant garde de ne pas basculer à sa suite.

— Mon Dieu!

Leana se redressa, tremblant de tout son corps. Que lui arrivait-il? Elle avait vu ce que la fièvre pouvait faire. Et le croup. Et la pneumonie. Le mieux était de rester à l'intérieur, au moins jusqu'à ce que son estomac se soit calmé. Une tasse de thé léger et une heure additionnelle de sommeil devraient l'aider.

Quand elle franchit la porte, sa tante l'accueillit avec une expression inquiète sur son visage parcheminé.

— Déjà de retour? Viens t'asseoir près du foyer. Tu prendras bien une tasse de thé avec une cuillerée de miel de mes ruches, n'est-ce pas?

Leana hocha simplement la tête, l'estomac encore tout barbouillé. Meg tira une chaise près d'elle et lui tapota la main.

— Est-ce le début de tes règles? Plusieurs jeunes femmes sont indisposées, le premier jour.

Leana prit une gorgée de thé, repensant aux deux derniers mois, un amas de jours jetés pêle-mêle, sans couleurs ni contours. Quand devait-elle avoir ses règles, au juste? Elles allaient et venaient irrégulièrement, depuis la naissance d'Ian.

Jamie n'étant plus son mari, ces choses n'avaient plus tellement d'importance, se disait-elle. Pour apaiser sa tante, toutefois, Leana commença à compter silencieusement sur ses doigts.

Était-ce deux ou trois semaines auparavant? Peut-être quatre. Six semaines, alors. Non, dix.

Les yeux de Leana s'agrandirent.

— Ce ne sont pas mes règles.

C'est un enfant.

Inconcevable. Pourtant, indéniable. La fatigue, la nausée, les larmes. La veille, au réveil, elle avait grimacé en laçant son corsage. Leana avait rejeté ces symptômes, convaincue que le fait d'avoir sevré Ian avait fatigué son corps, rien de plus.

Non. Rien d'autre.

Elle déglutit. *Oh, mon cher Jamie!* Les souvenirs de leurs dernières nuits ensemble l'assaillirent. Avant leur rencontre avec le conseil de l'Église. Avant que la terrible vérité soit révélée. Avant que son monde s'écroule.

Tante Meg lui sourit, les yeux sertis de petites lignes, le regard allumé par la curiosité.

— Il semble que quelque chose t'ait volé ton appétit et ta langue aussi. Me diras-tu ce que c'est ou vais-je devoir le deviner?

Les mains tremblantes, Leana déposa sa tasse de thé, ses émotions dispersées aux quatre vents. Mais pouvait-elle confier à sa tante célibataire, une vieille fille qui n'avait jamais partagé le lit d'un homme, qu'elle portait l'enfant de Jamie McKie?

Elle glissa discrètement les mains sous la table pour se palper la taille. Quoiqu'elle eût perdu du poids, elle sentait une petite rondeur à cet endroit. Pourquoi ne l'avait-elle pas remarquée avant? La réponse était simple : tante Meg n'avait pas de miroir. Et sans la présence de Jamie dans sa vie, Leana ne s'intéressait que distraitement à sa silhouette. Est-ce que sa perspicace tante avait vu ce qui lui avait échappé?

Elle étudia la pâleur de ses traits, les joues larges et la bouche généreuse, si semblables au visage de sa mère, au sien.

— Tante Meg…, commença-t-elle, sa voix s'affaissant en même temps que son courage.

Avoir un bébé à l'extérieur des liens du mariage n'était pas une mince affaire. Les habitants des cottages voisins ne savaient rien du scandale qui avait envoyé Leana se réfugier à Twyneholm. Malheur à Margaret Halliday, s'ils devaient apprendre toute l'histoire.

— Ma tante, recommença-t-elle, vous savez que Jamie et moi étions… enfin, nous avons cru être légitimement mariés pendant plus d'une année. Jusqu'à ce qu'un décret du conseil de l'Église en décide autrement, Jamie et moi continuions de vivre comme mari et femme, selon les habitudes et coutumes de la loi écossaise. Et… nous…

Meg arqua ses sourcils argentés.

— Oui ?

Elle ne dit rien d'autre, mais son expression était plus éloquente que toutes les paroles qu'elle aurait pu prononcer. Leana saisit l'étoffe de sa robe dans ses mains, comme si le bébé à naître pouvait lui donner la force dont elle avait besoin.

— Tante Meg, je crois que j'attends un enfant.

Les traits de la femme plus âgée s'immobilisèrent un moment, avant de s'adoucir.

— C'est ce que je pensais. Deux femmes ne peuvent partager le même cottage et ne pas remarquer les passages de la lune.

Elle étendit la main et prit celle de Leana.

— Que peut-on faire, chère nièce ?

— Que puis-je faire d'autre, sinon élever l'enfant moi-même, puisque Jamie est marié avec Rose ?

— Mais c'est toi qu'il aime.

Ce rappel apaisa le cœur de Leana comme un baume. Les derniers mots de Jamie, prononcés dans le jardin d'Auchengray, lui revinrent comme dans un murmure. *Je ne me repentirai jamais de t'aimer. M'entends-tu, Leana ? Je t'aimerai toujours.* Mais ses mots à elle, écrits le lendemain matin à son intention, lui revinrent aussi à l'esprit.

Leana soutint le regard troublé de sa tante.

— Vous vous souvenez que j'ai renvoyé Willie à la maison avec une lettre pour Jamie.

Meg regarda le secrétaire bien poli, l'un des rares objets apportés d'Auchengray. Un cadeau de Jamie.

— Tu ne m'as jamais confié ce que tu lui as écrit, jeune fille.

— J'ai écrit…

La voix de Leana s'accrocha dans les mots.

— J'ai écrit « je te laisse partir, Jamie. Afin que tu aimes ma sœur et que vous puissiez tous les deux préparer votre avenir à Glentrool. »

Le front de Meg devint soucieux.

— C'est ce qu'il a fait, j'imagine ?

L'as-tu fait, Jamie ? Si seulement elle pouvait en être certaine.

— Il ne m'a jamais écrit pour me le dire. Et il n'avait pas à le faire, ajouta rapidement Leana, cachant le regret dans sa voix. Cela n'aurait pas été convenable, pour un homme marié.

— Ah ! fit Meg en se levant, les bras croisés sur la poitrine. Si ce secrétaire gâteux du conseil de l'Église avait bien fait son travail, lança-t-elle, s'il avait bien rédigé l'acte de mariage, tu serais toujours auprès de Jamie.

Leana leva les mains, trop fatiguée pour se battre contre le passé.

— Ce qui est fait est fait. Avec l'enfant de Jamie qui grandit en moi, il est plus urgent que jamais que je rentre à la maison. Car si je reste, je risque de vous placer dans une situation périlleuse, vis-à-vis de l'Église et de vos voisins.

La femme leva le menton, et Leana crut qu'il frémissait légèrement.

— Je peux supporter d'être regardée de haut au marché de Kirkcudbright.

— Ce sera bien plus sérieux que ça, ma tante. Une femme non mariée portant un enfant ? Je serai condamnée à m'asseoir sur le banc de pénitence pendant des semaines et je vous traînerai dans la boue avec moi. Pour votre bien, je ne peux rester à Twyneholm.

— Mais…

Meg hésitait.

— Je n'aime pas dire cela, reprit-elle, mais… que dira-t-on dans ta propre paroisse ?

L'estomac de Leana, déjà malmené, se noua. Qu'est-ce que le révérend Gordon dirait, en apprenant la nouvelle ? Puisque le conseil de l'Église lui avait demandé d'abandonner Ian, allait-il faire de même avec cet enfant, quand il naîtrait ? *Pitié, Dieu, cela ne se peut !* La voix du ministre résonnait dans son cœur comme la cloche lugubre d'une matinée funéraire. *C'est notre souhait de voir Ian McKie grandir dans une maison dévote et pieuse, libre de toutes mauvaises influences.*

Non ! Leana se pressa la main sur la bouche. Elle ne les laisserait pas faire. Pas encore. Même s'il lui fallait vivre seule dans les bois, comme Lillias Brown, rejetée par la société bien pensante. Même si elle devait embarquer pour l'Amérique avec son bébé sous son aile. Pas cet enfant. Pas cette fois-ci.

Leana répondit enfin à Meg.

— J'ignore ce qu'ils diront. Mais je sais ce que moi, je répondrai : j'ai expié mes péchés. Et cet enfant, je l'ai conçu alors que tous dans cette paroisse nous estimaient mariés. Et cela inclut aussi l'Église.

Elle était heureuse de le dire à haute voix, ne serait-ce que pour se convaincre elle-même de ces vérités.

Sa tante se rassit et prit les mains de Leana dans les siennes.

— Souviens-toi, ma chérie : un enfant n'est jamais une surprise pour le Tout-Puissant.

Le nœud en elle se desserra.

— Comme vous avez raison, Meg.

Son enfant aurait un père céleste, à défaut d'un père terrestre. Quand l'enfant naîtrait à Auchengray, elle ferait parvenir la nouvelle à Jamie, à Glentrool, et lui demanderait de lui donner son nom.

Pas sa fortune ni son héritage. Seulement le nom *McKie*.

Chapitre 5

Regarde ! comme il rit et étire les bras,
Et ouvre grands ses yeux bleus dans les tiens,
Pour accueillir son père.
— George Gordon, Lord Byron

— Viens, petit. Laisse-moi te marquer comme l'un des miens. Jamie enveloppa fermement l'agneau dans un bras et lui badigeonna le cou de peinture. Diluée avec de l'huile de lin, la marque rouge s'effacerait avec le temps, et la laine retrouverait sa blancheur originelle. Bien que ce fût davantage pour sa viande que pour sa laine que le mouton à face noire était recherché, Jamie savait comment faire bon usage de sa légère toison. La marque couleur de sang identifiant les plus petits agneaux ne serait nécessaire que le temps de conduire son troupeau à Glentrool.

— Deux mois, promit-il à l'animal, avant de le renvoyer à sa mère.

Il se leva et déplia ses jambes engourdies. Cette race de mouton s'épanouissait sous un climat frais et humide ; mais les articulations et les muscles du berger en souffraient. La nuit dernière, pendant qu'il dormait, le mois de juin avait fait une entrée pluvieuse, déversant sur la campagne un crachin qui s'était prolongé toute la matinée. Un temps bon pour les jardins, en particulier les lits de roses, mais pas le meilleur pour rassembler des moutons insouciants. Quoi qu'il en soit, il ne voulait confier à personne d'autre le soin de choisir les bêtes à marquer, surtout pas à l'un des nouveaux bergers qui ne travaillaient à Auchengray que depuis quelques jours.

Le lundi après-midi précédent, quand il s'était présenté à Dumfries pour la foire d'embauche de la Pentecôte, il avait appris que les bergers les plus expérimentés de la paroisse étaient déjà tous engagés pour le terme suivant. Il était alors tombé sur Duncan, près du Midsteeple, en train de serrer la main à un laboureur aux cheveux noirs pour sceller leur accord. Jamie avait entraîné le superviseur à l'écart pour lui parler de son marché avec Lachlan.

«Bien fait», avait dit Duncan, et un sourire était venu égayer sa face burinée. «Tu nous manqueras à Auchengray, mais tu mérites d'avoir ton cheptel à toi et d'vivre dans ta maison.» Il avait alors incliné la tête pour regarder Jamie, visiblement amusé. «Y a-t-il une aut' raison pour laquelle t'es si impatient d't'enfuir à Gleentrool? Ce serait pas à cause d'une épouse qui attend un enfant?»

Peu de choses échappaient au regard pénétrant de Duncan Hastings.

Jamie se tenait debout sous la pluie du matin, souriant au souvenir de cette rencontre, quand la même voix bourrue lui parvint, flottant au-dessus des collines.

— R'garde-moi ces pauv' agneaux, qu'tu barbouilles par c'te mardi pluvieux.

— Mes marques ne sont pas du barbouillage, protesta Jamie, qui souriait toujours. Et mes agneaux me rendront riche un jour, pas pauvre.

Duncan descendit la petite colline.

— C't'une bénédiction qu'ton oncle te laisse emporter autant d'agneaux à Glentrool, dit-il, tout en parcourant du regard le troupeau, hochant légèrement la tête. J'verrai à c'que t'aies l'aide dont t'as besoin en août, Jamie. Rab Murray et Davie Tait s'ront heureux d'se joindre à toi pour ton voyage dans l'ouest, et y en aura d'aut', aussi. Y seront d'retour deux semaines plus tard, et y s'en porteront pas plus mal. Tu s'ras généreux avec eux, n'est-ce pas?

— Vous savez bien que oui.

Jamie s'assurerait qu'Alec McKie leur remette en main propre une quantité appréciable de pièces d'argent avant de les renvoyer chez eux. Quinze shillings chacun serait un pourboire plus qu'honnête.

— On m'a dit que vous alliez à Kingsgrange, l'interrogea ensuite Jamie.

— Oui, pour rendre visite à ma fille cadette, Mary. Un aut' bébé est entré dans sa maison. J'ai promis d'lui fabriquer un berceau.

Duncan haussa les épaules.

— Son homme pourrait l'faire aussi bien qu'moi, dit-il, mais elle veut qu'ce soit son père. J'serai à la maison dans la matinée, si t'as besoin d'moi.

Jamie laissa tomber son pinceau dans le seau à ses pieds, déterminé à entendre ce que Duncan semblait si réticent à dire.

— Qu'est-ce qui vous amène sur les collines pour me voir, alors que vous devriez chevaucher vers la paroisse d'Urr ?

Duncan détourna le regard vers l'abreuvoir.

— C't'à propos d'ton oncle, Jamie. Y a passé beaucoup d'temps à étudier ses livres de comptes, écrivant des commentaires que j'peux pas comprendre. Y a envoyé des lettres à Embrough, à la ferme d'Edingham, aussi.

— En juillet, il épousera une femme qui possède un domaine considérable, lui rappela Jamie. Une correspondance avec les tribunaux d'Édimbourg est tout à fait normale. Ainsi qu'avec sa future épouse.

— Moi, j'te dis, sois sur tes gardes, Jamie. Ton oncle n'en est pas à sa première arnaque. J'tolérerai pas qu'tu perdes le fruit d'ton dur travail.

Duncan lui souhaita au revoir, en portant un doigt à son bonnet de laine quadrillé. Puis, il descendit la colline pour retrouver Bess, la vieille jument, qui attendait patiemment son cavalier.

Jamie le regarda partir avec quelques appréhensions. Duncan parlait rarement aussi ouvertement de son maître. Est-ce que l'homme voyait une fourberie là où il n'y en avait pas ? Ou bien les craintes de Duncan étaient-elles fondées ?

Les brebis bêlantes ramenèrent son attention au moment présent. Âgés de deux mois maintenant, les agneaux étaient prêts à être sevrés de leur mère, un lent processus consistant à augmenter l'avoine donné aux agneaux, tout en diminuant la ration des brebis. Les mères bêlaient piteusement, quand leurs petits n'avaient plus besoin d'elle. En dépit de leur inconfort, il n'y avait rien d'autre à faire que d'attendre qu'il n'y ait plus de lait.

Observant une brebis encourager son agneau à boire à petits coups de museau, Jamie sentit sa gorge se serrer. Une image oubliée revint le hanter : celle de Leana allaitant Ian dans le jardin, penchée au-dessus de son fils, pleurant. Jamie ferma les yeux, dans l'espoir d'effacer le pénible souvenir. Il n'en devint que plus clair. Ses cheveux, de la couleur du blé mûr, tombant en douces vagues sur ses épaules. Sa voix, sur le point de se briser, alors qu'elle chantait une berceuse à son fils pour lui dire adieu.

Avec un juron, il enfonça sa botte couverte de boue dans le sol meuble, sa frustration renaissant de plus belle. N'aurait-il pas pu faire *quelque chose*? Il lui semblait impossible de pardonner aux aînés de l'Église d'avoir pris une décision aussi impitoyable. Exiger d'une femme qu'elle se sépare de son enfant était déraisonnable. Demander à Leana, une femme si douce, de sevrer son fils et de le remettre entre les bras de sa sœur, qui…

— Ah !

Jamie se mit à taper du pied sur le sol détrempé avec rage, les brebis s'écartant vivement de son chemin avec leur progéniture. La scène qu'il avait sous les yeux n'était plus les collines vertes et les moutons à face noire. C'était l'ombre projetée par le foyer sur les murs du presbytère de Newabbey, au moment où Leana retirait son alliance pour la placer devant Rose. Avait-il déjà connu une heure plus affreuse dans toute sa vie ? Il avait imploré la clémence des membres du conseil, mais ceux-ci ne voyaient que la loi.

Et la loi leur donnait raison. Et Rose devenait sienne. Une jolie jeune fille, bien sûr, et charmante, de surcroît. Mais pas la femme aimée qui s'était enfuie de lui, en ne lui demandant qu'une seule chose : *Aime ma sœur.*

Il avait de l'affection pour Rose ; en vérité, il avait été séduit par elle, comme tout garçon ayant des yeux pour voir l'aurait été. Ses yeux et ses cheveux noirs, sa peau de crème et sa bouche délicieuse l'avaient envoûté dès leur première rencontre. Maintenant qu'elle était sa femme légitime et la mère de son enfant à naître, le devoir prévalait. Il la traiterait avec justice, pourvoirait à ses besoins et remplirait ses bras d'enfants qu'elle semblait si désireuse d'avoir. Mais pourrait-il faire ce que Leana lui demandait ? Pourrait-il vraiment aimer Rose ? Et le lui dire ?

— Jamie !

Surpris, il pivota et perdit presque pied sur l'herbe mouillée. La voix de sa femme, portée par l'air humide, était pareille à une cloche aiguë et claire. Les images bouleversantes s'estompèrent, pour céder leur place aux collines verdoyantes qui revinrent à l'avant-plan. Rose apparut un moment après au sommet d'une butte, portant Ian, qui bondissait sur sa hanche. Comme si elle avait été chassée par le gazouillis joyeux de l'enfant, la pluie s'arrêta, et la grisaille du ciel sembla s'éclaircir.

— Voilà ton père, chantonna-t-elle, pointant en direction de Jamie. Tu vois comment il peint les agneaux ?

Elle progressa lentement vers Jamie, ses jupes traînant dans la boue, puisqu'elle ne pouvait se libérer une main pour les soulever.

— Un jour, mon garçon, dit-elle, nous aurons notre propre troupeau à garder. Cela ne sera-t-il pas formidable ?

À huit mois, Ian était déjà lourd à porter. Avec ses longues jambes et une masse ondoyante de cheveux foncés, il n'avait plus l'air d'un nourrisson, mais d'un enfant. Il avait déjà commencé à ramper, se balançant d'avant en arrière sur ses genoux. Il ne tarderait pas à avancer. Ian avait aussi appris à pointer les objets du doigt, ce qu'il faisait avec enthousiasme, maintenant, le bras complètement étiré. Rose tenait Ian tout contre elle, penchant la tête pour presser sa joue contre la sienne.

— Qui est-ce, Ian ? N'est-ce pas ton père ?

Quand l'enfant agita les bras en tous sens, exhibant sa nouvelle incisive dans un sourire exubérant, le cœur de Jamie se gonfla.

— Voilà mon brave garçon.

Il saisit l'un de ses petits poings, faisant crier l'enfant de joie.

— Ta belle-mère ne sera pas heureuse, si je te couvre de peinture, n'ai-je pas raison?

Jamie regarda les yeux bleus du garçon, si pareils à ceux de Leana, et fut étonné de constater que son humeur s'était métamorphosée. Comment un si petit être pouvait-il accomplir pareille chose?

Les mots de Leana surgirent en lui. *Ian a besoin de toi, Jamie. Encore plus que de moi.* Maintenant, il commençait à comprendre combien lui-même avait besoin d'Ian.

Rose transféra le bambin sur l'autre hanche, balançant en même temps sa natte hors de sa portée.

— Me demanderas-tu pourquoi je suis venue te voir?

Avant que Jamie puisse répondre, elle distribua ses nouvelles comme une fournée de petits pains chauds.

— Nous avons de la compagnie pour le déjeuner, qui arrivera dans l'heure, annonça-t-elle. La veuve Douglas de la ferme d'Edingham et ses trois *charmants* garçons. Père insiste pour que tu sois habillé comme il faut à table.

— J'imagine qu'il a déjà choisi mon veston et les mots que je devrai dire.

— Sûrement pas! lança Rose en éclatant de rire. Allez, à la maison, monsieur. Je suis curieuse de rencontrer la femme qui a su attirer l'attention de mon père.

— J'ai bien peur que le regard de l'homme soit tourné vers sa cassette, dit Jamie en prenant Ian des bras de Rose.

Portant l'enfant dans le creux de son coude, il se dirigea vers l'est, appréciant la chaleur du petit corps pressé contre son manteau de daguet. Les cheveux bruns de l'enfant étaient pareils aux siens, comme si un tisserand à l'œil exercé avait choisi les fibres. Jamie s'adressa à Rose par-dessus la tête bondissante d'Ian.

— En ce qui concerne les fils de la veuve, reprit-il, ils ne sont ni charmants ni spirituels. Ta coquetterie sera perdue auprès d'eux.

— Jamie, le réprimanda-t-elle d'un ton léger, je suis une femme mariée, plus une jeune fille.

Elle leva ses jupes au-dessus de l'herbe mouillée et allongea le pas pour ne pas se laisser distancer.

— Tu porteras ton veston brodé, n'est-ce pas ? Et tu seras poli avec eux ?

Jamie tint sa langue, mais ne put réprimer ses pensées. *La fille de son père : « Ma volonté sera faite »*. Le tempérament de Leana était tout à l'opposé ; jamais elle ne démontrait de l'insistance ; pourtant, Jamie se faisait un plaisir de combler ses attentes.

Tout en marchant à travers le pâturage accidenté, tenant son fils, il imaginait Leana debout sur le seuil du cottage de sa tante, son regard triste tourné vers Auchengray, les bras vides.

— Rose, je voulais te demander : as-tu écrit à Leana ? Pour lui annoncer que tu attends un enfant ? Et que nous resterons ici jusqu'au jour de Lammas ?

Son visage se colora légèrement, et elle le détourna.

— J'ai commencé une lettre pour ma sœur. Plusieurs lettres, en fait. Je n'arrive pas à trouver les mots. J'ai peur que la vérité lui brise le cœur.

Rose leva les yeux vers lui, comme si elle voulait tâter le terrain.

— Peut-être est-il préférable d'attendre, suggéra-t-elle. Au moins, jusqu'au troisième mois…

— Non, dit-il en s'arrêtant près des dépendances de la ferme, bloquant les bras agités d'Ian d'une main pour protéger son menton. Tu ne peux attendre jusqu'en juillet. Et si Leana rentrait pour assister au mariage de Lachlan et te découvrait enceinte ?

Remarquant l'expression chagrine de Rose, Jamie adoucit le ton, mais demeura ferme.

— Ce n'est pas généreux de ta part de la garder ainsi dans l'ignorance, dit-il. Leana mérite de savoir.

— Alors, *tu* lui écriras.

Rose se détourna et ses épaules s'affaissèrent.

N'avait-il pas déjà écrit à Leana des douzaines de fois, ne serait-ce qu'en imagination ? Pourtant, il n'osait écrire ses pensées et encore moins les mettre à la poste. Quand il fut certain que ses paroles ne le trahiraient pas, il admit :

— Ce serait cruel de ma part d'écrire à ta sœur, et tu le sais bien. Elle a assez souffert.

— J'ai souffert également. Car j'aime aussi Leana.

Rose se tourna lentement vers lui, et des larmes brillaient dans ses yeux.

— Quand je trouverai la force de lui écrire, promit-elle, je le ferai.

Battu, Jamie lui effleura doucement la joue.

— Je te crois, jeune fille.

Chapitre 6

Les hôtes indésirables sont souvent
mieux appréciés quand ils sont partis.
— William Shakespeare

— Viens, Rose, dit Jamie en indiquant la maison d'un signe de tête. Nous devons être rentrés avant nos invités.

Il la devança autour des bâtiments de ferme disposés en fer à cheval, regardant où il posait les bottes. Bien qu'il eût cessé de pleuvoir, un brouillard gris flottait toujours au ras du sol. Des sons venaient à eux de toutes les directions. Les colombes roucoulaient dans la volière, des gloussements s'élevaient dans le poulailler et les meuglements des vaches roulaient dans l'étable. Ian se joignit au concert de la ferme, se tournant d'un côté et de l'autre, pour mieux voir son bruyant environnement.

— Du calme, mon garçon, ou tu atterriras dans le fumier, dit Jamie en le tenant plus fermement, tout en contournant le monticule odoriférant au centre des bâtiments. Je ne pense pas que ta belle-mère l'apprécierait, ajouta-t-il d'un ton badin.

Jamie espérait alléger l'atmosphère par cette remarque, mais Rose continua de marcher en se taisant. Il n'aurait pas dû insister autant pour qu'elle écrive à Leana. La Rose d'autrefois aurait écrit à sa sœur sans perdre une seconde, pour se louer de sa bonne fortune. La Rose pensive à ses côtés n'était pas la même jeune fille qu'il avait rencontrée deux années auparavant. Est-ce qu'un tendre cœur de femme s'était épanoui en elle pendant qu'il était occupé à garder ses moutons?

Eliza était debout sur la grande marche de pierre à l'extérieur de la porte sombre, leur faisant signe d'approcher.

— M'sieur McBride marche d'long en large dans la maison et il vous attend. Il dit qu'les Douglas vont arriver d'une minute à l'autre.

Jamie lui tendit son fils.

— Veille à ce qu'Ian soit lavé et habillé. Est-ce que Hugh et Annabelle sont dans notre chambre ?

Eliza s'inclina et prit adroitement Ian des bras de Jamie.

— Ils attendent vot' arrivée, m'sieur, avec de l'eau et tout ce qu'y faut.

Jamie laissa ses bottes boueuses près de la porte, à l'intérieur, tandis que Rose levait ses jupes pour ne pas salir les planchers propres. Elle gravit rapidement l'escalier. Il lui emboîta le pas, observant en passant le personnel affairé dans la cuisine. Le fumet du déjeuner promettait. Le raifort imprégnait l'air, mélangé à des senteurs plus douces. Des poireaux. Des clous de girofle. Et l'odeur unique du bacon en train de frire. On pouvait compter sur Neda pour servir ses meilleurs plats — du poisson, de la viande, de la volaille et un délicieux pudding — pour impressionner leurs invités et satisfaire son maître.

Jamie n'avait aucun doute que Neda Hastings ferait honneur à Auchengray. Maintenant, c'était à son tour de s'y mettre. Quatre mois auparavant, les fils de Morna Douglas lui avaient fait faire le tour de propriétaire avec une condescendance déplaisante. Lorsqu'il leur aurait montré les pâturages et les jardins d'Auchengray, le cheptel et les champs fertiles, ils seraient peut-être moins arrogants.

Le valet de chambre grisonnant que Jamie partageait avec Lachlan se tenait au garde-à-vous dans sa chambre à coucher. Hugh rasa le visage de Jamie, puis l'habilla d'une chemise bien repassée et d'un pantalon propre. À l'université, Jamie portait la perruque poudrée d'un gentilhomme. Parmi les gens de la campagne de Galloway, de telles marques de son rang n'étaient pas nécessaires. Hugh lissa sa chevelure en une queue qu'il lui noua solidement sur la nuque.

— Vous v'là comme neuf, m'sieur McKie.

Hugh brossa les manches du veston de Jamie une autre fois, pour faire bonne mesure.

— Z'êtes tous les deux attendus au salon, dit-il.

Jamie et Rose descendirent l'escalier en vitesse, pour se diriger vers la pièce à l'avant de la maison. De conception carrée, le salon était orienté vers l'ouest, invitant le soleil de l'après-midi par ses deux grandes fenêtres. La pièce contenait un cadre de lit partiellement surmonté d'un dais, un buffet, un assortiment bigarré de chaises et de petites tables — un endroit bien encombré pour recevoir leurs rares visiteurs. Il restait peu de temps pour se préparer à leur arrivée, quand Jamie et Rose se présentèrent. Ils furent accueillis par un Lachlan au visage sévère et le bruit des roues d'un attelage remontant l'allée.

Lachlan leur lança un regard mauvais.

— Enfin, dit-il.

Il était élégant pour la circonstance ; son gilet gris argenté et écarlate était le meilleur de sa garde-robe.

— Jamie, je compte sur toi pour que ses fils se sentent chez eux. Rose, je te rappelle que tu es la maîtresse d'Auchengray, maintenant.

Sa posture se raidit.

— Qu'attendez-vous de moi, père ?

— Sois toujours attentive aux conversations, ne parle que si c'est nécessaire, assure-toi que les serviteurs ne laissent jamais les assiettes ou les verres vides. Ton mari et moi ferons les frais de la conversation pendant le repas.

Ayant donné ses directives d'un ton bourru, Lachlan sortit de la pièce comme s'il se préparait à livrer bataille, tête et menton levés.

Jamie résista à l'envie de manifester sa satisfaction de le voir partir. Il offrit plutôt son bras à Rose et l'escorta près du foyer, où ils pourraient attendre ensemble leurs invités et les accueillir. L'attente ne fut pas longue. Lachlan revint rapidement, suivi de Morna Douglas, qu'il dirigea tout de suite vers eux. Jamie l'avait rencontrée à deux reprises, auparavant, à Edingham, et il la salua aussi chaleureusement qu'il le pût. Elle avait une quarantaine d'années, était beaucoup plus petite que Lachlan et plus ronde, aussi. Son visage était de couleur framboise, comme celui d'une écolière timide, et ses mouvements saccadés semblaient trahir un état de nervosité permanente.

— Je suis heureuse de vous revoir, James.

Sa voix était aiguë comme un pépiement d'oiseau. Morna flatta Rose, déclarant qu'elle était « la plus jolie fleur du jardin ». Enfin, la veuve laissa Lachlan la conduire vers une chaise toute proche. Celui-ci revint ensuite présenter les fils, qui venaient tout juste de franchir discrètement la porte.

Lachlan saisit le coude de Rose, tout en faisant un geste de l'autre main en direction des nouveaux arrivants.

— Maîtresse McKie, je vous présente vos futurs beaux-frères : Malcolm Douglas, Gavin Douglas et Ronald Douglas.

Trois garçons bien charpentés — presque identiques et à peu près du même âge — s'inclinèrent à l'unisson devant Rose, qui répondit par une révérence. Leur dos musclé était dissimulé sous un manteau de fin drap noir anglais ; ils gardaient leurs mains, sûrement endurcies par le travail à la ferme paternelle, croisées dans le dos. Leurs cheveux couleur d'argile étaient peignés vers l'arrière, révélant un visage à la complexion rougeaude, couvert de taches de son et d'une barbe encore très fine. Il était clair qu'ils étaient fascinés par la jolie jeune fille devant eux.

— Madame ?

C'était Gavin, celui du milieu, qui venait de parler d'une voix de ténor.

— Puisque vous serez bientôt notre sœur, pouvons-nous vous appeler Rose ?

Jamie nota le sourire qui joua sur la bouche de Rose et la manière dont ses cils battaient entre ses joues légèrement colorées.

— Lorsque je serai vraiment votre sœur, vous pourrez m'appeler comme bon vous semble.

— Je n'y manquerais pas, répondit Gavin, en donnant un petit coup de coude à son frère aîné et souriant de toutes ses dents.

Jamie s'irrita devant l'impertinence du jeune homme. Où n'était-ce pas plutôt le ton familier de Rose, aussi sirupeux que de la mélasse, qui le contrariait? Les frères Douglas étaient jeunes — pas plus de vingt ans — et tout à fait ignorants des usages. Une légère entorse pouvait être pardonnée, mais pas trois d'affilée; il n'était pas près de l'oublier.

— Messieurs, dit Lachlan, dont la voix était douce comme de l'huile de lin. Vous reconnaissez sûrement Jamie, mon neveu et beau-fils. L'héritier de Glentrool.

Malcolm Douglas projeta son menton vers l'avant.

— Et l'héritier d'Auchengray aussi?

Jamie s'abstint de répondre. Le sujet de la succession n'avait pas été abordé depuis le fatidique soir de mars, devant le conseil de l'Église. Est-ce qu'Auchengray serait à lui un jour, en vertu de son union avec Rose? Ou bien le mariage prochain de Lachlan allait-il changer tout ça?

Avant que Lachlan puisse répondre, Neda apparut dans l'embrasure de la porte, sa tête cuivrée coiffée de son inséparable bonnet amidonné.

— M'sieur McBride, l'déjeuner est prêt à être servi.

L'oncle offrit un bref hochement de tête à Malcolm.

— Nous discuterons de ces détails à un autre moment, mon garçon. Pour l'instant, notre viande nous attend.

N'étant pas de ceux qui font attendre un repas chaud, Lachlan montra prestement le chemin à travers le vestibule jusque dans la salle à manger, puis fit asseoir ses invités autour de la table couverte d'un drap. L'argenterie polie luisait à la lueur des chandelles, et un vase rempli de lis de la vallée embaumait l'atmosphère. Morna Douglas, Rose et Jamie étaient assis à sa gauche et les frères à sa droite, de l'aîné au cadet. Satisfait de cet arrangement, Lachlan gagna sa place au bout de la table, et le service commença.

Lachlan orienta la conversation dans une direction prévisible : la foire prochaine de Keltonhill, ce qui intéressa grandement les fils Douglas. Plus grande foire de tout le Sud-Ouest, l'événement d'un jour attirait marchands et acheteurs de chevaux, colporteurs et trafiquants, Tsiganes et contrebandiers, noblesse et paysannerie confondues. Après quelque temps, leur conversation dériva vers l'ouverture du canal Forth and Clyde, devant relier Glasgow à Édimbourg.

— L'inauguration est prévue pour la fin juin, mais je ne ferai pas le trajet à Bowling Bay pour assister aux festivités, dit Lachlan tout en hochant la tête en direction de sa future épouse. Des affaires bien plus importantes me retiennent près de chez moi.

Jamie ne put s'empêcher de remarquer les couleurs plus accusées aux joues de Morna Douglas.

— Dites-moi, oncle, avez-vous choisi une date ?

— Je l'ai fait, dit Lachlan, puis il s'éclaircit la voix. Le 16 juillet. C'est un vendredi, qui est un jour propice, la lune sera croissante et ce sera mon soixantième anniversaire.

Voulant inclure Morna, Jamie lui adressa directement la question suivante :

— Est-ce que les vœux seront échangés dans notre église, à Newabbey, ou dans la paroisse d'Urr ?

Lachlan répondit pour elle.

— Le révérend Muirhead nous mariera à l'église d'Urr. Ma famille a offert aux paroissiens de Newabbey assez de sujets de médisances, récemment.

Son regard plein de sous-entendus et dirigé vers Jamie n'échappa à personne.

— Un beau projet, dit Jamie suavement, ignorant tous les yeux fixés sur lui. Je suis certain que vous avez plusieurs connaissances à Dalbeaty et dans les environs qui seront heureux d'y assister.

Arrivant de la périphérie de la pièce, quelques domestiques apparurent pour retirer les assiettes, afin de faire place au dessert.

— J'espère que vous et votre jolie épouse serez présents, dit la veuve, leur offrant un sourire timide. Et votre cousine..., son nom est Leana, n'est-ce pas ? Sera-t-elle présente également ?

Jamie sentit la main de Rose toucher la sienne sous la table. Approuvait-elle ou non l'inclusion de sa sœur à la cérémonie, il ne put rien en conclure.

— Qu'en dites-vous, oncle ? demanda-t-il. Devrions-nous écrire à Leana, à Twyneholm, pour l'inviter à y assister ?

Lachlan lui lança un regard noir, mais n'eut pas le temps de répondre. Les portes de la cuisine grincèrent sur leurs gonds et Neda entra, apportant le pudding favori du maître de maison. L'humeur rêche de l'homme sembla s'adoucir quand elle déposa le dessert devant lui.

— C'était un excellent repas, Neda. Nous prendrons le thé dans le petit salon, après le dessert. Entre-temps, servez à mes invités votre bon pudding.

On ne reparla plus d'inviter Leana, cet après-midi-là, ni à table ni plus tard dans le petit salon. Les deux familles s'assemblèrent dans l'étude exiguë, chacun tenant sa tasse, tandis que Lachlan s'épanchait sur les qualités d'Auchengray. Son coffre était bien en évidence sur son bureau, bien que le couvercle fût fermé. Des livres de comptes à reliure de cuir étaient bien alignés, leur dos usé témoignant des caresses fréquentes de leur avare propriétaire.

Jamie fit de louables efforts pour lier conversation avec Malcolm. Étant l'aîné des trois frères, Malcolm devait avoir réfléchi aux conséquences du mariage imminent de sa mère sur les deux propriétés. S'il s'était fait une opinion là-dessus, Malcolm ne la dévoila pas. Il se contenta d'écouter, de hocher la tête et d'en dire le moins possible. À en juger par le regard éteint dans ses yeux bruns, la perspective ne l'enthousiasmait guère.

Quand l'horloge du manteau de la cheminée carillonna trois fois, les hommes déposèrent leur tasse pour faire le tour de la ferme, laissant la veuve et Rose à elles-mêmes. Lachlan menait le groupe, rassemblant ses futurs beaux-fils autour de lui tandis que Jamie suivait un pas en arrière. C'était une position avantageuse, car elle lui permit d'entendre Lachlan s'attribuer tout le mérite de la prospérité d'Auchengray et de ce que son neveu avait accompli pour lui.

Jamie écoutait, dépité. À peine une semaine auparavant, Lachlan avait clamé que Dieu avait béni ses troupeaux grâce à son laborieux beau-fils. Maintenant, il demeurait muet sur sa contribution, alors que l'oncle trônait au sommet d'Auchengray Hill, décrivant d'amples cercles avec ses bras pour indiquer les terres et le bétail qui lui appartenaient.

L'héritier d'Auchengray aussi ? La question de Malcolm tiraillait encore Jamie, une charge contre laquelle il n'avait trouvé aucune bonne réponse. Il reposerait la question à Lachlan dès que les fils de la ferme d'Edingham seraient sur le chemin de la maison.

— Jamie ?

Lachlan se retourna et croisa les bras sur sa poitrine, clairement mécontent de son neveu.

— Tu n'as pas prononcé un mot depuis que nous avons quitté la maison.

— Mais, oncle…

— Je suppose que tu préférerais être en train de marquer tes moutons, plutôt que de m'écouter ici.

— Ce n'est pas du tout…

— Alors, tu peux t'en aller.

Lachlan leva la tête en direction des collines, ne laissant planer aucun doute sur le sérieux de ses paroles.

— N'aie crainte, dit-il, je saurai m'occuper de nos invités.

Jamie était décontenancé d'avoir été aussi brutalement congédié. Il fit quelques pas, avant de se retourner pour demander aux trois fils Douglas :

— Retournerez-vous à la paroisse d'Urr ce soir ?

Malcom commença à répondre, mais Lachlan fut trop rapide pour lui.

— Leur mère rentrera à la maison demain matin. Quant aux fils, ils dîneront avec nous, puis partiront pour Edingham avant la tombée de la nuit, car leurs propres troupeaux requiè-rent leur attention.

Il posa ses mains sur deux larges épaules, donnant à Gavin et Ronald une secousse virile avant de chasser son neveu.

— Va donc voir tes agneaux, Jamie. Sinon, il sera difficile de distinguer les tiens de ceux qui m'appartiennent.

Chapitre 7

La malhonnêteté est toujours plus facile que la vertu,
car elle prend des raccourcis à tous les détours.
— Samuel Johnson

Lachlan McBride planta son regard sur la poitrine du garçon, le défiant de rester. Aimait-il donc être humilié publiquement, ce sien neveu ?

— En fait, oncle, mes agneaux sont tous marqués.

La mâchoire de Jamie se contracta, lorsqu'il parla.

Ah, mais ses poings n'étaient pas fermés, nota Lachlan. Jamie manquait de nerfs pour se battre. Lachlan relâcha sa prise sur les deux frères, sans quitter son neveu des yeux.

— Combien de moutons t'appartiennent ? Les as-tu comptés ?

— Je l'ai fait, répondit Jamie d'un ton tranchant. Vingt vingtaines d'agneaux portent ma marque.

— Quatre cents, donc ?

Lachlan s'efforça de ne pas sourire en regardant les pâturages voisins.

— Ceux dont le cou semble saigner ?

— Vous savez que la peinture s'effacera avec de l'eau chaude et du savon. J'ai marqué le plus petit de chaque paire d'agneaux, comme promis.

Lachlan prit acte des paroles de Jamie, mais sans acquiescer, sinon ses futurs beaux-fils auraient pu tirer de fâcheuses conclusions. Lachlan chercha sa montre dans la poche de son gilet et ouvrit le boîtier doré. *Presque cinq heures. Assez tergiversé.*

— Duncan étant parti à Kingsgrange, il doit sûrement y avoir quelque tâche à faire pour toi à Auchengray.

Son neveu le regarda un moment.

— Il y a toujours quelque chose à faire, à Auchengray.

Jamie tourna les talons — un peu maladroitement sur le sol détrempé — et descendit la colline en direction de la ferme, ses bottes polies maintenant couvertes de boue.

Lachlan observa son départ sans commentaire. Qu'il décrotte l'étable si ses muscles avaient besoin d'exercice. Jamie McKie, né pour être un riche laird, devait encore apprendre la signification du dur labeur. La petite noblesse était-elle donc imperméable à ces vérités ? Pas pour lui, en tout cas, un homme qui avait travaillé toute sa vie.

Un pic doré fila tout près, attirant son attention un moment par ses couleurs brillantes et son chant musical. Il scruta le ciel, qui s'éclaircissait, inspirant l'air rafraîchi par la pluie.

— Notre après-midi sera bien plus agréable sans la présence de ce neveu taciturne, qu'en dites-vous ?

Les frères Douglas rirent — mal à l'aise, lui sembla-t-il —, puis redevinrent silencieux. Après une longue pause, interrompue seulement par le bêlement des moutons, l'un d'eux parla.

— Monsieur McBride, mes frères et moi nous demandions…

C'était Ronald, qui se balançait d'une jambe à l'autre, en échangeant des regards avec ses frères plus âgés.

— Est-ce que la ferme d'Edingham sera vendue, monsieur ? Quand vous aurez épousé ma mère, s'entend.

Une question audacieuse, de la part d'un garçon comptant à peine dix-sept étés. Lachlan accorda à Ronald toute son attention.

— Avez-vous un acheteur intéressé ?

— Non ! s'écria Gavin. Mais si elle devait être liquidée, le produit de la vente serait-il également partagé entre nous ?

— Ou hériterai-je de tout, intervint Malcolm, étant l'aîné ?

Lachlan les regarda dans les yeux à tour de rôle. Malcolm était le plus vieux et le plus fort. Seul un insensé le provoquerait dans une bataille. Gavin, celui du milieu, semblait souvent emporté et impulsif. Inoffensif, quoique rapide à prendre la parole. Ronald, le plus jeune, était aussi le plus intelligent, l'avait averti Morna. Tenace. Difficile à berner. Des trois, c'était Ronald qu'il devrait surveiller de plus près.

— Votre père fut un homme généreux, admit Lachlan, d'avoir entièrement légué Edingham à votre mère. Il est très inhabituel, en Écosse, qu'une femme soit propriétaire. Peut-être est-ce elle qui devrait répondre à votre question.

Lui-même n'aurait jamais fait une chose pareille, pensa-t-il. Il sourit pour les mettre à l'aise avant de poursuivre.

— Soyez rassurés, rien ne sera fait avec précipitation. Vous resterez confortablement à la maison jusqu'au jour de Lammas. Il y a aura alors… plus de chambres disponibles à Auchengray, si cela s'avérait nécessaire.

Malcolm grimaça.

— Sauf votre respect, monsieur, Edingham n'est peut-être pas une propriété aussi vaste que la vôtre, mais… pour être franc, notre ferme est mieux tenue.

— Si nous devions vivre ici, dit Gavin, il faudrait un travail considérable pour rendre cet endroit présentable. Les dépendances à elles seules…

— Mon frère ne voulait pas vous offenser, l'interrompit Ronald doucement, touchant la manche de Gavin pour le faire taire.

— Mais je ne suis pas offensé, répondit Lachlan sur le même ton. Bien des choses peuvent être améliorées, ici. Jamie a fait ce qu'il pouvait, mais…

Le laird haussa les épaules, laissant les autres compléter la phrase à sa place.

— Peut-être, poursuivit-il, la plus grande question est-elle, qu'adviendra-t-il d'Auchengray, quand le moment arrivera ? Car ce corps corruptible qui m'appartient devra retourner à la terre, n'est-ce pas ? Et mon âme mortelle, devenir immortelle. Mes possessions ne m'importeront plus alors, mais elles pourraient avoir beaucoup d'importance pour vous.

Les yeux bruns de Ronald brillaient comme des citrouilles illuminées à l'Halloween.

— Vous n'avez pas d'héritier légitime, monsieur? Personne qui puisse revendiquer Auchengray à votre mort?

Lachlan laissa la question sans réponse un moment, dirigeant leur attention vers les pâturages à l'ouest, d'un geste de la main.

— Allons, assez de ce sujet morbide. Nous avons à peine commencé notre tournée.

Il soupira bruyamment en s'engageant sur la pente de la colline.

— J'espère que la température sera clémente, mais c'est le destin du fermier d'accepter ce que le ciel lui envoie, dit-il philosophiquement.

Ses mots, semble-t-il, produisirent l'effet voulu. Tous les quatre, lui et les Douglas, n'étaient-ils pas taillés dans la même étoffe? Des hommes honnêtes bravant les éléments, faisant fructifier leurs champs et leurs pâturages à la sueur de leur front, toujours à la merci de la pluie, des semences et du bétail. En tant que laird à bonnet, naturellement, il s'était élevé au-dessus des tâches quotidiennes à la ferme. Les étables à nettoyer, le fumier nauséabond ne faisaient plus partie de son domaine. Autant de raisons pour réunir autour de lui de jeunes hommes comme ceux-là — aucun d'eux n'était l'héritier d'un laird, s'imaginant posséder des dons d'éleveur hors du commun, mais des garçons forts, capables et que n'effrayait pas la rude besogne.

De véritables fermiers. Des travailleurs. *Des fils.*

Tout en les observant par-dessus son épaule discuter des mérites d'Auchengray, Lachlan sourit à part lui. *Oui, Ronald. Edingham sera vendue.* Thomas Henderson, de Dalbeaty, était prêt à acheter la ferme d'Edingham — la maison, les dépendances, les champs, le cheptel, l'ensemble. Lachlan imaginait son coffre, déjà bien garni en argent, qui déborderait bientôt de pièces d'or. Pareilles au cordon noué enfoui parmi ses shillings. Un cadeau de Lillias Brown, la voyante du pays, et destiné à attirer la richesse sur le seuil de sa porte. *Cela marche, veuve Brown, cela marche.*

Lachlan s'approcha des garçons, pointant l'index en direction de Dumfries.

— Au nord, vous trouverez des landes sauvages avec des futaies de chênes et de frênes, et le bourg royal au-delà. Mes voisins sont les Newall, de la ferme Troston Hill, et les Drummond, de Glensone. Des familles honorables, bien que leur domaine soit modeste.

Il balaya l'espace d'un grand mouvement de son bras.

— Mes béliers viennent de la ferme Tannock, à l'est d'ici. Et, comme vous savez, il n'y a rien au sud, sinon le Criffell et le Solway.

Les jeunes hommes s'étirèrent le cou pour tout voir, se tournant ensuite pour admirer les flancs couverts de bruyère du Criffell. Le sommet drapé de brume s'élevait à près de deux mille pieds[4] au-dessus du littoral de l'estuaire du Solway, dont les eaux venant de l'ouest allaient se mêler à celles de la mer d'Irlande. Les frères semblaient impressionnés. Peut-être le moment était-il venu de répondre à la question de Ronald touchant la succession.

Lachlan prit le coude du garçon pour attirer son attention.

— Tout à l'heure, tu m'as demandé qui pouvait prétendre hériter de cette terre.

Les frères de Ronald se tournèrent immédiatement vers lui, oubliant le paysage.

— La vérité, reprit Lachlan, c'est que je n'ai ni fils, ni parent mâle que je souhaiterais voir hériter d'Auchengray.

Il haussa légèrement les épaules, comme s'il voulait chasser la lueur de sympathie qu'il lisait dans leurs yeux.

— De mes deux filles, la plus vieille a produit un fils. Un bâtard.

Il laissa le mot flotter dans l'air, comme une odeur désagréable. Il produisit l'effet qu'il attendait. Un choc. Et, à en juger par l'expression de Malcolm, de l'aversion. Les Douglas étaient

---

4. N.d.T. : Un pied équivaut à un peu plus de trente centimètres.

une famille respectable, fière de sa situation sociale et étrangère au scandale.

— En raison des circonstances honteuses de sa naissance, je refuse de reconnaître Ian comme mon petit-fils. Il partira avec son père le jour de Lammas, et tous les liens avec Auchengray seront coupés.

Le soulagement sur leur visage était évident.

— En ce qui concerne la mère de l'enfant, Leana, continua-t-il, aucun honnête homme n'en voudrait pour épouse. La femme a passé trois semaines sur le banc de pénitence, pour expier le péché de... *fornication*. Excusez-moi si le terme vous offense, mes amis, mais c'est la triste vérité.

Les yeux de Gavin s'ouvrirent tous grands.

— Est-ce que... C'est-à-dire...

— N'ayez crainte, les rassura Lachlan, se penchant pour saisir un rameau de genêt. Leana ne sera pas la bienvenue à Auchengray. Quant à ma cadette, vous avez déjà vu avec quelle sorte d'homme elle est mariée.

Il regarda vers le bas de la colline, affichant son mépris.

— Mon neveu est faible, dit Lachlan, facilement manipulé par les femmes dans sa vie, à commencer par sa propre mère.

Une lueur momentanée s'alluma dans les yeux de Malcolm, bien que rien ne fût dit.

— Quand il est arrivé à ma porte, pareil à vagabond sans un penny en poche, je l'ai accueilli, habillé des pieds à la tête et je lui ai donné un toit, expliqua Lachlan en poussant un profond soupir. Vous pouvez juger par vous-même du respect que cela m'a valu.

Les lèvres de Gavin se plissèrent.

— Nous ne serons pas fâchés de le voir partir.

Le dédain s'exprimant sur leur visage montrait que les trois frères voyaient maintenant Jamie sous un nouveau jour. Et qui n'était pas flatteur pour l'héritier de Glentrool.

Lachlan frappa ses mains ensemble, voulant renforcer son avantage devant son auditoire maintenant conquis.

— Je ne veux pas vous ennuyer avec le reste, nous avons d'autres choses importantes à discuter avant que nos estomacs réclament bruyamment leur dîner.

Il les mena au pied d'Auchengray Hill, pour les diriger ensuite vers un refuge de pierre dans le vallon. À peine plus qu'un abri grossier contre le vent et la pluie, c'était une petite construction récemment remise en état ; ses vieux murs avaient été renforcés et le plancher de terre, bien balayé.

Quand ils pénétrèrent à l'intérieur, Lachlan mit à profit l'intimité qu'il leur procurait, baissant la voix comme un conspirateur.

— Et voici le plus navrant, messieurs : Jamie pense que c'est *lui* qui est responsable de la fécondité de mes troupeaux.

Il grogna en hochant la tête devant leur visage ébahi.

— C'est mon argent qui a acheté les béliers, fit-il remarquer. Et j'estime que ce sont eux qui ont fait l'essentiel du travail.

À ces mots, une vague de rires mâles rebondirent sur les pierres, comme Lachlan l'avait espéré.

— Ce qui suit n'est pas sujet à plaisanteries. Jamie a annoncé son intention de réclamer la moitié des agneaux pour lui et de les amener à Glentrool, le jour de Lammas.

— *Comment ?*

Le regard de Malcolm se durcit.

— Mais pour qui votre neveu se prend-il ? s'indigna l'aîné. S'attribuer tout le mérite et les agneaux en plus ?

Lachlan hocha sombrement la tête.

— C'est ainsi.

Son regard s'arrêta longuement sur Malcolm.

— Ce qui rend la chose encore plus navrante, mes amis, c'est que j'avais l'intention que ce soit *toi*, mon héritier.

— Moi, monsieur ?

— Oui, révéla Lachlan devant leur visage médusé, maintenant certain de la manière dont ils répondraient à son offre. Si, Dieu nous en garde, quelque chose devait t'empêcher d'hériter d'Auchengray, la propriété reviendrait à tes frères.

Gavin déglutit avec quelque effort.

— Que... que dites-vous, monsieur McBride?

— Je dis que je vous ai choisis pour être mes héritiers. Quoique je ne puisse remplacer votre père, je veillerai volontiers à votre bien-être et protégerai votre fortune comme si c'était la mienne.

L'incrédulité fit place à la stupéfaction.

— Pouvez-vous être sérieux?

Malcolm l'observait, ébahi, puis il regarda ses frères.

— C'est plus que ce que nous pouvions espérer, dit-il, n'ayant aucun droit sur le domaine de notre mère et pas de terres qui nous appartiennent.

— Alors, c'est entendu, dit Lachlan, dont la poitrine se gonfla devant un tel étalage de sa propre bonté. Nous devrions mettre les détails par écrit dès que possible. Si je laisse à ce neveu l'occasion de me soutirer la moitié de mes agneaux, c'est en fait une grande part de votre héritage qu'il volera.

— Non!

Les trois frères firent chorus, Malcolm avec le plus d'énergie.

— Y a-t-il quelque chose que nous puissions faire pour l'arrêter, monsieur?

— Eh bien...

Lachlan fit une pause, comme s'il pesait sa réponse. Il avait bien sûr répété son petit numéro depuis des jours; mais il devait laisser croire que son plan venait de germer dans son esprit pour répondre à leur demande.

— Il y aurait bien *une* chose à faire, dit-il enfin.

Quand il se pencha vers l'avant, les frères l'imitèrent, formant un cercle étroit, comme un groupe de Tsiganes réunis autour d'un feu de camp.

— Duncan Hastings, mon superviseur, est absent cette semaine, reprit Lachlan. Ce concours de circonstances est vraiment... providentiel.

Chapitre 8

Le crépuscule et les cloches de la nuit,
Et ensuite les ténèbres !
— Alfred, Lord Tennyson

— L'heure est-elle trop avancée pour toi, jeune fille ?
Bien que son père sourît de l'autre côté de la table, ses mots ne transmettaient aucune chaleur.

Rose fit semblant d'étouffer un petit bâillement.

— Ce n'est que la chaleur de juin qui me rend somnolente.

En fait, Rose n'avait pas écouté son père. Au cours des dernières minutes, son regard était demeuré fixé sur les mains de Jamie, plantant son couteau dans son mouton fumé, tranchant la viande froide avec une intensité hargneuse, attaquant un morceau de fraise avec sa fourchette. Il était en colère — non, *furieux* — à propos de quelque chose. Toutes les veines de son cou étaient gonflées, comme un homme prêt à mettre l'univers au défi. Étaient-ce ces frères roux, qui s'essuyaient négligemment la bouche du revers de la main, qui lui échauffaient le sang ? Était-ce la voix haut perchée de Morna Douglas ? Les manières condescendantes de son père ?

Ou est-ce moi qui l'ai mis en colère ainsi ? Sa peau se glaça à cette pensée. *Mon Dieu, j'espère que ce n'est pas ça !*

Jamie était rentré à la maison avant les autres, frappant lourdement le plancher du talon pour exprimer sa mauvaise humeur et la réveillant d'une sieste profonde.

— Mais qu'y a-t-il, Jamie ? lui avait-elle demandé, quand il avait fait irruption dans la chambre, respirant la colère. Es-tu furieux contre moi, parce que je n'ai pas encore écrit à Leana ? Je vais le faire immédiatement.

— Non, Rose, avait-il répondu, retrouvant son sang-froid. Cela n'a rien à voir avec ta sœur.

Néanmoins, pendant que Jamie enlevait son pantalon boueux, elle avait trouvé son secrétaire pour commencer une nouvelle lettre. *Ma chère sœur, j'ai une nouvelle que je ne peux garder pour moi, bien que j'eusse préféré t'en faire part en personne...*

Rose s'était efforcée de continuer d'écrire, même si sa main tremblait et que l'encre tachait la feuille. *Dieu a répondu à mes prières...* Elle avait inclus plusieurs anecdotes concernant Ian, dans l'espoir que de tels détails réconforteraient Leana plutôt que d'ajouter à sa peine. Jamie n'était que mentionné en passant. *Nous partirons pour Glentrool le jour de Lammas...*

La lettre terminée reposait maintenant sur l'étroite table du vestibule de la porte d'entrée. Willie avait promis de l'apporter à Milltown le lendemain matin. De là, elle serait enfouie dans la poche de manteau d'un cocher de la poste allant vers l'ouest, et serait entre les mains de Leana quelques jours après, lundi au plus tard.

— Rose !

La voix qui l'interpellait était comme un aboiement.

— Où tes pensées vagabondent-elles, maintenant ?

— Nulle part, monsieur.

Rose se tourna vers son père, en tâchant de rassembler ses esprits.

— C'est que...

Elle regarda à l'entour de la table, consciente des regards curieux des convives.

— Je ne me sens pas très bien, depuis peu.

Ce qui était vrai en partie ; elle n'arriverait plus à se concentrer très longtemps sur un même sujet.

— Ne t'en fais pas, Rose.

Morna Douglas lui offrit un sourire amical.

— Je sais combien tu peux être fatiguée. Neda a promis de servir les poires des vergers d'Edingham, puis mes fils prendront congé. En dépit de la clarté tardive, il commence à se faire tard.

Faisant battre ses cils encore plus vite que d'habitude, elle ajouta :

— Ton père m'a aimablement invitée à rester jusqu'à demain matin.

La veuve continua de gazouiller quelque temps, pendant que les domestiques déposaient les assiettes de fruits tranchés devant chaque personne, leur chair crémeuse et pâle se découpant sur la porcelaine à motifs. Cueillies à la fin de la saison et gardées dans un endroit frais et sec, les poires bergamotes avaient encore un goût agréable, en dépit de leur pelure ridée. Il ne faisait pas de doute que la veuve vidait sa réserve avant que les variétés du début de l'été produisent leur récolte.

Rose prit son dessert en silence, observant les autres. Son père semblait content de lui-même, regardant par la fenêtre de la salle à manger et ignorant Morna, qui avait déposé une main possessive sur la manche du laird. Il l'avait séduite avec un présent de cinq vaches laitières, l'hiver précédent, un geste à la mesure de l'homme, qui savait que les bovins lui reviendraient un jour. Les frères avaient été silencieux pendant tout le déjeuner, échangeant des regards furtifs, mais rien de plus. Leur tournée d'Auchengray — qui s'était presque entièrement déroulée en l'absence de Jamie — s'était étirée jusqu'à peu avant l'heure du dîner. Avaient-ils été impressionnés par ce qu'ils avaient vu, ou Edingham restait-elle à leurs yeux le domaine le plus riche? Après sa première visite là-bas, Jamie avait simplement déclaré que la ferme de la paroisse d'Urr était « bien tenue ». Mais alors, Jamie n'avait aucun intérêt pour les bovins. Il ne se préoccupait que de ses moutons. Et d'Ian. Et d'elle, peut-être.

Jamie s'écarta de la table sans toucher à son dessert, et ses traits exprimaient la résolution.

— Je crois qu'un membre de la famille doit encore être présenté à nos invités.

Rose ferma la bouche, de crainte qu'elle s'ouvrît toute grande d'étonnement. L'homme n'avait sûrement pas l'intention d'amener son enfant illégitime à table!

— Madame McKie, auriez-vous la gentillesse de présenter mon fils aux Douglas?

Jamie, mais à quoi penses-tu ? Il n'y avait rien d'autre à faire que d'obéir à sa demande. Elle fit une révérence pour éviter les regards, puis sortit de la pièce et se dirigea vers l'escalier, son cœur plus actif que ses jambes. *Mon fils.* Avait-il l'intention de cacher la véritable identité de la mère ? Ouvrant la porte de la chambre d'enfant, Rose s'efforça de sourire, et fut reçue par deux sourires sincères en retour — l'un d'Ian, vêtu d'une robe toute propre, et l'autre d'Eliza, dont le bonnet était posé de guingois sur sa tête.

— Regardez qui est réveillé, dit Rose en prenant son beau-fils, pour le serrer tendrement tandis que ses petits pieds fouettaient l'air.

Gentil Ian. Un poing dodu agrippa sa natte et tira très fort, avant qu'elle arrive à lui faire lâcher prise en le chatouillant. Le visage redevenu sérieux, elle se tourna vers la porte.

— Viens, Eliza, dit-elle. Le garçon doit être présenté aux Douglas.

Un peu effrayée à cette perspective, la servante la suivit comme une ombre dans l'escalier. Le vestibule, assombri par l'arrivée du crépuscule, était imprégné des senteurs d'une longue journée de cuisson. Le travail de Neda était loin d'être terminé, puisque la veuve devait passer la nuit à Auchengray. Les draps de lit et les serviettes du salon venaient tout juste d'être changés ; les cheveux roux d'Annabelle lui apparurent, surmontant une pile de literie qui filait au pied de l'escalier.

Quand Rose atteignit le seuil de la salle à manger, elle s'arrêta net. Son père et les frères Douglas avaient disparu. La table avait déjà été débarrassée, et la Bible familiale était déposée pour l'heure de prière du soir. Seuls Morna Douglas et Jamie restaient dans la pièce, se tenant debout près du foyer. La veuve paraissait excessivement mal à l'aise ; le visage de Jamie était cramoisi.

Espérant briser le silence, Rose tourna le garçon afin qu'il leur fît face.

— Ian, aurais-tu la gentillesse de sourire à madame Douglas ?

La femme plus âgée regarda attentivement l'enfant.

— De qui disiez-vous que cet enfant était le fils ?

— C'est mon premier-né, Ian McKie.

La voix de Jamie était posée, mais sa mâchoire trahissait sa contrariété.

— L'héritier de Glentrool, précisa-t-il.

Les lèvres de la femme remuèrent, comme si elle calculait silencieusement l'âge du garçon. Morna savait que le couple s'était marié tard en mars ; clairement, le garçon était né bien avant leur union. Lachlan ne lui avait-il donc rien dit au sujet de ce petit-fils né hors mariage ?

Une diversion était la seule issue.

— Où les hommes sont-ils donc passés ? demanda Rose d'un ton enjoué, regardant tout autour de la pièce comme s'ils allaient surgir de sous les tables.

Morna cligna simplement des yeux, incapable, semblait-il, de formuler une réponse cohérente.

— Les Douglas ont pris congé, expliqua Jamie calmement en se dirigeant vers elle. Ton père les a reconduits à la barrière.

Rose se tourna vers la fenêtre, et n'entendit que le murmure étouffé de voix masculines provenant de la pelouse détrempée.

— Une longue route les attend, fit remarquer Rose.

— Au moins deux heures, dit Jamie, qui semblait heureux du départ des jeunes hommes. Eliza, voudrais-tu t'occuper d'Ian pour nous ?

Tandis que Rose remettait l'enfant gigotant à la servante, Jamie ébouriffa sa petite tête au passage.

— Bonne nuit, garçon. Ta belle-mère et moi irons te voir dans ta chambre, plus tard.

Belle-mère. Au moins, il avait clarifié ce point au bénéfice de la veuve. Sachant que Leana avait déménagé à Twyneholm, Morna Douglas compléterait-elle toute seule le reste des sordides détails ? Ou penserait-elle que Jamie avait déjà été marié, et qu'il portait le deuil d'une première épouse ?

La porte d'entrée s'ouvrit, puis se referma bruyamment, annonçant le retour de son père. Grâce au ciel, Eliza était déjà dans l'escalier avec Ian; Lachlan McBride n'aurait toléré que l'enfant fût présent pendant la prière. Il entra dans la pièce et reprit sa place à la table, leur demandant de s'asseoir pendant qu'il ouvrait son épaisse Bible à reliure de cuir. Elle s'ouvrit sur un psaume, comme si elle aussi devait se plier à la volonté du maître.

Rose approcha sa chaise de celle de Jamie, avec l'intention de lui prendre la main sous la table. Et de capturer son cœur, aussi. La douceur de sa caresse ferait-elle fondre sa résistance? Presserait-il ses doigts en la regardant tendrement du coin de l'œil? Ou l'ignorerait-il simplement? Elle jugea le risque trop grand; elle croisa les mains sur ses genoux et se contenta du spectacle de son profil viril, penché pour la prière, avant de fermer les yeux à son tour.

Rose essaya de suivre ce que son père disait, mais sa plus grande préoccupation était d'empêcher son front de toucher la table. *Point ne donnerai de sommeil à mes yeux et point de répit à mes paupières.* De tous les psaumes qu'elle avait dû mémoriser, celui-là se révélait le plus utile, surtout en soirée, quand elle pouvait difficilement garder l'œil ouvert après le dîner. Ce soir, en particulier, elle voulait demeurer réveillée bien après l'heure du coucher. Pour Jamie. *Et pour moi.*

La prière terminée, Rose leva la tête à temps pour voir Lachlan frapper du doigt un endroit sur la page.

— Deux passages doivent retenir notre attention, ce soir.

Il continua d'une voix morne, expliquant les versets, ses mots aussi monotones que les tic-tac de l'horloge sur le manteau de la froide cheminée. Bien que le feu dans la cuisine ne fût jamais éteint, même par les jours les plus chauds, les foyers dans le reste de la maison avaient été nettoyés, à la demande de son père. La tourbe et le charbon coûtaient de l'argent qu'il ne voulait pas dépenser. Alors que le crépuscule s'étirait, Rose sentait l'air plus froid de la nuit ramper dans la maison. Jamie la réchaufferait dans leur lit. Bien qu'il lui restât encore à lui donner son cœur, il ne lui refusait pas le reste de sa personne.

Quand Lachlan ferma la Bible avec un claquement qui ponctua son dernier mot, mettant à la prière un terme depuis longtemps attendu, même Morna parut soulagée. Rose l'était encore plus et elle rassembla ses jupes pour se lever.

— Je vous demande pardon, madame Douglas, mais je dois me retirer ou risquer de m'endormir sur ma chaise. Vous voulez bien m'excuser ?

Malgré le regard sévère de son père, Morna la libéra tout de suite. Peut-être voulait-elle passer une heure tranquille en tête-à-tête avec son futur époux. De quoi pourraient-ils bien parler, étant si différents ? Ian serait l'un des sujets de la discussion, de cela, Rose était assurée. Comme elle aimerait entendre son père expliquer ce méli-mélo !

— Viens, cher mari, dit-elle à Jamie, car je n'ose m'aventurer dans les marches toute seule.

Jamie l'escorta obligeamment jusqu'à l'étage, demeurant silencieux alors qu'ils montaient l'escalier. Une sage précaution, avec Lachlan et Morna à portée de voix, marchant bras dessus bras dessous dans le salon. Rose s'arrêta un bref moment dans la chambre d'enfant, et fut heureuse de trouver Ian profondément endormi, sa poitrine se soulevant et s'abaissant régulièrement. Elle aurait tant aimé pouvoir lui chanter une berceuse, comme Leana le faisait souvent. *Balou, balou, mon p'tit, mon p'tit bébé.* Mais Rose savait que sa voix n'était ni douce ni basse, et qu'elle risquait simplement de le réveiller.

— Bonne nuit, précieux garçon, murmura-t-elle en refermant la porte de la chambre.

Quelques instants après, quand Jamie la suivit dans leur chambre faiblement éclairée, Rose se tourna et enveloppa les bras autour de son cou.

— Enfin, je t'ai à moi toute seule.

— Tu as été très patiente avec moi, ce soir, Rose.

Elle ne vit aucune étincelle de passion dans ses yeux répondre à la sienne, mais ses mots étaient sincères, même contrits.

— En présence d'invités sous notre toit, dit-il, j'aurais dû me montrer particulièrement poli. J'ai plutôt été...

— Grossier ? compléta-t-elle pour lui. Impoli ? Malappris ? ajouta-t-elle avec un clin d'œil.

— Toutes ces choses, j'en ai peur. Le comportement de ton père est devenu plus odieux, récemment. En ce qui concerne les fils Douglas — son soupir était lourd de déception —, je ne peux me résoudre à leur faire confiance.

— Jamie McKie, tu es plus intelligent que les trois réunis.

Elle se rapprocha pour respirer l'odeur de son corps.

— Ne perds pas une seconde de sérénité à cause d'eux, mon brillant époux.

Son compliment eut l'effet désiré : la ride de son front s'effaça alors qu'il encerclait sa taille de ses bras.

— Je suis heureux que tu m'estimes, ma chérie. Me pardonneras-tu, alors ?

— Je l'ai déjà fait.

Rose se blottit dans ses bras, caressant de sa joue le creux de son cou.

Elle était reconnaissante du savoir-faire de Hugh avec un rasoir ; la peau de Jamie était toujours aussi douce et goûtait le savon de bruyère. Quand elle le sentit se réchauffer pour elle, elle se retourna pour lui présenter une rangée de petits boutons à défaire.

— Peux-tu t'en charger, ou dois-je appeler Annabelle pour me préparer à aller au lit ?

Après un moment d'hésitation, il commença à déboutonner sa robe, mais s'arrêta quand il entendit les bêlements plaintifs des brebis au loin. Plus forts que d'habitude, pensa Rose, et plus nombreux aussi. Ce n'était peut-être rien d'autre que l'humidité de l'air du soir, qui portait le son à travers les pâturages.

— Bonne nuit à vous aussi, les filles, lança-t-elle en direction de la fenêtre à battants, pendant que Jamie détachait son dernier bouton. Que le Ciel veille sur vous jusqu'au lever du jour.

Chapitre 9

Les rumeurs s'amplifient en circulant,
Pas une histoire qui ne soit racontée sitôt entendue.
— Alexander Pope

— As-tu oublié quel jour nous sommes ?

Tante Meg inclina la tête vers la porte.

— Tu sais que les gens vont hocher la tête, si nous n'apparaissons pas sur le coup de dix heures.

Leana passa les mains sur la robe bordeaux suspendue à une poutre du cottage, lissant les derniers plis. Les femmes de la paroisse de Twyneholm se rassemblaient dans le petit salon du presbytère, comme elles le faisaient le premier mercredi de chaque mois. Elles en profitaient pour partager une assiette de biscuits, manier leurs aiguilles à coudre et se joindre au ministre pour dire quelques prières pour la congrégation. À une heure, elles rentreraient à la maison avec quelques pépites de commérages en poche, comme autant de friandises chapardées.

— Je suis presque prête.

Leana examina la soie brodée, à l'affût d'un accroc qui aurait pu lui échapper. Elle vint à bout d'une petite tache d'encre sur la manche droite avec un soupçon de jus de citron. Une traînée de graisse sur l'ourlet ne résista pas au sabot de mouton pilé, la solution éprouvée de Neda. Hier, Leana avait suspendu sa robe au grand air, puis l'avait pressée soigneusement avec un lourd fer de tailleur — un fer à repasser doté d'une longue poignée évoquant le cou d'une oie — emprunté à monsieur Purvis. Leana sourit, satisfaite de son apparence. Aucune autre robe qu'elle avait déjà portée n'avait une telle signification à ses yeux.

Tante Meg immobilisa ses mains.

— Assez de brossage, ma petite. Ta robe est plus que prête à être portée au prochain sabbat.

Non, chère tante. Leana ne sentirait plus jamais son étoffe sur ses épaules. Bien qu'elle l'eût, en effet, mise chaque dimanche à Twyneholm, et à plusieurs reprises à Newabbey, elle aurait, plaise à Dieu, une autre utilité.

— L'heure nous appelle, jeune fille.

Tante Meg ouvrit toute grande la porte peinte.

— Tu as la même silhouette que le jour de ton arrivée. Personne ne s'apercevra de rien.

Leana sortit derrière elle dans l'épaisse brume du matin.

— J'espère que vous avez raison.

Les mauvaises langues étaient pareilles dans chaque paroisse, prêtes à s'emparer du moindre indice accusateur pour inventer le reste. Au dernier sabbat, elle s'était faufilée par la porte de l'église à la seconde cloche, puis s'était éclipsée rapidement à la fin du service religieux, espérant que personne n'ait le temps de remarquer sa taille plus épaisse. Ce matin-là, sa tante avait noué son corset avec soin. Elle avait laissé à Leana assez de jeu pour respirer, mais les fanons de baleine la pinçaient douloureusement, par endroits. Est-ce que les dames de la paroisse, remarquant son inconfort, tireraient la scandaleuse conclusion ?

Leana respira profondément dans l'air humide et expira une prière. *Je m'abrite au couvert de tes ailes.*

La tante et la nièce franchirent la route de gravier construite par les soldats anglais quelques décennies auparavant, puis se prirent par le bras pour naviguer sur le sentier menant à la porte d'entrée du presbytère. Plus belle demeure du village, la maison du ministre était construite en pierre basaltique avec des ornements de grès, récemment peints en blanc. En dépit de ses appréhensions, Leana était prête à entrer pour être de nouveau au sec. De l'air chaud et humide, comme une vapeur en suspension, s'attachait à ses vêtements. Ses cheveux laissés libres flottaient comme un nuage vaporeux sur ses épaules. Elle pensa alors qu'elle aurait dû passer un peu plus de temps à se brosser les cheveux, et un peu moins à défriper sa robe.

La porte s'ouvrit vers l'intérieur dès le premier coup frappé. Lydia Scott, une femme de haute taille de soixante ans à la chevelure fauve et aux yeux bruns chaleureux, leur fit un bel accueil.

— Les voilà, annonça la femme du ministre par-dessus son épaule, avant de les inviter à l'intérieur. Nous pensions que vous vous étiez égarées dans la brume.

Leana suivit sa tante dans le presbytère, tout en portant une main à ses cheveux pour essayer de les replacer tant bien que mal. Le salon était déjà rempli de femmes — assises sur des chaises à dossier droit, discutant près du foyer, tenant en équilibre tasses de thé et soucoupes, grignotant des biscuits croustillants au citron. Et parlant, toutes en même temps, leur voix aiguë éclatant comme des coups de cymbale.

Leana et Meg se mêlèrent à elles, faisant de leur mieux pour ne pas renverser leur tasse de thé sur le tapis à motifs, une rareté dans les maisons de campagne. Chaque mur était couvert de papier peint, un motif complexe de fleurs et de fruits qui s'harmonisait avec les riches couleurs du tapis, alors que d'épais rideaux habillaient les longues fenêtres. Lydia Scott venait d'une famille riche, disait-on ; les preuves étaient étalées autour d'elles.

Tante Meg salua toutes les femmes par leur nom.

— Madame McCulloch, comment va votre fils ? Et madame Palmer, quelle bonne idée d'avoir amené Ann avec vous.

Leana fit semblant de ne pas remarquer la poussière de sucre sous le nez de Grace Burnie, au moment où la matrone tendait le bras vers un autre biscuit. Helen McGill, qui était habillée pour une tout autre saison, avait le front brillant de sueur. Quant à Catherine Rain, avec sa bouche en cul-de-poule, son regard acéré — braqué sur Leana — était plus pointu que les aiguilles épinglées à son corsage.

Leana tourna la tête et son corps ensuite. Madame Rain soupçonnait-elle quelque chose ? Se déplaçant vers un autre coin de la pièce, Leana trouva une place parmi un groupe d'âmes plus aimables, des femmes auxquelles elle avait parlé auparavant et qu'elle connaissait un peu. Bien que Leana eût déjà assisté à deux rencontres de prières et qu'elle n'eût jamais manqué un seul sabbat à l'église, il y avait encore plusieurs femmes de la grande paroisse rurale qui lui étaient inconnues. Elle espérait que son sourire suffirait en guise de bonnes manières, ne souhaitant que se faire la plus petite possible pendant ses derniers jours passés à Twyneholm.

— Mademoiselle McBride.

Une dame plus âgée, dont la voix ressemblait au braiment d'un âne, se fraya un chemin jusqu'à elle.

— Vous êtes l'image même de votre mère, dit-elle. Que Dieu veille sur son âme. Qu'est-ce qui vous amène à Twyneholm ?

Une à une, les têtes se tournèrent vers elle. Le bruyant bavardage diminua d'intensité.

— Dites-nous, mademoiselle McBride, ajouta une autre étrangère. Pourquoi êtes-vous ici, et non pas auprès de votre famille, à Newabbey ?

— En vérité, renchérit Janet Guthrie avec un très fort accent écossais, y en plusieurs qui s'posent la même question.

Leana se prit les mains pour les empêcher de trembler. Elle avait déjà répondu à des questions semblables pendant sa visite, mais jamais à autant de personnes à la fois.

— Je suis ici parce que… ma tante…

Meg vint à son secours.

— J'ai insisté pour que Leana vienne me rendre visite ce printemps. Le temps au cottage Burnside est bien long, avec deux chiens pour toute compagnie.

Autour de la pièce, les têtes hochèrent de haut en bas et les expressions s'adoucirent.

— De plus, ajouta-t-elle, ma nièce est une horticultrice hors pair. Vous êtes toutes invitées à venir chez moi le constater par vous-même.

Leana lui sourit, heureuse du sursis obtenu. Meg n'avait pas insisté pour qu'elle vienne à Burnside, bien sûr ; Leana l'avait implorée de l'héberger. Et la sociable Meg n'avait que fort peu de temps pour se sentir seule.

— Venez, mesdames, fit Lydia Scott en s'avançant au centre de la pièce, attirant l'attention de toute l'assemblée. Nous nous sommes réunies pour prier. Janie reprendra vos assiettes et vos tasses. Assoyez-vous pendant que je trouve mon mari.

Les chaises étaient faites de chêne finement travaillé — de Glasgow, si la rumeur était fondée — et non de simples tabourets de pin comme ceux autour du foyer de Meg, bas sur le plancher, sans dossier ni accoudoir. Leana choisit une chaise confortable, et Meg vint s'asseoir tout près d'elle.

— Relève le menton, jeune fille, dit Meg à voix basse, car certaines des commères présentes ici ne se laissent pas facilement convaincre. J'ai élevé des abeilles assez longtemps pour savoir que ce sont celles qui ont du miel à la bouche qui portent le dard.

Avant que Leana puisse répondre, l'érudit révérend John Scott entra dans la pièce au milieu d'une rafale de salutations. Instruit et pieux, il dirigeait son troupeau d'une main ferme, mais aimante. En chaire et dans les journaux, il déplorait la recrudescence de la contrebande sur la côte du Solway, conscient que la plupart de ses paroissiens étaient impliqués dans le «libre échange», à un titre ou à un autre. Tante Meg elle-même dissimulait du sel importé illégalement dans son armoire pour aider l'un de ses voisins qui en faisait le trafic, et cela lui permettait d'en avoir toujours une ample provision pour sa collaboration.

Le révérend Scott étira les bras, les étendant au-dessus du groupe comme les branches d'un chêne vigoureux.

— Tu écoutes la prière. Jusqu'à toi vient toute œuvre de chair.

Une longue période d'intercession s'ensuivit, le ministre parlant, les femmes écoutant. Tous les besoins des paroissiens étaient déposés devant le Tout-Puissant, tous, sauf ceux non dits de Leana.

Quand la prière du ministre fut enfin finie, il disparut dans l'escalier suivi de son épouse, désirant s'entretenir un moment avec elle. Alors que les femmes reprenaient leurs conversations, Leana sentit plus d'un regard curieux braqué sur elle. Sa tante le remarqua aussi.

— C'est parce que tu n'es pas des leurs, dit Meg doucement. Une étrangère, toujours nouvelle dans la paroisse.

Elle tapota la main de Leana.

— N'y pense plus. As-tu apporté quelque chose à coudre? Leana leva son sac de couture.

— Mes bas de coton.

Meg la regarda un moment, puis un sourire s'épanouit sur son visage.

— Ne suis-je pas étourdie? lança-t-elle. J'ai quitté la maison avec tant de hâte que j'ai oublié mon ouvrage.

Elle se leva en regardant la porte.

— Ce n'est qu'une petite course entre le presbytère et le cottage. Je serai de retour avant que tu aies fini ta première couture.

— Meg...

Leana lui saisit un coude.

— Pourriez-vous me rendre un grand service? Vous serait-il possible... de ramener la robe bordeaux avec vous?

C'est seulement à cet instant que Leana avait vu l'occasion qui s'offrait d'exécuter son plan, avec toutes ces femmes réunies et aucun homme présent.

— Je vous expliquerai quand vous reviendrez. Vous y arriverez toute seule?

— Bien sûr, répondit tante Meg, qui disparut dans un froissement de robe.

Leana pressa une main sur sa gorge, sentant son pouls battre fortement contre ses doigts. Oserait-elle faire une telle chose? Présenter sa robe de mariée dans une réunion paroissiale afin de la mettre en vente? Autrement, elle craignait de devoir attendre des jours, sinon des semaines, pour trouver un acheteur. Pourtant, elle ne pouvait s'attarder à Twyneholm plus longtemps. Si ses nombreux secrets étaient découverts, aucune femme honnête ne voudrait de sa compagnie, et encore moins de sa robe bordeaux.

Alors, aujourd'hui — ce matin même —, elle sacrifierait sa plus chère possession et prierait pour que cela lui pave le chemin d'Auchengray.

Sa résolution prise, elle saisit ses lunettes dans la poche cousue à sa taille et les mit avec soin, afin de ne pas tordre la délicate monture d'argent. Sa faible vue les rendait nécessaires dès qu'elle cousait, lisait ou additionnait de longues colonnes de chiffres. Avec les verres devant ses yeux, son environnement devint soudain plus clair. Et les regards des autres femmes aussi. En savaient-elles plus qu'elle ne le pensait ? Offrir sa robe en vente ne ferait-il que confirmer leurs soupçons ? Peut-être avait-elle agi trop précipitamment quand elle avait demandé à Meg de lui rapporter la robe.

Tristement, Leana baissa les yeux vers son sac de couture et fut réconfortée par la vue familière. Fait d'une étoffe de laine finement tissée et doté de poignées sculptées en corne de bœuf, le robuste sac la quittait rarement. Rose l'avait acheté d'un vendeur itinérant qui trimbalait sa marchandise un jour de printemps, puis elle l'avait offert à Leana pour son anniversaire.

Des années auparavant. Dans une autre existence, quand Rose l'aimait encore.

Pourquoi ne m'as-tu pas écrit, ma chère sœur ? Elle savait pourquoi. Jamie et Rose étaient occupés à s'installer à Glentrool, et ils n'avaient ni le temps ni l'intérêt d'envoyer des lettres. Clignant fortement des yeux, Leana fouilla dans son sac de couture pour retrouver les bas de coton qu'elle avait commencés la veille. Quand ses doigts trouvèrent la douce étoffe, elle la tira du sac et la déposa sur ses genoux. Elle dut incliner la tête pour essuyer quelques larmes avant qu'elles tombent et tachent sa robe verte.

Au moment de reprendre son travail, Leana remarqua Barbara Wilkinson, la femme du meunier, qui regardait ce qu'elle avait sur les genoux.

— Que faites-vous, jeune femme ? Une robe pour un bébé ?

Leana baissa les yeux et eut un choc. Elle avait pris la robe de nuit d'Ian à la place des bas ! Les petites manches brodées étaient étendues sur ses jupes à la vue de toutes.

— Quel joli travail.

Barbara Wilkinson prit le vêtement d'enfant et le leva afin que toutes puissent le voir.

— Ces chardons ne sont-ils pas d'une main experte ?

Tout autour de la pièce, des têtes se levèrent, des sourcils aussi, alors que les femmes regardaient la petite robe. La femme du meunier se retourna vers Leana et demanda, les yeux brillants dans l'attente de la réponse :

— Ce petit enfant doit être très spécial, pour que vous lui cousiez une telle robe. À qui est-il ?

Chapitre 10

La vérité ne rougit pas.
— Tertullien

Leana hésita, désespérant de trouver une réponse adéquate. Elle ne pouvait mentir. Elle ne le pouvait *pas*. Ni dire la vérité, pas toute.

— C'est celui… de ma sœur, confessa-t-elle. Ian McKie, de Glentrool.

Assez près de la vérité, devant Dieu et les hommes.

— Le garçon de votre sœur, dites-vous ?

Catherine Rain lui lança un regard dédaigneux.

— Ma parenté de Newabbey m'a raconté une tout autre histoire.

Un long murmure balaya la chambre comme un vent mauvais du nord, qui glaça le cœur de Leana. Le regard de Catherine devint plus pointu.

— Mary McCheyne est ma cousine. Son nom vous est familier, j'en suis sûre.

Leana se rappelait bien les mots blessants que Mary McCheyne avait lancés sur elle comme autant de pierres, un sombre matin de sabbat. *T'es une prostituée dégoûtante ! Une putain de la pire espèce, qui a volé l'mari d'sa sœur.*

— Je connais votre cousine, admit Leana, luttant pour que sa voix reste calme. Je voyais Mary chaque dimanche, à l'église de Newabbey.

— Et trois dimanches en particulier, elle *vous* a vue aussi.

Madame Rain montra les dents et cracha :

— Perchée sur le banc de pénitence…

Non !

— … pour le péché de fornication.

Les femmes de Twyneholm émirent un hoquet en chœur.

Leana pressa la robe de nuit de coton contre son cœur. Un seul mot, et elle se retrouvait de nouveau sur le banc redouté. Exposée à l'ignominie, afin que tous puissent se moquer d'elle. Un grossier sac de bure lui éraflant le dos. Pieds nus sur le froid plancher de pierre.

N'avait-elle pas confessé ses péchés, n'avait-elle pas été pardonnée ?

Catherine Rain était debout, maintenant, le regard plongé sur elle.

— Cette fois, dites la vérité à cette paroisse, Leana McBride. L'enfant que votre sœur élève est le vôtre. Conçu dans le péché, né dans la honte. Un bâtard.

— Non.

Leana se leva aussi, portée par une force qu'elle ne se connaissait pas. *Dieu est avec moi ; je ne craindrai rien.*

— Ian McKie n'est rien de tout cela, dit-elle, et ses genoux cessèrent de trembler, de même que sa voix. Bien qu'Ian soit le fruit de mon ventre, il est aussi le fils légitime et l'héritier de James McKie. Ni le péché ni le déshonneur ne ternissent son nom.

Son adversaire ne perdit pas une seconde pour lui répondre.

— Et qu'en est-il de *votre* nom, *mademoiselle* McBride ?

Regardant directement Catherine Rain, Leana parla du fond du cœur.

— Ma réputation est secondaire. Seule celle de ma famille importe. Ian McKie fut engendré et il est né à l'intérieur de l'union sacrée du mariage. Son père, James McKie, était mon mari, par habitude et de commune renommée.

Des murmures accompagnèrent chaque affirmation, et tous les yeux restaient fixés sur elle.

Leana s'arrêta, mais seulement un moment. Il valait mieux se confesser plutôt que laisser les fausses rumeurs voler aux quatre vents.

— En ce qui concerne l'accusation de fornication, j'ai agi comme mariée par procuration lors du mariage de ma sœur, puis je me suis présentée à monsieur McKie dans sa chambre, qui était plongée dans les ténèbres.

Elle ne broncha pas devant leur visage horrifié.

— Je croyais qu'il m'aimait, poursuivit-elle. Et il a pensé que j'étais ma sœur. Nous fûmes tous les deux… induits en erreur.

Le regard ironique de Catherine montrait qu'elle avait déjà entendu cette histoire auparavant.

— Alors, vous n'avez jamais été son épouse légitime.

— Pendant un certain temps, j'ai cru que je l'étais. Mon père a comparu devant le conseil de l'Église pour que les registres soient corrigés, en remplaçant le nom de ma sœur par le mien dans l'acte de mariage. Hélas, cela n'a pas été fait correctement, une triste vérité que je n'ai apprise que plus d'un an après, des mois suivant la naissance d'Ian.

Elle aurait pu en dire davantage, mais cela n'aurait servi à rien. Ses interlocutrices étaient déjà stupéfaites. Les mains pendaient, les mâchoires étaient ballantes.

— James McKie est maintenant marié avec ma sœur, Rose — par la loi, il l'a toujours été —, et ils ont la garde de mon fils, reprit-elle. J'ai des raisons de croire qu'ils sont partis vivre dans le manoir de sa famille, dans la paroisse de Monnigaff.

— Et où avez-vous l'intention de vivre ?

Les mots de Barbara Wilkinson étaient lourds de condamnation.

— Pas à Twyneholm…

Leana leva la main, comme pour dévier le mépris de la femme.

— Je suis venue dans votre paroisse pour une brève saison. Quand j'ai écrit à ma tante, pour lui expliquer mon infortune, elle m'a ouvert les portes du cottage Burnside.

Leana jeta un coup d'œil du côté de l'entrée et fut soulagée de constater qu'elle n'avait pas été témoin de sa confession imprévue. J'espère que vous ne tiendrez pas rigueur à Margaret Halliday de son hospitalité.

— Vous pouvez en être assurée, mademoiselle McBride.

C'était Lydia Scott, debout au pied de l'escalier.

— Vous avez déjà comparu devant votre propre paroisse, dit-elle. Nous n'avons aucun droit de vous juger, ici, à Twyneholm.

Leana baissa le regard, peu habituée à une telle clémence.

— Vous êtes… bien bonne.

— C'est Dieu qui est bon pour nous tous.

La femme du ministre commença à se frayer gracieusement un passage à travers les chaises et les boîtes à couture.

— Quand mademoiselle McBride est arrivée en mars, expliqua Lydia, mon mari a pris connaissance d'une lettre de recommandation scellée du révérend Gordon. Personne ne peut quitter les frontières d'une paroisse sans être muni d'un tel document.

Elle se tourna vers Leana, et sa voix était remplie d'une bien-veillante autorité.

— Cette lettre, dit-elle encore, confirme que mademoiselle McBride n'est pas mariée et que son signataire se porte garant de sa réputation morale.

Quand Catherine voulut s'éclaircir la gorge pour protester, Lydia la paralysa du regard.

— Si John Gordon la recommande à notre paroisse, nous n'avons besoin d'aucune autre opinion.

Défaite, Catherine retomba assise sur sa chaise alors que la femme du ministre promenait son regard sur l'assemblée. Le visage de chacune exprimait une émotion différente. De la pitié. De la consternation. Des remords. Les yeux de Lydia semblèrent s'arrêter sur toutes, une à la fois, s'attardant sur Leana en parti-culier. La clémence brillait dans les yeux bruns de la femme.

— Pardonnez, et vous serez pardonné, dit simplement Lydia. C'est plus qu'une belle phrase dans un sermon. C'est la vérité.

Un coup retentit à la porte. Les têtes se levèrent alors que Margaret Halliday venait rejoindre le groupe. Son sac de cou-ture était attaché à sa taille, et ses cheveux gris avaient maintenant la couleur de la brume. Son visage était orné d'un sourire optimiste, qui s'évanouit rapidement.

— Ai-je manqué… quelque chose ?

— En effet, dit Lydia Scott, se tournant vers Leana. Pendant votre absence, nous avons appris beaucoup de choses sur votre nièce. Et son enfant.

— Vous le… savez ?

Son visage ridé se vida à l'instant du peu de couleurs qu'il avait.

— J'en ai peur, ma tante.

Leana prit la robe humide et l'étendit sur la chaise derrière elle, puis se tourna vers l'assemblée pétrifiée.

— Mes actions passées m'ont suivie à Twyneholm.

— Oh, ma pauvre nièce.

Meg lui caressa doucement les cheveux, comme pour la consoler, même si, des deux, c'est Leana qui était la plus sereine.

— Ton enfant…

— Celui de sa sœur, maintenant, la corrigea Catherine Rain d'un ton hautain.

— Sûrement pas.

Sa tante se raidit.

— Ce sera à Leana d'élever cet enfant, pas à sa sœur. Cet hiver, quand il naîtra…

— Meg ! s'écria Leana, mais il était trop tard.

Des commentaires fébriles volèrent en tous sens, comme autant d'oiseaux affolés cherchant à s'échapper de leur cage.

— Un autre bébé ?

— C'est impossible !

— Qui est le père ?

— Peut-être l'ignore-t-elle ?

Quand le tumulte cessa, les femmes la regardèrent bouche bée, agrippant leurs travaux d'aiguille maintenant oubliés. L'atmosphère s'alourdit de leur silence.

Leana leva les yeux vers le ciel, implorant de trouver la force de parler.

— Ma tante vous a dit la vérité : je porte un deuxième enfant de monsieur McKie. Conçu pendant que nous croyions être légalement mariés.

L'aplomb de sa voix la surprit elle-même ; la peur d'être découverte envolée, la honte s'en était allée aussi.

— L'enfant, reprit-elle, naîtra dans ma propre paroisse. J'espère partir vendredi pour Newabbey.

Tante Meg l'agrippa par le bras.

— Mais, Leana…

— Non, ma tante.

Elle l'étreignit rapidement.

— Il est temps. Les bonnes dames de Twyneholm en ont subi assez, ce matin.

Leana se tourna vers la femme du ministre.

— Je vous demande pardon, madame Scott, d'avoir perturbé ce qui aurait dû être une paisible heure de couture.

— Au contraire, mademoiselle McBride.

Sa voix, son regard, étaient porteurs d'une grâce peu commune.

— Vous avez démontré un courage remarquable. C'est une leçon plus importante que nos travaux d'aiguille. Nous avons toutes appris quelque chose, aujourd'hui, grâce à votre honnête confession. N'est-ce pas vrai, mesdames ?

Bien qu'aucune n'osât parler, leur expression contrite était assez éloquente.

La femme du révérend jeta un coup d'œil sur les paniers de couture éparpillés sur le tapis, puis tourna le regard vers la chaise de Leana.

— Je vois que votre tante a rapporté cette jolie robe. Aviez-vous l'intention de la repriser ?

— Non, répondit Leana, ravalant ses dernières craintes. Je pensais la vendre.

— *La vendre ?*

Tante Meg la regarda, étonnée.

— Ta plus jolie robe ? Mais pourquoi donc ?

— Afin de me procurer l'argent nécessaire pour louer un cabriolet.

Leana prit sa robe, sentant bon la lavande, et la présenta aux autres femmes.

— Elle n'est pas toute neuve, expliqua-t-elle, mais elle est propre et bien pressée, sans une tache ni un pli. C'était ma robe de mariage, elle a été confectionnée par Joseph Armstrong, un tailleur du village de Newabbey.

Elle s'arrêta, mal à l'aise à l'idée de parler d'argent.

— Bien qu'elle ait coûté bien plus, j'ai besoin de seulement quinze shillings pour mon voyage de retour à la maison. C'est peut-être même trop demander...

— Non ! répondit immédiatement un chœur de voix.

— Je paierai volontiers quinze shillings pour l'avoir.

C'était Grace Burnie, déjà penchée pour palper le délicat travail de broderie.

— J'ai admiré votre robe lors de chaque sabbat, depuis votre arrivée. Je ne suis pas aussi mince que vous, mais je peux la faire retoucher.

— Bien sûr, parvint à dire Leana, au comble de l'étonnement de les voir toutes si intéressées.

— Mais elle m'irait très bien comme ça, dit Ann Palmer, l'une des plus jeunes femmes présentes, en la plaquant sur sa taille pour le prouver. Mère, ne pourrions-nous pas en offrir seize shillings à mademoiselle McBride ?

— Si tu crois qu'elle te va...

— Peut-être bien, mais elle *me* va encore mieux, insista Sarah McCulloch, tout en imprimant un petit balancement à sa longue chevelure auburn. J'ai dans mon réticule la recette du marché du vendredi, et je suis prête à payer dix-huit shillings. Je suis sûre que mademoiselle McBride fera un bon usage des shillings additionnels, pour son enfant.

— Pas une d'vous l'aura, lança Janet Guthrie avec un fort accent écossais. Ma fille a b'soin d'une jolie robe. Vingt shillings, mam'zelle McBride.

Leana restait là, clouée sur place, regardant ces femmes, l'une, puis l'autre, tirer sur sa robe, s'en disputer la possession et renchérir sur le prix.

— Mademoiselle McBride?

Une voix masculine familière porta à travers toute la pièce, faisant taire toutes les autres. Le révérend Scott apparut au pied de l'escalier.

— Vue d'ici, dit-il, cette robe me paraît neuve. N'êtes-vous pas de mon avis, madame Scott?

La dame plus âgée sourit, l'examinant de plus près.

— Pas une tache ni un accroc. Digne d'une jeune mariée, dirais-je.

— Tout juste ce que je pensais.

Il se déplaça au milieu de la mer de femmes, qui se séparèrent pour lui livrer passage.

— Notre petite-fille se mariera à l'église, le mois prochain. Il nous plairait, à madame Scott et à moi, de la voir ainsi parée.

Digne d'une jeune mariée. Leana tint la robe dans ses mains, qui ne tremblaient plus.

— Elle est donc à vous, dit Leana, pour quinze shillings.

— J'ai dit que cette robe était comme neuve, lui rappela-t-il en la redéposant. Et je crois que madame Guthrie vous en a offert vingt shillings. Dites-moi, Leana, combien cette robe a-t-elle coûté à votre père?

Oserait-elle le révéler?

— Deux livres sterling, dit-elle finalement, effrayée par le chiffre exorbitant.

Elle entendit plus d'un hoquet d'étonnement.

Le ministre tira une bourse de cuir de la poche de son veston et en versa le contenu dans les paumes ouvertes de son épouse.

— Veuillez payer à la jeune femme ce qui lui est dû.

Incrédule, Leana regarda Lydia Scott déposer une poignée de pièces d'argent dans ses mains vides.

— Assez pour rentrer chez vous en toute sécurité, dit Lydia en refermant les doigts de Leana sur les pièces.

Stupéfaite, Leana ne pouvait détacher le regard de ses deux bienfaiteurs. La femme aimable. Le généreux ministre.

— Mais… pourquoi? demanda-t-elle finalement. Pourquoi accomplissez-vous un geste aussi charitable, après ce que j'ai admis ce matin?

Le révérend Scott se recueillit un moment avant de répondre.

— John Gordon m'a écrit, peu après votre arrivée. Les détails de sa lettre confirment tout ce que vous avez confessé ici.

Il fit un geste en direction de l'escalier et ajouta :

— Veuillez pardonner mon oreille indiscrète.

Leana ne pouvait cacher sa confusion.

— Si vous saviez…, alors…

— Voici ce que je sais, l'interrompit-il d'un ton ferme. Seule une femme dont l'âme a été lavée par le Tout-Puissant peut parler si courageusement du passé, certaine de son pardon.

Le ministre attira sa femme à ses côtés.

— Le fruit de votre ventre est la bénédiction de votre vie. L'argent qui est entre vos mains vous appartient.

En tremblant, Leana serra les pièces sur son ventre et espéra que ses larmes suffiraient comme remerciement. *Je reviens à la maison, Neda. À la maison!*

— Retournez vers les gens que vous aimez, Leana.

Lydia Scott appuya la tête sur l'épaule de son mari.

— Et auprès de ceux qui vous aiment.

Chapitre 11

Si tu dois m'embrasser, amour,
Qui te retiendra ?
Si tu dois être mon amour,
Jamie, viens à moi !
— Robert Burns

À l'ombre de son bonnet à large bord, Rose observait Jamie dans le jardin, se demandant s'il l'avait vue, avançant vers lui sur la pointe des pieds. Ian faisait sa sieste de l'après-midi, ce qui lui accordait une heure de liberté pour rechercher la compagnie de son mari. Elle avait aspergé ses cheveux d'eau de rose et mis la robe bleue qu'il préférait. Le remarquerait-il ?

Jamie était assis sous l'if, plongé dans un livre, ses longues jambes étendues devant lui, son large dos appuyé sur l'écorce brun-rouge. L'if, plus grand que la maison et plus vieux de plusieurs siècles, avait abrité sous son feuillage quantité d'âmes en quête d'un répit dans la chaleur. Après deux jours d'affilée de pluie et de bruine, Rose appréciait la caresse du soleil sur ses épaules, quoique rien ne la réchauffait autant que la vue de l'homme qu'elle aimait.

— Jamie, appela-t-elle doucement, ne voulant pas le faire sursauter.

Lorsqu'il leva les yeux vers elle et qu'elle vit le début d'un sourire sur son visage, sa gorge se serra. Comme il était beau, son mari ! Elle pénétra sous les branches de l'if, heureuse d'avoir Jamie à elle seule dans l'intimité du berceau de verdure.

— Pourquoi n'es-tu pas en train de compter tes moutons, le taquina-t-elle, au lieu de lire ce livre ennuyeux ?

Son sourire s'épanouit.

— Rab, Davie et quelques autres pâtres arriveront lundi pour la tonte. D'ici là, mes troupeaux n'ont que peu besoin de moi. Et aussi lugubre qu'en soit le sujet, je lis ce livre avec plaisir.

Il leva vers elle le *Journal de l'année de la peste*, de Defoe, emprunté dans la bibliothèque du révérend Gordon.

— Il offre un regard plus pénétrant que le compte-rendu de Pepys, expliqua-t-il, même sans témoignages. Savais-tu qu'une comète était apparue dans le ciel londonien peu avant la peste, et qu'une autre avait précédé le grand incendie ?

— Vraiment ?

Rose prit le mince ouvrage, sa curiosité éveillée.

— Je suppose que c'était un signe du Tout-Puissant, dit-elle pensivement.

— C'est ce que croient plusieurs Londoniens.

Elle parcourut les pages, et quelques phrases attirèrent son attention.

— « Condamnée à la destruction », lut-elle à voix haute, frissonnant à cette pensée. « Une étoile embrasée... Un bruit puissant, menaçant et terrible. » Oh !

Elle referma le livre rapidement, de peur que les pages lui brûlent les doigts.

— Crois-tu que le Tout-Puissant parle à son peuple de manière aussi directe ?

— C'est ainsi qu'il m'a parlé, lui rappela Jamie, reprenant le livre de ses mains pour l'enfouir dans sa veste. Tu m'as entendu décrire ma vision de créatures ailées et d'une voix qui mugissait comme la mer.

Le rêve de Jamie effrayait Rose. Se pouvait-il qu'il fût vrai ?

— Je me suis réveillée de bien des rêves étranges, lui confiat-elle, mais je n'ai jamais pensé que c'était Dieu qui en était l'auteur.

— Moi non plus, Rose. Pas avant cette nuit d'octobre où j'ai dormi à la belle étoile. J'ai entendu une voix qui disait « Vois, je suis avec toi où que tu ailles ».

L'expression de son visage était si sincère qu'elle en fut presque persuadée.

— Ce n'était pas qu'un simple rêve, affirma-t-il, car j'ai senti sa présence, et je lui ai répondu aussi.

— Je te crois, dit-elle, et elle faisait un grand effort pour y arriver.

Si Jamie entendait vraiment sa voix, cela signifiait peut-être qu'il était… disons, très pieux.

Il eut un petit rire.

— Me crois-tu un peu fou, Rose ?

— Non pas du tout, répondit-elle précipitamment.

Mais comment cet homme lisait-il dans ses pensées ?

— Viens, dit Jamie en lui enlaçant la taille pour l'attirer sur ses genoux.

Elle atterrit avec un léger soupir, ses jupes se répandant sur un tapis de baies et de feuilles séchées.

— Je ne veux pas que ma jeune femme craigne que son mari soit un illuminé, dit-il pour la rassurer.

Elle sentit un petit frisson la parcourir, quand il l'attira tout près de lui. Des ourlets tachés pouvaient être nettoyés, une robe froissée, repassée ; gagner le cœur de Jamie était tout ce qui importait, maintenant.

— Je suis si heureuse de t'avoir pour moi, Jamie.

Il la regarda dans les yeux un moment. Une douce attente emplissait l'atmosphère comme un chant d'oiseaux.

— Ma douce Rose, murmura-t-il, avant de déposer sa bouche sur la sienne.

Elle répondit immédiatement, ne voulant pas qu'il puisse subsister le moindre doute sur ses sentiments. *Je t'aime, Jamie.* Ce qu'elle n'osait exprimer en mots, elle le soufflait dans ses baisers. Et ce qu'il ne pouvait se résoudre à dire, elle s'imagina l'entendre dans un doux soupir. *Je t'aime, Rose.*

Il lui fallut quelques minutes avant de remarquer les éclats de voix masculines autour des bâtiments, et l'humidité du sol qui s'infiltrait dans ses jupes.

— Mon Dieu, s'exclama-t-elle.

Agitée, elle balaya de la main toutes les vrilles qui s'étaient amoncelées sur elle.

— Jamie…, et si nous nous promenions ?

— Excellente idée, chère femme.

Ses yeux rirent d'abord, puis sa poitrine se mit à tressauter.

— La rude écorce de l'if a laissé une empreinte dans mon dos, dit-il de bonne humeur en se levant, puis il balaya le reste des débris végétaux de leurs vêtements. Allons dans les jardins, suggéra-t-il.

Il passa une main légère sur sa tresse, puis lui glissa le bras autour de la taille alors qu'ils émergeaient tous les deux au grand jour, accueillis par le *chi-chi-chi* musical et le brillant plumage d'un verdier en vol. Au-dessus d'eux brillait un ciel sans nuage d'un bleu-gris pâle, semblable aux yeux d'Ian. Des indices des pluies récentes étaient partout : les bordures étaient saturées d'eau, créant de petites mares qu'ils devaient esquiver à chaque pas.

Jamie fronça les sourcils à la vue des rectangles de terrain mal entretenus.

— Les jardins d'Auchengray ne sont plus ce qu'ils étaient.

— Eliza est trop occupée ailleurs.

Rose fit un geste vers les rangs de terre fraîchement retournée, qui attendaient qu'on vienne y planter navets, radis, laitues et fèves.

— Je crains que nous n'ayons pas beaucoup de légumes frais cette saison, dit-elle. Pendant ce temps, Annabelle essaie d'apprendre à filer la laine, avec un succès limité. Depuis que Leana est partie…

Rose s'en voulut de cette remarque. Elle n'avait pas l'intention de parler de sa sœur, surtout pas à Jamie, et spécialement aujourd'hui. Mais le souvenir de Leana était si présent qu'il était difficile de l'éviter.

Toute la maison pleurait discrètement l'absence de Leana — dans la salle de couture, dans la cuisine, dans la chambre d'enfant, dans l'officine, dans les jardins surtout. Des mauvaises herbes étouffaient les lits où les giroflées poussaient, et son carré de plantes médicinales avait douloureusement besoin d'être entretenu. La chaise de Leana dans la salle à manger était toujours bien frottée, mais rarement occupée. Son tablier était suspendu à un crochet de la cuisine, recueillant la poussière. Même Ian devenait pleurnicheur, de temps à autre, cherchant alentour, comme s'il espérait voir apparaître sa mère.

— Reviendra-t-elle un jour à Auchengray, Jamie ?

Il ne lui répondit pas tout de suite, mais quand il le fit, il semblait sûr de sa réponse.

— Je ne le pense pas. En tout cas, ce sera bien après notre départ pour Glentrool.

Une inquiétude assombrit le visage de Jamie.

— Tu lui as écrit, Rose, pour lui dire que nous étions retenus ici jusqu'au jour de Lammas ?

— Ma lettre devrait arriver à sa porte lundi.

Jamie l'immobilisa à la bordure des lits de roses, où chaque arbuste était entouré de pierres lisses provenant du Glensone Burn. Leana couvait amoureusement les roses de sa mère, utilisant des os broyés comme engrais, arrosant les racines quand la pluie n'était pas au rendez-vous, transplantant les nouvelles pousses pour les mettre à l'abri du vent. Bien que Rose eût reçu le nom de la fleur favorite de sa mère, elle n'avait que faire de leurs épines pointues. Leana, au contraire, aimait toutes les variétés, depuis la cuisse de nymphe et la *Rosa mundi*, jusqu'à la rose musquée blanche grimpant sur le mur de pierre.

Et toi, Rose. Oui, Leana l'avait soignée plus que toutes les autres.

— Est-ce que ta sœur te manque ?

Elle caressa du bout du doigt un bouton de rose.

— Tout le monde s'ennuie d'elle. En particulier ton fils.

Une douleur familière lui grimpa dans le cou.

— J'en connais très peu sur les enfants, Jamie, admit-elle. Je crains ne jamais pouvoir être la mère que Leana était, ni celle qu'Ian mérite.

— Ce n'est pas vrai, répliqua-t-il, et il paraissait sincère. J'ai vu l'expression émerveillée de ton visage, la nuit de sa naissance. Tu as adoré ce garçon dès le premier moment.

Quand elle se contenta de hocher la tête, il se pencha plus près.

— Après *Hogmanay*, tu auras un enfant à toi. Deux bébés qui auront besoin de toi.

— Et aussi un mari, qui aura besoin de moi ?

Jamie baisa le creux de son cou.

— Tu peux en être sûre.

Elle s'appuya contre sa poitrine, si heureuse que la tête lui tournait légèrement.

— Le soleil est chaud, et je me sens un peu étourdie. Veux-tu m'accompagner jusqu'à la chambre ?

Il l'escorta à l'intérieur, saluant discrètement les domestiques au passage. La maison était plus calme que d'habitude ; car son père était parti pour la ferme d'Edingham après le petit-déjeuner. « Afin d'inspecter mes futures propriétés », avait dit Lachlan avec un air cauteleux. Rose était simplement heureuse de voir l'homme absent pour la journée.

Un instant dans la chambre d'enfant confirma qu'Ian était profondément endormi. Il était couché sur le côté, la tête cachée dans les bras. Rose caressa la courbe arrondie de sa hanche. Pourrait-elle possiblement aimer un enfant plus que son doux Ian ? Bien qu'il ne fût pas né de son ventre, il était sûrement un enfant de son cœur.

Le couple quitta la chambre aussi silencieusement qu'il y était entré, pour passer dans la fraîcheur de leur chambre à coucher. Ils fermèrent la porte derrière eux.

— Il fait bon, ici.

Rose marcha dans la pièce, se demandant s'il la suivait du regard. Elle ferma les rideaux et alluma une seule bougie, et le jour devint la nuit.

— Par une belle journée de juin, dit-elle, dans la langueur de l'après-midi...

— Assez de cette poésie de laboureur, protesta Jamie avec bonne humeur, Duncan chante constamment les refrains de l'homme.

Quand elle se tourna pour lui faire face, il l'embrassa sans l'étreindre.

— Mais j'aime bien l'un de ses airs, dit-il. « C'est une jolie p'tite chose, cette douce petite femme à moi ».

— Si tu le crois, Jamie.

Elle s'enveloppa de sa natte, s'amusant avec le ruban. Ses éloges inattendus l'avaient surprise. Était-il possible qu'il l'aimât, après tout ?

— Tu sais que j'ai déjà rencontré Rabbie Burns, lui confia-t-elle. À Dumfries.

— C'était lors d'une expédition douteuse avec une amie.

— Ma chère Jane.

Sa grande amie à l'école, qu'elle avait perdue quatre mois auparavant. Rose avait survécu au croup, mais pas Jane Grierson, de Dunscore.

— Elle m'avait entraînée au Globe Inn avec elle.

Jamie feignit d'être choqué.

— Ma jeune femme rebelle fréquentant les tavernes.

— Nos visites n'y furent pas fréquentes, dit Rose, fouettant le menton de Jamie avec le bout de sa natte, bien qu'il m'arrive d'être rebelle.

— Ma foi, en plusieurs occasions, lui rappela-t-il.

Rose tordit sa tresse un peu plus, rassemblant le courage de poser la question qui la tiraillait.

— Est-ce que cela te dérange, Jamie ?

Elle perçut l'ébauche d'un sourire sur son visage.

— Je ne suis ni douce ni docile comme ma sœur.

Il sourit, mais à peine.

— Tu n'es pas Leana. Mais tu es ma femme.

— Et es-tu arrivé… à l'accepter ?

Elle se mordit la lèvre, voulant en savoir plus, mais craignant d'en avoir trop demandé.

— J'ai appris à être heureux, dit-il simplement.

Une réponse qui ne la rassura pas beaucoup. L'angoisse, comme une boule de laine nouvellement cardée, vint se loger dans sa gorge.

— Ce n'est pas ce que j'ai demandé, et tu le sais très bien.

Une ombre passa sur son visage, puis s'en alla.

— Tu me demandes si je t'aime comme je t'ai déjà aimée.

— Non, Jamie. Je te demande si tu m'aimes comme tu as déjà aimé Leana. De tout ton cœur, sans aucune réserve.

Il se dégagea de son étreinte, une légère rougeur sur les joues.

— Ce n'est pas une question honnête, Rose. Toi et ta sœur êtes des femmes très différentes.

Déçue, elle lui tourna le dos.

— Pas quand il s'agit de celui que nous aimons.

Chapitre 12

Cueillez les roses de l'amour,
pendant qu'il en est temps.
— Edmund Spenser

Jamie arpentait le sol couvert de paille, dégoûté de lui-même. Le soleil de fin d'après-midi ruisselait à travers les portes ouvertes de la grange, mais son esprit était ailleurs — plus précisément, avec sa femme, quelques heures auparavant. *J'ai appris à être heureux.* Mais quelle sorte de réponse lui avait-il donnée ? Rose — sa chère, parfois rageante, mais adorable Rose — lui avait livré son âme à nu. Et qu'avait-il fait ?

— Je lui ai cité les Écritures, Duncan. Les Écritures !

Le superviseur hocha pensivement la tête, frottant la pierre à aiguiser sur les lames biseautées avec des mouvements amples et réguliers.

— C't'une bonne source, la Bible. Pleine de sagesse. Quand les mots suffisent plus pour dire not' pensée, c't'un bon endroit où se tourner.

Jamie le regarda avec colère.

— Et quand un homme ne peut dire ce qu'il devrait, c'est un piètre endroit où se cacher.

Duncan rapprocha ses lames de la lampe, examinant son travail.

— Oui, y en a qui utilisent la Bible comme bouclier. Pas pour repousser un ennemi, vois-tu, mais pour combattre l'Tout-Puissant.

Jamie s'assit lourdement sur un haut tabouret et planta ses bottes sur l'un des barreaux.

— Ce n'est pas avec le Tout-Puissant que je suis aux prises. Pas cette fois.

— Si tu l'dis.

Duncan essuya les lames avec un chiffon avant de suspendre l'outil à un crochet voisin, prêt pour la tonte de lundi.

— J'suppose qu'c'est avec la jeune Rose que t'es en guerre, alors ?

Jamie haussa les épaules plutôt que de répondre à une question qu'il préférait éluder.

— À moins qu'ce soit avec Jamie McKie ?

Il plia son chiffon et le remisa sur une tablette mal rabotée, puis il saisit le bras de Jamie et le secoua vigoureusement.

— Y m'semble que t'as besoin d'un combat qu'tu as des chances de gagner. J'connais un bon endroit pour une escarmouche de nuit : la rivière Nith.

N'étant pas d'humeur pour les énigmes, Jamie se dégagea de la prise amicale de Duncan.

— Qu'est-ce que la Nith a à voir avec moi ?

Les yeux bleus perçants de Duncan le clouèrent sur place.

— Deux jours de pluie, ça veut dire qu'la rivière est en crue. C't'idéal pour la pêche de nuit. Les truites de mer de la Nith font un excellent p'tit-déjeuner.

— Suggérez-vous que nous allions *à la pêche* ?

— J'ai une canne de trop et plusieurs filets. Si Rose le veut bien, alors personne ne souffrira de not' absence.

Duncan inclina la tête et ajouta :

— À moins qu't'aies aucun talent avec une ligne et un hameçon…

— Je peux me tirer d'affaire.

Jamie était déjà honteux de se disputer avec l'homme. Duncan était son allié, pas son adversaire. S'il voulait un partenaire de pêche, alors soit. Jamie s'en alla vers la maison et lança par-dessus son épaule :

— Accordez-moi un instant avec Rose…

— Change aussi d'vêtements, lui cria Duncan. Des couleurs foncées, pour qu'les poissons t'voient pas.

Jamie grimpa l'escalier, certain de trouver Rose dans la chambre d'enfant. Leur rencontre amoureuse de l'après-midi

s'était mal terminée. Il était préférable de tout arranger maintenant, sans quoi ni l'un ni l'autre ne dormiraient bien. Quand il
atteignit le palier, il entendit sa voix d'alto, qui faussait légèrement, chantant une berceuse à son fils.

Sa gorge se serra. C'étaient des mots familiers de son enfance
à Glentrool, que lui chantait alors une voix qui ressemblait à
celle de Rose. *Rowena McKie.* Bien que sa mère fût exigeante, elle
l'aimait passionnément. Comme Rose.

Jamie continua de grimper les marches, se joignant au
couplet suivant, espérant que sa femme l'entendrait. Et lui
pardonnerait.

Il se tut quand il s'aperçut qu'elle avait cessé de chanter.
Déconcerté, il frappa doucement à la porte avant d'entrer dans
la chambre, éclairée par une fenêtre unique.

Rose était assise sur la seule chaise, la tête penchée. Ian était
blotti dans ses bras, presque endormi, une couverture de laine
remontée jusqu'au menton. Un petit poing tenait fermement le
col de la robe de Rose. Le silence de la jeune femme, si différent
du babil qui l'exaspérait parfois, le troublait. Jamie s'agenouilla
à côté d'elle.

— Qu'y a-t-il, Rose ?

Elle leva la tête et ses yeux brillaient de larmes.

— Oh, Jamie. J'ai pensé…

Sa voix se brisa, puis elle se reprit.

— Quand je t'ai demandé…, cet après-midi…

Elle détourna la tête, mais pas avant que Jamie ait vu les
premières larmes couler.

— Rose, regarde-moi, s'il te plaît.

Il lui plaça un doigt sous le menton et le leva gentiment vers
lui, baissant la tête jusqu'à ce que leurs regards se rencontrent.

— Tu m'as demandé une chose qu'aucune femme ne devrait
avoir à demander à son mari.

Elle s'écarta brusquement de lui, sa longue natte lui fouettant le dos.

— Ma question était injuste, Jamie. Quand tu as quitté notre chambre et que tu t'es montré si silencieux pendant le dîner, j'ai pensé…

Rose se cacha le visage sur l'enfant endormi.

— J'avais peur… que tu sois en colère contre moi.

— Je ne suis en colère que contre moi-même, confessa-t-il, et il était sincère.

Comment avait-il pu être indélicat au point de la réprimander d'avoir dit la vérité ? Jamie posa délicatement ses lèvres sur ses cheveux, qui sentaient toujours l'eau de rose. *Ma belle Rose.* Il parlait à voix basse, s'efforçant de ne pas éveiller l'enfant, désireux néanmoins de réconforter sa femme.

— Tu n'as rien à craindre, Rose, reprit-il, ta sœur est partie. Et moi, je suis ici.

— Promets-moi…

Il l'entendit à peine, tant sa voix était ténue.

— Promets-moi… que tu resteras.

— Toujours.

Jamie s'immobilisa, respirant son parfum, sentant sa chaleur contre lui, la douceur soyeuse de ses cheveux sur sa bouche. *Ma très chère Rose.* Sans intrigue ni artifice, la jeune fille charmante avait reconquis son cœur.

Il n'était pas en colère contre elle. Il était amoureux d'elle.

Jamie ferma les yeux, laissant la vérité le pénétrer. Après l'avoir tenue à distance pendant des mois, l'abdication fut plus douce qu'il n'aurait pu l'imaginer. Une déclaration d'amour se tenait prête sur ses lèvres. Seul l'orgueil l'empêchait de la faire à voix haute.

La tête de Rose se leva légèrement.

— M'aideras-tu à border Ian dans son lit ?

Jamie prit l'enfant dans ses bras, puis se pencha et déposa Ian dans son berceau, prenant bien garde de ne pas le réveiller. Rose l'observa de sa position plus basse, essuyant ses larmes de sa manche.

— Quel père attentionné tu es.

— Si je pouvais être un meilleur mari.

Les bras libres de nouveau, il releva Rose pour l'étreindre.

— Pardonne-moi, jeune fille.

— Seulement si tu m'accordes d'abord ton pardon.

Elle pressa la joue contre sa poitrine.

— Pour tout.

— C'est du passé, maintenant, Rose.

Il lui baisa doucement le front, puis les joues, ensuite les lèvres, espérant qu'elle puisse goûter les mots qu'il ne pouvait encore dire.

Alors qu'ils étaient debout, dans les bras l'un de l'autre, Jamie regretta d'avoir fait d'autres plans pour la soirée. Pourtant, il ne pouvait laisser tomber Duncan, après tout ce que l'homme avait fait pour lui. Jamie jura qu'il se reprendrait dès qu'il serait de retour.

— Rose...

Il se recula un peu, pour s'assurer qu'elle voyait bien l'expression désolée de son visage.

— Duncan m'a invité à me joindre à lui pour une partie de pêche nocturne sur la Nith. Nous ne serons partis que quelques heures. Est-ce que cela t'ennuie?

Elle leva les yeux, l'esquisse d'un sourire lui éclairant le visage.

— Mon Jamie... à la pêche? Je ne savais pas que tu étais un sportif.

— Je n'en suis rien, ce que Duncan découvrira bientôt.

Il posa une main légère sur Ian, sans cesser de la regarder.

— Je ne serai pas parti très longtemps.

— Devrais-je attendre ton retour? demanda-t-elle, et son regard était chargé de désir.

— Ce sera bien passé minuit.

Il s'en voulut dès que les paroles eurent franchi ses lèvres. Pourquoi ne lui disait-il pas la vérité? *Oui, attends-moi.*

— Si je dors, réveille-moi, s'il te plaît, afin que je puisse...

Ses joues s'empourprèrent.

— Afin que je puisse t'accueillir.

Son invitation était claire. Et il l'accepta volontiers.

— Je n'y manquerai pas, Rose, murmura-t-il, se penchant pour lui voler un baiser.

Il s'attarda un moment, jusqu'à ce qu'il fût certain qu'elle avait entendu ce qui n'avait pas été dit.

— Après minuit, donc, dit-il en la quittant.

Duncan le rencontra sur la pelouse, armé de deux longues cannes à pêche. Des filets soigneusement pliés et une lourde besace de pêcheur pendaient à sa silhouette efflanquée. Il indiqua du doigt le panier de pêche à ses pieds.

— C'est la tâche du plus jeune, d'porter les poissons.

Il attacha le long panier d'osier aux épaules de Jamie, puis le fit marcher vers l'est, en direction du village.

— Aucun homme n'peut dompter l'temps et la marée, dit Duncan. Comme Simon Pierre, on s'en va à la pêche.

Jamie ne put s'empêcher de sourire.

— Guidez-moi, Duncan.

Bien qu'il eût préféré la douce compagnie de Rose, il ne pouvait en vouloir à son ami de l'entraîner dans cette brève excursion. Ils étaient seuls sur l'étroit chemin de campagne, bordé des murets de pierres sèches typiques de la région, au-delà desquels paissaient les moutons. On aurait dit des touffes de laine accrochées aux basses branches des arbustes, prêtant aux buissons et aux haies des jupons floconneux.

Quand le soleil aurait disparu derrière l'horizon, ils seraient dans la rivière, lançant leurs lignes à une douzaine d'*ells*[5] de distance, dans l'eau. Et peu de temps après, se dit Jamie, il serait de retour à la maison, dans les bras de Rose. Son premier et dernier amour. Ce soir, il le lui dirait, calmant toutes ses peurs.

Le bon caractère de Duncan fit vite passer les milles sous leurs pas. Le pêcheur chevronné connaissait la route la plus courte vers son lieu préféré, près d'Airds Point, et l'endroit le plus sécuritaire pour entrer dans l'eau.

— Surveille ton équilibre, le prévint Duncan alors qu'ils pataugeaient dans la rivière peu profonde.

---

5. N.d.T. : Unité de mesure équivalant à un peu plus d'un mètre.

Ils déposaient leurs bottes sur des plaques de rocs, plutôt que de risquer de mettre le pied dans le limon qui les entourait.

— La marée monte avec la lune, signala Duncan.

Bien qu'il fît plus frais au bord de la rivière, l'air était chargé des senteurs terreuses de l'été. Des frondes de fougère bordaient le rivage. Des algues boueuses rejetées du Solway venaient se coller à leurs bottes. Au-dessus d'eux, l'appel clair et pétulant du courlis cendré saluait la nuit tandis que, sous la surface de l'eau, les truites remontaient avec la marée.

Duncan lui remit une mince perche de bois deux fois haute comme lui, puis jaugea les eaux d'un œil expert.

— Lance ta ligne en amont et laisse la mouche s'enfoncer avant qu'le courant l'emporte. Et n'éclabousse pas partout. Les truites de mer sont faciles à effrayer, plus qu'les saumons de vot' Cree.

Le ciel d'un noir velouté était tapissé d'étoiles, quand Duncan retira le premier poisson des eaux montantes.

— Attrape jamais une truite des mers par la queue, expliqua-t-il, essoufflé par l'effort, en plongeant son filet dans l'eau.

Ensemble, ils soulevèrent le lourd poisson et l'amenèrent sur la rive.

— Presque une demi-*stane*[6], lança Duncan enthousiaste.

Résolu à ne pas être en reste, Jamie lança sa ligne, puis tira, gardant la mouche tout juste immergée sous la surface. Les sons de la nuit s'installèrent comme un murmure bas, alors que Duncan et lui échangeaient des histoires de bergers et attendaient qu'un autre poisson veuille bien mordre. Les pieds de Jamie commençaient à s'engourdir dans l'eau froide où s'enfonçaient ses bottes, quand sa ligne se tendit avec un claquement sec.

— Tiens bon! dit Duncan, abandonnant sa propre ligne pour s'emparer du filet.

---

6. N.d.T. : Variante graphique de « stone », unité de mesure équivalant à environ 6,3 kilogrammes.

La truite de mer, bien nourrie par les eaux fécondes du Solway, lutta vaillamment, mais Jamie ne céda pas d'un pouce. Avec le concours de Duncan, l'énorme poisson fut introduit de force dans le filet, mais il entraîna presque les deux pêcheurs dans la Nith, avant que ceux-ci arrivent à sortir leur proie de l'eau et à l'amener sur la terre ferme.

Duncan lui asséna une bonne tape dans le dos.

— J'ai jamais vu une aussi belle prise d'ma vie.

Jamie s'essuya le front de son avant-bras, essayant de dissimuler sa joie d'avoir capturé une truite bien plus grosse que celle de Duncan. Il hocha la tête en direction du panier.

— La vôtre n'était pas mal non plus.

L'homme âgé haussa les épaules.

— Mieux vaut un p'tit poisson qu'une assiette vide. Et si nous rentrions pour dormir un peu avant l'chant du coq ?

— Dormir, dit Jamie en souriant. Oui, bonne idée.

Les hommes rassemblèrent leurs affaires, puis se dirigèrent vers l'ouest, Jamie se chargeant de porter le panier sur ses épaules. En dépit du poids additionnel, son pas était léger et son humeur, triomphante. Alors qu'ils approchaient du dernier tournant du chemin avant Auchengray, Duncan lui donna une poussée amicale.

— Tu fleures comme une rivière saumâtre, puis j'exagère pas. C'est toi qu'Rose va servir au p'tit-déjeuner.

Jamie leva les yeux au ciel et répondit en riant :

— Je crois que Neda possède une grande casserole pour vous aussi, Duncan.

Une fois à l'intérieur de la cuisine d'Auchengray, ils allumèrent une bougie sur le manteau de la cheminée et trouvèrent les ustensiles qu'il leur fallait. Après avoir fileté les poissons, ils les lavèrent dans l'eau froide et enrobèrent de sel leur peau sombre et olivâtre.

— Ma femme s'occupera du reste, dit Duncan, laissant sa capture à côté de celle de Jamie sur la table de cuisine, où de la viande déjà assaisonnée attendait d'être cuite. Y sont pas trop appétissants pour l'instant, mais d'main matin, l'arôme d'la truite panée dans l'avoine et grillant dans l'beurre t'sortira du lit pour le p'tit-déjeuner.

Il pointa en direction du puits, à moins de deux cents mètres de la maison.

— C'est l'temps de s'frotter, Jamie, dit-il. Après, on s'souhaitera bonne nuit.

Après avoir pris un pain de savon de lavande dans l'officine, les pêcheurs sortirent par la porte arrière. N'ayant gardé que sa chemise, Jamie se frottait vigoureusement et il n'avait plus qu'une pensée en tête, *Rose*. Quelques instants après, tout en s'essuyant le visage avec le pan de sa chemise, il marchait vers la maison, poussé en avant par le désir, se rappelant ses vœux deux fois prononcés. *Moi, James Lachlan McKie, je prends cette femme pour épouse.*

Quand il souleva le loquet de la porte de la chambre à coucher, il entendit un léger mouvement.

— Jamie ? demanda Rose doucement. Viens vite me rejoindre, je t'ai attendu si longtemps.

— Trop longtemps.

Il prit la chandelle vacillante sur la haute armoire et la déposa sur la table de chevet. Il avait besoin de la voir. Il voulait qu'elle le voie aussi. Elle lui fit une place alors qu'il se glissait dans l'enceinte obscure de leur lit de bois.

Des doigts hésitants touchèrent ses joues mouillées tandis que le regard de la jeune femme le cherchait.

— Tu m'as l'air d'un homme qui brûle d'annoncer une bonne nouvelle. As-tu fait bonne pêche ?

— La chance m'a souri, en effet.

Un sentiment de paix l'enveloppa, qui le nettoya davantage que l'eau du puits. Il embrassa sa joue douce. Puis l'autre, tout aussi duveteuse.

— J'ai attrapé une beauté. Aux longs cheveux noirs, et aux yeux sombres et chatoyants.

— Jamie !

Ses yeux étaient plutôt dessillés d'horreur.

— Un poisson avec des *cheveux* ?

Son rire était bas, ses yeux rivés sur la bouche de l'homme.

— Ce n'est pas un poisson que j'ai capturé, mais une femme adorable.

Il l'embrassa passionnément et, tentant de lui ravir son souffle, perdit le sien à la place.

— Ma chère Rose, murmura-t-il, glissant les mains vers le bas de son dos, enfouissant son visage dans ses cheveux défaits. Pour une femme qui se dit impatiente, tu t'es montrée si patiente avec moi.

— Jamie…

Il perçut le sourire dans sa voix, sentit son cœur battre contre le sien.

— Aurais-tu *avalé* le savon de bruyère, au lieu de l'utiliser pour te laver? Car il semble qu'il te soit monté à la tête.

— Non, jeune fille.

Jamie s'écarta d'elle légèrement, afin de pouvoir la regarder dans les yeux.

— C'est toi qui m'es montée à la tête. Et qui a conquis mon cœur. Je t'aime, Rose.

— Oh, Jamie!

Ses yeux brillaient à la lueur de la bougie.

— Est-ce que tu penses vraiment ce que tu dis?

Il embrassa ses larmes, goûtant leur douceur salée.

— Oui.

— C'est plus que je n'osais espérer, murmura-t-elle, avant que la bouche de Jamie trouve la sienne.

Chapitre 13

L'espoir fait un bon petit-déjeuner,
Mais un mauvais dîner.
— Sir Francis Bacon

— Oh! ma pauvre Leana!

Tante Meg agrippa les rayons d'une roue du cabriolet.

— En es-tu sûre? C'est une entreprise risquée. Voyager avec un étranger. Arriver sans être attendue. Annoncer à ton père une nouvelle qu'il ne veut sans doute pas entendre.

Leana regarda le conducteur, qui se tenait à quelque distance, marchandant avec un colporteur. Elle s'inclina hors de la voiture louée et fit signe à sa tante d'approcher. La poche remplie de pièces d'argent attachée à sa taille lui donnait un courage additionnel.

— Dieu m'a donné plus d'argent qu'il n'en faut pour payer mon passage.

Ses pensées s'arrêtèrent sur l'enfant chéri en elle, avant d'ajouter :

— Et il m'a donné une bonne raison de rentrer à la maison.

— La meilleure des raisons.

Chaque ride du visage pâle de Meg était visible dans la brillante lumière du matin.

— Bien que je ne puisse m'empêcher d'être inquiète.

Leana se pencha vers l'avant pour planter un baiser sur la joue de sa tante.

— Ma tante, comment puis-je vous remercier?

— La bénédiction était pour moi, jeune fille.

Le menton de Meg se mit à trembler pour de bon.

— Agness t'aimait tendrement, dit-elle. Autant que tu aimes ton Ian. Elle serait fière de la jeune femme vertueuse que tu es devenue.

Sa tante étendit le bras dans le cabriolet et serra la main gantée de Leana.

— Écris-moi dès que tu poses le pied à Auchengray, ou je ne trouverai plus le sommeil, tant je serai inquiète.

Le conducteur, monsieur Belford, était un homme maigre aux longues jambes droites et aux dents mal plantées. Il marcha lentement vers le véhicule, dans lequel il grimpa sans effort avant d'atterrir sur la banquette étroite en faisant osciller les ressorts.

— Sommes-nous prêts, m'dame ?

— Presque, répondit-elle.

Leana regarda tendrement sa tante, qui s'était retirée de quelques pas.

— Que Dieu soit avec toi, chérie, dit Meg en pressant un mouchoir sur son nez.

Leana ne put que hocher la tête, tant sa gorge était serrée. Tandis que le véhicule à deux roues s'éloignait en cahotant du cottage Burnside, elle se retourna pour voir la femme aux cheveux gris disparaître de sa vue.

— Et que Dieu soit avec vous, chère tante, cria-t-elle finalement, attendant le plus longtemps possible avant de reprendre place sur le siège légèrement rembourré.

Le cabriolet avait connu de meilleurs jours ; la capote rigide était usée et les ressorts en dessous se plaignaient, quand les roues de bois heurtaient une ornière du chemin. Mais le temps était sec, et le cheval allait bon train. Et elle rentrait à la maison.

Monsieur Belford fit un geste en direction de la vue agréable qui s'offrait au carrefour élevé de la route.

— R'gardez, dit-il.

La campagne verdoyante se déroulait dans toutes les directions sous un ciel bleu gentiane.

— C't'un beau vendredi qu'nous avons, continua-t-il, comme s'il voulait la jauger, afin de savoir si elle serait une passagère animée, qui parlerait pendant tout le trajet, ou une voyageuse discrète qui préférait rouler en silence.

Leana espéra qu'elle ne décevrait pas l'homme en étant du second type. Elle était préoccupée et n'avait aucune énergie pour faire la conversation. De plus, le lourd petit-déjeuner que Meg lui avait presque fait avaler de force — de la truite fraîche du ruisseau — lui barbouillait l'estomac. Leana porta son regard sur les montagnes, au loin.

— C'est une journée magnifique en effet.

Elle avait voyagé sur la même route, la semaine précédant Pâques, par une veille de sabbat froide et pluvieuse. Comme les choses semblaient différentes, alors qu'elle cheminait dans la direction opposée par un matin ensoleillé de juin. Une volée de sizerins flammés les survola, trop haut pour être vus, mais facilement reconnaissables à leurs bruyants gazouillis. Le long de toutes les haies poussaient des silènes rouges, dont les feuilles rose foncé se détachaient nettement sur le feuillage vert. Des doigts de lumière pénétraient entre les fissures des pierres des murets qui divisaient les pâturages. Et autour des troncs d'arbre grimpait du chèvrefeuille jaune. N'avait-elle pas fait une promenade tous les soirs pour s'abreuver de leur doux parfum?

Le cabriolet maintenait son allure régulière alors que le chemin commençait à onduler à travers la campagne. Les fermes de pierres blanchies à la chaux venaient et disparaissaient, autant de poignants rappels de la maison. Qu'est-ce qui fleurissait à Auchengray, en ce moment? Du cerfeuil musqué près des chemins, peut-être, mais rien dans son jardin, de cela, Leana était certaine. Elle avait quitté la maison sans laisser la moindre directive pour les mois au cours desquels le jardinage était le plus difficile. Eliza avait probablement hérité de la tâche. Elle accueillerait avec joie le retour de sa maîtresse, si cela signifiait la fin de sa corvée de désherbage.

C'était l'accueil que lui ferait son père qui la préoccupait le plus. Lachlan McBride n'aimait ni les surprises ni rien qui pût jeter l'opprobre sur sa maison; avant que la journée fût finie, elle lui aurait apporté les deux. Accepterait-il la situation? Ou lui fermerait-il la porte au visage?

Elle avait pensé écrire à son père pour l'informer de ses plans. Mais elle aurait alors dû expliquer par écrit le motif de son retour. *Je porte l'enfant de Jamie.* Il était préférable de le faire en personne. Cela aurait pris des jours avant que sa lettre arrive, plus une autre semaine pour recevoir la réponse, à supposer qu'il y en eût une. Chaque heure d'attente entre les deux lettres aurait été une torture, Leana s'imaginant sa réaction, craignant le pire. C'était la meilleure solution, la seule possible.

Elle enverrait toutefois une missive à Glentrool. Jamie devait savoir la vérité. Rose, qui désirait un enfant si ardemment, serait anéantie. Et Jamie — *oh, cher Jamie !* Serait-il en colère contre elle ? Ou blessé ? Se souciait-il même encore d'elle ?

La douleur s'abattit sur elle comme une fièvre, lui brûlant la peau, lui tordant l'estomac. Bien qu'elle retournât à Auchengray, elle n'y retrouverait pas Jamie gardant ses moutons. Ni Ian agitant ses bras vers elle, implorant qu'elle le prenne. *Ma-ma-ma.* Des années s'écouleraient avant qu'elle voie son fils de nouveau. À moins que Jamie vienne lui rendre visite avec Rose, et, alors, ce serait toujours trop bref.

Ian, mon Ian. Leana pressa une main gantée sur sa bouche, retenant ses pleurs. Elle n'aurait jamais dû l'abandonner, pour aucune raison, si noble fût son intention initiale. Lui pardonnerait-il un jour ? Se pardonnerait-elle jamais de l'avoir fait ?

Elle imaginait la chambre d'enfant d'Auchengray — déserte, silencieuse —, espérant qu'elle y retrouverait quelques vêtements oubliés d'Ian ou une trace de lui dans l'air de la chambre. N'importe quoi qui pût lui rappeler ce fils auquel elle ne pouvait plus prétendre. Deux chambres à coucher seraient vacantes à l'étage aussi. L'autoriserait-on à occuper le lit clos de son enfance ? Ou celui dans lequel elle avait dormi en tant qu'épouse ? Avec Jamie.

Se sentant mal, elle s'agrippa au bras du conducteur.

— S'il vous plaît, dit-elle, pourrions-nous… nous arrêter ?

Il immobilisa doucement son bai de Cleveland. Leana sauta du cabriolet et rendit son petit-déjeuner dans le fossé peu profond, en bordure du chemin. Elle savait que la truite n'était pas en cause; c'était la peur, bien justifiée.

Leana se releva, chancelant un peu. Au moins, elle était parvenue à préserver sa robe verte — sa seule, maintenant. Monsieur Belford lui offrit un mouchoir propre, puis l'aida à reprendre sa place. Mortifiée, elle fixa ses pieds et pria pour ne plus jamais se trouver dans une situation aussi embarrassante.

Peu après, ils étaient en route, la route asséchée hâtant leur progression.

— Nous approchons d'Keltonhill, dit-il plaisamment, comme si rien ne s'était passé. Quatre heures avant d'arriver à Newabbey, m'dame. Nous arrêterons à Carlinwark pour déjeuner.

Déjeuner? Elle ne pouvait imaginer une chose plus rebutante. Peut-être resterait-elle dans la voiture, pendant qu'il prendrait son repas.

Ils clopinèrent bientôt sur le pont du Dee, en direction du village paisible de Rhonehouse sur Keltonhill. Dans deux semaines, la poignée d'auberges devant lesquelles ils passaient regorgeraient de fêtards venus d'Irlande, de Cumberland et d'au-delà, se réunissant pour la foire annuelle de chevaux. Elle n'y assistait jamais — jamais son père ne l'y aurait autorisée —, mais Duncan passerait sans doute un long mardi entre les rangées de tentes.

Le terrain s'aplanit alors qu'ils approchaient de Carlinwark, donnant un répit à son estomac malmené. Cela voulait aussi dire qu'ils approchaient de la maison. Monsieur Belford arrêta brusquement son cabriolet devant le Three Thorns Inn.

— Déjeunerez-vous, mam'zelle McBride? C'est inclus dans le prix, vous savez.

— Un thé serait apprécié, dit-elle.

Elle avait toujours un goût âcre dans la bouche.

— Et du pain rôti.

Au-dessus de la porte oscillait une vieille enseigne montrant trois aubépines sculptées dans le bois, à la peinture délavée par les éléments. La lumière du jour fit place à un intérieur sombre meublé de tables grossières occupées par des campagnards. Leana prit place tandis que monsieur Belford, de toute évidence un client régulier, bavardait avec les filles de cuisine flânant près de la porte. Le fumet de la graisse de lard fit ballotter l'estomac de Leana comme un bateau de plaisance sur une mer démontée. Une serveuse indifférente lui présenta une assiette avant qu'elle puisse refuser. Leana but avec gratitude le thé tiède, mais ne toucha pas au porridge de chou. Elle emporta une petite portion de fromage avec elle, au cas où son appétit reviendrait dans la seconde partie du trajet.

Ils ne devaient plus s'arrêter de nouveau ; son prochain repas serait pris à la table de Lachlan. Alors qu'ils remontaient dans la voiture, elle pria pour être forte. *Toi, mon père, mon Dieu et le rocher de mon salut !* Aucune autre fondation ne s'était avérée aussi digne de confiance.

Monsieur Belford semblait impatient de se défaire de sa passagère fragile, poussant son cheval à accélérer le pas. Ou bien l'homme avait-il simplement un autre client à prendre. Le soleil serait encore bien haut, quand ils arriveraient à Auchengray. Trop haut. Elle était déjà fatiguée, et le jour gardait encore bien des épreuves pour elle.

À chaque mille franchi, l'anxiété de Leana croissait. Elle essayait de mettre de l'ordre dans ses idées, mais elle n'arrivait pas à se concentrer, et son pouls était irrégulier. Qui l'accueillerait à la porte ? Devrait-elle annoncer la nouvelle tout de suite ? Que diraient-ils ? *Tu nous as manqué, Leana ! Pourquoi es-tu ici, Leana ? Hors d'ici, Leana, avec ton ventre trop fertile.*

En descendant la pente raide aux abords de Haugh of Urr, elle présenta son carré de fromage dur à monsieur Belford, doutant d'arriver à manger de nouveau un jour.

Le cabriolet s'arrêta à un carrefour, où ils attendirent leur tour de passer. Un berger et ses chiens menaient un troupeau de moutons par la route conduisant à l'église de la paroisse d'Urr et, plus au sud, à Dalbeaty. Leana les observa, se rappelant les excursions de son père, l'hiver précédent, à la ferme de la veuve, et elle se demanda si quelque chose avait résulté de ces visites.

— Que savez-vous d'Edingham? demanda-t-elle au conducteur.

— La propriété d'une riche veuve, répondit rapidement monsieur Belford. La maison est juchée su' la cime d'une colline. Une belle propriété avec du gros bétail. Trois fils, aucune épouse encore, dit-il, et ses yeux bruns semblèrent prendre sa mesure. P't-être y a-t-il un mari pour vous à Edingham, mam'zelle McBride?

Son cœur se serra, mais rien de plus.

— Je... ne... désire pas me marier.

La vérité, Leana. Aucun gentilhomme ne choisit une femme qui porte en elle la semence d'un autre homme. Son seul espoir avait été Jamie. Et Jamie était parti.

Elle pressa une main sur sa taille. Non, pas entièrement parti. Ses mains seraient encore occupées; sa vie pourrait encore être pleine. Un enfant offrait suffisamment d'espoir pour l'avenir de toute femme. La pensée de porter le fils de Jamie la réconfortait, la calmait. Le révérend Gordon baptiserait le bébé, puis officierait, le sabbat marquant la première présence de l'enfant à l'église.

Mais dès qu'elle pensa au révérend Gordon, les paroles funestes qu'il avait prononcées un triste soir de mars lui revinrent également. *L'entière responsabilité des soins du garçon incombera à son père, James McKie, et à sa belle-mère, Rose McKie.* Leana eut un hoquet, oubliant où elle était, ne voyant plus que les visages de marbre des aînés de son église.

— Mam'zelle?

Le conducteur du cabriolet lui agrippa le coude, comme s'il craignait qu'elle ne bascule dans le gravier au prochain soubresaut.

— Vous sentez-vous encore mal?

— Je... je vais bien.

Elle força le passage des mots à travers ses lèvres, se rappelant que Jamie et Rose avaient déjà quitté la paroisse. Leur
confier la garde de *cet enfant-ci* ne serait pas si facilement
accompli. Pas plus qu'elle ne le permettrait. Il n'en serait jamais
question.

Elle s'assit plus droite pendant qu'ils escaladaient la dernière colline avant de tourner vers l'est, les mains posées sur les
genoux — rigide, transie, résolue. La paroisse de Newabbey
apparut à la vue, avec l'austère tour de Drumcultran montant la
garde. Au-delà de la vallée s'élevait Lowtis Hill. Et deux milles
plus loin, la maison.

Leana serra les mains plus fortement, priant pour avoir de
la force. *Il donne la force à celui qui est fatigué.* Trop vite, ils con-
tourneraient Lowtis Hill et prendraient le chemin menant à la
barrière d'Auchengray. Maxwell Park. La ferme Lochbank.
Glensone. Troston Hill.

— Auchengray, annonça monsieur Belford en tournant
dans l'allée menant à la ferme.

Elle retint son souffle quand la maison blanchie à la chaux
s'éleva devant elle. Inchangée. Inhospitalière. Même par une
journée radieuse, les noires rangées de fenêtres l'épiaient comme
autant d'yeux. *Dieu, je vous en prie, faites que Neda m'ouvre. Ou
Duncan. Pas père. Pas lui d'abord.*

Tout était désert — circonstance inhabituelle au milieu de
l'après-midi, mais heureuse. Elle pourrait payer son passage à
l'homme et le renvoyer, puis affronter la maisonnée sans la présence embarrassante d'un témoin.

— Vous avez été des plus aimables, monsieur Belford.

— Mon plaisir, dit-il sèchement en glissant l'argent dans sa
poche. J'suis sûr que vot' famille s'ra heureuse d'vous revoir.

Il déchargea sa petite mallette de voyage et son secrétaire, et
les déposa sur la pelouse. Il salua du bonnet et remonta sur son
cabriolet.

— Une bonne journée à vous, mam'zelle, lança-t-il.

Elle le regarda s'en aller, tournant le dos à la maison, craintive à la pensée de la première rencontre qu'elle ferait.

— Ça s'peut pas !

C'était la voix d'un vieil homme flottant sur la pelouse.

— C'est bien mam'zelle McBride ?

Leana virevolta.

— Willie !

Le serviteur tituba vers elle aussi vite que ses jambes cour-
bées le portaient.

— Ah ! fit-il, et son sourire ridé était le plus bel accueil
possible. Nous n'pensions jamais vous r'voir, mam'zelle.

Elle tendit les mains pour prendre les siennes, ne se souciant guère qu'elles fussent noires et usées.

— J'aurais préféré revenir à la maison avec toi, Willie.

Il baissa les yeux.

— Le moyen importe peu, mam'zelle, pourvu qu'vous soyez
là.

— Est-ce que Neda est à la cuisine ?

— Elle y est.

Quand elle relâcha ses mains, Willie s'éloigna timidement.

— Et attendez qu'vot' sœur vous voie.

Le cœur de Leana s'arrêta.

— Ma… *sœur* ? Rose ne peut être ici ?

— Mais bien sûr. Tout le monde est ici.

— *Tout le monde ?*

Son visage se décomposa. Mais…, Glentrool… parvint-elle à
dire.

— Y partent en août. C't'une bonne chose qu'vous soyez
r'venue si tôt.

Leana commença à marcher vers la maison.

— Oui, soupira-t-elle. C'est… bien.

Elle l'avait déjà dépassé, oubliant son bagage. Son regard
était fixé sur la porte d'entrée.

Si Rose était là, Jamie devait l'être aussi. *Oh, mon cher Jamie !*
Et si Rose et Jamie étaient encore à Auchengray…

Leana courait, maintenant. Des épingles tombaient de ses
cheveux, elle agrippait ses jupes pour traverser la pelouse. Les

autres attendraient. Elle devait le voir, il *fallait* qu'elle le tienne dans ses bras.

Tout de suite. Maintenant.

— Ian!

Elle cria son nom dans un sanglot, en ouvrant la porte toute grande.

Dans un brouillard de larmes, elle vit les marches de pierre menant à la chambre d'enfant où se trouvait son fils. Elle trébucha en les escaladant. Pleurant, riant, délirante de joie.

— Ian, mon Ian!

Elle tourna sur le palier, essayant de retrouver son souffle, s'agrippant à la rampe comme à sa propre vie.

— Leana?

C'était Rose. Debout au sommet de l'escalier. Gardant la porte de la chambre.

Chapitre 14

Ne te présente pas devant les femmes brusquement...
Elles n'aiment pas être surprises.
— Adam Petrie

Rose regarda la femme sur le palier comme si elle était une étrangère. En effet, elle *était* une étrangère. Les cheveux couleur de blé sous son chapeau étaient en désordre, son pâle visage était rouge, son comportement, hystérique. Comme une femme possédée.

— Ma chère sœur !

Leana s'élança dans l'escalier, les bras grands ouverts, et elle l'étreignit à lui couper le souffle.

— Je ne peux y croire.

La joue de Leana, mouillée de larmes, se pressait contre celle de sa sœur, sèche, mais chaude.

— Rose, c'est un miracle ! Toi, *ici* ; tu es encore ici.

Leana. De retour de Twyneholm, comme quelqu'un revenu d'entre les morts.

— Nous ne pouvons... pas encore... partir pour Glentrool, dit Rose, luttant pour retrouver son souffle.

Et essayant de rassembler ses esprits, qui étaient dispersés comme les graines du jardin d'Eliza.

— Pas avant le jour de Lammas.

— C'est ce que Willie m'a dit.

Leana la libéra finalement et respira pour les deux, avant d'exhaler un soupir lyrique.

— Je ne peux te dire à quel point je suis heureuse d'être à la maison. Nous avons tant de choses à nous dire, Rose. Ce soir, après le dîner. Oh, ma chérie...

Leana prit la main de sa sœur et la porta sur son cœur, un geste familier.

— Je n'ai pas encore parlé à père.

Rose n'avait jamais vu sa sœur aussi animée.

— Leana, est-ce que tu vas bien? Tu sembles...

— Agitée! compléta Leana pour elle, éclatant de rire à nouveau. Le mot que Neda employait pour *te* décrire, lorsque tu étais fillette et que tu t'emballais à propos de tout et de rien.

Elle retira son bonnet, libérant ce qui restait des tresses de sa coiffure, et éventa son visage rouge comme un coquelicot.

— Je pourrais dire que c'est à cause de la chaleur, reprit-elle, de la longue route ou de mon corset étroit. Mais c'est de te trouver ici qui m'a mise dans tous mes états.

Elle se tapota les joues pour les rafraîchir.

— J'ai cru que je ne te reverrais jamais.

— J'ai pensé la même chose à ton sujet, dit Rose, toujours vacillante.

Où était Jamie? se demanda-t-elle. Savait-il que Leana était de retour à la maison?

Leana déposa son chapeau sur le large rebord de la fenêtre et fit un pas en direction de la chambre d'enfant.

— Puis-je... puis-je voir Ian?

Rose se raidit.

— Il dort.

— Je ne le réveillerai pas, promit Leana, se faufilant à côté d'elle.

Rose resta sur ses talons.

— Je l'ai couché pour sa sieste avant ton arrivée, dit-elle d'un ton circonspect, protecteur.

Ian est à moi, maintenant.

— Mais je dois le voir.

Leana se retourna et lui toucha la main, comme si elle lui demandait la permission.

— Tu comprends, Rose. Je sais que tu comprends.

La peur enroula une corde serrée autour de sa gorge. Rose comprenait trop bien; Leana volerait le cœur d'Ian et ne le lâcherait plus.

La porte de la chambre d'enfant craqua en s'ouvrant. Les pas de sa sœur étaient silencieux sur le plancher de bois, ceux d'une mère d'expérience approchant du berceau de son fils. Rose la suivit, se sentant déjà comme une intruse. Les rayons du soleil de fin de journée coulaient à travers la fenêtre, réchauffant la petite pièce. Le lit mobile avec son couvre-lit brodé bleu et blanc était rangé contre le mur, inutilisé, près du petit berceau dans lequel Ian avait dormi les premiers mois.

Maintenant, il reposait dans un plus grand berceau, que Willie avait fait spécialement pour lui, profondément endormi, les membres étirés sur la couverture de coton. Sa bouche délicate, formée comme celle de Jamie, était entrouverte. Ses yeux étaient fermés. Leana soupira profondément, comme si elle avait retenu son souffle depuis Twyneholm.

— Mon petit garçon chéri.

Elle s'agenouilla lentement près du berceau, replaçant ses couvertures pour l'envelopper comme dans un cocon. Sa voix était douce comme l'air.

— Regarde comme tu as grandi, dit-elle, en tendant la main vers lui.

Elle tremblait en examinant ses petits doigts, ses cheveux soyeux, ses joues rondes.

Ian remua, mais très légèrement, au contact de sa mère.

Rose prit place par terre, à côté de sa sœur, une kyrielle d'émotions conflictuelles faisant rage en elle.

— Ne le réveille pas, s'il te plaît, l'implora-t-elle. S'il ne fait pas sa sieste de l'après-midi, il sera irritable toute la soirée.

Elle se sentit très mal dès qu'elle eut parlé. Sa sœur hocha la tête, mais ne quitta pas Ian des yeux.

— Tu étais comme lui, Rose. Quand tu avais l'âge d'Ian, Neda et moi marchions sur la pointe des pieds dans la maison jusqu'à cinq heures, et nous insistions pour que toute la maison fasse de même.

Après son arrivée exubérante, Leana semblait se calmer, se glissant dans sa peau de mère.

— Je ne réveillerai pas le garçon, murmura-t-elle, car je sais qu'il a besoin de son sommeil.

Plus elle étudiait son enfant, plus Leana retrouvait sa sérénité. Elle déposa un baiser sur le bout de son doigt, puis effleura le nez de l'enfant. Elle en déposa un autre pour l'appliquer sur ses lèvres. Elle traça la courbe délicate de son oreille et la ligne de son menton, le caressant du regard, la joue appuyée sur le bord du berceau.

— Ian, tu m'as tant manqué.

Sa voix était basse et légèrement pâteuse, comme si elle venait d'avaler du miel. Pourras-tu jamais me pardonner?

La respiration régulière de l'enfant était le seul bruit dans la chambre.

Des larmes commencèrent à rouler sur les joues de Leana. Ses traits ne s'effondrèrent pas et elle n'émit aucun son, comme si elle était inconscience des pleurs dégoulinant de son menton et qui venaient choir sur sa robe verte, la tachant de cercles foncés. Puis, elle se mit à fredonner, si doucement que certains mots étaient dits plutôt que chantés.

Balou, balou, mon p'tit, mon p'tit bébé,
Car tu es doublement cher à mes yeux.

Doublement cher. Rose détourna le regard, dépassée par la tendresse dans la voix de Leana et l'expression d'amour sur son visage. Elle-même adorait Ian, mais l'amour de sa sœur était d'une tout autre qualité. Comment aurait-il pu en être autrement? Elle avait porté le garçon sous son cœur et l'avait nourri de son sein. Leana appartenait complètement à Ian, et Ian à Leana. Aucun lien n'était plus sacré, aucun amour, plus sûr.

Rose s'efforça de les regarder, la mère et le fils, et pensa à l'enfant qui grandissait en elle. Pouvait-elle imaginer, ne serait-ce qu'un instant, une autre femme l'élevant à sa place, tant qu'il lui resterait un souffle de vie? Non, c'était impensable.

Pourtant, Leana avait quitté Ian. Avait quitté Jamie. Avait quitté Auchengray.

Pour moi. Cette prise de conscience la transperça une nouvelle fois. *Elle est partie pour moi. Afin que j'apprenne à aimer Ian. Avant que Jamie apprenne à m'aimer.*

Rose se leva, écrasée et plus qu'un peu effrayée. Elle *aimait* Ian. Et Jamie l'aimait. Il le lui avait finalement dit la veille et le lui avait montré, aussi. Elle était heureuse de voir sa sœur, mais Leana ne pouvait pas *rester*. Elle ne pouvait tout simplement pas revenir à la maison et… et…

— Rose, qu'y a-t-il?

Leana était debout aussi, maintenant, les joues encore humides.

— Tu n'as pas l'air bien, ma chérie.

Elle prit les mains de Rose dans les siennes, les caressant.

— Manges-tu convenablement? Dors-tu suffisamment? Peut-être puis-je trouver un remède pour toi dans l'officine. De l'acore ou de la camomille?

Rose fut désemparée, quand elle s'aperçut que ses propres yeux pleuraient.

— Je vais… très bien.

Sa sœur était très perspicace. Leana avait-elle pu discerner, simplement en la regardant, qu'elle attendait un enfant? Il n'était que juste qu'elle en soit informée. Devait-elle révéler la vérité maintenant ou attendre que Jamie soit auprès d'elle? Mais toute la maison le savait déjà; elle n'osa pas attendre.

Rose prit les mains de sa sœur, et son cœur battait très fort.

— Leana, je suis… je suis…

— Oh! Je n'peux pas croire c'que j'vois d'mes propres yeux.

C'était Neda Hastings, debout dans l'embrasure de la porte, une expression d'étonnement sur le visage.

— Willie m'a dit que v'z'étiez rentrée au bercail.

Leana agrippa les mains de Rose, et les deux sœurs sortirent dans le corridor. Puis, elle la libéra avant de tomber dans les bras de la gouvernante avec un cri de joie.

— Neda, comme tu m'as manqué!

Rose s'effondra dans la chaise du couloir avant que ses genoux la trahissent. *Dépêche-toi, Jamie.* Entre-temps, Neda semonçait Leana.

— Z'auriez dû m'prévenir de vot' arrivée.

Son front sévère n'était qu'une comédie, cachant mal sa grande joie.

— J'ai rien d'spécial pour le dîner, dit-elle, rien qu'une soupe froide et du mouton mariné.

— De ta cuisine, de la soupe et de la viande seront toujours un festin, insista Leana. De plus, je n'ai pas beaucoup d'appétit, ces jours-ci.

Elle fit une pause, comme si elle avait voulu dire quelque chose, puis sourit à la place.

— Monsieur McBride ne se plaindra-t-il pas, s'il n'y a rien de chaud à sa table ?

Une lueur s'alluma dans les yeux de Neda.

— Vot' père est à Dalbeaty, où y fait la cour à la veuve Douglas.

— *La cour ?*

Leana regarda d'abord Neda, puis Rose, bouche bée.

— Ma sœur, mais qu'est-il donc arrivé à notre père ?

Rose se leva et ferma la porte de la chambre d'Ian, de crainte que leur conversation ne réveille l'enfant.

— C'est vrai. Père a annoncé qu'il épouserait la veuve Douglas le 16 juillet.

— *Épouser ?* Est-ce si sérieux ?

— Ils doivent échanger leurs vœux dans la paroisse d'Urr.

— Mon Dieu ! Qui eût cru que pareille chose arriverait un jour ?

Leana reprit son chapeau sur le rebord de la fenêtre et le tint sans y penser sur son ventre.

— Notre famille a déjà bien changé.

— Tu es partie il y a plus de deux mois, lui rappela Rose. Bien des choses peuvent arriver au printemps, quand l'air plus doux nous attire dehors.

— Bien des choses, en effet, approuva Neda avec un fin sourire. As-tu annoncé la bonne nouvelle à Leana, Rose ?

— La bonne nouvelle… ?

Rose essaya de sourire, mais sa bouche était aussi sèche qu'un *bannock*[7] vieux d'un jour.

— Tu veux dire que mon mari et moi… que nous… partirons pour Glentrool le jour de mon anniversaire ? suggéra-t-elle, soulagée d'avoir pu penser à quelque chose. Leana est déjà au courant de nos plans. N'est-ce pas, chérie ?

Bien que Leana la regardât avec une véritable affection, Rose pensa voir une lueur de tristesse dans ses yeux.

— On m'en a informée, ma sœur. Deux fois.

---

7. N.d.T. : Pain plat et rond sans levain.

Chapitre 15

Le chagrin d'une femme est comme un orage d'été,
Aussi court que violent.
— Joanna Baillie

*E*lle porte l'enfant de Jamie.
    Leana agrippa le bord usé de son chapeau, le triturant entre ses doigts. Pourquoi ne l'avait-elle pas remarqué plus tôt ? La couleur sur les joues plus rondes de sa sœur, l'éclat dans ses yeux, sa robe qui semblait trop ajustée. Et son embarras à la mention d'une « bonne nouvelle ». Il semblait que les prières de Rose avaient été exaucées : un bébé était en route, que la jeune fille soit prête ou non à confesser la vérité.

Neda jeta un coup d'œil par la fenêtre.

— Willie est déjà parti dans les pâturages. Y cherche Jamie, pour lui dire qu'z'êtes arrivée d'Twyneholm à l'improviste.

— Très bien, dit Rose, grandement soulagée. Mon mari devrait être là bientôt.

Le cœur de Leana, gonflé à en déborder le moment d'auparavant, commença à se vider. *Mon mari.* Rose l'avait appelé ainsi plus d'une fois. Assurait-elle ses droits sur lui, ou voulait-elle lui épargner d'entendre son prénom ? *Cher Jamie.* Elle aimait encore Jamie, elle l'aimerait toujours. Mais il aimait aujourd'hui sa sœur, comme elle le lui avait demandé dans sa lettre ; le teint rayonnant de Rose en était la preuve.

— J'retourne à ma soupe, dit Neda en se dirigeant vers la cuisine. Vot' père reviendra dans la matinée, mais l'reste d'la maisonnée a bien hâte d'vous voir, Leana. J'envoie Eliza, pour v'z'aider à vous rafraîchir un peu.

Leana leva son chapeau maltraité et essaya de sourire, mais en fut incapable.

— Je dois être dans un bien piteux état. De l'eau chaude et une brosse me feront le plus grand bien.

Rose inclina la tête en direction du corridor.

— Et si tu allais faire ta toilette dans l'ancienne chambre de Jamie?

— Qui a déjà été la tienne, dit Leana. Il y a longtemps.

Et la mienne, avec Jamie. Il n'y a pas si longtemps.

Comment pourrait-elle supporter de les regarder ensemble, sachant que son enfant grandissait en elle? Il avait déjà été assez difficile de supporter les douze premiers mois de leur mariage, quand elle portait Ian et que Jamie lui préférait Rose. Leana n'aurait jamais pu imaginer que cela se reproduirait. Mais c'était arrivé.

Et cette fois, elle n'avait aucun endroit où fuir.

— Nous y voilà.

Rose indiqua la chambre de la tête en prenant la chandelle allumée sur la table du corridor. Les sœurs franchirent la porte ensemble, accueillies par l'odeur de moisi de draps qui avaient besoin d'être lavés.

— Je demanderai qu'Annabelle nettoie la chambre avant que tu t'y retires, dit Rose en déposant la bougie sur la table de toilette.

Elle ouvrit ensuite les rideaux, envoyant voler en l'air des grains de poussière; la lumière du soleil fit paraître la chambre à coucher encore plus négligée. Une fine couche de poussière s'était déposée sur les meubles. La serviette sale près de la cuvette avait été utilisée et jetée là quelque temps auparavant.

— Comme tu peux voir, le travail domestique a souffert, récemment.

Par ta faute. Rose n'avait pas besoin de dire les mots pour que Leana les entende.

Leana déposa son chapeau sur la table de chevet et posa la main sur le rideau du lit clos, évoquant des souvenirs chers cachés dans chaque pli.

— Il semble que mon départ ait laissé Auchengray à court de main-d'œuvre.

Elle se sentait désolée d'être partie sans le leur dire et tout autant d'être revenue sans prévenir. Comment les choses avaient-elles pu en arriver là ?

Le regard de Rose fit le tour de la chambre à coucher carrée, avec sa grande armoire de chêne et son manteau de cheminée sculpté.

— La veuve Douglas pourrait préférer cette chambre, quand ils seront mariés. Le petit salon est le domaine de père, pas du tout approprié pour une femme.

Leana regarda en direction de la pièce où Ian dormait.

— Je pourrais rester dans la chambre d'enfant…

— Non !

Rose était clairement affolée.

— Ce lit… mobile est *bien trop* inconfortable. Considère cette chambre comme la tienne, maintenant. Elle marcha dans la pièce et passa distraitement la main sur les meubles.

— Peu de temps après l'arrivée de madame Douglas à Auchengray, Jamie et moi nous en irons à Glentrool, dit Rose. Alors, elle et père reprendront notre ancienne chambre s'ils le désirent, et tout le monde sera content.

Elle se tourna vers Leana et montra les paumes, comme si l'affaire était résolue.

Oh, Rose. Rien n'est jamais aussi facile. Leana prit les mains ouvertes de sa sœur.

— Chérie, je pense que tu as quelque chose à me dire. Qui ne concerne pas père. Une bonne nouvelle, selon Neda. Un bébé peut-être ?

Rose rougit jusqu'aux oreilles, le blanc de ses yeux contrastant avec ses joues colorées.

— Est-ce… si évident ?

— Seulement parce que je te connais si bien, ma sœur. Tu brilles comme si tu avais avalé la chandelle.

Rose baissa la tête, timide et peu sûre d'elle, maintenant, comme la jeune fille de seize ans qu'elle était.

— Je me sens plutôt consumée par un feu de tourbe.

— C'est juste, dit Leana en prenant lentement sa sœur dans ses bras, espérant apaiser la tension entre elles.

Ses propres confidences devraient attendre. N'avaient-elles pas été en rivalité trop souvent ?

— Je suis heureuse pour toi, Rose, dit Leana. C'était ce que tu voulais, un enfant à toi.

Elle ferma les yeux très fort, espérant ainsi chasser la douleur.

— Oh, Leana. Je voulais que tu sois la première à l'apprendre, pas la dernière.

Rose renifla, serrant sa sœur tout contre elle.

— Je suis si désolée que tu n'aies pas été ici.

— Je le suis autant que toi, Rose.

La jeune fille dont Leana gardait le souvenir depuis leur enfance refaisait surface. La charmante Rose. L'innocente Rose. Dans la chambre faiblement éclairée et poussiéreuse, elles restaient dans les bras l'une de l'autre, presque des sœurs à nouveau.

— Quand l'enfant doit-il venir au monde ? demanda Leana.

Rose se libéra pour prendre un mouchoir de sa manche et s'éponger le nez.

— Au début de janvier, je pense.

Elle eut un petit haussement d'épaules.

— Peut-être pourrais-tu m'aider pour… ce qui m'attend.

— Je le ferai, dit Leana.

Elle ferait tout ce qu'elle pourrait. Pour Rose. Et pour Jamie.

Un léger cognement à la porte annonça Eliza, qui portait un pichet d'eau bouillante et arborait un large sourire.

— Madame, c'est bon d'vous voir d'retour à la maison.

Elle traversa rapidement la pièce pour placer le lourd contenant dans la cuvette, puis fit une révérence.

— Bénie sois-tu, Eliza.

Leana effleura la bordure de dentelle de son bonnet blanc.

— C'est bon de te revoir aussi.

Eliza lui offrit les serviettes de lin propres pliées sur son bras.

— Vous nous avez tellement manqué, m'dame.

Elle ouvrit une main pour montrer ses lignes noircies par le jardinage.

— Comme v'pouvez voir, j'fais d'mon mieux, mais vot' jardin, c'est trop pour moi.

— Ne t'en fais pas. Je commencerai par le potager dès demain matin.

Rose s'avança.

— Eliza, le reste de la maison a bien hâte d'accueillir ma sœur. Veille à sa toilette pendant que je rassemble le personnel au salon.

— Oui, m'dame.

De la vapeur s'éleva en tourbillonnant de la cuvette tandis qu'Eliza y versait l'eau chaude. Elle sortit un petit pain de savon de la poche de son tablier, baigna le visage, le cou et les mains de Leana, puis frotta la poussière de sa robe. Eliza offrit ensuite à sa maîtresse une mince branche de bouleau pour se rafraîchir les dents, défit ensuite ses tresses et lui brossa les cheveux, jusqu'à ce qu'ils aient retrouvé leur lustre.

— Comme des vagues d'or filé, dit Eliza, visiblement heureuse de son travail. Dois-je refaire et replacer les tresses ? Mais si j'peux exprimer ma pensée, c'est très joli comme ça.

— Laissons-les détachés, acquiesça Leana.

Jamie les aime ainsi. Elle fut honteuse de ses pensées, pourtant elle fut incapable d'enrouler ses cheveux sur le sommet de sa tête. Seulement pour ce soir. Pour cette première fois où il la verrait.

Eliza replaçait la cuvette et se désolait du triste état de la chambre, quand un cri familier flotta dans le corridor. *Ian.*

Leana vola à travers la chambre, un nuage de cheveux flottant sur ses épaules.

— J'arrive, mon doux garçon, cria-t-elle, son cœur battant fébrilement.

Reconnaîtrait-il encore sa voix ? Son visage ? L'accueillerait-il à bras ouverts ou se replierait-il sur lui-même, confus ? *Ian, c'est ta mère. À la maison pour toujours.*

Des pas légers résonnèrent au pied de l'escalier au moment où Leana ouvrait la porte de la chambre de l'enfant. Rose devait l'avoir entendu aussi. Poussée par l'instinct et un urgent besoin de tenir son fils, Leana se glissa dans la pièce et alla droit au berceau.

Ian était assis, se frottant les yeux, pas encore tout à fait réveillé. Elle le regarda avec émerveillement.

— Mon beau petit garçon.

L'enfant était une version miniature de Jamie, depuis les cheveux foncés et lustrés, jusqu'à la fossette lui creusant le menton. Il n'avait d'elle que ses yeux, grands et bleus, qui clignaient en la regardant.

— Viens-tu me voir, Ian?

Elle tendit les bras vers lui, heureuse qu'il ne pleurniche pas comme si elle avait été une étrangère. Leana glissa les mains sous ses bras et leva l'enfant hors du berceau, surprise par son poids. Quand elle le tint contre elle, le corps encore tout chaud de sommeil, des larmes jaillirent de ses yeux.

— Mon cher garçon.

Tout en passant la main dans ses cheveux soyeux, elle lui baisa le front, puis la joue.

— Qui aurait pu imaginer un cou si solide sous une aussi jolie tête? Est-ce que Neda t'a bien nourri de son excellent porridge?

— Il mange du hachis de viande, maintenant.

C'était Rose, debout sur le seuil, les observant.

— Et des pommes de terre, de la sauce et du fromage doux. Neda t'a préparé des carottes pour ce soir, Ian, et des bouchées du poisson que ton père a pêché. N'es-tu pas un garçon chanceux?

Rose ouvrit les bras et Ian plongea vers elle avec un cri de joie, basculant presque hors de ceux de Leana.

— Attention! dit Leana, qui le retint un moment avant de le remettre à sa sœur.

Était-il possible qu'il ne l'eût pas reconnue? Ou lui préférait-il Rose?

Ian tapotait les joues de Rose tandis que les deux se frottaient le nez l'un contre l'autre. Puis, il se retourna, comme s'il voulait savoir qui était cette nouvelle venue dans sa chambre.

— Tu sais qui elle est, n'est-ce pas, Ian? demanda Rose d'une voix égale. C'est ma sœur, Leana. Elle s'est déjà occupée de toi et t'aime tendrement. Tout comme moi.

Leana fut consternée.

— Ne lui diras-tu pas qui je suis?

Rose évita son regard, s'affairant plutôt à replacer les manches d'Ian.

— Jamie et moi avons discuté de cela. Nous ne nous attendions pas à te revoir encore, et j'ai pensé… c'est-à-dire, j'ai supposé qu'Ian croirait que je suis… sa mère.

— Mais je…

La gorge de Leana se serra.

— *Je* suis sa mère.

— Tu lui as donné naissance, acquiesça Rose en rougissant. Mais c'est à nous d'élever Ian. Il est à Jamie et à moi. Quand nous serons à Glentrool, tout sera tellement plus facile…

— Plus facile pour *toi*.

Leana agrippa ses jupes, sa douleur croissant.

— Mais pas plus facile pour moi, Rose. Ni pour Ian, quand il apprendra un jour que tu lui as caché la vérité.

Leana chercha la flèche la plus affûtée de son carquois.

— C'est tout à fait le genre de père, lança-t-elle, d'avoir des secrets pour ses enfants.

Rose se détourna comme si elle avait été giflée, mais se ressaisit aussitôt. Sans un mot, elle contourna Leana et commença à changer la robe de nuit mouillée de l'enfant, comme si sa sœur avait quitté la pièce.

— N'est-ce pas un gentil garçon, le complimenta-t-elle, qui reste bien sage pendant que je l'habille avec une belle robe toute propre?

Avant de parler de nouveau, Leana s'assura que sa voix était redevenue calme et s'efforça d'employer un langage plus aimable.

— Rose, tu es une merveilleuse belle-mère. Il n'y a aucune
honte à jouer un tel rôle.

Les mains de Rose s'immobilisèrent.

— Je n'ai pas honte, Leana. Je pensais seulement à Ian dans
les années à venir. Même toi, tu admettras combien il sera difficile pour lui de toujours expliquer pourquoi la femme qui l'a
enfanté n'est plus mariée avec son père.

— C'est juste, dit Leana, qui s'effondra contre le mur, toute
force l'abandonnant.

Le long trajet en cabriolet, le choc de trouver les McKie
encore là, et l'enfant dans son ventre, tout cela avait épuisé ses
forces.

— Ce que tu dis est vrai, dit-elle, même s'il me peine beaucoup de l'admettre.

Rose se retourna, elle avait repris Ian dans ses bras. Bien
que Leana vît de la compassion dans ses yeux, la suspicion était
présente aussi.

— Pourquoi es-tu ici, Leana ?

Elle appuya la tête contre le plâtre froid. Des bouts de
psaumes appris il y a longtemps lui revenaient, ne lui apportant
aucun réconfort. *Je suis comme un objet de rebut… Comme l'eau je
m'écoule… et moi comme l'herbe je sèche.*

— Leana, me diras-tu ce qui t'amène à Auchengray ?

Se redressant, Leana respira profondément, comme si l'air
seul eût pu la soutenir.

— Je suis revenue à la maison parce que je ne pouvais
imposer ma présence à notre pauvre tante Meg une heure de
plus.

C'était la vérité ; elle n'avait aucune honte à l'admettre.

— Et Neda me manquait. Et Duncan et tous les autres.

Un autre fait que Rose ne pouvait nier.

— Puisque j'étais sûre que vous vous en étiez allés à
Glentrool au mois de mai, conclut-elle, je ne voyais aucun inconvénient à rentrer à Auchengray.

— Je vois, dit Rose, qui déposa Ian par terre, le laissant mettre ses genoux à l'épreuve en se balançant d'avant en arrière sur le sol. J'aurais souhaité que tu écrives d'abord.

— Moi aussi, car je n'avais pas l'intention de t'importuner, dit-elle.

Au moins, toutes ces raisons, mises rapidement bout à bout, avaient apaisé sa sœur.

— Mais pourquoi ne m'as-tu pas écrit, pour m'annoncer ce qui t'arrivait?

— Je l'ai fait.

Rose se pencha pour mettre un bloc de bois à la portée de l'enfant.

— Ma lettre arrivera sans doute à Twyneholm lundi.

Lundi. Leana déglutit, se sentant malade.

— Si seulement j'avais attendu…

— Mais tu ne l'as pas fait, dit Rose simplement. Et maintenant, tu es ici et nous tâcherons de nous débrouiller.

Elle fit un geste en direction de l'escalier.

— Toute la maison attend pour te souhaiter la bienvenue. Ce sera peut-être plus facile si Ian et moi restons ici.

Leana fit un mouvement vers la porte, les jambes raides comme celles d'un soldat de bois déplacé par un enfant impatient.

Rose tendit un bras pour la soutenir.

— Leana, est-ce que tu vas bien?

— Ça ira, dit-elle faiblement en commençant à descendre l'escalier de pierre.

Jusqu'à ce que Jamie rentre à la maison.

Chapitre 16

Quand les choses allèrent aussi bien qu'il était possible,
J'ai cru que c'était le printemps ; mais hélas ! c'était elle.
— John Byrom

Jamie franchit le parterre d'un pas vigoureux et déterminé, Willie peinant loin derrière pour le rattraper.

— Mam'zelle McBride est revenue à la maison ! avait crié le vieux domestique quand il avait trouvé Jamie dans un pâturage éloigné. V'lez-vous lui souhaiter la bienvenue, m'sieur ?

Oui, il le voulait. Beaucoup. Et en même temps, il ne le voulait pas.

Leana. Son nom lui martelait la poitrine, plus fort que son cœur. Cela ne serait jamais arrivé, s'ils s'en étaient allés à Glentrool en mai, comme prévu. Ou si Rose avait écrit à sa sœur plus tôt… ou s'il lui avait écrit lui-même.

Pourquoi, Leana ? Pourquoi maintenant ?

Il ne pouvait lui en vouloir de rentrer à la maison. Il ne pouvait que s'en prendre à lui-même de ne pas l'en avoir empêché. Ou cela avait-il été son espoir secret depuis le début ? Que Leana lui revienne un jour ?

Aime ma sœur.

— C'est fait, marmonna-t-il en ouvrant la porte d'entrée.

Jamie pénétra dans la maison, vide à l'exception du salon, où domestiques et ouvriers de la ferme formaient une ligne de réception irrégulière. Son pas ralentit quand il aperçut une femme gracieuse à la longue chevelure dénouée, qui les saluait à tour de rôle, d'une voix à la fois réservée et aimable. Il s'était cru préparé à la voir, mais il ne l'était pas. Quand elle se tourna vers lui, il ne put faire un autre pas et prononça son nom d'une voix étouffée.

— Leana.

Elle était encore plus belle que dans ses souvenirs. Sa peau brillait comme de l'ivoire poli. Ses yeux étaient plus grands, sa bouche, plus généreuse. Ou était-ce son visage qui s'était légèrement creusé ? Mais qu'est-ce que cela changeait ? Elle semblait fragile, comme si le temps passé loin de la maison avait été ardu pour elle. Comme il la comprenait.

Toute la maisonnée avait fini de lui souhaiter la bienvenue, semblait-il, car les domestiques commençaient à se disperser. Ils passaient près de lui à travers une brume indécise, car l'attention de Jamie était ailleurs. Ses yeux étaient fixés sur Leana, marchant vers lui, ses cheveux la drapant comme une cape de soie dorée.

— Jamie, dit-elle en faisant une petite révérence, peut-être pour dissimuler la nuance de rose sur ses joues pâles. Je suis désolée d'être rentrée à la maison sans écrire avant.

Son menton restait baissé, comme si elle ne pouvait se résoudre à le regarder.

— Si j'avais su que Rose et toi viviez toujours à Auchengray, reprit-elle, j'aurais attendu jusqu'en août.

Finalement, il retrouva la voix.

— C'est ta maison, Leana. Tu es toujours la bienvenue, ici.

— Je suis heureuse de l'entendre.

Leana se décida enfin à le regarder.

— Je ne pouvais imposer ma présence à tante Meg plus longtemps.

Il y avait une autre raison, décida Jamie, qu'il pressentait dans les profondeurs de ses yeux bleus. Quelque chose était-il survenu à Twyneholm ?

— Jamie, commença-t-elle en faisant un pas vers lui.

Ses cheveux frôlèrent sa manche, et cela lui fit l'impression d'une caresse.

— Rose et moi avons eu l'occasion de parler. Je suis heureuse… d'avoir appris la bonne nouvelle.

Il s'efforça de soutenir son regard, de lire la douleur gravée sur son visage. La petite ride entre ses sourcils. Les fines lignes autour des yeux et de la bouche. Leana était tout sauf heureuse, et ce n'était pas étonnant : elle avait trouvé sa sœur porteuse d'un enfant, amoureuse d'un homme qui lui avait juré un jour qu'il n'aimerait jamais qu'elle.

Pardonne-moi, Leana. Il allait devoir dire ces mots à voix haute. Pas maintenant, quand Rose pouvait apparaître à tout moment, mais bientôt. De simples paroles ne seraient jamais suffisantes pour apaiser sa culpabilité ou consoler le chagrin de Leana. Elle était bien trop sensible, et son amour, quand elle le donnait, trop entier.

Jamie rassembla son courage.

— Pourrais-je... te parler... plus tard ? demanda-t-il.

— Naturellement.

Pendant un moment, il crut voir une lueur d'espoir dans ses yeux, mais c'était peut-être simplement le reflet de larmes non versées. Peu importe ce qui avait précédé, l'après-midi de Leana avait dû être éprouvant. Il espéra que ses excuses ne la blesseraient pas davantage. Mais cela devait être dit ; elle devait comprendre.

— Ah ! te voilà, Jamie.

C'était Rose qui entrait dans la pièce, portant Ian sur la hanche, un sourire un peu forcé au visage.

— J'ai souhaité la bienvenue à ta cousine. Et voici ton fils, qui vient de se réveiller de sa sieste.

— Ian, mon garçon.

Jamie ébouriffa les cheveux du nourrisson, heureux d'avoir quelque chose pour occuper ses mains. Il ne disposait d'aucun moyen pour arrêter ses pensées, toutefois, qui tournoyaient dans sa tête comme des derviches. Pas plus qu'il n'arrivait à poser son regard quelque part ; que ce fût à sa gauche ou à sa droite, il y avait une femme qui lui avait donné son cœur.

— J'ai annoncé la nouvelle à Leana, dit Rose. Elle m'a promis de... m'aider. De... c'est-à-dire...

— J'ai déjà offert mes souhaits de bonheur à ton mari, dit Leana en baissant la tête. Je t'offrirai volontiers tous les conseils et toute l'assistance dont tu pourrais avoir besoin, Rose.

— C'est... très aimable à toi.

Jamie voulait dire quelque chose, ne serait-ce que pour garder la maîtrise de ses moyens. Leana était trop proche de lui. La courbe de son long cou le distrayait ; la chaleur de son corps le perturbait. Il fit un petit pas à gauche, mais ne put échapper à son parfum et aux souvenirs troublants qu'il évoquait.

Rose fit passer Ian dans son autre bras. La faim commençait à rendre le garçon agité.

— Tu as déjà insisté, Leana, pour que nous ne disions que la vérité en amour.

Tout en regardant Rose, Leana inspira pour se calmer.

— La vérité, c'est que ce jour fut très éprouvant pour nous tous. Je suis ravie de revoir mon fils, pourtant je crains que ma joie ne soit à vos dépens.

Elle se tourna vers Jamie, l'expression de son visage moins tendue qu'auparavant.

— En fait, c'est pourquoi j'étais d'abord partie : pour vous épargner à tous les deux d'avoir à choisir.

Distraite par l'agitation d'Ian, Rose répéta les mots comme si elle avait manqué quelque chose.

— Choisir quoi ?

Le cœur de Jamie fit un bond dans sa poitrine.

— Choisir qui tu aimeras, dit Leana simplement.

Rose secoua la tête.

— Ce n'est pas une question de choisir l'un ou l'autre. J'aime Jamie. J'aime Ian. Et je t'aime aussi, Leana.

Elle planta un baiser bruyant sur la joue d'Ian.

— De plus, je suis sûre que vous m'aimez tous les trois. Alors, tu vois, il n'y a plus de choix à faire. Plus maintenant.

Avant que l'un ou l'autre puisse répondre, Rose virevolta, tenant le garçon fermement contre elle, et se dirigea vers la cuisine, sa natte balayant le dos de sa robe.

— Mon fils ne peut attendre une minute de plus ses carottes et sa truite, leur lança-t-elle. Je vous revois plus tard, au dîner.

En approchant de la porte, Rose commença à chanter, d'une voix trop claire dans cette atmosphère lourde.

Dance pour ton père, mon joli garçon,
Dance pour ton père, mon joli mouton.
Et j'te donnerai un p'tit poisson, un p'tit poisson,
T'auras un poisson, quand l'bateau r'viendra.

Les notes flottèrent dans la pièce, comme l'odeur tenace de la truite frite. Jamie ne dit rien pendant un moment, ne sachant par où commencer. S'ils avaient été assis, il se serait senti plus à l'aise. Si elle avait été plus éloignée. Si la pièce n'avait pas été aussi silencieuse.

— Jamie.

Leana s'humecta les lèvres.

— Tu as lu ma lettre. Celle que j'ai envoyée de Twyneholm, le jour...

— Oui, dit-il rapidement, espérant changer de sujet. Je l'ai lue.

Des douzaines de fois. Les plis du papier étaient complète-ment usés. Leana déposa délicatement sa main sur sa manche.

— Il est clair que tu as fait ce que je t'ai demandé.

Il hocha la tête, essayant de gagner du temps.

— Tu m'as demandé de veiller sur ton fils, avec la même tendresse que tu lui aurais prodiguée toi-même. Et c'est ce que j'ai fait. Il profite bien, ne trouves-tu pas ?

— Très bien, dit-elle doucement. Et ta femme encore davantage.

Son humeur s'assombrit.

— Devons-nous parler de Rose ?

— Tu sais que nous le devons. N'est-ce pas d'elle que tu voulais me parler « plus tard » ?

— Bien sûr, mais...

Cette femme voyait trop clairement. Elle le connaissait trop bien.

— Oh, Jamie, s'il te plaît, ne rends pas cela plus difficile.

La voix de Leana était maintenant un murmure.

— Tu aimes Rose, n'est-ce pas ?

Jamie ferma les yeux. Il ne pouvait la regarder en lui disant la vérité.

— Oui, je l'aime.

Quand il les rouvrit, elle s'était éloignée un peu.

— Tu as fait un choix honorable, Jamie. Et tout le monde t'approuvera. L'Église, la loi, la paroisse, mon père...

— Lachlan McBride n'approuve que lorsque cela l'avantage, protesta-t-il, sautant sur cette chance de s'en prendre à quelqu'un ou à quelque chose d'autre.

Leana ne le contredit pas.

— La cupidité de mon père ne connaît pas de limites. Je ne nierai pas cette vérité.

La vérité. Il s'empara du mot et le laissa alimenter son courage.

— Et je ne peux renier le vœu que j'ai fait le jour de ton départ.

Jamie prit les bras de Leana dans ses mains et sentit sa douce peau céder sous ses doigts.

— Écoute-moi, Leana, reprit-il. Ce ne sont pas des mots creux destinés seulement à te consoler. Je pensais ce que je disais alors : jamais je ne me repentirai de t'aimer.

Elle baissa les yeux, brillants de larmes.

— Mais tu t'es repenti, Jamie. Tu as sagement choisi d'aimer Rose.

— Tu as tort. Je n'ai pas choisi.

Il lui serra les bras plus fortement, pour s'empêcher de la secouer, pour se retenir de l'attirer contre lui.

— Ne vois-tu pas, demanda-t-il, que le choix a été fait pour moi ?

— Par Rose, tu veux dire ?

— Non, Leana. Par toi.

Chapitre 17

La grâce était dans les nuées, un œil pleurant
L'amour essentiel.
— Robert Pollok

La chaleur des mots de Jamie, celle qui émanait de sa personne, étaient au-delà de ce que Leana pouvait supporter. Quand ses genoux commencèrent à ployer, Jamie la saisit dans ses bras.

— Oh, Leana !

Il la porta vers le lit d'invités et l'étendit sur la couverture de laine peignée. Avant qu'elle puisse protester, il lui retira ses chaussures, puis s'assit sur le bord du lit à dais, prenant garde de ne pas froisser sa robe.

— C'est ma faute, dit-il en dégageant les cheveux de son visage, sans la regarder dans les yeux. Je n'aurais pas dû parler si…

— Si… honnêtement ? compléta Leana pour lui.

Elle se remettait peu à peu de son malaise, et tout redevenait clair dans la pièce. Jamie était encore plus beau que dans ses souvenirs ; la forte carrure de sa mâchoire ; sa bouche généreuse ; les yeux vert mousse qui hantaient ses rêves. L'homme qu'elle n'avait aucun droit d'aimer.

— Jamie, tu l'as bien exprimé : j'ai fui Auchengray en ne te laissant aucun choix.

— Le matin où… j'ai compris que tu étais partie…

Il se prit la tête entre les mains avant de poursuivre.

— Ce fut terrible.

— Ce le fut pour moi aussi, dit-elle doucement.

Elle aurait voulu replacer la mèche rebelle qui lui tombait sur le front, mais elle n'osait risquer ce geste si innocent.

— Je t'ai demandé d'aimer ma sœur, dit-elle. J'ai même insisté pour que tu le fasses. Tu ne l'as pas décidé non plus.

Jamie leva la tête.

— J'ai choisi de m'y appliquer, toutefois. Parce que je le devais, Leana. Parce que Rose est ma femme.

Il soupira légèrement.

— Et parce que je l'aime.

Il retomba dans le silence, l'étudiant attentivement. Quand il parla enfin, sa voix était pleine de remords.

— Pourquoi, Leana ? Pourquoi m'as-tu quitté ?

Oh, Jamie. La question la plus difficile.

— Ce n'est pas parce que je le voulais.

Sa gorge se serra en prononçant les mots.

— J'ai quitté Auchengray pour ton bonheur et celui de Rose.

Elle détourna les yeux, troublée qu'il fût si près d'elle.

— Mais je l'ai fait aussi pour moi, dit-elle, car je connais les limites de mon cœur.

— Ton cœur n'a pas de limites.

Il enveloppa les poignets de Leana dans ses doigts, comme s'il palpait son pouls.

— Tu aimes sans compter, Leana, en te donnant entièrement. Même ceux qui ne sont pas dignes de ton amour en sont gratifiés.

Au bout d'un moment, il se leva, la libérant avec tendresse.

— Je connais la source de cet amour, reprit-il, car tu m'en as parlé si souvent.

— Dieu a été si bon envers moi, Jamie.

Elle se redressa lentement, passa les jambes par-dessus le bord du lit et remit ses chaussures.

— Sa bonté aimante est bien plus grande que tout ce que je pourrai jamais offrir.

— Comme le dit la Bible.

Il laça ses chaussures, puis l'aida à se lever, s'assurant qu'elle était stable sur ses jambes avant de la relâcher.

— Ce n'est pas la première fois que tu t'évanouis dans mes bras, dit-il. Je me souviens d'un sabbat en particulier.

— Quand tu m'avais portée de l'église jusqu'au presbytère ? Ce ne fut pas un trajet facile. J'étais lourde d'un enfant.

Comme maintenant. Sa respiration s'arrêta un moment, quand elle se rendit compte qu'elle avait failli révéler son secret. Même à présent, les mots étaient en attente sur ses lèvres, prêts à être dits. Car ils avaient besoin de l'être. *C'est la raison de mon retour, Jamie.* N'était-il pas juste qu'il le sache ?

Oui, mais pas maintenant. Les prochaines semaines auraient leur part de difficultés. Leana lissa ses jupes, notant au passage la rondeur à sa taille. Tout juste un petit renflement. Elle arriverait à garder le secret jusqu'au jour de Lammas. En retouchant ses robes, en surveillant sa ligne, elle pourrait atteindre le cinquième mois de sa grossesse sans que quiconque s'aperçoive de son état. Il y avait un autre enfant dont elle devait parler, toutefois.

— Jamie, j'ai quelque chose à te demander.

Quand il se tourna vers elle, elle faillit perdre la maîtrise d'elle-même, tant son regard était intense.

— Rose m'a informée que, lorsque vous seriez installés à Glentrool, elle affirmerait qu'Ian est son enfant.

Voyant le front de Jamie s'assombrir, elle se mordit la lèvre.

— Peut-être était-ce aussi ton intention.

— Rose n'a aucun droit d'affirmer pareille chose, dit-il calmement. Ian sera toujours ton fils. Rien ne peut changer cela, sûrement pas un caprice de ta sœur. Je lui parlerai, ce soir.

Un frisson lui courut dans la nuque, quand elle imagina la conversation.

— Jamie, je n'aurais pas dû dire…

— Non, tu as bien fait.

Il baissa les yeux vers sa chemise grossière et son pantalon usé.

— Excuse-moi, je dois m'habiller pour le dîner. Même si ton père n'est pas à table avec nous, je ne peux me présenter en hardes de berger.

Leana toucha la ligne du col de sa banale robe verte.

— Jusqu'à ce que mes vieilles robes aient été aérées et repassées, je crains que celle dans laquelle je me suis présentée doive faire l'affaire.

Il la parcourut du regard.

— Tu es très jolie, Leana. Comme toujours.

Leana esquissa une révérence et tenta de placer leur relation sur un plan fraternel.

— On a sûrement besoin de moi à la cuisine, mon cousin.

Jamie lui plaça une main sous le menton et leva doucement son visage, l'immobilisant à quelques pouces du sien.

— Cousin ? dit-il, la voix enrouée par l'émotion. Non, jeune fille. Il ne pourra plus jamais en être ainsi entre nous.

Par un effort de pure volonté, elle s'éloigna de lui.

— Pas plus qu'il ne saurait en être autrement.

Elle fit une autre révérence, les jambes tremblantes, puis attrapa ses jupes et s'enfuit de la pièce.

Quelques instants après, Leana fit irruption dans la cuisine.

— Neda ! s'écria-t-elle avant de reculer d'un pas, essayant de retrouver son sang-froid.

Mais comment le pourrait-elle alors que Jamie était si près ? Elle fit un geste en direction de la table à découper d'une main molle.

— Y a-t-il... quelque chose... que je puisse faire avant le dîner ?

Neda l'accueillit avec chaleur, faisant semblant d'ignorer son visage rouge et sa respiration saccadée.

— J'ai pas d'travail pour vous, jeune fille, mais j'accueille avec plaisir vot' compagnie.

Ce n'est qu'à ce moment-là que Leana vit Rose. Elle était assise dans un coin, où elle donnait à un Ian en appétit son repas de poisson à la cuillère. Dans sa précipitation, elle avait oublié que sa sœur se trouverait aussi dans la cuisine. Rose, qui avait le dos tourné, ne regarda pas dans sa direction, et l'expression d'Ian demeura inchangée quand il aperçut sa mère.

Se sentant faiblir, Leana regarda vers la porte.

— Peut-être plus tard...

Rose éleva la voix pour être entendue par-dessus le vacarme de la cuisine, inclinant légèrement la tête dans sa direction.

— Tu te joindras à nous à table, n'est-ce pas ?

— Oui, parvint-elle à répondre avant de quitter la pièce.

Leana erra dans le couloir, se sentant une étrangère dans sa propre maison. Devait-elle simplement attendre dans la salle à manger que les McKie viennent la rejoindre ? Elle n'avait jamais dîné en leur compagnie depuis qu'ils étaient mari et femme. Maintenant, elle partagerait leur table trois fois par jour. *Comment, mon Dieu ? Comment vais-je le supporter ?*

Quand Leana fut dans la salle à manger, elle s'effondra dans une vieille chaise, et imagina Jamie et Rose assis en face d'elle. De quoi discuteraient-ils, pendant le repas ? Pas d'Ian. Ni de Glentrool. Trop de mots avaient été échangés cet après-midi-là, des mots qui pouvaient difficilement être oubliés pour faire place au potage.

Pourquoi es-tu ici, Leana ? Elle était arrivée avec une réponse toute prête ; à présent, elle n'en avait plus.

Tu aimes sans compter, Leana. Bien sûr, elle les aimait tous les deux, et Ian par-dessus tout.

Remets-toi entre les mains de Dieu, Leana. Ses propres mots, murmurés dans son cœur. Dans une situation aussi désespérée, il était son seul espoir.

Elle était toujours plongée dans ses pensées quand Rose apparut dans l'embrasure de la porte, aussi jolie et soignée qu'un bouquet de fleurs dans un vase.

— Ian est en train d'explorer le jardin avec Eliza. Et si nous dînions ? Père étant absent, nous n'aurons pas besoin de nous éterniser.

Rose évita de la regarder en s'assoyant, mais la jeune fille ne pouvait cacher la couleur de ses joues. Peut-être n'était-elle pas aussi calme qu'elle voulait le laisser paraître.

— J'ai demandé à Neda de procéder rapidement aux trois services. Si tu es d'accord, bien sûr.

— Fais comme il te plaira.

Leana agrippa la nappe de lin sur ses genoux, priant silencieusement pour avoir le courage de parler à cœur ouvert.

— Rose…, je sais que… tu ne t'attendais pas…

Jamie entra dans la pièce, portant des vêtements propres et rasé de frais.

— Désolé de vous avoir fait attendre, mesdames.

Rose lui sourit et tapota l'accoudoir de sa chaise.

— Viens te joindre à nous.

Jamie fit une prière pour bénir le repas, après quoi Annabelle apporta le potage d'orge, un plat à la fois, tandis que Rose approchait sa chaise de celle de Jamie.

— Qu'en dis-tu, Jamie ? Après tous ces mois, ma sœur est de retour parmi nous.

— En effet, fit Jamie en hochant la tête en direction de Leana, mais il ne la regarda pas et n'ajouta rien d'autre.

Rose essaya d'engager la conversation une autre fois, mais sans succès. Au moment où le mouton mariné fut servi, la tension dans la pièce était assez épaisse pour être tranchée au couteau et servie comme plat de résistance. L'absence de leur père à sa place habituelle fut étonnamment regrettée. Lachlan, avec sa langue acérée, leur fournissait un ennemi commun.

Neda servit elle-même le dessert, tenant un bol de porcelaine dans chaque main. À en juger par son large sourire, elle était déterminée à alléger l'atmosphère.

— Est-ce qu'une certaine jeune fille est prête à faire honneur à mon pudding aux pommes ?

Le visage de Rose s'illumina.

— Avec joie !

Leana savait qu'elle ne pourrait prendre une bouchée de plus.

— Le parfum de la cannelle est très tentant, Neda, pourtant je crois qu'une bonne nuit de sommeil me séduit davantage. Voulez-vous m'excuser, Rose ? Jamie ?

Elle n'attendit pas de réponse et n'étudia pas davantage leur visage, sachant qu'ils se sentaient comme elle : mal à l'aise et embarrassés. Désolés de se retrouver dans une situation impossible. Redoutant les mois à venir.

Je n'aurais jamais dû rentrer à la maison.

Le triste refrain avait martelé son cœur toute la soirée. Même maintenant, couchée dans le lit clos, Leana avait la conscience tiraillée. Pourquoi n'avait-elle pas écrit d'abord ? Pourquoi Rose n'avait-elle pas envoyé sa lettre plus tôt ? Elle se tourna sous les couvertures, sachant que le sommeil ne viendrait pas rapidement, pas après une journée aussi accablante.

Annabelle avait bien fait son travail ; le lit de Leana sentait aussi bon que le dessert auquel elle n'avait pas touché. La jeune domestique avait poli les meubles, frotté le plancher et changé la literie, et elle avait aussi ouvert toutes grandes les fenêtres pour laisser l'air frais de la nuit rafraîchir l'atmosphère de la chambre. Leana avait découvert quelques livres qui lui étaient chers dans l'armoire. Elle passa le reste de la soirée en compagnie de *Pamela*, de Richardson, l'histoire rocambolesque d'une servante et d'un jeune homme fortuné. Plongée dans les nombreux rebondissements de leurs amours, elle parvint à oublier les méandres tortueux de sa propre existence un moment, jusqu'à ce que l'épuisement ferme ses paupières, l'appelant dans son lit.

Mais le sommeil tarda à venir.

En bas de l'escalier, l'horloge du manteau de la cheminée sonna l'heure tardive tandis que ses pensées étaient tournées vers Ian, seul dans la chambre d'enfant. Leana l'aurait pour elle toute seule, si elle voulait, aussi longtemps qu'elle pourrait garder l'œil ouvert.

Quelques instants après, elle était debout dans le sombre corridor, devant la porte de la chambre. Touchant son cœur du bout de ses doigts, comme si elle avait voulu en calmer les battements précipités, elle entra, laissant ses yeux s'ajuster à l'obscurité avant de refermer la porte derrière elle. Contrairement aux autres chambres, aucune bougie ne restait allumée, ici. Jamie et Rose dormaient dans la pièce voisine ; ils entendraient Ian, s'il pleurait. *Comme ils pourraient aussi t'entendre, Leana.*

Sans se laisser arrêter par ses craintes, elle avança vers le berceau, ses pieds nus silencieux sur le plancher de bois, sa robe de nuit blanche reflétant un rayon de lune qui brillait à la fenêtre. Le visage d'Ian, tourné de profil, luisait doucement, aussi. Il avait l'air encore plus jeune dans son sommeil, comme l'enfant auquel elle avait dit adieu, quelques mois auparavant.

Elle s'agenouilla contre le berceau, désirant le prendre dans ses bras. Se réveillerait-il, si elle lui caressait le front ? Elle le fit, retenant son souffle, s'émerveillant de la douceur de sa peau. Voyant qu'il ne bougeait pas et demeurait silencieux, Leana continua de lui flatter les cheveux, lui effleurant à peine la tête. Elle remarqua sa main repliée près de lui, légèrement entrouverte. Si elle glissait gentiment son doigt entre les siens, réagirait-il ? Il ne s'éveilla pas quand sa peau toucha la sienne ; sa minuscule main se referma plutôt sur son doigt, instinctivement, le retenant fermement.

— Oh, Ian, dit-elle à voix haute, involontairement.

Sa voix ne le tira pas de son sommeil, et Ian ne la laissa pas partir non plus, quand elle essaya de retirer son doigt. Elle sourit tandis que des larmes s'accumulaient dans ses yeux.

— Tu m'as conquise, dit-elle.

— Oui, répondit une voix masculine au seuil de la porte, et moi aussi, je suis conquis.

Leana essaya à nouveau de se libérer de l'emprise d'Ian alors que la porte s'ouvrait et que l'ombre de Jamie se dessinait sur le plancher. Elle ne pouvait voir son visage, seulement sa silhouette tracée par la bougie du couloir.

— Je t'ai entendue passer devant notre chambre à coucher, dit-il d'un ton sans reproche. Il était facile de deviner où tu allais.

Laissant la porte entrouverte, il entra dans la chambre et s'agenouilla à côté d'elle, regardant l'enfant endormi avec une évidente affection. Les cheveux longs et soyeux de Jamie étaient détachés et ils effleurèrent sa robe de nuit quand il se pencha sur le berceau. Après un moment, il confessa :

— Tu m'as fait présent d'un beau garçon, Leana.

— Il est un don de Dieu. Pour nous deux.

Elle entendit le léger trémolo de sa propre voix. Jamie était trop près, sa chaleur, trop perceptible. Pourtant, si elle bougeait, elle risquait de réveiller Ian. Frottant son pouce contre le dos de sa petite main, elle espéra qu'Ian ouvrirait les doigts. Mais il ne le fit pas.

— Je pense que je suis ici pour rester.

— Oui, dit simplement Jamie.

Il dut sentir son inconfort, car il se leva et s'éloigna d'elle.

— Dors bien, Leana.

L'instant d'après, il n'était plus là.

Choisissant ce moment, Ian ouvrit la main dans son sommeil et la libéra. Elle se leva immédiatement, tremblant de la tête aux pieds. De soulagement, de désir, de la compréhension grandissante de ce que les deux prochains mois exigeraient d'elle. *Tu es très jolie, Leana.* Elle ne devait pas s'arrêter à de telles pensées.

De retour dans son lit clos, Leana passa la main sur ses couvertures, d'avant en arrière, comme si ce mouvement pouvait la faire glisser dans le sommeil. Mais c'était sans espoir. Elle avait cousu ces draps elle-même avant de les ranger dans le tiroir spécial de l'armoire de Rose — celui que toute fiancée remplit de literie neuve la veille de son mariage —, sans jamais se douter que ces couvertures serviraient plutôt à son propre lit nuptial.

Leana ferma les yeux, incapable de contenir ses souvenirs plus longtemps. La nuit de son mariage, en décembre, il y a si longtemps, avait été très froide, glaciale. Blottis derrière les rideaux de ce même lit clos, les deux jeunes mariés n'avaient pas grelotté un seul instant : Jamie était réchauffé par le whisky, Leana, par Jamie. Des souvenirs enfouis rejaillirent, échauffant sa peau, lui dérobant toute chance de trouver le sommeil.

Jamie, mon doux Jamie. Elle agrippa les draps. *Je t'aime encore.*

Elle se redressa, malade de désir pour un homme qu'elle ne pourrait posséder.

— Mon amour, dit-elle en pleurant doucement, d'une voix creuse dans le lit clos, mon cœur a des limites.

À Twyneholm, elle était libre d'aimer Jamie de loin. Mais ici, sous le toit de son père, cette liberté n'existait plus. Elle ne pouvait pas — elle ne *devait* pas — aimer Jamie comme elle l'avait déjà fait. Pas comme une femme aimait un homme. D'une façon ou d'une autre, elle apprendrait à avoir de l'affection pour lui, comme on en a pour un proche parent, un beau-frère, un ami fidèle.

La voix de Jamie la hantait. *Il ne pourra plus jamais en être ainsi entre nous.*

— Il le faut, mon amour.

Elle retomba sur le matelas de bruyère, de nouveaux pleurs mouillant ses yeux.

— Il le faut.

Chapitre 18

Pourtant, avec le temps, mon cœur a appris à rayonner
Au bonheur d'autrui et à s'apitoyer sur ses chagrins.
— Homère

— Soyez franche, Leana.

Neda plaça un bol de porridge devant elle. Une portion généreuse de beurre fondu flottait au sommet de l'avoine, tandis que de la crème fraîche léchait le pourtour.

— La maison doit vous sembler changée, aujourd'hui, après c'te longue absence ?

— Oui, elle l'est.

Leana fit courir son pouce le long de la rose gravée dans sa cuillère, souhaitant avoir mieux dormi. Son père était attendu à la maison bientôt ; elle aurait besoin de toutes ses forces pour l'affronter.

— J'ai l'impression de visiter la maison d'un voisin, dit-elle. Familière, pourtant différente. Plus vraiment la mienne, maintenant.

— Mais tu resteras ici.

C'était Rose, assise en face, son petit-déjeuner intouché. Les deux sœurs avaient la table pour elles seules, ce matin-là ; Jamie était déjà sur les collines, affrontant la pluie battante. Sans sa présence immédiate, la tension dans l'air s'était presque dissipée. Pour le moment, du moins.

— Auchengray sera ta maison, dit Rose d'un ton décidé. Pour toujours.

Si père m'autorise à rester.

Leana avala une cuillère d'avoine fumant et faillit se brûler la langue. Les yeux pleins d'eau, elle déglutit avec difficulté.

— Tante Meg aime son porridge tiède, expliqua-t-elle en reposant la cuillère. Peut-être vais-je attendre un peu.

Elle regarda le couvert de Rose.

— Tu ne déjeunes pas, chérie ?

Rose plissa le nez.

— Pas aujourd'hui. Et demain non plus, sans doute.

Bien qu'elle fût trop loin pour pouvoir l'atteindre, Leana étendit la main dans sa direction pour montrer qu'elle compatissait.

— Il n'en sera pas toujours ainsi. Comme dit la Bible, « il y aura une fin à cela ».

— Mais quand ? demanda Rose en repoussant son bol avec un soupir fatigué.

Même l'arôme semblait trop pour elle.

— À l'heure du déjeuner, pourtant, je me sens mieux, reprit Rose. Et alors, je ne peux plus m'arrêter de manger.

Elle se pinça les joues, et son expression était triste.

— Regarde comme je suis gonflée. Je dois être affreuse.

Ce n'est pas ce que pense Jamie. Leana tint sa langue, mais il lui était plus difficile de maîtriser ses pensées. *Il t'aime, Rose. Sois-en reconnaissante.*

— Et *toi*, tu as perdu du poids, dit Rose en s'animant. Prends ma part aussi, car je ne t'ai jamais vue aussi émaciée.

Leana répondit en haussant légèrement les épaules, reprenant un peu de porridge.

— Peut-être avais-tu déjà oublié la forme de mon visage ?

— Allons ! dit Rose, qui faillit renverser son thé. Oublier ma propre sœur ? En moins de deux mois ? Tu ne peux pas penser ce que tu dis.

Son regard était clair, toute prudence envolée.

— Partout où je posais le regard, Leana, je voyais ton visage. Dans les jardins, à ton rouet. Près du foyer, avec ton aiguille. Ici, à table, avec tes belles manières.

Elle baissa le menton et dit enfin :

— Tu m'as manqué, Leana.

— Oh, ma sœur.

Laissant tomber sa cuillère de porridge, Leana se leva et se précipita auprès de sa sœur, enveloppant ses épaules dans ses bras.

— Et je me suis tant ennuyée de toi, Rose. Ne te l'ai-je pas déjà dit?

Rose fit non de la tête, l'atteignant au cœur.

— Je me suis beaucoup ennuyée de toi, chérie, lui assura Leana, embrassant sa sœur derrière le cou tout en la serrant. Pardonne-moi de ne pas te l'avoir dit hier.

Après un long moment, Leana se redressa, ses mains toujours posées sur ses épaules.

— Je suis désolée d'être partie, reprit-elle. Et je le suis encore davantage d'être rentrée à la maison au mauvais moment pour ruiner ton été.

— Non.

Rose leva le regard, et ses yeux noirs étaient pleins d'eau.

— Je suis heureuse que tu sois rentrée à la maison.

Leana sentit quelque chose remuer en elle, en ce lieu profond où l'on fait des serments et où on les tient. Avec l'aide de Dieu, elle apprendrait à être heureuse — authentiquement heureuse — pour sa sœur et pour Jamie. C'était le seul remède à ses blessures, le seul baume pour un amour qui ne pouvait être ni exprimé ni partagé. Une heure à la fois, un jour à la fois, elle enseignerait à son cœur un nouveau refrain. *Réjouis-toi avec ceux qui se réjouissent.* Oui, cela, précisément.

— Si je m'occupais du jardin comme avant? offrit Leana en asséchant ses joues. Et si tu me le permets, j'aimerais t'aider auprès d'Ian. Oh! Rose, j'ai été folle de croire que je pourrais vivre sans mon fils.

L'expression de Rose était toujours sincère.

— Je le comprends, je t'assure.

Elle se leva, laissant sa serviette de table près de son porridge froid.

— Je serai heureuse de recevoir ton aide, et Ian aussi. Je crois que tu l'as surpris, hier, tout juste après sa sieste. Il va sûrement te reconnaître, aujourd'hui.

Rose pressa ses lèvres ensemble, comme si elle voulait dire quelque chose d'autre, puis changea d'avis.

— Jamie...

Elle s'interrompit, avant de reprendre.

— Jamie m'a parlé au sujet... au sujet de Glentrool. Et... d'Ian.

Ses joues étaient maintenant de la couleur de son nom.

— Jamie a raison, bien sûr. Et toi aussi. Ian sera toujours ton fils. Toujours.

Leana relâcha son souffle, qu'elle ne croyait pas avoir retenu si longtemps.

— Tu ne voulais que protéger Ian.

— Ne m'attribue pas trop de générosité. C'était ma réputation que je voulais défendre.

Touchée par son honnêteté, Leana prit les joues de sa sœur entre ses mains.

— Mais tu es très généreuse. Plus que tu le croies.

Elle hocha la tête en direction de la fenêtre.

— Avec toutes ces averses, je ne jardinerai pas, ce matin. Pourrais-je baigner Ian, à la place ?

— Bien sûr, dit Rose, enthousiaste. C'est la tâche que j'aime le moins, car le garçon s'assure que ce soit moi qui en sorte trempée de la tête aux pieds quand c'est fini.

Leana sourit, s'imaginant la scène.

— Je porterai un tablier et j'aurai l'une de mes vieilles robes à portée de main.

— Nous les avons remisées au deuxième étage, dit Rose en glissant une main dans le creux du coude de Leana pour l'attirer vers l'escalier. Je demanderai à Eliza de les apporter dans ta chambre pour les aérer. Tu verras lesquelles te conviennent.

— Elles devront convenir, car je ne peux m'en offrir une autre.

Leana pensa à l'argent dans sa bourse, puis écarta l'idée de le dépenser pour une chose aussi frivole qu'une nouvelle robe. Qui sait quand ces pièces d'argent pourraient être utiles ?

— J'imagine que mes vieilles robes auront besoin de quelques retouches, ajouta-t-elle. Le corps d'une femme ne se remet jamais tout à fait de la maternité.

Quand Rose fit une pause pour l'examiner attentivement, Leana souhaita avoir parlé moins librement. Rose arqua les sourcils.

— Ta taille me semble aussi mince qu'avant, Leana. Et elle continuera de s'affiner, alors que la mienne, au contraire...

Ce n'est pas vrai, chère sœur. Leana changea rapidement de sujet.

— Il est temps d'aller retrouver Ian et de recevoir une bonne douche.

Elles se séparèrent au pied de l'escalier ; Rose alla vers la cuisine pour planifier le repas du sabbat ; Leana prit le chemin de la chambre d'enfant, brûlant d'impatience de tenir son fils dans ses bras.

— Père devrait être de retour à la maison bientôt, lui rappela Rose en la quittant. Quelle surprise l'attend.

— Il sera furieux, tu veux dire. La colère seule séchera ses vêtements, quand il arrivera et me trouvera ici.

Leana regarda Rose du haut du palier.

— Aurais-tu la gentillesse de m'en informer, dès que père chevauchera dans l'allée ? Il vaut mieux qu'il apprenne la nouvelle de mes propres lèvres.

— Oh oui ! fit Rose en levant les yeux. N'es-tu pas la seule qui soit assez brave pour l'affronter ?

— Pas brave, ma sœur. Désespérée. Je n'ai nulle part d'autre où aller.

Leana tourna les talons et se dépêcha de gravir le raide escalier.

Annabelle était à l'étage, montant la garde auprès d'Ian, qui était agrippé à la patte d'une chaise. Leana sourit à la servante aux cheveux roux, plus jeune d'une douzaine de mois que Rose et Eliza.

— Ma sœur m'autorise à te baigner, Ian, et elle dit que je dois être armée pour le faire.

Annabelle tapota le vêtement plié sur son bras.

— J'ai un tablier propre pour vous, m'dame.

Pendant que Leana tenait Ian à bout de bras, la jeune servante passa le tablier par-dessus la tête de sa maîtresse et le lui noua à la taille.

— Pas trop serré, lui demanda Leana.

Heureusement, il s'attachait dans le dos. Un tablier serait peut-être une heureuse addition à sa garde-robe — non pas porté selon les besoins, mais toute la journée, comme Neda le faisait. Sauf en présence d'invités, il était tout à fait convenable d'en porter un dans la maison.

Ian criait et battait des bras et des jambes, très malheureux de se retrouver ainsi entre ciel et terre. Leana éclata de rire, le colla contre elle, puis planta quelques baisers sur son visage, à la grande joie du garçonnet.

Un sourire apparut aussi sur le visage tavelé de taches de son d'Annabelle.

— Vot' fils s'souvient d'vous.

Leana le serra et se dirigea vers sa chambre.

— Voyons voir si je me rappelle comment te baigner.

Un bac de bois peu profond attendait au centre du plancher.

— L'eau était chaude, y a tout juste une minute, dit Annabelle, elle doit être idéale, maintenant, pour son bain.

Leana lui retira ses vêtements, dont il était bien content d'être débarrassé, puis elle le mit dans l'eau tout en s'agenouillant près du bac. Il l'éclaboussa copieusement, mouillant son tablier de part en part. Il était plus fort, plus bruyant et bien plus énergique qu'avant. Même avec l'aide d'Annabelle, elles ne purent éviter de se retrouver toutes trempées quand ce fut fini, et le plancher était couvert de flaques d'eau.

— Il n'en reste pratiquement plus une goutte dans le bac, le taquina Leana en le levant pour l'envelopper dans une serviette sèche et frotter sa peau rose.

Elle asséchait encore sa chevelure soyeuse quand Rose apparut à la porte, à bout de souffle, les yeux écarquillés.

— C'est père. Il est de retour de Dalbeaty !

Leana baisa rapidement le front d'Ian.

— Je dois y aller, cher garçon.

Elle le confia à Annabelle, en lui demandant de finir de le sécher et de l'habiller, puis elle dénoua les cordons de son tablier en tremblant.

— Si seulement j'avais le temps de me changer, dit-elle. Regarde-moi.

Rose jeta le tablier mouillé de Leana et évalua l'état de sa robe verte et de ses cheveux défaits.

— Je vois que l'heure du bain a été plus éprouvante que d'habitude, dit-elle en chatouillant le pied rose d'Ian, le faisant rire aux éclats. Tu étais d'humeur bien joyeuse, n'est-ce pas, garçon ? Tu as complètement arrosé ta mère et ruiné sa coiffure.

Ta mère. Leana eut envie de se jeter dans les bras de Rose pour l'avoir dit.

— Peu importe ta robe mouillée, nous n'avons pas une minute à perdre, insista Rose, l'attirant en bas de l'escalier. Père discute avec Duncan à la ferme, mais il rentrera à la maison bientôt. Neda a préparé des rafraîchissements dans le petit salon, et Hugh a des vêtements propres pour lui. Accueille père, laisse-le se changer, puis joins-toi à lui pour un goûter de pain d'épice et une tasse de thé.

— Rose McKie !

Leana s'arrêta au pied de l'escalier, dévisageant sa sœur avec étonnement.

— Pendant mon absence, tu t'es transformée en maîtresse d'Auchengray.

Sa sœur baissa la tête.

— C'est un rôle que tu peux reprendre quand tu veux, Leana.

— Non, merci. Je suis parfaitement heureuse dans mes fonctions de jardinière en chef et de bonne d'enfant.

Elle regarda la porte, entendant des pas approcher.

— *Si* père me laisse rester, bien sûr, ajouta-t-elle, soucieuse.

— Tu es sa fille, Leana. Comment pourrait-il te refuser cela ?

— C'est le laird d'Auchengray, lui rappela Leana, il peut faire comme bon lui semble.

Elle joignit les mains et fit face à la porte.

Chapitre 19

Si le Ciel croyait que la richesse était une si belle chose,
il ne l'aurait pas versée sur un tel filou.
— Jonathan Swift

Lachlan était complètement trempé, du bonnet aux bottes.
Son humeur était encore plus maussade que le temps.

— Neda! aboya-t-il dans le vestibule en claquant la porte
derrière lui.

Mais ce ne fut pas la gouvernante qui s'avança pour
l'accueillir, mais plutôt sa fille rebelle, dont il croyait bien être
débarrassé pour de bon.

— Bienvenue à la maison, père.

Leana fit une révérence, agrippant ses jupes comme si
elle s'apprêtait à prendre ses jambes à son cou.

— Veuillez m'excuser d'arriver ainsi à l'improviste.

La colère monta en lui comme un bûcher du jour de
Lammas.

— Je ne t'ai pas encore pardonné ton départ, que je sache.

Elle baissa les yeux.

— Je vous expliquerai tout…

— J'y compte bien.

Il cracha les mots, après les avoir mâchés longuement.

— Viens me voir dans le petit salon dans une demi-
heure. Et ne me fais pas attendre, Leana.

Ce n'est qu'à ce moment-là que Lachlan remarqua Rose,
qui observait la scène en retrait, derrière l'épaule de Leana.
Quand ses deux filles étaient-elles devenues complètement
hors de contrôle? Il franchit le corridor, ses bottes dégoulinant sur le plancher de pierres inégales, avant de s'arrêter
brusquement pour se retourner.

— Et arrange-toi convenablement. À moins que ta femme
de chambre soit aussi mécontente que moi de ton retour.

Rose fit un pas devant Leana et regarda son père dans les yeux.

— Eliza sera heureuse de l'assister, dit-elle calmement.

Une fille impétueuse, celle-là, pensa Lachlan. Comme sa tante, Rowena.

— Très bien, marmonna-t-il. Dans une demi-heure.

En se dirigeant vers son repaire dans la maison, Lachlan ne regarda ni à droite ni à gauche. Rien d'autre n'importait pour l'instant que des vêtements secs et un doigt de whisky, les deux seules choses capables d'améliorer cette misérable journée. Et la dernière à laquelle il s'attendait — ou qu'il souhaitait — était le retour de Leana à Auchengray. N'aurait-elle pas pu attendre après son mariage ? Ou après la fête de la moisson, lorsque les McKie auraient enfin vidé les lieux ?

Ah ! Des enfants adultes étaient bien plus difficiles à tenir en laisse que des petits, et coûtaient tellement plus cher.

Quand Lachlan entra dans le petit salon, Hugh l'y attendait déjà avec des serviettes propres, un peu de savon et un rasoir affûté. Exactement trente minutes plus tard — Lachlan regarda sa montre de poche pour s'en assurer —, il entendit cogner doucement à sa porte.

— Fais-la entrer, grogna-t-il à Hugh, se calant dans son fauteuil capitonné favori, et laisse-nous.

Le valet fit ce qu'on lui demandait sans commentaire, et fit entrer Leana dans la pièce avant de refermer la porte sans bruit derrière lui.

L'apparence de Leana s'était considérablement améliorée depuis qu'elle l'avait accueilli, une demi-heure avant. Ses cheveux étaient soigneusement peignés et retenus en nattes au sommet de sa tête. Mais elle portait toujours la même banale robe verte, couverte d'éclaboussures. Peut-être était-elle rentrée de Twyneholm avec la pluie du matin, se dit Lachlan.

— Père, dit-elle en faisant une nouvelle révérence.

La jeune femme comptait-elle gagner sa sympathie en multipliant les courbettes ? Elle se releva ensuite devant lui, les mains croisées.

— Je suis désolée que mon retour vous ait indisposé. Je n'aurais jamais dû partir et…

— Non, tu n'aurais pas dû.

Il fit un geste en direction de la chaise vide opposée à la sienne, bien plus étroite et infiniment moins confortable.

— Les domestiques ont dû faire tout leur travail et le tien en plus. Eliza, en particulier, crut-il bon d'insister.

Leana s'assit précairement sur le bout de la chaise.

— Je ferai de mon mieux pour me faire pardonner.

Elle parcourut la pièce du regard, puis le regarda directement.

— Voyez-vous, reprit-elle, j'ai quitté Auchengray…

— Le premier idiot du village sait pourquoi tu es partie. Ta sœur a épousé ton amant et a pris ton fils, tout ça avec la bénédiction de l'Église. Peu de femmes auraient pu accepter pareille situation.

Elle secoua légèrement la tête, de nervosité, sans doute.

— Je suis partie pour le bien de Jamie. Et celui de Rose. Et d'Ian.

— Un noble sacrifice, c'est ça? renâcla-t-il. Ou peut-être voulais-tu t'épargner la honte de retourner à Newabbey, après avoir été exposée au banc de pénitence? Couvrant toute ta famille de honte par ta conduite?

Ses traits pâles se colorèrent légèrement.

— Cela me chagrine de penser que j'aie pu être...

— Si humaine? Si faillible?

— Non, père. Si égoïste.

— Oooh, marmonna-t-il, étirant la voyelle avec satisfaction. Le monde entier et ceux qui l'habitent sont égoïstes, Leana. Une triste vérité que tu serais avisée d'apprendre.

Elle soupira un peu.

— Montrez-vous donc prudents comme des serpents…

— Tu vois? dit-il en abattant une main sur l'accoudoir de son fauteuil pour marquer son approbation. Même la Bible le dit.

— … et candides comme des colombes.

— Des colombes.

Il leva la main en direction de la ferme.

— J'en ai une volière pleine. Tout juste bonnes à garnir les tourtes.

Quand Leana retomba dans le silence, tordant un fil défait de sa manche, il la regarda plus attentivement. Elle avait perdu du poids, à Twyneholm. Se pouvait-il que le garde-manger de Meg fût mal pourvu ? Heureusement, Leana n'avait pas dérobé la moindre pièce de son coffre en s'enfuyant. Il caressa la clé autour de son cou, réconforté par le froid contact du métal contre sa chair. Elle ne lui avait pas écrit pour quémander son héritage, telle une enfant prodigue. Sa fille aînée avait peut-être plus de caractère qu'il ne lui en avait attribué.

Tout de même, elle était partie sans demander sa permission et elle revenait de la même manière. Un tel comportement ne pouvait rester impuni.

— Tu m'as désappointé, ma fille ; je ne chercherai pas à le nier.

Les yeux de la jeune femme étaient plus suppliants que ses paroles.

— Comment pourrais-je me faire pardonner par vous ? En m'occupant des jardins, en travaillant dans l'officine, en filant la laine ?

— Tu feras tout cela et bien plus.

Il joignit les doigts, comme s'il comptait toutes les possibilités.

— Mais d'abord, tu me dois réparation pour tout le travail perdu en ton absence.

Elle ouvrit les mains, aussi vides que ses poches.

— Je ferai tout ce que je peux, père. Mon seul souhait est de rester à Auchengray et de pouvoir appeler ce toit ma maison.

— Appelle-le comme bon te semble.

Au moins, pensa-t-il, elle ne lui avait pas demandé de lui trouver un mari ou de lui acheter un cottage. En ce qui concernait la punition appropriée pour sa désertion, il trouverait bien assez vite. Il était hors de question qu'elle souille de sa présence le seuil de l'église de la paroisse d'Urr le jour de son mariage, bien que cela ne fût pas vraiment un châtiment. Pour l'instant, le dur travail devrait suffire.

Fronçant les sourcils, il brandit un doigt dans sa direction.

— Et que je ne te surprenne jamais désœuvrée, alors que tu devrais être au travail. Ce n'est pas Maxwell Park, ici, avec son armée de domestiques qui ne sont là que pour les apparences. Il n'y a pas une âme dans cette maison qui ne gagne son droit de manger à ma table.

Elle se leva, vacilla sur ses pieds un moment, puis inclina la tête.

— Je comprends.

Il la congédia d'un geste brusque, impatient de retourner à ses livres de comptes. Avant que la porte du petit salon fût refermée, il avait déjà approché sa chaise de son bureau et allumé une nouvelle bougie. Le temps pluvieux rendait la maison aussi lugubre qu'en novembre.

Il ouvrit la page marquée « Ferme d'Edingham », puis déplia les feuilles de papier trempées qu'il venait de récupérer dans la poche de son veston, et griffonna une série de chiffres dans les colonnes appropriées. La propriété de Dalbeaty se présentait sous un jour prometteur ; les trois garçons n'étaient pas les moindres de ses actifs.

Lachlan sourit en pensant à Morna Douglas. Quoique peu attrayante, elle était l'épouse idéale. Docile. Accommodante. Prête à croire tout ce qu'il lui dirait. Il avait l'intention de ne lui fournir que le minimum de renseignements pour rédiger les documents requis pour leur union. Il pourrait alors placer les derniers éléments de sa machination.

Son travail de comptabilité terminé, Lachlan referma avec un claquement satisfait son gros livre de comptes. Il souffla immédiatement les bougies pour ne rien gaspiller de leur cire d'abeille et quitta son repaire, en suivant l'arôme du déjeuner jusque dans la salle à manger. Il prit place au bout de la table, ajusta son veston et tira sur ses manches, pendant que la gouvernante franchissait la porte.

— Vous v'là, m'sieur.

Bien qu'elle n'eût que quelques années de moins que Lachlan, Neda marchait toujours d'un pas alerte. Ses cheveux cuivrés restaient rarement emprisonnés sous son bonnet blanc, et son sourire un peu narquois ne la quittait jamais très longtemps. Le laird tolérait ses excentricités, car ses talents culinaires valaient bien qu'il ferme les yeux sur elles.

— Nous avons un déjeuner spécial pour marquer le retour à la maison d'Leana, l'informa-t-elle. C't'une idée d'Rose, et très bonne, j'dois dire. D'la morue fraîche avec d'la sauce aux œufs et du raifort — un plat d'morue salée qu'vous connaissez —, suivie d'un fromage de tête d'mouton bouilli avec du bacon et une poule rôtie assaisonnée d'une tranche de macis.

Lachlan fit la grimace à cette description. Que lui importait qu'il s'agît de ses plats préférés ?

— Et qu'en est-il de *mon* retour à la maison ? Un laird ne devrait-il pas être reçu avec ce qu'il y a de meilleur dans son garde-manger ?

— Oh ! bien sûr, dit la paysanne en souriant. Les meilleurs morceaux s'ront pour vous, m'sieur McBride.

Elle sortit de la salle à manger au moment où l'horloge sonnait l'heure. Lachlan saisit la poignée de sa cloche et la fit tinter avec autorité, appelant la maisonnée pour le déjeuner. Il ne laisserait pas pareil festin refroidir dans la cuisine.

Rose entra la première, jolie et charmante, comme toujours, mais un peu plus ronde qu'auparavant. La chair que Leana avait perdue avait été reprise par Rose, semblait-il. Et cela lui allait bien. Sa sœur, Rowena, ne sourirait-elle pas d'aise en voyant sa nièce ? Son véritable portrait au même âge, quoique Rowena eût encore à trouver un époux, alors que Rose était déjà mariée et prête à donner naissance à un enfant.

Jamie n'était pas loin derrière Rose ; il ne la quittait plus d'une semelle. Le garçon était envoûté, tout comme il l'avait été à son arrivée à Auchengray. Son veston bleu, heureusement, était bien brossé ; Hugh avait été bien affairé, ce matin-là. Leana entra enfin et vint s'asseoir un peu à l'écart. Après avoir vu cette chaise vide pendant des mois, il était étrange de la trouver occupée de nouveau.

Quelque chose dans la manière familière avec laquelle Leana croisa ses mains sur ses genoux attira son attention. Ses traits, son teint, l'inclinaison de sa tête, la clarté de ses yeux. Subitement, il crut revoir sa femme. *Agness.* La seule qu'il eût jamais aimée. Lachlan détourna le regard, mais pas assez vite ; le regret, comme un sabre tranchant, le déchira. La lame se retira tout de suite, mais la blessure demeurait. Cela fit saigner son âme ; il lui en voulut pour cela.

— Leana !

Il aboya son nom comme si cela pouvait chasser la douloureuse image.

— Pourquoi n'as-tu pas mis une autre robe ? Cette robe verte toute mouillée est-elle la seule qui t'aille ?

Rose, toujours la plus vive, arqua les sourcils.

— Oh, père, ne soyez pas si sévère. Elle n'a tout simplement pas eu le temps de se changer. Et si Eliza repassait sa robe bordeaux, pour le dîner de ce soir ? Est-ce que cela vous conviendrait ?

Chapitre 20

Que viennent la tourmente, la pluie et la neige,
Nous resterons côte à côte quand elles s'abattront.
— Simon Dach

Rose vit toute trace de couleurs s'effacer du visage de sa sœur. Avait-elle dit quelque chose de déplacé ?

Leana s'humecta les lèvres, un mouvement qui trahissait sa nervosité.

— Eliza a suspendu quelques robes dans ma chambre. Je suis sûre que je peux en retoucher une, d'ici ce soir.

— Mais la robe bordeaux, insista Rose, est de loin ta plus jolie. Tu la portais quand tu es partie pour Twyneholm, n'est-ce pas ? Et tu l'as sûrement rapportée à la maison avec toi.

Puisque Leana ne répondit pas immédiatement, Rose se tut. Quelque chose n'allait pas du tout.

— Je ne l'ai pas ramenée à la maison, confessa finalement Leana, regardant directement son père. La robe bordeaux est demeurée à Twyneholm. Je l'ai vendue.

Rose eut un hoquet.

— *Vendue ?* Mais cette robe signifiait…

— Plus que je ne puis l'exprimer.

Le regard de Leana ne fléchit pas, mais sa voix, si.

— Comme je n'avais ni argent ni autre objet de valeur, c'était le seul moyen de payer le cabriolet qui m'a ramenée à la maison.

Lachlan McBride n'avait toujours pas répondu. Ses yeux gris, toujours froids, n'étaient plus que d'étroites fentes.

— Leana, parlons-nous de la robe rouge que tu as portée lors du mariage de Rose ?

— Oui…

— Celle que j'ai commandée pour toi à monsieur Armstrong, le tailleur ?

— Père, je…

— Celle que j'ai payée une *fortune* ?

Il abattit son poing sur la table, faisant sauter les plats d'étain.

— *Cette* robe rouge ?

Rose regarda Jamie, et ne fut pas surprise de voir une tempête se former dans son regard. Il avait subi la colère de Lachlan et savait combien sa langue pouvait être assassine. *S'il te plaît, Jamie. Aide ma sœur.*

Il comprit son message muet.

— Oncle, il m'apparaît que votre fille vous a épargné le fardeau d'envoyer Willie avec votre cabriolet pour la chercher.

Jamie ne regarda pas Leana en parlant, et elle ne le regardait pas non plus.

— C'était un geste de bonne volonté de sa part, ajouta-t-il. Et un sacrifice, en plus.

— Oh ! Il ne lui a rien coûté, car c'est mon argent qui a payé cette robe en premier lieu.

Rose entendit de légers frôlements derrière la porte donnant sur la cuisine. Aucun doute, tout le personnel avait l'oreille pressée contre les fentes du bois, se demandant quand il pourrait servir le repas sans danger.

— Mais, père…

Rose s'assura que ses mots étaient aussi sucrés que des biscuits de Naples.

— C'était la robe favorite de ma sœur. Naturellement, ce fut une épreuve pour elle de s'en séparer.

— Mais qui paierait un bon prix pour des vêtements maintes fois portés ? demanda Lachlan.

Quand Leana expliqua que le révérend et madame Scott l'avaient acquise pour leur petite-fille, son regard s'alluma.

— Madame Scott, dis-tu ? Je crois savoir que sa famille est riche.

Les yeux de Leana s'écarquillèrent.

— Vous… les connaissez ?

— Ma connaissance de Galloway ne s'arrête pas aux limites de ma paroisse. Leana, combien t'as coûté la location du cabriolet ?

Quand Leana le lui dit, il la pressa davantage.

— Est-ce le montant payé par les Scott pour ta robe ?

— Non, dit Leana, qui mit une main sous la table — pour ouvrir la bourse attachée à sa taille, comprit Rose —, et elle produisit une généreuse poignée de shillings.

Même par cet après-midi gris et pluvieux, les pièces luisaient à la flamme des chandelles.

— Ils m'en ont payé le plein prix, comme si la robe avait été neuve. Deux livres sterling.

Lachlan tendit la main comme un enfant quémandant des bonbons.

— Donne-les-moi, Leana. Mon argent a acheté cette robe ; ce qui reste doit me revenir.

Observant sa sœur attentivement, Rose aperçut le reflet de larmes dans ses yeux. Une femme ne possédait que rarement de l'argent en propre. Pour une *vieille fille* comme Leana, une bourse pleine représentait un sentiment de liberté, aussi précaire fût-il.

Rose n'arriva plus à se contenir.

— Père, ne vois-tu pas les yeux de ta propre fille ? Ils brillent bien plus que les pièces que tu lui réclames.

À l'intérieur de ses pantoufles, ses orteils étaient crispés, mais elle refusa de laisser paraître sa nervosité.

— Est-ce que Leana ne peut garder ce qui lui appartient ? demanda-t-elle.

— Cela ne te regarde pas, Rose, dit Lachlan, qui ne retira pas sa main vide, mais la secoua en direction de sa sœur, comme pour rappeler à Leana quel était son devoir.

Quand Jamie voulut parler, la tête de Lachlan se tourna brusquement vers lui.

— Pas un mot, neveu, dit-il. Leana connaît sa dette pour ces mois passés loin de la maison.

Les pièces se déversèrent dans sa main avide.

— Quel besoin as-tu de cet argent? dit Lachlan suavement, en les enveloppant dans son mouchoir.

Quand il le fourra dans son gilet, il forma une bosse difforme sur son cœur.

— Est-ce que les marchands te présentent des factures, réclamant leur dû? demanda-t-il. Est-ce que Colin Elliot t'accueille avec une note pour tes achats de la veille, quand tu te présentes à sa boutique? À la dernière Toussaint, as-tu reçu la visite d'un défilé interminable de domestiques, de bergers et d'ouvriers de la ferme, chacun tendant la main pour recevoir son salaire du terme? Tu es à la maison, maintenant, Leana, et tu n'as aucun besoin d'argent. La richesse est acquise par les hommes, et ils la distribuent comme ils le jugent à propos.

Rose ne put entendre un seul mot de plus. Elle se leva, repoussant sa chaise, qui racla bruyamment le plancher.

— J'ai perdu tout appétit, dit-elle. Si quelqu'un désire me voir, je serai dans ma chambre.

Saisissant ses jupes, elle virevolta vers la porte juste à temps pour voir Leana qui se levait aussi. Sa sœur souleva le menton, les yeux toujours humides, mais le regard clair.

— Je serai aussi dans ma chambre, dit Leana. Je retoucherai l'une de mes vieilles robes afin d'avoir quelque chose de convenable à porter pour le dîner.

Les sœurs quittèrent la pièce sans attendre de réponse. Leana mena la marche, suivie par Rose de si près qu'elle faillit piétiner le bord de sa jupe. Lachlan hurla leur nom, mais ni l'une ni l'autre ne se retourna. Elles hâtèrent plutôt le pas vers le couloir jusqu'à l'escalier, au moment où trois servantes arrivaient de la cuisine, l'étonnement se lisant sur leur visage.

Rose n'osa parler, craignant d'éclater de rire, ou en sanglots, ou les deux à la fois. Elles avaient tourné le dos à Lachlan McBride! Elle se sentait presque honteuse de la merveilleuse sensation qu'elle en éprouvait.

— Leana, murmura-t-elle quand elles furent devant leurs chambres, seras-tu vraiment capable de faire de la couture cet après-midi? Mes mains tremblent tant que je suis sûre que je me piquerais une dizaine de fois simplement en enfilant l'aiguille…

— Oh, Rose.

Leana se retourna subitement pour l'embrasser avec effusion.

— Tu as été si courageuse de défier père ainsi.

— Moi ?

Sa voix, étranglée par les larmes, était réduite à un filet.

— Tu as été la plus brave. « Je l'ai vendue », lui as-tu dit sans te défiler.

— Ta présence dans la salle à manger m'a aidée, dit Leana en tapotant la natte de Rose, la tenant encore tout contre elle. Ma petite sœur qui n'a pas froid aux yeux.

Rose renifla bruyamment.

— Peut-être est-ce le bébé que j'ai en moi qui me rend forte.

Leana resta silencieuse un moment.

— C'est l'amour de Jamie pour toi et ton amour pour lui qui te rendent sans peur. Père ne peut plus te faire de mal, à présent.

— Mais qu'en est-il de *toi* ? demanda Rose en reculant, sa joie momentanée retombant. Tu habites ici. Père peut te rendre les années à venir vraiment misérables, si le cœur lui en dit.

— Sauf que moi aussi, je suis aimée, lui rappela Leana.

Une bulle de peur s'éleva dans sa gorge. *Mais pas par Jamie.*

— Vois comment notre Père nous a prodigué son amour, dit Leana en serrant sa sœur une dernière fois avant de la libérer. Je parle de notre père céleste. Je suis aimée, et tu l'es, toi aussi.

Rose pressa un mouchoir sur sa bouche, trop submergée par l'émotion pour parler. Elle était aimée. Non par son père, peut-être, mais tous ceux qui étaient importants pour elle. Jamie en particulier. Et par Leana, pour toujours. Elle regarda au bout du corridor, en direction de l'escalier.

— J'ai bien peur que nous ayons laissé mon pauvre mari affronter notre père seul.

— Je n'envie pas Jamie, à l'heure qu'il est, convint Leana. Nous devrions rentrer dans nos chambres. Si je connais Neda, elle nous apportera à chacune un plateau, quand père aura le dos tourné.

— Très bien, dit Rose en se frottant l'estomac. Mon appétit n'avait pas disparu, en fin de compte ; je l'ai tout à fait retrouvé, maintenant.

— Tu prendras mon repas, alors.

Leana s'inclina et pressa sa joue un bref moment sur celle de Rose, un geste de tendresse de leur enfance.

— Mange bien, jeune Rose. Donne une fille ou un garçon bien portant à ton Jamie.

Ton Jamie. Rose se demanda ce que ces mots avaient dû coûter à sa sœur, se doutant bien que le prix avait été très élevé.

Pardonne-moi, Leana.

Non, il était temps de cesser d'y penser et de commencer à le dire. *Pardonne-moi, Leana.* Les mots étaient coincés dans sa gorge. *Dis-le, Rose.*

— Leana, je suis… si désolée.

Paralysée par la culpabilité, Rose ne pouvait regarder sa sœur. Elle lui prit les mains, plutôt.

— Au sujet de Jamie. Au sujet d'Ian. Au sujet… oh, *de tout.* Ce doit être… si difficile pour toi. Mon amour pour Jamie… Ian confié à mes soins…

— Rose, ce n'est pas difficile de…

— Mais *c'est* difficile.

Elle leva les yeux, déterminée à être entendue.

— Je le vois dans tes yeux. Je l'entends dans ta voix. J'ai brisé ton cœur, Leana, encore et encore. Je l'ai fait. *Je l'ai fait.* Et tu persistes à me pardonner, alors que je ne le mérite pas.

— Ma chérie.

Leana secoua la tête et serra fortement les mains de sa sœur.

— Le pardon est un cadeau, donné gratuitement, reçu librement.

— En es-tu… certaine ?

Rose scruta son visage.

— M'as-tu vraiment pardonnée ?

Le sourire de Leana était la grâce incarnée.

— Comment aurais-je pu ne pas le faire, puisque je t'aime ?
Ne le vois-tu pas ? Tu es ma seule sœur et mon amie la plus
chère.

— Et toi, tu es… à moi.

Elle recommença à pleurer, plus fort qu'avant.

— S'il te plaît, pardonne-moi. S'il te plaît… s'il te plaît.

Le menton tremblant, Leana lui baisa le front.

— C'est déjà fait, Rose. Depuis longtemps.

Chapitre 21

Et y a-t-il quelque morale
Enfermée au sein de la rose ?
— Alfred, Lord Tennyson

— Quel triste visage, la taquina Jamie. Tu ne veux pas me dire ce qui te trouble, Rose ?

Elle marchait près de lui dans l'allée, l'ourlet de sa jupe balayant le gravier trempé. Après une interminable journée de pluie, le ciel s'était dégagé pendant le dîner et baignait la campagne de soleil, faisant miroiter les haies mouillées. Jamie avait suggéré que Rose l'accompagne pour une promenade en soirée, permettant à Leana de passer une heure tranquille auprès d'Ian. Les deux sœurs avaient sauté sur l'occasion. Si seulement il arrivait toujours à rendre les deux sœurs heureuses aussi facilement.

Rose s'arrêta pour admirer un bouquet de serpolets avec ses têtes violettes et ses longues feuilles ovales.

— Les deux prochains mois seront très éprouvants pour Leana, à nous observer tous les deux, à vivre ses dernières heures auprès d'Ian, redoutant celle où elle devra lui dire adieu.

Rose se pencha pour cueillir une tige de thym sur le sol délavé, froissant la feuille pour en inhaler le parfum.

— C'est plus qu'aucune femme ne pourrait supporter.

Ils n'avaient pratiquement parlé que de cela depuis l'arrivée de Leana, la veille. Il inclina la tête vers la route, espérant orienter les pensées de Rose dans une direction différente.

— Viens, laisse-moi te montrer ce que j'ai trouvé dans l'un des champs de Glensone.

Rose se frotta les mains pour enlever les odorants débris de fleurs sauvages alors qu'ils approchaient d'un pré enclos dans un muret de pierre.

— Jamie, il ressemble à n'importe quel autre champ en Écosse… oh!

Des bébés lapins étaient partout, sautillant derrière leur mère, filant le long des murets, disparaissant par des trous à peine plus larges que leur corps minuscule. Il y en avait des dizaines, aux oreilles brunes et à la queue blanche, surgissant entre les brindilles d'herbe mouillée, rendue plus verte par la pluie. Rose se frappa dans les mains avec délice.

— Ne sont-ils pas mignons? Et ils sont si nombreux.

Jamie lui sourit.

— Le remède idéal pour ma mélancolique épouse.

Elle soupira de bonheur, son regard suivant un lapin, puis un autre.

— Nous devrions amener Ian ici.

— Le matin et le soir — c'est à ces moments-là que les lapins se montrent généralement.

Jamie lui passa une main autour de la taille.

— Bien que je craigne que tu doives amener le petit toute seule, les prochains jours, dit-il. Demain est jour de sabbat, et les bergers arriveront pour la tonte lundi midi.

— Tu seras dans les enclos de moutons la majeure partie de la semaine, n'est-ce pas?

Jamie perçut la note plaintive dans sa voix.

— Du matin au soir.

Quand il passait une longue journée sur les collines, Rose l'attendait souvent à la porte dès la tombée de la nuit, le visage anxieux. Leana, plus mature, n'exigeait pas autant d'attention que sa sœur. Comme la fleur dont elle portait le nom, Rose semblait se faner dès qu'elle cessait d'être l'objet de soins constants.

— Seulement quelques jours, promit-il, et alors, nous aurons des centaines de toisons à montrer pour nos efforts.

— Des centaines? demanda-t-elle en faisant la moue. Et qui auront toutes besoin d'être lavées et cardées, j'imagine.

— Assurément. Un été de travail pour toi et les autres servantes. Et Leana aidera à filer la laine.

Voilà. Il avait prononcé son nom avec facilité, cette fois-ci. Sans hésiter, sans trébucher en le prononçant. Quand Leana était à Twyneholm, il n'avait eu que rarement ce problème. Mais depuis qu'elle était de retour à la maison, son nom était celui d'un être en chair et en os. La lavande n'était plus seulement une herbe du jardin, c'était le parfum de la robe de Leana lorsqu'elle le croisait dans l'escalier.

Rose leva les yeux vers la route qui menait à la ferme de Troston Hill et aux landes sauvages, au-delà.

— Je n'ai pas vu Lillias Brown rôder dans la paroisse, récemment. Et toi?

— Non, Rose, je ne l'ai pas aperçue.

Rose lui avait parlé de sa conversation macabre avec la vieille sorcière, le printemps précédent, et combien elle l'avait effrayée. Jamie se dit qu'elle ne retournerait pas frapper de sitôt à la porte de Nethermuir.

— L'une de ses prédictions s'est réalisée, dit Rose. Lillias m'a dit «Il n'y a qu'un homme pour toi, jeune fille. Et tu connais bien son nom.»

Rose leva la main pour replacer la mèche rebelle de Jamie.

— Je connais bien son nom, dit-elle. En fait, c'est aussi le mien, aujourd'hui.

— Une prédiction avérée, en effet.

Il lui prit la main et embrassa la mince alliance d'argent qu'il avait lui-même passée à son doigt.

— Madame McKie.

Rose sourit une autre fois aux petits lapins, espérant peut-être qu'ils plissent le nez pour lui rendre son sourire. Puis, le couple s'en retourna à la maison. Tandis qu'ils marchaient, le soleil de fin de journée lançait de longues ombres sur la route, devant eux.

— Ma sœur n'a pas encore touché à son rouet, mais son aiguille était active, aujourd'hui. Elle a fait des retouches à l'une de ses vieilles robes. Je n'ai pas le cœur de lui dire à quel point elle est banale. Jamais elle n'attirera le regard d'un gentilhomme en portant de si tristes vêtements.

— Quel gentilhomme? demanda Jamie un peu trop vivement.

— Tout prétendant convenable qui voudrait lui faire la cour.

Rose passa la main autour de son bras et le serra affectueusement.

— Dès lors que les choses sont réglées entre nous trois, ma sœur est libre de se remarier.

Jamie baissa le regard vers elle en ralentissant le pas.

— Est-ce son... désir? De se marier?

— Elle n'en a pas parlé, mais c'est le désir de toute femme de se marier. Et d'avoir des enfants.

Il regarda longuement le pâturage vallonné au sud, sans vraiment voir les collines et les rochers escarpés, trop assommé par la suggestion lancée tout naturellement par Rose. Leana pourrait-elle se remarier? *Pouvait-elle* le faire, après tout ce qui s'était passé? Et porter les enfants d'un autre homme?

— Il devra être très riche, toutefois, dit Rose, pour gagner la faveur de mon père.

— Et disposé... à accepter...

Jamie ne termina pas sa phrase. Pas quand ses pensées étaient loin d'être louables, nourries par les pires motifs. Parce qu'il ne pouvait posséder Leana, s'imaginait-il qu'elle n'était plus disponible pour aucun autre homme?

— À accepter quoi? lui demanda Rose en souriant. Le comportement choquant de Leana au déjeuner, aujourd'hui? Qu'elle puisse quitter la table sans la permission de père?

Heureux de la porte de sortie qu'elle lui offrait, Jamie affecta un air sévère.

— Mais qui s'est levée la première?

— *Je* l'ai fait, dit Rose, fière de son audace.

Et elle avait raison de l'être. Jamie s'était tout juste abstenu d'applaudir quand les sœurs McBride avaient tenu tête à leur père, même si cela lui avait ensuite valu un repas glacial en tête à tête avec son oncle. Lachlan avait engouffré sa nourriture dans un accès de colère bilieuse avant de quitter la table. Jamie s'était dédommagé en reprenant une seconde portion de tout de ce que la cuisine de Neda pouvait lui offrir, de la soupe au pudding.

Rose s'arrêta pour enlever une petite pierre de sa pantoufle de cuir, utilisant Jamie comme appui pendant qu'elle la retirait et la remettait.

— Mais c'est la réplique de Leana à père après le dîner qui demandait le plus de cran.

Jamie ne pouvait se rappeler une heure de prière familiale aussi courte. Après avoir récité quels brefs psaumes, Lachlan annonça son texte pour la soirée : un seul verset choisi pour l'occasion. « Enfants, obéissez en tout à vos parents. » Il l'avait lu lentement, servant chaque mot sur un plateau d'amertume. « C'est cela qui est beau dans notre Seigneur. »

Quand Lachlan eut fini, frappant la page de son doigt robuste, Leana avait dit de sa voix la plus calme : « Pourquoi ne lisez-vous pas la suite, père ? » Et il lui avait jeté un regard noir quand elle l'avait récitée de mémoire. « Parents, n'exaspérez pas vos enfants, de peur qu'ils ne se découragent. »

— Peux-tu croire qu'elle l'ait fait, Jamie ? demanda Rose, qui avançait en sautillant, tant son pas était léger. Ma sœur connaît si bien la Bible.

— C'était courageux, en effet, acquiesça Jamie.

Son aplomb servirait bien Leana quand elle devrait affronter le vieil homme tous les jours, seule, après le jour de Lammas.

Son regard atterrit sur les moutons qui paissaient près de la maison, un troupeau de brebis et d'agneaux en pleine santé, les derniers facilement identifiables à leur col peint en rouge. Seuls les moutons plus vieux seraient tondus lundi. Les agneaux échapperaient à la tonte jusqu'à l'été suivant, ce qui faciliterait un nouveau décompte la semaine suivante, pour s'assurer qu'aucun ne manquait à l'appel.

Vingt vingtaines. *Tous à moi.*

— Qu'est-ce qui te fait sourire, Jamie McKie ?

Il éclata de rire, l'attirant dans ses bras, ne se préoccupant pas d'être surpris en plein jour.

— Je pense à un certain agneau.

— Maintenant ?

Elle rougit, et son teint était plus radieux que le coucher du soleil et certainement aussi rose.

— Un agneau à naître, peut-être ?

— Non, dit-il en embrassant ses joues colorées. Je pense à un agneau allègre qui a gambadé dans ma vie sur ce même chemin, un certain jour d'octobre.

Le souffle chaud de Rose lui chatouilla l'oreille.

— Tu étais trempé, dit-elle. Émergeant des eaux du Lochend telle une *kelpie* pour m'y attirer et m'y noyer.

— Les *kelpies* hantent les rivières et les gués, pas les lacs, lui rappela-t-il. Et tu étais vêtue dans des hardes de paysanne, plaignant tes moutons assoiffés, car leur abreuvoir était renversé.

— Que tu es parvenu à redresser, tel un géant bienfaisant.

— Mais tu dois décider, jeune fille, l'exhorta-t-il avec un sourire dans la voix. Suis-je un démon aquatique ou un géant bienfaisant ?

Rose enveloppa ses bras autour de son cou.

— Tu es l'héritier de Glentrool et l'homme que j'aime.

Sur ces paroles, elle embrassa son visage souriant, éteignant sa raison.

Chapitre 22

Et de ceci seulement même Dieu est incapable,
De faire que les choses passées ne soient jamais arrivées.
— Aristote

— Je n'aurais jamais pensé revoir cette *traînée* dans notre paroisse.

Leana accusa le choc, quand elle entendit les dures paroles de Lydia Taggart, prononcées assez fortement pour rebondir d'un banc vide à l'autre. Par un matin de sabbat si radieux, plusieurs villageois étaient encore à l'extérieur, attendant que l'on sonne la cloche avant de retrouver leur banc. Plutôt que de se joindre à eux, Leana était entrée dans l'église tôt, espérant se rendre à sa place sans être remarquée. En vain, semblait-il.

Rose tendit la main et tapota la sienne.

— Ignore-la, dit-elle doucement. Personne ne fait attention à une commère comme Lydia.

Qui aurait pu imaginer que sa sœur lui offrirait son soutien, en cette heure difficile ? Leana savait que la paroisse s'habituerait à sa présence, avec le temps, mais ce premier dimanche s'annonçait vraiment très éprouvant.

Son père avait pris sa place habituelle au bout du banc, avec une mine aussi grise que le décor. La lumière qui se déversait à travers les larges fenêtres des deux côtés de la chaire ne servait qu'à éclairer l'austérité de la maison de prières. Des bancs de bois fermés faisaient face à la chaire de trois côtés, aussi banals et mornes que les paroissiens qui les occupaient. Aucune décoration pour plaire aux regards ; pas d'objets liturgiques pour les élever vers le Ciel.

Malgré tout, le Tout-Puissant pouvait toujours être trouvé par ceux qui le cherchaient. Leana regarda le haut plafond de cette salle où elle avait passé tant d'heures, et deux

circonstances en particulier la réjouissaient : le banc de pénitence n'était pas exposé, ce sabbat-là, et elle n'y était pas assise.

Des voix flottèrent par la porte, mêlées au chant des oiseaux,
mais on n'entendait pas de rires — pas le jour du sabbat. Leana
était sûre d'avoir entendu le joyeux gazouillis d'Ian au-dessus
du murmure des conversations. Jamie allait entrer avec son fils
au tout dernier moment et le tenir sur ses genoux pendant les
deux services. Leana, Rose et Jamie en avaient discuté pendant
le trajet à pied jusqu'à l'église. Les trois avaient conclu que si
c'était Jamie qui s'occupait d'Ian, cela faire taire toutes les
rumeurs malveillantes sur l'identité de la mère ayant la garde
effective de l'enfant.

Au tintement étouffé de la cloche, Leana regarda par-dessus
son épaule. L'église allait commencer à se remplir, maintenant.
Elle vit Isabelle Callender, au visage bienveillant et dont les cheveux gris étaient retenus dans un chignon serré. Lors de la première comparution de Leana sur le banc, c'était Isabelle qui lui
avait pris la main à la porte de l'église. «Peu importe c'qui t'attend, lui avait-elle dit, j'te souhaite qu'l'pire passe aujourd'hui.»
Ce sabbat-là n'avait pas été le pire jour de sa vie ; celui où elle
avait été forcée d'abandonner Ian l'avait été. Peu importe ce
qu'elle devrait vivre cet été-là, la joie de revoir son fils compen-
sait largement toutes les peines.

— R'gardez qui rentre à la maison!

Une jeune femme aux cheveux roux et aux yeux bleus
comme des campanules écossaises s'avança en suivant le banc
devant eux, ses enfants à sa suite.

— Jessie! s'exclama doucement Leana, en se levant d'un
bond.

Jessie et Alan Newall, de Troston Hill, étaient à la fois ses
voisins immédiats et ses amis les plus chers de la paroisse.
Froissant sa robe contre le rude dossier du banc, Leana embrassa
Jessie très fort, puis s'en écarta un peu pour admirer sa famille.

— Regarde comme Rabbie a grandi. Allez, laisse-moi voir
ton bébé.

Elle tendit les bras pour prendre le dernier-né de Jessie, qui avait à peine quatre mois, tandis que les autres membres de sa famille gagnaient leur place. Sa peau était pâle, comme celle d'Ian, mais ses cheveux soyeux d'un roux brillant et les taches de son sur son visage l'identifiaient comme un Newall, sans méprise possible.

— Quel bon garçon, le complimenta Leana.

Elle le regarda une dernière fois avant de le remettre à sa mère, puis se tourna vers sa grande sœur.

— Annie, ma petite fée, c'est formidable de te revoir aussi, lui dit-elle.

Âgée de presque trois ans, Annie était une version réduite de sa mère dans les moindres détails, depuis les frisottis jusqu'à son sourire aux lèvres minces. Les yeux fixés sur Leana, la fillette émit son nom — « Le-a-na » —, puis s'applaudit elle-même de son exploit de mémoire.

— Très bien, jeune fille.

Leana aurait bien gardé l'enfant dans ses bras plus longtemps, mais le bedeau se dirigeait vers la porte, annonçant le début du service du matin. Jamie ne tarderait pas non plus à être là avec Ian.

— Nous parlerons après l'office, promit-elle, tenant la joue de la fillette dans la paume de sa main. Viendras-tu t'asseoir sur mes genoux, quand nous prendrons notre déjeuner froid?

Annie hocha la tête, faisant danser ses boucles, puis se tourna à la demande pressante de sa mère.

— Plus tard, dit Jessie avec un clin d'œil, pour faire face au lutrin, au moment où Jamie apparaissait dans l'allée avec Ian.

Le visage de l'enfant s'épanouit en un large sourire quand il vit sa mère.

Leana se glissa hors du banc, pinça le pied nu d'Ian au passage, tandis que Jamie prenait sa place assignée près de Rose, évitant de s'asseoir entre les deux sœurs. *Sage Jamie.* Aussi éprouvant qu'il fût pour elle d'être séparée d'Ian, elle savait qu'il était plus prudent d'agir ainsi. Leana cajolerait le garçon à sa guise à Auchengray. Ici, sous les regards de toute la paroisse, il valait mieux pour la mère et son fils ne pas être vus ensemble.

Plutôt que de se laisser abattre, Leana pensa au fils ou à la fille qu'elle allait mettre au monde et y puisa du réconfort. *Je suis encore une mère.* Tant que tous l'ignoreraient, ce secret égaierait son cœur sans en briser d'autres. C'était sûrement ce qu'il y avait de mieux à faire.

Un verset appris longtemps auparavant lui revint à l'esprit. *Le témoin véridique ne ment pas.* En dépit de l'air chaud ambiant, les mains de Leana se refroidirent. Était-ce un péché de dissimuler son état ? Ou était-il généreux d'épargner ceux qu'elle aimait ? L'antique psautier disait des mots qu'elle ne voulait pas entendre : *Amour et vérité se rencontrent.* Mais qu'adviendrait-il de la confiance retrouvée de Rose et de l'engagement de Jamie envers sa sœur ? Voleraient-ils en éclats, si elle confessait la vérité ?

Une deuxième cloche sonna, et le maître de chapelle se leva pour entamer un psaume de rassemblement. Ceux qui étaient déjà assis le restèrent ; ceux qui ne l'étaient pas se hâtèrent de regagner leur place, répétant les mots après que le chantre les eut psalmodiés, une ligne à la fois.

— « C'est toi que je prie, Yahvé ! Au matin, tu écoutes ma voix ».

S'il te plaît, écoute-moi, mon Dieu. Leana ferma les yeux, sans se soucier de ce que les autres penseraient. *Et réponds-moi. Devrais-je dire la vérité ?*

Les chants se prolongeaient, lents et monotones, pourtant les antiques formules incitaient infailliblement les âmes présentes à la prière. Pour Leana, chacune reflétait les désirs de son cœur. *Yahvé, guide-moi dans ta justice.* Le Tout-Puissant lui montrerait ce qui devait être fait. S'il valait mieux garder son secret pour elle, elle le ferait en toute confiance. Si faire part à sa famille de la nouvelle inattendue devenait nécessaire, elle puiserait sa force en lui et le ferait. *Joie pour tous ceux que tu abrites.* Leana sentit la tension en elle se dénouer peu à peu. Oui, elle s'abriterait en lui.

À la troisième cloche, la porte de l'église se referma bruyamment, et le révérend Gordon apparut. Il escalada l'escalier en colimaçon jusqu'à la chaire, d'où il abaissa un regard sévère sur ses paroissiens. Le ministre salua d'un bref mouvement de tête les propriétaires terriens des environs — Lachlan McBride parmi eux —, s'arrêtant un très court moment quand le regard de Leana croisa le sien. Elle espérait lui parler entre le service du matin et celui de l'après-midi ; les deux s'étaient quittés en bons termes, mais elle voulait s'assurer qu'elle était la bienvenue dans sa propre paroisse. Son père s'étant approprié tout son argent, quitter Newabbey était maintenant hors de question.

Tous se levèrent pour la prière du ministre, les hommes retirant leur bonnet, les femmes attirant leurs enfants contre elles, un avertissement silencieux de rester tranquilles. Leana pouvait entendre Jamie apaiser Ian, d'une voix basse et tendre. Son amour paternel pour son fils était presque trop sacré pour être regardé. *Oh, Jamie*. Quelle femme n'aimerait pas un homme seulement pour cela ?

Après s'est rassise, à la suite du « ainsi soit-il » du ministre, Leana éleva ses pensées vers le Ciel, et prêta une attention soutenue à tout ce qui suivit : une explication d'une brève section de l'Épître aux Romains, une prière d'illumination et un sermon d'une heure portant sur un seul verset des Proverbes. Alors que la plupart des ministres livraient leurs messages sans l'aide de notes, le révérend Gordon consultait souvent ses papiers après avoir rajusté ses lunettes sur son nez.

À une heure, les fidèles se levèrent pour la prière, la plupart un peu hébétés après le long service du matin. Les visages étaient longs et les estomacs, grondants. Pendant les jours froids d'hiver, les gens restaient assis à leur banc entre les services et déjeunaient avec les provisions qu'ils avaient apportées. Dès que le temps le permettait, toutefois, ils s'empressaient de sortir afin de trouver un endroit agréable à l'extérieur pour prendre le repas du midi.

Leana se tourna pour demander à Rose :

— Qu'est-ce que Neda a préparé pour nous, aujourd'hui ?

Sa sœur fit la grimace. C'était donc du hareng mariné.

La voix du révérend Gordon porta dans toute l'église, qui se vidait.

— Mais qu'est-ce qui peut bien pousser une jeune femme à être aussi jolie ?

Tandis que Rose, rouge jusqu'aux oreilles, baissait la tête, Leana fit une petite révérence et offrit sa main.

— Révérend, comme je suis heureuse de vous revoir. Je souhaite seulement que ce plaisir soit partagé.

— Naturellement, répondit-il chaleureusement en lui prenant la main.

Rose et les autres se dirigèrent vers la sortie tandis que Leana restait auprès du ministre, retenue par sa forte poigne.

— Le révérend Scott ne m'a pas informé de votre retour, mademoiselle McBride. J'espère que les mois passés à Twyneholm ont été féconds ?

— Très féconds, répondit-elle, s'efforçant de se montrer à la fois réservée et polie, bien que son cœur lui martelât la poitrine.

Les mots du ministre lors de son départ étaient encore présents dans son esprit. *Le fruit de vos entrailles est la bénédiction de Dieu dans votre vie.*

— Je vous suis reconnaissante de la lettre envoyée au révérend Scott, dit-elle en libérant enfin sa main. Il s'est montré fort… compréhensif.

— Ah, fit le révérend Gordon en haussant ses sourcils broussailleux. Je suis heureux de l'entendre. Quoique j'avoue que je suis surpris de vous revoir si vite à la maison. Dites-moi, qu'est-ce qui vous a ramené à Newabbey ?

— J'étais certaine… enfin, je croyais bien que les McKie étaient déjà installés dans la paroisse de Monnigaff depuis quelque temps. Ils partiront plutôt le jour de Lammas.

Il ne dit rien pendant un moment, hochant la tête en direction des autres paroissiens qui passaient, les mains croisées dans le dos.

— Ces deux mois seront fort longs pour vous, Leana.

— Et pour eux, répondit-elle en regardant vers la porte, se demandant dans quelle direction ils étaient partis. Monsieur, si je peux…

Une voix de femme les interrompit.

— Rev'rend Gordon !

Leana reconnut immédiatement l'accent grossier. *Mary McCheyne.*

— C'est ben à Leana McBride qu'vous causez ?

La femme à la tenue négligée avança vers eux avec une marmaille accrochée à ses jupes.

— J'pensais qu'z'étiez partie à Twyneholm pour de bon. En tout cas, c'est ça qu'ma cousine Catherine m'a raconté.

Catherine Rain. Leana hocha imperceptiblement la tête.

— Je me rappelle l'avoir rencontrée.

Les yeux de Mary brillèrent d'un éclat cruel.

— C'est c'que j'pensais. Ça fait un bon mois d'puis qu'elle nous a rendu visite. On avait eu un brin d'causette, alors.

— Quand…

Leana s'humecta les lèvres.

— Quand croyez-vous revoir votre cousine ?

Mary haussa les épaules tout en s'efforçant de retenir ses enfants.

— C't'été, j'crois ben. V'z'avez un message pour elle ?

— Non…, non, aucun message.

Leana s'inclina rapidement et dit :

— Si vous voulez bien m'excuser, ma famille doit certaine-ment se demander ce qui m'arrive.

— V'z'en faites pas, dit Mary avec un petit ricanement. Tout l'monde sait c'qui vous arrive !

Chapitre 23

Mais voyez, les bergers fuient la chaleur du midi,
Les humbles pâtres se retirent près des ruisseaux murmurants,
Pour rapprocher les troupeaux haletants de l'ombre;
Ô dieux! n'y a-t-il donc aucun soulagement à l'amour?
— Alexander Pope

— J'sais pas c'qui leur est arrivé, Jamie.

Duncan leva son bonnet pour gratter sa chevelure clairsemée, puis le replanta sur sa tête tout en fouillant l'horizon du regard. Le soleil avait brillé sur tout Galloway, surchauffant l'air immobile, envoyant troupeaux et bergers à la recherche d'eau pour s'abreuver.

— Il est passé midi, et j'les ai pas encore vus, dit-il. As-tu r'gardé dans l'pré au bout?

— Oui.

Jamie libéra d'une secousse une motte de terre collée au talon de sa botte. Comme la plupart des bergers, Rab Murray et Davie Tait avaient leur propre conception du temps.

— Les garçons doivent être ensemble, supposa Jamie.

Jamie et Duncan avaient passé la matinée à rassembler les premiers troupeaux de brebis dans les enclos, laissant les animaux se calmer en préparation de la tonte. Le temps, bien qu'un peu chaud, était idéal pour la besogne, car les toisons étaient belles et sèches. De la laine humide pouvait se piquer de taches de moisissure, ruinant sa valeur au marché. Les ciseaux étaient aiguisés, l'estomac des moutons, vide et le ciel, favorable. Il ne manquait plus que l'arrivée de bergers d'expérience, et le rituel annuel pourrait commencer.

Ils les entendirent d'abord qui chantaient en remontant l'allée en direction des bâtiments de la ferme, et leurs voix se joignaient en un chœur discordant : «Mon amour n'est encore qu'une fillette». Quelques instants après, quatre garçons à la figure rougeaude apparurent, avançant du pas nonchalant des jeunes gens qui passent leurs jours dans les collines.

— Désolés d'être en retard, m'sieur McKie.

Rab Murray ôta son bonnet, révélant une masse de cheveux roux.

— Y nous restait que'ques brebis à tondre à la ferme de Jock Bell, avant d'venir ici. Mais nous sommes d'attaque et prêts à commencer.

Il hocha la tête en direction des trois autres.

— Davie Tait, vous l'connaissez. Voici Will Broadfoot et l'silencieux, avec son bonnet à la main, c'est Geordie Currie.

Jamie souhaita la bienvenue aux garçons, puis les conduisit vers une aire dégagée près des enclos, ayant en main sa propre paire de ciseaux. Quoiqu'il ne fût pas aussi doué que les hommes qu'il emploierait pendant trois jours, Jamie avait appris quelques ficelles du métier de Stew, le berger de Glentrool, et d'autres encore sous la direction de Duncan.

Davie Tait, un garçon aux cheveux blond-roux, fut le premier à se mettre au travail. Il chevaucha une grasse brebis et porta sans difficulté ses grands ciseaux sur le poitrail de l'animal.

— Le truc, dit-il, c'est d'toujours garder les ciseaux en mouvement, et de n'pas couper deux fois au même endroit.

Les autres bergers l'imitèrent, parlant à voix basse, tout en se défiant l'un l'autre d'être celui qui en tondrait le plus grand nombre ce jour-là. Duncan amena à Jamie une brebis à la face tachetée.

— Ta première tonte d'l'été, Jamie. Fais-lui voir c'que tu sais faire.

Conscient du regard de Duncan, Jamie glissa courageusement son pouce dans la gueule de la brebis et fit pivoter sa tête vers lui, ce qui la fit choir au sol. Il l'immobilisa ensuite en pressant un genou sur son dos.

— Reste immobile, fille. Je ne te ferai pas de mal.

Il agrippa ses longs ciseaux fermement, afin qu'ils ne lui glissent pas des mains, puis se fraya lentement un chemin à travers la toison, passant par la poitrine, l'épaule, la tête, la nuque, le flanc, le ventre et l'échine. Il prit garde de ne pas lui tirer trop fortement sur l'oreille, quand il lui tondit le cou.

— Très bien, dit-il à la bête pour la rassurer, en se redressant un moment.

Il se pencha ensuite pour recommencer de l'autre côté.

— Bien fait, dit Duncan d'un ton léger, mais où Jamie perçut un accent de fierté.

Il termina promptement, puis secoua la toison retenue en une pièce par l'entrelacement naturel des fibres. Après avoir coupé les crottins et retiré la majeure partie des brins d'herbe et autres débris, Jamie la replia vers l'intérieur. Il l'enroula, puis tira et tordit la laine du cou pour former une corde dont il se servit pour faire tenir l'ensemble en un seul paquet. Les autres garçons avaient eu le temps de tondre deux moutons entretemps, mais sa balle de laine était aussi bien nouée que les leurs.

Rab évalua son travail.

— V'lez-vous faire la tournée avec nous, m'sieur McKie? On n'a jamais trop d'bonnes paires de mains, au temps d'la tonte.

Jamie rit, sachant bien que ce n'était qu'une plaisanterie, mais il était pourtant heureux du compliment.

— Vous savez que je ne suis pas assez rapide.

Rab haussa les épaules.

— Z'êtes pourtant l'bourgeois l'plus efficace que j'aie jamais vu avec une paire d'ciseaux à la main.

— C'est vrai! lancèrent les autres bergers pendant que Duncan affichait un large sourire.

Fier de lui, et pour cause, Jamie commença à balayer son espace de travail avant de tondre le mouton suivant. Il entendit alors une voix féminine provenant de la ferme.

— Jamie!

Il leva les yeux, mettant son balai de côté, et vit Rose et Leana qui avançaient vers lui. Elles avaient amené Ian pour une raison qu'il leur restait à dévoiler. Leur robe de coton se balançait au rythme de leur pas cadencé, alors qu'elles marchaient sur l'herbe semée de cailloux. Les deux jeunes femmes lui souriaient sous les larges bords de leur chapeau de paille.

— M'dame McKie, fit Rab en souriant à son amie d'enfance, puis il inclina la tête. Et mam'zelle McBride, c'est bon d'vous r'voir à Auchengray.

Les autres bergers, les bras chargés de laine, ne pouvaient ni s'incliner ni retirer leur bonnet, mais ils saluèrent aussi poliment qu'ils en furent capables.

— Nous avons amené Ian afin qu'il voie son père tondre les moutons, expliqua Rose en levant le garçon.

Elle indiqua de la tête le panier couvert d'un drap que tenait Leana.

— Et nous vous avons apporté des pâtés de viande en croûte que vous ne refuserez sûrement pas.

Jamie ne se réjouissait pas trop à la pensée de voir les deux femmes juger de ses habiletés.

— Vous me regarderez faire une fois, puis vous vous en irez. Les pâtés, eux, sont autorisés à rester.

Rose installa Ian au sommet d'un muret rendu bien lisse par la pluie des années. Elle l'enlaça dans ses bras avec un soupir heureux, attendant que le spectacle commence. Leana était debout près d'eux, la main reposant sur l'épaule de Rose, un sourire énigmatique sur le visage.

— Je n'ai pas beaucoup d'expérience dans ceci, marmonna Jamie, faisant un geste à Duncan pour qu'il lui amène une nouvelle brebis.

Quand les garçons s'installèrent pour le regarder, il leva le menton vers eux.

— Il n'y a rien ici à voir, dit-il, sinon un homme adulte luttant contre un mouton apeuré.

— Voilà qui promet d'être très divertissant, le taquina Rose, et les autres éclatèrent de rire, ce qui ne fit qu'agacer Jamie un peu plus.

— Si je blesse cette brebis, ce sera votre faute.

Duncan relâcha l'animal et fit un pas en arrière. Jamie expira lentement, puis passa la main sur l'épaisse toison du mouton, espérant calmer autant le tondeur que le tondu.

— Reste calme, lui souffla-t-il à l'oreille.

Tout comme il l'avait fait la première fois, il le fit tomber avec précaution au sol, l'enfourcha au milieu du corps, puis entama la toison avec ses ciseaux.

Il se concentrait entièrement sur son travail, ce qui ne l'empêcha pas d'entendre la voix de Duncan.

— T'es un bon berger, Jamie. Tes moutons reconnaissent ta voix.

Jamie sentit ses épaules se détendre, et ses ciseaux se mirent à courir avec plus d'assurance dans la laine. Il ne ressentait plus le besoin d'épater les témoins. Il n'y avait plus que son travail et le bien-être de son mouton qui importaient.

— Y a pas beaucoup d'lairds qui s'essaient à la tonte.

C'était Davie, qui voulait se montrer encourageant.

— Quoique… le roi David était berger, non?

— En effet, répondit Jamie en changeant de position, la première moitié de son travail achevé. Mais il n'était pas éleveur de moutons à face noire écossais.

Les hommes rirent à cette boutade. Le mouton à face noire était une espèce vigoureuse, mais il était curieux de nature et ne se laissait pas facilement intimider. Jamie leva le regard assez longtemps pour croiser l'œil de Rab.

— Je serai heureux de pouvoir compter sur tes services, le jour de Lammas. Et toi aussi, Davie.

Les deux jeunes hommes hochèrent la tête.

— M'sieur Hastings a tout arrangé, lui assura Rab. Y nous f'ra plaisir d'vous accompagner jusqu'à Glentrool avec vos agneaux.

— Combien en comptez-vous? demanda Davie en regardant les bêtes qui tachetaient la campagne.

— Vingt vingtaines. Nous les compterons de nouveau cette semaine, pour nous en assurer.

Jamie se leva, libérant la bête maintenant tondue. La brebis bêla, se secoua, puis se mit à gambader vers un pré où l'herbe grasse n'avait pas été broutée depuis les pluies de la semaine précédente.

Jamie salua son assistance.

— Et voilà, Ian, mon garçon. Un mouton tondu.

Les femmes applaudirent, et Ian les imita.

— Bravo, maître berger, cria Rose, visiblement très contente de son mari. Elle avait l'air aussi mûre qu'une pêche, les joues pleines et duveteuses. Le visage de Leana n'était pas aussi épanoui, mais elle était aussi jolie à sa manière, avec ses cheveux pâles lâchement noués à la nuque.

Duncan revint et donna un petit coup de sa houlette de berger au flanc de Jamie.

— Comme not' Seigneur lui-même dit, « Or, combien un homme vaut plus qu'une brebis ? »

— Bien plus, dit Rose en levant Ian de son banc de pierre.

— Infiniment plus, acquiesça Leana, tendant son panier avec un sourire timide. Et tu n'auras pas à brouter l'herbe pour ton déjeuner, Jamie. Neda t'envoie ses meilleurs pâtés.

Les épaules de Jamie se contractèrent. *Est-ce pour cela que tu es ici, Leana ? Pour me nourrir ?* Il hocha la tête en direction du muret, puis pressa son avant-bras sur son front moite, évitant son regard.

— Laisse-les ici, je te prie.

S'il te plaît, Leana. Il ne savait pas ce qu'il attendait d'elle, exactement. Il savait seulement que la revoir le troublait d'une manière qu'il ne pouvait comprendre.

— À ce soir, Jamie, murmura Leana en s'éloignant de lui.

Quand il leva les yeux, il vit les deux sœurs qui s'en retournaient à la maison en balançant Ian entre elles, le bambin riant aux éclats. Jamie se détourna, bien décidé à penser à autre chose qu'aux sœurs McBride.

— Venez, garçons. Il y a encore des moutons à tondre.

Il fit un geste en direction des bergers.

— Trois vingtaines, et ensuite nous déjeunerons.

La promesse de la bonne nourriture de Neda redonna aux hommes de l'ardeur à la tâche. Certains allaient chercher les moutons pour les ramener à ceux qui les tondaient, tandis que d'autres paires de mains empilaient les ballots de laine. Le soleil avait à peine franchi le zénith quand ils s'arrêtèrent pour un déjeuner bien mérité, dans un coin frais à l'ombre d'un mur de la ferme.

Pendant qu'ils mangeaient, Duncan sortit une feuille de papier usé et un morceau de charbon de sa poche.

— Dès que j'voyais l'un d'tes agneaux avec une marque rouge, je l'notais ici. Le compte n'y est pas.

Jamie avala difficilement sa dernière bouchée de pâté de pigeon.

— Combien en manque-t-il ?

Duncan fit la grimace.

— Jusqu'à ce qu'on les ait tous rassemblés, j'peux pas en être sûr. Mais j'en ai compté moins d'dix vingtaines. Des tiens, s'entend. En c'qui concerne les agneaux sans marque d'ton oncle, j'en ai dénombré quinze vingtaines, jusqu'à maintenant.

Jamie frotta les miettes de ses mains plus vigoureusement que nécessaire.

— Nous verrons où nous en sommes le matin venu. Pour l'instant, nous avons des moutons à tondre et pas de temps à perdre à nous inquiéter.

Mais inquiet, il l'était. Tout l'après-midi dans les enclos et le soir au dîner, plus tard avec Rose et le lendemain au petit-déjeuner avec Duncan, Jamie avait recompté dans sa tête ses différents troupeaux. Quarante dans ce pâturage-là. Trente sur cette colline-ci. Une vingtaine d'autres dans la vallée. Les moutons migraient bien d'un pré à l'autre, mais cela ne faisait qu'une semaine qu'il les avait marqués. Les adultes sautaient souvent par-dessus les murets à la recherche d'un pâturage plus vert, mais les agneaux restaient généralement au sein du troupeau.

Mardi, le compte était encore plus inquiétant. Duncan lui montra ses notes jetées à la hâte sur le papier.

— Onze vingtaines d'tes agneaux, Jamie. Et trois cent cinquante à ton oncle. Et il manque deux chiens, aussi.

À la fin du comptage, le mercredi, le constat était clair : une centaine d'agneaux — cinq vingtaines — avaient disparu, tous marqués. Tous appartenant à Jamie.

La seule explication était aussi la plus évidente : ses agneaux avaient été volés.

Rab Murray fronça les sourcils en se passant la main dans les cheveux, retirant au passage quelques fibres de laine.

— Le vol d'moutons, c't'une affaire grave, m'sieur McKie. J'connais personne qui pourrait faire c'genre de chose. C't'un triste jour pour Auchengray, qu'celui où des voleurs viennent lui rend' visite.

Jamie marchait de long en large, en passant machinalement un chiffon entre ses doigts pour se débarrasser du gras de la laine.

— Mais pourquoi *mes* agneaux, et pas ceux de mon oncle ?

— Les vôtres étaient les plus proches du chemin.

Duncan enfouit la feuille de compte dans sa poche.

— Si vous volez les moutons d'quelqu'un en particulier, vous choisirez ceux qui portent la même marque.

— Ainsi, tout l'monde croira qu'ils appartiennent à c'te fripouille, ajouta Davie, qui ne cachait pas son dépit. Un Anglais, j'vous dis, venu d'Carlisle ou des environs.

Des grognements approbateurs s'ensuivirent. Les Anglais avaient une réputation bien méritée de franchir la frontière et de s'enfuir avec des moutons, du bétail, et, il n'y avait pas si longtemps, des jeunes filles.

— Y viennent au lever du jour ou au crépuscule, dit Rab, quand les bergers ont quitté les collines et qu'les routes sont désertes. Ça n'prend qu'deux hommes avec des chiens pour en rassembler une centaine et s'enfuir avec.

— Ah !

Jamie lança son chiffon au sol.

— N'y a-t-il donc rien que l'on puisse faire ?

— V'pouvez les dénoncer, évidemment, dit Rab.

Il regarda les autres bergers et ajouta :

— Nous répandrons la nouvelle aux aut' fermes des environs. Les bergers pourront être su' leurs gardes. J'aurais voulu pouvoir en faire plus pour vous, m'sieur McKie.

Il leva les mains en signe d'impuissance.

— Vous avez fait du bon travail à tondre mes moutons, c'est amplement suffisant, dit Jamie en leur serrant la main.

Il remarqua une lueur de sympathie dans leurs yeux.

— Au jour de Lammas, donc, dit-il en les payant.

Les garçons furent renvoyés à la ferme de Troston Hill, où Alan Newall les attendait.

Duncan resta à ses côtés, les suivant du regard pendant qu'ils gravissaient la colline.

— Après l'déjeuner, nous déplacerons tes agneaux plus près des bâtiments. Loin des pâturages et d'la route, l'plus haut possible su' les collines.

Il étendit un bras autour des épaules de Jamie.

— Quinze vingtaines, c't'encore un joli troupeau, lui dit-il pour le consoler de sa perte.

La tête de Jamie s'affaissa.

— C'est ma faute.

C'étaient ses agneaux, sa responsabilité. Comment avait-il pu être aussi insouciant ?

— Je crains d'avoir été… distrait, dernièrement. J'avais trop de choses à l'esprit.

— Trop d'jeunes femmes, tu veux dire.

Duncan le libéra avec une petite secousse.

— C'difficile d'vivre avec ton ancien amour et ta nouvelle épouse sous l'même toit.

Leana était le dernier sujet dont il voulait discuter. Pas quand il était incapable de faire suffisamment le tri de ses émotions pour arriver à les nommer. Tournant les talons, il se dirigea vers la maison.

— Nous ferions mieux d'en informer mon oncle. Tu sais qu'il ne sera pas heureux.

Duncan le rattrapa et marcha ensuite à côté de lui de son pas dégingandé.

— Ce n'est pas ta faute. Ne laisse pas l'homme affirmer le contraire.

Ils trouvèrent Lachlan dans le petit salon en train de lire *La guerre sainte*, de Bunyan. Il mit son livre de côté et les invita du geste vers les chaises.

— Vous en avez fini avec la tonte, alors ?

— Oui, c'est terminé.

Jamie était trop agité pour s'asseoir et il saisit plutôt le haut dossier d'une chaise, sur laquelle il s'appuya.

— Nous avons fait un compte de mes agneaux. Cinq vingtaines ont disparu, mon oncle. Volés.

Lachlan saisit son petit verre de whisky.

— Es-tu certain de cela ? C'est une accusation sérieuse.

— Y a aucun doute, m'sieur, dit Duncan en changeant de posture. Cinq vingtaines et deux d'nos chiens.

Lachlan ne dit rien pendant un moment, la bouche cachée par son verre, dont il vidait le contenu.

— Je me suis rendu à Arbigland, cette semaine, pour une réunion de la Société. Considérant ce qui s'est passé ici, vous serez sans doute intéressé de connaître l'un des sujets de nos discussions.

Les épaules de Duncan s'affaissèrent.

— La présence de brigands dans la région.

— Oui, tout juste.

Comme d'autres propriétaires partisans du progrès, Lachlan avait joint les rangs de la Société pour la promotion de l'agriculture, qui se réunissait dans la vaste propriété de William Craik, en bordure du Solway.

— On parle d'hommes avec des chiens de berger, qui rôdent dans les campagnes au crépuscule, reprit Lachlan, volant quelques bêtes ici, d'autres têtes isolées là. Combien de mes propres agneaux sont manquants ?

— Tous vos agneaux sont dans les prés, lui dit Duncan. Y a seulement ceux d'Jamie qui ont été volés.

Lachlan sembla sincèrement désolé d'apprendre cette nouvelle.

— Il n'est que juste que tu acceptes quelques-uns des miens, Jamie. Je t'offre cinquante agneaux afin que nos troupeaux soient égaux.

— Non, ce ne serait pas équitable, dit Jamie rapidement.

Trop rapidement. Son oncle faisait rarement une offre aussi généreuse.

— Ce n'est pas votre faute. «Dieu avait donné, Dieu a repris».

— «Que le nom de Dieu soit béni», n'est-ce pas?

Lachlan hocha la tête.

— Sage est l'homme qui connaît cette vérité.

Jamie fit un pas en arrière et remarqua pour la première fois ses vêtements graisseux qui fleuraient le mouton. Il n'y avait rien d'autre à faire que de laver la saleté de son cœur et chasser l'odeur de tromperie de ses narines. Celui qui avait perpétré cet acte odieux ne reviendrait plus dans la paroisse. Ses agneaux avaient déjà été abattus pour leur viande tendre et vendus à la livre aux cuisiniers anglais.

Découragé, Jamie se dirigea vers la porte.

— Je vous reverrai au déjeuner, oncle. Bien que je n'aie pas grand appétit.

— C'est dommage, dit Lachlan en tendant la main vers sa carafe de whisky. Neda a préparé l'un de tes plats favoris. De l'agneau rôti.

Chapitre 24

Espoir heureux ! Dans tes doux jardins croissent
Les couronnes pour chaque labeur, un charme
pour chaque malheur.
— Thomas Campbell

Leana s'agenouilla à la lisière du jardin potager, s'enfonçant légèrement dans la terre rendue humide par la rosée du matin. Une semaine après son arrivée à Auchengray, elle ne dormait toujours pas bien. Dès que les premières lueurs de l'aube illuminaient la frange de ses rideaux, Leana s'assoyait sur son matelas de bruyère, tout espoir de sommeil évanoui. Était-ce le bébé qu'elle portait ou l'approche du solstice d'été et de ses jours plus longs qui en étaient la cause ? Elle n'aurait su le dire. Peut-être était-ce le vide de son lit clos. Et la proximité de Jamie.

— Non, se plaignit-elle doucement, en plongeant sa pelle à jardiner dans la terre.

Elle ne penserait *pas* à Jamie.

Il valait mieux penser aux pommes de terre qu'elle avait plantées avec soin en mars. Leana les déterra une à la fois, en brossa la terre et les déposa dans le panier d'osier à côté d'elle. Certaines étaient énormes, ayant deux fois la taille de son poing, d'autres, totalement difformes. Quand Neda les aurait fait bouillir et les aurait pilées pour ses scones de pomme de terre, cela n'aurait plus d'importance.

Une fine brume collait à la terre, qui étouffait les bruits de la ferme et frisottait les cheveux de Leana autour de son visage. D'un buisson de ronces s'éleva le chant doux et coulant d'un timide pinson de jardin, un oiseau commun qui passait l'été à Auchengray avant de disparaître dès les premiers matins frileux de septembre. Une petite souris des bois brune fila au milieu des petits monticules de terre retournée, à la recherche du meilleur endroit où dormir toute la journée. Leur compagnie discrète l'apaisait pendant qu'elle travaillait, lui rappelant l'Être qui les avait tous créés.

Quand son panier fut rempli de pommes de terre, Leana se leva, prenant garde de ne pas perdre l'équilibre. Comme ces tubercules enfouis dans le sol, son fils à naître continuait de croître en elle. Elle s'était introduite dans la chambre de Rose, un matin, quand tous les autres étaient dehors, et avait examiné son profil dans le miroir posé sur la table de toilette. Elle avait été consternée par l'image qu'il lui avait renvoyée : une taille qui s'épaississait, une rondeur au niveau de son ventre, un léger élargissement des hanches. La chaleur lui servait de prétexte pour porter son corset moins serré — ce qui n'était pas inhabituel, à la campagne —, mais Eliza ne manquerait pas de le noter. Pouvait-elle faire confiance à sa servante pour garder un secret aussi important ?

Elle avait écrit une lettre à tante Meg, le lundi précédent, décrivant son retour à la maison, l'implorant de ne pas faire mention de l'enfant dans ses lettres à Auchengray. Elle aurait bien voulu pouvoir adresser pareille demande à toutes les femmes de Twyneholm. Il était trop tard pour ça. Les deux douzaines de milles qui les séparaient d'elle seraient sa seule protection.

En vérité, Leana aurait voulu crier sur les toits l'heureuse nouvelle. Peu importe sa situation, un enfant était toujours une bénédiction de Dieu. Elle leva la tête vers les rangées de fenêtres à battants, qui la regardaient tels des yeux sans expression. La fenêtre de la chambre d'Ian était légèrement entrouverte. Il ne se réveillerait pas avant au moins deux heures. Elle trouvait tous les prétextes pour être avec lui. Elle le baignait, jouait avec lui, le nourrissait, l'habillait, lui faisait la lecture. Rose ne semblait pas du tout s'en formaliser. Pour cette seule gentillesse, Leana serait éternellement reconnaissante à Rose.

— Allez, au travail, dit-elle à voix haute, en retournant à sa tâche du moment.

Elle prit un couteau à éplucher d'une poche de son tablier et se dirigea vers le carré des asperges — « l'herbe à moineau » comme les appelait sa mère —, poussant dans un coin bien ombragé du jardin. Une autre semaine, et la saison se terminerait. Elle coupa en diagonale chaque tige, pas plus grosse que son annulaire, et les plaça dans un panier plus petit. Neda les blanchirait et les servirait dans quelques heures. Les pommes de terre pouvaient être conservées dans le cellier ; les asperges étaient destinées à être mangées le jour même de la cueillette.

Leana apporta les deux paniers à la cuisine et les déposa sur la table à découper. Bien que frotté une douzaine de fois par jour, le bois portait encore les traces délavées des fraises cueillies mardi. Elle s'arrêta, épiant les sons provenant du dernier étage. Les domestiques, dont les lits étaient coincés sous les avant-toits, descendraient par l'escalier de derrière avant que Lachlan, Rose ou Jamie aient tiré les rideaux de leur lit clos. Leana avait l'intention de rester dans le jardin pour mettre ses paquets de graines en terre jusqu'à tard dans la matinée. Le soleil, trop brillant pour ses yeux et sa peau sensible, l'obligerait alors à rentrer.

De retour à l'extérieur, elle examina son potager. Heureusement, Eliza avait trouvé du temps pour préparer le sol, le sarclant de fond en comble. Les poches de Leana débordaient de graines enveloppées dans des carrés de papier, achetées d'un marchand itinérant passant chaque mois d'avril. Neda n'avait pas manqué de lui prendre ses favorites : des haricots verts et du chou cavalier, des radis et des céleris, des épinards, des choux-fleurs et du chou potager. Enfoncer les petites graines dans le sol, en laissant un écart convenable entre chacune, était un processus lent et douloureux pour son dos. Après la moisson du jour de Lammas, les McKie seraient partis, et son état ne serait plus un secret pour personne. On l'aiderait sûrement, à ce moment-là. Pour l'instant, elle évitait de se plaindre de son dos qui la faisait souffrir.

Leana observa les mauvaises herbes qui avaient surgi du sol pendant la nuit et envahi les lits bien fertilisés de son jardin médicinal. Elle enleva celles qu'elle put et coupa quelques herbes culinaires au passage pour Neda. Des brindilles de feuilles de coriandre rehausseraient agréablement une salade. Ainsi que le pourpier — que Neda prononçait «pourpi» —, avec ses feuilles vertes plus sombres et sa tige violacée. À l'extrémité se trouvaient les hautes tiges de valériane, avec ses fleurs rose pâle et ses racines aux nombreuses vertus médicinales, souvent utilisées pour guérir les femmes stériles. Les mots que Rose avait dits à la fin de mars lui revinrent : *Alors...*, *tu prépareras la valériane pour moi ?* Leana l'avait fait, mais c'est Dieu qui avait béni le ventre de Rose, pas les plantes de son jardin.

Ce qui restait de la brume matinale se dissipa alors que Leana finissait de désherber un long rang du jardin. Elle se leva au moment où la porte de derrière s'ouvrit toute grande. Eliza en émergea, décoiffée, en ayant plein les bras avec Ian, qui portait fièrement son bonnet blanc à fanfreluche.

— Mon Dieu, Ian, n'es-tu pas une charmante domestique ? s'exclama Leana.

Peu importaient les soins du sol et les graines ; les besoins d'un enfant passaient avant. Elle s'essuya les mains sur son tablier et étendit les bras, ses doigts frémissant dans leur hâte de saisir l'enfant.

— As-tu pris ton petit-déjeuner, Ian ?

— Pas encore, m'dame.

Eliza le lui remit et reprit ensuite son bonnet, qu'elle posa sur sa tête à l'envers, laissant pendre le cordon devant son visage. Ian éclata de rire et le tira de nouveau.

— C't'assez, garçon, l'avertit Eliza. Tu vas l'faire tomber par terre.

Après l'avoir remis à l'endroit, la domestique aux cheveux blond-roux fit un grand sourire et sortit deux brioches de pain doux de la poche de son tablier. Elle en remit un à Ian, qui l'enfouit immédiatement dans sa bouche.

— Tout chaud du four, dit-elle.

— Merci, fit Leana en prenant sa brioche de la main d'Eliza pour sentir l'odeur de levure. Prendrons-nous notre petit-déjeuner dans le jardin, Ian?

Elle le déposa sur l'herbe avant d'aller l'y rejoindre. Elle s'assit en face du garçonnet tout en disposant ses jupes autour d'elle.

— J'viendrai l'prendre pour son bain dans un p'tit moment, m'dame.

Eliza salua de la tête et se hâta de retourner à la cuisine.

Ian, entre-temps, s'était couvert de farine, du front au menton.

— Je vois que tu aimes ton petit pain, lui dit Leana, avant de prendre une bouchée du sien, répandant de la farine sur sa robe verte.

Elle portait sa vieille robe, quand elle jardinait, sachant que les taches d'herbe n'y paraîtraient pas trop. Mais la farine était très visible sur le tissu foncé, comme une fine couche de neige couvrant le sol.

— Ta mère ne vaut-elle pas le coup d'œil? demanda-t-elle à Ian avec un sourire.

Quelques minutes après, leur petit pain avalé, Leana plaça Ian sur ses genoux, prenant garde de maintenir ses petites jambes énergiques à une distance prudente de son ventre.

— Et puisque nous parlons de nourriture, connais-tu cette comptine? Ta belle-mère l'adorait, quand elle était fillette.

Levant les bras d'Ian comme si elle voulait qu'ils touchent le ciel, Leana pencha la tête vers l'arrière et chanta avec abandon, plus énergiquement que les oiseaux des ifs voisins.

Les chats aiment le lait, les chiens aiment le mouton
Les garçons aiment les filles, et les filles, les garçons!

Les rires d'Ian étaient plus doux à entendre que n'importe quelle musique, ses mains collantes, plus précieuses que la soie la plus douce. Elle déposa un baiser sur ses cheveux, puis se pencha pour presser leurs joues ensemble.

— Eliza reviendra te chercher d'un moment à l'autre. Et si nous allions faire une promenade au bord du Lochend, cet après-midi ? Avant ta sieste, qu'en dis-tu ? Un loch est comme ton bain, mais bien plus grand. L'eau est froide, des poules d'eau glissent à sa surface et des brochets nagent en dessous. Mais ils ne nous dérangeront pas, je te le promets.

Leana comprit un oui enthousiaste dans les gazouillis joyeux de l'enfant et interpréta les mouvements de ses bras comme une manifestation de son impatience.

— Nous partirons à deux heures, dans ce cas, dit-elle.

La porte arrière s'ouvrit alors toute grande, et Eliza se dirigea vers eux d'un pas rapide.

— L'heure du bain, chantonna la domestique.

Elle ramassa Ian d'un geste leste, laissant Leana avec les bras désœuvrés et le cœur vide, imaginant le jour où on le lui enlèverait pour toujours.

Trop lasse pour se lever, elle s'agenouilla pour étudier son jardin d'agrément. Par bonheur, les plantes vivaces avaient pu fleurir sans aide. L'écarlate fleur de Bristol, vieille comme les croisades, s'élevait fièrement sur ses épaisses tiges, portant très haut des grappes de minuscules fleurs d'un rouge vif. Absorbée par ses plantes, Leana ne remarqua pas qu'elle avait de la compagnie dans le jardin, jusqu'à ce qu'une ombre vienne s'étirer sur le sol devant elle.

— Bonjour, Leana.

La voix de Jamie était encore rauque, comme s'il venait tout juste de se réveiller.

— Bonjour, murmura-t-elle, faisant toujours face au lit de fleurs.

Si elle évitait de le regarder, il s'en irait peut-être. Mais elle souhaitait qu'il reste.

Après un moment de silence, il dit :

— Je me rappelle un autre matin où je suis venu te voir dans le jardin.

Elle hocha la tête lentement, car elle s'en souvenait aussi. Elle espéra qu'il ne répéterait pas à voix haute les mots qu'il avait dits le jour où elle avait quitté Auchengray. Le jour de son mariage avec Rose. *Je t'aimerai toujours. Que Dieu me pardonne de dire la vérité.* C'était la vérité, alors. Mais ce ne l'était plus, maintenant.

Sa main lui toucha l'épaule.

— Leana, ne veux-tu pas me regarder?

Je ne peux pas. Elle pressa ses lèvres ensemble, combattant les larmes.

Jamie s'agenouilla à côté d'elle, les coudes appuyés sur les cuisses, les mains croisées. Il ne l'avait pas même touchée, pourtant elle sentait sa chaleur, plus brûlante qu'un feu de tourbe. Son corps réagit instinctivement, et elle se tourna enfin vers lui.

— Leana, dit-il, d'un ton qu'il voulait persuasif. S'il te plaît, n'aie pas peur.

Elle leva les yeux pour croiser son regard.

— Mais je… je n'ai pas peur.

Mais il ne servait à rien de feindre. Elle était très effrayée. La repousse de sa barbe était noire, traçant un large trait foncé sur son visage. Il avait des cernes de fatigue sous les yeux. Avait-il mal dormi, lui aussi? Sa bouche n'était qu'une ligne mince, comme s'il s'empêchait d'exprimer le fond de son cœur. Jamie ne l'avait pas rencontrée par hasard dans le jardin; il était venu pour la voir.

— Leana, nous devons parler.

Prenant ses mains dans les siennes, il se leva lentement, l'attirant avec lui. Il la relâcha dès qu'elle fut debout, mais ne s'éloigna pas d'elle. Elle croisa les mains sur son ventre, cachant l'enfant dont il ignorait l'existence.

— Jamie, je suis désolée d'être rentrée à la maison…

— Moi, je ne le suis pas, dit-il rapidement, les surprenant tous deux. Je ne suis pas désolé, répéta-t-il plus posément. Tant de choses étaient demeurées non dites, entre nous. Après ton départ pour Twyneholm…

Il détourna le regard, se frottant une main sur le visage. Lorsqu'il la regarda de nouveau, le reflet dans ses yeux ne pouvait mentir.

— Nous n'avons pas eu la chance de... Nous n'avons pas pu *conclure*, Leana. Je n'étais pas prêt à... te laisser aller.

— Mais tu es prêt à le faire, maintenant? demanda-t-elle doucement. À... lâcher prise?

Il ne répondit pas, mais elle vit la vérité dans ses yeux. *Oui.* La résignation et le soulagement inondèrent son âme, mêlés à une profonde tristesse.

— Je comprends, dit-elle.

Il restait silencieux.

— Jamie, qu'y a-t-il?

— J'ai besoin...

Il détourna le regard.

— J'ai besoin de savoir... que je suis pardonné.

Sa voix rauque déchira le cœur de Leana.

— D'aimer ta sœur, dit-il. D'aimer Rose.

Oh, Jamie.

— C'est exactement ce que j'attendais de toi, lui assura-t-elle, car elle aussi avait besoin d'entendre les mots. Il n'y a rien à pardonner. Pas quand nous faisons ce qui est juste et bon.

— Mais j'avais fait serment...

— Un serment devant Dieu. Comme je l'ai fait.

Elle aurait voulu lui toucher la joue, ne serait-ce que pour le réconforter, mais elle s'efforça de garder les mains jointes.

— Je sais que tu m'as aimée une fois, Jamie.

Jamie leva légèrement la tête pour acquiescer.

— Tout comme je sais que tu aimes Rose, aujourd'hui.

— Je l'aime, admit-il, beaucoup.

Son visage, ses yeux, rayonnaient de sincérité.

— Pourtant, quand je te vois, Leana...

Elle recula d'un pas.

— Alors, tu ne dois pas me voir. Pas comme ça.

Elle pria le Tout-Puissant de lui donner la force qu'elle ne possédait pas et elle la sentit venir à son secours, comme le vent gonflant une voile.

— Je suis ta cousine. La sœur de Rose. Et la mère d'Ian. Cela me suffit.

Il la scruta du regard.

— En es-tu certaine ?

— Oui, murmura-t-elle, espérant qu'il la crût.

Au bout d'un moment, il s'inclina et lui prit la main, en baisa fiévreusement le dos.

— Je suis vraiment heureux que tu sois revenue à la maison.

Je n'aurais jamais dû revenir. Mais elle l'avait fait.

Et grâce à Ian, son cher fils, elle put dire avec la conscience en paix :

— Je suis aussi heureuse d'être ici, Jamie.

Quand il la libéra, quand le chaud contact de ses lèvres sur sa peau tiédit, elle ne le regarda pas s'en aller, mais demeura tournée vers son cher jardin et l'Être qui restait auprès d'elle.

Chapitre 25

La jeune fille en fleur jette son aiguille à la corbeille.
— Charles Sprague

Rose n'avait aucun intérêt pour la broderie.

La lumière de l'après-midi qui se déversait dans le salon était plus que suffisante pour guider ses points. Pourtant, ils s'éparpillaient sur le tissu au petit bonheur, comme dans l'espoir qu'un motif se forme de lui-même. Elle avait affûté son aiguille sur une pierre à aiguiser, mais cela ne faisait qu'accroître son malheur, puisqu'elle n'en saignait que plus abondamment sur son ouvrage quand elle se piquait. Le dé à coudre en argent de sa mère était trop grand pour son pouce et, après être tombé plusieurs fois par terre, il roula finalement sous sa chaise, hors de portée.

— C'est sans espoir ! s'écria Rose, lançant son tambour de broderie à travers la pièce, suivi du tissu retenu à sa traîne comme la queue d'un cerf-volant.

Il atterrit en douceur sur le lit à dais, ratant de justesse Annabelle, qui entrait au même moment en portant un plateau.

La servante ne jeta pas même un coup d'œil à l'ouvrage délaissé.

— P't-être qu'une p'tite tasse de punch vous ferait plaisir, m'dame ?

Embarrassée, Rose s'empara de son éventail de soie sur la table et le fit battre devant ses joues échauffées.

— Merci, Annabelle, surtout par un après-midi aussi étouffant.

Annabelle déposa la tasse et un plat de gâteaux au miel sur la table, à sa portée, fit une brève révérence et quitta silencieusement la pièce. Depuis que Jamie avait informé la servante qu'elle les accompagnerait à Glentrool, Annabelle s'évertuait à plaire à sa maîtresse.

Rose sirota le froid breuvage, savourant son goût sucré et légèrement acidulé. Le punch, l'une des spécialités de Neda, était fait avec des citrons importés, de l'eau fraîchement tirée du puits, un peu du sucre en pain du garde-manger et des feuilles de menthe provenant du jardin de Leana. Le tout était mélangé dans un grand bol, et le breuvage était servi dans une tasse, dont le rebord avec été frotté avec la tranche de lime qui flottait à sa surface.

— Quel bonheur, dit Rose en soupirant, sa broderie oubliée.

Elle la reprendrait un autre jour, quand elle ne serait pas aussi indisposée par la chaleur. Son bébé ne naîtrait pas avant plusieurs mois ; la petite robe de nuit pouvait donc attendre. Quoi qu'il en soit, tout était la faute de Leana : la veille, elle lui avait présenté Ian vêtu de la plus charmante robe de nuit, bordée de chardons violets et verts. Rose ne pouvait tolérer que son propre enfant dorme dans une banale robe de coton blanc, s'il était possible de lui offrir mieux en mettant simplement son aiguille au travail.

Avec l'aide de Leana, elle avait découpé le tissu et cousu le vêtement. Mais les petites pies noir et blanc qu'elle avait choisi de coudre aux ourlets s'étaient révélées trop difficiles pour ses modestes habiletés. Rose baissa les yeux et posa la main sur l'enfant caché dans son ventre.

— Je ressaierai, mon petit. Mais pas aujourd'hui.

— Madame ?

C'était de nouveau Annabelle à la porte du salon.

— Un visiteur pour m'sieur McKie ou m'sieur McBride. Ni l'un ni l'autre n'est à la maison présentement. V'lez-vous l'recevoir ?

— Naturellement.

Rose se leva immédiatement et se passa une main dans les cheveux. Ce matin-là, plutôt que de les rouler en tresses, Annabelle avait noué les boucles noires de Rose au sommet de sa tête, laissant pendre plusieurs grandes mèches qui lui chatouillaient délicatement la nuque. Jamie l'avait complimentée, au petit-déjeuner. Avait-elle vraiment l'air plus distinguée, ainsi ? Comme il n'y avait pas de miroir dans le salon, il ne lui restait qu'à souhaiter que sa coiffure fût toujours en place, tandis qu'elle se hâtait pour accueillir leur visiteur.

Un jeune homme élégamment vêtu était debout dans le hall d'entrée, examinant le plat d'étain déposé sur une petite table.

— Peter Drummond !

Rose ouvrit les bras pour souhaiter la bienvenue à leur voisin de la ferme Glensone. Elle se rappela soudain ses bonnes manières et saisit plutôt sa robe pour faire une révérence.

— Quelle agréable surprise, dit-elle.

Il s'inclina, le visage un peu plus coloré que d'habitude.

— C'est un plaisir pour moi aussi, Rose…, je veux dire, madame McKie.

Pauvre Peter. Il était encore plus rouge qu'elle. Quelques mois à peine s'étaient écoulés depuis sa demande en fiançailles, et il avait été éconduit sans équivoque. Son cœur était pris ailleurs, à ce moment-là, comme il l'était aujourd'hui. Mais il restait un garçon d'agréable compagnie et un ami de la famille. Elle ferait tout ce qu'elle pourrait pour qu'il le demeure.

— Voulez-vous me rejoindre au salon ? Annabelle, apporte à monsieur Drummond une petite tasse de punch.

Rose glissa sa main dans le creux du coude du garçon, touchant à peine à sa manche, tandis qu'elle le guidait à travers la pièce, se plaçant de sorte qu'il ne puisse voir son ouvrage ruiné.

Ils s'assirent de part et d'autre d'une petite table d'acajou — Rose d'abord, en balayant une mèche de son front, puis Peter, rejetant de côté la queue-de-pie de son habit. Comme cela lui faisait étrange de jouer les maîtresses de maison avec un ami d'enfance.

— Nous n'avons pas eu beaucoup de visiteurs, dernièrement, confessa-t-elle avant de le regretter.

Il n'était pas vraiment nécessaire d'évoquer le scandale qui avait assombri le ciel au-dessus d'Auchengray comme une volée de corneilles noires, visibles à des milles à la ronde. Un mariage irrégulier. Une sœur sur le banc de pénitence. Pas étonnant que les McBride et les McKie avaient été exclus de toute vie sociale, ce printemps-là. La dernière invitation avait eu lieu en février, quand Jamie et Leana avaient assisté à une réception à Glensone. En tant que mari et femme.

Dans l'espoir d'améliorer ses rapports avec le voisinage, Rose offrit son plus charmant sourire.

— Qu'est-ce qui vous amène à Auchengray, monsieur Drummond?

— Peter, la corrigea-t-il avec un sourire.

Ses cheveux frisés, fournis comme une haie, étaient d'un brun clair assez commun. Ils s'harmonisaient bien à la couleur de ses yeux, qui la regardaient avec franchise.

— J'ai été parti à Glasgow pendant deux semaines et je n'ai appris qu'aujourd'hui la perte qui afflige votre père, l'informa-t-il. Une... centaine d'agneaux, dit-on?

— Les agneaux de mon mari, vous voulez dire? Oui, une très mauvaise nouvelle, en effet.

Elle fit une pause pendant qu'Annabelle servait le punch au citron, avant de poursuivre :

— Je suis sûre que mon père serait intéressé d'en discuter les détails avec vous. En ce moment, il est à Dalbeaty pour des affaires de famille, et monsieur McKie est au village.

Jamie était parti se procurer les provisions nécessaires en vue de leur voyage à Glentrool ainsi que sa nouvelle tenue de cavalier, utilisant à bon escient les guinées de sa mère. Il n'avait jamais été un homme patient et semblait plus pressé que jamais de se mettre en marche.

Peter se mordit la lèvre.

— Peut-être devrais-je revenir à un autre moment...

— Oh, mais non, restez!

À en juger par le regard alarmé du jeune homme, elle avait dû se montrer trop insistante.

— J'espère, se reprit-elle, que vous n'avez pas connu d'incident similaire à Glensone et que vos troupeaux sont complets.

— Heureusement, nous avons été épargnés, mais j'ai quelques renseignements qui pourraient être utiles à votre père ou… à votre mari.

Maintenant, c'était à son tour de rougir et de sembler mal à l'aise sur sa chaise.

— J'attends le retour de monsieur McKie à tout moment. Nous prendrons notre punch en l'attendant.

Rose regardait tout autour, espérant trouver un sujet de conversation quelconque quand sa sœur apparut, ce qui la tira d'embarras.

— Monsieur Drummond, dit Leana en entrant dans la pièce.

Elle fit une gracieuse révérence, puis croisa les bras sur son ventre.

— Quelle heureuse surprise de vous trouver dans notre salon.

Sa sœur se nourrissait mieux, constata Rose, car les lignes un peu trop minces de Leana à son arrivée à Auchengray commençaient à s'arrondir. Peter fut sur ses pieds pour la saluer avant même que Leana ouvre la bouche. Âgé de vingt ans, il avait une année de moins que Leana et était à peine plus grand qu'elle. Rose ne put s'empêcher de comparer mentalement sa taille modeste à celle de Jamie, à qui elle arrivait tout juste au menton.

— Mademoiselle… McBride, dit Peter d'un ton hésitant, avant de reprendre sa place après qu'elle se fut assise. Mère dit… qu'elle vous a aperçue à l'église, lors des deux derniers sabbats. Elle regrette de ne pas avoir eu la chance de… converser avec vous.

— Je suis heureuse d'être de retour à la maison.

Leana sourit comme s'il n'y avait rien eu d'inhabituel à son départ précipité ainsi qu'à son retour inattendu dans la paroisse.

— Et je le suis encore plus que *vous* soyez ici. Comment se portent vos parents?

Mis à l'aise par les manières engageantes de Leana, Peter partagea avec les deux sœurs les dernières nouvelles de

Glensone. Son père avait organisé une journée de pêche au saumon sur l'Urr; sa mère avait terminé un édredon piqué; les moutons de Glensone avaient tous été tondus. Des choses banales, mais Rose était avide d'entendre la moindre parcelle d'information sur la vie de ses voisins.

Peter était d'agréable compagnie, un vrai gentilhomme. Étant l'héritier des Drummond, tout Glensone serait à lui, un jour. Pas étonnant que Lachlan ait été furieux, quand elle avait refusé de se laisser courtiser par lui. Jamie avait bien davantage à offrir, naturellement, mais Peter était un excellent parti pour toute jeune fille de Galloway. Leana, par exemple, se sentait très à l'aise en sa compagnie, et cela semblait réciproque. Peter était attentif, avait de belles manières et était généreux de ses compliments. Il manifestait son admiration pour le punch, les meubles de la pièce, et même la dentelle de la robe rose de Leana — une vieille robe ayant appartenu à sa mère et retrouvée dans un coffre poussiéreux.

C'est seulement au moment où Annabelle apporta une tasse de punch pour Leana qu'une idée lumineuse lui traversa l'esprit. Peter Drummond ne ferait-il pas un mari idéal pour sa sœur? Il était plus jeune qu'elle, bien sûr, et un peu plus petit qu'on aurait pu le souhaiter, mais son sourire n'était-il pas charmeur, décoré d'une dentition saine et complète? Et même si ses sourcils lui rappelaient ceux d'un écureuil, s'élevant et descendant quand il parlait, il était expressif, et sa conversation était amusante. Compte tenu de son passé, Leana ne pourrait être trop difficile. Leur voisin de Glensone était, selon elle, un excellent choix.

En les observant ensemble, Rose se dissimula derrière son éventail plus d'une fois, souriant en réfléchissant aux possibilités.

— Rose?

C'était la voix de Jamie, provenant du vestibule, et lui-même entra peu après dans le salon.

— Te voilà, dit-il. Et avec un invité. Bonjour à vous, monsieur Drummond.

Peter se leva, et les deux hommes s'inclinèrent légèrement avant d'échanger une cordiale poignée de main.

— Monsieur McKie, je viens de passer un agréable moment en compagnie de votre épouse et de votre jolie cousine. Mais c'est vous que j'étais venu voir. Pouvons-nous parler ici ? Ou devrions-nous…

Rose et Leana échangèrent un bref regard et les deux sœurs furent debout en un battement de cils.

— Discutez bien à l'aise de vos affaires dans le salon, messieurs, dit Rose en prenant le bras de Leana. Ma sœur et moi allons de ce pas nous occuper d'Ian.

Les deux femmes montèrent tout de suite à l'étage, où elles furent accueillies par un Ian endormi.

— Et si nous allions attendre dans ta chambre ? dit Rose doucement, en fermant la porte de la chambre d'enfant derrière elle. Montre-moi les robes que tu retouches. Celle que tu portes aujourd'hui te va très bien.

La couleur allait bien au teint de sa sœur, en effet, bien que son style fût celui d'une tout autre époque.

La chambre à coucher de Leana ressemblait à l'atelier d'un tailleur, avec des robes de toutes les couleurs suspendues à des crochets ou étalées sur des chaises. Certaines étaient de satin et de brocart ; d'autres en toile simple ou en coton imprimé. Aucune n'était à la mode. Les robes-sacs étaient surchargées de tissu, et il n'y avait pas une seule robe à la polonaise. Depuis que son père avait confisqué l'argent de sa sœur, elle n'osait lui suggérer d'en acheter une nouvelle. Que faire ? Elle fit lentement le tour de la pièce, les examinant toutes, essayant de ne pas avoir l'air trop découragée.

— Sur laquelle travailles-tu, en ce moment ?

Leana prit une robe du soir de satin bleue.

— Je pense que celle-ci promet. J'ajouterai de la dentelle aux manches, puisqu'elles s'arrêtent au-dessus du coude. Et à l'encolure, aussi.

— Cela aiderait, acquiesça Rose, qui s'abstint d'ajouter qu'elle n'avait jamais vu une robe aussi banale. Te va-t-elle? Essaie-la. Je serai ta dame de compagnie.

— Non!

La réponse de sa sœur fut si immédiate que Rose crut avoir été mal comprise.

— Tu ne veux pas de mon aide?

— Je ne veux pas essayer de robe pour l'instant, dit Leana en s'assoyant sur le lit — en s'y laissant choir, plutôt, comme si elle avait eu une faiblesse.

Rose se précipita à ses côtés.

— Es-tu malade, Leana?

Le visage de sa sœur se vida de ses couleurs.

— C'est ce punch acidulé qui m'a embarrassé l'estomac. Pourrais-je... m'étendre un moment? Jusqu'à ce qu'Ian se réveille?

— Allons, dit Rose doucement. Laisse-moi m'occuper d'Ian.

Elle fit le tour de la pièce et tira tous les rideaux, plongeant la pièce dans l'obscurité. L'air sembla se refroidir subitement.

Quand elle revint pour retirer les souliers de cuir de Leana, Rose fut stupéfaite.

— Je ne t'avais jamais vue les pieds aussi enflés, dit-elle.

En effet, Leana n'avait pas l'air bien du tout. Était-ce seulement l'effet du punch?

— Repose-toi, chérie, dit Rose. Tu viendras nous rejoindre à table, si tu le peux. Sinon, je demanderai à Neda de t'apporter un plateau.

Rose déposa un baiser sur le front de sa sœur, soulagée de n'y sentir aucune fièvre, puis sortit sur la pointe des pieds pour s'engager dans le corridor. Leana était de retour à la maison depuis deux longues semaines; il ne pouvait s'agir de quelque maladie contractée à Twyneholm. Peu importe ce qui la terrassait, Rose décida qu'elle porterait une attention particulière à sa sœur pendant le dîner et s'assurerait qu'elle se retire dans sa chambre de bonne heure.

Il semblait bien que son astucieuse machination impliquant Peter devrait attendre un moment plus opportun — quoique la patience ne fût pas la première vertu de Rose.

— Leana Drummond, dit Rose pour elle-même, trouvant que cela sonnait très bien.

Jamie pourrait peut-être faciliter les choses auprès de Peter. Son mari serait sûrement très content de voir sa cousine heureusement mariée.

Rose entra dans sa chambre pour consulter son miroir. Oui, ses cheveux étaient toujours en place, et sa robe n'était pas trop froissée pour le dîner. Et si sa sœur ne se présentait pas à table, elle jouirait de toute l'attention de Jamie. Rose se sourit dans la glace, imaginant sa réaction quand elle lui ferait part de ses plans concernant leur voisin.

Chapitre 26

Mais patience, cousin, et bats les cartes !
— Sir Walter Scott

L es yeux de Jamie s'ouvrirent d'étonnement.
— Est-ce que je vous ai bien compris ?
— Oui, monsieur.

Peter Drummond, de plusieurs années son cadet, était un jeune homme brillant, tout à fait digne de confiance. S'il paraissait un peu nerveux à ce moment-là, il ne pouvait le soupçonner de lui cacher quelque chose.

— Je crois qu'il s'agissait de vos agneaux, monsieur McKie, bien que je ne l'aie pas compris à ce moment-là.

— Dites-moi tout, le pressa Jamie, en s'inclinant vers l'avant sur sa chaise. Depuis le début.

— C'était tard dans la soirée, il y a deux semaines de cela.

Le visage et les mains expressives de Peter communiquaient son histoire autant que ses paroles.

— Je promenais mes chiens sur les collines près de Glensone et j'ai vu un troupeau de moutons que l'on guidait au-delà de notre propriété, en direction de l'ouest.

L'indignation de Jamie augmenta d'un cran.

— Combien d'agneaux ?

— C'est difficile à dire, monsieur. Plusieurs douzaines. La nuit était presque tombée, alors je ne pouvais distinguer les marques rouges sur leur toison, pas plus que je n'ai pu reconnaître les hommes. Ils étaient trois ou quatre, au plus. Pourrait-il s'agir des nouveaux bergers que vous avez engagés le lundi de la Pentecôte ?

Quand Jamie décrivit les hommes embauchés pour le terme, Peter secoua la tête.

— Je ne me rappelle pas avoir vu d'hommes tels que vous me les décrivez parmi eux. Les chiens, par contre, me semblaient familiers.

— Nous avons aussi perdu deux de nos meilleurs chiens, maugréa Jamie.

— Et moi qui croyais qu'ils ne faisaient que déplacer les animaux vers un autre de vos pâturages.

Peter se passa lentement la main sur le menton, et son expression était clairement embarrassée.

— Monsieur McKie, reprit-il, je vous dois mes plus sincères excuses. J'aurais dû interpeller ces hommes, examiner les bêtes plus attentivement, faire enquête auprès des fermes voisines, enfin *faire* quelque chose. Le lendemain matin, j'ai dû partir de chez moi dans une telle hâte que je n'y ai plus repensé avant mon retour à la maison. Quand j'ai appris la triste nouvelle... et que j'ai compris...

Jamie leva une main pour l'arrêter.

— Ce n'est pas votre faute, Peter. Je vous remercie pour cette information. Je sais au moins dans quelle direction ont fui ces gredins. Et l'heure du larcin.

— Et le jour, lui rappela Peter. Le 1er juin.

C'était trop lointain pour avoir de l'importance. Un petit coup fut frappé à la porte, puis Neda fit une petite révérence dans l'embrasure.

— M'sieur McKie, l'dîner est prêt dès qu'vous voudrez qu'on l'serve.

Son humeur changea un peu. Les agneaux ne pouvaient être ramenés, mais la soirée pouvait quand même être agréable.

— Mon oncle est parti, ce qui veut dire que nous pouvons manger tout de suite, si le cœur nous en dit.

Jamie se leva et présenta la main à Peter.

— Venez, voisin, dit-il. Nous ne sommes que trois à table, ce soir. Restez, ainsi nous serons quatre.

Peter, familier avec l'hospitalité proverbiale des habitants des Lowlands, hésita.

— Je craindrais de m'imposer, dit-il.

Jamie le pressa de rester, comme tout bon hôte se devait de le faire, et Peter finit par accepter, en bon invité.

Ils venaient à peine de s'aventurer dans le corridor quand Rose vint à leur rencontre en descendant l'escalier, précédée du parfum de bruyère de sa robe.

— Peter, je suis ravie de vous voir encore ici. Resterez-vous à dîner ?

— Il a déjà accepté mon invitation, lui dit Jamie. Irais-tu voir si Leana est prête ?

Avant que Rose puisse répondre, la voix de sa sœur flotta vers eux du haut de l'escalier.

— Je suis là.

Un moment plus tard, elle était avec eux, vêtue d'une robe d'un rose foncé, bordée d'ivoire, la couleur même de sa peau. S'il avait déjà vu cette robe avant, Jamie ne s'en souvenait pas.

— Une nouvelle robe ? demanda-t-il poliment.

— Une très vieille robe, répondit Leana aussi suavement.

Depuis qu'ils s'étaient parlé dans le jardin, tous leurs échanges avaient été ainsi. Polis. Prudents et brefs. La tension commençait à les affecter tous les deux. Leana ne pouvait être simplement sa cousine, bien qu'elle jouât son rôle à la perfection. De son côté, il ne pouvait la regarder sans se rappeler tout ce qu'elle avait déjà signifié pour lui. Rose sourit à sa sœur.

— Leana, je suis si heureuse de voir que tu vas mieux. Peter sera enchanté de te tenir compagnie, j'en suis persuadée.

Elle prit le bras de Jamie.

— Venez, messieurs, dit-elle. Du saumon grillé et un potage aux herbes hachées nous attendent.

Ils furent rapidement dans la salle à manger — Rose près de lui d'un côté de la table, Leana et Peter en face. Jamie leva son verre de bordeaux en direction de la chaise de Lachlan.

— À la bonne vôtre, monsieur, puisque nous mangeons vos provisions.

Sans la présence sévère de Lachlan, la conversation à la table d'Auchengray s'animait davantage à chaque plat. Le séjour de deux semaines de Peter à Glasgow, qu'il racontait jusque dans les détails les plus savoureux, accompagna agréablement l'épaisse soupe de Neda. Pendant le saumon, Jamie partagea avec les autres convives quelques anecdotes sur ses jours passés à l'université d'Édimbourg. Rose, libre de la censure de son père, raconta une histoire amusante remontant à leur enfance, alors que Peter et elle n'étaient âgés que de huit ans. Et Leana offrit une description colorée de Twyneholm, pendant qu'on servait le pudding aux carottes.

— Je ne peux me rappeler un dîner plus agréable, déclara Peter, après avoir renversé la tête vers l'arrière pour boire la dernière goutte de son verre de vin. Si j'avais su que Neda Hastings était un chef aussi doué, il y a déjà bien longtemps que j'aurais tout fait pour l'avoir dans notre cuisine de Glensone.

— Vous auriez gaspillé vos efforts, dit Rose d'un ton solennel, car nous savons tous que Neda adore travailler pour notre père.

Lorsque l'éclat de rire général qui suivit cette déclaration s'apaisa, elle se frappa dans les mains, comme si elle avait été inspirée par une idée subite.

— Que diriez-vous d'une partie de whist ? lança-t-elle. Oh ! Dites oui !

Peter haussa les sourcils.

— Est-ce que monsieur McBride approuve le jeu de cartes ?

— Tant que nous gardons notre argent dans notre bourse et que nous nous contentons de marquer les points, il n'aura aucun motif de s'en formaliser.

Le regard de Rose balaya la pièce, puis elle demanda dans un murmure conspirateur :

— Mais tout cela demeurera entre nous, n'est-ce pas ?

Peter rit de bon cœur.

— Naturellement, madame McKie. Ce sera notre secret.

Rose servit l'un de ses plus beaux sourires, aussi lumineux que les étoiles, à Leana.

— Ma chérie, tu dois accepter. Nous avons besoin de quatre joueurs.

Jamie la vit hésiter avant de répondre.

— Tout ce que tu désires, Rose.

Il suivit les autres au salon, où Hugh avait déjà installé une table carrée et quatre chaises à dossier droit. Ce n'était pas une idée surgie de nulle part ; Rose gardait quelque chose dans sa manche, mais ce n'était pas une carte. Elle paraissait vouloir présenter Peter Drummond — célibataire éligible, s'il en fut — sous le jour le plus flatteur possible. Pour le bénéfice de qui ? Pas de Leana, tout de même.

— Jouer chacun pour soi peut être agréable dans une fête, déclara Rose, localisant les cartes sur le buffet, mais le whist est idéal lorsqu'on a des partenaires. Assoyons-nous, voulez-vous ?

Elle prit place en face de la porte, comme il sied à toute hôtesse, puis hocha la tête vers le siège devant elle.

— Auriez-vous l'obligeance de vous y asseoir, monsieur McKie ? Je crois que monsieur Drummond et ma sœur formeront une belle paire, ne croyez-vous pas ?

Peter toussa.

— Je vous demande pardon, mais...

Il tritura sa cravate, comme si son col était devenu trop étroit après le copieux repas.

— Maris et femmes ne sont généralement pas autorisés à être partenaires au whist. C'est considéré comme un avantage injuste pour les autres. C'est du moins la règle à Glensone.

— Vraiment ?

Rose parut décontenancée.

— Voulez-vous dire que vous serez... *mon* partenaire ?

— C'est cela, dit Peter en prenant place en face d'elle, évidemment très mal à l'aise. Et votre mari..., monsieur McKie, fera équipe avec... mademoiselle McBride.

Leana s'assit, le froissement de sa robe de soie étant le seul bruit perceptible dans la pièce. Jamie tira sa chaise aussi silencieusement qu'il le put et prit place devant elle, l'observant baisser les yeux vers le feutre couvrant la table. Le plan concocté à la hâte par Rose avait échoué.

Mais elle ne laissa rien paraître de sa déception et continua de jouer avec animation son rôle de maîtresse de maison.

— Jamie, tu es le premier donneur.

Il battit les cartes. Il ferait tout ce qu'il faudrait pour faire avancer la soirée et l'amener à sa conclusion, ne serait-ce que pour Leana. Rose coupa, comme c'était l'habitude, puis distribua les cartes régulièrement, tournant la dernière de sa propre main pour montrer l'atout à tous. *Le cœur.*

Tandis que Jamie examinait sa main de piques et de trèfles, Leana réarrangeait les treize cartes en sa possession, ses doigts agiles les déplaçant d'un endroit à l'autre avec une application studieuse. Les autres firent de même, puis Peter commença la première levée de la partie.

— Cela ne nous aidera pas beaucoup, prévint-il Rose en jouant le quatre de carreau.

— Et je n'ai que des honneurs, répliqua Rose d'un ton léger, abattant la reine de cœur quand ce fut son tour, remportant la levée pour eux.

Les cartes atterrirent sur le feutre, faisant le tour de la table avec la régularité d'une horloge. Peter. Leana. Rose. Jamie. Des suites furent appariées, des atouts furent jetés, on se défaussa de cartes sans valeur, pourtant peu de paroles furent dites, si ce n'est un occasionnel « Oh ! » pour marquer sa surprise.

Quand les treize levées furent jouées, Rose prit sa feuille de pointage.

— Alors…, nous concluons le robre ?

Trois voix répondirent en même temps.

— Il se fait tard, je dois rentrer.

— Je me sens un peu fatiguée.

— Il est l'heure d'aller dormir, Rose.

Jamie s'étira dans le lit clos avec un soupir fatigué.

— Mais à quoi as-tu pensé, Rose ?

Rose se tourna pour lui faire face, ses cheveux défaits lui tombant sur les épaules.

— Peter Drummond a besoin d'une épouse, dit-elle d'un ton ferme, et Leana, d'un mari.

— Et toi, tu dois laisser ces décisions à ton père.

— Mon *père* ?

Rose se redressa, rejetant la couverture, clairement mécontente de sa réaction.

— Crois-tu que Lachlan McBride a déjà consacré une seule seconde à réfléchir au bonheur de ma sœur ?

— Non, admit-il. Mais il se préoccupe de ce que ses voisins pensent de lui.

Par la fenêtre, le chant ronronnant d'un engoulevent s'élevait et tombait, remplissant le lourd silence.

— Monsieur Drummond de Glensone, reprit-il, n'est pas près de marier son seul fils et son héritier avec... une femme comme Leana.

Même dans la pénombre de la chambre, il vit l'étincelle de colère dans les yeux de sa femme.

— Comment l'entends-tu ?

Il se leva aussi, espérant se faire pardonner pour ses paroles.

— Rose, tu sais bien ce que je veux dire...

— Voulais-tu parler d'une femme qui aime Dieu au point de *tout* sacrifier ?

Jamie entendit les pleurs dans sa voix et sentit qu'elle allait se briser.

— D'une femme, reprit-elle, qui a dit la vérité ? D'une femme qui a donné son fils ? D'une femme dont le seul péché fut de *t'aimer* ?

— Rose !

Il s'empara de ses poignets et les secoua doucement.

— Mon amour, je t'en prie, baisse la voix. Ta sœur est dans la chambre voisine.

— Elle y est, en effet.

Rose renifla, se mouchant sur la manche de sa robe de nuit.

— Seule. Alors que moi, je suis ici avec toi.

Il leva sa main et en embrassa la paume.

— Est-ce que cela te chagrine... d'être ici avec moi ?

— Tu sais bien que non, dit-elle en baissant la tête. Mais cela me peine de penser à Leana. Quand elle n'était pas à Auchengray, quand je ne la voyais pas souffrir tous les jours, je pouvais me convaincre qu'elle était heureuse à Twyneholm. Maintenant, je connais la vérité.

Elle leva les yeux, le suppliant de ses yeux noirs.

— Pourquoi ma sœur ne pourrait-elle pas épouser Peter Drummond ? demanda-t-elle.

— Parce que, malgré ton désir que cela se produise, Peter ne la courtisera jamais.

Jamie lui déposa un baiser sur le front et lui passa une main dans les cheveux.

— Son père ne le permettrait pas. Si Lachlan cherche un jour un mari pour Leana, ce sera un deuxième ou un troisième fils sans héritage. Quelqu'un d'une autre paroisse, hors de portée des commérages de Newabbey.

— Un… étranger, dit-elle, et sa voix se brisa en prononçant ce mot.

— J'en ai peur, répondit-il. Quand Leana était toujours jeune fille, les gentilshommes pouvaient rivaliser pour mériter sa main et offrir une jolie somme pour le privilège de l'épouser. Maintenant, ce sera à ton père de faire les premiers pas, offrant à un mari possible une dot considérable pour le libérer de Leana.

Jamie eut un frisson en pensant à la racaille que Lachlan approcherait au nom de sa fille. De vieux hommes sans beaucoup d'argent et aux horizons bouchés. Et dépourvus de scrupules moraux.

Rose s'effondra sur lui, essuyant ses joues humides sur sa chemise de nuit.

— Pauvre Leana.

Oui. Jamie ferma les yeux, mais la vérité demeurait. Il ne pouvait l'aimer. Il ne pouvait l'aider. Et il ne pouvait la regarder sans éprouver de regrets.

Chapitre 27

Dites-lui, si vous voulez, que le chagrin
Ne vient jamais en vain ;
Dites-lui que la leçon apprise
Surpasse de loin la douleur.
— Adelaide Anne Procter

Blottie dans son lit clos, Leana essayait de ne pas écouter. Mais les phrases pénétraient par les murs de sa chambre, à la recherche d'une oreille ouverte.

« … a donné son fils. » C'était la voix de Rose, échauffée par la colère. La jeune fille l'était-elle contre Jamie ? Ou dégoûtée d'elle ? Honteuse, Leana s'approcha du mur contigu aux deux chambres.

« … de t'aimer. » Leana entendit ces mots distinctement, et son cœur chavira. Il semblait que ses efforts pour cacher ses sentiments envers Jamie avaient échoué.

« Rose ! » La voix de Jamie. Tranchante, un avertissement. Puis, il parla de nouveau. Moins vivement. « Mon amour… » Leana se pressa la main sur la bouche. Jamie lui avait auparavant offert de telles paroles affectueuses, avec la même voix douce. *Mon amour.* Bien qu'il lui parlât toujours avec beaucoup de tendresse depuis son retour, il n'était plus question d'amour.

Leana s'assit, sa robe de nuit enroulée autour de ses jambes, s'efforçant de ne plus entendre un seul autre mot. Mais une bribe de conversation lui parvint malgré tout. « … épouser Peter Drummond ? »

Oh, Rose. La naïveté de sa sœur était touchante. Jamie la ramènerait à la raison. Il n'y aurait pas de prétendant venant frapper à la porte d'Auchengray, surtout pas Peter Drummond. Rose l'avait persuadé de rester à dîner et de jouer au whist ensuite, tout ça parce qu'elle pensait qu'il pourrait faire un mari convenable pour sa sœur rebelle. Une femme qui n'était plus bienvenue dans la société. Une femme que seul Dieu pouvait aimer.

Leana retint son souffle. Était-ce vrai ?

Elle s'enfouit dans ses couvertures et fixa les ténèbres. Jamie, le seul homme qu'elle avait jamais aimé, ne l'aimait plus. Il n'y avait personne d'autre, ne pourrait plus jamais y avoir personne d'autre. À l'exception du Tout-Puissant.

Pourrait-il remplir tous les vides où vivait autrefois l'amour de Jamie ? Pourrait-il guérir son cœur, qu'on avait brisé en retirant Ian de ses bras ? Est-ce que l'amour de l'Être, qu'elle ne pouvait ni voir ni toucher… serait suffisant ?

— Non ! murmura-t-elle dans le vide de son lit clos alors que des larmes s'accumulaient dans ses yeux.

Elle se toucha les lèvres de ses mains tremblantes, essayant de se rappeler la sensation de la bouche de Jamie sur la sienne. Embrassait-il Rose, maintenant, comme il l'avait jadis embrassée ? Comme c'était injuste, comme il était cruel que les choses en soient arrivées là ! Dieu n'aurait-il pas pu intervenir, n'aurait-il pas pu l'épargner ? Elle avait abandonné Jamie, devrait renoncer à Ian une seconde fois. N'avait-elle pas déjà assez sacrifié ? La douleur ne cesserait-elle donc jamais ?

— *Pourquoi,* Seigneur ?

Les mots lui furent arrachés du cœur.

— Pourquoi dois-je être seule ?

Aucune réponse ne vint.

Même l'engoulevent cessa ses trilles.

Leana s'enfonça dans son oreiller, honteuse de ses questions. Comment osait-elle parler de sacrifice à l'Être qui avait donné sa vie ? Ou se plaindre de ses souffrances à l'Être qui avait souffert en son nom ? *Pardonnez-moi, Seigneur.*

Cherchant le réconfort là où elle savait qu'elle le trouverait, Leana posa les mains sur la rondeur de son ventre. Dans quelques semaines, elle sentirait les tout premiers mouvements. Un rappel tangible que la bénédiction de Dieu sur sa vie ne l'avait pas quittée. Elle était loin d'être seule.

— L'enfant sera toujours à moi, mon Dieu.

Leana regarda la fenêtre illuminée par le clair de lune.

— Et il sera toujours le vôtre. »

— Leana, je ne me rappelle pas t'avoir déjà vue aussi…

Assise de l'autre côté de la table de cuisine, Jessie Newall l'examinait attentivement de ses yeux bleu clair.

— Si *bien*[8], dirait ma mère. Épanouie. Comme si tu venais tout juste de manger un grand bol de fraises avec de la crème bien fraîche.

— Voilà qui est curieux.

Leana baissa les yeux vers son assiette vide, dans laquelle il ne restait que quelques miettes.

— Je croyais que c'étaient des biscuits sablés.

Jessie éclata de rire et passa une main dans ses boucles rousses.

— Tu n'as pas perdu ton sens de l'humour, je vois.

Elle plaça son fils sur son épaule, lui frottant le dos pour l'aider à digérer son lait.

— Y a-t-il quelque nouvelle palpitante dont tu voudrais me faire part, ma chère ? Un galant de Twyneholm, peut-être…

Leana baissa la tête, sentant ses joues rougir.

— Tu sais bien qu'il n'y a pas de prétendant à Twyneholm, ni nulle part ailleurs.

Jessie Newall ne se cachait pas pour livrer le fond de sa pensée. Et elle était aussi très perspicace. Leana devait être prudente, sinon Jessie parviendrait à lui arracher la vérité, bribe par bribe.

En ce samedi matin, Leana avait saisi l'occasion que lui offrait le beau temps pour aller faire une visite avec Ian chez ses voisins. L'été arrivait, des jours plus chauds encore étaient à venir, mais il soufflait sur celui-là une brise agréable, idéale pour une promenade à Troston Hill. Le ciel était d'un bleu délavé, les rares nuages, comme des toisons récemment

---

8. N.d.T. : En français dans le texte. À partir d'ici, tous les mots en italique suivis d'un astérisque sont en français dans le texte original.

tondues. Au sommet de la colline était sise une demeure d'un étage jouxtant une ferme coquette, autour desquels paissait un petit troupeau de moutons à face noire.

Jessie l'avait accueillie avec un grand sourire et des sablés sortis tout droit du four. Dans le parloir de la cuisine, un petit coin séparé de l'aire de préparation des repas, les deux amies avaient échangé des histoires des derniers mois, cousant leur amitié de fils étroitement serrés. Quand viendrait le moment de partager son secret, Jessie Newall serait la première à l'apprendre. Mais ce ne serait pas aujourd'hui.

Leana se leva, Ian toujours accroché à elle.

— Devrions-nous amener les enfants dehors ?

— Il faudra d'abord arracher ma fille à son occupation.

La petite fille aux cheveux roux était assise par terre, tout près d'elle, entourée de plusieurs tasses taillées dans la corne. Elle s'amusait à les empiler, puis à les envoyer rouler sur le plancher d'une petite tape dans un joyeux tintamarre.

— Annie, dit sa mère, si tu les déposais sur la table ? Tu recommenceras plus tard.

Leana admirait la manière à la fois aimante et directe que Jessie employait avec ses enfants. Elle ne les réprimandait jamais, sans céder non plus à leurs caprices. Maintenant qu'Ian pouvait marcher, il pouvait aussi se placer dans des situations bien plus périlleuses qu'auparavant. Tout conseil que Jessie pouvait lui offrir sur ce qu'il fallait faire avec les enfants plus âgés serait le bienvenu, pas seulement pour Ian, mais pour l'autre à venir.

Jessie la devançait, un enfant sur chaque hanche, alors que les deux amies marchaient vers son jardin potager. Une abondance de légumes les attendait, au milieu desquels quelques coquelicots ajoutaient une touche colorée.

— Colin Elliot a apporté pour moi quelques-unes de mes plus belles variétés de choux au marché de Dumfries, expliqua Jessie, quand Leana la complimenta pour sa belle récolte. Le chou rouge pommé, le chou-fleur et le chou de Milan. Ce sont ceux que les habitants du bourg royal semblent préférer. Viens t'asseoir près du sorbier, où nous serons à l'abri du soleil.

Quelques rares pétales blancs étaient dispersés au milieu des branches lourdes de baies, qui deviendraient d'un rouge vif en mûrissant au mois d'août. Elles s'installèrent sur le sol sec, répandant leurs jupes autour d'elles. Ian était heureux de s'asseoir près de Leana et de s'amuser avec les cordelettes enfilées de billes multicolores qu'elle avait apportées pour lui. Annie, de son côté, entreprenait sa propre exploration du potager en enfonçant un petit bâton dans le sol près de chaque plan.

— C'est bon pour le drainage, nota Jessie avec un sourire.

Elle assit Rabbie sur ses genoux et déposa une mince couverture sur lui.

— Il dormira avant qu'Annie trouve son premier ver, dit-elle.

Leana sourit au garçon, qui lui rappelait Ian au même âge.

— Comment te débrouilles-tu, avec deux bébés ? demanda-t-elle, prenant garde de ne pas avoir l'air trop curieuse.

Ian l'aurait quittée avant la naissance de l'autre enfant, mais elle n'en demeurerait pas moins la mère des deux.

— J'en ai plein les bras, dit Jessie en arrangeant la couverture de son fils. Chacun est différent. Avec Rabbie, je sens que je dois réapprendre le métier de mère à zéro. Et qu'en est-il de toi avec Ian, après ces mois passés au loin ?

Leana confessa la vérité.

— Ce n'est qu'à mon retour à Auchengray que j'ai appris qu'Ian y était toujours.

Pendant que Leana décrivait son arrivée et les nombreuses difficultés qui avaient suivi, Jessie écoutait sans faire de commentaire, mais son regard était compréhensif.

— Je suis heureuse que Rose se montre aussi généreuse, dit finalement Jessie, en te permettant de passer du temps avec ton fils.

Sachant que Jessie ne lui cacherait rien, Leana posa la question qui la tourmentait le plus.

— As-tu vu Rose… avec Ian ? Le… traite-t-elle bien ?

Jessie ne répondit pas tout de suite, se pinçant les lèvres en fixant les robustes branches du sorbier.

— Je n'ai vu ta sœur avec Ian qu'à l'église ou au village. Alan et moi…

Une rougeur colora son visage un bref moment.

— Nous ne sommes pas allés à Auchengray depuis quelque temps.

— Plus personne ne nous rend visite, ajouta rapidement Leana. C'est… difficile pour les gens. Peter Drummond s'est arrêté jeudi, toutefois, il est resté pour le dîner et le whist.

— Vraiment ? répondit Jessie en regardant le chemin qui descendait vers Glensone. De braves voisins, les Drummond.

— Tu n'as pas répondu à ma question, lui rappela Leana. Au sujet de Rose. Et d'Ian.

Dans son brave visage d'Écossaise tavelé de taches de son brillaient des yeux pleins de sagesse.

— Rose n'est pas toi, dit-elle simplement. Ta sœur a acquis de la confiance, maintenant, et il est clair qu'elle adore l'enfant. Pourtant…, elle n'est pas sa mère, quelle que soit l'affection qu'elle lui porte. Quand *tu* es avec lui, Leana…

Les yeux de Jessie devinrent humides.

— Je n'ai jamais vu une mère aimer son enfant comme tu aimes Ian McKie.

Aucune ne parla pendant un moment. Un petit papillon aux ailes orange, ornées de deux points noirs, voleta tout près des deux amies.

— J'aime Ian au point de tout oublier, dit finalement Leana, en peignant les cheveux de l'enfant avec ses doigts. C'est une bénédiction, puisque je ne peux aimer son père…

— Je sais qu'il en est ainsi, Leana.

La voix de Jessie était basse, réconfortante.

— Pourtant, cela me peine de te l'entendre dire.

Leana mit Ian sur ses genoux, lui baisant une joue au passage.

— Jamais je n'aurais pu imaginer que cela serait aussi difficile. De voir Jamie et Rose ensemble. De comprendre que l'amour que nous avons eu jadis n'existe plus. Je sombrerais sûrement dans le désespoir, si ce n'était de ma certitude que Dieu m'aime, car sa bénédiction, il l'a mise dans mon ventre.

Jessie lui jeta un regard étonné.

— De quelle bénédiction parles-tu ?

Leana se figea.

— Mais… de celle-ci.

Elle tint Ian contre son cœur, qui battait à tout rompre.

— Mon fils, Ian.

— Oh ! dit Jessie en portant la main sur sa poitrine. Je croyais que tu voulais dire que tu attendais un autre enfant. Cela serait quelque chose, n'est-ce pas ? Ta sœur et toi portant en même temps un enfant engendré par le même homme.

— Cela serait… quelque chose, acquiesça Leana.

Elle pressa sa joue chaude sur la tête d'Ian, priant pour que Jessie n'ait rien remarqué. Si elle changeait de sujet, sa figure reprendrait peut-être son teint normal, et son amie resterait dans l'ignorance de son secret.

— Est-ce qu'Alan se rend à la foire de Keltonhill, mardi ? demanda-t-elle d'un ton insouciant.

— Il y sera.

Jessie donna une chiquenaude sur une feuille de sorbier tombée sur sa manche.

— La plupart des hommes de la paroisse seront là, et quelques femmes également.

Pas moi. Leana ne pouvait imaginer un endroit plus inconfortable pour une femme qui attend un enfant, ni moins hospitalier pour une dame.

Elle pensa se lever, car ses jambes commençaient à être engourdies, puis elle se ravisa. Jessie remarquerait sûrement son estomac plus saillant et n'aurait aucune difficulté à deviner le reste. Elle déplaça plutôt son poids d'une hanche à l'autre et déposa Ian sur le gazon.

— Jamie et Duncan s'y rendent ensemble, afin d'acheter un cheval.

— C'est la plus grande foire du sud de l'Écosse. Si un homme veut acheter une monture, il en trouvera une à Keltonhill. À moins qu'il se fasse voler sa bourse, dit Jessie avec un clin d'œil.

Chapitre 28

Hourra! car c'est demain jour de foire.
— Vers traditionnel écossais

— **P**erds pas ta bourse de vue. Et garde tes plaisanteries pour toi.

C'était la mise en garde servie par Duncan alors que Jamie et lui arrivaient à la hauteur d'un autre bruyant groupe de voyageurs.

Jamie se replaça sur sa selle, le dos douloureux d'avoir tant chevauché. Heureusement, le ciel était dégagé et les routes, sèches. Le vent rafraîchissant du Solway ne transportait aucun indice annonciateur de la pluie, se contentant d'agiter les feuilles jaunes de millepertuis poussant sur les haies. Jamie fit un mouvement de la tête en direction des fleurs sauvages.

— Devrais-je en cueillir une et la cacher sous ma veste?

Duncan fit la grimace.

— Des contes d'bonne femme, s'tu veux mon avis. Mais n'oublie pas d'en cueillir à la veille d'la Saint-Jean, pour éloigner l'mauvais œil.

— Ce n'est pas ce que la plante éloigne, mais bien ce qu'elle attire qui m'intéresse : la paix dans la maison et la prospérité dans les pâturages.

Jamie examina les longues tiges en passant, se rappelant ce que sa mère lui avait appris. *Je te cueillerai avec ma main droite, je te garderai dans ma main gauche.*

— Et si j'en arrachais une sur le chemin du retour, que je garderais sous le bras? Je ne crois pas que saint Jean s'oppose à ce que je la prenne une journée plus tôt.

— À ta guise, mais y s'ra tard.

— Oui, mais on y verra encore.

La tradition voulait que la foire de Keltonhill tombe le premier mardi suivant le 17 juin, ce qui coïncidait avec le solstice d'été, le jour le plus long de l'année. Dans la région de Galloway, le soleil se levait peu après quatre heures, ce jour-là, illuminant le ciel jusqu'à dix heures le soir — idéal pour une foire d'un jour, bien que cela voulût aussi dire une bien longue journée à l'extérieur.

Après un petit-déjeuner hâtif, les deux hommes avaient quitté Auchengray. Leana les avait observés du jardin, levant la main pour leur souhaiter bonne route. Chevauchant Walloch, Jamie l'avait saluée à son tour, la regardant un peu plus longtemps qu'il convenait peut-être. Elle semblait en paix, récemment. Moins circonspecte en sa présence. Il en était heureux, car cela allégeait la tension entre eux. Pourtant, il ne pouvait nier qu'une douleur l'agrippait, dès qu'il pensait au jour où il lui retirerait son fils et lui ferait ses adieux. Il n'y avait rien à faire, aucune alternative ne s'offrait, mais sa poitrine le faisait souffrir, néanmoins. Il ne pourrait jamais assez demander à Leana de lui pardonner.

Duncan, avançant à ses côtés, croisa son regard.

— Plutôt qu'd'porter l'millepertuis pour effrayer l'démon, tu ferais mieux d'demander à Leana d't'en faire une infusion…

Il fit une pause pour laisser le temps à Jamie de deviner la suite.

— Pour guérir ta mélancolie, compléta-t-il.

— Quand j'aurai mon propre cheval, vous verrez mon humeur s'égayer, Duncan.

— Et c'est ça qui t'grugeait depuis un mois ? De n'pas avoir d'cheval ?

Jamie haussa les épaules, sachant que Duncan perçait son jeu à jour.

— Lachlan m'a bien fait comprendre qu'il ne me laisserait pas partir avec Walloch. Nous ne trouverons pas son égal aujourd'hui, mais il y aura assez de chevaux là-bas pour faire un bon choix.

Il tapota la bourse cachée dans sa veste.

— Nous aurons besoin de quelques pièces pour la bière et la nourriture, dit-il. Le reste servira à acheter ma monture.

Duncan guida son cheval pour éviter une profonde ornière dans le gravier.

— D'l'argent durement gagné, dit-il.

La mâchoire de Jamie se contracta, mais il se contint, toujours en colère contre Lachlan de ne pas lui avoir prêté la somme nécessaire.

« Si tu as besoin d'argent, Jamie, lui avait dit son oncle, vends quelques agneaux. Il y a un boucher à Dumfries qui se fera un plaisir de remplir ta bourse de pièces, si tu garnis ses crochets de viande. » Quand Jamie avait protesté, ayant déjà perdu une centaine d'agneaux aux mains des brigands, Lachlan s'était montré intraitable. « C'est toi qui as choisi les agneaux à la place de l'argent, jeune homme. Si tu as besoins de shillings pour ton cheval, tourne-toi vers eux, pas vers moi. »

Et c'est ainsi que Jamie avait guidé un petit troupeau à Dumfries, la veille au matin, malgré sa répugnance à le faire. Les froides pièces d'argent dans sa main lui semblaient le produit d'une trahison. Ses agneaux étaient destinés à paître sur les collines de Glentrool, pas à rassasier quelques estomacs affamés du comté de Dumfries.

Jamie scruta la grande route achalandée, à la recherche de quelque visage familier. Des gens de sa paroisse natale de Monnigaff venaient en grand nombre à Keltonhill, aux côtés des Irlandais, des Anglais et de tout les habitants des Lowlands, à en juger d'après la cohue. Des équipages élégants se disputaient la route avec des paysans allant à pied. Des familles en charrettes, des gentilshommes à dos de cheval, des paysans aux pieds nus, des caravanes de Tsiganes en guenilles multicolores, tous convergeaient vers le sud-ouest, vers Keltonhill. Alors que la matinée se réchauffait, l'odeur des corps malpropres et des fruits en fermentation dans les sacoches combinée aux senteurs plus plaisantes de l'herbe et de la bruyère coupées créaient un nuage odoriférant qui se déplaçait avec la foule.

Il était déjà venu à la foire une fois en compagnie d'Evan, l'été de leur quinzième année. Pendant qu'il flânait en regardant les jeunes filles, son frère jumeau visitait les débits de boisson, essayant les whiskys et se mesurant aux poings avec les garçons de ferme de la région. Au coucher du soleil, Jamie avait lancé son frère ivre sur le dos de son cheval et l'avait ramené à Glentrool, promettant à sa mère qu'ils ne reviendraient plus jamais à Keltonhill.

Dix ans plus tard, il était de retour. Son frère ferait-il aussi une apparition à la foire ? Ils ne s'étaient pas quittés en bons termes, Evan menaçant de le tuer, forçant Jamie à fuir pour sauver sa vie. *Un frère est né pour l'adversité.* Oui, c'était Evan. Lors de la première Saint-Martin de Jamie à Dumfries, il l'avait confondu avec un autre homme, sur la grand-rue. Il l'avait presque empoigné quand l'individu s'était retourné, et Jamie avait reconnu son erreur juste à temps. Il ne referait pas pareille erreur, ce jour-là, bien que Jamie eût l'intention de rester à l'affût d'un gaillard aux larges épaules, aux longs cheveux roux et à la démarche intimidante.

Ils émergèrent de Carlinwark avec une courte distance à parcourir et une longue file de charrettes et d'attelages devant eux. Duncan fit un geste en direction des écuries temporaires dressées en bordure de la route.

— Si ça t'dérange pas d'marcher, on peut laisser nos chevaux ici.

Ils choisirent l'écurie qui leur inspirait le plus confiance et conclurent les arrangements avec le palefrenier, afin que leurs chevaux soient bien nourris et bien gardés. Walloch avait déjà été volé à Jamie une fois, pour être racheté plus tard grâce à l'argent de Lachlan ; il ne se laisserait pas séparer de son cheval hongre une autre fois.

Sans leur monture, les hommes furent en mesure de se frayer un chemin à travers la foule et de se diriger vers les terres plus hautes. Duncan pointa en direction d'un grand campement de Tsiganes.

— Le clan de Billy Marshall.

Les Marshall étaient l'une des nombreuses familles tsiganes de Galloway. Jamie compta plus de deux douzaines de chariots, chacun avec sa paire de poneys Shetland, qui broutaient l'herbe près des roues. Des tentes rudimentaires, faites d'un canevas grossier et soutenues par des piquets, étaient positionnées autour de marmites fumantes. Tandis que les femmes s'occupaient des feux où cuisaient les aliments, les hommes étaient assis sur des couvertures, réparant des chaudrons ou sculptant des cuillères dans des cornes de bœuf.

— Nous avons aussi des Marshall dans ma paroisse, dit Jamie en portant instinctivement sa main à sa bourse, pour s'assurer qu'elle était bien cachée. L'un d'eux était penché au-dessus de moi, ce matin de sabbat où je me suis réveillé de mon rêve insolite.

— Le même Tsigane qui t'a volé tes bottes ?

— Celui-là même.

En passant tout près, Jamie chercha le vieux chef aux bras vigoureux, à la démarche de paon sur ses courtes jambes, aux yeux noirs et brillants et à l'haleine rance. Un homme ne se faisait pas voler ses bottes sans se souvenir du madré qui lui avait joué ce tour.

Duncan attira son attention d'une petite poussée.

— As-tu noté la marque des Marshall dans sa main ?

Il présenta sa paume endurcie par le travail et traça du doigt un X entre le pouce et l'index.

— Les lignes de ma main se séparent, dit-il, et il prit celle de Jamie pour l'examiner. Les tiennes aussi. Mais pour ceux qui sont les parents directs de Billy Marshall, le chef des Tsiganes, elles forment une marque sur la paume de leur main, comme celle que j't'ai montrée. Un signe de croix.

Jamie hocha la tête tandis qu'ils approchaient de Rhonehouse, ne croyant l'histoire qu'à moitié.

— Je m'assurerai de bien observer la main de l'homme, si je le vois. Mais il ne semble pas être dans la foule.

Un tapage assourdissant les accueillit d'abord, puis l'odeur incontournable et, enfin, le spectacle incroyable d'un village, normalement endormi, métamorphosé pour la journée. Deux longues rangées de tentes multicolores traçaient une avenue dans l'herbe, bordée de drapeaux colorés flottant aux caprices du vent. Partout sur cette grand-rue improvisée, des centaines de personnes s'agitaient et jouaient des coudes, se chamaillaient et s'interpellaient, une masse d'humanité grouillante et bruyante — des fermiers, des mendiants, des conducteurs de bestiaux, des pêcheurs, des trafiquants et des voleurs.

— Par ici.

Duncan guida Jamie vers la droite, une main agrippant son épaule, afin que les deux hommes ne soient pas séparés par la foule.

Des voix aux accents étrangers se mêlaient à la cacophonie ambiante. Des négociants essayaient de se faire entendre par-dessus la cohue, exhibant leur marchandise en la tenant à bout de bras.

— J'viens chaque année, cria Duncan à l'oreille de Jamie, mais j'n'ai jamais vu la foire aussi animée. C'doit être l'beau temps.

Il tira Jamie vers une couverture où étaient étalés des articles de cuir, fabriqués et teints par l'artisan qui était fièrement assis à côté de son travail.

— Qu'dirais-tu d'une nouvelle paire d'bottes ?

— La paire que j'ai suffira, répondit Jamie distraitement, se déplaçant vers le bonnetier et sa collection de soies, de laines et de bas de coton. Certains échantillons exhibaient des motifs élaborés pour en dissimuler les coutures. Il trouva bientôt des cadeaux pour Ian — une toupie et un soldat de bois — et une paire de gants de chevreau pour Rose.

Les hommes passèrent plusieurs heures à flâner autour des tentes, se régalant du spectacle tout en prenant bien garde aux voleurs à la tire. L'un des marchands, un vendeur de chandelles, attira son attention.

— Deux, dit Jamie à l'homme barbu en désignant les savons de bruyère qu'il avait remarqués entre les bougies.

Il lui remit une pièce, avant de glisser les petits pains dans sa veste, en faisant un clin d'œil à Duncan.

— Voilà qui masquera l'odeur du millepertuis.

En dépit des forts relents du bétail et des chevaux qui saturaient l'air, le nez de Jamie l'attira vers la tente où les confiseuses tenaient boutique, avec leurs plateaux regorgeant de tentantes sucreries. Ses yeux furent bientôt aussi glacés que les desserts étalés devant lui : des fruits confits, des noix enrobées de sucre, du caramel écossais, de petits caramels au beurre, des bonbons à la mélasse, des bâtons de caramel et une charmante jeune fille prête à lui arracher ses pennies.

— Qu'est-ce que je peux vous offrir, m'sieur ?

Elle lui présenta un petit caramel à goûter. Il fut tout de suite conquis et lui acheta sur-le-champ une poignée de bonbons au beurre et au sucre.

Duncan revenait de la tente des traiteurs, avec des beignets de pommes de terre et un pâté de mouton en croûte pour le déjeuner. Puisqu'il n'y avait aucun endroit convenable pour s'asseoir, ils mangèrent debout près d'une tente, appréciant leur modeste repas, tout en observant la petite noblesse et les paysans de Galloway se côtoyer librement pour cette seule journée du solstice.

— Flânons un peu, ensuite nous irons acheter ton cheval, dit Duncan.

Il le précéda devant plusieurs plates-formes basses, sur lesquelles des charlatans vantaient les vertus de leurs décoctions médicinales, en s'appuyant sur des anecdotes improuvables. Ils se tinrent à l'écart de la bruyante arène des combats de coqs, où les bêtes en question, enduites d'huile et munies d'éperons, faisaient voler en l'air plumes et pièces d'argent. Un peu plus loin, un troubadour, à la voix de ténor déjà enrouée, chantait l'histoire tragique d'amours retrouvés et reperdus, tout en vendant d'une main les touchantes paroles aux badauds. Sur une plateforme, un jongleur projetait adroitement plusieurs balles dans les airs, tandis qu'à ses pieds des vendeurs de fruits, portant des plateaux de pommes attachés au cou, se frayaient un chemin dans la foule riante.

Dès que les deux hommes faisaient un arrêt, Jamie cherchait dans la foule un visage en particulier.

— S'tu cherches ce Tsigane, tu perds ton temps.

— Je cherche mon frère, admit Jamie, mais je n'ai encore vu personne arborant une tignasse ressemblant à la sienne. Et si Evan est ici, je crois que c'est ce que je verrai d'abord…

— McKie!

Une voix familière s'éleva au-dessus de la foule, arrêtant Jamie net.

Chapitre 29

Nous nous sommes rencontrés — c'était dans une foule.
— Thomas Haynes Bayly

Plusieurs têtes se tournèrent en même temps que celle de Jamie. Ce n'était pas son frère qui hurlait son nom sur le terrain de la foire, mais une voix qu'il connaissait bien — de son Glentrool natal —, celle d'un brave compagnon de sa jeunesse.

— John! John McMillan! cria Jamie, sans se soucier d'être entendu.

Il fit un geste en direction du géant pour l'inviter à les rejoindre, tout en s'emparant du bras de Duncan.

— Venez rencontrer un vieil ami de la vallée, dit-il.

Les yeux de Duncan s'écarquillèrent.

— J'suis content d'apprendre que c't'un ami, car j'aurais pas aimé affronter pareil ennemi.

La foule s'écarta, faisant place à un homme aux cheveux noirs, qui dépassait tout le monde d'une bonne tête au moins. Il marchait comme un coq de basse-cour, saluant du bonnet toutes les jeunes filles qui croisaient son regard, lesquelles étaient nombreuses.

— Regardez qui je rencontre à la foire de Keltonhill! s'exclama John quand il fut à leur hauteur, en abattant une lourde main sur l'épaule de Jamie. Je n'aurais jamais pensé te revoir, mon vieil ami.

— Ni moi, McMillan.

Jamie éclata de rire, bien que sa gorge se serrât en même temps. De cinq ans son aîné, John McMillan était le plus proche voisin dans les montagnes et vallées retirées de Loch Trool. Garçons, John, Evan et Jamie avaient été inséparables, escaladant les collines ensemble, pêchant dans le loch et traquant le chevreuil dans le bois de Cree. Un ami loyal, John, et franc en plus. S'il avait des nouvelles d'Evan, il ne les garderait pas pour lui.

Jamie hocha la tête vers les deux hommes.

— John McMillan de Glenhead, je te présente Duncan Hastings, le superviseur d'Auchengray, à Newabbey.

— La propriété de ton oncle, n'est-ce pas ?

Les deux hommes échangèrent des salutations, la main de John avalant en entier celle de Duncan.

— T'es-tu établi ici à demeure, Jamie, ou te reverrons-nous bientôt ?

— Après le jour de Lammas, dit-il avec une satisfaction non dissimulée, sachant que ses mois d'escarmouches avec Lachlan seraient alors chose du passé. Il fera bon de tous vous revoir.

John croisa les bras sur sa vaste poitrine et haussa un sourcil.

— Et cela inclut ton frère ?

La chaleur monta au col de Jamie.

— Je crois qu'Evan sera… parti…, d'ici là.

John hocha la tête, mais ne commenta pas, le regard attiré par un marchand ambulant et son assortiment de rubans et de dentelles. Il cria en direction de l'homme aux épaules voûtées, attirant immédiatement son attention. Il s'empara d'une poignée de rubans de soie avant de lancer une pièce au colporteur.

— Pour les filles, dit John en haussant les épaules, tout en enfouissant ses acquisitions dans la poche de son manteau. En ce qui concerne Evan…

Il jeta un coup d'œil à Duncan.

— Puis-je parler librement ?

— Tu peux, dit Jamie en regardant fraternellement Duncan. Entre bergers des collines, nous n'avons aucun secret.

John les entraîna vers un étroit passage formé par deux tentes où régnait une bruyante animation. Il s'y planta tel un chêne, faisant rempart de son corps contre toute oreille indiscrète.

— Voilà la vérité, garçon : quand tu as quitté Glentrool, Evan a répandu la triste nouvelle concernant ta… comment dire…

— Ma tromperie, compléta Jamie pour lui. Il n'y a pas d'autre mot pour décrire ce que j'ai fait à mon père et à mon frère. Reste-t-il encore quelqu'un dans la paroisse qui voudra m'accueillir ?

John le regarda sans révéler ses émotions.

— Ton père n'a rien dit de mal à ton sujet. Ni ta mère, bien sûr. Seulement Evan. Je n'ai jamais rencontré d'homme aussi obsédé par sa vengeance. Je ne lui ai pas parlé depuis quelque temps, toutefois. Il s'est rendu au sud pour faire des affaires dans le Wigtownshire.

— Je crois comprendre qu'il a l'intention de s'y établir. As-tu entendu dire qu'Evan et Judith quitteraient Glentrool bientôt ?

John frotta son menton où poussait une barbe drue, produisant un bruit de papier de verre contre du pin sec.

— Cela, je ne saurais le dire. Dans le vallon, la vérité ne circule pas aussi vite que les ragots.

Il baissa la voix, et son regard devint plus grave.

— Tu ferais bien d'aiguiser ton épée avant d'entreprendre ton voyage vers l'ouest, Jamie. Evan n'arrêtera devant rien pour protéger son fils.

Le cœur de Jamie sauta un battement.

— Son... *fils* ?

— Tu veux dire... demanda John, incrédule, que ta mère ne t'a *rien* dit ? Jamie, je...

Il tourna la tête, puis le regarda de nouveau.

— Je suis désolé que tu doives l'apprendre de moi : Judith a mis au monde un garçon. En octobre dernier.

Jamie sentit le sol se dérober sous lui. *En octobre.* Le mois de la naissance d'Ian. Dans l'état présent des choses, Jamie hériterait de Glentrool et Ian ensuite. Mais si Evan réussissait à le tuer, et si le fils d'Evan était plus âgé qu'Ian...

— Quand, en octobre ? demanda Jamie, craignant la réponse.

John regarda les piquets de la tente plantés à leurs pieds, comme si la date avait été marquée dans le bois grossier.

— C'était au début du mois, dit-il enfin. Le samedi, car je me rappelle avoir entendu Evan réciter un vieux dicton d'un air inquiet.

Duncan le récita, car il le connaissait bien.

— *L'enfant du samedi travaille fort pour gagner sa vie.*

— Ce à quoi est condamné Evan, dès lors que je lui ai volé ce qui lui appartenait.

Jamie planta le talon de sa botte dans le sol meuble, mais toute sa colère était entièrement tournée contre lui-même.

— Le premier samedi, alors ? demanda-t-il, car c'était le jour précédant la naissance d'Ian.

— Oui. Le 3 octobre, cela me revient, maintenant. Judith et le bébé ont été présentés à l'église de Monnigaff, le jour de la Saint-Luc, soit le 18 octobre.

Le visage de John McMillan s'illumina d'un vaste sourire, à la mesure de sa personne.

— La marraine est Sally Crawford, de Carseminnoch, tu te rappelles ? Une beauté avec les yeux les plus verts de tout Galloway. Elle a présenté l'enfant au révérend pour la bénédiction. Un robuste garçon, ce petit Archie.

— Archibald, c'est ça ?

Le nom de leur grand-père. Evan l'avait surpassé une deuxième fois.

— J'ai aussi un garçon vigoureux, déclara-t-il, se souciant peu d'avoir l'air orgueilleux. Ian James McKie. Né le 4 octobre.

— Vraiment ?

Dès que John l'eut félicité, son visage redevint sérieux.

— Un jour de différence ? Je crains que la rivalité du plus vieux contre le plus jeune ne fasse que recommencer. Et moi qui espérais vous voir réunis comme deux frères de nouveau. Comme au bon vieux temps des jours passés sur les rives du Buchan Burn.

— Qu'il vaut mieux oublier, dit Jamie, quoique ces souvenirs fussent toujours vivaces dans son esprit : Evan et lui se lançant à l'eau l'un l'autre dans les chutes du Buchan, culbutant ensemble sur les pentes des vallons, échangeant des coups sur les sentiers sinueux entourant les lochs et riant sans pouvoir s'arrêter.

Oui, ils avaient été des frères, autrefois. Mais trop d'années et trop de rivalités étaient venues s'interposer entre eux.

Sois toujours sur tes gardes, frère. Les derniers mots que lui avait adressés Evan, dits dans un accès de rage.

— Merci de m'avoir informé de tout cela.

Jamie agrippa le bras de McMillan dans un geste de mâle affection.

— Je serai sur mes gardes, le moment venu.

— Garde ton poignard à portée de main, car Ian est trop jeune pour perdre son père.

Le regard de John se leva, et il était dirigé par-dessus l'épaule de Jamie. Son sourire revint en force, illuminé par l'éclat doré d'une canine en or.

— Mais si ce n'est pas la fille même que j'espérais voir, lança-t-il. Celle dont je t'ai parlé, Sally Crawford.

Il lança à Jamie un clin d'œil conspirateur.

— Il suffisait de prononcer son nom, n'est-ce pas ?

Jamie éclata de rire et fit un pas de côté, leur conversation terminée.

— Nos chemins se recroiseront sûrement, John McMillan.

Son ami leva la main, l'ayant déjà dépassé alors qu'il naviguait à travers l'étendue herbeuse séparant les deux rangées de tentes, se dirigeant droit vers une jeune fille bien en chair aux cheveux blonds et aux joues roses.

Duncan grommela.

— J'parie qu'nous n'le reverrons plus aujourd'hui.

Un sourire amusé aux lèvres, Jamie regarda John faire présent à Sally d'un ruban tiré de sa poche.

— Je suis désolé de voir l'homme partir. Nous avons une longue histoire commune, lui et moi.

— C'est bon d'voir qu'tu penses à la maison, Jamie.

Duncan le dirigea vers la place improvisée où les chevaux destinés à la vente étaient regroupés. Leur progression était ralentie par l'affluence des acheteurs.

— C'est bon aussi d'penser qu'tu cherches une façon d'te réconcilier avec ton frère.

— Me réconcilier ?

Jamie s'immobilisa.

— Duncan, nous ne parlons pas de quelque querelle d'enfants, facile à apaiser.

— Mais d'quoi s'agit-il, alors, garçon ? Parce que tu n'm'en as jamais parlé.

— Vous ne me l'avez jamais demandé, répliqua Jamie, regrettant immédiatement sa vivacité. Je suis désolé, Duncan, dit-il en maugréant, pour éventer un peu sa frustration. Si vous avez la patience de l'écouter — car ce n'est pas une histoire agréable —, je vous la raconterai en entier.

Jamie bifurqua vers la grand-rue du village, ayant soudain la gorge très sèche.

Si un homme voulait une boisson, il n'avait pas à se rendre très loin. Les quatre auberges de Rhonehouse, incluant le Boar's Head et le Crown, débordaient de clients, qui buvaient de prodigieuses quantités de bière noire pour étancher des soifs apparemment inextinguibles. Toutes les maisons du village avaient ouvert leur porte, offrant des libations et des mets froids. Evan McKie pouvait se trouver derrière n'importe laquelle de ces portes, ou être à l'autre bout du monde.

— Nous ne boirons pas notre argent, déclara Duncan en indiquant d'un geste un kiosque servant du punch au citron. Prends-en deux pichets, et nous trouverons un endroit où nous reposer.

Se procurer leur breuvage fut chose aisée, trouver un endroit où s'asseoir, beaucoup moins. Ils durent se rendre à l'autre extrémité de Keltonhill avant de trouver un carré d'herbe qui n'avait pas été transformé en boue à force d'avoir été piétiné. Il offrait une jolie vue sur les collines pastorales entourées de bois et parsemées de maisons de ferme.

Lorsqu'ils furent assis et qu'ils eurent déposé leur pichet à côté d'eux, Jamie essuya ses lèvres sèches du revers de sa manche. S'il avait été aussi simple de faire de même avec son passé, pensa-t-il. La nuit de la naissance d'Ian, alors que Duncan était à ses côtés pendant les affres de l'accouchement de Leana, le sujet de ce qui s'était passé à Glentrool avait été abordé. Duncan avait épargné à Jamie de lui en révéler les détails. *J'suis au courant d'tout ça. Tout le monde est au courant, à Auchengray.* Le temps était venu pour son ami d'apprendre des choses que personne d'autre ne savait.

— Les bruits qui courent vous ont appris l'essentiel, commença Jamie, dont le punch commençait déjà à aigrir l'estomac. Si je dis que ce fut l'idée de ma mère, cela montrera à quel point je fus lâche.

— T'es pas un lâche, garçon.

La voix de Duncan était bienveillante, totalement dépourvue de jugement.

— Un certain sabbat, j't'ai vu t'lever à l'église et défendre ta femme qui était assise su' l'banc d'pénitence.

— Leana, vous voulez dire.

Jamie se sentit soudain nauséeux.

— C'est un sujet que je ne veux pas aborder aujourd'hui.

— Un aut' jour, acquiesça Duncan. Parle-moi d'ta mère. Est-elle comme son frère, Lachlan McBride ?

— Elle lui ressemble. Bien que plus adroite avec les mots, elle n'est pas au-dessus d'une tromperie pour obtenir ce qu'elle veut.

Même si cela déplaisait à Jamie de les révéler, les similarités entre le frère et la sœur ne pouvaient être niées. Ils étaient aussi différents, à certains égards.

— Rowena McKie possède un charme dont mon oncle est dépourvu, reprit-il, et s'intéresse davantage aux autres. Je n'ai jamais douté de son amour pour moi. Mais voilà où les choses se compliquent, Duncan.

Jamie fit une pause pour étirer ses longues jambes, les croisant aux chevilles.

— Ma mère me préférait à mon frère, tandis que mon père a toujours favorisé Evan. Ils nous comparaient comme des moutons au marché. «Celui-là a les plus belles dents.» «Oui, mais celui-ci possède une bien plus belle toison.»

— Misère! fit Duncan en crachant sa dernière gorgée de punch sur le gazon. C'sont des parents bien stupides, qui montent ainsi leurs enfants l'un contre l'aut'. J'ai averti mes filles de c'danger.

— Vous auriez dû être présent quand nous sommes nés. Des jumeaux, mais pas identiques. Nés à une minute d'intervalle, pourtant deux jours différents, car nos naissances ont chevauché les douze coups de minuit.

Un regard effrayé apparut dans les yeux de Duncan.

— T'es né à une heure aussi inhabituelle? Les gens disent que...

— Je sais ce qu'ils racontent.

La mention de cette vieille croyance refroidit les mains de Jamie. De penser qu'il avait le don de voir l'esprit de Dieu à travers le pays, simplement parce qu'il était né juste après minuit...

Duncan lui fit signe de continuer, et Jamie s'exécuta.

— Quand Evan et moi étions toujours dans son ventre, ma mère a demandé l'avis d'une sage-femme pieuse. La femme a déclaré, en substance, que le plus vieux devrait servir le plus jeune. Elle a assuré à ma mère que c'étaient les mots du Tout-Puissant. Rowena McKie a décidé qu'il en serait ainsi.

Un groupe de jeunes filles passa tout près d'eux, attirant un bref instant le regard de Jamie, mais il les ignora. Duncan donna une petite secousse sur le bras de Jamie.

— Et quelle est c'te chose qu'ta mère t'a poussé à faire, Jamie?

Les mots s'échappèrent de ses lèvres comme le sang d'une blessure.

— Mon père a annoncé qu'il était prêt à donner sa bénédiction à son héritier, un acte irrévocable. Il a demandé à Evan de capturer un chevreuil pour célébrer l'événement. Pendant son absence, ma mère a préparé de la viande de chèvre, l'assaisonnant comme de la venaison. Elle a jeté sur mon dos le plaid de mon frère et m'a enfoui les mains dans une paire de gants faits de peau de chèvre, car Evan est velu.

— Tu veux dire que t'as usurpé l'identité d'ton frère ?

— Je l'ai fait.

Jamie pencha la tête, tout honteux de nouveau.

Le front de Duncan se rida, car il était visiblement confus.

— Et, ton père, y pouvait pas vous différencier ?

— Alec McKie a vécu plus de quatre-vingts étés, et sa vue l'a presque quitté.

Jamie regarda ses mains, se rappelant son père saisissant son pain de ses doigts tremblants. Tendant la main vers son verre de vin rouge. Touchant le front de son fils.

— Il a cru que j'étais Evan, dit Jamie en ravalant, car les mots semblaient s'être collés dans sa gorge. Mais ce ne furent pas les yeux de mon père qui l'ont trompé.

La douleur dans la voix de Duncan reflétait celle exprimée par son visage.

— Jamie, t'as tout d'même pas menti à ton père ?

— Je l'ai fait... plusieurs fois.

Il grinça fortement des dents, il aurait voulu que cela lui fasse mal.

— Après qu'il m'eut... accordé sa bénédiction, je me suis excusé de devoir partir si vite. Mais je ne lui ai jamais demandé de me pardonner.

— Tu n'l'as jamais fait ?

La déception de Duncan était contenue, mais Jamie la vit dans ses yeux.

— N'as-tu pas fait amende honorable avant d'partir, ou écrit à l'homme depuis ces événements ?

— Ma mère a arrangé les choses avant mon départ la nuit même, mais depuis, je n'ai... rien fait.

Il attira ses genoux vers sa poitrine, s'affaissant sur eux pour cacher sa honte.

— Rien, dit-il, sinon demander à Dieu de me pardonner, soixante-dix fois sept fois.

— Allons, dit Duncan doucement. C'est l'nombre de fois qu'on doit pardonner aux aut', Jamie. Y suffit d'une seule fois pour que Dieu nous pardonne.

Duncan passa un bras paternel autour de l'épaule de Jamie.

— N'as-tu pas du travail à faire, avant d'rentrer à la maison ? demanda-t-il. Des lettres à écrire, par exemple.

Jamie se redressa, se frottant les yeux de la paume de ses mains.

— Oui, dit-il simplement, sentant le fardeau de la culpabilité, sinon enlevé, du moins fortement allégé.

— Ton voyage à Glentrool s'ra plus facile, si tu paves le chemin avec d'bons mots, pas seulement d'bonnes intentions.

Duncan lui donna une autre bonne tape dans le dos, puis se mit sur ses jambes.

— Et si t'as un bon cheval pour t'porter, ça t'aidera aussi. C'pourquoi nous sommes ici, garçon. C'est l'temps d'nous occuper d'nos affaires.

Il prit les devants pour se rendre aux paddocks.

— La cloche sonne, dit-il, la vente est su' l'point d'commencer.

Joignant l'œil expert de Jamie en matière de chevaux aux talents de marchandeur de Duncan, ils ne mirent pas beaucoup de temps à acheter une excellente monture. Des marchands venus d'Irlande et d'Angleterre exhibaient des chevaux rouans, alezans, bais, et des purs-sangs gris pommelés. Jamie savait ce qu'il voulait — le jumeau de Walloch — et il fut heureux de trouver un cheval hongre à la robe noire né dans le village voisin de Buittle, et qui lui ressemblait particulièrement. Une autre pièce d'argent fut remise au forgeron qui le ferra. Puis, Jamie mena son fier coursier à flanc de colline vers les écuries, les yeux fixés sur la route en direction du nord-est.

— Eh bien, mon garçon, dit Duncan, t'as trouvé ni ton Tsigane ni ton frère. Mais t'as maintenant un bon cheval pour t'ramener à la maison au mois d'août. As-tu pensé au nom qu'tu vas lui donner ?

Jamie s'arrêta assez longtemps pour s'assurer que Duncan le comprenne bien.

— Son nom sera Hastings. En souvenir d'un excellent ami qui me manquera beaucoup, quand je serai loin d'Auchengray.

Une lueur humide, reflétée par la lumière du soleil couchant, brilla dans l'œil du berger.

— Tu m'manqueras aussi, Jamie. Oh oui, tu m'manqueras.

Chapitre 30

Quand je suis d'humeur sombre et désespérée,
je peux me couvrir la vue.
Mais l'homme ne peut cacher ce que Dieu révèle.
— Thomas Campbell

Debout près de la fenêtre de la salle à manger, afin de glaner le maximum de la lumière du matin, Leana ajusta ses lunettes, jusqu'à ce que les petits caractères de l'almanach deviennent clairs. Elle avait attendu que son père fasse sa promenade matinale pour se glisser dans son petit salon et emprunter un volume de sa bibliothèque : *Les saisons de Season*. Il ne se serait pas opposé à ce qu'elle le lise, mais il l'aurait sûrement interrogée sur cet intérêt pour les jours et les dates. C'était un risque qu'elle ne voulait pas courir.

Leana fit courir son doigt sur les pages du calendrier, comptant les semaines depuis sa dernière nuit avec Jamie. Quatre mois, exactement. Si c'était bien le jour que Dieu avait choisi pour bénir son ventre, elle sentirait bientôt la présence de l'enfant. Un léger mouvement, une secousse à peine perceptible. Elle n'était pas préparée à cela, quand Ian avait fait ses premiers mouvements en elle. Mais avec cet enfant-là, elle serait prête, lorsque les signes se manifesteraient. *Plus que prête, mon petit.*

Elle regarda par la fenêtre, s'imaginant Jamie au travail sur les collines. Pas une heure ne s'écoulait sans qu'elle pense à lui. Elle se languissait de lui. Se désolait de devoir l'abandonner une autre fois. Rose aussi était absente de la maison, ayant eu une course à faire au village. Leana pria pour eux, afin qu'ils trouvent un refuge si la pluie s'abattait plus tôt que prévu. Après un sabbat ensoleillé, le lundi s'était levé sur une note grise, d'épais nuages promettant d'abondantes averses avant la fin de la journée. Et, en effet, l'almanach prévoyait un été plus humide que d'habitude, cette année-là.

Le guide d'Henry Season, qui se spécialisait dans les astres, offrait les éphémérides des éclipses et des phases de la Lune. On y trouvait des solutions aux énigmes posées dans l'édition de l'année précédente, et de nouvelles devinettes pour l'année en cours. Un rébus attira son œil d'horticultrice. « Les deux noms de ma fille ensemble explorent, une plante vivace qui pousse à ma porte. » Elle devrait attendre six mois pour découvrir si les noms de l'enfant incluraient Laurel, Holly, ou Privet. Un truc astucieux pour assurer les ventes de l'almanach de 1791 d'Henry Season. Leana se décida à fermer le livre.

Cela lui fit penser qu'Henry était un beau nom, en effet, quoiqu'elle en ait déjà choisi deux pour son enfant : David, si c'était un fils, pour honorer un roi pieux, et Davina, sa forme féminine, si le Tout-Puissant lui confiait une fille. Les mères écossaises donnaient habituellement à leurs enfants le nom de leurs parents ou de leurs grands-parents. Dans les circonstances, il était sans doute préférable de rompre avec la coutume. Mais serait-ce David McBride ? Ou David McKie ? Seul le père de l'enfant pouvait en décider. *Je t'en prie, Jamie.*

Leana retira ses lunettes et les enfouit dans la poche de son tablier, puis ajusta les plis de l'étoffe. Elle avait encore desserré les coutures de sa robe de coton jaune, ce matin-là, pourtant elle y entrait tout juste. Pourrait-elle cacher son secret un autre mois ? Plusieurs fois par jour, quelque remarque au sujet du bébé à naître montait jusqu'à ses lèvres, et elle la réprimait tout de suite. Elle ne ruinerait pas la joie de Rose et n'ajouterait pas aux soucis de Jamie. Elle ne pouvait faire cela.

Désireuse de remettre l'almanach en place avant le retour de son père, Leana marcha rapidement dans le petit salon. La seule fenêtre donnait sur le nord, vers les jardins d'Auchengray Hill, laissant la chambre dans la pénombre par un jour aussi nuageux. Elle plissa les yeux devant l'étagère, cherchant l'endroit où elle l'avait pris, quand elle entendit une voix derrière elle.

— Qu'est-ce qui peut bien inciter une jeune femme à lire un almanach?

Lachlan était au seuil de la porte, le visage encore rouge de sa promenade. Leana glissa le livre à sa place, prenant garde de ne pas lever le bras trop haut, pour éviter qu'il voie ce qu'elle tenait tant à cacher.

— Je consultais les prévisions de monsieur Season sur le temps qu'il fera. Un fil de vérité, aussi ténu fût-il. Comment avez-vous trouvé l'air du matin, père? demanda Leana, cherchant à changer de sujet. Aurons-nous de la pluie avant le dîner?

— Nous en aurons, répondit-il sèchement en pénétrant dans le petit salon. Mais d'abord, assoyons-nous et prenons un rafraîchissement, toi et moi. Nous devons discuter de ton avenir.

— Mon... avenir.

Elle n'employa pas un ton interrogatif, bien que ce fût une question.

— Bien sûr, père. Devrais-je demander à Neda de nous servir quelque...?

— C'déjà fait, m'dame, répondit la gouvernante en franchissant à cet instant précis la porte avec un plateau, pendant que le père et la fille prenaient place sur les chaises capitonnées, près du foyer. Neda versa le thé pour Leana et un doigt de whisky à son père, puis elle déposa un plateau de biscuits aux amandes et plaça un petit pichet de lait à la portée de Leana.

Lachlan congédia Neda d'un geste.

— Veillez à ce qu'on ne nous dérange pas, dit-il.

Leana prit un biscuit sucré et en avala une bouchée avant de le reposer dans son assiette. *Ton avenir.* Qu'avait-il bien pu vouloir dire?

L'ignorant pour l'instant, son père sirotait son verre, le regard fixé vers quelque point distant au-delà de la fenêtre.

— Leana, dit-il enfin, depuis ton retour à Auchengray, il reste une question qui attend toujours une réponse.

Elle essuya les miettes sur ses lèvres avec une serviette de toile, priant pour que le tremblement de sa main ne fût pas apparent.

— De quelle question s'agit-il, père?

— Une question très simple : *pourquoi*?

Ses yeux gris l'étudiaient de plus près qu'elle l'aurait souhaité.

— Pourquoi es-tu partie de Twyneholm si précipitamment? demanda-t-il.

— Ce ne fut pas... une décision précipitée.

Elle posa les mains sur ses genoux, la serviette toujours enroulée entre ses doigts.

— Mon intention a toujours été de rentrer à la maison pendant l'été, expliqua-t-elle. Mais je ne savais ni quand, ni par quel moyen. Lorsque la robe fut vendue, ces questions furent résolues.

— À ta satisfaction, peut-être. Mais pas à la mienne.

Il finit son verre et le déposa bruyamment sur la table.

— J'ai surpris les bavardages des domestiques. Tu as été bouleversée de trouver ta sœur et ton mari encore ici, n'est-il pas vrai?

Leana baissa le regard.

— C'est exact.

— Alors, pourquoi n'as-tu pas écrit, afin de t'assurer que le couple était bel et bien parti, avant de quitter le cottage de ta tante?

Une question légitime. Elle baissa la tête, et ses mains triturèrent sa serviette, tandis qu'elle cherchait une réponse honnête.

— J'étais persuadée que Jamie et Rose étaient déjà partis pour Glentrool. Jamie m'a un jour assuré qu'il... qu'il quitterait Auchengray en mai. Alors, quand juin est arrivé, j'ai...

Lachlan la coupa d'un grognement.

— Cesse de dissimuler ta pensée, Leana.

Il se pencha vers la table et leva brusquement le menton.

— As-tu fui quelque scandale à Twyneholm? Est-ce cela qui t'a conduit à ma porte?

— Non!

— Lève-toi.

— Père, je...

— Debout.

Il s'adossa à sa chaise comme s'il voulait lui donner de l'espace pour s'exécuter.

— Allons, Leana. Est-ce une demande trop difficile à satisfaire? Sur tes pieds, je te prie. Et retire ton tablier.

Comme en état de transe, Leana se leva et défit lentement les cordons du tablier. Elle le passa au-dessus de sa tête, puis le déposa sur la chaise, abandonnant ses derniers espoirs avec lui. *Il verra. Il saura.* Elle lui fit face, les mains croisées devant elle. Se couvrant. Se protégeant. *S'il vous plaît, Dieu. À l'ombre de vos ailes, cachez-moi.*

— Pas comme ça.

Lachlan secoua la tête, les yeux froids comme de l'étain.

— Croise les mains dans ton dos.

Non. De grâce. Leana noua ses doigts ensemble et les pressa sur la base de son dos.

— Redresse les épaules, jeune femme. Voilà qui est mieux.

Elle sentit son ventre s'enfler sous son regard.

— Maintenant, tourne-toi vers le foyer.

Mécaniquement, Leana fit ce qu'on lui demandait, craignant de s'évanouir ou pire encore. *Aidez-moi, aidez-moi!* De profil devant lui, elle se sentait complètement exposée, comme une sirène sculptée sur la proue d'un navire. Sa robe retouchée ne pouvait plus cacher la vérité. *Il voyait. Il savait.*

Le tic-tac de l'horloge de la cheminée devint plus fort, égrenant chaque seconde, jusqu'à ce que Lachlan se décide à parler.

— Il semble que je n'ai pas posé la bonne question.

Sa voix était glaciale et coupante comme un couteau.

— Qui est le père de cet enfant?

Elle défit ses mains et se tourna vers lui.

— Jamie McKie.

— En es-tu sûre, jeune fille ? Tu as séjourné à Twyneholm un bon moment.

Aussi cruelle que fût l'accusation, elle ne se laisserait pas blesser par elle.

— Il n'y a jamais eu personne d'autre.

Son regard la transperça.

— Peux-tu me le jurer ?

— Père, jamais je ne jurerai : ni par le Ciel, car c'est le trône de Dieu ; ni par la Terre, car c'est l'escabeau sous ses pieds.

— Comme il est commode de se réfugier derrière la Bible.

Son front se fit menaçant, comme le ciel que l'on entrapercevait par la fenêtre.

— Alors, contente-toi de répondre par oui ou par non. Es-tu certaine que Jamie est le père ?

Elle respira profondément, laissant son corps gonfler autant qu'il lui plut.

— Oui.

— Très bien, dit-il en jetant sa serviette. Alors, qu'il assume le fardeau de ce bâtard, car je ne le ferai pas.

— Père, l'enfant de Jamie est…

— Un enfant *illégitime*, martela-t-il en se penchant vers elle.

— Cela n'est pas vrai, car nous n'avons pas péché.

Elle étendit les mains vers lui, un geste d'innocence.

— C'était en février, alors que je pensais que nous étions mari et femme.

— Que tu pensais ? Ah !

Il se leva de sa chaise et commença à arpenter la pièce.

— Jamais tu ne penses, Leana. C'est toujours ton cœur qui te fait faire fausse route, pas ta raison. Je te laisse imaginer ce que le conseil de notre Église pensera de ce *regrettable* incident.

Il se retourna et plongea son regard sur elle.

— Et ne te fais pas d'illusion, reprit-il, l'Église y verra assez de péché pour te clouer au banc de pénitence une autre fois.

— J'ai déjà expié mes fautes, père.

Elle posa les mains sur l'enfant sans s'excuser.

— L'enfant a été conçu à l'intérieur d'un mariage dont la légitimité était reconnue de tous, ce que le conseil attestera sans l'ombre d'un doute.

— Je ne peux prévoir ce que les aînés feront, marmonna-t-il, seulement te dire ce que moi, je vais faire.

Il fit un pas vers elle, et sa posture était belliqueuse.

— J'insiste pour que mon neveu paie pour ce… ce…

— Je suis certaine qu'il le fera, père, s'empressa de le rassurer Leana. Quand le temps viendra.

Lachlan la regarda avec suspicion.

— As-tu sa parole là-dessus?

Pardonne-moi, Jamie.

— Je ne le lui ai pas encore dit.

— *Quoi?*

Son visage devint cramoisi.

— Je ne suis donc pas le seul que tu n'as pas mis au courant? Jamie aussi?

— Je l'ai fait pour une bonne raison.

Elle se rapprocha, car elle avait besoin qu'il l'entende bien, qu'il sente sa détermination.

— Je ne détruirai pas le bonheur de ma sœur, dit-elle. Cette nouvelle peut attendre. Laissez-les partir pour Glentrool, heureux dans leur joie. Je leur écrirai quand ils seront installés là-bas.

— Comme tu es lâche, Leana.

Le mépris sur son visage était éloquent, le sarcasme, palpable dans sa voix.

— Tu préfères écrire une lettre plutôt que l'annoncer à l'homme en plein visage. Et je sais pourquoi : Jamie ne t'aime pas. Et il ne l'a probablement jamais fait.

Leana savait qu'il n'en était rien.

— Ce n'est pas vrai. Et de plus, cela ne compte pas ici. Jamie aime Rose, et l'enfant qu'elle attend est tout ce qui importe, maintenant.

Fortifiée par sa conviction, Leana se rendit compte que ses jambes ne tremblaient pas et que ses mains étaient sèches.

— Faites de moi ce que bon vous semble, père, mais épargnez cette nouvelle à ma sœur.

Il plissa les lèvres.

— Tu ne te fatigues donc jamais d'être une martyre ?

Elle affronta son regard sans broncher.

— Et vous ne vous fatiguez jamais d'être un bourreau ?

Lachlan la regarda, le visage livide, mais silencieux. Et dans ce moment de calme, dans un endroit caché en elle, l'enfant de Jamie remua.

Sa respiration s'arrêta alors que Leana posait la main là où elle sentait distinctement une palpitation. *Encore.* Faible, mais réelle. Pas imaginée. *Mon enfant.* Bougeant, donnant des coups de pieds, vivant. *Merci, mon Dieu !* Il n'aurait jamais pu mieux choisir l'heure. Et l'endroit.

Leana expira, libérée de ses dernières craintes.

— Maintenant que vous connaissez la vérité, père, et que vous avez vu la preuve de vos propres yeux, qu'allez-vous faire ?

Il redressa les épaules, comme s'il essayait de la dominer. Mais c'est elle qui avait le dessus, maintenant.

— Je garderai ton secret, Leana. Mais seulement aussi longtemps que cela me conviendra.

— Jusqu'au jour de Lammas, c'est tout ce que je vous demande.

Leana récupéra son tablier.

— Dans un mois, je l'annoncerai moi-même au révérend Gordon et aux aînés. Et j'écrirai à Jamie et Rose. Mais pour l'instant, je vous demande de ne rien révéler.

— Et qu'y gagnerai-je, si j'accepte ?

Ses paroles étaient sévères, l'homme exigeait toujours quelque chose.

— Aurai-je droit au respect dû à un père ? Recevrai-je la gratitude que cette générosité devrait me valoir ?

— Dieu nous récompense selon nos mérites.

Leana attacha son tablier autour de sa taille, son regard calme soutenant sans ciller celui, indigné, de son père.

— Je suis certaine que vous recevrez exactement ce que vous méritez.

Chapitre 31

Oui, ces jeunes choses reposent en sûreté
dans nos cœurs seulement un temps.
— Edward Robert Bulwer, Lord Lytton

— Leana, que ferais-je, sans toi ?

Rose leva la petite chemise de nuit, admirant les pies joliment brodées aux manches et à l'ourlet.

— Mes oiseaux ressemblaient davantage à des blaireaux, dit-elle. Noir et blanc, sans ailes et avec une queue aplatie.

Le souci de Leana pour les détails ainsi que ses points adroitement faits et réguliers faisaient paraître les pauvres efforts de Rose bien maladroits. Rose posa la main sur son ventre, troublée à la pensée que le bébé qui grandissait en elle ait atteint une telle taille.

— Dans combien de temps commencera-t-il à remuer ?

— C'est difficile à dire.

Leana abaissa son tambour de broderie, puis retira ses lunettes et s'essuya les yeux. Elle était rentrée du jardin avant midi pour échapper au soleil aveuglant du début de juillet. Elle s'était tout de suite penchée sur son aiguille, qu'elle n'avait plus quittée. Les jours de canicule étaient arrivés et resteraient jusqu'à la fin août, c'est ce que les étoiles annonçaient, en tout cas. Après un déjeuner rapide, les sœurs s'étaient installées dans le salon — la pièce la plus fraîche de la maison — pendant qu'Ian dormait dans sa chambre. À l'exception d'une brise occasionnelle qui agitait les rideaux, l'air était stagnant, et il régnait une chaleur inconfortable.

Leana avait entrouvert sa robe et glissé un linge humide autour de son cou dénudé, pour essayer de se rafraîchir.

— Pour en revenir aux mouvements du bébé, dit-elle, tu sentiras les premiers frémissements à la fin du quatrième mois. Ce sera quand pour toi, ma chérie ?

Rose compta sur ses doigts, puis fit la grimace.

— Après le jour de Lammas. Ce qui veut dire que tu ne seras plus avec moi quand ça arrivera. À moins que le bébé commence à s'agiter avant.

— C'est possible, dit Leana en abaissant le regard sur la taille de sa sœur. Ton bébé semble avoir l'intention de grandir.

Chagrinée, Rose essaya de rentrer son estomac, mais en vain.

— Parfois, j'ai plutôt l'impression que c'est moi qui grossis. Je suis incapable de passer une journée sans manger deux scones au lait de beurre avec de la confiture de groseille.

— Neda n'est que trop heureuse de les préparer pour toi, répondit Leana avec un petit sourire, puis elle remit ses lunettes en place et reprit sa broderie. Chaque femme est différente, Rose. Et on dit que les couches se passent différemment pour chacune aussi.

Rose fit jaillir sa lèvre inférieure, ce qui lui donna l'air d'une gamine de douze ans.

— Tu ne seras pas avec moi non plus pour cela.

— Non, je serai ici.

Une nuance de tristesse imprégnait ses paroles.

— Tu devras m'écrire Rose.

L'aiguille de Leana s'immobilisa.

— Car moi, je t'écrirai.

— Aussi souvent que possible, promit Rose, imaginant combien elle se sentirait seule dans la vallée, du moins jusqu'à ce que son bébé naisse.

Elle aurait Jamie, bien sûr, mais il serait bien occupé pendant l'agnelage de l'automne. Dieu seul savait comment serait tante Rowena — une forte personnalité, d'après ce qu'en disait Jamie. «Pleine de vie, comme toi», avait-il dit en lui tapotant la joue. Son oncle Alec, d'un autre côté, était bien vieux ; il avait de la difficulté à entendre et il était pratiquement aveugle, le pauvre homme. Selon Jamie, Evan et Judith s'en iraient vivre au Wigtownshire, et aucune demeure voisine ne pouvait être vue de la porte du manoir de Glentrool.

Oh oui, la compagnie de sa sœur lui manquerait. Beaucoup.

Le son des pleurs d'Ian leur parvint par l'escalier.

— Déjà réveillé de sa sieste, dit Rose avec un soupir las. Tu n'as pas besoin d'y aller.

Mais Leana était déjà sur ses pieds.

— C'est mon dernier mois avec Ian. Si tu ne t'y opposes pas…

— Tu sais bien que cela me fait plaisir. Allons voir ce que le garçon réclame.

Ian était debout dans son berceau, clairement fier d'être capable de se hisser sur ses pieds. À la vue de Leana et de Rose, il agita les bras dans les airs et retomba sur son séant, ce qui fit bien rire sa tante.

— Neda dit que dans un autre mois, Ian pourra se tenir debout et se déplacera en s'agrippant aux meubles.

Leana le leva hors du berceau, puis l'appuya sur sa hanche.

— Alors, c'est ce que tu feras, cher garçon? Tu exploreras ta nouvelle demeure en grimpant aux meubles?

— C'est une très vieille maison, expliqua Rose tout en ramassant les langes souillés dans son berceau. Avec une tourelle carrée, de hautes cheminées, un escalier en spirale et d'immenses chambres.

Dès que les mots eurent franchi ses lèvres, Rose eût souhaité pouvoir les reprendre.

— Je suis désolée, Leana, dit-elle.

Elle se pencha sur le panier de linge sale, pour cacher son embarras.

— C'était si… indélicat… de ma part.

— Indélicat d'être enthousiasmée à la perspective de vivre dans ta nouvelle maison? dit Leana en posant une main sur le dos de sa sœur. Je suis heureuse qu'Ian grandisse à Glentrool. C'est là qu'il doit vivre.

Et toi aussi, Leana. Rose se redressa, évitant le regard de sa sœur. Bizarrement, plus Leana se montrait compréhensive, plus la situation la rendait mal à l'aise.

— Si tu changes ses vêtements, je m'occuperai de lui trouver des draps propres. Il nous reste un peu de temps pour jouer avec lui avant son dîner.

Les deux vaquèrent à leurs travaux, et la chambre d'enfant fut bientôt en bon ordre, à l'exception des jouets jonchant le plancher, laissés là volontairement. Rose n'était que trop heureuse de s'asseoir parmi eux, laissant la chaise à sa sœur, qui semblait plus vieille que d'habitude, aujourd'hui. Lui ressemblerait-elle dans cinq ans, éprouvée par les grandes chaleurs de l'été, les chevilles enflées et les lèvres parcheminées ?

Rose assit Ian devant elle et fit rouler vers lui sa balle en peau de daim, heureuse de voir qu'il la lui renvoyait.

— Tu cherches à épater ta mère, n'est-ce pas ?

Après quelques échanges, il se fatigua du jeu et s'intéressa plutôt à ses blocs de bois.

— Remercions Duncan de les avoir taillés, dit Leana en s'étirant les jambes.

L'un de ses pieds toucha une patte du vieux berceau, qui était maintenant trop petit pour Ian. Faisant partie de l'héritage familial, le petit lit en chêne couvert d'un drap avait bercé leur mère, puis Leana, ensuite Rose et maintenant Ian. Rose le regarda, pensive. Lui serait-il possible de l'emporter pour son nouveau-né ? Leana n'en aurait plus aucun besoin, maintenant.

Quand le pied de Leana le fit osciller involontairement, Rose eut un petit rire.

— Attention, la taquina-t-elle. Tu sais ce que cela signifie, quand une jeune mère pousse un berceau vide ? Cela veut dire qu'elle est encore enceinte.

Leana arrêta immédiatement.

— Oui, en effet.

Elle replaça ses deux pieds sous sa chaise, puis retourna le linge humide drapé autour de son cou.

— Pourrais-tu demander à Eliza de nous apporter des rafraîchissements ?

Désireuse de soulager l'inconfort évident de sa sœur, Rose se dépêcha de l'obliger. Au retour, Eliza la suivait dans l'escalier

avec un plateau chargé de coupes de corne. Elles étaient remplies de l'eau toujours fraîche du puits, parfumée de lime et
légèrement sucrée.

— L'estomac du garçon est à moitié vide, dit Eliza, mais y
risque quand même d'régurgiter. J'ai apporté une serviette, au
cas où ça s'produirait.

Leana but tout le contenu de la coupe d'un seul long trait et
la pressa ensuite contre sa joue. Ian en but un peu, en remit une
partie et en renversa un peu partout. Rose, qui était assise sur le
plancher, l'essuyait au besoin, et se faisait asperger de temps à
autre. Les tasses toutes simples, faites en corne de bœuf, n'étaient
pas utilisées en présence d'invités, mais elles étaient idéales
avec un enfant.

— Leana…

Rose leva les yeux vers sa sœur, déposant la sienne près
d'elle.

— Les bans de père seront lus à la paroisse d'Urr demain
matin.

En effet, la criée des bans du mariage au cours de trois sabbats consécutifs était une condition obligatoire à la tenue de la
cérémonie.

— Nous n'avons que peu de temps pour faire un présent,
reprit-elle. Puisque le soixantième anniversaire de père et son
mariage ont lieu le même jour, nous pourrions lui faire un
cadeau pour souligner les deux événements.

Les deux sœurs discutèrent des possibilités — une horloge,
des assiettes d'étain, un bol à punch en porcelaine — toutes
hors de leurs moyens. Rose déplorait ses maigres économies et
Leana, sa bourse vide, quand Jamie apparut à la porte.

— Que voilà un charmant tableau, dit-il d'un ton aimable,
et son sourire était plus particulièrement adressé à Ian. Je suis
venu m'habiller pour le dîner. Eliza m'a informé qu'une assiette
de hachis d'agneau attend mon fils à la cuisine.

Jamie fit un pas de côté pour laisser passer la servante, qui
s'empara d'Ian d'un mouvement leste avant de ressortir. Comme
il n'y avait aucune chaise disponible, Jamie s'appuya contre

l'embrasure de la porte et essuya son front moite du revers de sa manche. Même s'il venait directement des pâturages, il n'en avait pas moins la prestance d'un gentilhomme.

— J'ai cru entendre qu'il était question d'un cadeau d'anniversaire.

Rose répondit d'un ton plaintif.

— Nous devons absolument offrir un présent à père, mais...

— Nous n'avons pas d'argent, avoua Leana. Mais je sais ce qui lui plairait : une petite coupe en argent gravée à son nom. Pour offrir le whisky à ses invités dans le petit salon.

Rose approuva immédiatement. La petite coupe d'argent peu profonde, également nommée « *quaich* », tenant dans la paume de la main et dotée d'anses délicatement sculptées, était un cadeau idéal dans les circonstances, quoiqu'onéreux.

Jamie hocha la tête lentement.

— C'est le présent approprié, en effet. Et je connais un excellent orfèvre à Dumfries qui les fait. La lettre *M* pourrait y être gravée sur une face. Très bonne idée, Leana.

— Mais qui n'est pas donnée, lui rappela Rose. Je céderai volontiers toutes les pièces de mon tiroir à gants, mais ce ne sera pas suffisant.

Jamie tapota sa bourse.

— Il me reste un peu d'argent de ma journée à la foire de Keltonhill.

— J'imagine que je pourrais vendre quelque chose, dit Leana, dont le regard était absent, comme si ses pensées étaient ailleurs. Mais je possède si peu d'objets de valeur. Seulement mon secrétaire. Et je ne peux m'en défaire, dit-elle d'une voix étouffée.

La chambre d'enfant tomba dans un lourd silence. Jamie toucha aux cheveux de Rose, comme s'il sentait son malaise.

— Tu n'auras pas à te départir de ton secrétaire, affirma Jamie. Laisse-moi vendre quelques-uns de mes agneaux...

— Non! s'écria Leana, s'agrippant au bord du berceau pour se relever. Tu as fait suffisamment de sacrifices. Je demanderai à père la petite somme que mère m'a léguée. Il aurait dû me la remettre, il y a plus d'un an déjà.

— Mais tu pourrais avoir besoin de cet argent pour...

Rose s'humecta les lèvres, sur lesquelles s'était déposée la lime du breuvage.

— Pour quelque chose de plus... important. Dois-tu absolument le dépenser pour lui ?

— Il est mon père.

Bien que les yeux bleus de Leana fussent clairs et son expression, franche, les coins de sa bouche étaient affaissés.

— Je lui parlerai et je m'entendrai avec lui. Père n'aime jamais se séparer de son argent.

— En effet, dit Rose avec un soupir bruyant. Ni de quoi que ce soit d'autre.

Chapitre 32

La vérité, quand on ne la cherche pas,
éclate parfois au grand jour.

— Ménandre

Les dernières assiettes de pudding venaient à peine d'être retirées, quand Lachlan croisa les mains sur la table, comme s'il était sur le point de présider une assemblée. De la vapeur émanant de la cuisine rendait l'atmosphère de la salle à manger encore plus étouffante. Jamie glissa un doigt dans sa cravate pour se soulager un peu, remarquant que Leana, assise en face, était aussi accablée que lui par la chaleur. Ses joues étaient roses, son front, moite, et son verre d'eau demeurait à portée de main. La première semaine de juillet se terminait comme elle avait commencé : sous une chaleur excessive.

Jamie avait chevauché Hastings — une plaisante monture, comme il était heureux de le découvrir — vers Dumfries dans la fraîcheur relative du matin. L'orfèvre possédait la coupe en argent recherchée dans son inventaire, comme Jamie l'avait espéré. L'initiale du laird d'Auchengray avait été gravée pendant que Jamie poursuivait ses courses dans le bourg, se procurant un poignard, une épée et un pistolet pour son retour à Glentrool. Il avait dû se défaire de toutes les pièces de sa bourse pour payer le *quaich*, l'artisan ayant même été forcé de réduire son prix pour ne pas perdre la vente.

La petite coupe se trouvait maintenant dans le tiroir à gants de Rose, attendant d'être présentée à Lachlan et Morna lors du déjeuner célébrant leur mariage, neuf jours plus tard. Bien que ce fût la chose à faire, l'idée d'offrir un tel présent à un avare comme Lachlan répugnait à Jamie. Sa propre participation était minime, de même que celle de Rose, mais cela le peinait de dépenser ne serait-ce qu'une part du maigre héritage de Leana. Selon Rose, elle avait pratiquement dû se mettre à genoux devant Lachlan, qui le lui avait finalement versé en pennies et en shillings, plutôt qu'en livres. L'image de Leana s'avilissant pour qu'on lui rende son propre argent dégoûtait Jamie. Le comble, se disait-il, c'est qu'elle l'avait employé pour ce même homme détestable !

Jamie le regardait fixement à l'autre bout de la table. Les filles de Lachlan étaient bien trop généreuses pour ce père sans mérite. L'homme devait encore informer la famille des arrangements qu'il proposait pour leur nouvelle existence après la cérémonie — Morna viendrait-elle vivre à Auchengray seule ou ses garçons déménageraient-ils aussi ? Après le jour de Lammas, l'espace ne serait plus une difficulté. Mais à court terme, l'arrivée de quatre autres personnes à Auchengray compliquerait la vie de tous. Excepté, bien sûr, celle de Lachlan McBride.

— Il est temps de vous informer de mes plans en ce qui concerne mon mariage, qui aura lieu samedi en huit.

Lachlan les regardait comme s'ils étaient ses sujets, les sourcils levés, l'air peu engageant.

— La cérémonie en matinée à l'église d'Urr sera brève, reprit-il, et suivie d'un déjeuner au presbytère à l'invitation de madame Muirhead. Quatre membres de cette famille assisteront aux festivités. Jamie et Rose représenteront la famille. Et Neda et Duncan y seront, au nom du personnel.

Leana se réfugia derrière son verre d'eau, mais ne put cacher la douleur dans ses yeux. Rose était assise dans un silence prostré. Le cou de Jamie, déjà chaud, devint bouillant.

— Voulez-vous dire que vous excluez Leana, votre propre fille, de votre mariage ?

Lachlan se délia les doigts et leva les paumes vers eux, comme s'il était impuissant à changer la situation.

— Morna... je veux dire, madame Douglas, a demandé que Leana ne soit pas présente. Ni Ian, cela va de soi.

Jamie repoussa brusquement sa chaise, prêt à sauter à la gorge de l'homme, s'il le fallait.

— Je suppose que ses trois fils y assisteront.

— Naturellement.

— Alors, vos deux filles devraient être bienvenues.

— Mais elles ne le sont pas.

Quand Lachlan se leva, Jamie l'imita, les deux poings serrés à ses côtés.

— Je ne permettrais pas une telle...

— *Permettre ?*

Lachlan contourna la table et vint se placer à portée de Jamie.

— Il n'y a qu'une personne qui accorde des permissions dans cette maison, et c'est moi. Pas toi, neveu.

— Père...

— Silence, Rose.

Il ne la regarda pas en lui parlant.

— Quitte la table et emmène ta sœur. Il semble que ton mari ait décidé de me rendre furieux.

Jamie entendit Rose et Leana quitter la pièce dans un bruit de vêtements froissés, mais il ne quitta pas son adversaire des yeux.

— Qu'en est-il donc de cette *bénédiction* que je suis censé avoir apportée sur Auchengray ? Expliquez-vous, oncle.

Le haussement d'épaules exagéré de Lachlan se voulait une insulte.

— Tu l'as dit toi-même, Jamie. « Dieu avait donné, Dieu a repris. »

— Nous ne parlons pas de mes troupeaux, maintenant.

Jamie osa un pas vers lui.

— Nous parlons de votre fille. Tout comme mes agneaux ont été volés, la dignité de Leana lui a été dérobée. Par les mains d'un voleur. *Par vous,* oncle.

Le visage de Lachlan reprit sa couleur habituelle, et ses yeux, la froide lueur du métal.

— Pourquoi te préoccupes-tu d'une femme qui n'est plus ton épouse ?

— Parce qu'elle est la mère de mon fils.

Sa voix était redevenue posée, mais il était encore bouillant de colère.

— Parce que je me préoccupe toujours... de son bien-être.

Le rire de Lachlan était bas, grossier.

— Peut-être parce que tu la désires encore ?

— *Non !*

Jamie agrippa l'homme au col et le poussa contre le mur.

— Ne dites pas de telles choses.

Jamie cracha les mots, tordant sa cravate alors qu'il fondait sur lui, l'étranglant presque.

— C'est votre fille, monsieur. *Votre fille !*

Lachlan se débattit et parvint à se libérer, mais seulement parce que Jamie, submergé par la honte, avait relâché sa prise. L'oncle tituba hors de portée de son neveu, dénouant sa cravate pour respirer. Il ne sortit pas d'armes, mais ses yeux gris étaient comme des poignards, et ses mots, quand il les lança, étaient encore plus acérés.

— Comment oses-tu me traiter de la sorte, neveu ?

Lachlan se redressa et replaça brusquement sa veste.

— Je sais très bien que Leana est ma fille. J'en sais même davantage, mais j'ai promis de garder le silence.

Surpris, Jamie recula d'un pas. Cette information, quelle qu'elle fût, semblait être un nouvel atout dans son jeu. Avait-elle l'intention de partir d'Auchengray de nouveau ? Son père avait-il trouvé un quidam disposé à l'épouser ? Quoi qu'il en fût, Jamie ne placerait pas Leana dans une situation embarrassante en le lui demandant.

Pas plus qu'il ne s'excuserait auprès de Lachlan.

— J'ai employé ma matinée à faire une course importante, et il me faut maintenant rattraper le temps perdu à la ferme.

Jamie tourna les talons et quitta la pièce avant de donner la chance à Lachlan de répondre. Rose serait chargée de lui présenter la coupe d'argent ; s'il n'en tenait qu'à lui, il en couronnerait le laird d'Auchengray.

Comme prévu, Rose l'attendait anxieusement dans leur chambre.

— Ma sœur se repose dans la chambre d'enfant, l'informa-t-elle à voix basse. L'idée de t'abandonner nous répugnait, Jamie, mais...

— Vous avez bien fait de vous en aller.

Alors qu'il retrouvait peu à peu son sang-froid, Jamie ne ressentait plus que de la culpabilité. Quelle sorte de neveu était-il pour s'attaquer ainsi à son oncle, même si ce dernier l'avait bien cherché ? Dans moins d'un mois, ils s'en iraient d'Auchengray pour de bon. Il pouvait sûrement supporter les manières détestables de Lachlan un peu plus longtemps.

— Comment va ta sœur ?

Jamie regarda en direction de la chambre d'enfant, l'imaginant étendue sur le lit mobile. Pleurant, s'il connaissait Leana. Et il ne la connaissait que *trop bien*.

— Elle était un peu ébranlée.

Rose renifla et tira le mouchoir de sa manche.

— Je ne crois pas qu'elle soit si peinée de ne pas assister au mariage. Mais père a été si... cruel.

Jamie approuva.

— Tu t'es montrée charitable. Il a été un ogre.

— Vous êtes-vous... battus ?

Elle le regarda, son joli visage ravagé par l'inquiétude.

— J'ai entendu... des cris. Une bousculade.

— J'en ai peur, dit-il.

Il baissa la tête, sincèrement repentant.

— C'était entièrement ma faute. Il a dit des choses au sujet de Leana, qui étaient... déplacées.

— Oh, cher Jamie.

Elle prit ses joues dans ses mains, son mouchoir enroulé entre ses doigts.

— Tu l'as défendue ? Mon brave mari.

— Un homme brave l'eût provoqué dans un duel régulier. À la place, je l'ai presque étranglé.

— Je regrette tant d'être partie. Je suppose que nous n'aurons pas notre heure habituelle de prière, ce soir.

— Je ne le pense pas.

Il se débarrassa de son manteau et regarda sa chemise de travail.

— J'ai des tâches à terminer à la ferme et encore deux ou trois heures de clarté devant moi. Ça ne t'ennuie pas ?

— Non, ça va, car je dois planifier les repas de demain avec Neda. Arrête à la chambre d'Ian et assure-toi que Leana va bien. Elle était très inquiète.

Rose l'embrassa sur les deux joues.

— Nous l'étions toutes les deux.

Elle se dirigea promptement vers l'escalier tandis que Jamie endossait des vêtements plus appropriés pour l'étable. Ses muscles étaient toujours tendus, ses nerfs, à fleur de peau. La dernière fois qu'il avait senti le sang affluer ainsi dans sa tête, c'était quand Evan et lui s'étaient battus dans la cuisine de Glentrool, la nuit d'encre de sa tromperie. Evan, plus costaud et plus fort que lui, l'aurait taillé en pièces, si leur père n'était pas intervenu.

Tu as jeté la honte sur Glentrool en ce jour, James McKie.

Jamie ravala fortement, se rappelant les paroles douloureuses de son père. Il ne pouvait que souhaiter que ses propres mots, envoyés par lettre le mardi précédent, commencent à refermer le gouffre entre eux. Suivant les conseils de Duncan, Jamie s'était livré à cœur ouvert, confessant ses nombreuses transgressions, sans s'abaisser à mentionner le rôle de sa mère. Quand le moment était arrivé d'usurper l'identité d'Evan, c'est *lui* qui avait tissé l'écheveau de la supercherie, pas sa mère. Les mensonges avaient été les siens uniquement.

Il avait aussi envoyé une lettre séparée à Evan, espérant que cela pût avoir quelque effet positif, bien qu'il nourrît peu d'espoir. Quel frère pourrait oublier pareil affront ? Même Duncan avait dû le concéder. « Un frère offensé est plus difficile à conquérir qu'une place forte. » Après avoir félicité Evan pour la naissance de son fils, Jamie avait forcé sa plume à écrire les mots qui pesaient sur son âme.

Je suis désolé, Evan. Pour tout. Pour avoir voulu m'approprier un héritage que je savais être le tien. Pour avoir trompé et déshonoré notre père dans ma tentative. Pour une vie entière à te combattre, en paroles et en actes, plutôt que d'être le frère que tu mérites.

Voir ainsi la vérité écrite sur papier l'avait touché jusqu'au fond de l'âme. *Tromper. Déshonorer.* C'était une chose de confesser de tels péchés ; les écrire en était une autre.

Si la graine du pardon est plantée dans ton cœur, Evan, je prie que Dieu l'arrose jusqu'à l'heure où nous nous verrons face à face. Ma famille et moi arriverons à Glentrool peu après le jour de Lammas. J'espère que nos chemins se croiseront dans la paix.

> *Ton frère pour la vie,*
> *Jamie*

Il n'avait jamais écrit une telle lettre de sa vie. Il lui fallut un autre jour pour trouver le courage de l'envoyer. Maintenant, elles étaient entre les mains d'un courrier. Il ne pouvait qu'espérer que son frère et son père lui répondent, et se montrent disposés à lui pardonner.

Pour le moment, il y avait du travail à finir à la ferme et une demande de son épouse à honorer. Il finit de s'habiller, puis marcha dans le couloir et frappa doucement à la porte de la chambre d'enfant. Comme il n'y eut pas de réponse, il l'ouvrit avec précaution, pour ne pas réveiller son fils endormi.

Ses yeux s'adaptèrent vite à la pénombre. Ian était étendu dans sa posture familière, bras et jambes écartés, marquant son territoire dans le berceau. Leana était couchée sur le côté dans le petit lit mobile, les yeux fermés, sa respiration égale. Endormie aussi, semblait-il. Elle avait retiré son tablier et modestement déboutonné sa robe pour s'aérer un peu le cou. Ses mains, habituellement enfouies sous l'oreiller, étaient devant elle, croisées aux poignets.

Il referma la porte afin de ne pas être dérangé par les bruits de la maison. S'approchant d'abord prudemment, il vint enfin s'asseoir près d'elle, résistant à l'envie de dire son nom.

Elle soupira, mais ne se réveilla pas. Se tournant très légèrement sur le dos, elle leva les bras au-dessus de sa tête dans son sommeil, révélant les lignes gracieuses de son cou. Des souvenirs revinrent en foule, irrésistiblement. Il ignora sa conscience coupable et laissa son regard suivre les courbes de son corps.

Son cœur s'arrêta un moment.

Elle attend un enfant.

Jamie s'assit sur les talons, abasourdi. Comment ne l'avait-il pas remarqué auparavant ?

Elle semblait si vulnérable, étendue là sans défense, le ventre arrondi comme lorsqu'elle portait Ian. Jamie croisa les doigts pour résister au désir de la prendre dans ses bras, de la protéger.

Pas étonnant que tu sois rentrée à la maison, Leana. Une femme non mariée avec un enfant n'aurait pas été la bienvenue dans la paroisse de Twyneholm, ni dans aucune autre, d'ailleurs. Bien qu'elle ait gardé son secret bien caché sous son tablier, elle portait sûrement cet enfant depuis quelques mois.

Une chose était sûre : cet enfant était le sien.

Il se pencha vers elle, pressant son poing contre sa bouche, pour retenir un reproche. *Oh, Leana.* Un moment de colère vite passé. Elle n'avait pas voulu le tromper ; elle avait voulu l'épargner. *J'en sais même davantage, mais j'ai promis de garder le silence.* Lachlan le savait, semblait-il. Pourtant, elle avait imploré son père de protéger son secret.

La femme qu'il avait autrefois aimée de tout son cœur ne mentirait jamais. S'il la lui demandait, Leana confesserait la vérité immédiatement. Mais Jamie jugea qu'il valait mieux faire confiance à son intuition ; elle cachait son enfant pour quelque très bonne raison. *Rose.* Il n'y avait aucune autre explication. Leana préférait garder cette nouvelle pour elle, plutôt que de blesser sa sœur. Plutôt que de l'anéantir, lui.

— Oh, Leana, murmura-t-il, se penchant plus près d'elle. Que vais-je faire de toi ?

Son parfum s'éleva pour venir à sa rencontre. Un mélange de lavande, de savon et du corps de Leana. Effrayé, il recula, reprenant son souffle. Devait-il partir ? Devait-il rester et exprimer ses soupçons ? Il l'observa se tourner sur le côté de nouveau et se demanda si elle l'avait entendu.

— Est-ce mon père qui a gagné ? demanda-t-elle doucement en ouvrant les yeux. Ou est-ce toi ?

Il n'était plus question de partir. Son regard croisa le sien, toujours embué de sommeil.

— Personne, j'en ai peur.

— Mais tu as essayé, Jamie. Tu m'as défendue, et je t'en suis reconnaissante.

Elle releva les genoux, réarrangea sa robe autour d'elle, couvrant ce qu'elle pouvait.

— Y a-t-il... longtemps que tu es ici ?

— Non, pas très longtemps.

Mais assez longtemps.

— Rose m'a demandé de te rassurer au sujet... de ce qui s'est passé dans la salle à manger.

— Père a-t-il dit... quelque chose... en particulier ?

Jamie hésita, car il aurait voulu qu'elle révèle son secret, entendre sa confession : *Je porte ton enfant.* Mais c'était injuste et irrespectueux. Quand elle serait prête à le lui dire, elle le ferait.

— Lachlan et moi avons eu un échange animé, admit-il enfin. Nous avons parlé de mes moutons volés.

C'était vrai, ils en avaient bien parlé.

— Ton précieux troupeau.

Elle leva la main, comme si elle voulait la porter à sa joue, mais l'arrêta plutôt à la hauteur de son corsage.

— Ce que ces hommes ont fait est odieux, dit-elle.

— Quels qu'ils soient.

Jamie comprit que sa visite s'achevait, quand Ian remua dans son berceau. Il se leva, regardant Leana un moment.

— Je suis vraiment peiné de la décision de ton père, dit-il. Concernant le mariage.

— C'est sans importance, Jamie.

Elle semblait sincère. Leana n'avait pas encore été présentée à Morna ni à ses fils. Peut-être était-elle heureuse, tout compte fait, de ne pas être invitée.

— Nous aurons toute la maison pour nous, Ian et moi, dit-elle enfin. Nous passerons une belle journée ensemble.

— Mais notre cadeau de...

Elle leva la main, l'interrompant gentiment.

— Je ne refuserai pas à mon père son présent de mariage, simplement parce que je ne serai pas présente pour entendre les vœux.

Son regard se détourna quand elle ajouta :

— Je les ai déjà entendus.

— Moi aussi.

Et je les ai prononcés. Deux fois.

— Je te laisse à Ian, alors.

Jamie s'inclina, puis quitta la pièce et descendit plus rapidement qu'il ne l'aurait dû. Fuyant la maison. Fuyant la réalité.

Chapitre 33

Les misérables n'ont d'autre médecine
que l'espoir.
— William Shakespeare

Trois semaines avant le jour de Lammas. Leana ne pouvait penser à rien d'autre, ce jour-là, pendant que les notes du dernier psaume résonnaient autour de sa tête et que les mots du sermon du révérend Gordon frappaient à la porte de son cœur. « Mais tu aimes la vérité au fond de l'être. » C'est là précisément que se trouvait la vérité. Un sourire timide se dessina sur ses lèvres alors qu'elle tournait mentalement les pages du calendrier.

Le 1er août la trouverait sur ce même banc, et il n'y aurait que Neda et Duncan pour lui tenir compagnie. Un jour dont elle désirait et appréhendait l'arrivée. Car l'existence de son enfant caché pourrait enfin être révélée, mais Ian lui aurait été retiré. Car son cœur pourrait commencer à guérir, mais la perte de Jamie l'aurait rendu irréparable.

Trois semaines avant le jour de Lammas.

— Ma chérie, lui murmura Rose à l'oreille, la bénédiction est terminée.

Leana leva la tête comme une dormeuse reconnaissante qu'on la réveille d'un rêve triste. Quelques paroissiens étaient debout parmi les bancs, d'autres flânaient dans les allées, réticents à l'idée d'affronter l'averse qui les attendait au-delà du seuil de l'église. Pendant les deux services, la pluie s'était abattue sur le toit en ardoise et avait crépité sur les vitraux.

— Mademoiselle McBride.

Le révérend Gordon la salua à l'extrémité du banc.

— Pourrais-je vous parler un moment ?

Leana se tourna pour laisser passer les autres membres de la famille. L'air sentait le mildiou et les vêtements mouillés, la lumière grise pâlissait tous les visages. Rose lui jeta un bref coup d'œil, et Jamie parut inquiet en la regardant. Son père, qui tenait la vérité comme un atout à jeter au moment opportun, détourna le regard tandis que le pan de son manteau frôlait sa jupe. Accordant au ministre toute son attention, Leana fit de son mieux pour paraître calme. Elle s'efforça de respirer. Elle offrit une prière silencieuse. *Tu es pour moi un refuge.* Elle avait l'intention de révéler sa condition au révérend Gordon, mais pas tout de suite.

— Une certaine affaire a été portée à mon attention, dit-il, mais son visage grave ne révéla rien. Il serait préférable d'en parler… ailleurs. Quel serait le jour le plus favorable pour une visite de ma part à Auchengray ?

Une certaine affaire. Elle serra ses gants de coton entre ses doigts jusqu'à ce qu'ils lui fassent mal.

— Vous êtes bienvenu en tout temps, révérend.

Les ministres étaient libres de frapper à la porte des paroissiens comme ils le jugeaient à propos. Sinon, comment le berger verrait-il les boucs au milieu de ses brebis ?

— Vendredi serait sans doute le meilleur moment. Certains membres de la famille et du personnel seront absents, car ils assisteront au mariage de père dans la paroisse d'Urr.

Les épais sourcils du révérend Gordon s'arquèrent.

— Et vous ne serez pas présente ?

— Je ne suis pas invitée.

La surprise initiale sur son visage fit place à l'irritation, et le ministre fustigea de son regard le dos de Lachlan, qui s'éloignait.

— Je suis peiné de l'entendre, dit-il. Attendez-moi pour le thé à dix heures.

Au bout d'un moment, ses traits s'adoucirent.

— J'espère que le temps se sera amélioré d'ici la fin de la semaine.

— Moi de même, monsieur.

Elle fit une brève révérence, puis se hâta de rejoindre sa famille. *Une certaine affaire.* Qu'est-ce que cela pouvait être, sinon son bébé ? S'arrêtant à la porte pour enfiler ses gants sur ses mains tremblantes, elle observa le cabriolet à la porte de l'église. Rose était déjà assise, serrant Ian, tandis que Jamie attendait sous le déluge, une main tendue vers elle.

Leana se dépêcha de franchir la cour boueuse. Elle se plaça les mains au-dessus de la tête, mais cela n'eut pas beaucoup d'effet ; elle fut trempée en quelques secondes.

— Je suis désolée de vous avoir retardés, cria-t-elle au-dessus du vacarme, à bout de souffle d'avoir couru. Est-ce que père est parti devant ?

— Oui, sur Walloch.

Jamie la souleva pratiquement à bout de bras dans le véhicule à deux roues, puis l'aida à s'y installer.

— Nous avons bien fait de venir en cabriolet, dit-il. Aucune femme ne devrait être forcée de marcher sous une pluie battante comme celle-ci. Surtout si elle porte un bébé.

Jamie regardait Rose en disant cela, mais Leana eut l'impression que son regard avait glissé sur elle au passage. Se doutait-il de quelque chose ? Ou voulait-il seulement être poli en l'incluant ? En plusieurs occasions, récemment, elle avait surpris Jamie en train de l'étudier, avec une expression pensive au visage. Elle mangeait aussi peu que possible pour essayer d'affiner sa silhouette, mais un bébé ne se laissait pas facilement contenir. Peut-être s'illusionnait-elle en croyant que l'enfant était bien caché. À moins que son père ait trahi son secret pour quelque motif innommable.

Elle agrippa les rênes de cuir détrempées pendant que Jamie contournait l'attelage et grimpait sur le siège à côté de Rose. Le cabriolet, l'un des rares véhicules roulants de la paroisse, était fait pour accueillir deux passagers. Trois adultes et un enfant arrivaient à peine à s'y entasser.

— En avant, Bess.

Jamie secoua les guides, et l'attelage fut secoué vers l'avant. La vieille jument connaissait le chemin. Elle les tira en toute sécurité à travers le village, franchit la voûte du pont de pierre avant de tourner vers l'ouest. La capote mobile au-dessus d'eux leur offrait une protection minimale contre les éléments, qui les assaillaient toutefois par les côtés ouverts. Blotties ensemble, leur bonnet détrempé, les sœurs firent ce qu'elles purent pour réconforter Ian, dont les cris plaintifs étaient étouffés par la pluie. Par bonheur, il faisait chaud, ce jour-là. Ils arriveraient trempés, mais pas grelottants.

Bien que Leana gardât un œil inquiet sur les fossés inondés, c'était la visite du révérend Gordon qui la préoccupait le plus. Ce matin-là, le maître de chapelle avait annoncé que le conseil de l'Église se réunirait le 2 août. Plaise à Dieu, ce lundi soir là ne la trouverait pas dans la salle à manger du presbytère devant un groupe d'hommes sévères, l'interrogeant sur les détails de son état. Exigeant peut-être que l'enfant fût élevé par son père et sa belle-mère. *Non.* Elle était innocente devant Dieu et elle ne laisserait pas les aînés en décider autrement. *Sur moi soit ton amour, mon Dieu, comme mon espoir est en toi.*

Dès qu'ils furent à la maison, assécher et nourrir Ian fut la mission première de Leana. Épuisé et irritable, il refusa de coopérer, projetant sa nourriture un peu partout.

— Très bien, mon garçon, dit Leana. C'est une bonne sieste qu'il te faut.

Elle le porta à l'étage comme elle l'avait fait quand il était nouveau-né, le tenant tout contre elle, espérant l'endormir par le rythme de son pas et la chaleur de son corps.

— Balou, balou, mon p'tit, mon p'tit bébé, chanta-t-elle doucement, observant ses paupières se fermer. Comme j'aimerais ne pas t'avoir déjà sevré, mon petit, murmura-t-elle. Quelques minutes sur ma poitrine et tu dormirais à poings fermés.

Ian sombra finalement dans le sommeil, en versant un peu de salive sur le corsage de Leana. Elle sourit tout en le bordant, puis le relâcha très lentement pour éviter que le balancement du berceau le réveille. Elle sortit dans le corridor sur la pointe des pieds pour se rendre à sa chambre. Le dîner du dimanche serait léger — du *bannock* vieux d'un jour, du fromage Dunlop

provenant d'Ayrshire, des cerises et des poires d'été du verger
—, mais jusque-là, elle était maîtresse de son temps. Elle changerait de robe et trouverait un livre à lire, quelque chose digne
du sabbat.

Leana entra dans sa chambre et alluma quelques bougies
pour dissiper l'obscurité avant de délacer sa robe. Elle l'avait
confectionnée peu après la naissance d'Ian, vivant pratiquement dans ce seul vêtement pendant les premiers mois du bébé.
Puisqu'elle se dénouait à l'avant, plutôt que dans le dos, cela lui
permettait d'allaiter bien plus facilement son fils. Aujourd'hui,
elle était heureuse de la porter, car elle pouvait s'habiller elle-
même, sans devoir demander l'assistance d'Eliza. Malheureusement, aucune des autres robes qu'elle avait retouchées n'était
conçue ainsi.

Après avoir retiré et dénoué son corset, Leana prit un peignoir de lin dans l'armoire. Cela suffirait pour un tranquille
après-midi dans sa chambre. Elle l'attacha à la taille, désemparée de constater à quel point elle avait épaissi. N'y avait-il
donc aucun espoir de cacher ce cher enfant?

— Et si nous lisions, dit-elle à voix haute, comme si elle en
informait son bébé, avant de commencer à chercher dans son
petit placard rempli de livres. Elle choisit les *Méditations sur les
sacrements* de Sutton[9] — un livre austère pour un jour austère.
Elle s'installa dans sa chaise capitonnée et rapprocha la bougie.
Libérée de ses vêtements contraignants, elle pouvait s'adonner à
la lecture à son aise. Quand des frémissements occasionnels la
distrayaient, elle posait la main à l'endroit où ils s'étaient pro-
duits, comme pour réconforter David. *Ou Davina.* La pensée faisait naître un sourire sur ses lèvres.

L'heure du dîner approchait quand un coup discret frappé à
la porte annonça la présence d'Eliza.

— Puis-je entrer, m'dame?

Leana fut sur pied en un instant, son livre oublié. Comme la
domestique avait l'habitude de voir sa maîtresse partiellement

---

9. N.d.T. : Le titre original de l'œuvre est *Sutton's Meditation on the Sacrament* (Christopher Sutton).

ou complètement dévêtue, elle trouverait sans doute un peu insolite qu'elle la fasse attendre. Mais elle n'avait pas le choix.

— Un moment, s'il te plaît.

Leana se débarrassa de sa robe de chambre et s'empara de son corset, dont les lacets étaient desserrés, mais encore noués. Elle glissa la tête à l'intérieur et le mit en place au moment précis où Eliza entrait.

— Vous v'lez pas que j'vous aide, m'dame ?

La servante fronça les sourcils en l'apercevant, puis se dépêcha de lui prêter assistance. Ses mains expertes vinrent rapidement à bout des lacets, rapprochant les bords du corset.

— Y fait pas trop chaud, aujourd'hui, m'dame, fit-elle remarquer. Dois-je serrer davantage ?

Leana expira, essayant de se comprimer le plus possible.

— Juste un peu.

Quand Eliza se mit à tirer sur les lacets, sa vision se brouilla un moment.

— C'est... trop.

Eliza les desserra en se confondant en excuses.

— Ce n'est pas ta faute, Eliza.

Leana respira aussi profondément qu'elle le put, heureuse qu'Eliza fût derrière, d'où elle ne pouvait voir son estomac qui enflait.

La servante termina son travail sans commentaire, puis aida Leana à passer une robe propre pour le dîner. C'est seulement lorsque le dernier bouton fut attaché qu'Eliza passa devant sa maîtresse.

— J'vous d'mande pardon, m'dame, mais vous n'mangez presque rien.

Quoiqu'elle eût cinq ans de moins que Leana, les yeux de la domestique brillaient de compréhension.

— P't-être qu'vous grossissez pour une aut' raison...

Des larmes montèrent aux yeux de Leana. Toute dissimulation était inutile.

— Est-ce que tout le personnel est au courant ?

— Non, dit Eliza en lui offrant un autre mouchoir. Elles m'l'auraient dit ou en auraient parlé à Neda, mais personne l'a fait.

— Oh, Eliza.

Leana se moucha, sans cesser de regarder la jeune domestique.

— Peux-tu garder mon secret ? Je n'en ai pas honte. Je l'annoncerai avec joie après le jour de Lammas. Mais je crains que... cela ne complique les choses pour monsieur et madame McKie.

Eliza accepta sans hésiter.

Leana prit les mains gercées de la jeune fille et les serra fortement.

— Promets-tu de n'en parler à personne ? Et de m'aider à cacher... les indices ?

— V'pouvez compter sur moi pour les deux choses.

Eliza fit un pas en arrière pour apprécier son allure générale.

— Y suffit d'replacer l'une des baleines et d'attacher vot' tablier un peu plus haut. J'vais aussi coiffer vos cheveux, ainsi les gens vont plutôt regarder vot' joli visage. En c'qui concerne vot' robe, les couleurs claires sont préférables. V'lez-vous que j'défasse un peu les coutures ?

— Après le dîner, dit Leana. Je comprends le fardeau que je place sur tes épaules en te demandant de garder mon secret, Eliza.

— C'est pas un fardeau, m'dame.

Elle sourit et fit une révérence.

— J'suis heureuse d'apprendre qu'vous serez mère encore une fois.

Eliza tourna les talons et se hâta de sortir de la pièce. Elle laissa la porte ouverte pour Leana, car la cloche du dîner sonnait déjà.

Leana s'engagea dans l'escalier, se tenant à la rampe, le cœur dans la gorge. D'abord, père. Puis, Eliza. Qui d'autre dans la maison avait percé à jour son secret ? Ce genre de choses échappait rarement à Neda. Ou à Annabelle. Mais ce n'était pas ce que les domestiques soupçonnaient qui rendait son pas hésitant. C'était ce qu'en savait Jamie. Et Rose. *Trois semaines avant le jour de Lammas.*

Chapitre 34

Adroit dans toutes les supercheries, ayant hérité du talent paternel,
il faisait paraître le noir blanc, et le blanc noir.

— Ovide

— Si tu pensais prendre d'assaut la Bastille, tu as douze mois de retard.

Jamie leva les yeux et trouva Lachlan penché sur lui. Sa silhouette se découpait sur la maigre lumière de l'après-midi, qui s'infiltrait par la porte de la grange, et son expression était pleine de morgue.

S'efforçant de rester maître de lui, Jamie continua de frotter la pierre sur toute la longueur de son épée, tout en imaginant qu'il l'enfonçait dans le gosier de son oncle. Chaque heure passée sous le toit de Lachlan McBride était plus intolérable que la précédente. L'homme, qui lui avait un jour dit qu'il avait apporté la bénédiction sur ses troupeaux, semblait décidé à détruire la dernière parcelle d'affection familiale qui avait pu exister entre eux.

Lachlan s'empara du poignard, examinant la large lame.

— Elle est passablement ébréchée, fit-il observer.

— Cela prouve qu'elle a bien servi son ancien propriétaire.

Jamie enfouit l'épée dans son fourreau usé, appréciant avec satisfaction son poids dans sa main.

— Tant que la pointe est bien affûtée, dit-il, cela fera l'affaire.

Lachlan renâcla.

— Tu n'envisages sûrement pas d'avoir à te défendre.

— C'est une longue route jusqu'à Glentrool. Avec une femme et un enfant à protéger, ainsi qu'un troupeau à surveiller, je préfère être bien armé qu'imprudent.

Jamie reprit son poignard de la main de son oncle et commença à polir le manche serti de pierres fines. L'objet était ornemental, mais la lame mortelle était tout sauf décorative. La dague resterait cachée dans sa botte jusqu'à ce qu'elle soit nécessaire. Un homme ne pouvait deviner sous quels traits se cacherait le prochain ennemi : un voleur, un Tsigane, un bandit. Ou un frère.

Garde ton poignard à portée de main. Les mots de John McMillan, fort à propos.

Sauf que Jamie ne tuerait jamais son propre frère. Il défendrait sa vie s'il le fallait, mais jamais il ne porterait le premier coup. Deux semaines s'étaient écoulées depuis qu'il avait écrit à Evan. Jamie se demandait si sa lettre avait adouci le cœur de son frère... ou, au contraire, l'avait endurci.

Lachlan aperçut le pistolet métallique sur le banc.

— Ce pistolet à silex doit avoir une vingtaine d'années.

— Il a été fabriqué par Murdoch de Doune.

Son oncle présomptueux ne pourrait manquer d'être impressionné par le nom du célèbre armurier. Puisque l'homme s'abstenait de répondre, Jamie comprit qu'il venait de marquer un point. Lachlan n'avait pas besoin de savoir qu'il l'avait obtenu à bon prix d'un marchand de Dumfries, qui l'avait prévenu que le ressort était défectueux. Jamie n'avait pas l'intention de tirer un seul coup de pistolet ; il n'aurait besoin que de l'exhiber pour faire fuir la plupart des brigands.

Il glissa la dague polie dans sa botte, puis commença à nettoyer le pistolet, une tâche plus compliquée qu'affiler et frotter une lame. Ses efforts furent rendus plus agréables par l'évocation d'un fait imminent : le mariage de Lachlan dans deux jours. L'homme disparaîtrait pendant une semaine avec son épouse, et la paix régnerait à Auchengray.

— À quelle heure partirons-nous pour Edingham, vendredi ?

— *Edingham ?*

La voix de Lachlan s'éleva d'un ton.

— Vous vous rendrez tous directement à l'église d'Urr, où les Douglas se joindront à nous. *Personne* n'ira à Edingham.

La brusquerie de cette réponse étonna Jamie. Il avait déjà visité la ferme à plusieurs reprises, au printemps. N'était-il plus le bienvenu ? En vérité, Jamie n'avait aucun désir de revoir Edingham et il conduirait volontiers le cabriolet à Urr sans faire de détour.

— À quelle heure devons-nous arriver à l'église, alors ?

— À onze heures et demie au plus tard, dit Lachlan en tapotant la montre dans sa poche. Ma future épouse insiste pour que la cérémonie débute sur le coup de midi, que les témoins soient présents ou non.

Jamie ne pouvait s'empêcher d'être peiné pour Morna Douglas, une femme destinée à vivre une triste existence. Ses fils, par contre, ne méritaient aucune pitié. Ils étaient taillés dans la même étoffe véreuse que son oncle, qui méprisait la charité et vénérait l'argent par-dessus tout.

— Je présume qu'il y a un motif à votre visite, oncle, marmonna Jamie, tout en se concentrant sur l'outil ingénieux fixé à même la culasse de l'arme pour nettoyer le canon.

N'obtenant pas de réponse, il leva les yeux.

— Une faveur…, peut-être ?

L'expression de Lachlan s'assombrit. Il n'aimait pas qu'on arrive à lire ses intentions.

— Je voudrais que tu ramènes Walloch à Auchengray, vendredi, après la cérémonie. Morna et moi nous rendrons à Moffat dans la voiture des Douglas. Les Hastings raccompagneront Rose à la maison en cabriolet.

— Très bien, dit Jamie, appréhendant déjà cette longue journée.

Peut-être était-ce Leana qui était la plus chanceuse, tout compte fait, car elle passerait tranquillement la matinée avec Ian.

Lachlan fit le tour de l'étable, inspectant sa propriété.

— Où est Duncan ? Je n'ai pas vu l'homme de la journée.

— Il rend visite à sa fille, à Kingsgrange. Il a pris la route qui passe par Dalbeaty.

— Vraiment ?

Lachlan s'immobilisa, et une ombre passa sur son visage.

— Et quand doit-il rentrer ?

Jamie jeta un coup d'œil dehors, par les portes de la grange, et estima qu'il ne devait pas être plus de six heures.

— Je l'attends au crépuscule.

Sentant le besoin de défendre son ami, Jamie ajouta :

— C'est son mercredi libre du mois.

— Crois-tu que je l'ignore ?

Lachlan se tourna brusquement et marcha vers la maison, pendant que Jamie pesait l'idée de diriger son arme vers son dos. Aucun gentilhomme ne feignait de pointer un pistolet sur quelqu'un, pas même déchargé. Mais Jamie fut tenté ; il eut peine à se retenir.

Il retourna à son occupation, mais ses pensées dérivèrent vers Leana. Maintenant qu'il s'était fait à l'idée qu'elle portait son enfant, il y prenait plaisir. Quel homme n'accueillerait pas avec joie l'arrivée d'un autre fils ou d'une autre fille ? Mais en même temps, cette circonstance le peinait, car il laisserait derrière lui non seulement Leana, mais aussi son enfant.

La réaction de Rose serait imprévisible. Serait-elle heureuse pour sa sœur ? En vérité, cela pourrait même alléger en partie la culpabilité qu'elle ressentait de partir avec Ian. À moins qu'elle se sente menacée par la nouvelle. Rose pourrait craindre qu'il décide de rester à Auchengray, bien que Jamie n'eût jamais fait pareille chose. Leana le savait mieux que quiconque.

Quand elle le lui dirait — ce qui ne saurait tarder, car elle ne pourrait cacher son secret sous son tablier bien longtemps —, il lui assurerait que les besoins de l'enfant seraient tous satisfaits. *Et les tiens aussi, chère femme.* Il n'allait pas abandonner Leana ou sa progéniture au maigre soutien que daignerait peut-être leur offrir Lachlan.

Une autre demi-heure passa pendant qu'il finit de décrasser son arme. Un effort futile, en fait, puisqu'il n'avait aucune intention de la charger. Risquerait-il de faire feu avec un pistolet défectueux ? L'objet était seulement dissuasif. À Monnigaff, il le confierait à un armurier afin qu'il le répare. Entre-temps, son poignard suffirait pour les menaces mineures, et son épée lui permettrait d'affronter les dangers plus sérieux. Evan lui était bien supérieur avec un arc et des flèches, et plus rapide avec un poignard, mais Jamie s'était exercé au maniement de l'épée, à Édimbourg. Si son frère avait vraiment l'intention de le tuer, il devrait en contourner la pointe d'abord.

Jamie dégaina l'épée dans un bruit de métal glissant sur le cuir du fourreau et apprécia un moment l'impression de l'avoir bien en main. Il s'éloigna de son banc pour trouver un espace dégagé dans la grange, salua et répéta à voix haute les commandements que son instructeur d'escrime lui avait inculqués.

— « Mettez-vous en garde en tierce. Avancez de trois pas. »

En refaisant les pas familiers dans les cinq positions, il ne pouvait s'empêcher de sourire, un accroc à l'étiquette que monsieur Fréron n'aurait guère apprécié.

— « Levez le bras, en ligne avec les yeux, James, dit-il imitant le langage affecté du maître, et fixez l'extrémité de votre épée alignée sur votre adversaire. *Voilà*. »

— *Très bien*, dit gaiement Rose, qui entrait dans l'étable au même moment.

Elle alla placer son joli minois au bout de la pointe effilée.

— Vous êtes doué, monsieur McKie.

Il abaissa son épée immédiatement, mais conserva sa dignité d'escrimeur.

— Je vous en prie, madame.

Elle demeura à une distance sécuritaire, mais il ne put s'empêcher de voir la lueur rieuse dans son regard.

— Montrez-moi votre savoir-faire, cher monsieur.

Jamie la gratifia d'un sourire et reprit son salut en s'appliquant davantage. Il s'efforça de garder en tête la règle d'or de son professeur : de la grâce et de l'élégance. Quand il eut fini sa démonstration, Rose battit des mains avec enthousiasme, comme si elle avait été au théâtre. Il retira un chapeau imaginaire et salua bien bas.

— James Lachlan McKie, de Glentrool, à votre service.

Rose tendit une main pour l'inviter à s'approcher.

— Veuillez rengainer votre épée, monsieur. Il est l'heure de s'habiller pour dîner.

Un autre éclat brillait maintenant dans ses yeux.

— Armé de votre sourire, reprit-elle, vous êtes déjà très dangereux.

Lachlan McBride était peut-être un escroc et un fripon, mais il avait engendré la plus charmante des créatures.

La dernière heure avant la tombée de la nuit était la préférée de Jamie, en particulier pendant l'été. Il s'attardait sur la pelouse, observant le soleil couchant peindre le ciel de couleurs que seul le Tout-Puissant pouvait nommer. Après avoir chanté pendant tout le crépuscule, les oiseaux se taisaient, cédant la place aux chouettes fauves.

Rose s'était retirée tôt, se plaignant de maux d'estomacs, tout en lui assurant qu'il ne lui fallait rien d'autre qu'une bonne nuit de sommeil. Il essaya de lire, mais le temps agréable l'attira dehors. Il abandonna son livre et s'aventura jusqu'à la lisière du parterre.

— Puis-je me joindre à toi ?

C'était Leana qui s'était glissée derrière lui avec Ian dans les bras, une expression hésitante au visage.

Sa coiffure lui seyait à ravir — le travail d'Eliza, supposa-t-il —, et elle avait ajouté une collerette à l'une de ses vieilles robes pour la mettre en valeur. Malgré ses efforts, Leana cachait mal son état ; l'éclat radieux de son teint la trahissait.

Elle arriva à sa hauteur, légèrement hors d'haleine.

— C'est une soirée charmante.

— En effet, dit-il simplement.

Il l'observa faire passer son bébé d'un bras à l'autre, pour essayer de dissimuler celui qui était encore à naître. *Allons, Leana. Pourquoi ne me le dis-tu pas ?*

— Regarde, gentil garçon.

Elle indiqua le ciel de son bras libre.

— As-tu déjà vu une nuance d'orange aussi lumineuse ?

Ian s'agita et se débattit, plus intéressé par l'herbe verte en dessous. Leana l'embrassa sur une joue avant de le déposer par terre.

— Eliza sera en colère, si je te ramène dans ta chambre les genoux tout tachés, le mit-elle en garde en souriant.

L'enfant rampa sur une courte distance, puis s'arrêta pour arracher une touffe d'herbe. Il se tourna ensuite vers ses parents pour exhiber son trophée avant de bifurquer dans une autre direction, sans jamais s'éloigner des jupes de sa mère.

Le regard de Jamie passait de l'enfant à Leana. Peut-être trouverait-il un moyen de lui faire avouer son secret.

— Les enfants grandissent si vite, n'est-ce pas ?

— Comme c'est vrai, dit-elle en croisant les bras. En une seule nuit, dirait-on.

Oh, Leana. Crois-tu que je ne vois pas ? Il regarda Ian un court moment pour s'assurer que le garçonnet était en sécurité, puis tenta une autre approche.

— J'aimerais... tant qu'il existe un moyen de te confier Ian, mais l'Église ne le permettrait pas. Tu es une mère si attentionnée, Leana.

Après une pause qui se prolongea, elle se tourna vers lui, la bouche légèrement entrouverte. Jamie l'implora du regard de livrer son secret. *Je t'écoute, Leana.*

— Jamie, je...

— Ah ! T'es là, garçon ! cria Duncan en accourant vers eux à travers la pelouse.

Ses vêtements usés et sa maigreur lui donnaient l'aspect d'un épouvantail échappé des champs.

— J'dois t'parler tout d'suite, dit-il.

Il ramassa Ian, qui protesta bruyamment, et le remit dans les bras de Leana.

— J'vous d'mande pardon à tous les deux, mais je r'viens à l'instant d'Kingsgrange.

Il était visiblement agité, avec son bonnet posé de travers sur sa tête et ses yeux bleus un peu hagards.

— Leana, reprit-il, m'en voudrez-vous, si…? C't-à-dire, j'dois…

— Bien sûr que non, Duncan. Cela tombe bien, car il est l'heure pour Ian d'aller au lit.

Elle leur fit un signe de tête à tous les deux, puis se dirigea vers la maison. Jamie la regarda partir et se sentit triste. Elle semblait si près de tout lui dire au sujet de leur enfant. Il se tourna vers Duncan, qui paraissait aussi avoir quelque chose à annoncer.

— Qu'y a-t-il mon ami? Qu'est-ce qui vous a mis dans un pareil état?

Duncan retira son bonnet, puis s'essuya le front du revers de la manche.

— C'est pas une certitude, mais j'peux pas garder ça pour moi non plus.

Il s'éventa avec son bonnet. Jamie ne l'avait jamais vu aussi troublé.

— En r'venant d'Dalbeaty, reprit-il quand il eut retrouvé son souffle, j'suis passé d'vant la ferme d'Edingham. Juchée au sommet d'la colline, elle est difficile à manquer.

— Continuez.

— Dans un champ en jachère, à l'ouest de la maison, j'ai vu…

Ses épaules s'affaissèrent.

— J'ai vu un troupeau d'agneaux.

— Des *agneaux*?

Le cœur de Jamie se mit à battre plus vite.

— Sûrement pas… *mes* agneaux?

Duncan écarta les mains, aussi confus que lui.

— J'peux pas dire, garçon, car j'ai pas pu m'approcher assez pour m'en assurer. Y portaient pas ta marque, mais c'étaient des moutons à face noire. Environ une centaine.

Jamie regarda fixement le superviseur, son esprit fonctionnant à toute allure.

— Êtes-vous en train de suggérer que ce sont les Douglas qui auraient volé mes agneaux ? Duncan, c'est insensé. Nos familles sont sur le point d'être unies...

— Attends, garçon.

Duncan leva une main, un geste pour inciter à la prudence.

— J'suggère rien du tout. C'sont p't-être pas tes agneaux. P't-être qu'y z'ont été achetés récemment.

Jamie dénoua son foulard, ayant peine à respirer, comme si on l'étranglait. Duncan n'était pas le seul à avoir vu un troupeau d'agneaux là où il n'aurait pas dû se trouver. Peter Drummond aussi lui avait fait part d'un fait curieux. *Plusieurs douzaines. Se dirigeant vers l'ouest.* La route menant à Dalbeaty. *Tard dans la soirée. Le 1er juin.*

Jamie agrippa les épaules de l'homme.

— Quand a eu lieu votre dernière visite chez Mary, à Kingsgrange ? Le soir de votre absence, les Douglas étaient ici pour dîner et ils sont rentrés à pied chez eux. *Tard. Dans la soirée.*

— Ce n'était pas mon jour habituel de congé, dit Duncan. Un mardi, plutôt qu'un mercredi.

Au bout d'un moment, ses yeux s'illuminèrent, et ses traits s'animèrent.

— Maintenant, j'me rappelle. C'était au début du mois. Le 1er juin. Une belle soirée.

— Une soirée idéale. Pour voler des moutons.

La tête de Jamie tourna vivement vers la grange où il gardait ses armes. Lachlan McBride ne s'en sortirait pas impunément, cette fois-ci.

— Attends, garçon.

Duncan l'attrapa par le bras, le serrant très fort.

— N'accuse personne avant d'avoir vu les agneaux d'tes propres yeux.

Duncan parvint à retenir Jamie, mais pas à contenir sa colère.

— Vendredi, reprit-il, quand les Douglas s'ront tous au presbytère d'Urr pour l'mariage, trouve un prétexte pour partir plus tôt, et rentre en passant par Edingham. Alors, tu sauras la vérité.

— *Vendredi*, fulmina Jamie.

— C'est qu'dans deux jours, Jamie. Ce serait un péché d'accuser ton oncle et ta nouvelle famille injustement, n'est-ce pas ?

Duncan avait raison, et Jamie le savait. Il n'était pas enthousiasmé à l'idée de dormir sous le même toit qu'un homme qui lui avait peut-être volé ses agneaux. Seuls, les frères Douglas n'auraient jamais eu pareille audace ; Lachlan, lui, en avait assez pour les quatre.

— Attendons le mariage, alors.

Jamie étoufferait sa colère jusqu'à vendredi. Mais pas un jour de plus.

Chapitre 35

Lentement s'ouvre l'aube rose comme la fleur,
Hors du fourreau gris et nuageux de la nuit.
— Susan Coolidge

Quand l'aube se leva sur le matin du mariage, le ciel était clair, mais pas lumineux, comme si un fin voile de mousseline était étiré sur Galloway. Tout pouvait arriver, en un tel jour. Un soleil brillant pouvait surgir à midi pour disparaître derrière de lourds nuages vers trois heures, amenant des chutes de pluie torrentielle au dîner.

— C't'un temps incertain pour un mariage, fit observer Neda, allumant une autre bougie à la table du petit-déjeuner. V'lez-vous du thé, jeune fille ?

— S'il vous plaît, répondit Leana, qui était la seule présente ; les autres étaient occupés ailleurs, s'habillant pour une journée qui s'annonçait fertile en événements.

À l'étroit dans l'une de ses vieilles robes d'allaitement, elle pouvait difficilement ingurgiter davantage qu'une tasse de thé et une tranche de prune. Peut-être prendrait-elle une seconde tasse quand le révérend Gordon viendrait frapper à la porte. À moins qu'il soit porteur de mauvaises nouvelles, auquel cas elle n'aurait aucun appétit.

Son père, vêtu de son plus beau veston gris et de sa veste rouge, galopait déjà sur Walloch. Duncan et Neda partiraient à pied bientôt. Jamie et Rose devaient se mettre en route en cabriolet bien avant dix heures. Ils ne savaient rien de la visite du révérend, car comment aurait-elle pu l'expliquer ? Si le couple partait à l'heure prévue, tout irait pour le mieux. S'ils s'attardaient, ou si le révérend arrivait plus tôt, cela compliquerait leur départ. Il fallait souhaiter que la bonté divine règle pour le mieux ces détails d'apparence anodine.

Neda vaquait à ses tâches, et l'arôme agréable du thé noir emplissait l'atmosphère. Elle servit Leana, puis pointa du doigt la bougie vacillante près de son assiette.

— Voyez-vous la minuscule ombre dans la flamme? On dit qu'elle annonce l'arrivée d'une lettre.

Neda s'empara de la bougie et en cogna légèrement la base sur la table, ce qui fit disparaître l'ombre.

— Voilà. La lettre est en route, maintenant, déclara-t-elle.

Leana sourit à cette vieille coutume superstitieuse, car elle savait que Neda faisait de son mieux pour chercher à lui rendre sa bonne humeur. C'était Jamie qui attendait une lettre. Il n'avait partagé que très peu de détails avec elle. Seulement qu'il avait écrit à son père et à son frère, et qu'il espérait ardemment une réponse de leur part. Jusqu'à présent, aucune missive n'était arrivée de Glentrool.

— Je n'attends pas de courrier, lui répondit Leana, mais j'attends la visite du révérend Gordon à dix heures.

Le visage de Neda, lisible comme un livre ouvert, exprimait son inquiétude.

— Quel est l'but de c'te visite, jeune fille?

— Il m'a dit qu'une certaine affaire avait été portée à son attention.

Neda jeta un coup d'œil à la porte de la salle à manger, puis dit à voix basse :

— J'me demande si c'est la même affaire qui est venue à *mon* attention, dit-elle.

Les traits de son visage s'adoucirent.

— J'crois qu'un p'tit bébé est en chemin.

Les épaules de Leana s'affaissèrent.

— Eliza a-t-elle dit quelque chose?

— Eliza?

Neda gloussa de rire.

— Jeune fille, j'ai su qu'vous portiez un aut' enfant l'jour même qu'vous êtes rentrée à Auchengray. Quand v'm'avez embrassée en haut d'l'escalier, c'bébé qu'vous cachiez là m'a rencontrée la première.

Leana plaça vivement un autre linge de table sur sa taille, comme s'il lui était encore possible de cacher l'évidente vérité.

— Je suis désolée, Neda. Vous auriez dû être la toute première personne à l'apprendre de ma bouche.

— V'z'aviez vos raisons d'vouloir garder ça secret.

Si Neda était blessée, ses paroles n'en laissaient rien voir ; Leana n'entendit que de la compassion.

— Deux d'ces raisons apparaîtront bientôt à table pour l'petit-déjeuner, ajouta-t-elle.

Leana essaya d'avaler une gorgée de thé, mais ses mains tremblaient trop fort. De soulagement, parce que Neda savait. De honte, d'avoir laissé Jamie et Rose dans l'ignorance. S'était-elle égarée en essayant de les épargner ?

— Neda, j'avais espéré atteindre le jour de Lammas…

— Bien sûr, c'est c'que vous vouliez. Et pour une bonne raison. Pour faciliter la vie d'ceux qu'vous aimez.

— C'est ce que j'ai pensé d'abord.

Leana regarda les vergers par la fenêtre, attirée par le rouge éclatant de la pelure du fruit de dessert estival.

— Maintenant, je crains d'avoir différé une nouvelle qu'ils ne seront que plus peinés d'apprendre une fois qu'ils seront arrivés à Glentrool. Rose, en particulier, qui imaginera le pire — que Jamie pourrait envoyer quelqu'un pour me chercher ou revenir lui-même à Auchengray.

Neda lui effleura le bras.

— Est-ce cela qu'vous désirez, jeune fille ?

— Mon seul espoir est que Jamie donne son nom à notre enfant.

Elle prit une gorgée de thé, sa bouche devenue soudain très sèche.

— Pour ce qui est du révérend Gordon et de ce qu'il en dira ce matin…

— Y peut pas vous menacer du banc d'pénitence, vu qu'v'z'avez rien fait d'mal.

Neda vint se placer derrière elle, plaçant les mains sur ses épaules.

— À vot' aspect, j'calcule que l'bébé a été conçu y a que'ques mois, quand les champs étaient encore gelés. Quand v'z'étiez encore madame McKie, aussi vrai que j'vous parle.

Leana se tourna et prit les mains de Neda.

— Vous serez presque arrivés à la paroisse d'Urr, quand le révérend Gordon se présentera ici. Prieras-tu pour moi?

— V'savez que j'le ferai, promit Neda en lui rendant son étreinte. Chaque heure, aussi longtemps qu'nous serons partis.

Neda n'était pas sitôt rentrée dans la cuisine que l'autre porte, celle donnant sur le corridor, s'ouvrit toute grande.

Rose entra dans la salle à manger, vêtue de sa plus belle robe de damas rouge. Jamie, qui la suivait de près, était également habillé pour la cérémonie. Sa nouvelle jaquette d'équitation, taillée sur mesure, mettait en évidence ses larges épaules, s'affinant à la taille avant de s'arrêter à la hauteur du genou. Le gilet couleur chamois et les culottes de peau de daim clair contrastaient agréablement avec le manteau foncé. Juste au-dessus du bord de l'une de ses bottes polies brillait l'éclat d'une dague à la garde sertie de pierres fines.

— Comme vous êtes élégants, tous les deux, les complimenta Leana tandis qu'ils s'assoyaient.

Rose essayait de ne pas trop montrer la joie qu'elle éprouvait à la perspective de cette sortie. Jamie, de son côté, paraissait soucieux, comme s'il avait eu autre chose à l'esprit.

Neda apparut, apportant deux autres tasses de thé. Après avoir servi le couple, elle vint se placer derrière la chaise vide de Lachlan et regarda l'horloge du manteau de la cheminée.

— Y est l'heure pour Duncan et moi d'aller à l'église. V'trouverez d'aut' *bannocks* dans l'buffet. Du fromage pressé. Des prunes tranchées. Des œufs bouillis. Servez-vous comme bon vous semble.

Le petit-déjeuner était l'un des repas qui, même dans les grandes maisons d'Écosse, n'étaient souvent pas servis par les domestiques. Cela permettait aux gens fortunés de se lever à l'heure de leur choix et de trouver leur nourriture qui les attendait.

Quand Neda se tourna vers Leana, son visage brillait de bienveillance.

— J'prierai pour qu'cette journée à la maison n'vous apporte que d'la paix, Leana.

Neda quitta aussitôt la pièce, la porte se refermant derrière elle.

L'expression joyeuse du visage de Rose s'affadit.

— Leana, comment pouvons-nous partir sans toi?

— Je suis très heureuse de rester à la maison avec Ian, dit Leana. Eliza s'en occupera jusqu'à onze heures, ensuite il sera mien pour le reste de la journée. C'est une bénédiction, pas un châtiment, de rester à la maison aujourd'hui.

Elle se tourna vers Jamie, sans chercher à accrocher son regard.

— Tu n'oublieras pas d'apporter le cadeau pour père?

— Il est déjà dans le cabriolet.

Le front ridé de Jamie faisait peur à voir.

— Espérons que je me contenterai de lui remettre et que je ne céderai pas à l'envie de le lui écraser sur la tête.

— Jamie!

Rose ouvrit toute grande la bouche.

— En ce jour plus que tout autre, tu ne dois pas te quereller avec père.

Jamie s'apprêtait à dire quelque chose, mais il choisit sagement d'enfourner son *bannock*. Il était difficile de déterminer s'il le mâchait ou grinçait des dents.

Sans s'annoncer, Willie apparut sur le seuil, d'où il attendit que Leana lui fasse signe d'approcher.

— J'vous d'mande pardon, mais j'voulais pas vous manquer, avec le mariage et tout ça.

Il tapota la poche de son veston élimé en avançant vers le groupe d'un pas hésitant.

— J'ai une lettre pour vous, dit-il.

Jamie s'étouffa en avalant son pain. Il dut prendre une longue gorgée de thé pour le faire passer. Voyant que Jamie n'était pas mesure de répondre, Leana vint à son secours.

— À qui est-elle adressée, Willie ?

— Pour être franc, m'dame, j'l'ai pas demandé. L'épicier m'a seulement dit d'l'apporter à la maison.

Le magasin général de Colin Elliot faisait office de bureau de poste, au village. C'était l'un des nombreux endroits visités par Willie, lors de ses courses quotidiennes. Il glissa un, puis deux de ses doigts maladroits dans sa poche, dans un vain effort pour saisir la lettre.

Jamie pensa à quelque chose qui parut le contrarier.

— Tu n'as sûrement pas fait l'aller et retour chez l'épicier ce matin ?

Ce fut au tour de Willie de paraître mal à l'aise.

— Non, m'sieur. J'suis désolé d'devoir admettre que j'l'ai rapportée hier... pi qu'je l'ai oubliée.

Arrivant enfin à l'extraire au milieu de débris de mouchoir, Willie présenta à Jamie le papier plié en carré, scellé avec un bon morceau de cire. L'espoir dans le visage de Jamie s'évanouit, quand il lut à qui elle était adressée.

— À Leana. De ta tante Margaret, de Twyneholm.

— Oh !

Voyant sa déception, Leana réfréna son enthousiasme.

— Je t'en remercie, Willie. Une journée de plus ou de moins n'a aucune importance. Mais s'il s'agit d'une lettre destinée à monsieur McKie, vous la lui apporterez immédiatement, n'est-ce pas ?

— Oui, m'dame, je... n'y manquerai point.

Il s'inclina de nouveau avant de sortir rapidement.

Leana glissa la lettre dans la poche de son tablier, surprise par son épaisseur. Aussi désireuse qu'elle fût de briser le sceau et de lire la missive, elle devrait patienter. Le révérend Gordon serait là très bientôt, et elle devait s'assurer que Rose et Jamie soient déjà en route. Se levant avec précaution pour ne pas vaciller sur ses jambes, Leana regarda le buffet.

— Qu'est-ce que je vous apporte ? Des fruits ? Des œufs, peut-être ?

Rose agita ses jolies boucles en hochant la tête.

— Tu dois promettre de manger aussi. Je refuse de prendre du poids, à moins que tu m'imites.

— Je suis sûre que j'y arriverai, murmura Leana, regardant par la fenêtre.

Deux semaines encore avant le jour de Lammas.

Chapitre 36

Mes amis, si nous devons être honnêtes envers nous-mêmes,
nous devons aussi l'être les uns envers les autres.
— George MacDonald

Une prière avait déjà été exaucée : Jamie et Rose étaient partis pour assister au mariage, et l'horloge de la cheminée n'avait pas encore sonné dix heures.

— À Dieu vat, dit Leana en leur faisant un signe de la main depuis le parterre.

Le révérend Gordon ne devait plus tarder à arriver. Elle se dépêcha de rentrer, consciente de son bébé qui bougeait en elle. Elle venait tout juste de finir de se laver le visage et les mains, pendant que les domestiques frottaient les dernières miettes du petit-déjeuner, quand on frappa à la porte. Ce ne pouvait être que le ministre.

Elle l'attendit dans le petit salon, ayant demandé à Annabelle de l'y reconduire. Debout à côté du bureau de son père, essayant de maîtriser ses genoux qui tremblaient, Leana se rappela tout ce que lui avait coûté son honnêteté. *J'ai placé ma confiance en Dieu ; je n'aurai pas peur.*

Des mots forts, des mots confiants. Y croyait-elle ? Pourrait-elle les vivre ?

Les chaussures du ministre raclèrent le plancher de pierre alors qu'il tournait en direction du petit salon. Leana s'efforça de plaquer un sourire sur son visage, tout en répétant ce qu'elle dirait.

— Révérend Gordon, dit-elle pour l'accueillir alors qu'il pénétrait dans la pièce, sa basque noire battant l'air derrière lui. Bienvenue à Auchengray.

Le salut du ministre fut cordial, la révérence de Leana, polie. Elle lui indiqua le fauteuil de son père, qui convenait parfaitement à sa haute taille. Elle s'assit en face de lui dans la plus petite chaise.

— Je suis heureuse que cette journée vous convienne, car, comme vous le voyez, la maison est... calme.

— En effet.

Il jeta un regard circulaire dans le petit salon de Lachlan, sa curiosité ayant été piquée par la bibliothèque du laird à bonnet, dont il examinait les volumes un à la fois. Puis, son regard s'arrêta sur la cassette fermée à clé, les épais livres de comptes et la carafe de whisky.

— Je vois que tout ce à quoi votre père attache de la valeur se trouve ici, fit-il remarquer.

Annabelle entra, chargée du plateau de thé, ses boucles rousses surgissant çà et là sous la bordure de son bonnet blanc. Elle servit la collation avec calme et efficacité. Quand elle eut fini, elle s'arrêta sur le seuil de la porte.

— Que'que chose d'autre, m'dame ?

Leana hocha négativement la tête, mais répondit dans son cœur : *Oui, prie pour moi.* Quand la porte fut fermée et que la pièce leur appartint de nouveau, le ministre ne perdit pas un seul instant.

— Leana, j'ai reçu une lettre, vendredi dernier. C'est pourquoi je vous ai approchée lors du sabbat, pour solliciter cette rencontre.

— Une... lettre ?

Elle palpa celle qui se trouvait dans son tablier, souhaitant soudain l'avoir lue. Les deux missives étaient peut-être liées d'une façon ou d'une autre.

— De qui cette lettre était-elle, monsieur ?

— De John Scott, de Twyneholm.

Il retira la feuille de papier pliée de la poche de son manteau tout en parlant.

— Un bon ministre pour son troupeau, comme vous avez certainement dû vous en rendre compte pendant votre séjour là-bas.

— Une âme charitable, acquiesça Leana pendant que ses mains devenaient moites.

Le révérend Gordon en savait trop à son sujet. Il savait tout. Le ministre déplia la lettre, puis abaissa le menton pour la lire par-dessus ses lunettes.

— Il m'a écrit que sa petite-fille s'était récemment mariée et qu'elle portait votre robe bordeaux.

Leana expliqua brièvement qu'elle avait dû la vendre pour louer un cabriolet. Il écouta, hocha la tête pensivement, mais n'émit aucun commentaire avant qu'elle eût fini.

— Le révérend Scott relate la même chose ici, mademoiselle McBride.

Il lui montra la feuille de papier, et l'écriture fine et régulière.

— Toutefois, il décrit plus en détail votre… confession. Au presbytère.

Leana le vit dans ses yeux. *Il savait.* Et avec cette certitude vint un sentiment de paix qui surpassait ses craintes. Quand elle parla, sa voix était calme, et ses mots, assurés. *C'est la vérité que mon palais proclame.*

— Révérend, comme vous pouvez l'imaginer, la nouvelle de mon passage au banc de pénitence a atteint Twyneholm peu après mon arrivée. Quand le sujet a été… abordé lors de notre rencontre au presbytère, j'ai jugé préférable de dire la vérité. Toute la vérité.

Le révérend Gordon replia lentement la lettre.

— On dit que celui qui dit la vérité démontre sa droiture. Encore une fois, Leana, vous avez honoré la mémoire de votre mère.

Il leva sa tasse de thé, mais n'y but pas.

— Votre… condition présente… est une tout autre affaire.

— Ce n'est pas une « affaire », monsieur.

Sa voix était douce, mais ferme.

— C'est un enfant.

Il but son thé en silence, recevant ses mots avec un infime hochement de tête. Leana croisa les mains sur ses genoux, de manière non plus à cacher les signes de sa maternité prochaine, mais à les accentuer.

— Vous savez, bien sûr, reprit-elle, qu'il s'agit du fils ou de la fille de Jamie McKie. Conçu pendant que le conseil de l'Église et tout Newabbey nous considéraient légalement mariés. Comme c'était bon de le dire à voix haute. Y avait-il une liberté plus grande que celle qu'offrait la vérité?

— Votre honnêteté, en plusieurs occasions, vous a valu ma confiance.

Le révérend l'étudia par-dessus ses lunettes.

— Quoique je sois surpris que vous ne soyez pas venue à moi avec cette nouvelle, dès votre retour parmi nous.

— Je l'aurais fait, admit-elle. Mais j'ai découvert à mon arrivée que les McKie étaient encore ici et que Rose était enceinte. J'ai jugé préférable... d'attendre.

Il ne dit rien pendant un moment, plissant les lèvres.

— Vous savez bien sûr que je dois consulter les aînés.

Elle retint son souffle, attendant la suite.

— Je crois qu'ils en arriveront à la même conclusion que moi, dit-il en déposant sa tasse de thé. Bien que la situation soit malheureuse, en raison de votre état matrimonial actuel, la conception de l'enfant fut tout à fait... comment dire, légitime.

Soulagée, comme si une brise fraîche du Solway avait soufflé sur elle, Leana se sentit presque soulevée de son siège.

— Alors..., je ne serai pas forcée de... comparaître...

— Était-ce donc là ce que vous craigniez?

Le révérend Gordon balaya cette idée d'un geste de la main.

— L'Église est stricte, comme il se doit, mais nous ne sommes pas sans compassion.

Elle plaça une main sur son cœur, bouleversée.

— Mais les membres du conseil... Mais Ian...

— C'était une tout autre situation, dit-il.

Leana ne lisait aucune condamnation dans ses yeux foncés.

— Si je puis m'exprimer ainsi, c'est une tout autre mère qui mettra cet enfant au monde. Une mère dont tous les péchés ont été lavés.

— Oui, murmura-t-elle.

— En effet, je crois que vous avez été suffisamment punie, mademoiselle McBride. N'êtes-vous pas d'accord ? Elle le regarda, interdite, trop bouleversée pour parler. Était-il possible que ce fût le même homme qui s'était penché sur elle en chaire, pour l'accuser du péché de fornication ? Il était clair que le révérend Gordon aussi avait changé. Celui-ci joignit le bout des doigts tout en posant les coudes sur les accoudoirs de son fauteuil.

— Maintenant, mademoiselle McBride, parlez-moi de vos plans d'avenir.

— Je resterai... à Auchengray. Et j'y élèverai mon enfant.

Plaise à Dieu que ce soit si simple, se dit-elle.

— Au moment opportun, monsieur McKie donnera son nom à l'enfant.

Les sourcils du révérend se haussèrent.

— Quand ferez-vous cette requête ? Bientôt, j'espère.

— Très bientôt.

Quand, Leana ? Dans deux semaines ? Un mois ?

— J'ai cru préférable d'attendre d'être certaine que tout se déroulerait... bien.

— Ah bon, fit le révérend Gordon en se levant, tout en tirant sur les manches de son veston un peu juste. Je vous fais confiance, en espérant que vous ne tarderez pas trop. Tout père mérite de savoir ce genre de choses.

Il fronça les sourcils en ajoutant :

— Monsieur McKie serait de toute façon bien distrait de ne pas l'avoir vu de ses propres yeux.

— Non, pas distrait. Plutôt... préoccupé.

Elle escorta le ministre dans le couloir, offrant une courte révérence d'adieu, tandis qu'Annabelle arrivait pour lui remettre son chapeau et l'accompagner vers la porte. Dès que le loquet tomba, la domestique se tourna vers Leana, ses yeux bleus remplis d'inquiétude.

— Madame, y a-t-il un problème ?

Leana s'agrippa au pilastre de l'escalier, se sentant un peu étourdie.

— Rien d'important. Rien... du tout.

Elle se redressa, ne voulant pas quitter son appui avant d'être sûre que ses jambes pourraient la supporter.

— Je serai dans le jardin, si on a besoin de moi. Demande à Eliza de m'apporter Ian au plus tard à onze heures, je te prie.

Essayant de retrouver toute sa présence d'esprit, Leana marcha dans la maison presque vide jusqu'à la porte arrière, pour aller rechercher la fraîche ombre de l'if. Elle s'assit lourdement sur un tapis de feuilles fusiformes et s'adossa sur le tronc à l'écorce pelée. Fermant les yeux, elle respira profondément l'air du matin. *Il entend mon cri, il rachète la paix dans mon âme.*

Ceux qu'elle redoutait le plus — son père, le révérend Gordon — savaient la vérité. Celles en qui elle avait le plus confiance — Neda, Eliza — la connaissaient aussi. Seuls le père de l'enfant et sa tante devaient encore en être informés. *Bientôt, Jamie.* Elle ouvrit les yeux pour regarder le parasol de verdure au-dessus de sa tête. *Bientôt, Rose.* Elle écrirait la lettre avant leur départ et la posterait immédiatement, afin qu'elle les attende à leur arrivée à Glentrool. Oui, c'était la meilleure solution.

Posant les mains sur son tablier, Leana sentit la petite bosse formée par la lettre de Meg, qui attendait dans sa poche depuis le petit-déjeuner. Quand elle brisa le cachet, une autre lettre s'en échappa, écrite par une main familière : celle de sa sœur. Elle était arrivée à Twyneholm trop tard.

Leana tint les deux dans ses mains, ne sachant laquelle elle devait lire en premier. La lettre tardive de Rose ne lui révélerait rien de nouveau, alors elle choisit celle de Meg.

À Leana McBride,
Jeudi 8 juillet 1790

Ma très chère nièce,

Pardonne-moi d'avoir tant tardé à faire suivre cette lettre de ta sœur. Je l'ai utilisée comme signet dans un livre et je l'ai oubliée là, jusqu'à ce que je le reprenne ce matin. Toutes mes excuses. À l'heure qu'il est, tu sais sans doute tout ce qu'elle contient, mais il n'est que juste que tu aies cette missive en ta possession.

Leana manipula la lettre de Rose, souriant à la pensée que sa tante ait pu être aussi distraite. *Chère tante Meg. Comme je m'ennuie de vous.* Elle lui écrirait dès le lendemain pour lui donner des nouvelles du mariage de Lachlan.

J'ai lu ta dernière lettre à plusieurs reprises et je n'arrive toujours pas à m'imaginer que tu puisses vivre sous le même toit que Rose et Jamie. Ma pauvre nièce ! J'espère que la présence d'Ian dépose un baume sur ton cœur, qui doit bien souffrir au spectacle de ton cousin bien-aimé et de ta sœur. Comme il te sera difficile de dire adieu à ton fils une seconde fois.

Plus que difficile, ma tante. Les mots flottaient sur la page devant ses yeux. *Inimaginable.*

Promets-moi de me rendre visite au printemps prochain avec ton nouvel ami. Mes voisins offriront un lit à Willie, alors tu n'auras pas à louer un cabriolet.

Ton nouvel ami. Une allusion prudente à l'enfant à naître. On ne pouvait jamais être certain des mains entre lesquelles une lettre pouvait tomber. La formulation de Meg évitait de la compromettre.

Leana plia la lettre et frotta son pouce sur le sceau. S'il fallait en croire le calendrier de l'almanach, elle avait franchi le cap de la moitié de sa grossesse. *Une moitié d'faite,* dans le langage coloré de Neda. Les premiers mois périlleux, où la crainte d'une fausse couche pèse comme une pierre sur le cœur d'une femme. Dépassées aussi la fatigue et les nausées matinales. Quelques mois paisibles l'attendaient avant le retour de la fatigue, lorsque le bébé s'empare du corps de la mère et ne le relâche plus avant le jour de la naissance.

Sa sœur aussi serait bientôt partie. Leana ouvrit la lettre de Rose avec un sentiment doux-amer de regret. Si elle avait reçu cette lettre à Twyneholm, elle ne serait rentrée à Auchengray qu'après le départ des McKie, épargnant à tous, elle y compris, tant de déchirements.

Mais elle était là. Et Rose aussi.

À Leana McBride,
Mardi 1ᵉʳ juin 1790

Ma chère sœur,

J'ai une nouvelle que je ne peux garder pour moi, bien que j'eusse préféré t'en faire part en personne. Dieu a répondu à mes prières...

La culpabilité monta en elle. *T'en faire part en personne.* Si sa sœur se montrait aussi honnête, pourquoi ne le pouvait-elle pas ? Avait-elle ménagé Rose tout ce temps, ou ne cherchait-elle qu'à se protéger ?

Leana fixa la lettre, troublée par ce qu'elle y voyait. Au lieu des volutes gracieuses si typiques de Rose, elle vit des lignes

brisées et éclaboussées de taches d'encre. *Oh, chère Rose.*
Pleurais-tu en écrivant cela ? Leana essuya ses propres larmes,
prenant garde de ne pas mouiller l'encre, tout en lisant les anecdotes sur Ian que Rose avait eu la délicatesse d'inclure. Les nouveaux sons qu'il produisait, ses nouvelles dents qui poussaient,
les nouvelles nourritures qu'il goûtait, comment il arrivait à
s'asseoir seul et apprenait à pointer les objets du doigt.

Leana pressa son tablier sur ses yeux. *Tu seras une bonne*
mère, Rose. Tu as si bien aimé mon Ian.

> *Mon enfant naîtra en janvier. Ce n'est pas le meilleur moment*
> *pour trouver une sage-femme. J'espère seulement que tu*
> *pourras être là.*

Leana agrippa la feuille, au point de la déchirer. *Comme je*
voudrais être là, Rose ! Mais elle ne pourrait se rendre à Glentrool
pour l'accouchement de Rose, qui surviendrait si vite après le
sien. Avec un profond soupir, elle replia la lettre, se promettant
de la relire quand elle se sentirait plus forte. Leana s'était levée
tôt et avait mangé peu ; elle n'était même pas certaine qu'elle
pourrait tenir debout.

Ou peut-être étaient-ce ses larmes qui l'affaiblissaient. Ou
les lacets trop serrés de son corsage. Ou l'évidence de ce qu'elle
devait faire : non pas attendre deux semaines pour écrire à
Jamie et à Rose, mais leur annoncer la nouvelle de vive voix.
Dès aujourd'hui.

Ce que tu peux être lâche, Leana. Son père avait raison. Un être
peureux écrivait des lettres. Une femme courageuse disait la
vérité en personne. *Je choisis le chemin de la vérité.*

Leana s'assit, et les choses lui apparurent plus claires que
jamais. Oui, elle le ferait. Elle l'annoncerait — à tous — avant
la fin de la journée. D'abord à Jamie et à Rose, dès qu'ils reviendraient du mariage, puis au reste de la maisonnée, après le
dîner. Il était temps. Plus que temps. Puisque le révérend
Gordon le savait, toute la paroisse ne tarderait pas à l'apprendre.

Bien sûr, la nouvelle risquait d'anéantir Rose. Mais ne serait-il pas bien pire pour elle d'en être informée dans la cour de l'église, à travers quelque commérage entendu au hasard ? Elle le dirait à sa sœur aujourd'hui. En personne. Se levant plus vivement qu'elle ne s'en serait crue capable, Leana détacha son tablier d'un geste décidé et le passa au-dessus de sa tête, comme si elle arrachait le joug de la honte. Elle desserra les lacets à l'avant de sa robe, libérant son enfant du même coup, puis marcha dans la lumière du jour, laissant l'ombre de l'if derrière elle. Se sentant plus forte à chaque pas, elle avança avec détermination, ses jupes balayant les plates-bandes de son jardin, précédée de son enfant à naître.

— R'garde qui vient t'voir, Ian.

Eliza sortit de la cuisine, tenant bien haut sa charge.

— C'est ta mère qui t'aime. C'est pas vrai, m'dame ?

Leana enveloppa Ian dans ses bras, nichant son corps chaud contre le sien.

— C'est la vérité, et rien de moins.

Chapitre 37

Une moitié à l'ombre, l'autre au soleil ;
Rose assise sous sa tonnelle.
— Bayard Taylor

Rose souffrait et gémissait, ballottée en tous sens par les ressorts fatigués du cabriolet.

— Quand nous partirons pour Glentrool, crois-tu que je pourrai chevaucher Hastings ?

Jamie désapprouva du regard.

— Dans ta condition ? Sûrement pas. Jock Bell a accepté de me louer un chariot et deux chevaux, que Rab et Davie se chargeront de lui rapporter. Il ne sera pas aussi confortable que le cabriolet, mais pourra emporter tout notre chargement — Ian et toi, d'abord, puis nos valises et nos provisions également. Et Annabelle.

Grimaçant après une nouvelle secousse causée par un caillou du chemin, Rose s'agrippa plus fermement au bras de Jamie. Elle essaya de s'imaginer la scène, deux femmes dans un chariot ayant connu ses meilleurs jours, l'une tenant Ian, l'autre serrant les guides. Quoiqu'elle eût plus hâte que jamais de résider à Glentrool, le trajet pour s'y rendre perdait de son attrait à chaque tour de roue.

Rose se protégea les yeux du soleil, parcourant du regard la vallée qui s'étendait à leur gauche, avec ses champs cultivés d'avoine, d'orge et de pommes de terre. En passant devant deux fermes de la paroisse situées près de la route, elle remarqua de grands troupeaux de bovins noirs, mais aucun mouton.

— Où sont les agneaux ? Les fermiers n'élèvent pas de moutons, dans cette paroisse ?

— Non, dit-il sombrement. Pas ici.

Il avait été maussade depuis deux jours, c'est-à-dire depuis le retour de Duncan de Kingsgrange. Dès qu'elle lui demandait ce qui n'allait pas, Jamie persistait à garder le silence. « Pas avant vendredi », répondait-il.

Si c'est ainsi. Elle s'approcha de lui, espérant qu'il discernerait la fragrance d'eau de rose dans laquelle elle s'était baignée ce matin-là.

— C'est vendredi, Jamie, et tu connais le dicton.

— *Amourette du vendredi est chose vite passée.*

Oh ! Ce n'était pas du tout ce qu'elle attendait.

— Vrai, le vendredi n'est pas une journée favorable pour déménager ou aller à la pêche. Mais c'est un excellent jour pour se marier. Plus de gens en Écosse se marient le vendredi que tous les autres jours réunis.

Dès qu'elle l'eut dit, les jours de ses mariages lui revinrent à l'esprit. *Mercredi. Samedi.* Ni l'un ni l'autre porteur de chance, disait-on.

Il leva un sourcil.

— Mon grand-père Archibald était d'avis que le vendredi n'était pas un choix heureux pour se marier, puisque c'était celui où Ève avait tenté Adam pour qu'il goûte au fruit défendu.

— Jamie ! Où est-il écrit dans la Bible que c'est arrivé un *vendredi* ?

— Ce n'est écrit nulle part.

Il parvint presque à sourire.

— Mais tu pourrais quand même vérifier dans l'almanach de ton père, de retour à la maison.

Ils franchirent un ruisseau peu profond, la vallée vers l'est ayant fait place à une succession de collines verdoyantes. Bien que le jour fût chaud, le soleil devenant plus radieux à mesure que la journée avançait, l'odeur de la pluie restait suspendue dans l'air humide. Au moment où ils gravissaient une portion de la route bordée de quelques bosquets d'arbres dispersés, une silhouette émergea d'entre les troncs et se dirigea vers eux. C'était une vieille femme, vêtue de hardes aux couleurs criardes et bigarrées, et portant un panier au bras. Une silhouette familière, mais pas bienvenue pour autant.

Lillias Brown. La sorcière de Nethermuir.

Rose se figea instantanément. Sa respiration, son cœur et même ses pensées, tout s'arrêta. Quand elle se ressaisit — sa respiration encore saccadée, son cœur battant trop vite —, une pensée dominait toutes les autres. *Fuir.*

— Ne ralentis pas, supplia-t-elle, ne regardant que Jamie et évitant la femme malfaisante qui s'approchait du cabriolet.

Éloignez-vous de moi. Et de ma famille. Les derniers mots qu'elle avait échangés avec Lillias l'avaient été un matin de sabbat, en mars. Rose ne l'avait pas revue depuis, elle ne voulait pas plus la voir maintenant.

— Arrête-toi, Bess.

Jamie tira sur les rênes. Lillias s'était placée en travers du chemin de l'attelage, ne lui laissant aucun choix. Rose ferma les yeux très fort, refusant de regarder Lillias. Mais elle ne put empêcher ses oreilles d'entendre les paroles de la sorcière.

— J'te vois, Rose McKie. Qui t'caches le visage devant ta vieille amie.

— Vous vous accordez trop d'importance, femme.

La voix de Jamie était plus affûtée que le poignard dans sa botte.

— Mon épouse n'est pas votre amie, et vous n'êtes pas la sienne.

Bess secoua la crinière, comme si elle aussi avait hâte de s'éloigner.

— S'il te plaît, Jamie.

Rose enfouit son visage derrière son épaule.

— Éloigne-nous d'ici.

— C't'une belle robe qu't'u portes là.

Lillias s'approcha et agrippa la bride dans un concert de cliquetis, empêchant leur fuite.

— Si l'une des roses du jardin d'ta sœur saignait, dit-elle énigmatiquement, son sang s'rait exactement d'la même couleur.

Lillias était près d'elle, maintenant. Rose pouvait sentir l'odeur des herbes sur ses vêtements. Jamie étendit un bras protecteur devant sa femme.

— N'approchez pas davantage, veuve Brown.

— J'vois qu'tu connais mon nom.

Son rire strident ne portait aucune bonne humeur.

— Ma magie et mes herbes n'ont-y pas marché ? N'ont-y pas procuré à vot' femme le présent d'mariage qu'elle voulait ?

Après une brève pause, Lillias frappa les mains ensemble, faisant sursauter Rose.

— Oh ! J'vois ben qu'si.

— C'est le Tout-Puissant qui l'a bénie, dit Jamie fermement. Pas vous.

— Rose McKie n'est pas la seule femme qu'vous connaissez qui porte un fruit dans son ventre. C'est-y pas vrai, m'sieur McKie ?

Il se raidit.

— Lâchez ce harnais. Maintenant.

Rose sentit la femme s'éloigner, mais elle n'osait regarder pour s'en assurer. De quoi la sorcière parlait-elle donc ? Bien sûr, il y avait d'autres femmes enceintes dans Galloway ! S'accrochant au bras de Jamie, Rose sentit les muscles de son mari se tendre alors qu'il exhortait Bess à avancer. Le cabriolet s'ébranla lentement, car ils étaient dans une pente, mais les roues se mirent à tourner régulièrement peu après.

Quand Rose rouvrit les yeux, ils roulaient sur une corniche avec une vue splendide sur les collines ondulées et le village en contrebas. Sa respiration était maintenant plus régulière.

— Jamie, je suis… si désolée.

— Ne t'en préoccupe plus.

Elle entendit à la fois l'accent de Duncan et la gentillesse de son Jamie, confondue dans une même voix.

— Ce n'est pas ta faute, si cette sorcière s'est mise en travers de notre route, la rassura-t-il.

— Mais c'est tout de même pour moi qu'elle a croisé notre chemin.

Rose expira, essayant de chasser l'odeur de la femme de ses narines, d'oublier le son de sa voix, d'effacer le moindre souvenir de son séjour dans son lugubre cottage, Nethermuir. Le thé, les herbes, les amulettes, les sorts. Comme elle avait été légère et naïve d'aller rendre visite à une sorcière !

— Dieu, pardonne-moi les péchés de ma jeunesse.

Jamie la regarda tout en ralentissant le cabriolet, au moment d'entamer la descente en direction du carrefour.

— Es-tu en train d'affirmer que tu es vieille, maintenant ? Ma femme, qui n'a pas encore fêté ses dix-sept ans ?

— Je serai une aïeule, le dimanche de Lammas, affirmat-elle, sentant sa bonne humeur renaître.

— Rose...

Jamie la regarda un moment, puis tourna la tête vers la route de nouveau.

— Tu sais que ton père m'a demandé de ramener Walloch à la maison.

Elle l'avait oublié, et cela la peinait un peu qu'il le lui rappelle.

— Ta présence me manquera dans le cabriolet.

— Avec Neda et Duncan qui partageront la voiture avec toi, tu auras toute la compagnie qu'il te faut.

Il scruta du regard l'horizon distant et ajouta :

— Après le repas, je partirai pour rentrer... très rapidement. Avant les autres.

— Y a-t-il une affaire pressante à Auchengray qui t'oblige à le faire ?

Elle eut une pensée fugitive pour Leana, mais elle la chassa tout de suite.

— Non, Rose. Mais je ne peux t'en dire davantage tant que je n'aurai pas les preuves dont j'ai besoin.

Des preuves ? Elle n'aimait pas du tout le son que ce mot rendait.

— Tu m'expliqueras tout plus tard, alors ?

— Plus tard, se contenta-t-il de répondre.

Ses autres questions, semblait-il, devraient attendre.

Un demi-mille après Hardgate, ils arrivèrent à la hauteur de Haugh of Urr, un village établi le long des rives de l'Urr, entre Dumfries et Kirkcudbright. Obéissant à Jamie, Bess tourna à gauche et se dirigea tout droit vers l'église. Soit qu'elle eût aperçu Walloch attaché à une rampe, soit qu'elle pressentît l'eau froide et l'avoine fraîche toutes proches, la jument se mit à trotter d'un pas alerte vers la dépendance verdoyante du presbytère. L'attelage des Douglas, avec ses deux chevaux, attendait près de la porte de l'église en compagnie de plusieurs autres montures de belle race. Est-ce que la famille était déjà rassemblée ?

Duncan semblait les attendre à la porte de l'église et il se précipita vers eux.

— Où étais-tu, garçon ? Y est passé la demi-heure, et m'dame Douglas est...

— Je sais, je sais.

Jamie arrêta brusquement la voiture et en fit le tour pour aider Rose à descendre.

— Pourriez-vous vous charger de Bess, Duncan ? J'accompagne Rose à l'intérieur.

Elle secoua ses jupes, puis fit un tour sur elle-même.

— Est-ce que ma robe est très froissée ?

— Tu es parfaite, ma chérie. Viens.

Comme il paraissait irrité, elle ne lui demanda pas si le nœud de son ruban était intact ni si sa chevelure était toujours en place. Elle n'était pas la mariée, après tout.

Tandis que Jamie l'accompagnait à la porte, Rose observa le cimetière adjacent et fut soulagée de constater qu'il n'y avait pas de fosses creusées entre les pierres tombales. Ç'aurait été de très mauvais augure, le jour d'un mariage. L'église de pierre, deux fois plus longue que large, était sensiblement plus fraîche à l'intérieur, et un peu humide aussi. La chaire se trouvait à mi-chemin le long de la façade sud, et une petite corbeille destinée aux propriétaires terriens était perchée sur le mur opposé. Comme l'église de Newabbey, cette maison de prière était sombre et sans ornement, pourvue de vitres de verre clair dans ses longues fenêtres. Les bancs fermés de bois étaient peints d'un vert morne, et, comme d'habitude dans les lieux de culte, les chandelles étaient insuffisantes.

Un groupe était rassemblé devant la chaire, et Rose connaissait la plupart des personnes qui le composaient. Morna Douglas portait une simple robe bleue, appropriée pour une veuve sur le point de se remarier, avec un chapeau assorti qui la faisait paraître plus grande. Ses fils étaient tous vêtus des mêmes habits de fin drap noir qu'ils portaient à Auchengray quelques semaines auparavant, seulement un peu plus usés. Quand Duncan vint rejoindre Neda, ils restèrent à l'écart des autres, conscients de leur position, pourtant les deux âmes de loin les plus aimables dans toute l'assemblée.

Ce fut Lachlan McBride, toutefois, qui requit l'attention de Rose, l'exhortant d'un geste à venir le rejoindre. Sa mine maussade n'annonçait rien de bon.

— Ma famille arrive, enfin.

De brèves salutations furent dites sur un ton bas, pour respecter le caractère sacré des lieux. Morna sourit brièvement, et cela sembla lui demander un effort. Elle complimenta Rose au sujet de sa robe, mais c'est le regard un peu trop admiratif de Gavin qui lui déplut. Rose enroula son bras autour de celui de Jamie, espérant que ce geste attiédirait la convoitise du jeune homme. Les autres fils de Morna étaient peu engageants, presque grossiers. Il était clair que Malcolm et Jamie n'étaient pas taillés pour devenir grands amis. Il ne leur manquait qu'un pistolet pour s'engager dans un duel à mort, tant leurs regards étaient chargés d'animosité.

— Et voici le révérend James Muirhead, dit Morna d'une voix timide, tout en agitant les mains autour de sa figure. Notre excellent ministre.

Un homme robuste de cinquante ans, dont le physique imposant l'aurait sans doute mieux servi dans l'armée qu'en chaire, s'avança vers eux. Son visage rond était encadré d'une perruque d'un blanc argenté, qui produisait un contraste étonnant avec ses sourcils noirs. Bien qu'il eût l'air aussi austère que tout autre ministre écossais, son front haut et ses yeux brillants annonçaient un esprit bien éveillé.

Le révérend Muirhead inclina la tête vers le père de Rose.

— Devrions-nous revoir les détails de la cérémonie une autre fois, ou...

— Inutile, répondit Lachlan brusquement. Nos invités arriveront d'un moment à l'autre. Morna et moi avons déjà prononcé ces vœux dans nos vies. Ce mariage sera comme tous les autres que vous célébrez depuis vingt ans à la paroisse d'Urr.

— Peut-être.

Le regard du ministre faisait la navette entre Jamie et Malcolm.

— Quoiqu'on ne puisse jamais être sûr de ce qui arrivera au cours d'un mariage.

Chapitre 38

Que la fortune vide tout son carquois sur moi.
— John Dryden

Lachlan tendit la main, certain que Morna lui donnerait la sienne. Dans quelques minutes, il serait le laird à bonnet le plus riche de Newabbey, sinon des dix paroisses. Riche en terres, riche en troupeaux, riche en fils. Oui, et riche aussi en argent, caché à un endroit inaccessible aux voleurs. Une façon grandiose de célébrer sa soixantième année.

Morna retira ses gants de dentelle, puis mit sa main dans celle de son futur époux. Par une journée si chaude, son contact était de glace. Serait-elle froide autrement, cette nerveuse fiancée? Cela importait peu. Les jeunes hommes se marient par concupiscence; ses intentions étaient d'une nature bien plus élevée.

— Nous sommes réunis, ici, en cette occasion solennelle, pour unir Lachlan McBride, d'Auchengray, et Morna Douglas, d'Edingham, par les liens sacrés du mariage.

La voix du révérend Muirhead portait à travers toute l'église, quoiqu'elle n'eût besoin d'atteindre que les premières rangées. Peu de voisins se donnèrent la peine d'assister à un mariage où le déjeuner nuptial était réservé aux membres de la famille. Lachlan refusait de nourrir la paroisse entière dans le seul but d'attirer une foule à la cérémonie.

Quand le ministre leva la main, il fut salué par des froissements de robes et des frottements de talons sur le plancher.

— Que tous se lèvent pour une lecture du *Livre de liturgie commune*[10].

Les mots de John Knox résonnèrent dans tout le sanctuaire de pierre. Lachlan était trop occupé à repasser les

---

10. N.d.T. : Le titre original de l'œuvre est *The Book of Common Order* (John Knox).

éléments de sa machination pour accorder beaucoup d'attention à la rhétorique de ce réformateur passionné. L'attelage des Douglas — qui était sur le point d'entrer dans l'écurie des McBride — était astiqué et attendait à la porte. Le conducteur et le valet de pied étaient assis au fond de l'église, prêts à s'ébranler pour le Dumfriesshire tout de suite après le repas. La lune de miel de Morna à Moffat comprenait un séjour à l'hôtel Black Bull, des dîners gastronomiques à plusieurs services, et de fréquentes visites aux eaux de Moffat, une extravagance qui ne se répéterait plus de leur vivant. Bien sûr, Morna ignorait cela. Et il n'avait pas l'intention de le lui dire.

Le ministre ferma le livre liturgique et posa son regard sur le couple.

— Y a-t-il un empêchement quelconque à ce mariage ? Une raison pour laquelle vous ne devriez pas être unis en tant que mari et femme ?

— Aucune, répondit Lachlan, la conscience en paix.

— Aucune, monsieur, répéta Morna de sa petite voix aiguë.

Puisque Lachlan ne pouvait changer la voix de son épouse, qui l'irritait au plus haut point, il insisterait pour qu'on garde le silence à table, au risque, sinon, de perdre tout appétit.

Le révérend Muirhead se tourna et posa la même question aux bancs presque vides.

— Y a-t-il quelque raison pour laquelle ces deux personnes ne pourraient être unies par les liens sacrés du mariage ? Si oui, levez-vous et présentez vos objections.

Lachlan ne put résister à l'envie de regarder par-dessus son épaule. Les têtes étaient inclinées, et il entendit des murmures, mais personne ne leva la main pour prétendre que le mariage était invalide. Son neveu était le seul qui semblait préoccupé par quelque chose.

— S'il n'y a pas d'objections, alors nous procéderons.

Le ministre reporta son regard sur les mariés et hocha d'abord la tête vers Lachlan.

— Monsieur McBride, l'alliance, je vous prie.

Morna avait tenu à ce que l'on choisisse un anneau en argent très délicat, confessant qu'elle était un peu honteuse de ses petites mains boudinées. Lachlan lui offrit l'alliance, trop étroite pour la pointe de l'orfèvre, si mince qu'il craignait de la faire tomber, dans le creux de sa main. Elle le glissa à son doigt, s'arrêtant à la première articulation, où elle le maintint en place. Ses mains étaient gelées et tremblantes, maintenant, tandis que celles de son mari restaient tièdes et calmes.

Le révérend Muirhead expédia l'échange des vœux, puis se montra inspiré dans son prêche, citant divers textes de mémoire, depuis des versets de psaumes jusqu'à de courts extraits de poésie écossaise de Ramsay et de Thomson. L'homme avait reçu une éducation classique, c'était évident. Il était aussi prolixe. Finalement, le ministre conclut son exposé, et Lachlan poussa l'anneau fermement en place. *Chose faite.* Tout ce qui appartenait aux Douglas était désormais à lui.

Pendant que les paroissiens reprenaient leur bâton de marche et leurs gants, Morna pressait la main de Lachlan, les yeux brillants de larmes. Il la serra brièvement à son tour, puis se détourna.

— Viens, femme, dit-il. Notre déjeuner nous attend.

Le ministre précéda le groupe à travers l'église et franchit les portes dans la brillante lumière du midi. Lachlan conclut la dernière transaction — en glissant un peu d'argent dans la main de l'homme — avant que le révérend embrasse la mariée, son dernier acte officiel.

Morna se tourna, le visage levé, se préparant à recevoir un premier baiser de son mari. Lachlan l'obligea, mais ses lèvres étaient sèches et peu invitantes. Quelques applaudissements polis s'ensuivirent, offerts par les connaissances de Morna qui avaient connu son mari décédé. S'ils désapprouvaient son choix présent, leur visage ne le montrait pas. Et cela n'avait d'ailleurs pas d'importance. Morna irait vivre dans la paroisse de Newabbey après le jour de Lammas.

Lachlan lui tapota la main avec sollicitude.

— Comme le dit le vieux proverbe écossais, *la fortune gagne la mariée.*

Jamie répliqua d'un ton égal.

— C'est plutôt vous qui avez gagné la fortune de la mariée.

— Neveu...

— Regardez !

Rose tira sur le bras de son mari, l'attirant vers l'avant.

— Madame Muirhead nous fait signe de la porte du presbytère. Il semble que votre repas nuptial soit servi, père.

Les voisins de Morna prirent différentes directions à pied ou à dos de cheval, tandis que les deux familles parcouraient les quelques pas les séparant du presbytère. Bâtiment simple de deux étages, sans beaucoup d'apprêts à l'exception de ses fenêtres à battants, la maison du ministre était encore plus austère à l'intérieur. De plus, ne comptant que deux chambres à coucher au rez-de-chaussée, elle était décidément trop petite.

Lorsque tous furent à l'intérieur, les frères Douglas, bien charpentés, le solide révérend, Jamie, avec sa haute taille, Duncan et Lachlan — en plus des quatre femmes —, ils pouvaient à peine s'y mouvoir. Jamie et Malcolm se mesuraient du regard comme deux lutteurs se préparant à s'empoigner.

Madame Muirhead, une femme affable ayant des cheveux pâles et des traits peu remarquables, invita ses convives à prendre place à table. Sentant peut-être la tension régnant entre les deux familles, elle assit la maison d'Auchengray d'un côté, le contingent d'Edingham de l'autre.

— Notre presbytère est un peu particulier, expliqua-t-elle alors que tous s'assoyaient. Il compte deux étages, mais une seule porte. Si le feu éclate, tâchez de sortir dans le même ordre que celui dans lequel vous êtes entrés.

Son commentaire amusant tombait à point nommé, apprécia Lachlan. Quelques sourires furent échangés alors que les chaises étaient rapprochées de la table. Même si Jamie et Malcolm demeuraient renfrognés, ils n'en étaient pas venus aux mains. Du moins, pas encore. Lachlan savait que, lorsqu'il aurait fait son annonce, il faudrait plus que des commentaires plaisants pour contenir la colère de son neveu ; trois jeunes hommes vigoureux ne seraient pas de trop.

Lachlan déplia sa serviette de table, l'arôme de la poule d'eau rôtie lui chatouillant délicatement les narines. Jamie ne semblait pas avoir découvert le pot aux roses concernant ses agneaux manquants. Peter Drummond, leur voisin, avait failli tout faire rater. Heureusement, Jamie était trop distrait par ses femmes et ses bébés pour démêler ce qui était arrivé un certain soir de juin.

Tandis que le révérend Muirhead se levait pour bénir leur repas, Lachlan inclinait la tête avec une prière différente à l'esprit. Il devait garder le secret des agneaux volés jusqu'au jour de Lammas, deux semaines plus tard. Le garçon partirait avec les bêtes restantes et ne penserait plus à celles perdues. N'engraisseraient-elles pas joliment, dans les riches pâturages d'Edingham ? Duncan serait en colère contre lui, naturellement. Mais le superviseur n'était pas idiot ; il savait de quel côté son *bannock* était beurré et qui tenait le couteau.

Des têtes se levèrent, et le déjeuner léger débuta. De la volaille seulement — pas de poisson ni de viande —, une salade d'été, des légumes froids. Un repas simple, à l'image de la maison. Le plat final serait le gâteau de la mariée, préparé par ses amies de la paroisse et cuit dans le four du presbytère. Déjà, l'arôme agréable de cannelle, de pommes et de raisins de Corinthe lui avait mis l'eau à la bouche.

Morna se leva pour la cérémonie informelle.

— Pour vous, révérend Muirhead, un petit présent pour exprimer notre gratitude.

Elle rougit comme une femme qui aurait eu la moitié de son âge.

— De la part de la mariée.

Le ministre défit le paquet — une paire de gants —, offrit ses remerciements, puis se leva pour couper le gâteau de la mariée. À sa demande, il lui en trancha une toute petite part, puis une deuxième, bien plus généreuse, pour Lachlan.

— Servirez-vous votre laird et maître ? demanda le révérend Muirhead avec une sévérité feinte, en lui tendant la pâtisserie déposée sur une petite assiette de porcelaine.

— J-je s-servirai mon mari, promit-elle, les mains tremblantes, en se tournant vers Lachlan.

Soudain, l'assiette lui échappa des mains. Le dessert atterrit sur les genoux de Lachlan, salissant son plus beau pantalon gris. Mais l'assiette continua sa course jusqu'au plancher de pierre, où elle se fracassa en mille morceaux.

Toute l'assemblée manifesta sa surprise, et la pièce tomba dans le silence. Même l'esprit le moins superstitieux parmi les personnes réunies ne pouvait nier ce qu'il venait de voir et d'entendre : la mariée venait de briser une assiette le jour même de son mariage. Un très mauvais présage, s'il en fut.

La maîtresse de maison, madame Muirhead, fut la première à se ressaisir. Elle demanda à l'une de ses domestiques d'aller chercher un linge humide pour essuyer le pantalon de Lachlan, tandis qu'une autre restait pour balayer les morceaux.

— Ne vous en faites pas pour si peu, la rassura la femme du ministre, seules les vieilles femmes s'effraient de ce genre de choses, et vous êtes une *nouvelle* mariée, n'est-ce pas ? Allons, laissons mon mari servir les autres invités et n'y pensons plus. Nous avons bien d'autres assiettes, je vous assure.

Lachlan frottait la tache, essayant de cacher son irritation et de se convaincre qu'il s'agissait d'un bête accident. Morna ne lui souhaiterait jamais de mal ; elle était une personne nerveuse, prédisposée à commettre ce genre de maladresses.

Quand la dernière part fut servie, Rose se leva, attirant l'attention de tous.

— Père, nous avons un présent pour vous. Pour célébrer votre mariage et votre anniversaire.

Elle contourna la table et lui présenta une petite boîte.

— De la part de Jamie et moi. Et de Leana.

Il aurait souhaité que toute la journée se passât sans qu'on fasse mention de sa fille aînée. Mais Rose étant Rose, elle avait ruiné son plan. Lachlan ouvrit la boîte et sourit à la vue de ce qu'elle contenait.

— Un *quaich*, dit-il.

Il le retourna pour voir la lettre gravée par l'orfèvre.

— En argent sterling. Et avec mon initiale.

C'était vraiment un beau cadeau. Lequel des trois avait pu trouver suffisamment d'argent pour l'acquérir ?

Lachlan se leva pour que tous puissent l'admirer, puis le remit dans sa boîte.

— Assois-toi, Rose, car j'ai, moi aussi, un présent à octroyer. C'est une annonce, en réalité.

Il se leva, lissant son veston sur son estomac rebondi.

— Cela ne sera pas une nouvelle pour ceux d'entre vous qui sont de ce côté-là de la table. Pour les autres, j'espère que vous vous réjouirez de ma... bonne fortune.

Chapitre 39

Tu penses qu'il n'y a pas d'autres serpents en ce monde
Que ceux qui se glissent entre les herbes,
Et qui piquent le pied malchanceux qui les écrase ?
— Joanna Baillie

Quand Rose se rassit sur la chaise près de lui, Jamie lui prit la main, inquiet de la lueur dans l'œil de Lachlan et de sa langue assassine. Il était déjà assez malheureux que Rose ait eu à supporter les insinuations malveillantes de la sorcière ce matin-là ; Jamie ne laisserait pas son père ajouter son propre venin.

Lachlan croisa les mains derrière le dos et projeta la poitrine légèrement en avant.

— Lorsque j'ai commencé à courtiser ma nouvelle épouse, je ne pouvais imaginer la chance qui m'attendait. Pas seulement d'obtenir la main de cette femme de grand mérite...

Il hocha la tête vers la droite, mais sans la regarder.

— ... mais aussi d'accueillir Malcolm, Gavin et Ronald dans ma famille comme mes propres fils.

— Beaux-fils, le corrigea Jamie, sentant Rose se raidir.

— Tu te trompes, neveu.

Le sourire de Lachlan était hideux.

— Pas mes beaux-fils. De vrais fils, aux yeux de la loi. Adoptés dans ma famille.

Rose hoqueta.

— *Adoptés ?* Vous voulez dire...

— Qu'ils sont tes frères, maintenant.

La fierté résonnait dans chaque syllabe prononcée par Lachlan.

— Malcolm McBride. Gavin McBride. Ronald McBride. Les héritiers de ma fortune.

Jamie se leva d'un bond.

— *Héritiers ?*

— Mais, père…, qu'en est-il de Jamie ?

Elle se pressa la main sur la gorge.

— Et de nos enfants ?

Le révérend Muirhead s'éclaircit la voix assez bruyamment.

— Je crois que ma femme et moi attendrons dans la pièce voisine…

— Ce ne sera pas nécessaire, monsieur.

Jamie repoussa sa chaise, résistant à l'impulsion de l'envoyer se fracasser au sol ou de la lancer à son oncle.

— Il est clair que monsieur McBride a choisi ceux qu'il a voulu bénir. Et ceux qu'il a ignorés.

Lachlan lui jeta un regard autoritaire.

— Assois-toi, neveu.

Les yeux effrayés de Morna faisaient la navette de l'un à l'autre.

— Je vous en prie, demanda-t-elle.

Jamie se contenta plutôt de saluer aux deux extrémités de la longue table.

— Révérend, madame Muirhead. Je m'excuse de perturber ce déjeuner que vous avez si aimablement préparé.

Il posa une main sur l'épaule de Rose. Bien que cela lui déplût de la laisser, il devait se rendre à Edingham, maintenant. Il devait savoir si on lui avait volé non seulement son héritage, mais aussi ses agneaux.

Jamie refusa de regarder son oncle.

— Comme il apparaît que je ne suis plus digne de cette famille, je prends congé. Duncan ?

— Oui, garçon.

Le superviseur était déjà sur ses pieds.

— Que puis-je faire pour toi ?

— Tu ne feras rien pour lui, intervint Lachlan, car tu es à mon emploi, pas au sien.

Duncan et Jamie l'ignorèrent.

— Veille à ce que ma femme rentre en toute quiétude à la maison. Ce jour a été très pénible pour elle.

Jamie sentit Rose qui tremblait sous sa main. Pleurait-elle aussi ? Que Dieu l'assiste, car il était prêt à tuer l'homme ! Il se pencha et lui prit la main, la baisant fermement afin qu'elle se sente assurée de son amour et de sa protection.

— Duncan et Neda prendront bien soin de toi, jeune fille. Je crains qu'il me faille partir, maintenant.

— Jamie...

Sa voix se brisa.

— Pardonne-moi, mon amour. Je ne serai pas parti très longtemps.

Il lui baisa la main une autre fois, puis quitta la pièce. Il ne regarda pas derrière lui en marchant vers la seule porte du presbytère et ne se donna pas la peine de la refermer. Les autres ne tarderaient sans doute pas à le suivre.

Quatre chevaux demeuraient attachés à la rampe à l'extérieur de l'église : trois trotteurs français alezans appartenant aux frères et Walloch. Jamie monta le cheval hongre à la robe noire, puis fila vers Edingham au grand galop, aiguillonné par la rage.

— Comme le vent, Walloch. Nous n'avons pas une seconde à perdre.

Il avait besoin d'un prétexte pour s'en aller rapidement. Lachlan lui en avait donné un. Le brigand.

Il passa le panneau annonçant la propriété de Redcastle, toujours penché très bas sur sa monture, qui courait ventre à terre. Il chevaucha bientôt parallèlement à la rivière, remarquant à peine un haut talus plat montant la garde sur l'Urr de sa rive ouest. Les collines et les pâturages vallonnés passaient devant ses yeux comme dans un brouillard vert. Aux voyageurs se dirigeant vers le sud, il n'avait qu'un bref signe de tête à offrir et le nuage de poussière soulevé par les sabots de Walloch.

Aucun cheval, aucun cabriolet, aucun attelage ne pouvaient le rattraper, maintenant.

Jamie était à un quart d'heure de l'église quand il tourna vers le nord en direction de Dumfries, le regard fixé sur les fermes à sa gauche. La propriété des Douglas était de loin la plus vaste; il ne pouvait la manquer, même s'il l'approchait par une direction inhabituelle.

Voilà. Un panneau de bois sculpté fixé à la barrière. *Edingham.* Les ruines d'un vieux château s'élevaient, non loin à l'est. Mais c'étaient les agneaux qui l'intéressaient. *Dans les champs à l'ouest des bâtiments.* Jamie arrêta Walloch à la barrière, se protégeant les yeux d'une main alors qu'il regardait la maison au toit pointu, sur la cime de la colline. Il ne pouvait compter les moutons de l'endroit où il était, ni les identifier, mais il pouvait les voir distinctement : des agneaux à face noire.

Sa poitrine se contracta. Étaient-ce les siens? Les agneaux qu'il croyait tombés sous la lame du boucher, quelques semaines auparavant? Jamie dirigea Walloch à travers la barrière ouverte, se déplaçant plus lentement. Il ne voulait pas effrayer le bétail noir qui paissait dans les prés voisins ni attirer trop d'attention sur lui-même. Pour se rendre jusqu'aux champs à l'ouest, il devrait passer devant des laboureurs et des domestiques. On allait sûrement l'arrêter pour lui demander qui il était et ce qu'il faisait là.

Jamie se redressa, boutonna son manteau et secoua la poussière de son nouveau chapeau. N'était-il pas un gentilhomme? Quelques-uns à Edingham reconnaîtraient peut-être même le neveu du laird d'Auchengray, qui leur avait rendu visite précédemment. Il approcherait de la ferme comme s'il était là au nom de son oncle pour inspecter les moutons. Non, plutôt à la demande de son *cousin*, Malcolm. Ils débroussailleraient le quiproquo entre eux.

Il hocha la tête en direction des quelques paysans qui le saluèrent de loin en retirant leur bonnet, et répondit à un laboureur assez près de lui pour l'entendre. La ferme bien tenue, avec sa cour en pavés ronds, sa volière et sa basse-cour, ainsi que ses étables et ses écuries, était située à l'est de la maison; la plupart des travailleurs s'y trouvaient sans doute. Puisque personne ne l'interpella de la porte d'entrée à corniche, il alla directement vers les agneaux.

Tandis qu'il s'approchait du pré, il crut reconnaître les marques bigarrées sur leur face et leurs pattes, le son familier de leurs bêlements. Mais tous les agneaux ne bêlaient-ils pas de la même manière? Il descendit de cheval près d'un abreuvoir à l'entrée du pâturage, laissant son valeureux Walloch s'y désaltérer. Seul un muret le séparait du troupeau d'Edingham.

Jamie enjamba facilement le mur, effrayant quelques agneaux à l'atterrissage. Il resta immobile un moment, afin qu'ils acceptent sa présence parmi eux. Un compte rapide répondit à sa première question. *Près d'une centaine.* Ils avaient la bonne taille et le bon âge pour être les siens. Il ne lui restait plus qu'à trouver des vestiges de ses marques rouges. Il s'agenouilla près d'un agneau plus calme que les autres, lui parlant d'une voix posée.

— Très bien, fille. Laisse-moi voir ton cou.

Ses mains parcoururent la laine, et il tourna l'animal vers la lumière pour ne rien laisser au hasard. À la base des fibres, sur la peau blanche, une trace rouge presque effacée demeurait.

Des larmes lui piquèrent les yeux. *Mes agneaux.*

Il devait examiner ceux qui l'entouraient pour s'en assurer. Il reconnut celui avec les jambes torses. Et ce plus petit, là-bas, avec une forte cambrure du dos. Il les avait tous vus à la naissance et tenus dans ses bras, pendant qu'il coupait le cordon ombilical. Il leur avait sectionné la queue quand ils n'avaient que quelques jours et les avait observés être tendrement allaités par leur mère.

Ses agneaux.

Pas ceux de Lachlan. Ni ceux de Malcolm.

— Comment avez-vous osé?

Il cracha les mots, comme si les hommes avaient pu l'entendre. *Tous mes ennemis, qu'ils reculent couverts de honte!* Jamie se leva, sa colère justifiée trempant sa résolution. Il leur reprendrait ce qu'ils lui avaient volé.

Inspirant longuement, pour calmer son cœur qui lui martelait la poitrine, Jamie regarda son troupeau.

— Je ne vous oublierai pas, mes petits.

Il se déplaça lentement parmi eux, parlant à voix basse.

— Vous m'appartenez. Et vous appartenez à Glentrool.

Les agneaux s'approchèrent, s'attroupant autour de ses jambes, bêlant comme s'ils le comprenaient. La voix de Duncan résonna en lui : *T'es un bon berger, Jamie. Tes agneaux reconnaissent ta voix.*

Profondément ému, Jamie se pencha pour saisir autant d'agneaux qu'il le put, leur frottant la tête, caressant leurs oreilles délicates, les laissant renifler ses mains et le flairer de leur museau. Tout ce temps, son esprit fonctionnait à toute allure. S'il quittait Edingham sans ses bêtes, les frères Douglas pourraient les déplacer. Les vendre au marché. Les abattre pour leur viande. Pourtant, il ne pouvait rassembler cinq vingtaines de moutons et leur faire traverser les barrières de la ferme sans être arrêté par tous les employés et serviteurs d'Edingham.

Il reviendrait plus tard. Avec Duncan. Mais d'abord, il confronterait Lachlan, l'homme qui avait ourdi ce plan détestable. Jamie se dirigea vers le muret, leur jetant un dernier regard avant de se tourner vers son cheval hongre, qui l'attendait.

— Nous partons, Walloch.

Le cheval hennit en guise de réponse, frappant le sol de ses sabots. Jamie ne l'avait pas sitôt enfourché qu'un autre son vint agréablement lui frapper l'oreille. Deux chiens. Aboyant familièrement.

Quand Jamie cria leur nom, deux colleys d'Auchengray contournèrent le coin de la maison et traversèrent la pelouse comme des flèches, jappant avec exubérance. Jamie les accueillit en se baissant pour leur ébouriffer la tête.

— Venez, garçons, car nous avons cinq milles à parcourir, et peu de temps devant nous.

Il ne pouvait emmener les agneaux maintenant, mais il pouvait ramener les chiens. Comme un gage. Comme une preuve.

Jamie donna le signal à Walloch, et le cheval se mit à galoper vers la barrière, suivi de près par les chiens. Une poignée d'hommes qui travaillaient aux champs commencèrent à courir dans sa direction, le visage alarmé. Jamie leva la main vers eux au passage, puis franchit la barrière en direction de Haugh of Urr. Les fers de Walloch qui martelaient la route et les aboiements l'empêchaient de répéter le discours qu'il tiendrait à son oncle. Qu'à cela ne tienne ; il improviserait, quand il le verrait.

— Menteur !

Jamie ne put s'empêcher de hurler le mot au vent, savourant le son qu'il produisait.

— Voleur !

La butte d'Urr s'élevait à sa vue quand il aperçut un petit groupe d'hommes qui chevauchaient vers lui à un rythme vigoureux. Les trois montaient des chevaux alezans. Ses viscères se contractèrent. Les frères Douglas ne rentraient pas simplement à la maison ; ils étaient à sa recherche.

Son épée était à Auchengray, son pistolet, inutilisable. Mais il avait son poignard, et la lame était bien affûtée. Jamie s'arrêta pour les attendre, redressant les épaules.

— Du calme, commanda-t-il aux chiens.

Ils cessèrent d'aboyer immédiatement.

— McKie.

C'était Malcolm qui l'atteignit le premier, l'accostant avec son cheval en regardant les colleys.

— Je vois que vous revenez d'Edingham, dit-il.

Gavin et Ronald serrèrent les rangs de chaque côté, bloquant le chemin de Jamie. Il fixa son regard sur l'aîné des trois frères.

— Je reviens d'Edingham, en effet. Pour m'assurer que mes agneaux étaient bien traités et reprendre mes chiens.

— Vos agneaux ? Vos chiens ? s'esclaffa Malcolm. Ils sont la propriété d'Auchengray. Ce qui veut dire que jusqu'à midi aujourd'hui, ils appartenaient exclusivement à votre oncle. Maintenant, ils sont à moi. Son héritier.

Jamie agrippait les rênes de sa main gauche, la droite reposant sur son genou, à proximité du poignard dissimulé dans sa botte.

— Mon oncle et moi avions une entente. Ces agneaux devaient m'appartenir.

Il regarda la route en direction de l'église.

— Si vous me permettez de passer, je pourrai en discuter tout de suite avec lui et régler ce malentendu.

Malcolm ne broncha pas. Ni ses frères.

— Votre oncle et notre mère font déjà route vers Moffat en voiture.

— Alors, Duncan...

— Il est parti aussi, dit Malcolm. Avec votre épouse et la gouvernante.

Duncan. Parti. Jamie essaya d'avaler, mais se rendit compte qu'il n'y avait plus dans sa bouche que la poussière du chemin. Et un subtil arrière-goût de peur.

Ronald, le plus jeune, décocha quelques reproches bien sentis.

— Vous êtes la cause de leur départ hâtif. Vous avez ruiné le déjeuner de noces de ma mère.

Jamie se ressaisit sous l'assaut.

— Et vous, messieurs, vous avez volé mes agneaux.

— Nous ne les avons pas volés, répliqua Gavin. Nous les avons déplacés. À la demande de votre oncle.

Jamie gronda.

— Si c'était un geste aussi noble, pourquoi les avoir dérobés comme des voleurs, à la faveur de la nuit ?

— Voleurs, dites-vous ?

Le regard de Malcolm restait de glace. Voilà un sujet que vous connaissez bien, dit-il. N'avez-vous pas volé l'héritage de votre frère ? Étant propriétaire d'un domaine comme Glentrool, que vous importe Auchengray ?

Malcolm fit mine de regarder derrière Jamie.

— Je constate qu'Evan n'est pas ici pour vous soutenir, dit-il. Il n'y a qu'un McKie. Et trois McBride, compléta-t-il, en échangeant des regards complices avec ses frères.

Un McKie. Jamie ne s'était jamais senti aussi seul, aussi impuissant de toute sa vie. Bien que son arme fût à portée de main, il ne pouvait espérer défaire les trois frères et poursuivre tout bonnement sa route. Et qui resterait pour nourrir et loger sa famille, s'il mourait sur cette route en défendant son honneur ?

Honneur ? Mais il n'en avait aucun. Il était un menteur et un voleur. Comme son oncle. Battu sans avoir échangé un seul coup, Jamie prit ses guides à deux mains, examinant la route.

— Nous réglerons cette affaire plus tard, messieurs.

— Bien sûr, répliqua Malcolm en riant, imité par ses frères. Et si vous rentriez chez vous par la route d'Edingham ? C'est aussi notre chemin. Je ne tiens pas à ce que vous pourchassiez l'attelage de ma mère, et que vous ruiniez aussi sa lune de miel.

Gavin fit faire un pas de côté à son cheval, laissant la route vers le sud ouverte pour Walloch.

— Nous serons derrière vous, cousin. À votre entière disposition.

Des rires de dérision s'ensuivirent, pendant que Jamie engageait Walloch sur la pente descendante. Il devrait attendre une semaine entière avant d'affronter Lachlan. *Une semaine !* Même avec l'aide de Duncan, il ne pourrait espérer subtiliser les agneaux la nuit, comme les Douglas l'avaient fait. À Auchengray, les troupeaux broutaient dans un champ près de la route, loin des bâtiments ; à Edingham, ils étaient loin du chemin et près de la maison. Et il n'y avait aucun acte écrit prouvant que les agneaux lui appartenaient.

Mon Dieu, venez à mon aide. Que dois-je faire ?

Relâchant la bride, Jamie lança Walloch au galop, projetant autant de poussière qu'il pût au visage des Douglas, et chevaucha à toute allure vers Auchengray.

Chapitre 40

Le visage est le miroir de l'esprit,
Et les yeux, sans rien dire, confessent les secrets du cœur.

— saint Jérôme

L eana entendit Jamie avant de le voir arriver. Les sabots de Walloch martelaient l'allée menant à la porte d'Auchengray, et Jamie cria si fort le nom de l'homme à tout faire que le son traversa les murs de la maison.

— Willie! *Willie!*

L'urgence qu'elle sentait dans la voix de Jamie fit cesser son cœur de battre un instant. Quelque chose était-il arrivé pendant le mariage? Rose avait-elle eu un malaise? Leana avait prévu tout révéler à Jamie et à Rose au sujet de son enfant dès leur arrivée. Mais s'ils avaient eux-mêmes été frappés par une tragédie...

De grâce, mon Dieu, pas Rose. Abandonnant son aiguille, Leana courut vers le vestibule et franchit la porte d'entrée, levant ses jupes pour traverser la pelouse. Willie ramenait déjà Walloch à l'écurie avec deux colleys haletants sur les talons. La robe noire du hongre brillait de sueur. Jamie, qui venait vers elle, respirait aussi fortement que son cheval.

— Mais qu'arrive-t-il?

Par habitude, Leana étendit les mains pour prendre celles de Jamie, puis les rabaissa aussi vite.

— Où est Rose? Est-elle toujours avec les Hastings?

— Les trois reviennent à la maison en passant par le chemin de Milltown.

Jamie ouvrit la porte d'entrée, puis la suivit à l'intérieur dans la maison. Il était si près qu'elle sentit la chaleur irradier de son corps.

— J'ai pris la route de Dalbeaty, expliqua-t-il.

Dalbeaty ? Quelque chose n'allait décidément pas, si Jamie avait choisi d'emprunter un chemin différent pour rentrer. Elle le précéda dans le salon, envoyant Annabelle chercher un pichet d'eau fraîche.

— Je présume que père et Morna sont partis...

— Oui, dit-il en arrachant son chapeau. Pour une semaine.

Ce n'était pas dans les habitudes de Jamie d'être brusque. Leana le débarrassa de son couvre-chef neuf avant qu'il le broie entre ses mains. Elle le déposa sur le lit, tourné vers le haut pour qu'il sèche bien sans tacher le couvre-lit, puis attira Jamie vers un groupe de chaises.

— Viens, Jamie. Assois-toi un moment et reprends ton souffle.

Elle hocha la tête vers Annabelle, qui servit les verres d'eau, fit une courte révérence et quitta la pièce.

Toujours debout, Jamie but rapidement le sien, s'essuya le front du revers de la manche et se laissa choir sur la chaise la plus proche. Il ne l'avait toujours pas regardée dans les yeux et ne lui avait pas offert le moindre mot d'explication.

Elle lui remplit son verre, puis s'assit à une distance convenable.

— Il est clair que quelque chose s'est passé. Désires-tu m'en parler ?

Le regard de Jamie, fixé sur le plancher, l'évitait.

— Ton père...

Ses mots se perdirent dans un juron.

— Ton père est faux comme un jeton.

Un sentiment de culpabilité envahit Leana. Elle aussi avait caché quelque chose. Pendant des semaines. N'était-elle pas la fille de Lachlan, après tout ?

— Dis-moi ce qu'il a fait, Jamie, car je vois combien cela te blesse.

Son beau visage accusait une certaine lassitude ; des cernes se dessinaient sous ses yeux, les lignes aux commissures des lèvres étaient plus marquées. Il but plus lentement, cette fois.

Pour gagner du temps, peut-être. Quand il eut fini, il prit le verre par la base et le contempla un moment.

— Tu me connais trop bien, Leana.

— Il n'est pas difficile de deviner ce qu'un homme fourbu et assoiffé peut vouloir par une journée accablante.

Il leva les yeux et reposa le verre.

— Je ne pensais pas à ce verre d'eau. Oh.

Jamie se leva, peut-être pour se dégourdir les jambes après une longue randonnée sur Walloch.

— Il y a deux jours, Duncan a aperçu un petit troupeau d'agneaux sur la propriété d'Edingham.

— Mais pas *tes* agneaux ?

— Je ne pouvais en être certain, jusqu'à aujourd'hui.

Jamie lui raconta toute l'histoire en arpentant le plancher devant le foyer. De temps en temps, il se passait une main fébrile dans les cheveux.

— Il ne me reste qu'à espérer qu'ils ne fassent pas disparaître mon troupeau pendant l'absence de Lachlan, dit-il à la fin de son récit.

— Ils ne le feraient jamais sans l'approbation de père, lui assura Leana.

— J'ai peur qu'ils en soient capables.

Jamie s'arrêta devant elle.

— Lachlan a adopté les trois fils Douglas, qui sont les siens, aujourd'hui, devant la loi. Malcolm, Gavin et Ronald McBride sont maintenant tes frères.

Leana demeura interdite.

— Mes... frères ?

Elle ne les avait encore jamais rencontrés.

— Plus odieux encore, Leana, ils sont ses héritiers. Ce n'est plus toi, ni Rose. Ni Ian, ni tout autre enfant que vous porterez au jour. Ni moi, n'étant que son beau-fils, ni Evan, son neveu le plus âgé.

La voix de Jamie était mesurée, mais la vérité portait ses coups douloureux.

— Ton nouveau frère, Malcolm, conclut-il, héritera de tout Auchengray, un jour.

— Alors, il n'y aura... rien... pour moi.

Ni pour toi, mon petit. Elle croisa les mains sur sa taille, protégeant son enfant à naître de l'accablante nouvelle.

— Je te demande pardon pour ma réaction égoïste, Jamie. Je suis désolée pour toi et pour Rose, aussi.

— Tu n'as pas à être inquiète pour nous. Nous possédons Glentrool et ses ressources.

Il s'assit en face d'elle, les coudes posés sur les genoux, les yeux remplis de compassion.

— Mais tu as raison de t'inquiéter pour ton avenir, Leana. Je ne fais pas confiance à ton père afin de pourvoir à tes besoins, encore moins à Malcolm. Il te faudra quelqu'un pour veiller sur toi.

Pendant un court instant, le regard de Jamie s'abaissa sur sa taille.

Assez pour qu'elle le remarque.

Il sait. Sans son tablier, sa robe lâche ne dissimulait rien de son état. Elle ne pouvait attendre le retour de Rose pour lui annoncer. Le sujet devait être abordé à l'instant même.

— Jamie, je dois... Nous devons... parler.

— Bien sûr, nous le devons.

Il rapprocha sa chaise et lui prit les deux mains, les soulevant au-dessus de sa robe, exposant un peu plus la vérité.

— Leana, dit-il, la raison pour laquelle tu es revenue à la maison est évidente.

Sa tête s'affaissa. *Jamie, je t'en prie.* Elle pouvait tout tolérer, hormis sa pitié.

— Il n'y a aucune raison d'avoir honte, Leana.

Les pleurs qui lui mouillaient les yeux tombaient sur sa jupe. Aucun autre mot ne vint à ses lèvres que ceux qui devaient être dits.

— Pardonne-moi.

Jamie lui massa doucement les mains.

— Qu'y a-t-il à pardonner ? Cet enfant est une bénédiction de Dieu.

Il parlait de sa voix de berger : une voix basse, chaude, réconfortante.

— Il semble que cela plaise à Dieu de te voir enceinte, dit-il.

Elle rassembla son courage et leva son regard pour croiser le sien.

— Est-ce que cela... *te* fait plaisir aussi ?

Un masque invisible tomba. Soudain, il était redevenu Jamie. Son Jamie. L'homme qui l'avait autrefois défendue, chérie, désirée. *Mon mari. Mon amour.*

— Leana, savoir que tu portes mon enfant me comble de joie.

Son cœur était si gonflé de bonheur qu'elle n'osait parler. Il essuya les larmes de ses joues. Bien que ses caresses fussent légères, elle sentait le contact de ses pouces rugueux contre sa peau.

— Mon fils ou ma fille n'aura jamais besoin d'un penny de Lachlan McBride, promit-il. Et l'enfant portera mon nom. À moins que...

— Oui, l'interrompit-elle, avec un sourire tremblant. McKie.

Les mains de Jamie, mouillées de ses pleurs, reprirent celles de Leana.

— Tu n'as pas paru étonné... de l'apprendre, lui dit-elle.

Un voile de chagrin lui assombrit le visage.

— Cette nuit où nous avons parlé dans la chambre d'enfant, lorsque je t'ai trouvée sur ton lit mobile...

Il haussa les épaules.

— Comme j'ai été aveugle de ne pas le remarquer plus tôt.

— Pas du tout, s'empressa-t-elle de dire, car j'ai fait de mon mieux pour cacher l'enfant en moi.

Il sourit, en considérant la preuve évidente.

— Vraiment ?

Ce fut au tour de Leana de rougir.

— Pas... aujourd'hui, car j'avais l'intention de vous l'annoncer, à toi et à Rose. En vérité, j'aurais voulu te le dire dès mon arrivée à Auchengray, mais...

— Mais tu ne le pouvais pas, dit-il. Pour Rose.

— Oui, dit Leana en se redressant, sentant un mouvement rassurant en elle. Cet enfant est une bénédiction pour moi, mais je crains qu'il n'en soit pas ainsi pour ma sœur.

Puisqu'il s'abstint de répondre, Leana sut que Jamie partageait ses appréhensions : Rose serait désemparée, craignant les répercussions sur leur avenir commun.

— Je dois lui parler dès qu'elle arrivera, Jamie.

Il hocha la tête et lui relâcha les mains.

— Veux-tu que je sois présent ?

Déjà, son contact lui manquait.

— Laisse-moi le lui dire d'abord. Rose ira sans doute te voir tout de suite après. Je sais que tu arriveras à la consoler... de quelque manière.

Il s'adossa à sa chaise et regarda par la fenêtre, comme s'il anticipait l'arrivée de sa femme.

— Je le ferai.

Leana regarda ailleurs, plutôt que de voir Jamie redevenir son cousin. Reprendre ses distances. Éviter son regard. Leurs échanges s'affadiraient en banalités polies, et il redeviendrait l'autre Jamie. Le mari de sa sœur.

En entendant le cliquetis des harnais de Bess, Leana se tourna vers la fenêtre.

— Voilà Rose qui arrive.

Elle se leva et résolut de remettre son tablier le temps de les recevoir. À moins que sa sœur eût percé à jour son subterfuge aussi bien que Jamie. Il était possible que non ; Rose pouvait vivre dans son univers, heureuse de ne penser qu'à son bonheur et à celui de son enfant. Dans moins d'une heure, sa sœur saurait qu'un autre bébé grandissait sous le toit d'Auchengray.

L'horloge de la cheminée de la salle à manger sonnait quatre heures quand le vestibule résonna de voix féminines. Rose et

Neda apparurent à la porte du salon, les bras chargés de paquets.

— Nous avons pris not' temps pour rentrer à la maison, expliqua Neda, pensant qu'Jamie nous rattraperait. Quand nous avons vu l'marché d'Milltown, nous n'avons pu résister à la tentation d'y faire un arrêt.

Neda présenta leur butin : un panier de rhubarbe fraîche et un autre rempli de baies mûres.

— On fait souvent d'bonnes affaires en fin d'journée, dit la gouvernante. Duncan s'ra là bientôt. Y dit qu'y doit vous parler, m'sieur McKie. J'ferai mieux d'retourner à la cuisine et d'voir à vot' dîner.

Elle se dirigea vers le corridor, puis sourit à Jamie par-dessus son épaule.

— Toute une semaine à n'faire la cuisine qu'pour vous trois, lança-t-elle. C'pas le bonheur, ça ?

Après le départ à la cuisine de Neda, Rose se précipita aux côtés de Jamie, le front soucieux.

— Tu es sorti si vite, Jamie, et comme tu n'es pas revenu ensuite…

— Pardonne-moi, Rose.

Il se tourna vers Leana, comme s'il cherchait conseil auprès d'elle.

— J'ai beaucoup de choses à te dire, mais…

— Prenez le temps qu'il faudra.

Leana fit une pause au seuil de la porte et se retourna pour regarder sa sœur.

— Quand Jamie et toi aurez terminé, pourrais-tu frapper à la porte de ma chambre ?

Rose accepta sans hésiter.

— As-tu reprisé une autre vieille robe ?

— Non.

Leana ravala ; la boule dans sa gorge ne se laissa pas déloger.

— Mais je dois te parler, ma chérie. Viens dès que tu le pourras.

Chapitre 41

Cette rose écarlate est douce et jolie!
Mais l'amour est une fleur bien plus douce
Au milieu des chemins épineux de la vie.
— Robert Burns

Quand Rose frappa à la porte de Leana, elle s'ouvrit tout de suite, comme si sa sœur avait déjà la main posée sur le loquet.

Le regard dans les yeux bleus de Leana était préoccupé.

— Viens t'asseoir près de moi, s'il te plaît.

Rose la suivit vers le coin opposé à la fenêtre ensoleillée, l'endroit le plus frais de la chambre, où deux chaises étaient placées l'une près de l'autre. Elle s'assit lourdement sur l'une d'elles, espérant trouver une position confortable.

— Est-ce que ton dos te faisait souffrir, quand tu portais Ian? demanda-t-elle en se replaçant sur son siège. Ce fut une bien longue randonnée en cabriolet, aujourd'hui.

— Je n'en doute pas.

Leana s'empara du coussin rond sur sa chaise.

— Penche-toi vers moi, dit-elle à sa sœur.

Elle le glissa ensuite derrière Rose, l'ajustant soigneusement sur la courbe de son dos.

— Ça va mieux? demanda-t-elle.

Rose remarqua que les joues de sa sœur étaient plus colorées que d'habitude, et son front, légèrement moite.

— Il me semble plutôt que c'est toi qui es souffrante.

— Seulement un peu de chaleur.

Une brise légère froissa les rideaux tandis que Leana s'assoyait à son tour.

— Bien que ce fût une journée… riche en événements.

— Et comment! Est-ce que Jamie t'a dit qu'en route vers l'église d'Urr, nous avons croisé Lillias Brown?

Rose décrivit l'apparition inattendue de la sorcière.

— Jamie était furieux, expliqua-t-elle. Il a renvoyé la femme dans les bois d'où elle venait. Je me demande comment elle a su que nous serions sur cette route à ce moment précis. Elle changea à nouveau de posture, espérant que la douleur sourde dans son dos cesserait.

— Plusieurs dans la paroisse étaient informés des plans de mariage de notre père, lui rappela Leana. J'imagine que Lillias est restée à l'affût toute la matinée, certaine que vous passeriez par là.

— Tu aurais dû entendre toutes les sottises qu'elle a proférées, évoqua Rose en riant. Elle a dit à Jamie que je n'étais pas la seule femme qu'il connaissait qui avait un enfant dans son ventre.

Les yeux de Leana s'écarquillèrent.

— Lillias a dit ça?

Leana s'humecta les lèvres — même Rose remarqua combien elles étaient sèches — et tendit le bras pour prendre son éventail, le déployant d'un gracieux coup de poignet. Elle s'aéra la gorge, mais cela n'empêcha pas son visage de rougir davantage.

— Il y a plusieurs femmes de notre paroisse qui sont enceintes, cet été.

Rose les avait remarquées aussi.

— Elizabeth Pickens, de Drumburn, par exemple, dit Rose. Et Jenny Briggs, à Hillhead.

L'éventail de Leana cessa de battre.

— Je pense à quelqu'un d'autre.

Elle se pencha et prit la main de Rose, une expression plaintive au visage.

— La connais-tu aussi, ma sœur?

— Non, je… ne vois pas.

Confuse, Rose libéra sa main.

— Qu'y a-t-il? Tu ne sembles plus toi-même.

— Je suis… plus que moi-même, dit Leana en refermant lentement son éventail.

Rose haussa les épaules, son attention attirée par un vase de roses odorantes, sur la petite table devant elles. Leurs pétales se détachaient des feuilles vertes finement dentelées, et les étamines jaunes étaient plus brillantes encore.

— Comment se nomment celles-ci ? demanda-t-elle.

Elle en saisit une pour inhaler son doux parfum et se piqua un doigt.

— La rose des apothicaires. Cultivée par les Français depuis le Moyen Âge. Une teinture faite avec ses pétales est excellente pour la digestion, et une infusion guérit la gorge irritée.

Leana pressa l'un des pétales contre la manche rose de Damas de sa sœur.

— C'est la même couleur que ta robe, fit-elle remarquer.

Rose se souvint d'un étrange commentaire de la sorcière.

— Lillias a dit que si l'une des roses de ton jardin saignait, son sang serait de la couleur de ma robe.

— Mais les roses ne saignent pas.

— Cette Rose-là pleure.

Elle montra le bout de son doigt. Sur sa peau pâle se détachait une goutte de sang rouge foncé.

— Maintenant, tu connais la raison pour laquelle je ne peux prendre soin des fleurs qui portent mon nom.

Elle porta son doigt sur le bout de sa langue.

— J'adore la fleur, mais je déteste les épines.

— Avec la rose, murmura Leana, on doit accepter aussi bien la beauté que la douleur.

Leurs regards se croisèrent.

— Parles-tu de tes fleurs… ou de moi ?

— Rose, je…

Leana détourna le regard, caressant les pétales soyeux du bout de ses doigts.

— Je suis désolée d'avoir parlé ainsi…

— Honnêtement ?

Rose arrêta sa main.

— Leana, je t'ai causé du chagrin tant de fois que je n'arrive plus à les compter.

— Pas… volontairement.

— Il y a eu des fois où je t'ai fait mal… délibérément.

Leana leva les yeux, visiblement touchée par sa franchise.

— Si tu l'as fait, c'est seulement parce que *tu* souffrais. Je ne douterai jamais de ton amour pour moi, Rose. Tout comme j'espère que tu croiras toujours au mien, quand je t'aurai confié… une nouvelle.

Une nouvelle ? Un sombre pressentiment s'empara de Rose, lui glaçant la peau. Leana était-elle malade ? Quittait-elle Auchengray ? Rose s'efforça de demander :

— De quelle nouvelle s'agit-il, ma chère sœur ?

— Je porte… l'enfant de Jamie.

— Son… *enfant ?*

Rose cligna des yeux, confuse.

— Mais c'est impossible.

Des larmes tombèrent des yeux de Leana.

— Je suis désolée, Rose. Si désolée.

Rose essaya de respirer, mais en fut incapable, voulut raisonner, mais ses pensées étaient trop dispersées. *Jamie. Leana.* Cela recommençait.

— Mais… c'est moi que Jamie aime.

— Tu as raison, jeune fille.

Leana rapprocha sa chaise.

— Il t'aime. De tout son cœur.

Rose n'écoutait plus, son attention fixée sur la taille de Leana.

— Ce ne peut être vrai.

Mais ce l'était. Dans toute sa simplicité.

— Ce ne peut… être… Jamie, répéta-t-elle hébétée.

— Ce ne peut être que Jamie, dit Leana gentiment. Mais ne sois pas en colère contre ton mari. L'enfant a été conçu en février, un mois complet avant ton mariage.

Février. Confuse, Rose essaya en vain de compter les mois.

— Quand viendra-t-il au… ?

— Au début de décembre, longtemps après que vous vous serez installés à Glentrool pour commencer une heureuse existence.

Glentrool. Oui, Jamie serait là avec elle. Pas avec Leana. À moins que... à moins qu'il...

— Tu n'auras jamais à voir l'enfant.

Leana s'agenouilla près de sa chaise, répandant ses jupes sur le plancher de bois.

— J'élèverai le fils ou la fille de Jamie ici, à Auchengray, dit-elle.

Rose regarda ses mains, luttant pour mettre un semblant d'ordre dans toute cette histoire. Leana allait devenir mère. Pourrait-elle prendre soin toute seule de ce petit, quand ils seraient partis ? Oh, mais il y avait Jamie... Il ne se détacherait pas aussi facilement. De son enfant. De la femme qu'il avait jadis aimée.

— N'aurai-je...

Sa gorge la faisait souffrir.

— N'aurai-je donc jamais Jamie pour moi toute seule ?

— Tu l'auras, Rose.

Leana s'avança pour replacer une mèche sur le front de sa sœur.

— Puisque c'est ton mari.

Rose leva les yeux et vit la vérité. *Elle l'aimait encore.*

— Pourquoi ?

Sa voix était faible, chaque mot était douloureux.

— Pourquoi as-tu attendu si... longtemps... avant de me le dire ?

— J'avais l'intention de t'en informer dès le moment de mon retour. Quand j'ai découvert que tu étais aussi..., je n'ai pu me résoudre à ruiner ta joie.

— Mais tu l'as bel et bien ruinée.

Rose se détourna, honteuse d'elle-même.

— Tu as tout ruiné. Comme avant.

— Je t'en prie, Rose.

Les mains chaudes de Leana saisirent celles, maintenant froides, de sa sœur.

— Les choses sont différentes, cette fois-ci.

— Le sont-elles vraiment?

Elle dévisagea sa sœur. Voulant la blesser, voulant lui pardonner, fatiguée de la bataille.

— L'été dernier, j'aimais Jamie, et Jamie m'aimait, dit-elle. Pourtant, tu étais celle qui portait son enfant.

Rose renifla, ayant grandement besoin de son mouchoir.

— L'histoire se répétera encore cet été.

— Pas du tout. Jamie est ton mari, pas le mien. Et toi aussi, tu portes sa semence.

Ses yeux brillaient de sincérité.

— Jamie t'aime tendrement, Rose. Il me l'a dit le jour même de mon arrivée. Tu n'as rien à craindre.

Rose libéra sa main, puis fouilla dans l'une de ses manches pour y prendre son mouchoir.

— J'ai tout à craindre, car, maintenant, je dois annoncer à Jamie cette... nouvelle que tu m'apportes.

Leana recula légèrement.

— Chérie, je...

Un petit coup frappé à la porte l'interrompit.

— Mesdames?

C'était la voix de Jamie, étouffée par la porte de chêne.

— Neda vient de m'informer que le dîner est prêt. Voulez-vous me rejoindre à table?

Leana fut sur pied immédiatement.

— Jamie, attends.

Elle effleura l'épaule de Rose, puis se précipita à travers la pièce pour lui ouvrir.

— Entre, je t'en prie. Il serait préférable que nous parlions d'abord.

Rose leva les yeux à temps pour le voir entrer, toujours vêtu de son habit d'équitation, une expression inquiète au visage. Elle se leva en chancelant un peu et se tourna vers son mari, soulagée de le voir là, fort et maître de lui. Jamie saurait quoi dire, saurait quoi faire, pour chasser ses craintes.

Quand elle tendit les mains vers Jamie, il traversa la pièce et les prit dans les siennes. Elle parvint à esquisser un sourire.

— Je dois être terrible à voir.

— Pas du tout.

La chaleur de son baiser la réconforta.

— Mais cela m'attriste que cette... circonstance soit une cause de larmes.

Rose ouvrit la bouche.

— Alors, tu...

Les mots s'étouffèrent dans sa bouche.

— Depuis... quand?

— Je le sais depuis plus d'une semaine.

Sa voix était tendre, quémandant sa compréhension.

— Leana et moi en avons parlé pour la première fois cet après-midi, mais je m'en étais rendu compte simplement en...

— ... la regardant, compléta Rose pour lui.

Sa sœur était clairement avancée de plusieurs mois. Comment quelque chose d'aussi évident avait-il pu lui échapper? Rose se retourna et les regarda tous les deux.

— Y a-t-il autre chose qu'on ne m'a pas dit? demanda-t-elle. D'autres secrets entre vous?

— Non! répondirent Leana et Jamie à l'unisson, en regardant Rose.

Jamie serra un peu plus les mains de sa femme.

— Ce n'est un secret pour personne que je t'aime, Rose, dit-il. Et que je ne te ferai jamais de mal.

Il regarda sa sœur un moment.

— Pas plus que je ne ferais jamais de mal à un être qui t'est cher, reprit-il. J'ai promis de soutenir l'enfant de Leana comme mon enfant légitime. Il portera mon nom, et je ne le laisserai pas dans le besoin. J'ai seulement fait ce qu'il convenait de faire.

Il aurait son nom. Son argent.

Mais pas son cœur. Il était pour elle exclusivement.

Si Leana et son enfant restaient ici... Si elle avait Jamie pour elle toute seule à Glentrool...

— Très bien, dit Rose enfin. Aucun homme digne de ce nom n'aurait pu faire moins. Je ne veux pas que ma sœur soit abandonnée ni que son enfant ait à mendier son pain.

Poussant un léger soupir, Leana pressa un mouchoir sur son visage, de nouveaux pleurs baignant ses yeux.

— Sois bénie, Rose.

Jamie lui sourit.

— Ma femme charitable.

Embarrassée, Rose repoussa leurs compliments d'un geste. Quel autre choix avait-elle, puisqu'elle aimait sa sœur? Jamie ne lui avait pas été infidèle. C'était tout ce qui comptait.

— Qui d'autre le sait? demanda-t-elle.

Rose ne fut pas surprise d'apprendre que Neda et Eliza avaient deviné l'état de Leana. La visite du révérend Gordon, par contre, la surprit considérablement.

— Il est venu ici? Ce matin?

Leana lui parla brièvement de la lettre du révérend Scott.

— Et père le sait, bien qu'il ait promis de ne rien dire avant le jour de Lammas.

— Lachlan McBride gardant un secret? s'étonna Rose.

Une vague appréhension hérissa les poils sur sa nuque.

— Il le fera seulement si c'est à son avantage. Qui sait ce que père est en train de tramer?

— Il revient dans une semaine.

Jamie se dirigea vers la porte et le dîner.

— D'ici là, j'élaborerai mes propres plans.

Chapitre 42

La vengeance à Dieu seul appartient ;
Mais, quand je pense à tous les torts subis,
Mon sang est un liquide de feu !
— Sir Walter Scott

— Les agneaux m'appartiennent, dit Jamie à voix haute d'un ton menaçant, répétant en vue du moment où Lachlan McBride franchirait la porte d'entrée d'Auchengray avec sa nouvelle épouse.

Du haut de la cime couverte de bruyères d'Auchengray Hill, Jamie guettait l'arrivée du couple ; il aurait assez de temps pour rallier la maison avant leur attelage. Il n'avait pas l'intention de revêtir des habits plus élégants. Il valait mieux les accueillir en hardes de travailleur, un rappel de son infatigable labeur au profit de Lachlan.

L'un de ses agneaux marqués marcha vers lui, bêlant pour avoir de l'attention. Jamie s'accroupit, examinant ses sabots pour trouver des pierres qui pourraient s'y être logées. Il fouilla aussi sa laine, à la recherche de puces. Il tremperait tous les agneaux dans une mixture d'eau, de tabac et de savon le samedi précédent leur départ pour Glentrool, et une autre fois à leur arrivée, pour éviter qu'ils infestent les troupeaux de son père.

Jamie agrippa la laine entre ses doigts. *Si père veut de moi. Si je suis toujours le bienvenu.* Deux années auparavant, son père l'avait envoyé à Auchengray avec sa bénédiction, même après avoir appris qu'il avait été trompé. Et la lettre de sa mère en mai exprimait clairement qu'ils étaient attendus. Alors, pourquoi Alec McKie ne lui avait-il pas répondu ?

La veille au dîner, Rose avait soulevé la question qui obsédait maintenant Jamie.

— Si nous ne recevons pas de nouvelles de ton père ou de ton frère, partirons-nous quand même?

Il lui assura que, lettre en main ou non, ils s'en iraient d'Auchengray, le dimanche 1er août. Seul le Tout-Puissant savait quelle réception les attendait. Peu importe, il ne tolérerait pas de vivre un jour de plus sous le toit de Lachlan.

Jamie libéra l'agneau, puis se leva, surveillant la route de nouveau. Sèche comme le temps qu'il avait fait toute la semaine, elle ne manquerait pas de propager un grand nuage de poussière dans le sillage des chevaux de l'attelage. En parcourant du regard la ferme en contrebas, il aperçut Duncan, émergeant de l'étable. Le bord de son bonnet quadrillé s'éleva d'abord vers les collines, puis il fit un signe de la main à Jamie en se dirigeant vers lui.

Duncan grimpa la pente avec l'agilité d'une chèvre et arriva à la hauteur de Jamie quelques instants après, sans montrer le moindre signe d'essoufflement. Se protégeant les yeux de la main, il observa les pâturages et les champs aux alentours.

— Tu surveilles l'arrivée des McBride? Y doivent arriver à midi, d'après Neda.

Quand Jamie confirma d'une voix bourrue, Duncan se tourna vers lui.

— J'ai beaucoup pensé à c'te mauvaise affaire ent' toi et ton oncle, Jamie, lui dit-il. Fais attention à c'que tu vas dire à l'homme. Et rappelle-toi à qui sont les agneaux.

— Ils sont à moi.

— Non, y n'sont pas à toi. Ni à Lachlan McBride.

Duncan décrivit un vaste cercle avec son bras.

— Car toutes les bêtes d'la forêt sont à Dieu, et les troupeaux su' des milliers collines. Ce n'sont pas tes agneaux, Jamie. Y z'appartiennent au Seigneur.

— Ne les a-t-il pas confiés à mes soins? protesta Jamie. Sans leur berger, les agneaux ne sont pas mieux que perdus.

— Et t'as besoin d'un berger pour t'guider toi aussi, Jamie. Tu f'rais mieux d'rechercher son conseil, avant d'affronter ton oncle.

Duncan l'étudia, et son visage exprimait une préoccupation toute paternelle.

— Ça n'te servirait à rien d'reprendre tes agneaux et d'perdre ta bénédiction.

— Je croyais que mes agneaux étaient ma bénédiction.

— T'as reçu bien plus que cela.

Duncan se frotta le menton avec sa main.

— Les enfants aussi sont bénis. T'en as trois qui porteront ton nom. Et la Bible dit qu'une femme prudente est une bénédiction.

Jamie eut un petit geste d'impatience.

— Rose McKie possède bien des qualités, mais la *prudence* n'est pas l'une de ses vertus.

Duncan sourit.

— La faveur du Tout-Puissant est une grande chose, dit-il.

Il posa la main sur l'épaule de Jamie, marquant chacun de ses mots en la comprimant :

— Il a une main sur toi, ça n'fait aucun doute. Je l'savais depuis l'début. La malhonnêteté d'ton oncle n'restera pas impunie, affirma le superviseur avant de le relâcher. La chandelle du méchant peut être soufflée, mais pas par toi, Jamie. Attends l'bon vouloir de Dieu et continue d'suivre sa voie.

Jamie le regarda. *Attendre le bon vouloir de Dieu ?* N'avait-il pas déjà attendu assez longtemps ? Il regarda par-dessus l'épaule de Duncan juste à temps pour voir la poussière s'élever de la route du Lochend.

— Les voilà !

— J'prierai pour toi, garçon, lui lança Duncan, après que Jamie eut commencé à dévaler la pente, perdant presque pied dans sa hâte.

Jamie essaya de prier, mais ses pensées étaient disjointes et ses motivations, conflictuelles. *Délivre-moi des mauvaises gens.* Désirait-il simplement se libérer de cet homme ? Ou voulait-il se venger ? *Que mes ennemis ne se rient de moi.* Étaient-ce ses moutons qui lui importaient le plus ? Ou son orgueil flétri ? *Conduis-moi sur un chemin de droiture.* La seule prière, la vraie prière, qui comptait.

Son cœur lui martelait la poitrine comme un tambour tandis qu'il allongeait le pas en traversant le jardin, se dirigeant vers la porte de derrière. Le cliquetis des harnais se rapprochait, et il entendit le conducteur qui ordonnait aux chevaux de s'arrêter au moment où il franchissait le seuil. Il trouva Leana et Rose qui attendaient dans le vestibule d'entrée, joliment habillées dans leur robe de coton imprimé, affichant toutes deux une expression résolue.

— Jamie, enfin.

Rose tendit la main et l'attira à ses côtés.

— Nous devons être unis. Comme une famille. Mais c'est à Leana de parler la première, car sa situation est plus... délicate.

Le menton de Leana était immobile, remarqua-t-il, et son regard, clair. Les mains posées sur son enfant à naître ne tremblaient pas. Cette femme courageuse ne broncherait pas devant la grossièreté de Lachlan, et elle ne plierait pas devant lui. Peu importe ce qu'elle avait l'intention de dire, leur enfant irait courageusement devant elle. *Notre fils. Notre fille.* Jamie hocha la tête dans sa direction pour lui offrir un soutien silencieux. *Que Dieu soit avec toi, jeune femme.*

Les trois se tournèrent vers l'entrée, quand ils entendirent des pas qui approchaient. L'horloge de la salle à manger sonna le premier des douze coups, quand la porte s'ouvrit brusquement. Lachlan invita Morna à pénétrer dans la maison. De la poussière du chemin était collée à leur chapeau, et leurs vêtements étaient froissés à la suite de leur longue randonnée. Le sourire fatigué de Morna semblait plaqué sur son visage.

— Comme je l'espérais, madame McBride, dit Lachlan.

L'expression de son visage était sévère.

— Votre nouvelle famille est ici pour vous accueillir.

— Bienvenue à la maison, père.

Leana offrit une profonde révérence. Quand elle se redressa, révélant sans honte son état, le visage de Lachlan rougit, tandis que celui de Morna devint d'une pâleur cendreuse.

— *Leana!*

Son père se dirigea vers elle.

— Qu'as-tu *fait* ?

— J'ai dit la vérité. Toute la maisonnée sait que je porte l'enfant de Jamie McKie. Le révérend Gordon est aussi informé.

Leana haussa gracieusement les épaules.

— Père, je crains que notre secret ne soit éventé.

— *Notre* secret ?

Les mots de Morna étaient étouffés, comme filtrés par une étoffe.

— Et c'est... *votre* enfant, James ?

— En effet, madame McBride.

Jamie s'inclina légèrement.

— Ou dois-je vous appeler ma tante ?

— Tu ne lui adresseras pas la parole... *du tout* ! cracha Lachlan. James, je dois te parler sur-le-champ. En privé. Morna, installez-vous confortablement dans le salon. Neda ! cria-t-il, et il la trouva au pied de l'escalier, prête à lui obéir. Apportez quelque chose de frais à boire pour mon épouse.

Lachlan se tourna et jeta un regard mauvais sur Jamie.

— À l'instant, neveu. Dans le petit salon.

Rassemblant son courage, Jamie suivit Lachlan à travers la maison, conscient que Rose et Leana le suivaient de près. Quand les hommes eurent pénétré dans la pièce, qui servait à la fois de bureau et de chambre à coucher à Lachlan, ce dernier se retourna pour fermer la porte au nez de ses filles.

— Non, père.

Rose agrippa le loquet, le coude appuyé contre la porte.

— Il y a un sujet important dont je dois discuter avec vous. Comme cela concerne ma sœur, elle devrait aussi être présente.

Et sans attendre sa permission, Rose se faufila dans la pièce, suivie de Leana.

— Très bien, maugréa Lachlan en claquant la porte derrière elles, ce qui fit trembler les tasses d'étain sur son bureau. Assoyez-vous, ordonna-t-il.

Mais les trois préférèrent l'affronter debout. Le visage toujours cramoisi, il déboucha d'un geste brusque sa carafe de whisky et s'en versa un doigt.

— Non merci pour moi, dit Jamie d'une voix posée.

Lachlan vida le contenu de la petite coupe d'étain d'une lampée.

— Je ne me rappelle pas t'en avoir offert, dit-il, puis il s'essuya la bouche du revers de la main, ses manières plus grossières que jamais. Que veux-tu, Rose ?

En dépit du léger frémissement dans sa voix, elle répondit sans hésiter.

— Je veux savoir pourquoi les enfants que ma sœur et moi portons ne compteront pas au nombre de vos héritiers.

Lachlan prit le temps de se verser un second whisky, se passant la langue sur les lèvres en regardant la Bible familiale déposée sur son bureau.

— Parce que « je fais miséricorde à qui je fais miséricorde ».

Prenant une autre gorgée, il pointa son regard tranchant sur Jamie.

— « Et j'endurcis qui je veux. »

Ses mots tombaient comme des cailloux lancés sur les murs de la pièce trop silencieuse. Jamie parla finalement.

— Vous m'avez en effet endurci, oncle. Et vous m'avez transformé en pierre.

Il aurait voulu avoir son poignard, tenir en main son épée.

— Une pierre, reprit-il, sur laquelle vous avez aiguisé la lame de votre langue assez longtemps.

Quand Lachlan voulut parler, Jamie l'interrompit tout de suite.

— Vous pouvez garder votre précieuse terre et votre coffre plein d'argent. Auchengray et ses richesses ne signifient rien pour moi.

— Vraiment ?

Lachlan le regarda, ses yeux rendus brillants par l'alcool.

— Y a-t-il quelque chose de moi que tu veux, alors ?

— Rien qui vous appartienne. Je ne veux que mes agneaux. Tous, y compris ceux qui sont à Edingham.

— Ce n'est que juste, intervint Rose rapidement. Ils appartiennent à Jamie.

— Tes agneaux, neveu?

Lachlan abattit son verre sur la table, éclaboussant de whisky le bois poli, où il forma des gouttelettes qui miroitaient à la lueur des chandelles.

— Comment ces moutons pourraient-ils être les tiens, puisqu'ils broutent dans mes pâturages? demanda-t-il. Possèdes-tu une preuve qu'ils t'appartiennent? Un contrat en bonne et due forme? Une lettre rédigée par un notaire? Non, car ce ne sont pas tes agneaux. Ils m'appartiennent...

— Ils sont à moi.

— ... tout comme Auchengray m'appartient, continua-t-il sans s'arrêter, comme la femme assise dans le salon, et Edingham aussi.

La vue de Jamie s'embrouillait, il n'arrivait plus à penser clairement.

— Il y a deux mois, nous étions assis à ce même bureau...

— *Balivernes!*

Le mot fendit l'air comme un couteau. Sans cesser de regarder son neveu, Lachlan arracha une clé d'argent d'une poche secrète à l'intérieur de sa chemise. Il se pencha pour la plonger dans la serrure de son coffre, dont il ouvrit brusquement le couvercle.

— Tout ceci est à moi, neveu. Une jolie somme, n'es-tu pas d'accord?

Quand les deux sœurs émirent un hoquet de stupéfaction, Jamie s'efforça de regarder le coffre ouvert. Il ne regorgeait plus seulement de shillings, mais aussi de souverains d'or. La corde dorée et nouée enfouie dans les pièces était à peine visible, trop pâle pour rivaliser avec l'éclat du métal précieux.

Les yeux gris de Lachlan prirent eux aussi un éclat argenté.

— Madame McBride croyait elle aussi que son héritage serait davantage en sécurité avec moi.

— En sécurité? *Entre vos mains?*

Jamie éprouva de la pitié pour la femme. Que Dieu lui vienne en aide, si elle désirait en revoir un jour la couleur, car sa fortune appartenait désormais à Lachlan McBride.

— Edingham sera vendue mercredi, dit Lachlan sèchement, en regardant son coffret de bois. Mais où vais-je donc pouvoir mettre tout cet or des Douglas ? Car il n'entrera jamais dans ce petit coffre.

Il haussa les épaules et ajouta :

— J'imagine que je devrai débiter celui-ci pour alimenter le foyer et m'en procurer un autre, plus grand.

Jamie ne dit rien pendant un moment, ulcéré par l'avarice de l'homme.

— Père ?

C'était la voix timide de Leana.

— Si la propriété d'Edingham est vendue, où vos fils... vivront-ils ?

— Ils seront les bienvenus dans cette maison, bien sûr. Car ils me sont bien plus agréables que les enfants de mon propre sang.

Jamie retint un juron.

— Pourquoi devrions-nous être agréables avec un homme qui est méchant et injuste ? Vous m'avez promis ces agneaux en guise de paiement pour mon travail. Je ne vous laisserai pas me duper...

— Te duper ?

Le regard de Lachlan se fixa sur Jamie.

— Comme tu es bien placé pour parler de duperie.

— Vous n'utiliserez plus ce péché contre moi de nouveau, dit Jamie en redressant les épaules. J'ai demandé pardon à mon père, à mon frère et à Dieu. Je n'ai que faire de votre clémence, oncle, car je n'ai pas péché contre vous. Pourtant, vous m'avez causé un grand tort. Et vous avez blessé vos deux filles.

Lachlan referma son coffre aussi violemment qu'il l'avait ouvert, les mains tremblantes de rage.

— Cette famille m'a outragé au-delà de toute décence. Tous les agneaux sont à moi, entends-tu ? Tu as renoncé à tes droits sur eux il y a plusieurs mois, quand tu as planté ce bébé inopportun dans le ventre de Leana. De plus, tu ne quitteras pas Auchengray comme prévu.

— *Quoi ?*

La pièce commença à vaciller.

— Vous ne pouvez m'arrêter...

— Oh oui, je le peux. Tu m'as dérobé une fille mariable, un crime puni dans tous les comtés d'Écosse.

Il hocha la tête en direction de Leana, comme si elle avait participé à ce stratagème.

— Aucun homme des dix paroisses n'en voudra, déclarat-il. J'ai fait des démarches dès l'heure où j'ai appris de sa part cette déplorable nouvelle, mais en vain.

Désemparé, Jamie se retourna.

— Est-ce vrai, Leana ? Désirais-tu te... remarier ?

L'expression consternée de Leana lui offrit la réponse à sa question. Quand il fit face à Lachlan de nouveau, il avait retrouvé sa combativité.

— Il semble, reprit-il, que votre fille n'était pas au courant de vos efforts pour lui procurer un mari.

— Crois-tu que je recherche la bénédiction de ma fille pour tout ce que je fais ?

— *Bénédiction ?*

Jamie cracha littéralement le mot.

— Vous ne connaissez pas la signification de ce terme.

Lachlan ignora sa remarque, avalant ce qui restait de whisky dans son verre.

— Puisque je n'ai trouvé personne pour me débarrasser de Leana, tu devras rester à mon emploi afin d'assurer l'entretien de ce bâtard.

Lachlan reposa son verre vide.

— Mes fils et moi nous assurerons que tu obéisses.

— Vous ne pouvez me menacer sur cette question, oncle, dit Jamie en prenant le bras de Leana. J'ai déjà dit à Leana que j'enverrais suffisamment d'argent pour l'enfant. Et pour elle.

Son regard chercha le sien. *Est-ce suffisant, Leana ? Seras-tu en sécurité, ici ?*

— Je recevrai de Jamie tout ce dont j'ai besoin, dit-elle.

Elle regardait son père, bien que Jamie sût qu'elle parlait à son intention aussi.

— Je n'ai aucun désir de me marier. Je ne veux qu'élever mon enfant à Auchengray.

— Vous voilà rassuré, oncle.

Jamie projeta son menton, sa confiance ressuscitée.

— Votre accusation n'a aucun fondement, Lachlan, car je pourvoirai à tous ses besoins. Rose et moi partirons le 1er août, comme convenu.

— Tu abandonnerais cet enfant, sans père, en ne lui jetant qu'un peu d'argent derrière toi?

La voix de Lachlan s'éleva d'indignation.

— Et tu quitterais sa mère, la laissant se défendre toute seule, sans aide pour porter le fardeau d'élever un enfant? Ta dureté de cœur envers Leana me surprend, neveu, dit-il en secouant la tête. N'as-tu pas déjà proclamé ton amour éternel pour ma fille aînée devant Dieu, prenant toute la paroisse à témoin, le premier dimanche où elle a réchauffé le banc de pénitence?

Jamie ne pouvait le nier.

— Je l'ai fait. *Fièrement.*

— Très bien, alors. Il doit bien rester quelques miettes d'affection dans ce cœur trompeur qui est le tien. Assez pour t'assurer toi-même que tous les besoins de Leana seront comblés.

Lachlan prit l'un de ses épais livres de comptes rangés sur son bureau. Il ouvrit le volume relié de cuir et étudia attentivement les chiffres qui y étaient inscrits.

— Car, reprit-il, je n'ai pas l'intention de subvenir aux besoins de la femme, ni de son enfant, de quelque manière que ce soit. Ni le gîte ni le couvert. Ni les vêtements ni les autres nécessités.

Il leva les yeux vers Jamie.

— Est-ce que je me fais bien comprendre?

— Père!

Leana recula d'un pas, sous le choc. Jamie tendit un bras pour la soutenir.

— Que suggérez-vous, alors, monsieur?

— Je ne suggère rien, neveu. J'exige. Si tu ne restes pas afin de soutenir Leana en tout, je la chasserai avec son enfant de cette maison sans un seul shilling.

— Mais...

Rose s'avança.

— Comment ma sœur survivra-t-elle?

— Quelqu'un en aura pitié, j'imagine. C'est le rôle de l'Église de s'occuper des déshérités. Le révérend Gordon doit bien avoir quelques pennies au fond de son tronc.

— Vous ne pouvez faire cela!

Jamie s'empara du lourd cahier des mains de Lachlan et le projeta au sol.

— Quel père peut ainsi tourner le dos à son propre enfant?

Lachlan feignit la surprise.

— Mais n'est-ce pas ce que tu fais toi-même? Qui, ici, tourne le dos à son enfant et à la femme qu'il a jadis aimée?

Il se pencha pour reprendre son livre, fronçant les sourcils à la vue de la couverture abîmée, avant de le remettre à sa place.

— Là encore, Jamie, dit-il, je crains que tu ne sois l'artisan de ton propre malheur. En tant qu'oncle, c'est mon devoir de m'assurer que tu te comportes en chrétien et en gentilhomme.

Abattu par les pleurs étouffés de Leana, Jamie employa la seule arme à sa disposition.

— Un chrétien? Un gentilhomme? Vous, monsieur, n'êtes ni l'un ni l'autre.

— Et toi, neveu, tu es maintenant placé devant un choix.

Lachlan croisa les bras sur la poitrine.

— Rester et faire ton devoir envers Leana. Ou quitter Auchengray et la condamner à une vie de mendiante.

Chapitre 43

La vie nous présente souvent un choix entre deux maux,
plutôt qu'entre deux biens.
— Charles Caleb Colton

Leana regarda l'homme qu'elle aimait à travers les larmes qui lui brouillaient la vue.

— Tu ne peux rester, Jamie.

— Et je ne peux m'en aller.

Il lui prit les mains, comme s'ils étaient seuls dans la pièce. Comme si son oncle ne les regardait pas, savourant leur défaite. Ou si la main de Rose n'était pas appuyée sur le bras de Leana, pour la réconforter.

— Leana, dit-il, je ne peux t'abandonner à ce… monstre.

— Monstre? s'étouffa Lachlan.

Il se délia les bras comme s'il s'apprêtait à combattre.

— Je ne suis qu'un laird à bonnet qui protège ses intérêts.

Jamie ne répondit pas, prêtant à Leana toute son attention.

Quand il l'observait de cette façon — de ses yeux verts francs et déterminés, la bouche contractée en une mince ligne —, elle était persuadée qu'il pourrait tout faire pour la protéger. *Oh, cher Jamie.* Même s'il lui tenait les mains, il ne pouvait tenir tous les morceaux de son cœur brisé.

Son père laisserait-il le nom de sa fille être porté au registre des pauvres? Et laisserait-il l'infâme marque des mendiants être épinglée à sa robe, quand le moment de sa réclusion viendrait et qu'elle ne pourrait plus travailler pour gagner son pain? Voulait-il la voir frapper de porte en porte, quémandant un toit? Peut-être croyait-il que sa nouvelle richesse le protégerait contre le mépris de ses voisins. Ou peut-être que Lachlan McBride n'en avait cure.

Quelles que fussent ses intentions, il n'était pas son vrai père. *Je vous accueillerai, je serai pour vous un père.* Le rappel fut comme un corset d'acier qui lui redressa le dos, raffermit son courage. *Mais toi, tu es mon sûr abri.*

Lorsqu'elle cligna des yeux pour chasser ses larmes, les plans et les ombres du visage de Jamie redevinrent clairs. Elle prit une respiration pour se calmer et dit ce qu'elle devait dire.

— Ne modifie pas tes projets pour moi...

— Leana.

Il lui serra la main plus fortement.

— Comment pourrais-je...

— Je n'ai pas peur, Jamie.

Elle devait le convaincre avant qu'il prenne une décision précipitée.

— Le Seigneur m'hébergera, affirma-t-elle, et l'Église aussi. Notre enfant aura un toit sur la tête.

Elle baissa le regard. Son contact était trop chaud. Ses yeux en disaient trop.

— Voilà, dit Lachlan en se frappant les mains, mettant abruptement fin à la rencontre. Ta cousine t'a libéré, neveu. Glentrool t'attend.

Il fit un geste en direction de la porte.

— Tu partiras d'Auchengray les mains vides, cela va de soi. Pas d'agneaux. Pas d'argent. Mais tu auras ma fille, Rose. Bien des hommes y verraient une récompense très suffisante pour leur labeur.

— Je ne suis pas une récompense !

Rose asséna un coup de talon au sol. Pas le geste d'une enfant gâtée exigeant qu'on lui obéisse ; plutôt celui d'une femme en colère, qui refuse de se laisser amoindrir.

— Et ma sœur ne sera pas chassée de notre maison, renchérit-elle.

Lachlan détourna son regard d'eux, replaçant les papiers sur son bureau.

— Ce sera la décision de Jamie.

Leana ne permettrait pas qu'un tel fardeau retombe sur ses épaules, si larges fussent-elles.

— Partons d'ici, Rose, dit-elle.

Elle retira sa main de celle de Jamie et prit le bras de sa sœur.

— Ton mari préfère peut-être finir la discussion avec père sans nous.

— Elle est terminée. Pour l'instant, dit Jamie, qui devança les sœurs et ouvrit brusquement la porte.

Il la tint ouverte pendant qu'elles sortaient, son regard fixé sur Lachlan.

— Devant les possibilités douteuses qui me sont offertes, déclara-t-il, je n'accepte d'honorer ni l'une ni l'autre.

— L'honneur n'a jamais été ton fort, James.

— Ni le vôtre.

Le claquement de la porte ponctua la fin de la conversation. À droite et à gauche dans le corridor, les domestiques se précipitaient comme des souris à la recherche d'un trou pour se dissimuler. En dépit de la tension, Rose parvint à sourire.

— Les affaires secrètes ne le restent jamais très longtemps, à Auchengray.

Jamie les guida vers la porte d'entrée, prenant chacune par le coude.

— Le verger sera plus discret. Nous avons beaucoup de choses à discuter.

Évitant de regarder le ciel trop lumineux, Leana pressa le pas pour se maintenir à la hauteur de Jamie alors qu'ils marchaient vers les vergers, à l'est de la maison. Le trio trouva un endroit discret où se réunir au milieu des arbres lourds de fruits, bien que Leana craignît que ses jambes ne puissent la soutenir. Les mots de son père, qui la visaient particulièrement, l'avaient meurtrie. *La condamner à une vie de mendiante.*

— Était-il vraiment sérieux ?

Rose enroula autour de son doigt le ruban qui pendait de sa robe, le dos appuyé à l'arbre dont on savourerait les reinettes grises en octobre.

— Que pouvons-nous faire ? demanda-t-elle.

Des taches de lumière tombaient sur la chemise de travail en mousseline de Jamie et sur son front soucieux.

— Ton père devait avoir imaginé ce... choix, il y a quelque temps déjà, Leana. Quand a-t-il appris que tu attendais un enfant?

— Il y a un mois. J'étais en train de remettre un almanach emprunté sur son étagère, quand il m'a... surprise. Et... il a vu.

L'arrière-goût de la peur qu'il avait instillée en elle ce lundi de grisaille lui revint à la bouche. *Retire ton tablier. Tourne-toi vers le foyer.*

Rose frémit.

— Je peux me représenter de quelle manière il t'a traitée. Quel homme haïssable!

Jamie s'empara de l'une des pommes vertes de la branche ployée près de son épaule. Il fit rouler le fruit d'avant en arrière entre les paumes de ses mains.

— Pas de doute possible, il cherchait quelque prétexte pour briser la promesse qu'il m'avait faite et reprendre ses agneaux. Notre enfant le lui a donné.

Quand les épaules de Leana s'affaissèrent, il la réconforta immédiatement.

— Ce bébé est une bénédiction de Dieu, peu importe l'usage odieux que ton père en fait.

Leana sentit l'enfant bouger en elle, comme s'il cherchait à se faire inviter dans la conversation.

— Oui, mon petit.

Elle toucha l'endroit sensible où elle avait senti un coude ou un pied la heurter.

— C'est de toi que l'on parle.

Le regard de Jamie suivit sa main, puis s'éleva vers son visage, et ses traits se radoucirent.

— Quels prénoms ont ta préférence?

Quand elle les révéla, son sourire était sincère.

— Bien choisis, Leana, approuva-t-il. Nous n'avons pas eu de David dans la famille McKie depuis plusieurs générations. Ni de jeune fille nommée Davina.

Leana n'osa pas confesser la vérité : *Davina* lui venait toujours à l'esprit en premier quand elle priait pour leur futur enfant, pas *David*. Est-ce que Jamie serait heureux d'accueillir une fille ? Et serait-il un bon père pour elle, même de si loin ?

— Eh bien, si c'est une petite fille, elle aura un bien meilleur père que le nôtre, dit Rose, comme si elle lisait dans ses pensées. Pour le moment, que devons-nous faire au sujet de Lachlan McBride ?

L'humeur de Jamie s'assombrit.

— Qu'il soit maudit, dit-il. Et partons d'Auchengray pour ne plus jamais revenir.

— Mais qu'en est-il de Leana ?

Rose lui prit la main pour lui démontrer son attachement.

— Nous ne pouvons pas l'abandonner.

— De grâce, vous *devez* partir.

Leana cacha sa peine, tout en se hâtant d'appuyer sa décision.

— Votre vie commune sera ruinée, si vous restez. Je… partirai aussi.

Jamie parut surpris.

— Mais pour aller où ?

Confuse, elle nomma le premier endroit qui lui vint à l'esprit.

— Chez tante Meg. Au cottage Burnside. Cela me prendra un jour ou deux à pied, mais le temps est clément, et les jours d'été sont longs…

Sa voix s'éteignit peu à peu devant le visage consterné de sa sœur.

— À *pied* ? Leana, tu dois être folle ! Tu en es à la moitié de ta grossesse et tu penses marcher une douzaine de milles ?

— Peut-être est-ce un peu loin, murmura Leana, se sentant légèrement ridicule.

Mais si les McKie partaient pour Glentrool, les portes d'Auchengray se refermeraient derrière elle aussi.

— Le coffre de père regorge d'argent, s'emporta Rose. Ne peut-il pas en sacrifier un tout petit peu pour toi ? Assez pour payer un cabriolet jusqu'à Twyneholm ou t'installer dans ton propre cottage ?

Jamie lança au sol sa pomme verte.

— Il le peut, et il le fera.

Il voulut en ajouter davantage, mais le tintement étouffé d'une cloche annonçant l'heure du déjeuner se fit entendre.

— Oh ! Je n'ai pas d'appétit, dit-il. Ni aucun désir de m'asseoir à la table de cet homme méprisable.

Leana lui rappela que c'était le premier repas de Morna à Auchengray.

— Affamé ou non, tu dois être présent pour elle.

— Comment peux-tu être aussi généreuse ? rugit Jamie.

Mais Leana perçut la résignation dans sa voix. Même dans les heures les plus désespérées, les bonnes manières restaient de mise. Il offrit son bras à Rose, mais son regard demeurait fixé sur celui de Leana.

— Ton père n'aura pas le dernier mot, Leana. N'aie aucune crainte, je pourvoirai à tes besoins.

Elle baissa la tête, ne serait-ce que pour dissimuler son soulagement.

— Je sais que tu le feras, Jamie.

Quelques instants après, ils émergèrent du verger odorant sous la radieuse lumière du soleil, en route vers un repas que personne n'avait envie de prendre. Morna sembla heureuse de leur présence à la table. Qu'est-ce que la vieille femme savait de ce qui s'était dit dans le petit salon ? Lachlan agissait comme si cette discussion n'avait jamais eu lieu, et il enfournait sa nourriture tel un homme affamé depuis une semaine.

Jamie ne dit mot de tout le repas, pourtant les messages que son attitude exprimait étaient sans équivoque. De la colère. De l'impatience. Et de la détermination. Pendant que Lachlan mangeait, Jamie planifiait. Leana pouvait le voir par l'angle de son menton et la ride creusée sur son front. Une lueur brillait dans ses yeux quand une idée nouvelle surgissait dans son esprit ; puis, il changeait légèrement de position, comme s'il voulait la considérer d'un autre angle. Peu importe ce que Jamie avait en tête, elle n'enviait pas Lachlan McBride. Pas plus qu'elle ne le prenait en pitié.

Quand les couverts eurent été enlevés, leur père conclut avec une longue prière, demandant au Tout-Puissant de bénir son mariage. Dès que Lachlan eut terminé, Jamie quitta la table avec Rose sur les talons. Leana se retira à l'étage. Prendre Ian dans ses bras était le seul remède à ses peines.

Elle trouva l'enfant rampant sur le plancher, explorant chaque surface rencontrée avec ses doigts ou sa langue, sous l'œil vigilant d'Eliza.

— As-tu pris ton bain et ta collation?

Leana connaissait la réponse; le tablier d'Eliza était maculé de taches humides et des restes du dernier repas d'Ian.

— Viens, mon gentil garçon, viens jouer avec maman.

Leana tint Ian serré contre son corsage, combattant de nouvelles larmes. Où pourrait-elle bien vivre? Et avec son enfant, en plus, quand décembre viendrait? Pas à Auchengray. Lachlan avait été on ne peut plus clair là-dessus. *Ni le gîte ni le couvert.* Pourtant, Jamie avait aussi fait une promesse. *Je pourvoirai à tes besoins.* Des deux hommes qui meublaient sa vie, elle faisait davantage confiance au père de son enfant qu'à son propre père.

— Allons au jardin, Ian.

Elle s'assécha les joues, déterminée à être enjouée pour le bien de son fils.

— Nous avons des carottes et des radis, dans le jardin. Allons voir de quelles couleurs ils sont.

Ian poussa un cri joyeux quand elle le fit rebondir dans ses bras. Au pied de l'escalier, Leana trouva Morna qui l'attendait; la nouvelle épouse de Lachlan lui offrit un sourire timide.

— Est-ce que cela vous dérangerait, si je… jetais un coup d'œil à votre chambre?

— Pas du tout.

Leana hocha la tête poliment, puis passa rapidement son chemin, cachant son désarroi derrière la tête brune de son fils. Les changements étaient déjà en cours. Elle sortit par la cuisine, prenant au passage son chapeau de jardinière à large bord sur le crochet près de la porte.

— Laissez-moi vous l'attacher sous l'menton, m'dame, offrit Annabelle en s'essuyant les mains sur son tablier. Autrement, l'garçon vous l'arrachera d'la tête et l'lancera aux cochons pour l'déjeuner.

Touchée par sa prévenance, Leana la laissa faire, levant le menton.

— Nous n'irons pas près de la ferme, assura-t-elle à la jeune fille au visage couvert de taches de son. Mais il vaut mieux prendre nos précautions, au cas où Ian verrait des porcs affamés. Suis-moi avec un panier, s'il te plaît, car nous avons du jardinage à faire, n'est-ce pas, mon garçon?

Annabelle les aida à s'installer près du carré de carottes, puis s'empressa de retourner à ses corvées.

Leana fit une pause, aspirant les senteurs terreuses des feuillages et du sol, sentant le soleil réchauffer la couronne de paille de son chapeau. En ce jour où son cœur avait été tant de fois brisé, son jardin était une consolation pour son âme.

— Et maintenant, garçon. Peux-tu rester tranquille pendant que j'arrache ces légumes du sol?

De toute évidence, c'était au-dessus de ses forces. Ian se mit à ramper à travers le jardin, écrasant des pousses de carottes touffues sous ses genoux dodus. Leana se leva et le souleva du sol avant qu'il s'enfouisse une poignée de terre dans la bouche.

— Nos jours de jardinage sont derrière nous, j'en ai peur.

Elle frotta la poussière de ses mains, puis se dirigea vers les fraîcheurs ombragées de l'if. Quand il serait plus vieux, elle pourrait lui apprendre à déterrer les carottes. Mais pour le moment, Ian ne voulait que jouer. La récolte devrait attendre.

Sous l'if, Ian trouva tout ce qui pouvait l'intéresser : des brindilles, des feuilles et des baies séchées. Autant d'objets qu'elle dût écarter avant qu'il tente d'y goûter.

— Ce n'est pas pour manger, seulement pour toucher, répéta-t-elle, encore et encore, le suivant pas à pas autour du tronc de l'arbre.

Elle lui apprit à nommer les choses, sachant fort bien qu'il ne pouvait ni comprendre ni répéter les mots.

— Un jour, tu en seras capable, lui dit-elle, quand tu auras grandi. Quand tu vivras à Glentrool. *Quand je ne serai plus là pour te l'apprendre.*

Elle pressa la paume de sa main sur sa taille rebondie, un réconfort tangible. Le bébé en elle lui offrait une tendre consolation et de l'espoir pour les jours à venir. Elle accueillerait l'arrivée d'un autre petit avec une joie immense. Pourtant, l'enfant à ses pieds était tout aussi cher à son cœur. Comment pourrait-elle vivre avec l'un, mais séparée de l'autre ?

Leana s'agenouilla près d'Ian, l'attirant vers elle, le retenant alors qu'il gigotait pour se libérer.

— Mon doux garçon, je ne te quitterai pas. Pas avant d'y être forcée.

Même alors, la séparation ne serait pas complète. Il emporterait son cœur, serré dans ses petites mains.

— S'il te plaît, Ian…

Elle gémit les mots.

— Reste avec moi.

Mais il ne pouvait rester. À moins que son père reste aussi.

Ses bras se serrèrent autour de son fils, qui avait cessé de se débattre et qui s'était blotti contre elle.

— Mon précieux trésor.

Elle enfouit un baiser dans les cheveux soyeux d'Ian et ferma les yeux devant le triste et inévitable fait : les McKie seraient partis dès le jour de Lammas.

S'il te plaît, Jamie. Prends-moi avec toi.

La honte fit rougir ses joues. Jamie ne pouvait faire une telle chose, bien sûr. Ce serait inconvenant — scandaleux, en fait — et tout à fait injuste pour Rose. Sa sœur en avait assez supporté. On ne voyageait pas à travers la campagne avec une ancienne femme et la nouvelle, et on s'établissait encore moins en ménage avec les deux.

Une idée égoïste, rien de plus.

— Pardonne-moi, Jamie.

— Mais pourquoi te pardonner, jeune femme ?

Leana leva les yeux. Il était debout sous les branches de l'if, comme si ses pensées l'avaient attiré jusqu'à elle.

— Jamie, je...

— Confesse-moi ton péché, Leana, dit-il en s'approchant. Afin que je sache ce que je dois te pardonner.

Chapitre 44

Les hommes doivent décider de ce qu'ils ne feront pas,
et ensuite être capables d'agir avec vigueur
pour faire ce qui doit être fait.
— Mencius

Jamie observa les joues pâles de Leana s'empourprer comme les fleurs de ses lits de roses.

Il n'aurait pas dû la surprendre. Et il n'aurait pas dû l'épier. Mais quand il était passé près de l'if en route vers la ferme, qu'il avait entendu Leana prononcer son nom, qu'il avait vu ses bras envelopper leur fils… En vérité, comment aurait-il pu ne pas s'arrêter, sachant qu'il ne reverrait peut-être plus jamais un tableau aussi touchant ?

S'agenouillant près d'elle, il offrit son mouchoir, qu'il aurait voulu moins humide.

— Rose aussi a pleuré pendant toute la dernière heure.

Tandis qu'elle se mouchait, il lui demanda gentiment :

— Leana, ne me diras-tu pas ce que tu as fait, qui demande mon pardon ?

Elle se cacha littéralement derrière son mouchoir.

— J'ai eu une pensée… dont j'ai honte.

— Oh, Leana. Si je devais confesser toutes mes pensées déplacées, le Seigneur se lasserait bien vite d'entendre le son de ma voix, dit-il d'un ton léger, afin d'alléger son embarras. J'ai aussi une confession à te faire : je crains de ne jamais pouvoir satisfaire les deux sœurs McBride. Rose désire que nous restions à Auchengray pour toi. Et toi, tu veux que nous partions pour le bonheur de ta sœur.

— Pauvre Jamie, placé devant des choix impossibles.

Elle lui remit son mouchoir, un peu plus mouillé qu'avant.

— J'espère que tu feras ce qui est le mieux pour ma sœur et que tu quitteras ce lieu infâme.

Dans le silence, un roitelet se mit à chanter, remplissant l'air de ses trilles musicaux. Quand Leana embrassa le front d'Ian, Jamie imagina la chaleur de ses lèvres sur le sien. Troublé, il s'assit sur le sol, mettant une certaine distance entre eux.

— Que feras-tu? lui demanda-t-elle au bout d'un moment, son regard toujours posé sur leur fils, dont les paupières ensommeillées étaient mi-closes.

— Je ne suis certain que de ce que je ne ferai *pas*. Et c'est de me soumettre aux demandes de ton père.

Dire les mots à voix haute raffermit le courage de Jamie. Pas plus que je ne laisserai sa cupidité régir le cours de ma vie, reprit-il. C'est la volonté du Tout-Puissant qui me guide.

Le sourire de Leana illumina son visage.

— Comme cela me fait plaisir de te l'entendre dire.

— J'en suis… heureux.

Quand il avait confié à Rose qu'il s'en remettait à Dieu, elle avait légèrement hoché la tête, sans plus. Le soutien de Leana était plus profond, pareil à une source souterraine alimentant un puits.

— Duncan m'a conseillé d'attendre que Dieu m'offre une direction claire, dit-il.

— Il est préférable de ne rien précipiter, dit Leana en posant sa joue sur la tête d'Ian. Trop de vies dépendent de toi.

— Trois jeunes vies en particulier.

Il se pencha vers l'avant et posa doucement la main sur le dos de son fils, qui somnolait dans la chaleur de l'après-midi, blotti contre la poitrine de sa mère, ses jambes reposant sur le frère ou la sœur qui n'était pas encore né. *David. Davina.* Leur bébé naîtrait au début de décembre. Si seulement il pouvait être là; pour voir son fils à l'heure de sa naissance; pour entendre le premier cri de sa fille. Mais il ne pourrait quitter Rose afin d'assister sa sœur. Malgré tout son désir de le faire, cela ne serait pas convenable.

Les yeux maintenant posés sur Leana, Jamie choisit les mots pour la réconforter.

— Tu es une mère divine, Leana.

— Et toi, un père merveilleux.

Elle plaça sa main sur la sienne. Une union si éphémère. Existant un instant, dissoute celui d'après.

Quand elle leva les yeux, Jamie fut à nouveau frappé par la luminosité de son regard et l'éclat de sa peau. Pourrait-il vraiment lui dire au revoir ?

Accompagne-nous à Glentrool.

Les mots s'attardaient sur sa langue, prêts à être dits. Cela ne serait-il pas la solution la plus sage et la plus simple ? Leana serait à l'abri de Lachlan et ne manquerait plus jamais de rien.

Oui, mais...

Si Leana vivait à Glentrool, la peur de Rose pourrait renaître. Celle de devoir partager Ian. De devoir le partager, lui.

— Jamie, dit-elle doucement, nous ne devrions pas être ici. Seuls.

— Je sais.

Il se leva, rejetant quelques feuilles déposées sur sa chemise pour cacher sa déception.

— Rose sera heureuse d'avoir ta compagnie, dit-il. La maison est dans tous ses états, avec Morna qui fait l'inspection de son domaine.

— J'irai rejoindre ma sœur, alors.

Leana hocha la tête en direction de son fils endormi.

— Pourrais-tu prendre Ian ? Je crains de ne pouvoir me lever très élégamment en portant un si charmant fardeau.

Jamie le fit, puis l'aida à se remettre sur pied et la suivit en direction de la porte d'entrée, s'efforçant de ne pas trop attacher son regard sur le balancement de sa jupe. Lorsqu'elle fut à l'intérieur, elle se tourna et indiqua l'escalier de la tête.

— Le porterais-tu jusqu'à la chambre d'enfant ?

Jamie escalada la première marche de pierre, sa main ouverte servant d'appui à la tête de son fils. Le poids de la responsabilité, comme le harnais de cuir d'un cheval, se déposait sur ses épaules. Il n'avait pas que son fils à protéger, mais les deux enfants à naître aussi. Et leurs mères. Quel homme pourrait porter une telle charge sans broncher ?

— Prends garde à la marche, l'avertit Rose du haut de l'escalier. Il est si facile de trébucher, quand on a les mains pleines. Elle le guida jusqu'à la chambre d'Ian, où Annabelle attendait de border l'enfant pour sa sieste. Jamie le déposa sur le matelas avant de sortir sans bruit de la pièce. Rose était debout dans le couloir, se tordant les mains, comme si un nouveau souci l'accablait.

Il l'attira un peu à l'écart de la porte et l'interrogea à voix basse.

— Qu'y a-t-il, Rose ?

— Ce sont les deux servantes qui viennent tout juste d'arriver d'Edingham. Neda ne sait plus où donner de la tête pour les loger à l'étage des domestiques. Et Annabelle est si triste, car la rumeur court que nous ne partirons pas pour Glentrool, en fin de compte.

Rose fit une pause, comme si elle attendait qu'il infirme ou confirme ses projets.

— Je vois.

Il détestait éluder les questions, mais il n'avait pas de réponse. Pas encore.

— Et puis il y a Morna, ajouta Rose, en regardant vers la porte de la chambre à coucher au bout du couloir. Quand elle a dit à père combien elle aimait la chambre de Leana, il y a fait monter sa malle directement. Mari et femme font parfois chambre à part, dit-on, mais si loin l'un de l'autre ? Elle est déjà comme chez elle, ajouta Rose en grimaçant, et elle installe sa table de toilette.

Une flamme d'indignation monta en lui, vive et brûlante.

— Et Leana ?

— Exilée dans la chambre d'enfant.

— *Quoi* ?

Il retint un juron.

— Ton père ne peut exiger qu'elle dorme sur ce lit sommaire dans sa condition.

— Je m'en contenterai.

Leana était apparue près de son coude, s'étant glissée dans l'escalier si silencieusement qu'il ne l'avait pas entendue. Pour une femme qui venait tout juste d'être chassée de sa chambre, elle était d'un calme surprenant.

— Le lit de tante Meg n'était ni plus grand ni plus confortable. Pourtant, j'y ai bien dormi toutes les nuits, en rêvant d'Ian.

Il étudia ses traits.

— Tu es certaine que ce déménagement ne sera pas trop difficile à supporter ?

— Tout à fait certaine. Si Leana était en colère, elle le cachait très bien.

Puisque le jour de Lammas approche à grands pas, dit-elle, chaque heure passée auprès d'Ian est une bénédiction pour moi.

Rose prit le bras de Leana.

— Et chaque moment en compagnie de ma sœur en est une pour moi.

— Dans ce cas, je vous laisse entre vous, dit Jamie.

Il prit congé des deux sœurs en s'inclinant légèrement, puis se dirigea vers la porte et les collines au-delà. Il était déterminé à travailler jusqu'à ce que ses muscles le fassent souffrir et que sa frustration se transforme en sueur. Peu importe dans quelle direction il se tournait, il ne voyait qu'une impasse. S'il restait à Auchengray, ses projets d'avenir pour sa famille seraient ruinés. S'il partait pour Glentrool, ce sont Leana et son enfant qui n'auraient pas d'avenir du tout. S'il demandait à Leana de les accompagner, Rose serait malheureuse. S'il reprenait ses agneaux volés d'Edingham, où les ferait-il paître ? Et que dire des autres agneaux que Lachlan réclamait maintenant ?

Ah ! Jamie gravit le flanc d'Auchengray Hill, piétinant la bruyère sous ses bottes. Le travail acharné était son seul refuge. Il se passerait de dîner et besognerait tout le crépuscule, jusqu'à ce que la lune croissante se lève sur sa tête.

Jamie se rendit utile dans chaque pâturage — réparant un muret de pierre ici, apportant de l'eau du puits là-bas, examinant les agneaux et les brebis rencontrés pour y déceler des signes de maladie ou de blessure. Aucun autre berger n'étant en vue, il hurla ses doléances, se penchant vers l'arrière pour défier le ciel du soir.

— N'aviez-vous pas promis que vous ne m'abandonneriez jamais ?

Silence. Aucune réponse ne vint du ciel ; pas de voix murmurant à son cœur.

— Où êtes-vous, ô Seigneur tout-puissant ?

Sa gorge se serra.

— Pourquoi m'avez-vous caché votre visage ?

Les derniers rayons de soleil peignirent les nuages en couleurs vibrantes, pourtant il ne pouvait trouver la lumière de la vérité en elles. L'exhortant à rester. Ou lui commandant de s'en aller.

Le rappel de Duncan tracassait sa conscience. *Attends l'bon vouloir de Dieu et continue d'suivre sa voie.*

— Mais j'ai attendu.

Jamie passa sa manche sur son front mouillé, preuve des longues heures passées dans les champs. Quand il fut incapable de continuer à travailler, il retourna vers la maison plongée dans l'obscurité et sa femme endormie. Bien que son corps épuisé par le travail le fît souffrir, son angoisse n'était pas apaisée. Même s'il avait crié ses questions au ciel étoilé, il n'avait reçu aucune réponse.

Attends l'bon vouloir de Dieu.

— Je suis fatigué d'attendre, Duncan.

Il tira sur ses bottes et les déposa sur le plancher.

— Le Tout-Puissant n'est-il pas au courant de l'échéance ? Il ne reste qu'une semaine avant le jour de Lammas.

Chapitre 45

L'espoir se meurt de faim sans une croûte.
— Lewis J. Bates

— Le Seigneur connaît les jours des parfaits, déclara le révérend Gordon, levant les mains sur l'assemblée des fidèles. Éternel sera leur héritage.

Jamie inclina la tête pour la bénédiction, sentant ses espoirs renaître. Était-ce *cela*, la réponse qu'il espérait tant entendre ? Son héritage l'attendait à Glentrool. Mais *parfait* ? Il ne pouvait prétendre l'être. Pas avec les intrigues qu'il avait fomentées au cours des années. Pas devant le dilemme qu'il affrontait maintenant.

Le bedeau ouvrit toute grande la porte, invitant un vent rafraîchissant, qui vint taquiner les rubans de la robe de Rose. Les McKie et les McBride s'engageaient maintenant dans l'allée. Le second service avait été plus court que le premier, mais ce sabbat n'en avait pas moins été interminable pour Ian, qui avait rouspété et s'était agité presque tout le temps. Plus d'une fois, Leana aurait voulu tendre les bras vers son fils, mais elle les avait retenus, se rappelant quelle était sa place. La tristesse que Jamie lisait dans ses yeux le blessait profondément.

Que puis-je faire, Leana ? Comment puis-je t'aider ?

Les langues de la paroisse avaient été actives. Tout Newabbey était au courant de l'état de Leana. Quand le moment arriverait, ces gens la soutiendraient-ils ? La châtieraient-ils ? Se détourneraient-ils d'elle ? S'il ne pouvait l'amener à Glentrool, il s'assurerait qu'elle soit en bonnes mains, avec un toit solide sur la tête, dans la chaleur d'un foyer ami. Le ministre se chargeait de telles affaires. Pouvait-il avoir l'esprit en paix ?

En approchant de la porte, le regard de Jamie croisa celui de l'homme d'Église.

— Révérend Gordon, pourrais-je vous entretenir d'un sujet très important ?

Le ministre lui fit signe d'approcher, la large manche de sa robe noire donnant encore plus d'amplitude à son geste.

— Devrions-nous parler dans la cour de l'église ? Ou au presbytère ? demanda Jamie.

— Au presbytère.

Il n'aurait pas voulu que leur conversation fût surprise par quelque oreille indiscrète. Lachlan et Morna avaient assisté au service rituel, marquant la première présence à l'église de l'épouse après le mariage à la paroisse d'Urr. Jamie savait qu'une meilleure occasion de parler avec le ministre de Newabbey ne se représenterait plus. Il envoya Rose devant avec les autres, promettant qu'il les rejoindrait bientôt. L'expression plaintive de Leana et ses remerciements murmurés renforcèrent sa résolution ; il ne la décevrait pas.

Ouvrant la porte basse du presbytère, le révérend Gordon l'invita à le suivre dans la maison. Une servante leur servit du thé dans le petit salon, puis disparut en faisant une révérence. Le révérend regarda un moment Jamie à travers la vapeur fumante du breuvage.

— C'est au sujet de Leana, je présume ? Et de votre enfant ?

— Et de mon oncle.

— Je vois.

Tandis que Jamie lui décrivait les plans cruels de Lachlan concernant Leana, les sourcils broussailleux du révérend Gordon signalaient son déplaisir. Quand il eut terminé, le ministre déposa sa tasse de thé avec un tintement qui trahit sa colère.

— La Bible nous dit que si un homme ne subvient pas aux besoins des siens, en particulier de ceux qui vivent sous son propre toit, il a renié sa foi et il est pire qu'un renégat.

Renégat ? Le terme s'appliquait bien à Lachlan McBride.

— Peut-on faire quelque chose, monsieur ?

Le révérend Gordon parut mal à l'aise. La dîme payée par Lachlan McBride était sans nul doute très généreuse ; les propriétaires terriens étaient traités avec déférence, malgré leurs comportements parfois répréhensibles.

— Malheureusement, votre oncle est un homme qui respecte la lettre de la loi, à défaut de son esprit. Il n'a brisé ouvertement aucun des dix commandements, même s'il jette le malheur sur ceux qui vivent dans sa maison.

Le ministre le connaissait bien. Jamie avait observé Lachlan choisir ses mots avec soin — non pour éviter de blesser autrui, mais pour que la blessure ne laissât pas de marque apparente —, tout en protégeant sa réputation d'homme pieux.

— N'y a-t-il aucune charge qui puisse être retenue contre lui ? Aucun péché dont il se soit rendu coupable ?

— Nous sommes tous pécheurs, Jamie.

Le révérend retomba dans le silence, plissant les lèvres.

— Hélas, reprit-il, le conseil de l'Église aurait grand mal à l'accuser de quoi que ce soit. Vous voyez, étant le maître de sa maison, Lachlan peut punir sa famille comme il le juge à propos.

— *Punir ?*

Jamie martela le mot, car l'idée même le rendait furieux.

— Leana n'a rien fait de mal…

— Assez, garçon, l'interrompit le révérend Gordon en levant la main. Je connais la situation. Votre enfant a été légitimement conçu, pourtant il sera mis au monde par une femme non mariée ayant atteint sa majorité. Dans les circonstances, la loi n'exige pas de votre père qu'il lui procure, ainsi qu'à son enfant, le toit et la nourriture.

Jamie leva brusquement le menton.

— L'amour de Dieu l'exige.

— En effet.

— C'est pourquoi je lui ferai parvenir suffisamment d'argent pour son entretien et les soins de l'enfant. Mais c'est d'un foyer qu'elle a besoin. D'un refuge où elle sera à l'abri de… la méchanceté de Lachlan.

— Évidemment.

Avec un lourd soupir, le révérend se leva, mettant fin à leur entretien.

— J'étudierai l'affaire et je verrai ce qui peut être fait pour elle. En ce qui concerne votre oncle, je ne peux vous promettre la justice que vous auriez souhaitée. Elle repose uniquement dans les mains de Dieu.

Le révérend raccompagna Jamie à la porte du cabinet.

— Vous pouvez être assuré, dit le révérend, que la paroisse s'occupera de Leana. Une bonne âme l'accueillera sous son toit. Isabella Callender ou Janet Sloan, j'imagine. Quelles sont les habiletés particulières de Leana ?

— Elle sait coudre, jardiner, filer la laine.

M'aimer. Materner notre enfant. Honorer Dieu. Jamie se sentit écrasé par le poids de ses dons. Il ne pouvait s'en attribuer autant à lui-même.

— Elle écrit élégamment, poursuivit-il, et ses talents de pâtissière n'ont d'égal que ceux des grands chefs français. Aucun art féminin n'est au-dessus de ses capacités, révérend.

— Alors, Leana trouvera assurément assez de travail pour occuper ses mains et s'assurer un gîte.

Jamie le pressa sur cette question.

— Êtes-vous certain de cela ?

La réaction du ministre semblait suggérer que le reniement par son père serait un problème facilement résolu. Cela pouvait-il être vrai ? Pouvait-il partir pour Glentrool sans être pour-chassé par le remords ?

Le révérend Gordon posa une main sur le loquet.

— Après la naissance de l'enfant et le passage d'un peu de temps, un homme de la paroisse remarquera peut-être les nombreux talents de Leana, et il la demandera en mariage.

Jamie le regarda fixement.

— Est-ce... probable ?

Le ministre haussa les épaules.

— C'est l'issue que nous devons tous espérer. Pour son bien.

Le regard de Jamie s'abaissa. Pourquoi son estomac se nouait-il ainsi, dès que quelqu'un évoquait la possibilité que

Leana se remarie ? Elle méritait pourtant d'être heureuse. D'être choyée, d'être aimée.

— Nous prendrons soin d'elle du mieux que nous le pourrons, Jamie. Je ne peux prétendre que son mode de vie n'en souffrira pas, car notre cassette dépend de la générosité de nos voisins. Tout argent que vous pourriez envoyer sera bien employé.

— Je lui ferai parvenir tout ce que je pourrai, monsieur.

Le révérend Gordon ouvrit la porte, visiblement attiré par le fumet délicat flottant à travers la salle à manger.

— Ces... changements seront très difficiles pour Leana, après tout ce qu'elle a vécu. Ne plus avoir de foyer ni de famille pour la soutenir.

Jamie étudia un petit interstice dans la porte de bois. Pourrait-il s'en aller à Glentrool sans éprouver de remords ? Impossible.

— Voulez-vous vous joindre à notre table ?

Le révérend Gordon fit un geste en direction du corridor.

— Elle est assez bien garnie pour accueillir un invité.

— Je crains que ma famille ne m'attende.

Le ministre répéta son offre, Jamie résista.

— Au revoir, donc.

Le vieil homme lui indiqua la porte d'entrée d'un geste de la main.

— Vous avez beaucoup de soucis et plusieurs décisions à prendre. Faites confiance au Tout-Puissant. Il ne vous abandonnera pas, garçon.

Je ne t'abandonnerai pas ni ne te délaisserai. Jamie savait que ces mots étaient vrais. Il les avait lus, répétés, récités en prières, et, surtout, il avait cru en eux. Maintenant, il souhaitait quelque chose de plus : une preuve.

Chapitre 46

Est-ce un rêve ? Oh, si c'est un rêve,
Laissez-moi dormir, ne me réveillez pas tout de suite !
— Henry Wadsworth Longfellow

— Jamie ?

C'était la voix de Rose, flottant au-dessus de lui dans l'obscurité de leur lit clos.

— Ici, répondit-il, ouvrant lentement les yeux. Je suis ici.

Rose se pencha sur lui, ses dents blanches reflétant la lumière de la chandelle.

— Je sais bien que tu *es* là, cher mari. Mais où *étais*-tu ? Profondément endormi ou en train de rêver ?

— Les deux.

Il s'appuya sur les coudes, plissant les yeux pour essayer de voir autour de lui. Oui, il y avait les murs de bois familiers et les draps de lin. Le matelas de bruyère, récemment bourré, était aussi odorant qu'Auchengray Hill par une nuit d'été. Mais c'étaient les collines de son Glentrool natal qui avaient peuplé ses rêves — Mulldonach, Buchan, Eschoncan —, avec leurs pentes abruptes, recouvertes d'arbrisseaux des landes violets, et découpées par des chutes écumeuses se déversant dans le cœur de la vallée.

Loch Trool. *La maison.*

Il passa la main dans sa barbe rugueuse.

— Pourquoi m'as-tu réveillé, jeune fille ?

— Tu geignais.

Elle se recoucha afin de lui laisser un peu plus d'espace pour respirer.

— J'avais peur que tu sois souffrant ou perdu dans un cauchemar.

Il s'enfonça dans le matelas, pas entièrement réveillé. Les fils de son rêve s'accrochaient à lui, essayant de le replonger dans le sommeil. Ses paupières se fermèrent peu à peu.

— Le jour du sabbat a été long, et il est tard, Rose. Ça ne t'ennuie pas si je...

— Dors, Jamie.

Elle s'étira au-dessus de lui pour étouffer la bougie sur la table de chevet.

— Fais de beaux rêves.

Les ténèbres l'enveloppèrent.

Son corps sombra dans un engourdissement béni.

Quand Jamie rouvrit les yeux — pas réellement, puisqu'il savait que c'était un rêve —, le ciel était illuminé par le soleil du matin, l'air, rafraîchi par la brise de la montagne. Son lit s'était transformé en une plaque de pierre familière, le soutenant au-dessus du sol.

Son nom semblait s'écouler des cieux.

— Je suis là, cria Jamie, ne se souciant pas d'avoir l'air ridicule.

La voix dans son rêve résonna.

— Je suis le Dieu du lieu où tu as dormi, où tu t'es réveillé et où tu as fait ton serment.

Se retournant, Jamie découvrit la roche plate qui lui avait servi d'oreiller une nuit, il y avait si longtemps, quand un autre rêve s'était déroulé comme celui-là. *Que cette pierre soit mon témoin.* Il s'agenouilla devant elle, se rappelant sa promesse. *Une part de tout ce que je possède vous appartiendra.* Le moment était-il venu d'être fidèle à sa parole? Il n'avait rien à offrir, pas même un agneau.

— Lève-toi.

Jamie se leva tant bien que mal, traversé par des frissons de peur. Ses mains, sa bourse, étaient vides. *Pardonnez-moi.* Il ne pouvait se résoudre à dire les mots à voix haute, craignant ce que son aveu pourrait lui coûter. *Pardonnez-moi, mon Dieu.*

— Rentre chez toi.

Quelques mots, et tous ses doutes s'évanouirent. *Rentre chez toi.* Même les mains vides, il pourrait revenir à la maison. Il devait revenir à la maison.

— Retourne avec tes enfants sur la terre de ton père.

Oui, il rentrerait à Glentrool. Non pas les mains vides, mais pleines. Avec ses enfants. Tous ses enfants.

Le Tout-Puissant avait tenu sa promesse.

Jamie savait qu'il devait faire de même.

Il ouvrit les yeux lentement, s'éveillant à un nouveau jour qui ne s'était pas encore levé.

Une Rose endormie reposait près de lui. Ses cils noirs se détachaient sur ses pommettes dans la pénombre. Sa lourde tresse, qui s'était libérée dans les mouvements de son sommeil, était enroulée autour de son cou comme un chat faisant la sieste. Et, enfouies sous sa tête, ses petites mains étaient pressées ensemble, comme si elle était tombée dans le sommeil en priant.

— Si tu as prié pour moi la nuit dernière, Rose, je t'en suis reconnaissant.

Il lui caressa doucement la joue, puis fit courir son pouce autour de sa bouche délicate, désirant l'embrasser, pourtant réticent à troubler son sommeil. Elle remua légèrement.

— Je sais ce qui doit être fait, dit-il.

Son rêve, toujours vivant dans sa mémoire, lui avait donné la réponse dont il avait besoin. Il l'annoncerait à Rose dès qu'elle se réveillerait : ils s'en iraient à Glentrool. Avec Leana.

La décision arrêtée, le doute s'insinua, comme les fils d'or de lumière matinale s'enroulant à la bordure des rideaux. Rose accepterait-elle sa décision ? Discuterait-elle ses motivations ? Même si elle consentait maintenant, elle pourrait éprouver du ressentiment, plus tard, quand ils se seraient installés dans la vallée. Ses craintes et son insécurité, qui s'étaient apaisées au cours de l'été, pourraient ressurgir avec une nouvelle intensité.

Et qu'en était-il de Leana ? Accepterait-elle une telle vie ? S'il insistait pour que Leana les accompagne, s'il imposait sa volonté aux deux sœurs, sans tenir compte de leurs sentiments, il ne serait guère mieux que Lachlan McBride.

Jamie se leva de son lit, plus décidé que jamais. *Je ne suis pas mon oncle.* Il s'aspergea le visage d'eau, puis mit ses vêtements, le plan des heures à venir clairement tracé dans son esprit. Il rencontrerait Leana et Rose ensemble, à bonne distance de la maison. Il décrirait son rêve ; leur permettrait d'entendre la vérité par elles-mêmes, et il les laisserait prendre leur propre décision.

Dieu lui avait révélé sa volonté. Ne devait-il pas la leur révéler aussi ?

Jamie se glissa hors de la chambre et descendit l'escalier, marchant avec précaution, ne voulant pas réveiller la maisonnée. Quand il atteignit le corridor, il entendit des voix aimables venant de la cuisine. *Duncan. Neda.* Jamie prononça leur nom avant d'entrer, afin de ne pas les surprendre inutilement par une intrusion subite.

— Bonjour à vous, m'sieur McKie.

Les mains de Neda étaient couvertes de farine d'avoine, mais elle lui fit néanmoins une petite révérence.

— Qu'est-ce qui vous amène à la porte d'ma cuisine d'si bon matin ?

— J'peux répondre à ça, se targua Duncan. C'est l'odeur des bonnes galettes d'avoine qui cuisent su' la grille.

— En effet.

C'était une raison aussi bonne que toute autre, décida Jamie, et bien plus facile à expliquer que son rêve. Tandis qu'il attendait que Leana et Rose entament leur journée, peut-être pourrait-il aborder le sujet avec les Hastings. *Rentre chez toi.* Le Tout-Puissant avait parlé clairement ; ses amis seraient sûrement d'accord.

Duncan s'appropria une galette maintenant cuite, pendant que sa femme s'affairait à rouler la pâte de la suivante. Il engloutit son butin en quelques bouchées, puis fit un clin d'œil à Jamie.

— As-tu bien dormi, jeune homme?

— Encore mieux, j'ai bien rêvé, dit Jamie en s'assoyant sur un haut tabouret. Si vous pouvez écouter tout en cuisinant, Neda, je vous raconterai à tous les deux une histoire comme vous n'en entendrez pas souvent.

Un coq chanta deux fois avant que Jamie eût fini de relater son rêve et le message qu'il portait.

— Il est clair que je dois quitter Auchengray, que mon oncle approuve ou non cette décision.

La voix de Neda se réduisit à un filet.

— Et emmener Leana?

La peine dans ses yeux était presque trop difficile à supporter pour Jamie.

— Nous ne pouvons abandonner Leana entre les mains de son père.

— Non, tu n'peux pas faire ça.

Neda se frotta les mains sur son tablier, puis le prit par un coin toujours sec et s'en essuya les yeux.

— Leana est comme ma propre fille, dit-elle. Et Rose aussi.

— Je ne leur en ai pas encore parlé. Je vous demanderais de ne pas leur révéler mes plans.

— Pas un mot n'sortira d'ici, garçon.

Duncan se croisa les bras sur la poitrine, ses yeux bleus jaugeant Jamie.

— Tu partiras avec les sœurs et leurs enfants, d'accord. Mais emmèneras-tu aussi tes agneaux?

— Je ne me comporterai pas en brigand, si c'est ce que vous voulez dire. Je ne volerai pas le troupeau d'un autre.

— C'n'est pas un vol, s'il t'appartient.

La voix de Duncan était pleine de détermination.

— À plusieurs reprises, j'ai entendu Lachlan McBride affirmer qu'y z'étaient à toi.

Le superviseur tira un petit coup sec sur son bonnet.

— T'as le droit d'reprendre c'qui t'appartient, dit-il. Et j'me ferai un plaisir de t'aider.

— Duncan, vous ne pouvez pas vous en mêler...

— Allons! dit-il avec un sourire complice. J'laisserai pas un jeune homme comme toi m'dire c'que j'peux faire ou pas faire. Laisse-moi réfléchir à un moyen d'arranger tout ça.

— *Réfléchir* à un moyen?

Jamie leva les mains en l'air.

— Neda, pouvez-vous ramener ce vieil homme sur le chemin de la raison?

Elle rit doucement, glissant la main dans le creux du coude de son mari.

— Nous formons une paire, nous deux. Si Duncan dit qu'y t'aidera, alors j'le ferai aussi.

— Mais Lachlan...

— ... ne sais pas c'que j'suis su' l'point d't'annoncer.

Duncan lui fit signe d'approcher, et les trois ne formèrent bientôt plus qu'un trio de conspirateurs au centre de la cuisine.

— À la ferme d'Kingsgrange, où ma fille est domestique, expliqua-t-il, le laird m'a offert d'prendre le poste d'superviseur et d'engager Neda comme gouvernante. J'lui ai pas encore donné ma réponse, mais j'le ferai si tu prends toi-même la bonne décision.

— Vous... quitterez Auchengray?

Jamie était un peu abasourdi à l'idée que tous les trois quitteraient la maison si rapidement.

— Lachlan ne peut entretenir ce domaine seul. Les troupeaux..., les bâtiments...

Duncan haussa les épaules, ne se sentant manifestement pas concerné.

— Ses nouveaux fils arrivent dans un jour ou deux. À eux trois, y z'arriveront p't-être à t'remplacer, qu'en penses-tu?

Jamie se rassit, réfléchissant à la possibilité qui lui était offerte. Sa famille. Et ses agneaux. Était-ce trop beau pour y croire?

— Peu importe c'qui arrive ici, tu dois t'en aller à Glentrool, dit Duncan fermement. J'verrai c'qu'on peut faire pour qu't'emmènes aussi tes agneaux.

Jamie se leva et serra chaudement la main de Duncan.

— Vous êtes un meilleur ami que je ne le mérite.

— Fais aux aut' c'qu'on a fait pour toi, m'disait mon père.

Jamie éclata de rire en lui relâchant la main.

— Une bonne règle que celle-là.

Il se tourna vers Neda, espérant qu'elle perçoive aussi sa gratitude.

— Quand Rose et Leana descendront, pourriez-vous leur dire de me rejoindre dans le pré le plus éloigné ? Après avoir pris leur petit-déjeuner, naturellement, car je ne veux pas affamer mes enfants.

Le sourire de Neda était la gentillesse incarnée.

— Z'êtes un bon père, m'sieur McKie.

Chapitre 47

Les gestes d'aujourd'hui ?
Les actions qui porteront leurs fruits pour l'éternité !
— Ebenezer Elliott

L'*enfant du lundi a un joli visage.* Rose sourit pour elle-même, tout en étendant une généreuse couche de confiture de framboise sur sa galette d'avoine grillée. C'était lundi, et elle essayait d'être au mieux. Elle n'avait pas voulu dormir si tard, toutefois. Leana était probablement agenouillée dans la terre de son jardin, en ce moment, et Jamie devait être parmi ses moutons dans l'un des pâturages. Elle irait les retrouver tous les deux et leur ferait part de son plan.

Quand Neda apparut avec un nouveau plat de bacon, Rose la réprimanda.

— Tu n'as pas à me servir, Neda. Je suis parfaitement capable de mettre moi-même la nourriture dans mon assiette.

— Non, jeune fille.

Elle déposa la viande fumée sur la table.

— Laissez-moi vous gâter pendant que j'le peux. Avant qu'vous v'z'en alliez pour Glentrool et qu'vous oubliiez à tout jamais vot' vieille Neda.

— Partir ?

Rose s'immobilisa, sa galette à mi-chemin dans sa course vers sa bouche.

— Sais-tu quelque chose que je ne sais pas ?

Le visage déjà rougeaud de Neda vira à l'écarlate.

— Pardonnez-moi, jeune maîtresse, j'ai pas su tenir ma langue. Mais dès qu'vous aurez fini vot' petit-déjeuner, allez rejoindre Jamie dans l'pré aux confins du domaine. Vot' mari veut vous parler, à vous et à vot' sœur.

Rose se leva immédiatement, son repas oublié.

— Pourquoi ne me l'as-tu pas dit tout de suite ?

— Il voulait qu'vous ayez l'temps d'manger d'abord. Pour l'bien du bébé.

Neda repoussa Rose dans sa chaise.

— Mangez une bouchée d'vot' bacon. M'sieur McKie peut bien attendre une minute ou deux. Si vous n'mangez pas, c'est ma tête qu'y réclamera sur un plateau.

Rose engouffra sa nourriture, la goûtant à peine. Jamie était-il parvenu à une quelconque résolution? Elle voulait aussi lui parler de ses propres plans. Pourrait-elle le faire devant Jamie et Leana réunis? Oui, et que le Ciel fasse que Jamie ne devienne pas livide, quand il entendrait ce que sa femme entêtée avait projeté.

Elle se leva de table quelques instants après, sa serviette de table flottant doucement jusqu'au plancher, tandis qu'elle se ruait par la porte de derrière, à la recherche de Leana. Comme elle l'avait supposé, sa sœur était agenouillée dans son jardin, plantant des graines dans la terre labourée.

— Ah, te voilà.

Rose se pencha au-dessus d'elle, réticente à s'asseoir sur le gazon afin de ne pas salir sa robe. Elle serra plutôt ses mains ensemble et essaya de cacher son enthousiasme.

— As-tu vu Jamie?

Leana se redressa, frottant la terre de ses mains.

— Nous devons aller le rejoindre dans le pré éloigné. Si tu le veux bien, j'aimerais d'abord finir ici. Cela ne prendra qu'une minute.

Rose attendit — très patiemment, selon elle — debout sur le gazon spongieux tandis que sa sœur vidait le paquet de graines dans la paume de sa main.

— Ce sont les dernières que je planterai cette saison, dit Leana en les poussant en terre une à la fois. J'ai attendu la pleine lune qui a lieu ce soir, dit-elle. Elle aspirera l'eau vers la surface, ainsi les graines germeront plus rapidement. Et la nuit, la clarté lunaire aidera les feuilles à pousser. Les vieux jardiniers disent qu'après le jour de Lammas, le maïs pousse aussi bien la nuit que le jour.

Rose observa les banales graines brun foncé disparaître dans le sol. Si le lapsus de Neda avait un fond de vérité, et si Jamie et elle s'en allaient effectivement à Glentrool, elle ne verrait jamais ces légumes pousser. En ce qui concernait sa sœur, Rose savait ce qui devait être fait ; et, aujourd'hui, elle devrait démontrer le courage de ses convictions.

— Allez, viens, Leana.

Plus vite elles retrouveraient Jamie, plus vite tout pourrait être réglé.

Leana se leva sans encombre, puis enleva son tablier couvert de terre.

— Père ne m'a pas encore chassée de la maison, et j'ai déjà l'air d'une pauvre mendiante quêtant son pain.

— Cesse de dire des sottises.

Rose prit son tablier et le jeta de côté, puis pointa en direction des champs.

— Tu as l'air de ma sœur.

— Ou de la jardinière, peut-être.

— Et d'une mère. De deux enfants.

Leana rit doucement.

— Trois enfants, avec toi.

Rose resta silencieuse, se souvenant de l'époque où elle répliquait avec colère « Tu n'es pas ma mère ! ». Mais elle se maîtrisa, car elle voulait plus que jamais que Leana reste auprès d'elle. Comme une mère. Comme une sœur. Et comme son amie.

Marchant sur le sol inégal, les deux sœurs se soutenaient mutuellement. Des rochers protubérants et des terriers de lapin étaient des obstacles entre lesquels il fallait naviguer avec prudence. Les femmes étaient encore tout à fait capables de se mouvoir, mais leur longue robe conspirait contre elles, ralentissant leur progression tandis qu'elles gravissaient et redescendaient les douces collines. Leur présence perturbait les brebis nerveuses, qui détalaient rapidement à leur arrivée dans chaque pâturage.

— Je me demande si elles s'ennuient de leurs agneaux, dit Leana, en brossant de sa jupe la laine d'une brebis moins farouche que les autres.

Rose perçut la note de regret dans sa voix.

— Jamie dit que, lorsque les petits sont sevrés, les agneaux et les mères ne se reconnaissent plus. Cela facilite la séparation.

— Oh, fit Leana. Comme c'est triste.

Elles marchèrent côte à côte, soufflant un peu plus, parlant un peu moins. Rose se protégea les yeux de la main pour voir à l'horizon.

— C'est plus loin que dans mes souvenirs. Si Jamie cherchait un endroit à l'abri des oreilles indiscrètes, il sera bien servi.

Finalement, elles l'aperçurent au milieu de ses moutons, qui venait à leur rencontre. Les agneaux, attroupés autour de ses jambes, se déplaçaient comme une mer de laine blanche, couvrant ses longs pas jusqu'à ce qu'il fût enfin à leur hauteur.

— Enfin, vous voilà, dit-il.

Jamie brossa les fibres de laine de sa culotte en peau de daim en regardant les deux sœurs.

— Je commençais à m'inquiéter à votre sujet.

— Et tu avais raison de le faire, dit Rose d'un ton léger, maintenant assise sur un robuste muret de pierre. Mais pourquoi demander à deux femmes enceintes de marcher si loin ? J'espère que tu avais une bonne raison de nous convoquer ici.

— Une excellente raison.

Jamie se planta devant elles, et le soleil du matin, lui illuminant la tête, lui faisait comme une couronne dorée.

— D'abord, laissez-moi vous accueillir convenablement.

Après un salut courtois, il se pencha et embrassa la main de Rose, puis celle de Leana, ce qui les fit rougir toutes les deux.

— Pourrais-je vous offrir quelque chose à boire ?

— Jamie, tu…

Les protestations de Rose cessèrent quand il produisit un flacon couleur argent du sac en peau de chèvre qui lui pendait à la taille. Il le déboucha d'un geste élégant.

— Puisée ce matin même au puits, je vous l'assure.

Rose avait trop soif pour se plaindre et but une longue gorgée avant de partager l'eau fraîche avec Leana.

— Ton accueil me comble d'aise, Jamie, dit-elle d'un ton taquin. Mais pourquoi sommes-nous ici ?

Il étendit les bras, comme s'il avait voulu embrasser les collines couvertes de fumier et les vallons vert pâle.

— Jadis, les clans se rassemblaient sur le sommet des collines et décidaient de leurs plans pour vaincre leurs ennemis.

— Notre seul ennemi est père.

— Précisément, Rose.

Il reprit son flacon, puis le remit dans son sac.

— J'espère que vous affirmerez avec moi que j'ai bien servi votre père pendant tous ces mois. Pourtant, il n'a cherché qu'à me rendre l'existence impossible.

— Nous sommes d'accord.

Rose échangea un regard avec Leana.

— Sur ces deux points.

Le discours de Jamie était plutôt officiel, comme s'il avait préparé ce qu'il allait dire. Leana voyait-elle où il voulait en venir ? Le savait-elle elle-même ?

Jamie ne marchait pas de long en large, comme il le faisait souvent, mais restait bien planté sur place, sa voix aussi ferme que son maintien.

— En dépit de mes efforts, Lachlan McBride m'a trompé, en me dépouillant d'un salaire bien mérité.

— Et de tes agneaux, renchérit Rose.

Les bêtes qui bêlaient alentour semblaient prêter leur voix au concert de griefs légitimes. Jamie acquiesça d'un léger hochement de tête.

— Depuis que Lachlan est revenu de Moffat, menaçant de déshériter Leana à moins que je demeure à Auchengray, j'ai demandé à Dieu de me montrer le chemin. Hier, j'ai reçu sa réponse. Dans un rêve.

La bouche de Rose s'ouvrit.

— Quand je t'ai réveillé...

— C'était le commencement.

Jamie les regarda toutes les deux avant de poursuivre.

— Puis, j'ai entendu mon nom. Que ce fût un ange ou le Tout-Puissant lui-même, je ne puis le dire. Il m'a dit, aussi clairement que je parle devant vous, que je devais quitter Auchengray et retourner sur la terre familiale. Avec ma famille.

— Jamie, quelle nouvelle merveilleuse !

Rose se jeta dans ses bras, et elle faillit le renverser dans son enthousiasme.

— Je vais enfin voir Glentrool !

Elle lui pressa un baiser sur le cou pour cacher ses pleurs. Voyait-il aussi clairement qu'elle ce qu'il devait faire, maintenant ? Comprendrait-il ou s'emporterait-il, quand elle le lui dirait ? Rose s'éloigna de Jamie et vint prendre la main de sa sœur, pour l'aider à poser le pied au sol. Il n'y avait pas de meilleur moment pour défendre sa cause.

— Je n'ai pas entendu la voix d'un ange, déclara-t-elle à son tour, mais je sais dans mon cœur ce qui est juste.

Rose les regarda tous les deux, plus certaine que jamais de sa décision.

— Nous ne pouvons partir sans ma sœur. Elle porte ton enfant, comme moi, et elle a besoin d'un toit convenable sur sa tête. Leana doit venir avec nous à Glentrool.

— *Rose !*

Ils s'étaient écriés tous les deux en même temps, incrédules.

— Je ne peux supporter de te voir humiliée par notre père, Leana. Pas une heure de plus, et sûrement pas durant toute ta vie.

Elle se tourna vers son mari, souhaitant ardemment qu'il ne fût pas en colère contre elle.

— Je pense que ceci est la chose convenable et juste à faire, Jamie. J'espère que je n'ai pas outrepassé mes droits en te faisant cette requête.

Il la surprit d'un large sourire.

— Bien sûr que non.

Chapitre 48

Il y a de lourds secrets,
et nous devons les murmurer.
— Susan Coolidge

Dépassée, Leana fit un pas en arrière, trébuchant presque sur le muret de pierre derrière elle.

— Rose, tu m'as… sauvé la vie.

Elle s'y assit, se couvrant le visage des mains.

— J'avais si peur que je… que mon enfant… que nous allions vivre… et qu'Ian…

Elle se balançait d'avant en arrière, tentant de se ressaisir, essayant de parler.

Rose fut à ses côtés en un clin d'œil et mit un bras autour de ses épaules.

— Après tout ce que tu as fait pour moi, Leana…, tout ce que tu as sacrifié…, comment pourrais-je partir sans toi ?

Elles se serrèrent l'une contre l'autre, leurs joues pressées ensemble, jusqu'à ce que Leana se dégage un peu pour reprendre son souffle. Jamie lui présenta un mouchoir, puis lui offrit un peu d'eau fraîche. Leana s'empara du flacon argenté, levant les yeux vers Jamie en le portant à ses lèvres. Était-il d'accord ou se prêtait-il simplement au caprice de sa femme volontaire ? Elle était sûre des sentiments de Rose. Éprouvait-il vraiment la même chose ?

— Jamie…

Leana lui remit le contenant vide, mais ne le relâcha que lorsqu'elle fut sûre d'avoir toute son attention.

— Si tu préfères, je peux rester…

— Non, Leana. Je veux que tu nous accompagnes.

La sincérité de ses mots, la franchise de son regard, dissipèrent tous ses doutes.

— Ma femme généreuse a parlé pour nous deux.

— Allons, allons, je suis toujours aussi égoïste.

Rose cligna des yeux et l'attira près d'elle.

— Maintenant, je n'aurai pas à vivre ma maternité seule. Tu seras là pour veiller sur moi.

Leana sourit à travers ses larmes. *Toujours, Rose.*

— C'est entendu, donc.

Rose se leva, s'étirant comme si elle avait cardé de la laine toute la matinée.

— Et nous devons emmener Eliza, car elle est la seule dot que père a prévu pour Leana quand elle... Eh bien, quand elle se marierait.

Leana guettait un changement d'expression dans le visage de Jamie.

— Jamie, je ne veux pas être un fardeau trop lourd pour toi. Était-ce trop lui demander d'emmener aussi sa servante?

— Mais je dois l'avouer, Eliza m'est si chère.

— Alors, qu'elle se joigne à nous. Elle pourra tenir compagnie à Annabelle et aider aux soins d'Ian.

— Béni sois-tu.

Leana baissa les yeux, ne s'autorisant pas à regarder Jamie plus longtemps que nécessaire. Elle mesurait ce que cette décision lui coûterait. Et ce qu'elle exigerait d'elle. *Mon Jamie adoré.* Ils ne devraient jamais se trouver seuls ensemble. Ne jamais parler du passé, ne jamais laisser leurs regards se croiser trop longtemps.

Sa sœur lui avait donné tout ce que son cœur désirait : être libérée de son père, la chance d'être avec Ian, un avenir et de l'espoir. Leana jura qu'elle n'avilirait pas ce présent précieux ne serait-ce qu'un seul moment et ne déshonorerait pas non plus Celui dont la grâce l'avait rendu possible.

Rose poussa un soupir audible.

— Quand l'annoncerons-nous à père?

— Jamais, dit Jamie, les surprenant toutes les deux. Nous n'en parlerons à personne. Ni aux autres domestiques ni aux voisins. Personne ne doit savoir.

Les traits de Rose exprimaient maintenant de l'inquiétude.

— Y a-t-il quelque chose d'autre que nous devrions savoir ?

— Il est préférable que vous ne sachiez pas tout.

Son regard fit la navette d'une sœur à l'autre, comme s'il jaugeait leur réaction.

— Duncan doit faire certaines... démarches... pour moi. Même moi, je ne suis pas au courant de tous les détails.

Son visage honnête prouvait qu'il ne leur cachait rien, mais qu'il cherchait seulement à se montrer prudent.

— Votre père, reprit-il, ne reculera devant rien pour empêcher notre départ. Le travail que nous faisons pour lui sans salaire sert sa bourse. Et il adore croire qu'il peut nous manipuler à sa guise.

Rose arracha une tige de bruyère rouge du sol, la tordant entre ses doigts.

— Père t'a donné le choix, n'est-ce pas ? Ou bien rester avec Leana, ou bien partir avec moi.

Les commissures de ses lèvres se tordirent.

— Partir avec Leana et moi n'en faisait pas partie.

— Bien sûr que non.

Il posa les mains sur ses hanches, hochant la tête, comme s'il mûrissait une autre décision.

— Vous devrez emballer vos vêtements et vos effets personnels quand personne ne vous verra, leur dit-il. Ne prenez rien qui ne vous appartienne de plein droit, sinon Lachlan trouvera un motif de nous faire inculper.

— Je ne prendrai que mes robes et mes rubans pour mes cheveux, promit Rose.

Jamie regarda les deux sœurs à tour de rôle.

— Vous ne regretterez pas de partir sans la bénédiction de votre père, sachant que vous pourriez ne jamais revenir ?

Leana se tourna lentement, s'abreuvant du paysage pastoral pour la dernière fois.

— Il n'y a plus rien pour nous ici, Jamie. Ni la terre, ni les troupeaux, ni l'or dans le coffre de mon père ne nous appartiennent.

Elle regarda en direction de Dalbeaty, à quelques milles au-delà du mont Lowtis.

— Les fils d'Edingham sont les héritiers de Lachlan McBride, maintenant. Rose et moi sommes à peine plus que des étrangères.

— Peu importe la bénédiction de père.

Rose secoua sa natte de son épaule, une lueur de défi brillant dans le regard.

— Ce que Dieu t'a commandé dans ton rêve, Jamie, fais-le avec *notre* bénédiction.

— Alors, il est temps de rentrer à la maison. Je devais déplacer un troupeau, ce matin, selon le vœu de votre père. Maintenant, je dois m'occuper de mes propres affaires. De *nos* affaires.

Jamie leur offrit à chacune un bras au moment de se mettre en route. Rose glissa sa main dans le creux de son coude. Leana s'abstint, espérant que Jamie comprendrait.

Ils marchèrent à travers les pâturages, Jamie les entraînant avec ses longues enjambées plus rapidement qu'elles n'étaient venues. Quand Leana trébucha sur une plaque d'herbes iné-gales, il étendit le bras pour la rattraper et s'excusa de sa hâte.

— Je peux maintenant vous révéler pourquoi nous nous sommes rencontrés sur cette colline éloignée, et non pas dans le jardin, dit Jamie, visiblement mal à l'aise. Je devais savoir si les sœurs McBride étaient de bonnes marcheuses.

— Jamie !

Rose le fouetta avec sa natte.

— Tu n'avais qu'à nous le demander.

— Non, je devais le voir de mes propres yeux.

Son expression sérieuse confirma ses propos.

— Les routes de Galloway sont balafrées de profondes ornières laissées par les voitures, expliqua-t-il. Il faudra fré-quemment descendre de notre chariot tiré par des chevaux et marcher, pour nous épargner d'être ballottés en tous sens.

Il s'arrêta pour les examiner attentivement avant de poursuivre.

— Si vous ne pouvez faire la promenade jusqu'au pré le plus éloigné d'Auchengray et revenir sans peine, vous ne résisterez pas longtemps lors de notre expédition vers l'ouest.

Rose se dressa sur ses ergots.

— Comme tu peux le voir, nous sommes toutes les deux en excellente santé et capables marcher chaque mille jusqu'à Glentrool, s'il le faut.

— Chaque mille? ironisa Jamie. J'ai parcouru ce trajet, jeune fille, et vous ne vous imaginez pas les épreuves que j'ai endurées. J'ai dormi à même le sol dans des huttes et des étables, j'ai pataugé dans des marécages tourbeux, et...

— Nous avons déjà entendu tout cela, dit Rose, se libérant la main et prenant les devants sans lui. Mais as-tu affronté un fantôme de la forêt ou combattu une *kelpie* en traversant le Dee?

— Non, je n'ai pas fait cela, dit Jamie en la rattrapant en deux pas. La seule apparition que nous devons craindre est celle du ministre de Monnigaff.

Il tourna la tête vers Leana.

— Leana, as-tu toujours la lettre de recommandation du révérend Gordon?

— Je l'ai, dit-elle.

Elle se rappelait l'avoir pliée et cachée dans sa malle, qui était rangée dans la chambre d'Ian. Les mots généreux du ministre lui avaient ouvert les portes de la paroisse de Twyneholm. Accompliraient-ils la même chose à Monnigaff?

— Il ne manque à la lettre qu'un sceau, ajouta-t-elle, et je m'en occuperai dès que nous serons à la maison.

— Fais-le sans faute. Comme héritier de Glentrool, je serai reçu dans ma paroisse natale sans difficulté. Mais la réception qui t'attend est moins prévisible, Leana. Puisque tu n'es pas mariée et clairement enceinte, le révérend Erskine insistera pour lire cette lettre. Et malgré cela, les langues se délieront.

Il la regarda en marchant, et la compassion brillait dans son regard.

— Je crains que nous recevions plus de ragots que de louanges à Monnigaff.

— Je... m'y suis habituée, dit-elle.

Elle agrippa ses jupes, les retenant au-dessus de l'herbe mouillée. Il valait mieux que ses mains prennent l'étoffe plutôt que le bras qu'il lui offrait généreusement.

— Et qu'en est-il d'oncle Alec et de tante Rowena ? Daigneront-ils me... recevoir ?

— Tu es leur nièce et la mère de leur petit-fils. Ils t'accueilleront avec joie à la maison.

Il avait prononcé ces paroles trop vite ; Jamie n'en était pas plus certain qu'elle. Il fallait être bien brave pour affronter ses parents avec deux épouses à la traîne. Ils atteignirent la maison à midi, les deux sœurs quelque peu essoufflées, mais qui ne s'en portaient pas plus mal. Rose, dont le visage était de la couleur d'un œillet écossais sauvage, affichait malgré tout un sourire satisfait.

— Avons-nous été à la hauteur de tes attentes ?

— Ça ira, dit Jamie en balayant une mèche rebelle du front de la jeune femme. Rappelez-vous, pas un mot à quiconque, pas même à vos servantes. Neda s'en chargera pour nous en temps et lieu, et elle veillera sur nos secrets.

Quand ils entrèrent dans la maison, c'est le visage anxieux de Neda qui les accueillit.

— Allez vite vous préparez, car vot' père attend son déjeuner.

La maison bourdonnait d'activités tandis que les deux sœurs arrangeaient leur toilette dans leur chambre. Eliza vint rejoindre Leana dans la chambre d'enfant, et fit du mieux qu'elle put, un petit miroir à la main, pour coiffer les cheveux de Leana. Puis, elle brossa sa robe jaune de fond en comble.

— Annabelle en a eu plein les mains, aujourd'hui, fit remarquer Eliza, car elle devait aider sa maîtresse tout en s'occupant d'Ian.

— Vous nous êtes toutes les deux nécessaires, à Rose et à moi, et aussi pour veiller sur Ian.

Leana se mordit la langue pour ne pas vendre la mèche.

— Assez, Eliza, dit-elle, j'entends la cloche de mon père.

Leana se joignit aux autres dans la salle à manger, et ils furent accueillis par le riche parfum d'une soupe au poulet et aux poireaux. La bénédiction du repas par Lachlan fut brève ; il n'aimait pas beaucoup la soupe froide. Ils mangèrent en silence à sa requête, ce qui servait bien leur dessein de garder le secret. Le trio échangea des regards furtifs, mais rien de plus.

Son pudding terminé, Lachlan croisa les mains et se tourna vers Jamie.

— Tu as sûrement pris une décision, maintenant, neveu. T'en iras-tu le jour de Lammas avec Rose ? Ou resteras-tu auprès de Leana, comme le devoir te commande ?

Jamie évita le regard des deux sœurs. Leana n'osa pas lever les yeux vers Rose, gardant à l'esprit l'avertissement de Jamie. *Personne ne doit savoir.*

— Comme toujours, vous aviez raison, oncle, dit-il finalement. Après avoir recherché la volonté de Dieu, j'ai pris ma décision.

La voix et le visage de Jamie demeurèrent neutres, ne révélant rien.

— Je n'abandonnerai pas Leana.

Oh Jamie. Allait-il révéler ses véritables intentions, finalement ?

— Tu n'abandonneras pas Leana, dis-tu ?

Les sourcils de Lachlan s'élevèrent, exprimant la surprise.

— Alors, c'est que tu as choisi de rester.

Jamie ne dit rien, ne confirmant ni n'infirmant l'interprétation de son oncle.

Leana baissa la tête pour cacher son soulagement. *Jamie, quel garçon astucieux.* Sa conscience serait sans tache. Il n'avait pas menti à leur père.

Lachlan ordonna d'un geste aux domestiques de débarrasser la table, signalant la fin du déjeuner.

— Il régnera bientôt une grande animation, à Auchengray. Malcolm et ses frères arriveront ici mercredi, après la conclusion de la vente d'Edingham. Puisque Rose et toi occupez une chambre, les garçons s'installeront dans le salon. Il est bien assez spacieux pour tous les loger, et les visiteurs sont rares, crut-il bon d'ajouter en haussant les épaules.

Morna tortilla une mèche libre sur sa joue, l'enroulant à plusieurs reprises autour de son doigt.

— Qu'en est-il de tout mon mobilier de salon? demanda-t-elle d'une voix aussi timide que haut perchée. Je pensais qu'il conviendrait très bien...

— Non, il ne convient pas. Les efforts maladroits de votre défunt mari en tant qu'ébéniste fourniront en bois le foyer de la cuisine, cet hiver.

Il lui tapota la main, la regardant à peine en lui parlant.

— Nous n'avons aucun besoin de tables ou de buffets additionnels ici, déclara-t-il. Deux lits apportés d'Edingham suffiront.

Sur ces paroles, Lachlan baissa la tête, offrant une bénédiction finale pour le repas, indifférent au chagrin de sa femme. Leana entendit un sanglot étouffé de Morna, qui était assise à côté d'elle, et pria pour qu'elle trouve un certain réconfort dans la présence de ses fils auprès d'elle. Il semblait que Lachlan McBride était déterminé à briser le cœur de Morna, maintenant qu'elle était à sa merci.

Leana ne pourrait jamais quitter le toit de son père assez vite.

Cinq jours restaient. Ils emballeraient leurs effets à la hâte, échangeraient des messages à mi-voix derrière des portes closes, et prieraient pour que Lachlan ne découvrît pas leur secret.

Chapitre 49

D'un homme riche qui était mesquin et avare, il dit
« Cet homme ne possède pas ses richesses,
ce sont ses richesses qui le possèdent. »
— Diogène Laërce

— Mais, Rose, que fais-tu ici ? Jamie était dans l'embrasure de la porte du petit salon de Lachlan, surpris d'y trouver sa femme en train d'examiner la bibliothèque. Son père n'aimait pas qu'on vienne visiter son étude sans être accompagné.

Elle le regarda par-dessus son épaule, l'image même de l'ingénuité.

— C'est un long voyage, dit-elle. J'ai cru que je pourrais apporter quelque chose à lire.

— *À lire ?*

Il traversa la pièce et l'écarta gentiment du rayon, jetant un coup d'œil derrière lui pour s'assurer que personne ne les observait du corridor.

— Ce n'est pas une excursion de vacances que nous organisons.

— Je comprends cela, Jamie.

Elle tourna entre les mains de Jamie jusqu'à ce qu'elle fût face à lui, serrant un petit livre sur sa poitrine.

— Mais tu as dit que nous serions sur les routes pendant plus d'une semaine, et un livre peut être un compagnon agréable.

— Ta sœur te tiendra compagnie.

Il fit courir son doigt autour de son menton, traçant l'ovale délicat de son visage.

— C'était plus que généreux de ta part de l'inviter à partir avec nous, Rose.

— Et de la tienne, d'accepter l'idée si volontiers.

Elle soupira, et son visage prit une expression pensive.

— Je n'aurais pas connu une seule journée de bonheur à Glentrool, si j'avais laissé Leana entre les mains de ce...

Rose regarda le bureau de son père, où un tout nouveau coffre semblait régner sur les lieux.

— Cet avaricieux, reprit-elle, ce vénal personnage qui prétend être un homme !

Elle jeta un regard furibond au coffre de bois.

— C'est ton argent, Jamie. Et celui de nos enfants. Pas le sien.

— Oui, oui.

Il déposa un baiser sur son front pour la calmer.

— Assez de ce sujet. Comment est ma *douce** femme, aujourd'hui ?

— Elle n'est ni douce ni aimable, répondit Rose, toujours boudeuse. La maison est sens dessus dessous, depuis mercredi. Des malles, des meubles et toutes sortes d'autres objets ont franchi le seuil de notre porte. On peut à peine marcher dans les corridors, et le salon ne sera plus jamais le même.

— Je sais, Rose.

Il tira sur sa natte.

— Quelquefois, le chaos peut être une bonne chose. Au milieu de toute cette agitation, nous avons pu mettre nos propres malles dans la grange sans être remarqués.

— Je veux bien te croire, dit-elle, paraissant peu convaincue. Je ne me sens plus du tout chez moi, à Auchengray. Je croyais qu'emporter un livre avec moi me rendrait ma bonne humeur.

— Mon insouciante Rose.

La sévérité feinte de son visage était destinée à la faire sourire.

— As-tu déjà oublié ce que je t'ai dit lundi ?

Elle imita sa posture de berger — les épaules redressées, la tête rejetée vers l'arrière, les pieds écartés — et répéta de sa voix la plus grave.

— « Ne prenez rien qui ne vous appartienne de plein droit. » Oui, Jamie, je t'avais bien compris.

Elle leva le volume chapardé.

— Mais ce n'est qu'un livre...

— Qui appartient à ton père.

— Et que j'ai l'intention de conserver, fit une autre voix masculine.

Lachlan traversa la pièce, prit l'ouvrage des mains de Rose et le glissa à sa place d'un geste précis. La bouche de Jamie devint sèche. Qu'avait-il surpris, au juste, de leur conversation ?

— Des sonnets, dit Lachlan, en lisant la tranche du livre qu'elle avait choisi. Ce n'est pas une bonne semaine pour lire de la poésie, jeune Rose. Tu devrais être en train d'aider tes frères à s'installer et à se sentir chez eux ici. En aménageant le salon pour eux. En aidant les domestiques à défaire les nombreuses malles de mon épouse.

— J'ai fait ces choses, père, dit Rose, qui n'avait pas abandonné sa fière posture.

Elle releva même le menton un peu plus.

— Et vous, qu'avez-vous fait pour mon anniversaire ? Quand viendra le jour de Lammas, vous et vos nouveaux fils serez en route pour Lockerbie, nous laissant seuls ici tous les trois pour célébrer mon dix-septième été.

Jamie voulut la mettre en garde du regard. *Sois prudente, Rose.* Lachlan n'était pas un homme à appâter comme une truite de mer. Il pouvait l'entraîner dans les eaux profondes avant même qu'elle se soit rendu compte que ses pieds avaient quitté la berge.

— Justement, fille. J'ai fait en sorte qu'un présent apparaisse près de ton assiette au petit-déjeuner, dimanche matin.

Il arpenta la petite pièce, les mains croisées derrière le dos.

— Bien que je ne sois pas là, reprit-il, je compte sur ton mari pour que ton anniversaire soit célébré comme il convient.

— Vous pouvez compter sur moi.

Jamie enserra la taille de Rose dans ses bras, espérant adoucir son attitude belligérante. Le moment était mal choisi pour provoquer la colère de l'homme.

— Oncle, dit-il, je vois que vous avez un nouveau coffre.

— Un coffre plus grand et une clé plus lourde, aussi.

Le coffre à argent en bois, orné d'une serrure élaborée en laiton et de poignées de chaque côté, était deux fois plus volumineux que le précédent, surpassant par sa taille la Bible familiale rangée dans sa boîte, près du foyer. Lachlan produisit une clé qui pendait au bout d'un ruban de soie enroulé autour de son cou et l'ouvrit d'un geste grandiose, afin d'inviter les regards admiratifs.

La masse de pièces d'or et d'argent dégoûta Jamie. Des années d'avarice et d'égoïsme avaient produit une fortune qui ne profiterait à personne d'autre qu'à Lachlan McBride. Jamie regarda le trésor de son oncle et comprit qu'il contemplait le cœur de l'homme.

Rose se pencha pour l'examiner de plus près.

— Je vois que vous avez conservé cette corde nouée.

Lachlan ferma brusquement le couvercle.

— Un talisman sans valeur.

— Lillias Brown m'a déjà confié que vous étiez fort heureux de l'avoir.

Bien que l'attitude de Rose parût docile, ses mots portaient une note de défi.

— Elle ne signifie rien pour moi.

Il ferma le coffre à clé d'un rapide tour de poignet.

— Pas plus que je ne me soucie de ce que la vieille sorcière pense. Elle me l'a offert, il y a quelque temps de cela. Quelle importance cela peut-il avoir ?

— Vous avez raison, père.

Rose mit fin à leur petite escarmouche, d'une voix aussi douce qu'une lame d'acier trempé.

— C'est sans valeur.

— Évidemment, dit Lachlan, dont les joues reprenaient peu à peu leur couleur habituelle.

Le cœur de Jamie aussi recommençait à battre normalement. Rose était sûrement la fille de son père, capable de se défendre bec et ongles, sans faire de quartier. Il serra davantage la taille de Rose, un signal muet de se calmer.

— Dites-moi, oncle, conduirez-vous les agneaux d'Edingham à Lockerbie?

— Non. Ce ne sont que les nabots, les plus petits des jumeaux.

Jamie s'échauffa. Ses agneaux étaient les plus petits, certes, mais ils étaient robustes. Ne les avait-il pas choisis lui-même?

— Plutôt que de mener le troupeau au nord en passant par Dalbeaty, dit Lachlan, j'ai décidé de les laisser paître dans les riches pâturages d'Edingham un peu plus longtemps. Pour étoffer leurs pattes de derrière, ajouter un peu de viande sur leurs flancs. Puis, je les vendrai au marché de septembre, à Dumfries.

Et vous garderez l'argent. Jamie contint sa colère et chercha plutôt à apprendre ce qu'il devait savoir.

— Le nouveau propriétaire d'Edingham ne s'opposera-t-il pas à ce que vous les laissiez brouter sur sa propriété?

— Quand je lui paie deux mois de loyer pour cette parcelle de terre inemployée? Thomas Henderson a été heureux de prendre mon argent pour si peu d'embarras.

— Et qu'en est-il des moutons destinés à Lockerbie? Quels sont vos plans, pour eux?

Lachlan ne manquait jamais une occasion de montrer ses talents d'éleveur.

— J'ai embauché une douzaine de bergers, un pour chaque quinzaine de têtes. Duncan les supervisera, bien sûr. Les hommes doivent parcourir vingt milles, la moitié vendredi, le reste samedi.

— Dix milles par jour? Il n'est pas prudent de tant presser les agneaux pour se rendre au marché.

Lachlan se raidit.

— Neveu, j'ai fait naître, élevé et vendu des moutons pendant plus d'années que tu en comptes d'existence. Si j'ai décidé de faire marcher mes moutons sur les routes vendredi à l'aube, ils le feront. Si je veux me rendre à Lockerbie samedi, accompagné de mes fils et de ma femme afin qu'ils voient de quelle considération je jouis parmi les propriétaires terriens de Galloway, il en sera ainsi.

Jamie baissa la tête, pour cacher sa joie. Tous les détails le servaient, comme autant d'assaisonnements à un succulent ragoût de patte de mouton.

— Quand rentrerez-vous à la maison, oncle?

— Tard mardi, grogna-t-il. Avec une bourse bien rebondie, si les acheteurs se montrent généreux.

Quand Jamie leva les yeux, Lachlan était déjà à la porte.

— Les hommes que j'ai engagés se rassemblent dans la grange, ce soir, se préparant à se mettre en route aux premières lueurs du jour.

Il esquissa un geste de la main, comme s'il chassait une nuée de moucherons.

— Tu peux aller faire connaissance avec eux, Jamie. Ce sont des bergers sans le sou. Comme toi.

Chapitre 50

Car l'amitié, un lien saint en soi,
Est rendue encore plus sacrée par l'adversité.
— John Dryden

— Je n'ai pas honte d'être un berger, Duncan.

Jamie enfouit son poignard à l'arrière de sa botte, et la pensée l'effleura de plonger plutôt la lame acérée dans le cœur de Lachlan.

— Mais je ne me laisserai pas traiter de sans-le-sou par lui.

Le soleil de la fin d'après-midi était suspendu très bas au-dessus de l'horizon, baignant la ferme dans une lumière cuivrée. À l'intérieur de la grange, Jamie et Duncan rassemblaient leurs affaires avant de rencontrer les conducteurs de bestiaux.

— Y a pas de honte à la pauvreté. Seulement dans l'orgueil et la cupidité, dit Duncan en serrant une corde autour d'un ballot.

Puis, il le lança sur son épaule, comme pour en éprouver le poids.

— Ton oncle est un homme impie, lança-t-il ouvertement, reposant son fardeau au sol. Y n'recherche pas Dieu. C'pourquoi je n'regretterai pas d'quitter c't'endroit. Pas plus qu'j'ai l'intention d'y revenir.

Voyant la lueur non équivoque dans le regard de Duncan, Jamie dut faire un effort pour contenir ses propres émotions.

— Ne vous reverrai-je pas après demain ?

Duncan hocha la tête de gauche à droite, et ses traits étaient sombres.

— Quand les moutons s'ront vendus à Lockerbie, je m'rendrai à Kingsgrange, dans le sud, et j'commencerai à travailler là-bas l'mercredi suivant.

Il regarda par la porte ouverte de la grange et le monde au-delà.

— Ça m'fera étrange de n'pas tourner vers Auchengray, dit-il pensivement, quand j'passerai su' c'chemin.

Jamie se laissa choir sur un tabouret de bois, le poids de sa décision l'écrasant toujours plus d'heure en heure.

— Tout est ma faute. Tout cela.

— Non, c'est l'œuvre d'ton oncle. Car dès l'jour d'ton arrivée, il avait résolu d'te duper.

— Et c'est ce qu'il a fait.

Plusieurs fois. Jamie avait perdu le compte des promesses faites et brisées par Lachlan. Mais avait-il le droit de faire ce qu'ils envisageaient? Était-ce justice… ou vengeance?

— Le Tout-Puissant m'a dit de rentrer à la maison, Duncan, et d'y emmener ma famille. Il n'a pas parlé de mes agneaux.

— Mais ton oncle l'a fait.

Le ton de Duncan n'admettait aucune réplique.

— Y a dit qu'y z'étaient une bénédiction d'Dieu et qu'y t'appartenaient. T'as gagné ces agneaux à la sueur d'ton front. Nous reprendrons c'que Lachlan s'était engagé à t'donner — pas plus, mais pas moins non plus — et nous t'renverrons à Glentrool avec ton troupeau. T'as aucune raison d'avoir peur. Dieu est avec toi.

Jamie se leva et s'empara du bras de son ami, déterminé à connaître la vérité.

—Êtes-vous certain que c'est la volonté de Dieu? Qu'il veut que je reprenne ces agneaux? Et que vous couriez des risques en m'aidant?

— Je l'suis, répondit Duncan sans hésiter. C'est l'travail de Dieu qu'j'accomplis. Pas pour toi, Jamie. Mais en l'honneur d'son nom sacré. La Bible n'ment pas : « Nombreux sont les tourments, pour l'impie; qui se fie en l'Éternel, la grâce l'entoure. »

Jamie écouta les paroles de l'homme avec bonheur. Comme une nourriture. Il faisait entièrement confiance au Tout-Puissant. Et il avait été enveloppé par sa grâce depuis l'heure où il avait quitté Glentrool.

— Mais qu'en est-il de Neda ?

Un autre souci pour Jamie.

— Est-ce juste de lui demander de déménager, de l'arracher à sa maison... ?

— Allons ! fit Duncan. Le foyer est là où la femme accroche son tablier. De plus, elle s'ra avec not' fille Mary du matin au soir.

Duncan retira son bonnet pour taper la poussière du plaid de laine sur sa culotte, sans cesser de regarder Jamie.

— J'pourrais pas prétendre être ton ami si j't'aidais pas, Jamie.

— Vous êtes...

Jamie détourna le regard. Il pouvait à peine parler, tant sa poitrine était comprimée.

— Un... très grand ami.

Personne n'avait jamais été aussi bon pour lui que Duncan Hastings.

Ils restèrent silencieux un moment, face à face, l'air rempli de chants d'oiseaux et des voix étouffées des hommes dans les cabanes à côté. Jamie essaya d'ignorer son cœur gonflé, mais c'était impossible.

— Vous me manquerez, Duncan.

— Et toi aussi, tu m'manqueras. Plus que j'peux l'dire.

Duncan se moucha du revers de la main.

— J'me rappellerai toujours l'jour où t'es arrivé ici. Vert comme l'herbe et fier comme un paon. Mais t'étais prêt à travailler dur et disposé à apprendre.

Jamie répondit, sa bonne humeur revenue.

— Avec un maître comme vous, je n'avais pas le choix.

Duncan sourit, mais ses yeux étaient humides.

— J'suis toujours prêt à abattre une bonne journée d'travail. Mais nous avons aussi pêché un poisson ou deux. Échangé des histoires d'bergers su' les collines. Chevauché jusqu'à la foire de Keltonhill ensemble. Pour t'acheter un cheval...

— Auquel j'ai donné votre nom, lui rappela Jamie, heureux de voir le visage de l'homme rougir, montrant que cela lui faisait plaisir. Mon cheval hongre ne sera jamais l'ami que vous avez été, Duncan. Mais je serai fier de dire à qui voudra l'entendre pourquoi mon cheval porte le nom d'Hastings. Et je n'y manquerai pas.

Duncan hocha la tête, s'éclaircit la gorge, puis se dirigea vers les logements vétustes à l'extrémité des bâtiments — de petites cabanes construites à même le sol, meublées sommairement, puant le fumier empilé à côté.

— Y est temps d'faire connaissance avec que'ques nouveaux amis, qui t'rendront d'grands services, demain matin.

Ils cognèrent à l'épaisse vitre pour s'annoncer, puis furent accueillis à l'intérieur par un groupe disparate d'hommes de tous âges. Jamie salua ceux qu'il reconnut, incluant les quelques bergers dont il connaissait les noms : Rab Murray, Davie Tait, Geordie Currie. Le visage de ces hommes endurcis par la vie sur les collines avait été buriné par le vent et la pluie. Si leurs dents étaient tachées, leur sourire était franc et leur poigne, solide. C'étaient des hommes sur lesquels Jamie pouvait compter ; et il aurait besoin de leur confiance, aussi.

— Garçons, commença Duncan, levant la main pour demander le silence, v'z'êtes du voisinage, alors v'connaissez l'caractère sans vergogne de Lachlan McBride.

Un bas murmure courut dans la cabane bondée. Oui, ils le connaissaient bien.

— Y a deux mois d'ça, reprit-il, y a promis à Jamie McKie vingt vingtaines d'agneaux pour son travail. Vous m'croirez si j'vous dis qu'y les a mérités. La semaine dernière, m'sieur McBride a changé d'idée, pour aucun autre motif qu'la cupidité. J'peux pas rester les bras croisés, quand j'vois un homme qui s'fait voler deux ans d'salaire.

Lorsque les murmures en faveur de Jamie enflèrent, Duncan continua.

— Quand nous partirons d'ici demain matin, les agneaux non marqués s'ront dirigés vers le nord, comme prévu. Sept d'entre vous viendront à Lockerbie avec moi pour la grande foire d'Lammas. Les agneaux marqués s'rendront jusqu'à Glentrool en empruntant l'chemin du nord. J'ai besoin d'cinq bergers pour c'te longue route. Vous s'rez en bonnes mains, car vot' chef s'ra l'vieux Nick.

Un homme aux cheveux gris fit un pas en avant en présentant la main.

— M'sieur McKie ? Nicholas Donaldson, de Balmaclellan.

Quel que fût son âge, il avait le dos bien droit et une main ferme.

— N'laissez pas mon nom v'z'inquiéter, m'sieur. J'suis p't-être l'vieux Nick, mais j'suis pas l'diable en personne[11].

Les bergers rigolèrent de la boutade, mais Jamie remarqua qu'aucun ne démontra une familiarité déplacée. Donaldson était aimé, mais aussi respecté. En tant que chef, il irait devant, faisant les arrangements pour les pâturages et le logement, responsable de pourvoir aux besoins des hommes et des bêtes. Un rôle important, qu'on n'assignait pas à la légère.

Jamie hocha la tête vers lui.

— Je suis persuadé que vous conduirez mes agneaux à la maison. Vous et les autres bergers serez bien payés, quand vous arriverez à Glentrool.

— M'sieur McKie est un homme de parole, dit Duncan. Rab et Davie, v'z'irez avec lui. En c'qui concerne les aut' qui viendront avec moi, je m'assurerai qu'on vous paie dès qu'nous serons à Lockerbie, puis j'vous renverrai dans les collines.

Duncan sourit, mais Jamie vit son menton frémir.

— Quand Lachlan McBride comprendra qu'la moitié d'ses moutons ont disparu, déclara-t-il, j'veux être c'lui qui l'affrontera. Seul.

---

11. N.d.T. : Dans la tradition chrétienne, « Old Nick », ici traduit par « vieux Nick », est en anglais l'un des surnoms donnés au diable.

Chapitre 51

Hâte-toi, hâte-toi de partir !
La Terre tourne vite et le temps n'arrête pas.
— Sir Walter Scott

— Sont-ils vraiment partis ? Rose se pencha à la fenêtre de l'étage, observant l'attelage noir disparaître au bout de l'allée. Un bas ciel d'étain menaçait, et l'air était chargé de pluie. Quelques minutes auparavant, les McBride et les McKie s'étaient échangé quelques adieux sur le parterre. Une réunion de parents ayant peu de choses à se dire. Des bons souhaits pour la forme. Morna tortillant nerveusement sa manche, Jamie d'humeur sombre.

Fidèle à lui-même, Lachlan avait su se montrer désagréable.

— En l'absence de Duncan, c'est toi qui es responsable d'Auchengray, neveu. Il ne s'accomplira pas grand-chose entre aujourd'hui et mardi, j'en ai peur.

— Au contraire, avait répondu Jamie, d'un ton aussi assuré que son regard. Pendant que vous serez absent, je consacrerai chaque heure éveillée à m'occuper de votre propriété.

Rose sourit à part elle. *Mon spirituel mari.*

Quand elle se détourna de la fenêtre, Jamie était là, les bras chargés de linge.

— Allez, jeune fille, dis-moi ce que tu désires emporter de la chambre d'enfant.

Puisqu'ils avaient enfin la maison à eux, les voyageurs pouvaient finir d'emballer leurs effets sans se dissimuler. Willie et les autres seraient informés de leur plan bientôt, puis leurs services seraient requis pour charger le chariot loué à Jock Bell. Au même instant, Rose vit l'attelage qui descendait l'allée, conduit par Rab Murray et flanqué des deux colleys, qui aboyaient joyeusement.

Elle suivit Jamie dans la chambre d'Ian, heureuse que Leana eût emporté l'enfant pour lui offrir un copieux petit-déjeuner. Le garçon allait devoir se contenter de porridge froid pendant une semaine. Comment se comporterait-il, dans le chariot? Et comment le garderaient-elles au sec, quand il pleuvrait? L'interminable liste de ses soucis croissait d'heure en heure. Ainsi que son ressentiment envers ce père dont la cupidité les forçait à fuir comme des vagabonds.

Lachlan McBride avait promis de laisser un petit cadeau à son intention.

Elle aussi avait un présent d'adieu à lui faire.

— Décide-toi, Rose.

Jamie ne cachait plus son impatience, mais elle lui aurait pardonné bien des choses, en ce jour si triste.

— Que faut-il emporter?

Elle inspecta la chambre, examinant tout ce qui s'y trouvait.

— Le berceau d'Ian, que Willie a fait pour lui. Et celui de chêne, qui appartenait à ma mère.

— C'est juste, dit Jamie, qui avait insisté pour approuver le choix de chaque objet, voulant éviter à tout prix qu'on le traitât de voleur.

Il plaça dans le berceau vide les articles de literie usagés — récupérés de la pile de guenilles de la maison —, puis le porta dans le couloir et appela Hugh pour qu'il l'aide à descendre l'escalier. Tous les domestiques d'Auchengray deviendraient des portefaix avant la fin de la matinée.

Rose attendit que la voix de Jamie, qui lui parvenait par la porte d'entrée, s'atténue. Elle alla prendre le vieux tablier de cuisine qu'elle avait caché au fond de leur armoire à linge et descendit discrètement l'escalier, espérant atteindre le petit salon de Lachlan sans être vue. Le jeudi précédent, quand Jamie l'avait surprise en train d'étudier la bibliothèque de son père, le bouquin de poésie qu'elle tenait à la main n'était qu'un prétexte.

Ce qu'elle était allée y faire secrètement était sur le point de se révéler.

Le tablier noué autour de sa taille oscillait de gauche à droite tandis qu'elle marchait, alourdi par l'étrange collection d'articles dissimulés dans les poches. Rose les serrait étroitement contre elle, de peur de croiser quelqu'un et de devoir répondre à trop de questions. Une fois à l'intérieur du petit salon, elle rabaissa rapidement le loquet de la porte.

La pièce baignait dans l'ombre. Sans une bougie, sa progression vers le foyer fut lente et prudente, même si ses yeux s'adaptèrent à la maigre lumière venant de la fenêtre. Elle s'agenouilla devant le foyer et vida ses poches avec précaution. Bien qu'elle connût la coutume des feux de pierre, elle n'avait jamais eu de motif d'en faire un. Si quelqu'un quittait sa ferme pour un grief quelconque, édifier un bûcher de pierres était censé jeter le malheur sur celui-ci, dès qu'il franchissait le seuil de sa porte. Jamais Rose n'aurait imaginé qu'une telle pratique occulte pût un jour lui servir. Pourtant, ce jour était arrivé.

Elle disposa des branches d'aubépine verte fraîchement coupées dans le foyer, puis déposa avec précaution des fragments de verre provenant d'une bouteille brisée abandonnée derrière l'étable. Sur le verre, elle déposa quelques poignées de gravier recueillies dans l'allée. Finalement, elle disposa plusieurs pierres plates sur le tout, recouvrant l'ensemble.

Rose s'assit sur ses talons, admirant son œuvre. Si quelque incantation était nécessaire, elle ne la connaissait pas. Elle se rappela plutôt les mots que Jamie lui avait répétés, ceux prononcés par son père la nuit de son départ de Glentrool. *Maudit soit celui qui te maudit.*

— Oui, dit-elle doucement, tenant les mains au-dessus des pierres, comme si elle se réchauffait près d'un véritable feu. Sois maudit.

Elle ne pouvait se résoudre à prononcer le nom de Lachlan ; le maudire en *pensée* était déjà suffisamment odieux.

Rose fut sur ses pieds rapidement, désireuse d'en finir au plus vite avec ce qu'elle avait préparé. Elle ouvrit la fenêtre à battants, repoussant les vitres aussi loin qu'elle le put sur les côtés. Oui, elle était suffisamment large, et le sol s'élevait assez haut sous la fenêtre pour la recevoir sans heurt. Ce serait pour plus tard, quand elle tournerait le dos à Auchengray pour toujours. Si elle s'avisait de sortir par la fenêtre maintenant, toute âme innocente franchissant la porte d'entrée serait maudite.

En tournant le dos à la fenêtre grande ouverte, et aux nuages menaçants qu'elle encadrait, elle posa le regard sur le coffre de son père. Trônant orgueilleusement sur son bureau. Un défi silencieux. *Ouvrez-moi.* Lachlan possédait la seule clé, hors de sa portée, maintenant. Elle ne put résister au désir de caresser le bois. Tout en faisant glisser sa main sur le vieux pin, raboté et verni par un ébéniste du village, Rose s'imagina les pièces et les billets entassés à l'intérieur.

La possession la plus précieuse de son père.

À ma place.

Le chagrin lui comprima la gorge.

— *Voilà* ce que tu chéris.

Rose frappa le coffre fortement, sans se soucier de la douleur qu'elle s'infligea sur la serrure de laiton.

— Tes filles ne te manqueront pas, mais tu t'ennuierais sûrement de ton précieux coffre.

Soudain, elle s'immobilisa, frappée par une idée, la douleur oubliée.

Bien sûr. Elle emporterait le coffre de son père.

Son héritage. Celui de sa sœur. De ses enfants. L'argent durement gagné par Jamie. *Voilà* ce que cette boîte contenait. Et la corde nouée d'une sorcière, que Rose aurait tôt fait de détruire.

Oserait-elle commettre un geste aussi téméraire ?

Pour ses enfants, pour Jamie, oui, elle le ferait.

Résolue, elle attira le coffre vers elle, seulement pour être atterrée par son poids. *Malheur !* Elle pourrait difficilement prendre cette lourde chose sous son bras et la trimbaler avec elle. Comment la transporter, alors ? Elle abandonna provisoirement le coffre et s'aventura prudemment dans le couloir à l'arrière de la maison, où divers objets empilés attendaient d'être chargés dans le chariot.

Parmi eux se trouvait le berceau vide. De la taille idéale pour cacher le coffre au trésor.

Inquiète, Rose leva la tête, prêta l'oreille. Aucune voix dans la maison. Les domestiques étaient à l'extérieur, préparant le chariot, parlant tous en même temps, apparemment. *Mon Dieu, faites que Jamie soit avec eux.* Elle n'avait besoin que d'une autre petite minute.

Le cœur battant à tout rompre, Rose tira le vieux berceau dans le petit salon, non sans difficulté. Son père remarquerait-il les marques sur le plancher? C'était peu probable. Il serait trop occupé à pleurer la perte de son or. Elle positionna le berceau à côté du bureau, dans l'intention de déposer le coffre à l'intérieur. Mais elle gémit quand elle essaya de le soulever, avant d'être effrayée par une vive douleur au bas du dos.

Devait-elle simplement le faire basculer dedans? Le coffre ne ferait-il pas un vacarme terrible en s'y écrasant? Une autre visite dans le corridor lui offrit la solution qu'elle cherchait : des serviettes pour amortir la chute. Rose matelassa à la hâte l'intérieur du berceau, enveloppa le coffre du mieux qu'elle put, puis le poussa par-dessus le bord du bureau.

Il tomba comme une pierre. Le pin fragile se fracassa sur le chêne plus solide avec un craquement sonore, fendant le bois du coffre et arrachant la serrure. Les pièces volèrent dans toutes les directions. Des souverains, des pennies, des shillings. Sur le plancher, sur ses chaussures, répandus au fond du berceau.

— À l'aide! cria-t-elle sans réfléchir.

Mortifiée, elle se plaqua une main sur la bouche. Il était trop tard pour demander de l'aide. Comment pourrait-elle s'expliquer? Il n'y avait rien d'autre à faire que de finir ce qu'elle avait commencé. Les doigts tremblants, Rose ramassa les pièces. Quelqu'un accourrait-il, alerté par le bruit?

Si elle pouvait retrouver toutes les pièces, puis couvrir le coffre éventré sous une couverture... *Oh!* Croyait-elle qu'elle pourrait simplement le border comme un bébé ? *À l'aide. Oh ! Aidez-moi !*

Des larmes lui piquaient les yeux, pendant qu'elle jetait les pièces pêle-mêle dans le berceau et qu'elle glissait serviette après serviette autour du coffre difforme. Il lui fallut toutes ses forces pour le glisser jusque dans le corridor. Les pièces s'entrechoquaient quand le berceau oscillait sur ses appuis, et leur son froid et métallique trahissait leur présence. Ça ne marcherait pas. Il n'y avait plus d'autres guenilles. Mais comment étouffer le bruit ?

Quand elle aperçut une vieille couverture, son cœur bondit de joie dans sa poitrine. *Que Dieu soit loué !* Non, elle ne devait pas remercier le Tout-Puissant. Il ne devait être ni blâmé ni invoqué pour un tel péché. *Tu ne voleras pas. Honore ton père.* Deux commandements violés. *Deux, Rose !*

Elle abaissa les yeux sur le berceau, maintenant bourré de serviettes et d'un fatras d'objets divers. Et en dessous reposait le trésor de son père.

À combien de commandements avait-*il* désobéi ? *Tu n'auras pas d'autres dieux que moi.* Son coffre était son autel. *Tu ne mentiras pas.* Il le faisait sans hésiter, si cela lui convenait. *Tu ne convoiteras pas la maison de ton voisin.* N'avait-il pas voulu s'approprier Edingham ? *Tu ne prononceras pas le nom de Dieu en vain.* Tous les soirs, il ouvrait la Bible et lisait des mots qu'il n'honorait pas et auxquels il n'obéissait pas. Lachlan McBride faisait exactement cela : il prononçait le nom de Dieu en vain.

Debout dans le corridor sombre, Rose se tapota les joues pour s'assurer qu'elles étaient sèches, sa conviction renouvelée. Un tel homme méritait toutes les punitions qui pourraient lui échoir.

Un air sifflé sans harmonie l'avertit de l'arrivée imminente de Willie.

— Vous v'là, mam'zelle McKie.

Elle ravala sa culpabilité à la vue de son sourire familier. *Ce cher vieux Willie.*

— V'partez, en fin d'compte, jeune maîtresse ? Et vous faites bien. L'jour d'Lammas, comme prévu.

Le vieux serviteur pointa en direction du berceau aux pieds de Rose.

— Est-ce que ça va aussi dans l'chariot ?

— Oh, Willie...

Elle se serra les mains pour ne pas qu'il les voie trembler.

— C'est bien trop lourd pour vous.

— J'ai plus d'force qu'vous l'pensez, mam'zelle. Regardez et voyez si vot' vieux Willie arrive pas à soulever un berceau rempli de couvertures...

— Et de livres, ajouta Rose rapidement. De gros livres.

Willie s'empara du berceau et émit un grognement en le soulevant.

— J'dirais plutôt des briques.

Il vacilla un peu, mais ne perdit pas prise, et il parvint à avancer avec sa charge jusqu'à la porte d'entrée.

Rose le suivait tout près, espérant le distraire en lui parlant. Il n'entendrait peut-être pas les faibles cliquetis des pièces heurtant le bois.

— On dit que ça porte malheur de déménager un berceau vide, dit Rose.

— Grand malheur, m'dame.

Willie marmonna, repositionnant sa charge. S'il entendit les tintements révélateurs, il n'en dit rien. L'homme devenait vraiment de plus en plus dur d'oreille.

En marchant, Rose tâchait de former un écran entre lui et les autres domestiques, qui étaient rassemblés à quelque distance de là, sur la pelouse. Le ciel gris s'était considérablement assombri, et l'air avait une odeur de linge humide.

— Willie, dit-elle en se penchant tout près de son oreille, pour être sûre qu'il l'entendait. J'ai une faveur à vous demander. C'est pour monsieur McBride. Quand nous partirons, ce matin, pourriez-vous fermer la porte d'entrée à clé, derrière nous ? Et vous assurer qu'elle le demeure ? Personne d'autre que mon père ne doit l'ouvrir, quand il reviendra mardi. C'est pour éviter tout incident malheureux.

— Oui, m'dame.

Willie souleva en grimaçant le berceau dans le chariot.

— V'pouvez être sûre qu'vot' père s'ra l'premier à franchir la porte.

Chapitre 52

Les cœurs voulurent et les mains préparèrent
Les bonheurs qu'ils prennent plaisir à défendre.
— Tobias George Smollett

— N'es-tu pas un petit garçon chanceux, d'avoir ton déjeuner à l'ombre de l'if ?

Leana essuya du menton d'Ian les derniers restes du hachis d'agneau. Avec toute l'agitation qui régnait dans la maison, elle avait choisi un endroit tranquille à l'extérieur pour donner à manger à son fils.

— Ton dernier repas à Auchengray, lui dit-elle avec mélancolie, en se dirigeant vers l'avant de la maison.

Eliza la vit arriver et s'avança pour prendre Ian.

— J'vais m'occuper du garçon, dit-elle. J'suis sûre qu'vous avez beaucoup à faire, avant not' départ.

Les domestiques et les journaliers étaient réunis sur la pelouse d'Auchengray, rassemblant tous les bagages devant être chargés. Leana n'osait imaginer ce que les deux jeunes servantes tout juste arrivées d'Edingham devaient penser du départ précipité de la famille.

Près de la maison se trouvait le véhicule rustique qui les transporterait jusqu'à Glentrool. En dépit de ses flancs en bois non peints et de son allure grossière, il était plus grand que Leana s'y attendait. Non pas une charrette à deux roues tirée par des bœufs, mais une voiture à quatre roues à laquelle était attelée une paire de chevaux de trait légers appartenant à monsieur Bell. En s'approchant, elle vit Willie qui plaçait le berceau familial dans le chariot, le visage rouge comme des radis fraîchement cueillis. Rose était près de lui, et ses joues aussi étaient colorées.

Leana les salua en s'excusant.

— Je m'excuse de m'être dérobée à mes devoirs un moment.

Rose se passa la langue sur les lèvres.

— Nous nous sommes bien tirés d'affaire, n'est-ce pas, Willie ?

— Une chance qu'y a pas d'aut' berceau à déménager.

Au milieu des rides du vieil homme, un sourire apparut.

— Avez-vous que'que chose d'un peu plus léger à transporter, m'dame ? demanda-t-il.

— Une tasse d'eau bien fraîche, lui dit Leana.

Tandis que Willie s'éloignait sans se presser, elle toucha le front de Rose pour voir s'il était aussi chaud qu'il paraissait.

— Vas-tu bien, ma sœur ? demanda-t-elle. Car je dois avouer que tu sembles fiévreuse.

Rose haussa les épaules, évitant son regard.

— C'est une chaude journée. Je me suis peut-être fatiguée à transporter tous ces objets.

— Alors, c'était le dernier, dit Leana, qui lui mit un bras autour des épaules et l'entraîna vers les autres. Jamie nous dira quand nous pourrons partir.

Jamie était particulièrement élégant, ce jour-là, vêtu de son habit de cavalier brun foncé. Il semblait que Hugh ait tenu à ce qu'il quitte Auchengray en projetant l'image d'un laird prospère des pieds à la tête, depuis les bottes de qualité bien polies qu'il chaussait, jusqu'à la queue serrée retenant ses cheveux. Hastings était près de lui, hennissant d'impatience. Son maître ne l'était pas moins, consultant fréquemment le ciel et fronçant les sourcils à la vue des malles qui restaient à charger.

Les serviteurs firent un pas en arrière pour laisser passer Leana, qui guidait Rose auprès de son mari.

— Partirons-nous bientôt ? Je crains que notre Rose ne commence à faner.

En regardant son épouse, les traits de Jamie s'adoucirent.

— Le chariot sera prêt d'un moment à l'autre. Neda achève de préparer nos provisions.

— Nous ne périrons pas en route faute de nourriture, lui assura Leana.

Elle avait vu Neda à l'œuvre, un peu plus tôt, qui remplissait de grands paniers d'osier avec du hareng fumé, du bœuf mariné, une cuisse de mouton et du fromage à pâte dure. Les riches scones à la mélasse seraient envolés bien avant d'être gâtés, et les bouchées de pain d'épice se porteraient garantes de la bonne humeur d'Ian et de son père.

Neda apparut bientôt, paniers en main, avec Willie non loin derrière apportant deux tasses d'eau. Rose les avala toutes les deux sans se faire prier, puis se pencha pour murmurer quelque chose à l'oreille de Willie.

— Oui, m'dame McKie, j'y veillerai.

— Bien, dit Rose, qui paraissait déjà rafraîchie.

Elle souleva légèrement ses jupes en se tournant vers la porte d'entrée.

— Je n'en ai que pour une minute, dit-elle, ensuite, nous pourrons partir.

Elle s'élança vers la maison, sa natte se balançant dans son dos, Willie sur ses talons.

Si Jamie trouva leur comportement curieux, il n'en souffla mot.

Il se dirigea plutôt vers le chariot pour superviser les derniers chargements, en faisant signe aux autres de le suivre. Lachlan et Duncan partis, Jamie portait le manteau de maître avec aisance, donnant ses ordres sans les crier et dirigeant les domestiques d'une main assurée. Quatre petites malles furent placées dans chaque coin du chariot pour en assurer l'équilibre tandis que des couvertures pliées étaient disposées au fond de la caisse pour la matelasser. Solidement fixé à l'arrière se trouvait le berceau d'Ian, prêt à servir toutes les nuits.

Eliza arriva avec le garçon dans les bras.

— Tu s'ras l'seul voyageur qui dormira dans son propre lit, lui dit-elle.

Quand Leana tendit les mains, Ian voulut les prendre immédiatement, le visage brillant comme une chandelle.

Rose arriva en contournant la maison, souriant pour elle-même et tapotant la poche de sa jupe. Annabelle vint se joindre à eux, ses cheveux roux bien coiffés sous son bonnet et les yeux brillants d'expectative.

— Partons-nous bientôt, m'dame ? L'temps est menaçant.

Jamie lui sourit.

— Le bonnet te protégera de la pluie, dit-il en lui tendant la main. Les servantes d'abord. La voiture vous attend.

Même avec une pierre en guise de marchepied et l'assistance de Davie Tait, grimper dans le chariot était une manœuvre des plus inélégantes. La chaussure d'Annabelle glissa sur la pierre. Eliza apprécia mal la hauteur du flanc du chariot, y accrocha sa jupe et atterrit sur les mains. Neda, qui avait regardé l'opération avec un front soucieux, grimpa avec d'infinies précautions, aidée par les deux bergers.

— J'vous accompagne jusqu'à Kingsgrange, expliqua-t-elle. J'espère que j'pourrai m'y rendre sans m'rompre les os.

En observant la bonne gouvernante prendre place dans le chariot, Leana dit une prière de remerciement, sachant que leur séparation était encore un peu retardée. De tous les adieux qu'elle devrait faire ce jour-là, les derniers moments passés avec Neda seraient les plus difficiles.

Dix-sept ans auparavant, quand Agness McBride avait quitté ce monde, c'était Neda Hastings qui avait tenu la main de Leana à travers la longue et terrible épreuve de perdre sa mère. Les mains de Neda avaient aussi préparé ses repas, repassé ses robes et peigné ses cheveux. Elle lui avait enseigné à faire la cuisine, à coudre et à filer la laine. Bien des années après, lors de la naissance d'Ian McKie, ce sont encore les mains de Neda qui avaient pris les siennes, lui insufflant la force et le courage nécessaires pour surmonter la longue journée de travail précédant l'accouchement.

Chère Neda. Leana ne s'ennuierait pas de son père. Mais Neda Hastings lui manquerait énormément.

Seules les deux sœurs n'avaient pas encore pris place dans le chariot. Jamie enlaça la taille de Rose.

— Garçons, si ça ne vous ennuie pas, je m'assurerai moi-même que ma femme grimpe en toute sécurité.

Sur ces paroles, il souleva prestement Rose et la remit aux servantes éberluées, qui tendirent les bras pour recevoir leur jeune maîtresse, laquelle rougit jusqu'aux oreilles.

— Mon Dieu, Jamie! lança-t-elle.

Les autres éclatèrent de rire, car Rose était clairement ravie de l'attention de son mari.

Puis, Jamie se tourna vers Leana et lui tendit lentement une main.

Leana retint son souffle. *Non, Jamie.*

Il sourit et dit :

— Au tour d'Ian, maintenant.

— Oh! s'exclama-t-elle, et son cœur se remit à battre.

Après avoir bécoté la joue du garçon, Leana le remit à son père.

— Qui s'en va dans sa nouvelle maison? demanda-t-elle à l'enfant. Serait-ce toi, Ian McKie?

Elle observa Jamie se pencher au-dessus d'un côté du chariot et déposer Ian sur les genoux de Rose.

— Et maintenant, à toi, Leana, dit Jamie, la levant du sol avant qu'elle eût le temps de protester, pour la déposer dans le véhicule avec facilité. Nous ne voulons pas que nos futures mères risquent la vie de leurs enfants dans cette expédition, déclara-t-il avant de jeter un regard à la ronde. Y en a-t-il d'autres qui veulent venir, ou cinq femmes et un bambin suffiront-ils?

Rose se pencha, inclinant l'oreille vers le babil d'Ian.

— Ton fils dit «Assez de filles.»

Elle ressemblait à une fillette elle-même, tout heureuse de s'embarquer dans une nouvelle aventure.

Tous n'étaient pas ravis de les voir partir. Willie, Hugh et les autres domestiques formaient un rang irrégulier, leur bonnet à la main. Les visages étaient longs, et le chagrin dans leur regard, évident.

— Au r'voir à vous tous, cria Willie, dont la voix se cassa.

Leana tendit la main hors du chariot pour serrer au passage celles des fidèles serviteurs et amis alors que le véhicule s'ébranlait.

— Que Dieu vous bénisse et vous garde.

Elle n'essaya pas de cacher ses larmes.

— Adieu!

Rose prit la main d'Ian et agita ses petits doigts vers eux.

Jamie en tête, chevauchant Hastings, suivi de Rab et de Davie, qui tenaient les rênes du chariot, ils franchirent enfin l'allée avant de s'engager sur la sinueuse route de l'ouest.

Chapitre 53

Les routes sont trempées où que l'on aille,
Et sous la pluie, les chardons s'inclinent,
Et le ruisseau pleure comme un enfant !
— Mary Howitt

Une averse les accueillit quand ils furent à un mille à peine de la barrière d'Auchengray. De grosses gouttes chaudes venaient s'écraser sur le bois du chariot, tandis que Rab essayait de guider les chevaux vers un rang d'arbres qui bordaient la route.

Leana se blottit sous une couverture, le dos tourné au siège du conducteur, observant Auchengray disparaître derrière un voile d'humidité grisâtre. La pluie étouffait les bêlements des brebis. Cela lui faisait bizarre de voir les agneaux partir, laissant les mères seules derrière.

— Glensone, s'écria Rose, agitant le bras comme si Peter Drummond était posté à la fenêtre pour les regarder partir.

Leana leva la main en direction de la ferme de Troston Hill, le cœur déchiré. *Jessie.* Tant d'adieux qui ne seraient jamais exprimés. Elle écrirait à leurs amis de la paroisse — peu en nombre, mais loyaux — et offrirait ses excuses pour leur départ précipité.

Quand le chariot atteignit l'abri offert par la coupole de verdure, Ian était au comble du malheur et pleurait désespérément. Rose le prit et le présenta à Leana.

— Pourrais-tu le consoler, Leana ?

— Avec joie, dit-elle.

Ian s'étendit sur ses genoux avec un soupir fatigué, cherchant le réconfort de son pouce et de la chaleur maternelle.

— Ne t'inquiète pas, garçon, lui dit-elle. La pluie nous laissera tranquilles, ici.

Leana tira avantage de leur toiture de feuilles pour enlever son chapeau de paille et le secouer par-dessus le bord du chariot.

Lochend fut bientôt en vue. Des algues piquaient la surface ondulée, et les arbres étaient inclinés au-dessus de la rive, présentant leurs hommages. Sur la rive ouest s'élevait Maxwell Park, le plus beau manoir de la paroisse. Deux ans plus tôt, les Maxwell avaient remarqué Rose et l'avaient invitée à leur grand bal de *Hogmanay*[12] afin qu'elle y fasse ses débuts dans la société. Les invitations de Maxwell Park cessèrent comme par magie, dès que le scandale entourant le mariage d'Auchengray avait éclaté. La noblesse avait fermé ses portes, et les voisins étaient devenus des étrangers.

Ces aspects de la vie dans la paroisse de Newabbey ne manqueraient aucunement à Leana.

Quand le chariot émergea d'entre les arbres, l'averse avait considérablement diminué.

— Voilà qui est mieux, déclara Neda.

Les nuages sombres couraient vers l'est à un bon rythme, emportant la pluie avec eux. Jamie apparut au bout d'un moment sur Hastings, l'eau ruisselant de son tricorne. Il inspecta ses troupes comme un général après l'assaut de l'ennemi.

— Il semble que vous ayez tous survécu à cette première pluie. Maintenez une bonne allure, garçons.

L'étroit chemin de campagne pointait au sud-ouest, vers Dalbeaty. Leana leva Ian sur ses pieds nus en le tenant fermement.

— Tu n'avais jamais vu le mont Lowtis de ce côté-ci. Regarde comme il est haut.

Ian renversa la tête et leva les yeux, comme s'il avait tout compris.

— Et tu vois le bétail noir, au loin, sur ses flancs ?

Annabelle et Eliza se joignirent à elle, trouvant de nouvelles curiosités à voir pour le garçon, tandis que Neda réarrangeait les provisions dans ses paniers. La grisaille oubliée, Rose

---

12. N.d.T. : La veille du jour de l'an.

était assise avec un sourire, regardant défiler le paysage de part et d'autre de la route ondulante, les mains croisées sur sa taille rebondie.

La pluie avait pratiquement cessé, et le ciel s'illuminait à l'ouest, quand les ruines en granit du château d'Edingham attirèrent leur attention.

— Regarde, Ian.

Leana pointa du doigt vers la tour en ruine envahie par les lierres.

— Tu vois l'escalier en colimaçon? Maintenant, il ne mène plus qu'au ciel.

Jamie vint à leur rencontre, semblant avoir arrêté une décision.

— La ferme d'Edingham est de l'autre côté du chemin. Les garçons et moi devons nous y rendre pour régler une affaire, c'est donc Neda qui prendra les rênes du chariot. Vous connaissez le chemin jusqu'à Kingsgrange?

— Très bien, répondit Neda, avant de se lever avec la souplesse d'une femme ayant la moitié de son âge. Nous y allions souvent, Duncan et moi.

Rab et Davie descendirent, amenant les colleys avec eux, pendant que Neda s'installait sur le siège du conducteur.

— J'veillerai su' vos dames, j'vous l'promets.

— Je n'en doute aucunement, dit Jamie.

Son évidente affection pour Neda imprégnait chacun de ses mots.

— Kingsgrange est une maison fortunée de vous avoir maintenant comme gouvernante. Jamais je n'ai connu une personne aussi capable et dévouée que vous.

— C'est trop d'bonté…

Neda renifla et leva son tablier vers son visage.

— J'souhaite seulement qu'Duncan et moi trouvions une maison heureuse, avec un bon laird et d'bonnes gens. Vous n'nous oublierez pas, m'sieur McKie?

Il s'approcha pour lui prendre la main.

— Jamais, Neda.

Béni sois-tu, Jamie. Leana détourna le regard pour leur permettre de faire leurs adieux.

— Nous nous retrouverons à l'église de Buittle dans quelques heures, dit Jamie en dirigeant sa monture vers la barrière de la propriété. Rab y connaît une ferme où nous pourrons passer la nuit. Je vous devancerai pour faire les arrangements dès que nous aurons... euh, rassemblé les agneaux d'Edingham.

Il se tourna pour faire face à Leana, l'étudiant si attentivement qu'elle sentit ses joues s'échauffer.

— Te sens-tu assez forte pour conduire les chevaux? demanda-t-il. Dans ton... état?

— Je ne pourrais monter à cheval, mais je peux rester assise et tenir les guides.

Elle se pencha pour examiner une autre fois les chevaux choisis pour le voyage.

— Ce sont des juments matures, fit-elle remarquer, qui ne semblent pas trop fringantes.

Jamie maugréa, comme s'il ne partageait pas son avis.

— Neda, assurez-vous qu'elle ne descende pas de ce chariot, car je ne serai pas là pour l'aider.

Neda affecta une mine sévère.

— Elle n'quittera pas sa place, m'sieur. Z'avez ma parole.

— Rose, tu resteras aussi dans la voiture.

Jamie hocha la tête en direction de chaque femme, à tour de rôle, avant de tirer sur les rênes.

— À l'église de Buittle, alors.

Les bergers firent un pas en arrière tandis que Neda lançait un mot d'encouragement aux chevaux, et la voiture s'ébranla. Elle semblait à l'aise dans ce rôle, et les chevaux lui obéirent docilement pendant qu'ils traversaient le petit village de Dalbeaty. Les balancements de la voiture et le bruit régulier des roues assoupirent bientôt Ian. Leana enroula une couverture sèche autour de son corps et le plaça près d'elle, à même le lit du chariot. C'est alors qu'elle découvrit que ses jambes s'étaient engourdies sous le poids de son fils. Ses cuisses revinrent à la vie avec des picotements douloureux, au moment même où son bébé s'éveillait en elle, lui donnant des coups secs et bien sentis. Sa sœur semblait mal à l'aise, elle aussi.

— Tu as été très calme, Rose. Quelque chose ne va pas ?

Elle roula des yeux.

— Rien, sinon d'avoir quitté la seule maison que j'aie jamais connue. Et de savoir que je devrai affronter bien d'autres journées comme celles-ci sur les routes.

— Oui, répondit Leana avec un sourire. Et hormis ces choses-là, est-ce que tu te sens bien ?

— Suffisamment bien.

Rose détourna le regard, mettant fin à conversation.

Leana devina le problème. L'anniversaire de sa sœur était le lendemain. Elle s'assurerait que l'occasion serait célébrée comme il se devait.

Après avoir quitté les limites de Dalbeaty, le chariot emprunta la route du nord et commença à l'escalader. Leana se tourna pour s'agenouiller derrière le siège du conducteur, les coudes posés près de Neda, les genoux appuyés sur une couverture.

— Neda, êtes-vous attendue, à Kingsgrange ?

Le sourire qui illuminait toujours le visage de l'aînée s'évanouit.

— Non, y n'nous attendent tous les deux à Kingsgrange qu'mercredi. Mais Duncan…

Sa prise sur les guides se raidit.

— … m'a dit de partir avant lui. Y a dit qu'y n'voulait pas que j'sois encore à Auchengray… quand vot' père franchirait la porte.

Oh, Neda. Leana lui toucha le bras.

— Duncan est un homme prudent.

— J'peux pas m'empêcher d'm'inquiéter de c'qui arrivera à mon bon mari, quand vot' père apprendra la vérité. Duncan a dit…

Elle s'éclaircit la gorge avant de poursuivre.

— Y a dit qu'l'impie doit périr à cause d'son prop' péché.

— Duncan a raison.

Leana offrit un mouchoir à Neda.

— Mon père est l'artisan de son malheur. Jamie fait bien de reprendre ses agneaux, et Duncan n'est pas à blâmer pour l'aide qu'il lui apporte.

Tout en prononçant ces paroles, Leana comprit qu'elle y croyait profondément. Si redresser de tels torts signifiait qu'il fallait les reprendre à leur propriétaire légal, les subtiliser à l'insu de Lachlan, alors qu'il en soit ainsi.

— Les chemins du pécheur plaisent pas au Tout-Puissant, murmura Neda derrière son mouchoir. Mais j'crois qu'Duncan fait plaisir au Seigneur. C'est c'que mon homme pense aussi.

Voulant la réconforter, Leana posa la main dans le dos de Neda, heureuse que les chevaux bien dressés continuent d'avancer d'un pas régulier, sans trop se soucier d'être dirigés.

— Même si vous n'êtes pas attendue à Kingsgrange, je sais que vous serez bien accueillie.

Le sourire de Neda se ranima.

— Mary va préparer l'terrain pour sa vieille mère, dit-elle. Et j'commencerai par leur faire un bon pudding.

Leana rit doucement.

— Voilà qui devrait tout arranger.

Bien qu'elle eût voulu poursuivre la conversation, ses genoux et son dos la faisaient trop souffrir, et elle dut se rasseoir dans le chariot. Elle regarda au-delà de la rivière alors qu'ils surmontaient une butte, un monticule de terre qui lui fit penser, par sa forme, au dessert que Neda réussissait si bien. Annabelle et Eliza étaient assises, la tête inclinée l'une vers l'autre, parlant à voix basse, tandis que Rose s'était assoupie à côté d'Ian. Laissée à ses propres pensées, Leana ferma les yeux et pria pour Duncan, à Lockerbie, et pour Jamie, à Edingham. Deux hommes courageux qui faisaient tout ce qu'ils pouvaient pour honorer Dieu, et pour que justice soit faite.

Après avoir fait l'ascension graduelle de la colline, le chariot atteignit le carrefour à Haugh of Urr, puis passa le village de Spottes Hall, entouré d'un bois. La route serpenta pendant un autre mille ou deux, au milieu de terres agricoles vallonnées, puis Neda immobilisa la voiture devant l'entrée de Kingsgrange.

— C't'une belle propriété tenue par un bon laird, dit-elle, indiquant de la tête la barrière impressionnante. Y a subi d'grosses pertes quand la banque Ayr a fait faillite en soixante-treize, car c'était un actionnaire. Mais y s'en est bien remis, comme v'pouvez l'voir.

Enclose dans un mur de pierre aussi haut que Jamie, Kingsgrange était une propriété bien plus vaste qu'Auchengray. Cette pensée réconforta Leana, sachant que c'est dans un tel endroit que Neda et Duncan vivraient désormais.

Neda se redressa à demi, puis se retourna pour aider Leana à se lever.

— Prenez ma place, jeune fille.

Pendant que Leana s'assoyait sur le siège réchauffé du conducteur et s'emparait des rênes, Neda en profita pour descendre agilement du véhicule. Elle lui indiqua ensuite le chemin de l'église de Buittle, énumérant les points de repère à surveiller et les panneaux indicateurs qu'elle croiserait.

— V'devrez traverser l'ruisseau à gué juste après Redcastle. Et surtout, prenez bien vot' temps, d'accord?

— Je n'y manquerai pas, promit Leana, dont la vision s'embua.

Chère Neda. Étaient-ce vraiment les adieux?

Neda eut un mot gentil pour chacune des servantes, qui le reçurent en reniflant, puis elle déposa un baiser sur le front de Rose et posa enfin la main sur la forme endormie d'Ian. Avec l'aide d'Eliza, Neda déchargea sa malle et sa petite valise du chariot, et elle alla les placer contre la barrière.

— Un garçon d'la maison viendra les chercher plus tard, dit-elle en revenant près de Leana. V'z'en faites pas pour moi, jeune fille, tout s'passera très bien.

Leana regarda le visage de Neda, et de vrais pleurs arrosaient ses joues, maintenant.

— Quand nous nous sommes séparés, au mois de mars, je savais que je vous reverrais. Mais… cette fois-ci…

— Oh! Ma p'tite!

Neda lui prit la tête.

— S'il vous plaît, n'dites pas ces mots, car y m'rendent trop triste.

Silencieusement, Leana se pencha et déposa un baiser sur le bonnet blanc à dentelle, qui sentait l'amidon.

— C'est comme si je laissais derrière moi ma propre mère.

— Non, non.

Neda agita son mouchoir en guise de protestation.

— Vot' vraie mère est au Ciel avec les anges. J'suis qu'une pauvre domestique qui a été bien honorée d'prendre soin d'vous.

— Vous avez fait bien plus que cela.

Leana lui souleva doucement le menton.

— Vous m'avez aimée quand personne d'autre ne l'a fait.

Neda essaya d'assécher ses joues, mais ses mains tremblaient, et son mouchoir était déjà tout humide.

— Jamais une femme n'a eu une tâche plus facile qu'celle d'aimer Leana McBride.

Elles restèrent un moment devant la barrière ombragée, les mains étroitement liées, le cœur battant au même rythme, assaillies de milliers de pensées non dites, mais partagées. Quand Ian commença à remuer derrière elle, Leana fut rappelée à ses devoirs. Et à la pensée de Jamie, qui allait les attendre.

Elle regarda Neda une dernière fois, gravant son visage dans sa mémoire, et murmura :

— À Dieu vat.

Neda lui effleura la joue, puis recula d'un pas.

— Dieu préserve ceux qui l'aiment. Et tout ira bien, Leana. Tout ira bien.

Chapitre 54

Tandis que les bergers conduisent les troupeaux fatigués
Vers le frais ruisseau, ou les rochers protecteurs.
— Henry Season

L a ferme d'Edingham était à plus d'un mille derrière eux, pourtant le cœur de Jamie battait encore à tout rompre. Thomas Henderson, le nouveau propriétaire d'Edingham, n'aurait pu se montrer plus coopératif.

— Vous êtes ici pour emmener vos moutons, dites-vous ?

Il se passa une main charnue sur le visage pendant qu'il réfléchissait.

— Puisque monsieur McBride m'a payé un loyer généreux pour le pâturage, reprit-il, je peux difficilement me plaindre s'il décide de les reprendre plus tôt que prévu.

Il observa ensuite Rab et Davie qui attendaient à quelque distance, les colleys à leurs pieds.

— Il semble que vous ayez aussi deux garçons solides pour s'en charger, dit-il en faisant un geste en leur direction. Alors, bonne chance, monsieur McKie. Et présentez mes amitiés à votre oncle.

Une brève conversation, l'affaire de quelques minutes, et les agneaux étaient siens. Il était clair que l'homme ne connaissait pas très bien Lachlan McBride. Ce n'était ni le moment ni le lieu de faire son éducation à ce sujet.

Jamie et ses bergers ne perdirent pas une minute à rassembler les moutons et à les conduire vers le sud. Ils évitèrent la route de Dalbeaty, préférant la contourner pour faire marcher les bêtes sur des sols plus meubles ; les pierres du chemin blessaient leurs sabots encore tendres, et les passants les rendaient nerveux. Les conducteurs de bestiaux parcouraient parfois de dix à douze milles par jour avec leurs troupeaux ; Jamie espérait en franchir de six à huit, un rythme moins éprouvant. C'était du bétail, bien sûr, mais qui dépendait des bons soins de leurs bergers.

Montant Hastings, il restait à bonne distance en arrière, tandis que Rab et Davie travaillaient en équipe, marchant derrière les agneaux pour les inciter à avancer. Leurs chiens allaient et venaient de chaque côté du troupeau, à une distance appropriée — assez près pour maintenir le groupe uni, mais pas trop non plus, pour ne pas effrayer les agneaux.

— M'sieur McKie, nous arrivons à la rivière Urr.

Rab Murray s'était approché pour le consulter, le front moite à la suite des efforts de l'après-midi.

— Je voudrais atteindre le château de Buittle, c'lui d'Lady Devorgilla, vous savez.

Jamie regarda de l'autre côté de la rivière, vers les restes en ruine de la cour d'un château.

— Je doute que cette dame nous reçoive pour le thé.

Rab sourit.

— Elle est morte, y a cinq cents ans, jour pour jour. La mère d'un roi, à c'qu'y paraît. La fille du laird de Galloway.

— Et enterrée à l'abbaye chérie, dit-il avec un petit tiraillement de la conscience, un souvenir fugace et rien de plus.

La paroisse de Newabbey faisait partie de son passé, maintenant.

— Assure-toi que les agneaux n'atteignent pas les rives de l'Urr avant nous, lui recommanda-t-il. Je ne veux pas qu'ils soient effrayés par la vue de l'eau.

Rab jaugea la rivière du regard.

— Elle est pas rassurante, en effet, dit-il. Les averses abondantes ont gonflé les eaux, comme v'l'aviez prévu.

Jamie descendit et attacha lâchement les rênes à un épais buisson de genêts, laissant Hastings se nourrir de l'herbe mouillée. Tandis qu'il observait l'Urr, Jamie aperçut des garçons qui descendaient vers la rive une petite yole à fond plat. Il improvisa un plan pour que ses agneaux traversent en restant au sec.

Peu de temps après, il était assis dans l'embarcation empruntée, avirons en main.

— Monte à bord, Davie.

Il fit passer le berger et son chien sur la rive ouest, pagayant à contre-courant vers l'amont. Pour ne pas mouiller son tricorne et sa jaquette de cavalier, il les suspendit à un buisson de prunelliers, puis rama en sens inverse vers la rive est, où Rab formait de petits groupes d'agneaux.

Assis à l'extrémité carrée du bateau, Jamie écartait les jambes pour maintenir l'esquif en équilibre et protéger les agneaux pendant qu'ils étaient embarqués. Ils bêlaient à fendre l'âme, tremblant de tout leur corps, depuis leur museau tacheté jusqu'au moignon de leur queue taillée. Bien que la rivière ne fût pas particulièrement large ou rapide, plus d'un mouton terrifié tenta de bondir hors de l'embarcation, la faisant presque chavirer. Jamie ramait aussi rapidement et énergiquement qu'il en était capable, faisant la navette sur l'Urr — une vingtaine de traversées, en tout —, jusqu'à ce que ses épaules soient douloureuses et sa chemise, trempée de sueur.

— V'là les derniers, dit Rab, et le soulagement était évident sur son visage.

Son colley arpentait la rive tandis que le dernier mouton était embarqué dans la yole.

— Y restera un dernier voyage pour nous ramener tous les deux, si ça vous dérange pas, m'sieur, lança le berger. Et j's'rai heureux d'ramer.

Jamie hocha simplement la tête, conservant son énergie en entamant la traversée. Plus tôt, il avait rejeté l'idée de conduire les agneaux plusieurs milles au nord afin de franchir le pont de l'Urr ; maintenant, il se demandait si cela n'aurait pas été un choix plus heureux. Lorsqu'ils traverseraient la rivière Dee, à Tongland, ils feraient passer tous les agneaux ensemble sur le solide pont qui l'enjambait.

L'avertissement lancé par Lachlan quelques mois auparavant revint le hanter. *Les moutons ne traverseront pas les rapides à gué.*

— Bien, bien, murmura Jamie, le regard fixé sur un agneau, à l'autre bout du bateau.

Les yeux de l'animal terrorisé roulaient dans leurs orbites, et un mince filet jaunâtre coulait sur ses pattes.

— Calme-toi, jeune fille, dit Jamie, en tâchant de parler d'une voix rassurante. Ne regarde pas l'eau.

Quand la yole fut au milieu de la rivière, l'agneau bondit sans crier gare et passa par-dessus bord, produisant un pathétique éclaboussement.

— Rab! cria Jamie.

Le berger était déjà dans le ruisseau, l'eau lui arrivant aux épaules. Les deux chiens se mirent à japper pour signaler leur détresse.

Jamie rama plus énergiquement que jamais.

— Peux-tu nager jusqu'à lui, Rab? Peux-tu l'atteindre?

Mais le garçon était plus adroit sur terre que dans l'eau ; les moulinets de ses bras ne le propulsaient pas plus vite que le courant.

Dès que l'embarcation eut atteint la rive, Jamie sauta sur l'herbe, ordonnant à Davie de faire débarquer les animaux tandis qu'il arrachait ses bottes. Il courut d'abord dans l'Urr, puis plongea la tête la première et se mit à labourer les flots de ses bras. Il repéra enfin l'agneau, juste sous la surface, et l'attrapa par une patte. Rendue glissante par l'eau et la graisse naturelle de la laine, elle lui échappa une première fois. À sa seconde tentative, Jamie s'assura une prise solide et attira l'agneau à lui, luttant pour maintenir sa tête hors de l'eau afin qu'il puisse respirer, tout en cherchant à prendre lui-même appui sur le fond inégal de la rivière. Il était immergé jusqu'aux épaules, mais il pouvait respirer, et l'agneau semblait hors de danger.

Jamie se dirigea vers la rive orientale, luttant contre le courant et son propre épuisement, jusqu'à ce qu'il atteigne enfin le bord. Il plaça d'abord l'agneau inerte sur l'herbe, puis s'arracha à son tour à la rivière, secouant l'eau de ses manches et rejetant ses cheveux mouillés vers l'arrière. Après avoir placé le petit mouton sur ses épaules, il escalada la berge, s'agrippant à l'herbe longue et aux buissons pour se hisser jusqu'au terrain plat. Il se redressa et remonta le courant en marchant. Il retrouva son cheval exactement à l'endroit où il l'avait laissé, broutant paisiblement, inconscient du drame qui s'était déroulé juste en dessous. Agrippant d'une main les pattes de derrière de l'agneau pour l'empêcher de glisser, Jamie enfourcha sa monture.

Répondant aux espoirs de Jamie, le hongre aux longues jambes traversa à gué sans difficulté, gardant sa tête étroite et noire bien au-dessus de la surface. Hastings s'élança sur la rive à l'arrivée et hennit en posant le sabot sur le sol uni. Jamie descendit, puis s'agenouilla et se pencha vers l'avant pour déposer l'agneau par terre.

Quelque chose n'allait pas. Ses yeux étaient fermés et ses membres, inertes. De plus en plus inquiet, Jamie pressa une main sur sa poitrine, essayant de sentir son cœur ou son souffle.

Rab s'agenouilla près de lui et fit courir ses mains expertes sur l'animal.

— M'sieur McKie, j'ai... j'ai peur qu'vous ayez perdu vot' agneau. C'est pas vot' faute. J'ai pas été assez rapide.

— Non, répondit Jamie sans hésiter, honteux de sa gorge qui se serrait. Tu n'es pas à blâmer.

Il reprit sa jaquette de cavalier et son tricorne des branches épineuses du prunellier, remit ses bottes, puis ramassa l'animal sans vie et l'enroula sur ses épaules.

— Garçon, reprit-il, il nous reste quatre-vingt-dix-neuf agneaux sur lesquels il faut veiller. Et je sais que je peux te les confier pendant que je galope devant jusqu'à la ferme de Little Knox pour faire les arrangements pour la nuit. Ce fermier...

— Il s'appelle Alexander Cameron, m'sieur. Vous l'trouverez des plus hospitaliers.

— Si c'est l'un de tes amis, je n'en doute pas un seul instant.

Jamie galopa en direction de l'église de Buittle, ses pensées dispersées dans tout Galloway — vers son père à Glentrool, son frère dans le Wigtownshire, Duncan à Lockerbie, et Leana cheminant vers le sud. Les femmes l'attendraient-elles à l'église ? Comment Ian s'était-il comporté dans le chariot découvert ? Jamie toucha aux pattes arrière de l'agneau, un douloureux rappel de la fragilité de la vie, qu'il était si facile de perdre par un seul bond irréfléchi.

Au loin, Jamie aperçut un clocher de pierre sur l'élévation dont il s'approchait, et son cœur accéléra. Le chariot s'y trouvait-il ? Un premier fardeau serait-il déchargé de ses épaules ? Il galopa vers l'église et fut soulagé d'y trouver le chariot arrêté à l'ombre d'un chêne, ses quatre passagères toujours à bord. Ian était debout sur les genoux d'Eliza. Applaudissant.

— Très bien !

Jamie ne pouvait cacher son plaisir en s'approchant et il leur souriait de toutes ses dents.

Rose, toutefois, affichait une expression plus triste.

— Cet agneau est-il blessé, Jamie ?

Oh ! L'agneau ! Il effleura la tête pendante de l'animal.

— Non, Rose. J'ai bien peur...

Il regarda Ian, heureux que son fils fût trop jeune pour comprendre.

— ... qu'il se soit noyé dans l'Urr. J'ai pensé que nous pourrions l'offrir à notre hôte pour la nuit.

— Une fin heureuse pour un triste début, comme disent les vieilles femmes.

C'était Leana, tenant toujours les rênes à la main.

— Tu vas rencontrer le fermier maintenant ?

Jamie acquiesça d'un signe de tête.

— Contrairement aux habitants des Highlands, ceux de Galloway aiment qu'on les paie pour le privilège de faire paître sur leurs terres et de dormir dans leurs plaids. L'hospitalité que monsieur Cameron voudra bien nous offrir, en échange des quelques pièces que je peux lui donner, devra suffire. Quant aux garçons et à moi-même, nous passerons la première nuit sur les collines, car il est possible que les moutons cherchent à retrouver le chemin de la maison.

Il regarda Rose avec affection.

— Et qu'en est-il de toi, ma chère épouse ? Voudras-tu t'en retourner d'où tu es venue, quand la nuit viendra ?

— Non, dit-elle, regardant toujours l'agneau perdu. Je ne refranchirai plus jamais le seuil d'Auchengray.

Chapitre 55

L'or est un dieu vivant, qui règne dédaigneusement
Sur toutes les choses terrestres, hormis la vertu.
— Percy Bysshe Shelley

L'or hanta Rose toute la nuit, puis la réveilla avant l'aube, écartant les rideaux de ses rêves pour laisser pénétrer la douloureuse lumière de la vérité. *Qu'as-tu fait, Rose?* Il n'y avait plus d'espoir de sommeil, pas quand la culpabilité et le remords pesaient sur sa conscience aussi lourdement que le coffre lui-même. Elle s'habilla dans le noir, refit sa natte, puis traversa sur la pointe des pieds le cottage d'une seule pièce pour se rendre au chariot où reposait le berceau plein d'argent, déterminée à trouver une solution.

Elle ne pouvait garder cet or. Pas plus qu'elle ne pouvait le rendre.

Ces deux solutions demandaient une explication. Elle n'en avait aucune.

Parce que c'est un père haïssable. Parce qu'il le mérite. Parce que j'en avais l'occasion.

Rose leva le loquet de la porte et grimaça quand le grincement du métal rebondit sur les murs de pierre. Leana ne remua pas dans son sommeil, ni Ian, blotti dans le berceau, à ses pieds. Le léger ronflement d'Annabelle était toujours aussi régulier, et Eliza dormait le visage sous sa couverture. Personne ne remarquerait son absence.

Elle sortit dans l'obscurité du matin de sabbat, saisie par la fraîcheur de l'air après la chaleur douillette du cottage. Les femmes dormaient à deux sur les matelas, ce qui était tout de même préférable au sol de terre battue, froid et dur. Le petit-déjeuner consisterait sûrement en un bol de porridge accompagné d'une portion de bacon, la ferme de Little Knox comptant un nombre considérable de porcs. Rose les entendit grogner à proximité, et l'odeur fétide de la porcherie la fit grimacer.

Quelque part à l'est dormaient son mari et les deux bergers. Elle s'était ennuyée de Jamie, la nuit dernière, de la rassurante chaleur de son sommeil à ses côtés. Jouiraient-ils d'un moment d'intimité avant d'arriver à Glentrool ?

Au loin, elle vit la chandelle qui brillait à la fenêtre de la maison des maîtres endormis. Quand elle aurait atteint le berceau, aucune lumière ne serait nécessaire ; palper l'or serait un rappel suffisant du geste irréfléchi qu'elle avait commis, et qui restait encore à découvrir.

Mais quand son père rentrerait mardi...

Rose frémit en pensant au feu de pierre, se rappelant seulement maintenant l'incantation qu'elle aurait dû prononcer. *Maudit sois-tu quand tu entreras, maudit sois-tu quand tu sortiras.* C'est en constatant la disparition de son coffre que son père croirait à la malédiction.

Le chariot était garé à l'extrémité des bâtiments ; de cet endroit, une allée de dalles menait au cottage. Si elle pouvait trouver la première à tâtons avec son pied, elle marcherait sur les autres, et sa jupe ne traînerait pas dans la boue. Elle ne tenait pas à entreprendre sa dix-septième année assise à l'église paroissiale, empestant le fumier.

Voilà. La première pierre. Grossièrement taillée en carré. Puis, la suivante. Bientôt, elle fut capable de deviner leur emplacement et arriva à destination sans encombre. Utilisant les flancs du chariot pour se guider, Rose le contourna jusqu'à ce qu'elle arrive devant le berceau, que Willie avait coincé entre deux paniers de linge. *Pauvre Willie.* La pensée d'avoir compromis le loyal serviteur d'Auchengray l'attristait. Willie était innocent. Elle était la seule coupable.

La mort dans l'âme, Rose étendit le bras et plongea la main dans le berceau, fouillant sous les couvertures jusqu'à ce qu'elle sente le contact de l'or. Elle s'empara d'une poignée de pièces de la main droite et replaça les couvertures de la gauche. Quand elle les plaqua sur sa poitrine, la froideur du métal pénétra sa mince robe de coton, la faisant frissonner.

Une voix masculine flotta jusqu'à elle à travers la pelouse plongée dans l'obscurité.

— J'ai un pistolet et je n'hésiterai pas à m'en servir.

Elle se figea.

— Jamie ?

— Rose ?

Le bruit de ses pas était assourdi par l'herbe mouillée.

— Dieu du Ciel, jeune fille ! Que fais-tu dehors à pareille heure ?

Paniquée, elle se pencha en avant et glissa les pièces dans l'échancrure de son corsage, espérant qu'elles y resteraient emprisonnées. Se tournant ensuite très lentement, elle vit Jamie émerger de la brume avec son pistolet à la main, pointé au sol. Ses vêtements étaient froissés après une nuit passée sur les collines, et ses cheveux défaits lui tombaient sur les épaules. Elle ne l'avait jamais vu aussi séduisant, ni aussi dangereux.

Elle regarda son arme et voulut paraître désinvolte.

— Je croyais que tu ne devais pas faire feu avec ce pistolet.

— Je ne le ferai pas, dit-il en offrant un sourire endormi, tout en remettant l'arme dans la ceinture de sa culotte. D'ailleurs, il n'est pas chargé. Mais tout voleur ignorera ce détail, n'est-ce pas ?

— Est-ce ce que je suis ?

Elle leva le menton vers lui pour masquer sa nervosité.

— Un voleur comme un autre ?

Son sourire s'épanouit tandis qu'il approchait d'elle.

— Oh, il n'y a rien d'ordinaire chez toi, Rose McKie.

Les pièces s'étaient immobilisées à la hauteur de l'enfant qu'elle portait. Pourtant, si Jamie la serrait contre lui, il les sentirait. Il saurait. *Pardonne-moi, Jamie.* Elle prit ses rudes mains et les porta à ses joues, puis craignit qu'il perçût leur chaleur.

— Puis-je avoir un baiser d'anniversaire ?

Jamie obtempéra sur-le-champ. Des larmes lui piquèrent les yeux lorsque la bouche de son mari couvrit la sienne et que ses mains enserrèrent son visage. Quand il la serra dans ses bras, la crosse du pistolet écrasa les pièces volées contre sa peau.

Jamie. Jamie. Ne goûtait-il pas la culpabilité dans son baiser ? Une terreur subite la fit s'agripper à sa chemise, tant elle eut peur de s'effondrer : Lachlan pourrait accuser Jamie de vol ! Précisément ce qu'il s'était juré d'éviter à tout prix. Est-ce que son père manderait le shérif ? Soudoierait-il un groupe de brigands pour le traquer ?

— Non !

Rose rompit le baiser.

— Jamie, je…

— Je suis désolé, jeune fille.

Il recula vivement d'un pas, lui-même confus.

— En effet, ce n'est ni le temps ni le….

— Ce n'est pas cela ! dit-elle en pleurant doucement, portant les doigts sur les lèvres de Jamie. Ne t'excuse pas. C'est moi qui recherche ton pardon.

Pouvait-elle le lui dire ? Se confesser, tout simplement ? Oh ! Mais Jamie serait furieux contre elle. Et s'il insistait pour aller remettre le coffre à Lachlan ? Et affronter son père ? *Non et non.* Elle ne pouvait tolérer cette idée.

Il posa un doux baiser sur la paume de sa main.

— Dis-moi ce qui te préoccupe, Rose.

— Je n'ai pas… bien dormi, lui dit-elle sans mentir. Si je somnole pendant le service du matin, pourrais-tu me secouer légèrement pour me réveiller ?

— Si tu fais la même chose pour moi.

Il s'étira et roula les épaules en regardant l'horizon à l'est, qui commençait à se teinter d'or.

L'église de Buittle, construite en blocaille de différentes teintes de gris, était assise au milieu de son cimetière, entourée de pierres tombales. Ses larges portes étaient ouvertes, défiant Rose d'y entrer. Elle agrippa son réticule fleuri contenant une poignée de pièces d'argent et d'or volées, enveloppées dans un simple mouchoir en tissu. Son plan était simple : déposer les pièces recueillies à l'aube dans le tronc de l'église, quand personne ne lui prêterait attention, Jamie en particulier. Les pauvres de la paroisse seraient reconnaissants de son offrande, mais Rose serait encore plus heureuse de s'être déchargée d'une partie de sa culpabilité à Buittle.

Rose et les autres représentants de Newabbey firent leur entrée dans la maison de prière aussi propres que le lavabo du cottage de la ferme le leur avait permis. Leurs visages non familiers leur attirèrent les regards curieux des paroissiens. Jamie marchait devant, la tête bien haute, en digne héritier de Glentrool. Le cadre qu'il visitait était à la mesure de son rang : l'église de Buittle avait accueilli des princes anciens et des rois aujourd'hui éteints. *Et maintenant, James McKie.* Enhardie par le port altier de son mari, Rose leva le menton aussi. Oui, elle en était capable.

Ils s'arrêtèrent tous devant la porte pour admirer les fenêtres à vitre unique du chœur.

— Regarde, Ian, murmura Leana, comme les fenêtres sont hautes. Et elles sont orientées vers l'est, ce qui permet au soleil matinal de chasser l'obscurité de l'intérieur.

Ian étira les bras, comme s'il avait voulu les atteindre. Tous levèrent le regard un moment pour suivre son geste, incluant Jamie. Rose vit sa chance et franchit discrètement la porte. Elle repéra la boîte d'aumônes, surveillée par un vieil homme. Elle le salua poliment de la tête en glissant une main dans son réticule, souhaitant qu'il détournât le regard ne fut-ce qu'un moment… ce qu'il fit.

Le petit paquet de pièces tomba dans la boîte presque silencieusement. Elle virevolta pour saisir le bras de Jamie qui entrait, l'attirant vers l'avant comme si elle ne pouvait attendre une seconde de plus le début du service. La manœuvre était parfaite, à l'exception de ses genoux tremblants, qui faillirent la trahir. Bien que son petit sac à main fût plus léger de quelques souverains d'or, son cœur, lui, ne l'était pas. Tant d'or restait en sa possession. Qui ne lui appartenait pas.

Lorsque le service prit fin, à treize heures, les voyageurs trouvèrent un endroit ombragé à la lisière de la cour de l'église, dans l'intention de déjeuner avant de reprendre la route. Ils venaient à peine de s'asseoir sur le plaid usé, entourés de paniers à provisions, quand Leana produisit deux cadeaux, l'un enveloppé dans une feuille de papier, l'autre dans un morceau de tissu noué par un ruban de soie rose.

— Que cette journée t'apporte tout ce que tu souhaites, ma chérie.

Rose tendit d'abord la main vers le paquet le plus simple.

— De père, dit Leana. Il me l'a confié il y a quelques jours.

Un seul souverain d'or réfléchit la lumière solaire, comme s'il faisait un clin d'œil à Rose.

Jamie fit la grimace.

— Quel homme généreux, ironisa-t-il.

— Il est à toi, dit Rose en déposant la pièce dans la main de Jamie, visiblement mal à l'aise. Pour notre hébergement.

Elle défit le ruban rose et ouvrit le présent de Leana : une adorable paire de gants de soie. Agness McBride les avait portés le jour de son mariage. Ainsi que Leana. De confection soignée et d'un blanc immaculé, ces gants avaient été remis à Leana à titre de fille aînée. Sauf lors d'occasions très spéciales, ils restaient enveloppés dans un linge et remisés dans un tiroir, afin d'être préservés. Jusqu'à aujourd'hui.

— Leana, je ne peux…

Rose osait à peine y toucher, comme s'ils étaient investis de pouvoirs surnaturels.

— C'étaient ceux… de mère.

Leana se pencha vers l'avant afin de poser sa main sur celle de Rose, comme si elle lui accordait sa bénédiction.

— En cet anniversaire de la mort de notre mère et de ta naissance, je ne peux penser à aucune autre personne qui mérite ce présent plus que toi.

Rose se pinça les lèvres, mais elles frémissaient toujours.

— Je ne mérite… rien. Pourtant, tu es…

Elle leva des yeux brillants de gratitude.

— Tu es toujours si bonne avec moi, Leana. Si... attentionnée.

Leana effleura la joue de Rose.

— Je suis plutôt fauchée comme les blés. Comme je ne possède pas d'argent, j'ai choisi un objet qui a une grande valeur pour moi, espérant qu'il te plairait.

— Me plairait? dit Rose en reniflant. C'est le présent le plus précieux que tu aurais pu m'offrir.

Elle enfila les gants avec précaution et leva les mains afin que tous puissent les admirer, tout en souriant à Leana à travers les larmes qui lui embuaient les yeux. Par le passé, il lui était arrivé de les emprunter dans le tiroir de sa sœur. Maintenant, ils étaient à elle pour toujours.

Jamie lui déposa un petit sac de laine dans les mains.

— Je crains que mon présent ne puisse rivaliser avec celui de Leana, mais il est donné avec une égale portion d'amour.

Après avoir retiré ses gants, afin de pouvoir dénouer les petites ficelles, Rose secoua le contenu et soupira de plaisir. Dans la paume de sa main, une broche en argent figurant une paire de corbeaux brillait dans la lumière de midi.

— Les armoiries des McKie! Mais où as-tu...

— À Dumfries. Du même orfèvre qui a fabriqué le *quaich* de ton père.

Jamie tira sur sa natte.

— Mes ressources aussi sont très limitées. J'aurais voulu qu'elle soit en or, Rose.

— Je n'aime pas particulièrement... l'or.

Elle se piqua le doigt en épinglant la broche à sa robe.

— Je préfère de beaucoup l'argent.

— Et moi, j'préfère la nourriture, annonça Rab Murray, éclatant de rire en ouvrant le panier de Neda, rempli de bonnes choses à manger.

Rose fut heureuse de ce moment de distraction, bien temporaire, toutefois. Le problème de l'or de son père ne disparaîtrait pas tout seul. Et les heures qui les séparaient de mardi s'égrenaient...

Quand leur estomac fut satisfait et que les miettes eurent été brossées, les hommes mirent leur manteau et aidèrent les femmes à charger le chariot en vue de leur journée de voyage.

— Seulement cinq milles environ, annonça Jamie, puisque nous partons tardivement. Nous nous arrêterons à Rhonehouse pour y passer la nuit. Nos jeunes femmes logeront au Crown. Les garçons et moi dormirons à Keltonhill, et nous assisterons au feu de joie de Lammas.

Rose le regarda, et une idée prit forme dans son esprit. *Keltonhill, la paroisse de Kelton.*

— Passerons-nous devant... l'église de Kelton ?

— J'imagine que oui, dit Jamie, dont la curiosité venait d'être piquée. Veux-tu la voir, Rose ?

— Oui, soupira-t-elle.

L'église de Kelton aurait un tronc près de la porte, à l'instar de toutes les autres églises paroissiales qu'ils croiseraient. Elle pourrait y semer tout l'or volé avant d'arriver à Glentrool ! Et le coffre de bois éventré ne pourrait-il pas être jeté dans le bûcher, une planche à la fois ? Sans preuve, on pourrait difficilement inculper Jamie de vol.

Rose s'arma de son plus radieux sourire d'anniversaire.

— Jamie, combien de paroisses traverserons-nous ?

Il compta sur les doigts de ses deux mains.

— Buittle, Kelton, Tongland, Twyneholm, Girthon, Anwoth, Kirkmabreck, Monnigaff. Huit en tout, dit-il. Dix, si tu comptes Newabbey et Urr.

Non, je ne compte pas celles-là. Cette nuit, quand tout le monde dormirait, elle déchirerait l'un de ses dessous de coton pour faire des sacs, elle séparerait les pièces en parts égales, et se préparerait à faire la joie de tous les pauvres de chaque paroisse entre ici et sa nouvelle maison. C'était son unique espoir et la seule solution : donner l'or au Tout-Puissant et le laisser en faire ce que bon lui semblerait.

Pardonnez-moi, mon Dieu. De grâce, pardonnez-moi.

Chapitre 56

N'étant pas moi-même étranger à la souffrance,
j'ai appris à soulager les souffrances des autres.
    — Virgile

Sa sœur souffrait. Leana le voyait sur son visage et dans sa posture, dans les tremblements inexplicables de ses mains, et dans ses yeux brillants de larmes, qui regardaient la campagne défiler.

Elle ne se nourrissait pas bien non plus. Le dimanche soir, à l'auberge Crown, on avait servi des rillettes dans des moules de fantaisie. Rose avait picoré la viande relevée et à peine touché à sa tarte aux pommes.

Une heure plus tard, au coucher du soleil, quand le bûcher de Lammas avait été allumé — un immense amas de fougères et de bruyères sèches, de vieux meubles et de poutres brisées —, Rose avait insisté pour aider les bergers du voisinage à alimenter le feu. Leana avait remarqué son visage anxieux, alors qu'elle lançait des éclats de pin dans le brasier.

Plus significatif encore, en route pour Rhonehouse, Rose avait imploré qu'on lui laisse visiter l'église paroissiale de Kelton.

— Mais il n'y a personne, ma chérie, lui avait dit Leana, amenant les chevaux à l'arrêt, tout en regardant l'église vide entourée de pierres tombales affaissées. Le service de l'après-midi est terminé depuis des heures.

— C'est... mieux ainsi, dit Rose, descendant du chariot, les épaules enveloppées dans un plaid, bien qu'il fît passablement chaud. Je n'en ai que pour une minute.

Leana s'était penchée pour lui saisir la main.

— Veux-tu prier, Rose ?

— Oh oui, dit Rose, dont l'expression triste s'était un peu animée. Il le faut.

Rose avait franchi la porte de l'église et y était restée moins d'une minute, avant de revenir en gambadant, le pas léger et de bien meilleure humeur, du moins pendant quelque temps. Jamie ne serait pas heureux d'apprendre qu'elle était descendue de voiture et remontée sans son aide. Mais il était à un demi-mille à l'ouest, guidant ses agneaux. Et Rose semblait si désireuse d'accomplir son pèlerinage.

Leana pouvait difficilement refuser une requête aussi anodine. S'arrêter pour prier? Bien sûr, ils pouvaient le faire. En particulier si cela pouvait apaiser l'esprit de sa sœur et guérir son corps. Elle donnerait aussi à Rose quelques gouttes de teinture de millepertuis, avant de dormir, et ajouterait un peu d'huile de rose de Damas à l'eau de sa cuvette, le matin, pour détendre ses nerfs.

Après la route sinueuse suivie la veille à travers la paroisse de Kelton, cette journée les trouva en direction du sud-ouest, suivant le cours du Dee au milieu des terres vallonnées. Des haies, plutôt que des murets de pierres sèches, bordaient les routes et divisaient les fermes laitières. Quoique la rivière fût invisible aux femmes du chariot, les agneaux et les garçons demeuraient bien en vue, sous un ciel agréable de nuages bleu-gris entourés d'une jolie dorure.

Leana invita Rose à s'asseoir près d'elle, afin qu'elles puissent se tenir compagnie, tandis que les servantes s'occupaient d'Ian dans le chariot. Eliza amusait le garçon avec des jeux et des chansons, qu'elle tirait de son répertoire apparemment inépuisable. Parmi ses jeux préférés, Eliza aimait à chanter la comptine «Jamais, jamais, tric, trac, laquelle prendrez-vous?» tout en cachant un bouton dans une de ses mains. Annabelle s'exerçait à la lecture grâce au livre de poésie que Rose avait sorti de sa poche ce matin-là. Volé dans la bibliothèque de leur père, craignait Leana. Lachlan leur écrirait-il à Glentrool, exigeant qu'elles le lui restituent?

Ils maintinrent une allure modérée, mais régulière jusqu'au début de l'après-midi, quand le groupe s'arrêta pour déjeuner. Rassemblés autour du chariot, ils partagèrent un repas froid préparé par l'excellent cuisinier du Crown et échangèrent des opinions sur la campagne entourée de montagnes, qui dentelaient à l'horizon cette terre rude et sauvage.

— Les bergers voient toujours la même chose, confia Rab. Davie et moi r'gardons des queues d'moutons depuis not' départ de Dalbeaty.

Jamie sourit.

— La vue sur mon cheval est bien meilleure, plaisanta-t-il. Je peux voir leurs têtes aussi.

— Et nous, lança Rose, qui voulut ajouter son grain de sel, nous sommes les plus chanceuses, car nous voyons leur toison et...

— Et nos jambes de berger? la taquina Rab, faisant rougir toutes les jeunes femmes.

Jamie était toujours vêtu comme un gentilhomme, mais les garçons allaient jambes nues avec un kilt quadrillé de berger attaché à la taille. Jamie jeta un regard noir à Rab pour son commentaire déplacé, mais Leana fut heureuse de voir apparaître des couleurs aux joues de Rose, quelle qu'en fût la cause.

À la fin du repas, Jamie remonta sur Hastings, hochant la tête en direction des garçons qui se rendaient auprès des moutons et des colleys qui les gardaient.

— Nous essaierons de prendre quelques saumons dans le Dee, puis nous traverserons le pont à Tongland...

— Tongland?

Rose sauta sur le mot comme s'il avait été une souris des bois, et elle, un chat affamé.

— Pourrions-nous arrêter à l'église, pendant que vous taquinerez le poisson?

— Je soupçonne que Leana doit avoir hâte d'arriver à Twyneholm, chez sa tante Meg. Naturellement, tu peux visiter l'église, mais...

Jamie sourit et ne put s'empêcher d'ajouter :

— … si tu as des secrets, sois prévenue que les langues sont actives, à Tongland[13].

Rose le regarda, interdite.

— Est-ce vraiment l'origine du nom de ce village ?

— Ton mari s'amuse à tes dépens, dit Leana en réprimandant Jamie du regard. Les contours de la paroisse rappellent la forme d'une langue. D'où son nom.

Rose répondit en tirant la sienne à son persécuteur.

Jamie partit au trot, en riant.

— Va faire un tour à l'église, jeune fille, et corrige tes manières de paysanne.

— De la part d'un berger, c'est trop fort ! lança-t-elle en éclatant de rire elle aussi.

— Au revoir, ma jolie épouse.

Il leva la main pour la saluer.

— Nous nous reverrons demain matin au cottage de ta tante.

Leana agita les rênes, signalant aux chevaux d'avancer. Quels échanges échevelés ! Très différents de ses propres conversations avec Jamie. Avec elle, il était bien plus sérieux. Pensif. Vulnérable. Avec Rose, c'était l'esprit de répartie de Jamie qui se révélait, et il ne cédait pas d'un pouce devant sa piquante épouse. Pas étonnant que Jamie eût choisi sa sœur d'abord. Maintenant qu'ils étaient libres de s'aimer sans contrainte, il était évident qu'ils se plaisaient à le faire. Beaucoup.

— Arrête, Leana !

Surprise, elle tira brusquement sur les guides, et les chevaux s'immobilisèrent, secouant l'attelage et ses occupants.

— La voilà !

Rose pointa en direction d'un groupe de bâtiments, de l'autre côté de la rivière.

— L'église de Tongland.

Ils passèrent devant le panneau indiquant la ferme de Culdoach, puis bifurquèrent pour descendre la pente roide

---

13. N.d.T. : Boutade sur le nom de la ville qui, phonétiquement, s'entend en anglais comme «terre des langues».

menant à la rivière. Leana s'arrêta un peu avant le pont et prêta l'oreille, pour s'assurer que l'unique voie était dégagée, car le tablier en dos d'âne ne lui permettait pas de voir de l'autre côté. Lançant bravement ses chevaux vers l'avant, elle mena son équipage jusqu'à la paroisse de Tongland. Elle suivit ensuite la route jusqu'à une clairière boisée, où la maison de prière s'élevait au-dessus des eaux tumultueuses du Dee.

Rose descendit avant que Leana pût lui demander d'attendre que l'une des servantes l'aidât à le faire, puis elle lança un plaid fatigué sur ses épaules.

Leana fit un mouvement vers le bord de son siège de conducteur.

— Veux-tu que j'aille prier avec toi?

— Non!

Le visage de sa sœur devint blanc.

— Mais tu peux prier *ici*, naturellement.

Elle se précipita vers l'église.

— Je reviens dans un instant.

Leana regarda sa sœur tirer sur la lourde porte. *Pauvre Rose.* Les futures mères faisaient parfois d'étranges choses pour favoriser un accouchement normal. Leana inclina la tête et pria pour la santé de sa sœur.

Comme Rose ne revenait pas tout de suite, Leana choisit d'occuper son temps en étudiant le vénérable bâtiment, avec ses fenêtres rectangulaires perçant la devanture en pignon, surmontée d'un beffroi en cage à oiseaux. Le mur qui lui faisait face était entouré de décombres, qui semblaient dater d'une autre époque. Cela n'était pas inhabituel à Galloway, où les nouvelles églises étaient édifiées avec les matériaux des précédentes, parfois au même endroit, parfois à un jet de pierre de là. Ces ruines tenaient debout devant Dieu et les hommes, sans toit et délabrées, entourées de pierres tombales rendues lisses par l'érosion.

La porte s'ouvrit et Rose apparut. Elle était accompagnée par un homme âgé au dos voûté, le bedeau, supposa Leana. Il jacassait comme une pie à côté de Rose, qui devait ralentir le pas pour l'accorder au sien. Leana pouvait voir que sa sœur était agitée, car ses mains agrippaient son plaid, et ses yeux étaient un peu hagards.

Leana leva son chapeau pour saluer.

— Qui est ton nouvel ami, Rose ?

— C'est monsieur Lang ! répondit-elle. Il sait tout ce qu'on peut connaître sur cette paroisse. Oh ! j'ai... oublié quelque chose à l'intérieur.

Elle se retourna et courut littéralement à travers la cour de l'église. La porte n'avait pas eu le temps de se refermer que, déjà, elle en ressortait, visiblement soulagée.

Monsieur Lang aida obligeamment Rose à remonter en voiture. Puis, il se mit en frais d'offrir aux jeunes femmes une leçon d'histoire, qu'elles ne tenaient pas à recevoir, sur l'église et les vieilles aubépines qui marquaient les frontières du domaine ecclésiastique. Quand il fut sur le point de décrire en détail le pont traversant la rivière Tarff, qui menait à Twyneholm, Leana saisit l'occasion qu'elle attendait.

— C'est précisément là-bas que nous nous rendons, monsieur, dit-elle précipitamment. Merci d'avoir partagé avec nous vos... trésors de connaissances. Que Dieu soit avec vous.

Les chevaux avancèrent à son commandement, et la tête grise de monsieur Lang disparut peu à peu. Rose s'enveloppa dans un silence plus épais que son plaid. Leana passa un bras autour des épaules de sa sœur et lui planta un baiser sur le front. Elle la libéra lentement pour reprendre la conduite du chariot, qu'elle engagea sur la route qui menait au cottage Burnside, à l'ouest.

— Y a-t-il une chose en particulier pour laquelle tu voudrais que je prie, Rose ? Ou que je pourrais faire pour toi...

— Non, dit-elle d'une voix fluette. Ce sera bientôt fini.

— Notre voyage, tu veux dire ?

Rose hocha la tête de haut en bas, mais n'en dit pas plus.

Une forte odeur saline imprégna l'air humide alors qu'elles franchissaient un pont à peine plus large que leur chariot, pour entrer dans la paroisse de Twyneholm. Deux milles encore, une bonne partie en côte, et elles atteindraient le village. Comme il ferait bon revoir tante Meg! Elle ne les attendait pas, bien sûr; il n'y avait aucun moyen de la prévenir de leur arrivée. Mais elle quittait rarement son cottage très longtemps. Leana était assurée que, lorsqu'elles cogneraient à la porte de Burnside, Meg serait là pour les accueillir.

Et, en effet, sa porte s'ouvrit.

— Leana? Oh, *Rose!* Quelle surprise!

Tante Meg fit entrer les visiteurs comme autant de pièces de monnaie dans sa bourse, ne voulant pas en perdre un seul.

— Et voilà sûrement Ian? s'exclama-t-elle. Quel beau garçon! Et qui sont ces deux jeunes filles aux yeux clairs? Quels beaux cheveux roux vous avez, mes chères.

Le cottage Burnside s'emplit instantanément d'un concert de voix féminines. À l'invitation pressante de Meg, elles trouvèrent chacune soit un bas tabouret, soit un banc, soit une chaise pour s'asseoir. L'hôtesse, de son côté, voulut prendre Ian, qui fixa son regard étonné sur cette vieille dame.

— Sais-tu qui tu regardes, garçon? Je suis ta mère, mais telle qu'elle sera dans quarante ans.

Tante Meg fit un clin d'œil à Leana.

— Elle tiendra dans ses bras tes fils et tes petits-fils, de la même manière que je te prends maintenant, ajouta-t-elle. Elle aura les cheveux argentés que tu vois et les mêmes yeux gris-bleu.

La pensée qu'elle pourrait voir un jour les enfants de son fils — et même ses *petits-enfants*, si elle vivait assez pour avoir cette chance — fit jaillir quelques larmes de ses yeux. Quand Ian commença à s'agiter, Meg le lui remit et prit la mère et l'enfant dans ses bras.

— Tu es ravissante, Leana. Comme je me suis ennuyée de toi.

— Et moi, de vous, ma tante.

Leana inspira les senteurs familières : le miel de ses ruches, le charbon de son foyer, la levure de son pain.

— Nous souhaiterions rester ici jusqu'à demain matin. Pouvons-nous dormir sous ton toit, cette nuit ?

— Cette nuit, et pourquoi pas la suivante, aussi ?

Meg compta les têtes.

— Ton lit mobile n'a jamais été défait, au cas où tu aurais dû revenir précipitamment. Il accueillera Rose. Tu peux partager mon lit, Leana, et j'ai des coussins de bruyère et des couvertures pour tes servantes. Nous installerons le berceau d'Ian dans ce coin, loin de la fenêtre.

Les arrangements pour la nuit dans son petit cottage faits, Meg s'occupa du dîner. Du fromage relevé et des galettes d'avoine cuites le matin même furent servis sur sa belle assiette en argent, retirée de sa place d'honneur au-dessus du foyer pour la circonstance. Sa table était si petite que seules deux femmes y dînaient à la fois, les autres attendant leur tour. Rose s'excusa pour aller faire une petite promenade — « afin de prendre un peu d'air frais », expliqua-t-elle — et revint bientôt, les joues rouges, mais souriante.

— Maintenant que je vous ai bien nourries, dit Meg, et que je vous ai promis un gîte pour dormir, je compte bien être payée.

Elle tendit la main comme si elle attendait qu'on y verse des pièces. Après un moment de silence gêné, Meg ricana comme seules peuvent le faire les femmes de soixante ans.

— Pas en argent, voyons, dit-elle. En bonnes histoires.

Leana se laissa choir dans une chaise, soulagée.

— Cela, nous en avons en abondance. Pourquoi ne commences-tu pas, Rose ? Je suis sûre que tu as une anecdote à partager avec nous. Quelque chose d'amusant t'est-il arrivé, depuis notre départ de Newabbey ?

— Je préférerais... qu'une autre commence, dit Rose, dont le sourire s'évanouit. Je ne... me sens pas très bien.

Chapitre 57

La peur est une fièvre, qui quitte
Et hante, par crises, ceux qu'elle saisit.
— Samuel Butler

— **B**ois cela, chérie.

Rose fixa la tasse de thé bouillant, faisant la grimace à son arôme doux-amer.

— De la bétoine, dis-tu?

— D'un vieux mot celtique qui veut dire «bon pour la tête», répondit Leana, qui poussa la tasse vers elle. Elle apaise les nerfs et chasse la peur. Je n'en ai mis qu'un soupçon dans ton thé, Rose. Quand tu seras sur le point d'accoucher, je m'assurerai que tu en prennes en bonne quantité.

Elles s'assirent de part et d'autre de la table de tante Meg, la première lueur du matin filtrant à travers les rideaux. Éparpillées çà et là dans le cottage, les autres dormaient, leur tête enfouie sous leurs plaids pour échapper à l'aube. Leana se réveillait souvent de bonne heure; Rose, rarement. La peur, comme le chant du coq, l'avait tirée du lit.

C'était mardi.

La moitié de l'or était heureusement déjà semée. Quatre lourds paquets, chacun de la taille d'un poing d'homme, restaient cachés dans le berceau de bois avec la terrible corde nouée. La veille, sa visite à l'église de Twyneholm s'était déroulée plus facilement que la précédente, à Tongland. Oh! ce monsieur Lang! Quand sa tête grise s'était levée au-dessus des bancs qu'il frottait, elle s'était presque évanouie de peur. Avait-il découvert les pièces, après leur départ? Essaierait-il de découvrir l'identité de celle qui avait laissé une telle fortune pour les pauvres de sa paroisse? Fasse le Ciel que non.

La même course à Twyneholm avait été plus facile à orchestrer. Ayant déjà prié dans cette église, elle savait préci-

s é m e n t
où le tronc était situé. En sortant du cottage de sa tante, elle avait grimpé la colline, pénétré rapidement dans l'église, déposé son offrande et était revenue au cottage Burnside, avant même que son absence fût ressentie. Bien qu'il eût été plus facile de laisser tout l'or à un seul endroit, une telle somme aurait pu attirer l'attention du shérif.

C'était aussi le trésor de Morna, se rappela-t-elle. Pour cette seule raison, Rose éprouvait une grande culpabilité. Elle se consolait à la pensée que, sous la garde de son père, son argent aurait été autant hors de son atteinte que dans le tronc des pauvres de la paroisse de Twyneholm.

Rose se cachait derrière sa tasse de thé, certaine que personne n'en savait rien. Pas même sa sœur.

— Quand père découvrira… commença Leana, faisant bondir le cœur de Rose jusque dans sa gorge. Quand il comprendra, reprit-elle, que nous avons tous quitté Auchengray, qu'est-ce qui le mettra le plus en colère, tu crois ? Le fait que Jamie ait repris les agneaux qui lui appartenaient ou la complicité de Duncan dans l'affaire ?

Rose attendit que son cœur, qui battait la chamade, se calme un peu. *Ni l'un ni l'autre, ma sœur.* Elle savait ce qui mettrait son père hors de lui.

— Chérie ?

Leana tendit la main au-dessus de la table pour replacer une mèche de la chevelure de Rose.

— Dis-moi ce qui ne va pas. Tu n'as pas été toi-même depuis que nous sommes partis d'Auchengray. Délirante de joie un moment, mélancolique le suivant. Es-tu souffrante, Rose ?

Oui. Elle baissa la tête. *Plus que tu le crois.*

Leana ne dit rien un moment, mais Rose sentait encore sa main doucement posée sur la sienne pour la réconforter.

— Je suis inquiète pour ta santé et celle de ton bébé. Twyneholm ne compte pas de médecin, mais tante Meg m'a dit qu'une sage-femme réside à trois portes d'ici. Est-ce que ça t'ennuierait, si je lui demandais de t'examiner ? À tout hasard ?

Subitement, Rose se sentit étourdie et nauséeuse. Quand le docteur Gilchrist lui avait exploré la gorge, la douleur l'avait pratiquement fait s'évanouir.

— Est-ce qu'elle... Est-ce que ce sera... douloureux?

— Non, tu ne trouveras personne aux mains plus douces qu'une sage-femme, la rassura Leana. Pendant que les autres seront occupés à grignoter leur *bannock* du petit-déjeuner, nous rendrons visite au cottage d'Aggie McNeil. Fais confiance à ta grande sœur, tu n'as rien à craindre.

Rose leva lentement la tête. *J'ai tout à craindre.*

— Aggie a mis au monde bien des enfants, dit tante Meg en souriant à sa voisine, qui n'était pas beaucoup plus jeune qu'elle. On dit que c'est la meilleure sage-femme des trois paroisses.

Rose était assise dans le cottage de la femme, les genoux pressés ensemble pour les empêcher de trembler. Mais plus son regard s'attardait sur Aggie McNeil, plus ses craintes s'estompaient. Pendant le court trajet de Burnside à sa maison, Rose s'était imaginé une vieille sorcière comme Lillias Brown, vivant dans une cabane lugubre remplie d'herbes malodorantes. Aggie était au contraire très propre et très bien mise. Et son cottage d'une pièce était à son image. Peut-être pouvait-elle lui faire confiance, après tout.

— Venez, maîtresse McKie, dit Aggie en souriant.

Son visage était aussi rond que son corps, ses joues, fermes et douces, comme celles d'un poupon bien nourri.

— Cela ne sera pas très long, dit-elle en invitant Rose à s'asseoir sur une chaise à dossier rigide.

Rose obéit, heureuse que Leana et tante Meg fussent à ses côtés pour lui prendre chacune une main. Aggie vint s'asseoir devant Rose, posa délicatement ses mains sur son ventre, et inclina sa tête poivre et sel pour entamer son examen. Pendant un moment, il n'y eut aucun autre bruit dans la pièce que le froissement de l'étoffe de la robe de Rose, produit par les mains de la femme, qui palpaient les contours de son ventre.

— C'est le quatrième mois?

Rose expira en soupirant.

— Oui, dit-elle.

Aggie semblait bien connaître son métier.

— Mais je n'ai encore senti aucun mouvement.

— Ce ne sera plus très long, maintenant.

Le visage d'Aggie devint très sérieux. Elle se pencha comme si elle essayait d'entendre quelque chose.

Rose la regarda, impressionnée.

— Pouvez-vous entendre... mon bébé?

La sage-femme rit doucement.

— Ce n'est pas ton enfant que j'écoute. C'est le Seigneur. Parfois, il me communique... le sens des choses.

Elle haussa les épaules, comme si elle voulait minimiser son don, mais Rose voyait clair. Aggie baignait dans une aura de bonté. Comme Neda. Comme Leana. Une pleine mesure de grâce accordée seulement à quelques élues.

Meg fut plus curieuse.

— Quelles choses au juste, Aggie?

— Le moment de la naissance. Si l'enfant est un garçon ou une fille.

Rose échangea un regard avec Leana, puis confessa :

— Ma sœur est sûre qu'elle porte une fille. Et moi, je crois que je donnerai naissance à un garçon.

— Une mère qui sait ces choses a habituellement raison.

Aggie pressa sur l'abdomen de Rose de nouveau, plus fermement, cette fois-ci. Ses traits, jusqu'alors concentrés, se détendirent, et un sourire apparut sur son visage.

— Dites-moi, madame McKie, que diriez-vous de deux garçons?

— *Des jumeaux?*

Rose put à peine prononcer les mots.

— En êtes-vous... certaine?

— Penses-y, Rose! s'écria Leana en serrant la main qu'elle tenait. Nous aurions chacune deux enfants.

Le sourire de Meg était si large qu'il menaçait d'atteindre ses oreilles.

— Tu te rappelles ton séjour au cottage Burnside, une certaine semaine de décembre, et l'eau du ruisseau que je t'avais fait boire ?

— Oui, dit Rose, qui avait complètement oublié cet épisode.

La sage-femme pouvait-elle avoir raison ? *Oh, Jamie. Des jumeaux !*

— Comme je te l'avais dit alors, renchérit Meg, la paroisse de Twyneholm a eu cinq paires de jumeaux en deux ans. Tu dois dire merci aux eaux du ruisseau de l'Église, jeune fille.

Aggie éclata de rire.

— C'est son mari, pas le ruisseau, qu'elle doit remercier.

— Jamie a un frère jumeau, leur rappela Leana.

— Eh bien, voilà qui explique tout, dit Aggie en s'écartant de Rose, une expression satisfaite au visage.

— Et toutes ses brebis ont mis bas des jumeaux, ce printemps, ajouta Rose, quoique... je suppose que ça ne veut rien dire du tout.

Les autres femmes éclatèrent de rire tandis qu'Aggie tapotait gentiment le visage de Rose.

— Cela importait pour les brebis qui leur ont donné naissance. J'aurais aimé être avec toi, quand le temps viendra. La famille de ton mari doit connaître une sage-femme compétente à Monnigaff.

Quand le temps viendra. Le mot sombra dans le cœur de Rose comme une pierre. Il était déjà assez terrifiant de donner naissance à un enfant. Mais à *deux* ?

Comme la fumée d'un feu qui couve, la prédiction d'une autre femme revint la hanter. *Tu dois avoir deux fils pour gagner l'cœur de Jamie.* Les mots de Lillias Brown, dit un matin de sabbat, offerts en même temps qu'une cordelette verte nouée. *C'la te guérira de l'infertilité et t'apportera des jumeaux.*

Mais Rose n'avait pas accepté la cordelette. Les jumeaux qu'elle portait n'étaient pas un présent de la sorcière, mais du Tout-Puissant. *Dieu soit loué !* Rose regarda Leana et Meg.

— Promettez-moi de ne pas souffler mot de cela à quiconque. Pas à nos servantes, ni à nos bergers, et surtout pas à Jamie.

— Une sage décision, acquiesça Aggie. De telles nouvelles sont meilleures à apprendre au chevet du lit de naissance, plutôt que de la bouche d'une sage-femme plusieurs mois à l'avance. Et qui pourrait bien se tromper.

Rose avait aussi un autre motif : elle en avait assez fait pour menacer l'avenir de Jamie. Si elle n'osait lui révéler les mauvaises nouvelles, alors il était préférable de garder les bonnes secrètes aussi. Du moins, jusqu'à ce que l'or eût disparu et que Jamie fût hors d'atteinte de la justice.

— Rose...

Un nuage sembla assombrir le visage de Leana.

— Qu'en est-il des douleurs que tu as éprouvées?

La sage-femme la regarda.

— Au bas du dos, je suppose. Cela n'est pas inhabituel avec des jumeaux. Ton corps apprend à loger deux invités. Il ne faut pas s'inquiéter.

Presque étourdies tant elles étaient soulagées, les trois femmes prirent le chemin de Burnside, marchant côte à côte, se répétant encore et encore les bonnes nouvelles, quand tante Meg leva le regard.

— Mais qui attend devant ma porte? Voilà le portrait d'Ian tout craché.

— En effet, soupira Rose quand Jamie se tourna vers elle. Seulement plus grand.

Chapitre 58

La vie est voûtée de ciels changeants
Qui sont rarement ce qu'ils semblent être.
— William Winter

Dès qu'il avait rencontré Rose, Jamie avait su à qui elle ressemblerait en vieillissant : à sa tante Rowena. Une chevelure d'ébène striée d'argent. Des yeux brillants, profonds comme l'onyx. Une langue déliée, impossible à dompter. Maintenant, il se faisait une idée assez précise des traits de Leana dans sa maturité. Ce seraient ceux de sa tante Meg. Des cheveux argentés tel un halo autour de sa tête. Des yeux gris pâle, lumineux comme des phares. Un visage bienveillant, plein de sagesse.

— James Lachlan McKie, à votre service, dit-il en saluant les trois femmes qui approchaient.

— Et je suis Margaret Halliday.

La femme la plus âgée du groupe fit une petite révérence, puis releva la tête.

— Tante Meg pour toi, mon garçon.

Elle glissa une main autour du bras que Jamie lui offrait et l'invita à franchir le seuil du cottage Burnside.

— Je vois que les jeunes filles ont fait le ménage, dit-elle. Veux-tu prendre un petit-déjeuner, Jamie ?

Il se baissa pour éviter le linteau de la porte et pénétra dans sa maison de deux pièces.

— Les bergers et moi avons mangé, mais je ne refuserai pas un *bannock* pour notre musette.

Jamie observa le minuscule cottage avec son plancher de dalles et ses poutres grossières. Il imagina Leana cherchant refuge dans ces humbles murs, dormant dans le petit lit mobile. N'eût été du bébé qu'elle portait, serait-elle encore ici ?

Comme attirée par ses réflexions, Leana franchit rapidement le seuil, les yeux brillants, les bras tendus.

— Voici le garçon qu'il me tardait de voir.

Quand elle passa à côté de lui en coup de vent pour se diriger vers Ian, Jamie faillit laisser paraître sa déception. *Mais à quoi t'attendais-tu donc, McKie ?*

Rose fut la suivante, et c'est vers Jamie qu'elle se dirigea sans hésiter.

— Mon mari, dit-elle, et le père de mes enfants.

Elle lui entoura la taille de ses bras et appuya la tête sur sa poitrine avec un soupir heureux. Elle hésita un moment, et ajouta simplement :

— Tu m'as tant manqué, Jamie.

— Moi aussi, dit-il en l'attirant contre lui, je me suis ennuyé de toi.

Dormir à la belle étoile avec ses troupeaux ne comportait pas beaucoup d'avantages, sinon la paix de l'esprit. Peut-être pourrait-il prendre d'autres arrangements, ce soir. Ils n'avaient que quelques milles à parcourir, et la destination promettait : une auberge confortable, qui était aussi un relais de la poste, entourée d'une vaste propriété.

Puisque Rab et Davie étaient déjà en route vers l'ouest avec les agneaux, les adieux furent brefs. Jamie promit qu'ils reviendraient à Burnside plus tard pour un séjour prolongé.

— Pas avant la naissance des bébés, insista tante Meg, tout en les aidant à charger le chariot.

Des voisins curieux s'appuyaient sur le chambranle de leur porte ouverte pour observer la scène. Twyneholm était un village paisible ; un chariot rempli de visiteurs était en soi une attraction.

Les servantes gagnèrent leur place dans le véhicule et s'occupèrent d'Ian, tandis que Jamie attachait le berceau à l'arrière, à l'aide d'un câble robuste. Il souleva ensuite Leana et la déposa dans le siège du conducteur. Rose s'assit près de l'autre berceau, celui rempli de couvertures, le bras posé dessus, peut-être pour l'empêcher de balancer, pensa-t-il.

— Voilà, jeune fille.

Jamie grimpa près d'elle.

— Laisse-moi déplacer ce berceau pour toi.

— Non! répondit-elle vivement.

Elle poussa rapidement un panier de linge pour l'immobiliser.

— Il est très bien où il est.

— Mon épouse est bien chatouilleuse, dit-il pour la taquiner.

Rose sourit, mais ses yeux disaient tout autre chose. Trahissaient-ils sa peur?

— Je te demande pardon, Jamie. Je dois reconnaître que ce voyage m'éreinte.

Il s'abstint de lui dire qu'il leur restait plus de quarante milles de collines et de marais à parcourir.

— Je m'assurerai que tu dormes dans un lit confortable, ce soir.

Et je t'y rejoindrai, si je peux. Il se pencha pour lui baiser le front, puis sauta hors du chariot, désireux de se mettre en marche immédiatement. C'était mardi. Plus grand serait l'écart entre eux et Auchengray, mieux il respirerait.

Jamie monta son cheval et guida sa famille hors du village, jetant un regard inquiet au ciel changeant au-dessus d'eux. Une heure auparavant, une fine couche de brouillard s'était étirée au-dessus de l'horizon d'un bleu aqueux, annonçant un jour brumeux, mais sec. À présent, des nuages plus épais venant de l'ouest à un rythme constant s'empilaient comme des vagues approchant de la côte. Une personne à cheval ou à pied avait peu à craindre d'un orage, mais il en allait tout autrement pour les occupants d'un chariot découvert.

Alors qu'ils suivaient la route ascendante menant au carrefour, Jamie observa Leana du coin de l'œil, rassuré de voir la confiance avec laquelle elle tenait les rênes et sa force tranquille. Si une pluie abondante transformait les routes en boue, Leana saurait trouver un sol pierreux et attendre la fin de l'averse.

Elle le surprit en train de la regarder.

— Quelque chose te préoccupe, Jamie?

Il baissa la voix, de peur d'effrayer les autres, Rose en particulier.

— Il n'y a que le ciel qui m'inquiète. Ne quitte pas le chemin militaire de gravier et avance à bon pas. Tu trouveras des arbres pour te mettre à l'abri à la ferme de Littleton, si l'orage éclate.

À en juger par l'expression calme de son visage, rien de ce qu'il venait de dire n'alarma Leana.

Elle enfila ses gants de chèvre, en regardant la route devant elle.

— Aurais-tu la gentillesse de m'indiquer le chemin ?

— Suis les indications pour te rendre à Gatehouse of Fleet. Là, rends-toi au Murray Arms. C'est la seule auberge du village, aménagée dans l'ancien bâtiment du corps de garde de Cally Park. Je vais m'y rendre d'abord, afin de faire les arrangements pour qu'on vous reçoive, ensuite j'irai rejoindre mes bergers.

Le sourire de Leana fut comme un rayon de soleil dans une journée de grisaille.

— Tu es un excellent chef des bergers, Jamie McKie.

Il porta un doigt à son chapeau, à la fois flatté et amusé par ses paroles.

— Et toi, Leana, un charretier de premier ordre.

Lui souhaitant bon voyage, Jamie galopa devant, son fourreau battant contre sa cuisse. Il n'avait pas encore fait usage de son épée. Ni de son poignard. La seule fois qu'il avait brandi son inutile pistolet, c'était par ce matin encore sombre où il avait trouvé Rose penchée au-dessus du chariot. Mais qu'est-ce que sa femme faisait là ? Elle ne s'était jamais donné la peine de s'expliquer.

La route à partir de Twyneholm suivait le ruisseau au courant rapide pendant à peu près un mille. De basses collines s'élevaient et s'abaissaient le long des deux rives, couvertes de bruyères aux tons mats de pourpre et de brun, se découpant sur le ciel qui s'obscurcissait. Au coude que faisait le courant pour bifurquer au nord, il trouva Rab et Davie qui l'attendaient.

— On s'est arrêtés pour faire boire les bêtes, lui dit Rab. Mais j'ai l'impression qu'elles seront trempées bien assez vite.

Jamie observa les agneaux un moment. Plutôt que de s'abreuver calmement au ruisseau, ils sautillaient çà et là, échangeant des coups de tête — un signe certain d'un changement de température. Sa monture était énervée aussi, battant le sol de ses fers. Le long de la route poussait le baromètre du pauvre, le mouron rouge, avec ses pétales rouges repliés sur eux-mêmes. La pluie s'annonçait, sans l'ombre d'un doute.

— Avancez droit devant avec les agneaux, sans vous arrêter, ordonna Jamie, puis laissez-les brouter dans les pâturages de monsieur Murray, de ce côté-ci du Fleet. Le vieux château de Cardoness surplombe la vallée à cet endroit. C'est un point de repère immanquable. Je vous y retrouve plus tard, d'accord?

Le Fleet, une autre rivière à franchir, devrait attendre au lendemain. Ils emprunteraient le pont du village; Jamie se refusait à risquer de perdre un autre agneau dans ses eaux gonflées. Regardant au nord, vers la lointaine New Galloway, il se demanda comment le gros de son troupeau progressait sous la supervision de Nicholas Donaldson. Il avait remis au chef des bergers une lettre d'introduction et des instructions détaillées destinées à son père, lui demandant d'accepter les agneaux comme les siens, de payer les hommes adéquatement et de les renvoyer chez eux ensuite.

Si tout se déroulait selon les plans de Duncan, les bergers et les troupeaux prenant la route du nord arriveraient à Glentrool samedi. Jamie les enviait pour cela. Il ne verrait pas la maison avant le sabbat. *Oui, mais tu seras chez toi.* Serait-il le bienvenu, toutefois? Trouverait-il son frère qui l'attendait? Lachlan McBride ne viendrait-il pas se placer en travers de sa route, d'ici là? C'étaient autant de questions non résolues, qui planaient sur sa tête comme ces lourds nuages.

Laissant à Rab et Davie la charge de rassembler les moutons, Jamie fonça devant, projetant le gravier de la route dans sa foulée. Si le tonnerre grondait au-dessus de sa tête, il ne l'entendit pas, en raison du vacarme produit par les sabots de Hastings martelant la terre battue du chemin militaire, en ascension constante, mille après mille. L'air suintait littéralement d'humidité, mais la pluie ne tombait pas encore quand il traversa le ruisseau à la hauteur de la ferme de Littleton. Le sol continuait de s'élever sous ses pas, et les montagnes à l'horizon attisaient son désir de revoir Glentrool.

Une massive étendue boisée, encore revêtue de ses verts atours de l'été, contraignait la route à dévier vers le nord. Ce ne pouvait être que Cally Park, cinq cents hectares de jardins et de vergers entourant Cally House, le domaine de l'homme qui possédait la paroisse de Girthon et tout ce qu'elle contenait : James Murray de Broughton, qui était aussi député. Plusieurs années auparavant, Jamie avait rencontré ce gentilhomme lors d'une visite avec son père à Cally House ; s'il en avait le temps, il irait porter les salutations d'Alec McKie à Murray. Pour l'instant, des affaires plus pressantes retenaient son attention.

Longeant la frontière nord du parc, il passa devant l'allée conduisant à un manoir dont l'architecture évoquait un temple grec — pas aussi vieux que Glentrool, mais certainement plus opulent. De là, il galopa jusqu'à l'auberge, ne ménageant ni la monture ni le cavalier. Les nuages étaient suspendus très bas dans le ciel, comme des seaux en étain sur le point de déborder. Il dit une courte prière pour les jeunes femmes et les moutons qui le suivaient toujours très loin derrière, puis trouva une écurie pour loger Hastings. Tout en brossant de la main la poussière de sa jaquette d'équitation, il traversa la rue pour entrer au Murray Arms.

Édifiée autour de l'ancien bâtiment du corps de garde, auquel on avait ajouté une construction supplémentaire, l'auberge de deux étages de pierres blanchies à la chaux semblait bien pourvue, et son propriétaire, fort hospitalier. Il y avait bien deux chambres disponibles.

— Pouvons-nous rester deux nuits ? demanda Jamie, soudain inspiré.

Pourquoi, en effet, ne pas s'arrêter et souffler un peu ? Les agneaux semblaient déjà amaigris ; une journée dans les pâturages leur ferait le plus grand bien. Et Gatehouse of Fleet était un village animé, bien plus peuplé que la trop paisible

Newabbey. Annabelle et Eliza seraient heureuses de déambuler dans ses trois rues, tandis que leurs maîtresses apprécieraient le confort d'un bain chaud et d'un vrai lit.

— Nous disons pour deux nuits, confirma l'hôtelier, avant de diriger Jamie vers la mairie, où il put faire des arrangements pour les pâturages.

Moins d'une heure après, Jamie chevauchait Hastings de nouveau, revenant sur ses pas. Un vent fort, porteur de l'odeur de la pluie, menaçait à tout moment d'arracher son tricorne. L'averse ne tarderait plus, maintenant. Quand il aperçut le chariot à la lisière est de Cally Park, il accéléra le rythme, ravi de les trouver si proches de leur destination.

— Tu as fait vite, dit-il à Leana, tout en se penchant pour prendre la main de Rose et ébouriffer les cheveux d'Ian. Allons-y, avant que le ciel se déchire.

Il escorta le chariot le long du parc jusqu'à l'intérieur du village. Arrivé à l'auberge, il gravit son raide escalier, chargé de tout ce qui leur serait nécessaire pendant leur séjour. Leana s'étendit tout de suite pour faire une sieste tandis que les servantes emmenaient Ian faire une brève visite du village, prêtes à rentrer à la hâte dès les premières gouttes de pluie.

Rose, que Jamie n'avait pas vue aussi heureuse depuis plusieurs jours, virevolta dans la chambre spacieuse avec ses murs peints, ses meubles confortables et ses deux grandes fenêtres faisant face à la rue. Jamie l'arrêta au milieu d'une pirouette et l'enveloppa dans ses bras.

— Après plusieurs nuits de lits douteux et de cottages rustiques, j'ai pensé qu'une chambre tranquille pour nous deux serait…

— Merveilleux, finit-elle pour lui, accueillant son baiser.

Quelques baisers plus tard — et à son grand regret —, Jamie dut lui rappeler que Rab et Davie l'attendaient avec les agneaux.

— Je suis désolé, ma chérie. Le devoir m'appelle.

— Et si je sortais avec toi pour explorer le village?

Rose le précéda dans le corridor et descendit l'escalier la première, parlant par-dessus son épaule.

— Jamie, où se trouve l'église de Girthon?

— Plus au sud, sur le versant opposé de Bar Hill, bien au-delà de Cally Park.

— Nous ne passerons pas... devant? demanda-t-elle, déçue.

— Non, nous nous dirigerons vers l'ouest, j'en ai peur.

Quand ils furent dans la rue, Rose s'accrocha à son bras alors que le tonnerre roulait à travers la vallée.

— Dire que nous avons fait tout ce chemin, seulement pour être retenus prisonniers à l'intérieur par la pluie.

— Il vaut mieux être ici qu'à Auchengray.

Il ne pouvait cacher l'inquiétude dans sa voix.

— Ton père devrait arriver à la maison bientôt. Quand il découvrira que Leana est aussi partie avec toi...

— Ainsi que Neda et Duncan, ajouta-t-elle.

Jamais Jamie n'avait vu briller dans son regard une lueur aussi malicieuse.

— Mais père aura sa nouvelle femme et ses fils pour lui tenir compagnie.

— *Et* un coffre plein d'or, lui rappela Jamie, qui sentit Rose frissonner sous son plaid.

Chapitre 59

Insensées et difformes,
des tempêtes de colère convulsive se forment au large ; s'apaisent,
et, silencieusement, ourdissent leur cruelle vengeance.

— James Thomson

Walloch écumait, la sueur ruisselait le long de ses flancs. Lachlan le poussait encore plus, utilisant sa cravache comme une arme, ses éperons comme un châtiment.

— Bête sans valeur ! cria-t-il à sa monture, qui pilonnait de ses sabots la route au sud de Dumfries. Des nuages de mauvais augure, lourds de pluie, étaient suspendus entre ciel et terre, pendant que des propriétés familières défilaient confusément devant ses yeux.

Les fermes passaient aussi vite que leur nom dans son esprit. *Cargen. Gillfoot. Whinny Hill.* Aucune d'elles n'importait. Il ne voulait voir qu'Auchengray. Ses terres, ses domestiques, ses filles. La propriété de Lachlan McBride. *Voilà* tout ce qui comptait.

Jamais dans ses soixante années d'existence il n'avait été aussi humilié. Par son propre superviseur — son homme de confiance — se liguant avec une crapule comme Jamie McKie, au vu et au su de sa nouvelle femme et de ses fils. La honte qu'il en avait éprouvée fut intolérable. Lachlan cria un juron aux cieux noirs, et ses mots furent avalés par le vent.

L'attelage de la famille était loin derrière lui, maintenant. Il ne se torturerait pas davantage en imaginant leurs conversations. Le dimanche précédent, les cinq étaient arrivés à Lockerbie, et ils s'étaient rendus directement à leurs chambres réservées au Kings Arms. Lachlan ne s'était pas préoccupé de ses agneaux, qui paissaient à un mille de la ville animée. Au milieu de vingt mille moutons, comment aurait-il pu en reconnaître quelques centaines ? C'était le travail de

Duncan de préparer le bétail pour les négociants anglais, en prévision de la vente du lundi.

— Et le mien, de rapporter l'argent, ragea Lachlan en agrippant la lourde bourse sous sa chemise.

Sa colère ne s'apaisa qu'à peine sous son poids. Les agneaux avaient été vendus à un bon prix. Mais que dire des autres, qui avaient pris en secret le chemin de Glentrool?

— *Mes* agneaux, fulmina-t-il en poussant sa monture épuisée devant Kirkconnell. *Mon* argent.

Ce n'était que lorsque Duncan lui avait remis l'état de la recette, la veille, que Lachlan avait appris la vérité. *Reçu pour la vente de quatre cents agneaux…* Duncan n'avait pas bronché, quand Lachlan l'avait accusé de trahison. La moitié des personnes présentes dans la tente des marchands avaient dû l'entendre menacer Duncan de retenir son salaire du terme.

— C't'aussi bien comme ça, lui avait répondu Duncan, d'une voix d'un calme enrageant. J'veux pas d'l'argent d'un homme que j'peux pas respecter.

Livide, autant qu'il était maintenant, il avait hurlé :

— Tu ne travailleras plus un autre jour pour moi!

— J'travaillerai pas pour vous une heure de plus.

Puis, Duncan lui avait tourné le dos. *Tourné le dos.*

Il y avait trop de témoins; Lachlan n'avait pas eu d'autre choix que de laisser Duncan partir. Ce que l'homme avait fait ensuite ne le concernait pas. Qu'il marche les vingt milles pour rentrer à la maison. Au moins, il n'avait pas volé Walloch. Le cheval était à l'écurie du Kings Arms, attendant son maître.

Duncan Hastings se présenterait à Auchengray bien assez vite, son bonnet de laine à la main, le suppliant de le reprendre à son service. Où pourrait-il aller? Lachlan tâcherait de bien l'humilier avant de le réengager. Et il s'assurerait qu'il paie le prix de sa déloyauté.

Jamie paierait aussi pour son crime. Une facture s'élevant au prix de vente de trois cents agneaux serait expédiée sans retard à son neveu. Mieux encore, au père du garçon. Qu'Alec McKie voie la duplicité de son inutile héritier, et sa sœur, Rowena, les voies malhonnêtes de son fils chéri.

Walloch commençait à marquer le pas sur le chemin d'Auchengray.

— Tu ne ralentiras pas, grogna Lachlan. Il est cinq heures, et je n'ai pas déjeuné.

Et que dirait Neda Hastings de la perfidie de son mari ?

Le tonnerre roulait dans le ciel au-dessus d'Auchengray, quand apparut enfin le panneau sur la route. Lachlan se redressa sur sa selle, son amour-propre meurtri se rassérénant peu à peu. N'était-il pas un prospère propriétaire terrien ? Toujours le laird de son domaine ? Quand ses fils et sa femme arriveraient plus tard, il leur rappellerait ces vérités. La clé de son coffre était attachée à *son* cou. À celui de personne d'autre.

Malgré sa surdité, Willie entendit l'approche de Lachlan, car il l'attendait au bout de l'allée. Le vieil homme paraissait nerveux, mais il parvint à s'incliner en chancelant.

— Bienv'nue à la maison, m'sieur.

Lachlan descendit de cheval, ignorant ses articulations raidies, et lui remit les guides.

— Je ne l'ai pas ménagé. Occupe-toi bien de lui, Willie.

Il n'attendit pas la réponse de son employé et marcha tout droit vers la porte d'entrée, heureux qu'il ne lui eût pas demandé où se trouvait Duncan.

Quand Lachlan s'appuya sur la porte, s'attendant à ce qu'elle cède sous la poussée, son épaule se heurta à un obstacle. *Fermée à clé ?* La porte n'était jamais fermée, pour une excellente raison. Qui oserait voler à Lachlan McBride ses possessions terrestres ?

— J'ai c'qu'il vous faut, m'sieur.

Hugh, le valet, était derrière lui sur le parterre, tenant à la main une robuste clé de fer.

— Ça porte chance d'marcher su' le seuil de vot' propre porte en rentrant d'voyage, dit-il.

Lachlan leva les yeux au ciel et arracha la clé des mains de Hugh.

— Mon jour de chance, en effet.

Il déverrouilla la porte, l'ouvrit toute grande et fut surpris de constater que personne n'était là pour l'accueillir.

— Neda ?

Il marcha dans le corridor, persuadé qu'il trouverait la gouvernante au travail dans la cuisine, bien qu'aucun arôme tentant ne l'eût précédé en chemin. Il avait le goût d'une dinde rôtie. Elle pourrait sûrement lui préparer cela au pied levé.

Mais la cuisine était déserte. Pire encore, le foyer était éteint. Il sentit un frisson courir le long de son échine en jetant un regard circulaire sur la pièce abandonnée, où aucune nourriture n'était en vue.

— Neda ? appela-t-il de nouveau, certain d'obtenir une réponse.

Aucune ne vint. Hugh apparut derrière lui, silencieux comme un fantôme.

— J'vous d'mande pardon, m'sieur, mais m'dame Hastings est partie dans sa nouvelle maison.

Lachlan se tourna vers lui brusquement.

— Kingsgrange, m'sieur, dit-il, répondant à sa question muette. Elle est gouvernante là-bas, à c't'heure.

Il fixa son domestique, trop abasourdi pour parler. Si Neda était partie, alors Duncan ne reviendrait pas non plus. La colère et la peur se frictionnaient l'une contre l'autre en lui, comme deux bâtons amorçant un feu.

— Leana ! cria-t-il en colère.

Il traversa la cuisine et sortit par la porte de derrière. Sa fille vivait pratiquement dans son jardin. Elle ne serait pas difficile à débusquer.

Mais Leana n'était ni dans le jardin ni dans le verger. Pas plus qu'Eliza, qui la suivait toujours comme son ombre. Du coin de l'œil, il vit l'une des deux servantes nouvellement arrivées d'Edingham à la demande de Morna. Elle était blottie dans un angle de la maison, comme un faon apeuré, prêt à s'enfuir pour retrouver sa mère.

— Toi, jeune fille, dit-il en lui faisant signe d'approcher. Où sont mes filles ? Et mon neveu ?

— Les McKie sont... p-partis, monsieur.

— *Partis?*

Ses épaules s'affaissèrent comme si le coup de tonnerre qui venait d'éclater dans le ciel l'avait atteint à la poitrine.

— Veux-tu dire qu'ils sont partis pour de bon?

Il ne put dire si la servante hochait la tête pour confirmer ou si c'était la peur qui la faisait osciller. Jamie et Rose étaient en route pour Glentrool, de toute évidence. Emportant ses agneaux et leur bâtard.

— Et Leana, alors? Où est ma fille aînée?

— Elle... elle...

Irrité, Lachlan l'interrompit.

— Elle *quoi*, jeune fille? N'arrives-tu pas à dire deux mots?

— Elle... mam'zelle McBride... est partie. Avec les autres.

De lourdes gouttes de pluie commencèrent à s'abattre sur ses bottes poussiéreuses, tandis qu'il regardait la domestique, incrédule.

— Je n'ai été parti que *trois* jours, et toute ma maison s'est déjà dispersée?

— Les domestiques aussi, m'sieur. Annabelle. Et Eliza.

Elle baissa la tête, comme si elle avait honte d'être la messagère de toutes ces mauvaises nouvelles.

— Vos filles ont dit qu'les servantes étaient la seule dot qu'vous leur aviez donnée.

Ravalant un juron, Lachlan la laissa debout sous la pluie et marcha à travers la cuisine vacante, ignorant son estomac grondant. Morna rentrerait bientôt et s'occuperait du dîner. Il trouva une bougie et l'apporta dans le petit salon obscur, qui l'accueillit avec ses odeurs familières de livres, de cuir et de whisky. Par la fenêtre, il vit le ciel sombre et la pluie qui se déchaînait.

Il se déplaça lentement dans la pièce, plissant les yeux dans l'obscurité pour mieux voir, tenant la chandelle bien haute. Quand la maigre lumière tomba sur le foyer à ses pieds, il s'immobilisa, étonné par l'étrange construction qu'il y vit. Des pierres et du verre étaient soigneusement empilés, comme s'ils attendaient d'être embrasés par une flamme. Sauf qu'ils ne brûleraient jamais ni ne réchaufferaient sa maison.

Un feu de pierre.

Les entrailles de Lachlan commencèrent à se contracter. Une coutume superstitieuse connue des gens de la campagne, destinée à porter malheur au maître. Qui pouvait avoir fait cela ? Willie connaissait les anciens rituels, mais il n'aurait jamais osé proférer un sort contre son maître ; Leana ne croyait pas à de tels procédés.

Il regarda le feu factice avec une appréhension croissante. Lillias Brown s'était-elle introduite dans la maison ? Cette pensée fit se dresser les poils le long de sa nuque. Non, la sorcière n'aurait jamais osé.

Rose. Elle seule était assez impudente.

— Ma propre fille.

Il expira les mots, sans vraiment y croire. Regardant la fenêtre, il imagina Rose en train de sauter, comme le voulait la coutume. C'était donc elle qui avait fermé la porte à clé. Pour lui porter malheur. *Ma propre fille indigne. Ma déloyale Rose.*

D'un coup de pied, il défit le feu de pierre maudit, dans l'espoir de détruire tout pouvoir dont il aurait pu être investi. Quand il se pencha pour prendre la pierre la plus lourde, son argent s'échappa de la poche de sa chemise et tomba lourdement sur le plancher.

Il ramassa la bourse en peau de daim, puis soupesa la pierre et l'argent dans chaque main, comme s'il figurait la balance de la justice.

— Et tu m'as maudit, fille ? Tu as osé maudire ton propre père ?

Consumé par la rage et une douleur trop vive pour être contenue, il lança la pierre de toutes ses forces, fracassant la vitre du petit salon. Des éclats de verre volèrent sur le plancher, et la pluie s'engouffra par l'ouverture irrégulière.

— Lachlan !

C'était Morna dans l'embrasure de la porte, le visage consterné.

— Que se passe-t-il ? Nous venions tout juste d'entrer...

Elle regarda les pierres et le verre empilés à ses pieds, la vitre brisée sous la fenêtre, puis leva les yeux pour chercher son regard.

— Mais qu'est-ce...

— Ma maison a conspiré contre moi.

À mesure qu'il énumérait la liste de ceux qui avaient déserté Auchengray pendant qu'ils étaient au marché de Dumfries, la figure normalement rougeaude de Morna devint aussi blanche que la chaux.

— Nous aurons besoin d'une nouvelle gouvernante, ma femme. Et Malcolm succédera à Duncan comme superviseur d'Auchengray.

Il respira profondément, son cœur recommençant à battre normalement. Quoique quatre membres de sa famille eussent quitté son toit, quatre nouveaux en avaient franchi le seuil. Pas de perte, en somme, sur ce plan. Pour les autres, ce n'étaient que des domestiques. Donc remplaçables.

Lachlan fit un geste en direction du verre brisé.

— Demande à Willie de balayer ça, je te prie. Et qu'il obture la fenêtre avec une planche.

Pendant que Morna sortait précipitamment pour trouver Willie, Lachlan se versa un verre de whisky et s'assit lourdement dans son fauteuil, encore moulu à la suite de sa longue chevauchée sur Walloch.

— À ta santé, Rose.

Il leva la coupe d'étain vers le foyer, puis la vida imprudemment d'une seule traite. Le liquide lui brûla l'intérieur. Ayant l'estomac vide depuis le petit-déjeuner, Lachlan sentit la puissante liqueur agir en lui avec toute sa force.

— Monsieur McBride..., je veux dire, père ?

Malcolm était là où se trouvait sa mère quelques instants auparavant.

— Mère a dit que je deviendrais le... superviseur ?

Lachlan le dévisagea.

— Crois-tu être à la hauteur de cette tâche, garçon ? C'est une lourde responsabilité pour un jeune homme qui n'a vu qu'une vingtaine d'étés.

Malcolm redressa les épaules, son amour-propre piqué au vif.

— Je le serai, monsieur. Tiendrai-je aussi les livres de comptes ?

— Non.

Lachlan agita un doigt dans sa direction.

— Ce sera à moi de le faire. Et de compter l'or.

Malcolm fit un autre pas dans la pièce.

— Ajouterez-vous la recette de la vente des agneaux à votre coffre, oncle ?

Lachlan se leva avec quelque effort. Une main reposait sur sa bourse, l'autre tenait la clé autour de son cou, alors qu'il pivotait vers son bureau.

Le coffre avait disparu.

Parti.

Comme un homme qui venait d'être atteint par une balle, Lachlan resta là, stupéfait et immobile.

— Père..., où est...

Jamie. Il s'éclaircit la gorge.

— Volé. Jamie.

— Votre *neveu* ?

Malcolm fut à ses côtés immédiatement.

— Croit-il que nous ne nous lancerons pas à sa poursuite ? C'est aussi notre argent. Et celui de mère.

Lachlan se secoua pour revenir à lui, comme s'il s'éveillait d'un sommeil drogué.

— Bien sûr, nous irons le retrouver.

Il sortit en trombe dans le corridor où se trouvaient Gavin et Ronald. La colère se lisait sur leur visage aussi. Ils avaient tout entendu.

Willie tourna le coin en claudiquant, un balai à la main.

— Dois-je balayer la vitre, m'sieur ?

— Pas maintenant. Il nous faut de nouvelles montures.

Lachlan hocha la tête en direction de ses fils.

— Quatre chevaux.

Morna allait et venait près la porte d'entrée en agitant les mains dans les airs.

— Je vous ai confié notre or, mon cher...

— Je le sais bien, dit Lachlan en ravalant sa bile. Demain à la même heure, nous l'aurons récupéré.

Moins d'une heure après, les McBride chevauchaient au grand galop en direction de Haugh of Urr, déjà épuisés par une longue journée de déplacement, et maintenant, détrempés par la pluie incessante. Apparemment, Jamie et ses femmes — avait-on déjà vu un homme avec autant de jeunes femmes à sa traîne ? — se dirigeaient vers Glentrool dans le chariot loué à Jock Bell. Ils ne pouvaient passer par d'étroits sentiers. La route militaire était le seul choix plausible pour un voleur alourdi par un coffre plein d'or.

Quand ils atteignirent la route menant à Edingham, cinq milles plus loin, Malcolm cria dans la pluie.

— Vous avez encore une centaine d'agneaux dans notre vieux pâturage, père. Jamie n'a pas repris ceux-là.

L'humeur de Lachlan s'améliora un peu à cette annonce.

— Bien sûr qu'il ne l'a pas fait, hurla-t-il dans la pluie, éperonnant sa monture de plus belle.

Quand ils eurent atteint l'auberge Three Thorns, à Carlinwark, les hommes et les chevaux étaient trempés jusqu'aux os, affamés et épuisés. Après avoir avalé une soupe, les garçons s'affaissèrent sur leur matelas et s'endormirent tout de suite. Lachlan regarda les murs grossiers, les planchers nus, les fenêtres sans rideaux, et regretta son petit salon, avec son lit confortable et sa carafe de whisky.

Mais surtout, c'était l'absence de son coffre qui le minait. Il le voulait. Il en avait besoin. Sa fortune — oui, son avenir même — résidait dans cette boîte de pin.

Son neveu ne méritait rien. Pourtant, il avait tout emporté.

Mes filles. Mes petits-enfants. Mon or.

Lachlan parvint enfin à s'endormir, des idées de vengeance alimentant ses rêves. Le Tout-Puissant s'assurerait que justice fût faite. Et ce que Dieu ne ferait pas, Lachlan était prêt à s'en charger lui-même.

— Dieu parle dans les rêves.

Il murmurait à part lui, récitant d'anciennes paroles.

— Dans le rêve, marmonna-t-il, dans la vision de la nuit, quand le profond sommeil s'abat sur les hommes.

Un sommeil profond s'abattit sur Lachlan McBride. Quand il se réveilla, ce qu'il ressentait était une terreur sans nom. Et de la rage.

— Nous allons à Glentrool, dit-il à ses fils, qui avalaient rapidement leur petit-déjeuner. En passant par Twyneholm et Gatehouse.

Il ne leur en dirait pas davantage. La voix de tonnerre qu'il avait entendue dans la nuit ne pouvait être ignorée, mais son rêve, étrange et terrible, n'était l'affaire de personne d'autre que lui.

Malcolm se cala dans sa chaise et dit :

— Nous n'aurons aucun mal à rattraper un homme avec une carriole remplie de femmes.

Lachlan se leva, impatient de partir.

— Ce ne sont pas les femmes qui m'importent.

Chapitre 60

Dépositaire d'un secret que tu ne dois pas révéler !
— George MacDonald

Rose attendait sur les pavés ronds à l'extérieur de l'auberge Murray Arms, coiffée de son bonnet, prête à entreprendre une promenade matinale avec sa sœur. Cachée dans son réticule se trouvait une surprise pour Leana. Dissimulée sous son plaid, il y en avait une autre, bien plus considérable, pour l'église de la paroisse. À cette heure-ci, son père savait sûrement que son coffre avait été volé. Elle ne pourrait se défaire des preuves incriminantes assez vite.

La porte de l'auberge s'ouvrit, et Leana apparut.

— Désolée de t'avoir fait attendre, Rose. Y a-t-il un endroit que tu aimerais que nous visitions ?

Rose lui prit le bras et l'entraîna avec elle.

— Oui, il y en a un.

De minces volutes de fumée adoucissaient les couleurs vives des portes, et l'odeur du cuir et des grains baignait tout le village. Des travailleurs marchaient d'un pas pressé, les uns à la filature de coton, les autres à la tannerie ou à la brasserie.

— L'aubergiste dit que la filature Birtwhistle emploie plus de trois cents personnes et que le village compte plus d'une douzaine d'ateliers.

Rose jetait des regards curieux par les portes ouvertes en descendant la rue, dont la surface graveleuse était encore mouillée des pluies de la veille.

— Tu vois, Leana ? dit-elle enthousiaste. Des bas, des gants, des chaussures et toutes sortes d'articles de coton.

Elle attira sa sœur dans une mercerie, où des rouleaux de coton et de laine de tous les coloris garnissaient les étagères de bois. Les émanations de teinture lui piquaient les yeux et les faisaient pleurer.

— Une mesure de tissu pour une nouvelle robe, qu'en dis-tu ?

Leana la regarda tristement.

— Mais, ma chérie, tu sais que je n'ai pas un penny sur moi.

Rose passa son mouchoir sur ses yeux, dissimulant son sourire.

— J'ai un peu d'argent à dépenser.

Elle défit les cordons de sa bourse et en sortit une poignée de pièces.

— Achète ce qui te plaira.

La somme était suffisante pour acquérir plusieurs verges de coton tissé d'un bleu sourd.

— C'est exactement la couleur de tes yeux, dit Rose, qui attira Leana près de la fenêtre de la boutique, où elle leva l'étoffe pour comparer. L'accord est parfait, dit-elle.

Pendant que l'employé nouait le paquet avec de la ficelle, Rose payait le propriétaire avec l'argent de Lachlan. Une douce revanche pour l'argent de la robe de Leana, que son père lui avait arraché à son retour de Twyneholm. Rose avait aussi déposé quelques shillings dans un tiroir de l'armoire de Meg, qu'elle trouverait un jour et qui tomberait à point nommé. À quoi cela servait-il d'avoir de l'argent, si on n'en donnait pas un peu ?

Leana admira l'étoffe pliée dans ses bras.

— Comment allons-nous l'expliquer à Jamie ?

— Je n'ai rien à expliquer parce que ce paquet n'est pas à moi, dit Rose en la tirant dans la rue.

L'air humide à l'extérieur était inondé de la pâle lumière du matin.

— Et tu n'as rien à expliquer, reprit-elle, parce qu'il n'est pas ton mari et qu'il n'osera pas te demander la provenance de cet argent. Tu vois comme tout sera facile ?

Leana lui tapota la joue affectueusement.

— Ce que je vois, c'est une jeune fille qui aime garder des secrets.

— Mais je n'ai rien à te cacher, ma sœur.

Rose fit passer sa natte par-dessus son épaule, attirant Leana vers le pont enjambant la rivière Fleet.

— Dans un instant, nous serons dans la paroisse voisine. On dit qu'il y avait une vieille église charmante nichée dans les bois. Mais c'est à environ un mille et demi.

Leana ralentit le pas.

— Devrais-je laisser mon paquet à l'atelier, alors? J'ai peur de le tacher pendant notre randonnée à la campagne.

Alors qu'elles battaient en retraite, Leana tira sur le plaid de Rose.

— Pourquoi ne pas laisser cela aussi? suggéra-t-elle. Il fait bien plus doux maintenant que ce matin.

— Non, dit Rose en replaçant le plaid sur ses épaules, qui dissimulait un paquet de la taille d'un poing attaché à sa taille. Il fera plus frais dans les bois.

Les sœurs traversèrent le pont, puis tournèrent devant l'atelier du forgeron, et suivirent un sentier bien battu à travers les bois à flanc de colline. Des frênes, des bouleaux et des chênes le longeaient des deux côtés. Les sons flûtés et sonores d'un pouillot siffleur flottaient sous la coupole de feuilles. Rose ne put distinguer les bandes jaunes caractéristiques sur la tête de l'oiseau, mais son chant était facilement reconnaissable. Elle se pencha vers l'arrière, fouillant du regard les branches de chêne au-dessus de sa tête.

— Chérie…

Leana s'arrêta près d'elle, levant le regard aussi.

— Aurais-tu… pris quelque chose à père?

Rose continua de regarder vers le haut.

— Que veux-tu dire?

— Dans le chariot, j'ai trouvé…

Leana soupira.

— Ce n'est rien, vraiment. Un livre de poésie. Mais il pourrait lui manquer.

— Un *livre*?

Le plaid en glissa presque des épaules de Rose. Si seulement son vol était aussi dérisoire!

— Père se soucie peu des vers, parvint-elle à dire. Je doute même qu'il se rende compte de sa disparition.

Quand ses joues furent suffisamment refroidies, elle se tourna vers Leana, l'oiseau siffleur oublié.

— Devrais-je le lui renvoyer par la poste? demanda-t-elle.

Le rire de Leana était doux, demandait pardon.

— Je suis folle, ne trouves-tu pas? Apprécie ce livre, et je le lirai aussi.

Elle passa sa main au bras de Rose.

— *Ensuite*, nous le renverrons à père, dit-elle.

Rose fut soulagée quand l'église d'Anwoth fut enfin en vue, car son dos la faisait souffrir, et le paquet de pièces lui semblait plus lourd à porter. Enclose dans un muret et entourée d'arbres, la maison de prière, où Samuel Rutherford avait gagné le cœur de ses paroissiens, était un simple rectangle de pierres grises avec un haut clocher au-dessus de la porte et un toit à pente aiguë. Pas une âme en vue en ce tranquille mercredi matin; seuls les bêlements des moutons et les beuglements des vaches les accompagnaient alors qu'elles déambulaient dans le cimetière.

— Elle est bien plus vieille que l'église de Newabbey, fit remarquer Leana, en jetant un coup d'œil à la date ciselée sur le portail cintré — 1627 —, avant que leur regard soit attiré par une grande tombe surélevée.

— Mais qu'est-ce donc? demanda Rose.

Un examen plus attentif du monument richement orné fournit l'explication.

— Ah, voilà! s'exclama Leana. Ce laird de Cardoness avait deux femmes, semble-t-il. Margrat et Christen, dit-elle en faisant courir ses doigts sur l'inscription.

Rose lut leur âge sous les noms.

— Comme elles étaient jeunes quand elles sont mortes! Trente et un et trente-trois ans.

Elle toucha la pierre gravée, froide sous ses doigts.

— Jamie fera-t-il cela, un jour? Construire un tombeau... pour nous deux?

— Quelle pensée morbide! dit Leana, qui passa son bras autour des épaules de sa sœur.

Elle voulut l'entraîner sur le sentier qui les ramènerait au village.

— Je ne te ferai plus visiter de vieux cimetières, jeune fille.

Rose résista, se rappelant l'objet de cette promenade.

— Je te rejoins dans un instant.

Leana abaissa le bras, mais continua de la retenir du regard.

— Pourrais-je t'accompagner pour prier avec toi?

Rose se dégagea de sa sœur et promit qu'elle reviendrait vite.

— Je ne resterai qu'un moment.

Elle entra dans l'église vide et plissa les yeux pour mieux voir dans la pénombre. *Voilà.* La boîte d'aumônes en bois était fermée à clé, mais il y avait une petite ouverture rectangulaire perçant le couvercle. Avec quelques difficultés, elle introduisit le sac de pièces dans l'orifice, essayant de le retenir entre deux doigts le plus longtemps possible. Finalement, elle le libéra, espérant que Leana n'entende pas le cliquetis bruyant de l'or et de l'argent s'écrasant au fond du tronc.

Rose resta immobile et attendit que son cœur ralentisse. Trois petits sacs et la corde de la sorcière étaient tout ce qui restait du trésor de Lachlan. Son lest étant devenu trop léger, le berceau dans le chariot oscillait facilement, et les pièces qui s'entrechoquaient menaçaient de révéler leur présence. Rose avait été contrainte de leur trouver une nouvelle cachette. Maintenant, l'or reposait au fond d'un panier rempli de bas de coton dans leur chambre de l'auberge Murray Arms, hors de la vue de quiconque. De celle de Jamie, en particulier.

Pardonne-moi, cher mari. Quand l'or serait évanoui — très bientôt, si tout allait bien —, Rose voulait croire qu'une douloureuse confession ne serait plus nécessaire.

— Je dois admettre, chère épouse, que nous déjeunons plus tard que je ne l'avais prévu.

Rose prêta peu attention à la nourriture ou à l'heure, tant elle était surprise par l'apparence changée de Jamie. À leur retour de promenade, tâchées de vert et rompues de fatigue, les sœurs avaient trouvé un Jamie aussi en désordre qu'elles. Il avait consacré la matinée à guider ses agneaux sur le pont pour les conduire ensuite dans la prairie au pied de Cardoness. Il avait immédiatement demandé que l'on fasse monter un bain chaud dans leurs deux chambres, ayant l'intention de rendre visite à Murray de Broughton après leur repas. Seule sa plus belle tenue serait à la hauteur.

Jamie n'avait porté son manteau bordé de satin doré qu'une seule fois, auparavant. C'était lorsqu'il avait accompagné Rose à Maxwell Park, à l'occasion d'un déjeuner privé avec le Lord. Elle n'avait jamais oublié l'étoffe somptueuse, vert foncé avec de subtils motifs bordeaux. En l'absence de Hugh, Rose avait arrangé la chevelure de Jamie, ravie de sentir sa douceur soyeuse entre ses doigts. Autour de son cou, la cravate en dentelle faisait ressortir la ligne ferme de sa mâchoire. À sa ceinture pendait son sabre, la marque d'un gentilhomme distingué. Bien qu'Annabelle eût habillé sa maîtresse d'une élégante robe de Damas, Rose n'était que trop heureuse de laisser Jamie faire les frais de la représentation de Glentrool.

L'hôtelier du Murray Arms s'était immédiatement redressé, quand Jamie était apparu ainsi vêtu, ordonnant qu'on leur serve leur déjeuner à deux heures. Assis dans le salon privé tout près de la porte d'entrée, Leana, Rose et Jamie recevaient un traitement royal, alors que la cuisine leur offrait du saumon, de la venaison et de la grouse, assaisonnés généreusement et baignant dans des sauces onctueuses. Leana ne les accompagnerait pas à Cally House — Jamie avait présenté de sincères excuses qu'elle avait acceptées de bonne grâce —, mais elle avait tout de même revêtu sa plus belle robe, pour ce repas.

— À quoi avez-vous consacré votre matinée ? s'informa Jamie.

— À faire de menus achats, répondit Rose en faisant un clin d'œil à sa sœur. Et nous sommes allées prier à l'église.

Le garçon venait de servir le plum-pudding, lorsqu'ils entendirent de l'agitation sur les pavés, à l'extérieur de l'auberge. Des voix fortes, gonflées par la colère, se propageaient sous la porte jusqu'à leur salon réservé, et réclamaient qu'on les laisse entrer.

Des voix masculines. Familières. L'accent des Lowlands.

Rose eut le souffle coupé par la surprise, et sa cuillère se mit à trembler dans sa main.

— *Père!*

Jamie fut debout en un instant.

— Restez assises, leur ordonna-t-il, faisant face à la porte donnant sur le hall d'entrée, la main sur son épée.

Le fracas des talons de lourdes bottes résonnant sur le plancher de chêne s'accordait au rythme de son cœur, qui battait furieusement dans sa poitrine.

— Leana, qu'allons-nous faire?

— Faisons confiance à Jamie.

Les sœurs se prirent la main sous la table, les yeux fixés sur la porte fermée, redoutant le moment où elle tournerait sur ses gonds. Ce fut plutôt Jamie qui l'ouvrit d'un geste décidé.

— Lachlan McBride, je présume.

Une voix sonore, forte et sans peur.

Le père apparut dans l'embrasure, les vêtements couverts de sueur et de la poussière de la route, les mains posées sur les hanches. Derrière lui, formant un mur, ses trois fils. Les épaules larges, le cou épais, le regard mauvais.

— Je suis sûr que tu attendais ma visite, neveu.

Lachlan entra dans la pièce au haut plafond, suivi de près par les garçons.

— Puisque tu t'es enfui comme un voleur dans la nuit...

— Nous sommes partis dans l'après-midi, répondit Jamie d'un ton égal.

— ... en me ravissant mes possessions les plus précieuses.

Quand Rose se mit à pleurnicher, Jamie la regarda par-dessus son épaule. Son message était clair. *N'aie pas peur.* Il se retourna pour affronter son oncle.

— Qu'ai-je emporté qui vous appartenait ?

Rose agrippa la main de Leana alors qu'une sourde douleur s'insinuait dans son ventre. Comme si ses enfants écoutaient et partageaient sa terreur. *Tu ne peux pas savoir, Jamie. Tu ne dois pas savoir.*

— Je vais te dire ce que tu m'as pris.

Lachlan plissa les yeux.

— D'abord, mes filles.

Rose échangea un regard avec sa sœur. Ses mots n'étaient qu'une ruse. Leur père n'avait cure de leur sort.

— Oh, ce sont donc vos *filles* que vous chérissez le plus ?

La voix de Jamie était ironique.

— Dont celle-ci, dit-il en désignant Leana, que vous aviez l'intention de chasser de votre maison sans un shilling ?

Lachlan ne répondit pas immédiatement, le regard fixé sur le fourreau de Jamie.

— C'est donc par ce moyen que tu as contraint Leana à te suivre ? À la pointe de l'épée ?

— Non, fit Jamie, touchant son arme en guise d'avertisse-ment. Leana est venue de son plein gré.

Les yeux gris de Lachlan prirent leur mesure à tour de rôle.

— Si vous aviez convenu de partir tous les trois, pourquoi ne me l'avez-vous pas annoncé ?

— Parce que vous auriez pu vous y opposer, dit Jamie brus-quement. Et tenter de nous arrêter.

— Allons, Jamie.

Le ton conciliant de Lachlan en révélait plus que les mots qu'il employait. Il se jouait de lui. Essayant de prendre l'initiative.

— Je sais que tu as hâte de rentrer à la maison paternelle, reprit-il. Si ma femme et moi avions su que tu te préparais à partir, nous aurions célébré l'occasion par un festin. Nous aurions invité des voisins. Organisé des divertissements.

Rose regarda son père. *Des divertissements ?* L'homme avait-il perdu la raison ?

Jamie parla pour tous les trois.

— Oncle, vous n'avez jamais...

— La moindre des choses aurait été que tu me laisses embrasser mes filles et mon petit-fils, afin que je puisse leur faire mes adieux.

— Foutaise ! dit Jamie. Ian est votre petit-fils, maintenant, et plus seulement un bâtard ?

— Jamie, Jamie.

Lachlan sortit un mouchoir de lin et s'en épongea le front.

— Des paroles si dures alors que je me montre généreux avec toi. Je n'ai pas même parlé des agneaux que tu m'as volés. Près de quatre cents.

Il enfouit le mouchoir dans sa poche, et son regard durcit de nouveau.

— C'est le troupeau d'Edingham qui nous a permis de trouver ta cachette, neveu.

— Exactement, intervint Malcolm.

Son sourire narquois était laid à voir. Condescendant.

— Nous étions en route vers Ferrytown of Cree quand nous avons aperçu les agneaux dans le pré, au pied du château, expliqua-t-il. Ton oncle a reconnu les bergers qui les gardaient, des garçons de Newabbey. C'est ce qui nous a conduits jusqu'ici.

Gavin inclina la tête vers la porte d'entrée.

— Cela et le vieux chariot près des écuries. La servante de mère nous l'a décrit, avant notre départ.

Lachlan leva la main comme s'il s'attendait à ce que Jamie se précipite vers la porte.

— Nous avons déjà fouillé le chariot.

Rose n'y tenait plus. *Seigneur, aidez-moi !* Avait-elle laissé tomber une pièce par mégarde ? Oublié une éclisse du coffre de bois ? Inconscient des peurs qui torturaient Rose, Jamie exprima son étonnement :

— Vous voulez dire que vous avez fouillé mon chariot pour trouver vos *agneaux* ?

— Non, Jamie.

Maintenant, la voix de Lachlan était tranchante comme une lame d'acier.

— Nous cherchions mon coffre. Nous cherchions l'or que tu m'as volé.

Alors que Rose s'effondrait sur sa chaise, Jamie retira son épée de son fourreau et s'écria :

— Comment osez-vous m'accuser ainsi !

Lachlan regarda la lame avec un calme déconcertant.

— Je l'ose parce que mon coffre a disparu en même temps que toi.

Jamie s'approcha, brandissant son arme.

— Pendant que vous étiez à Lockerbie, n'importe qui aurait pu voler votre coffre.

— Ainsi que chacune des trois personnes que j'ai devant moi. Et toi, Jamie, tu es le suspect le plus probable.

Lachlan regarda par-dessus l'épaule de Jamie, un sourcil levé.

— Quoique je suppose que Leana aurait pu s'enfuir avec, pour subvenir aux besoins de son enfant.

— Père, jamais je n'aurais même pensé…

— Ou Rose, qui m'a édifié un beau feu de pierres. Elle aurait pu le prendre par dépit.

Rose était immobile, clouée sur place par le regard de son père, aussi affûté que l'épée de Jamie.

Jamie fit un pas de côté, dérobant ses filles au regard de Lachlan.

— Personne ici n'a volé votre coffre.

Lachlan haussa les épaules.

— Et je devrais te croire sur parole ?

— Pas ma parole, mais mon fer.

Jamie fit un pas en arrière, tenant la garde de son épée sur sa poitrine.

— Si vous trouvez une seule pièce de votre or en notre possession, déclara-t-il solennellement, j'enfoncerai ma lame dans le cœur du voleur.

Non, Jamie ! Une larme coula sur la joue de Rose.

Lachlan les regarda tous les trois à tour de rôle.

— Es-tu à ce point certain qu'aucun d'entre vous n'est le voleur ?

— Absolument certain.

Jamie rengaina son épée.

— Sinon, je ne ferais pas un serment aussi lourd de conséquences. Fouillez nos deux chambres en haut de l'escalier, si vous voulez. Prenez vos fils à témoin. Si vous trouvez de l'or, je tiendrai ma promesse. Mais vous n'en trouverez pas, oncle.

Leana se leva sur-le-champ.

— Fouillez d'abord ma chambre. Venez, je vous y conduirai moi-même.

Elle effleura l'épaule de Rose, puis sortit rapidement de la salle à manger, avec Lachlan et les autres dans son sillage.

Jamie se pencha et sécha d'un baiser une larme de sa femme.

— Je dois aller avec eux, chérie, car je ne fais pas du tout confiance à ces hommes.

— Oui, il le faut, dit Rose en regardant son épée.

Quand son mari apprendrait la vérité, il ne lui percerait pas le cœur. Mais son honneur serait réduit en miettes. Et leur amour, en lambeaux.

— Ne m'attends pas.

Elle se leva sur des jambes qui la supportaient à peine.

— Je serai dans ma chambre…, me préparant pour… leur visite.

— Mon amour, dit-il doucement, l'accompagnant jusqu'à l'escalier, tu n'as aucune raison d'avoir peur. Je n'ai pas volé l'argent de ton père. Lachlan ne trouvera rien dans notre chambre. Je te l'assure.

Chapitre 61

La peur brillait dans ses yeux et pâlissait son visage.
— Alfred, Lord Tennyson

*O*h, *ma chère Rose. Qu'as-tu fait ?*
  Leana était debout au centre de leur chambre d'auberge, Ian dans les bras, Annabelle et Eliza blotties auprès d'elle. Sous leur regard impuissant, Lachlan vidait les malles de leurs robes et les paniers de leur lingerie, sans aucun égard. Il pillerait la chambre de Rose ensuite. Et Leana redoutait ce qu'il pourrait y découvrir.

Sa sœur avait volé l'or de son père. Leana en était presque sûre, maintenant.

Elle ne pouvait s'imaginer par quel moyen elle avait pu commettre un crime aussi audacieux, mais tous les signes convergeaient vers cette désastreuse possibilité. Un berceau rempli de couvertures, jalousement gardé. Ces excursions entourées de mystère dans les églises. Et, hier matin, un réticule plein d'argent.

Quand Jamie avait fait sa terrible promesse, la peur qu'elle avait lue sur le visage de Rose avait fait cesser son cœur de battre.

Pourquoi, chérie ? Pourquoi l'as-tu pris ? Sans le dire à Jamie ? Ces questions devraient attendre. La préoccupation immédiate de Leana était de protéger sa sœur.

— Père, vous pouvez chercher dans notre chambre une autre fois, si vous voulez…

— Je n'ai pas besoin de ta permission, répliqua-t-il sèchement.

Il vida le contenu de son réticule sur le matelas et fouilla avec ses mains malpropres dans ses effets personnels.

— Tu es ma fille, ce sont mes domestiques, et mon argent a payé tout ce qui se trouve dans cette pièce.

— Sauf Ian, dit-elle doucement en le tenant contre elle.

Son père leva les yeux et la regarda sévèrement.

— Tu as payé pour lui, je te le concède. Ce bébé t'a coûté tout ce que tu avais.

Elle protégea les oreilles d'Ian des mots cruels.

— Aucun prix ne saurait être trop élevé.

Les trois fils de Morna — Leana ne pouvait penser à eux comme à ses frères — étaient postés près du foyer, comme des sentinelles, les bras croisés sur la poitrine. La menaçant de leur seule présence.

Quand Jamie apparut sur le seuil de la porte, elle vit Rose se faufiler derrière lui pour aller directement dans leur chambre. Leana hocha la tête vers Jamie, espérant qu'il comprît son invitation muette à entrer, afin d'accorder à Rose un peu de temps pour se tirer d'embarras. *Fais vite, Rose.*

Répondant à son attente, Jamie fit une entrée remarquée dans la pièce, ses vêtements élégants marquant son rang de gentilhomme. À en juger par la moue de Lachlan, le contraste avec sa propre tenue négligée ne lui avait pas échappé.

— Alors, mon oncle, vos recherches semblent avoir été infructueuses.

— Mais je n'ai pas encore fini.

Lachlan ordonna à Gavin de chercher sous le lit, seulement pour en émerger bredouille, quelques instants après, couvert de poussière.

— Allons, continuez de chercher !

Lachlan déplaça de lourds meubles, repassant à des endroits déjà visités, mais en vain.

— Il ne nous reste qu'une chambre à voir, dit Lachlan en marchant devant Jamie. Vous venez, mes fils ?

Dès que les hommes furent dans le corridor, suivis par Jamie, qui ne les lâchait pas d'une semelle, Leana se tourna vers les deux servantes, qui étaient sur le point de s'évanouir.

— Eliza, je voudrais que tu t'occupes d'Ian. Je dois me rendre auprès de ma sœur, et mon fils pourrait être… en danger. Peux-tu faire cela pour moi ?

Eliza hocha la tête et vint prendre l'enfant. Il avait commencé à pleurnicher, effrayé par le vacarme et la présence d'étrangers.

Leana prit la joue d'Ian dans la paume de sa main et lui assura qu'elle reviendrait vite. Puis, elle se dépêcha d'aller rejoindre sa sœur. Peu importaient ses secrets, Leana ne tolérerait pas qu'on la menaçât ni qu'on la maltraitât. Elle n'avait peut-être pas d'épée, mais elle n'était pas désarmée pour autant. *La sagesse est supérieure aux armes de guerre.* Elle combattrait pour sa sœur en employant tous les moyens octroyés par Dieu.

Leana contourna le groupe d'hommes et alla directement à Rose, qui était assise sur une chaise de bois, le dos au mur, le visage blanc comme de la craie. Leana se plaça à ses côtés et prit sa main glacée dans la sienne. *Je suis ici, Rose.*

Quand Jamie voulut rejoindre sa femme, Lachlan étira le bras pour lui bloquer le passage.

— Pas avant d'avoir cherché autour de la chaise.

Il se tourna et regarda partout, sauf à l'endroit précis où Rose était assise — le lit à dais, l'armoire de pin, la table de toilette, leurs deux petites malles, son panier de bas, sa valise de cuir, son réticule fleuri —, comme s'il avait voulu rappeler à Jamie qui était le maître, malgré l'habit.

Sentant l'angoisse de sa sœur, Leana se pencha et murmura :

— Père ne peut te faire de mal, Rose. Je ne le permettrai pas et Jamie non plus.

Quand Rose se tourna vers elle, Leana vit la vérité dans ses yeux. Rose avait volé l'or. Et il était là, dans cette chambre.

— Maintenant, Rose, dit Lachlan en marchant avec assurance vers elle, lève-toi, s'il te plaît. Je veux voir si tu ne caches pas mon or sous ta chaise.

Jamie agrippa l'épaule de l'homme et l'obligea à reculer.

— Ne soyez pas ridicule, oncle. Cette chaise est trop basse pour loger votre coffre.

— Mais il n'est pas important que je le retrouve entier, ni tout son contenu, dit Lachlan en chassant la main de Jamie d'un mouvement d'épaule. Tu as dit que si je mettais la main sur une seule pièce d'or — un seul souverain —, tu enfoncerais le fil de ton épée dans le cœur du voleur. C'est ce que tu as dit, neveu. Une seule pièce.

Alors que Lachlan se tournait vers Jamie, un sourire diabolique s'épanouit sur son visage.

— Honoreras-tu ton serment, neveu ? Pour une seule pièce d'or ?

Non, Jamie ! Leana l'implora des yeux, l'exhortant à comprendre la situation. Mais Jamie ne la regardait pas ; il regardait Rose.

— J'honorerai ma parole.

— J'y veillerai.

Lachlan tendit la main à Rose.

— Debout, Rose.

Elle leva la tête, et un rayon de lumière tomba sur son visage.

— Ne soyez pas en colère contre moi, père. Je crains de ne pouvoir me lever.

— Tu ne peux pas ? demanda-t-il, incrédule. Ou tu ne veux pas ?

— Je ne peux pas.

Rose s'humecta les lèvres, ses yeux commençaient à briller de larmes.

— Pardonnez-moi, mais j'ai... C'est-à-dire..., parce que je suis enceinte...

Lachlan lui jeta un regard noir.

— Je suis le père de deux filles. Le corps féminin n'est pas un mystère pour moi, Rose.

— Père, s'il vous plaît !

Le visage de Rose devint écarlate, ainsi que celui de Leana.

— Pas... ici. Pas avec...

Les deux femmes baissèrent le regard, atterrées à l'idée qu'un tel sujet puisse être abordé dans une pièce remplie d'hommes.

— Très bien, dit-il.

Il fit un geste de la main comme pour balayer leurs scrupules.

— Leana, ordonna-t-il, examine le plancher sous la chaise de ta sœur. Si tu dis qu'il n'y a pas d'or à cet endroit, je serai satisfait. Tu n'es pas assez brave pour me mentir.

Jamie se porta à sa défense.

— Leana est très courageuse. Pourtant, elle ne mentirait sous aucun prétexte. Et cela ne sera pas nécessaire.

Il inclina la tête vers la chaise de Rose.

— Leana, dit-il, cherche pour nous, afin de prouver que ton père est dans l'erreur.

Leana se pencha aussi gracieusement qu'elle le put. Elle souleva l'ourlet de la robe de Rose, priant pour être capable de dire la vérité devant Dieu et les hommes.

— Rien, dit-elle.

Elle ne put dissimuler son soulagement.

— Rien que le plancher de chêne poli.

Elle se redressa en relâchant le vêtement de sa sœur, avant de lui reprendre la main, qui lui semblait déjà plus tiède.

— Il semble que Jamie avait raison. Et que vous, père, étiez dans l'erreur.

Lachlan hésita, mais pas longtemps.

— Je ne crois pas que tu dises la vérité.

Il s'avança, prenant le coude de Leana pour l'écarter du chemin, tout en lançant sa main libre vers Rose.

— Et si je regardais moi-même…

— *Non !*

Le sabre de Jamie était au clair.

— *Vous ne toucherez pas à ma femme !*

Chapitre 62

Je n'ai pas de mots :
Ma voix est dans mon épée.
— William Shakespeare

— De quelle épouse parles-tu, Jamie ? De Leana ou de Rose ?
Jamie étendit lentement sa lame jusqu'à ce que sa pointe effleure le cou de Lachlan.

— Ne touchez ni à l'une ni à l'autre.

Se redressant, Lachlan recula d'un pas pour regarder l'extrémité effilée de l'arme.

— Peut-être me comprends-tu mal, Jamie. Je n'ai aucun désir de maltraiter mes filles. Je ne veux que récupérer mon or.

Jamie manœuvra son épée, jusqu'à ce que sa pointe se loge dans un trou de bouton à la hauteur du cœur de Lachlan.

— Nous n'avons pas volé votre or. Et vous le savez bien.

La poitrine de Lachlan se gonfla, le provoquant d'enfoncer sa lame, s'il osait.

— Tu dois d'abord m'en convaincre, neveu.

Jamie serra plus fort la garde sculptée.

— Quel tort vous ai-je fait, pour que vous me traquiez comme un voleur ? demanda Jamie en appliquant un peu plus de pression sur son épée. Quel crime ai-je commis ? Quelle loi ai-je enfreinte ?

Jamie fit un geste circulaire de la main gauche pour embrasser le désordre de la chambre, sans cesser de tenir fermement son épée.

— Vous avez cherché ce qui vous appartenait, n'est-ce pas ? Dans chaque malle, chaque pièce de vêtement. Montrez-moi quelque chose qui vous appartienne.

Jamie regarda les trois frères, qui restaient immobiles près du mur éloigné, fumant comme de la tourbe. Voyaient-ils eux aussi la fausseté des accusations de Lachlan? Ou attendaient-ils leur tour, ne demandant qu'une occasion pour brandir le poignard dissimulé dans leur botte? Jamie reporta son attention sur Lachlan, refusant d'être intimidé par leur présence.

— Ces garçons sont votre famille, maintenant. Laissons-les juger qui de nous deux a tort et qui a raison.

Même dos au mur, Lachlan ne céderait pas.

— *Je* suis celui qui a été lésé en ce jour.

— En *ce jour*? Oncle, vous ai-je causé du tort ces *deux dernières années*?

La rage qui bouillait en Jamie pouvait difficilement être contenue.

— Deux années à tolérer votre duperie. Deux années à garder vos troupeaux sans salaire. Dans le froid, dans la chaleur, d'une étoile à l'autre, et ce n'était jamais assez pour vous. *Jamais!*

— S'il te plaît, Jamie.

C'était la douce voix de Leana derrière lui.

— Non, jeune femme.

Le bras de Jamie se mit à trembler et sa voix aussi.

— Je ne serai pas clément quand on ne l'a pas été à mon égard.

Malcolm fit un pas en avant.

— Cousin, je…

Jamie le réduisit au silence d'un geste de la main.

— Cette querelle m'oppose à mon oncle.

— Voyons, fit Lachlan en levant le menton. Cette querelle ne t'oppose qu'à toi-même.

— Non, répliqua Jamie, qui fit tourner la pointe de son épée.

Un bouton du manteau de Lachlan se détacha et vola contre le mur.

— Cette dispute m'oppose à vous et à personne d'autre.

D'un geste vif et précis, Jamie arracha un autre bouton, puis un autre encore, comme si Lachlan était un général destitué, qu'il dépouillait de ses médailles.

— J'ai travaillé pour obtenir la main de Rose, pourtant vous nous avez trompés tous les trois.

Un autre bouton alla choir au plancher.

— J'ai choisi les agneaux à la place de l'argent, continua-t-il, pourtant vous avez voulu garder les deux.

Un bouton ricocha sur le sol.

— Vous êtes le voleur, Lachlan McBride.

Les yeux de Lachlan se rétrécirent.

— Mais tu m'as volé aussi. Mes filles, mes agneaux, mon or...

— Je n'ai pas volé votre or.

— Jamie! S'il te plaît, arrête...

En dépit du sang qui bouillait dans sa tête, la voix plaintive de Rose attira son regard. Elle était affaissée sur sa chaise, le visage ravagé par les larmes. *Oh, jeune fille. Ma colère n'est-elle pas justifiée?* Il lutta pour calmer sa voix.

— Qu'y a-t-il, Rose?

— Je suis...

Elle détourna le regard.

— Il est... encore... notre père.

— En effet.

Lachlan tira les revers de son manteau, délogeant la lame tenue d'une main moins ferme.

— Je me battrais volontiers en duel contre toi, James, et mes trois fils sont prêts à être mes témoins. Toi, par contre, tu n'as aucun second.

— Et vous n'avez pas d'épée.

Jamie rengaina son arme, qui rendit un son plaisant en retrouvant son fourreau. Un duel n'était pas nécessaire. La victoire était déjà remportée. Toujours aussi avare, Lachlan s'assura de récupérer tous ses boutons sans faire de commentaire et il les mit dans une poche de son manteau. Quand il se redressa devant Jamie, ses traits étaient durs et résolus.

— Même si nous avions quatre sabres, je ne pourrais en plaquer un sur ta gorge.

Jamie ne put cacher son dépit.

— Ne prétendez pas que ma vie vous importe.

— Ce ne sont pas de doux sentiments à ton égard qui retiennent mon bras, neveu. Je t'égorgerais sans regret, s'il n'en tenait qu'à moi. Mais je ne le peux pas.

D'un geste brusque, il congédia le trio, à qui il demanda de descendre afin de trouver de la bière tiède.

L'atmosphère lourde dans la pièce se détendit considérablement avec le départ des garçons. Rose assécha ses larmes, mais ne quitta pas sa place, et Leana semblait respirer plus calmement. Les frères n'avaient dit que peu de choses, pourtant leur présence seule constituait un rappel de la supériorité numérique du parti de Lachlan.

— Je suis intrigué, oncle, dit Jamie, se croisant les bras sur la poitrine. Pourquoi n'avez-vous pas pressé votre avantage quand vos fils étaient présents ? Est-ce parce que vous n'avez pas trouvé de preuves de vos accusations fantaisistes ?

Les yeux gris de Lachlan se voilèrent un moment, comme s'il réfléchissait à quelque chose. Quand il parla enfin, sa voix paraissait résignée.

— Je n'avais pas le choix, en l'occurrence. Bien que je ne te porte aucune affection, Jamie, il est un Être pour qui tu comptes. Et il ne veut pas qu'on te fasse de mal.

Jamie fixa l'homme, rendu confus par ses dernières paroles.

— Avez-vous eu des nouvelles... de mon père ?

— Non.

Lachlan rougit légèrement.

— J'en ai eu du Dieu de ton père. Il m'a parlé hier. Dans un rêve.

Leana resta interdite.

— Vraiment ?

Lachlan haussa les épaules, clairement embarrassé par cet aveu.

— Quand je me suis réveillé à l'auberge Three Thorns, les mots du Tout-Puissant étaient gravés dans ma mémoire.

Il évita son regard, avant d'ajouter :

— Je crois que tu as déjà fait... de tels rêves.

— En effet. À deux reprises.

Le cœur de Jamie battait très fort. Était-ce possible ? Dieu était-il vraiment intervenu en sa faveur ? Leana pressa doucement son père d'en dire davantage.

— S'il vous plaît, dites-nous ce que vous avez entendu.

— Un avertissement, voilà ce que j'ai entendu.

Lachlan leva les yeux, et un éclair de colère brillait dans ses yeux.

— Il m'a été dit de ne pas te faire de mal. Ni de faire obstacle à ton voyage. C'était bien mon intention de faire ces deux choses.

Jamie acquiesça d'un léger signe de tête, luttant afin de trouver les mots justes pour exprimer une vérité de plus en plus difficile à nier.

— Dieu a été avec moi... depuis le début. Même quand j'étais à Auchengray..., même lorsque je souffrais sous votre joug.

Jamie laissa tomber ses mains, sa douleur diminuait déjà.

— Il était toujours avec moi.

— Cela semble être le cas.

Lachlan consulta sa montre, son intérêt pour cette conversation diminuant visiblement.

— Tu ne retiendras pas cette accusation contre moi ?

— Je ne le ferai pas, lui assura Jamie, surpris de la facilité avec laquelle il le dit.

Ses jours de lutte contre Lachlan McBride étaient terminés ; seul le futur importait, maintenant.

Son oncle était déjà à mi-chemin de la porte.

— Alors, nous nous en irons, mes fils et moi. Nos affaires ici sont terminées.

Tandis que le bruit des pas de Lachlan faiblissait dans l'escalier, Rose parla.

— Jamie ? Pourrais-tu faire quelque chose... pour moi ?

Il se tourna vers elle, remarquant tout de suite son expression douloureuse. Était-elle réellement incapable de se lever ?

Était-elle malade ou simplement bouleversée? Jamie s'approcha et s'agenouilla près de sa chaise.

— Quelle épreuve cela a dû être pour toi, jeune fille.

Il embrassa sa joue douce, enveloppa dans les siennes ses mains glacées.

— Y a-t-il quelque médecine dont tu aurais besoin?

Levant les yeux vers Leana, il fut frappé par l'inquiétude qu'il lisait dans son regard.

— Quelque chose, reprit-il, que ta sœur pourrait te préparer?

— Non, pas maintenant, répondit Rose. Mais... s'il te plaît, assure-toi que père s'en retourne à la maison... et qu'il ne nous suive pas.

Elle déposa un baiser rempli de ferveur sur ses mains.

— Je ne pourrais supporter de devoir constamment regarder par-dessus mon épaule jusqu'à Glentrool, craignant sa vengeance. Peux-tu conclure une paix quelconque avec lui? Père a dit qu'il ne te ferait aucun mal, mais ses fils n'ont pas fait une telle promesse.

— Sagement dit, Rose.

Jamie se leva, ajustant son gilet.

— Je vais le rejoindre à l'instant même, afin de calmer tes peurs.

Quand Jamie atteignit le pied de l'escalier, Lachlan n'était nulle part en vue. Sur une petite table, près du vestibule, se trouvaient trois verres de bière vides, dont les parois étaient toujours humides. Les garçons ne pouvaient être loin. Jamie se hâta de sortir, déterminé à renvoyer les quatre hommes à l'est sur leurs chevaux. Il se remettait entièrement entre les mains du Tout-Puissant. Car il ne faisait confiance ni à son oncle ni à ses cousins.

Encouragé par la vue des trois trotteurs français près de l'entrée de l'auberge, Jamie approcha du garçon d'écurie, lui offrant un penny avant de le questionner.

— As-tu vu leurs cavaliers? Trois garçons avec des cheveux couleur d'argile?

— Je les ai vus.

Le garçon costaud sourit, empochant sa pièce.

— Y z'ont dit qu'y z'allaient s'promener dans l'village avant d's'en aller. Su' la rue principale, y a deux ou trois minutes de ça.

— Y avait-il un homme plus âgé avec eux?

— Avec un regard mauvais? Ouais, y sont partis ensemble.

Alors que Jamie déambulait dans la rue animée vêtu en Lord, plusieurs villageois se découvrirent sur son passage. Ses atours l'avaient bien servi. Même s'il n'avait pas eu la chance de rendre visite à Murray de Broughton, Jamie avait pu affronter Lachlan McBride en position de supériorité.

Le ruban de cottages et de boutiques se déroulait sur les bords de l'eau, où il aperçut les trois frères. Ils étaient penchés au-dessus du parapet du pont de pierres du Fleet, jetant des cailloux en bas. Lachlan était avec eux, gesticulant et vociférant, toujours en colère de n'avoir pas retrouvé son or. Jamie plaignait le malheureux qui le lui avait volé, car Lachlan serait sans merci.

— Messieurs, les salua Jamie en approchant d'eux.

Sa main était éloignée de son épée, afin qu'ils ne se méprennent pas sur ses intentions.

— Je me demandais si je pouvais vous toucher un mot avant votre départ.

Ronald se redressa pour lui faire face.

— Ne nous avez-vous pas jeté assez de mauvaises paroles au visage, cousin?

— Elles ne vous étaient pas destinées, Ronald.

Jamie hocha la tête en direction des autres.

— Ni à vos frères.

Il ne regarda pas Lachlan, toutefois.

— Je voudrais m'assurer que nous nous séparions… en termes convenables.

Malcolm lança un caillou dans l'eau plus vivement que nécessaire.

— Les seuls termes qui nous intéressent sont ceux qui nous rendront notre or.

— J'aimerais aussi connaître ce voleur, car je vous le livrerais volontiers.

Jamie était sincère et espéra être cru.

— Duncan Hastings ne se serait jamais abaissé à commettre pareil crime, ajouta-t-il.

— Il avait un bon motif de me voler, grommela Lachlan, car j'ai refusé de lui payer son salaire du terme.

Jamie accusa le coup. *Pauvre Duncan.* Quand il arriverait à Glentrool, il enverrait à l'homme suffisamment d'argent pour le dédommager de ses pertes.

— Duncan aurait eu plusieurs occasions de s'emparer de votre argent au fil des ans, et il n'a jamais fait main basse sur un seul penny. Ce n'est pas un voleur, et vous le savez bien.

Lachlan demeura sombre et silencieux.

— Willie n'a pas le cran de faire une chose pareille, continua Jamie, pas plus que Hugh. Quoi qu'il en soit, si l'un de vos domestiques avait commis un acte aussi insensé, il se serait enfui d'Auchengray sans demander son reste. Les deux hommes étaient toujours là quand vous êtes rentrés, n'est-ce pas?

— Ils y étaient, dit Gavin sèchement. Puisqu'il apparaît que vous n'êtes pas le coupable, il ne nous reste qu'à rentrer à Newabbey afin d'informer le shérif du vol.

Jamie présenta sa main ouverte.

— Que le Seigneur veille sur vous et sur votre voyage de retour, tout comme je souhaite qu'il nous protège jusqu'à Monnigaff.

Un par un, les trois frères serrèrent de mauvaise grâce la main tendue. Avec le visage fermé et un regard méfiant.

— Je veux ta promesse que mes filles seront bien traitées, dit brusquement Lachlan.

— Vous pouvez en être assuré, oncle.

Bien mieux que vous les avez traitées vous-même.

Le front de Lachlan s'assombrit.

— Et je ne te permettrai pas de répudier ma fille pour en épouser une autre.

— Je n'aurai jamais d'autre épouse que votre fille, lui assura Jamie.

— Quand tu franchiras ce pont pour t'en aller vers l'ouest, demain, dit Lachlan en donnant un coup de poing sur le parapet, ne reviens plus sur tes pas pour me causer du tort. Et nous ne le traverserons pas non plus pour te poursuivre.

Jamie contint son sourire. C'était précisément l'assurance que Rose lui avait demandé d'obtenir.

— Le Dieu de mon père m'étant témoin, nous irons chacun notre chemin, demain matin.

Lachlan ne voulut pas lui serrer la main, mais il soutint son regard. Jamie y vit une étincelle de peur. Peu importe ce que Lachlan avait entendu ou vu dans son rêve, le Tout-Puissant avait laissé son empreinte dans l'âme de l'homme.

— Venez, dit Jamie, indiquant l'auberge du geste. Vous avez voyagé tout le jour et n'avez pris rien d'autre qu'un verre de bière pour étancher votre soif. Laissez-moi vous offrir un bon dîner et une chambre convenable pour la nuit. À mes frais.

Devant le regard suspicieux de Lachlan, Jamie ajouta immédiatement :

— C'est l'argent de mon père qui paiera votre repas. Pas le vôtre.

Jamie les précéda sur le chemin du Murray Arms. Il savait qu'il devrait verrouiller sa porte et surveiller sa bourse, jusqu'à ce que les quatre hommes disparaissent de sa vue, le lendemain matin.

Chapitre 63

Le matin ! Il est la source de tous les soupirs,
Le visage même qui nous attriste.
— Thomas Hood

Quand Leana entendit les coups discrets frappés à sa porte, elle tourna la clé, ignorant la mise en garde faite la veille par Jamie : « N'ouvre ta porte à personne. » Le cognement timide ne pouvait qu'être celui de sa sœur. Et il y avait beaucoup de choses dont elles devaient discuter.

Rose était dans le corridor, déjà habillée pour la journée. Des cernes noirs autour de ses yeux indiquaient un sommeil troublé.

— Leana, voudrais-tu te joindre à moi pour le petit-déjeuner ? Bien sûr, il n'est que six heures et…

Leana pressa un index sur ses lèvres, en jetant un regard aux servantes assoupies derrière elle et à Ian, qui dormait à poings fermés dans son berceau.

— Sortons d'ici, car ils ne regretteront pas notre absence pendant au moins une heure.

Le personnel de la cuisine accueillit ses premiers invités de la journée avec des scones chauds tout juste sortis des fours de brique, et du miel en pot, riche et crémeux. Leana se servit des fruits tranchés au buffet et en prit aussi pour Rose, pendant que des tasses de thé fumant étaient apportées par un serveur aux yeux encore lourds de sommeil.

— Leana, il y a quelque chose que je ne peux garder pour moi.

Rose se pencha vers la table, ignorant son petit-déjeuner, le regard errant dans la pièce vide.

— Hier…, quand je ne pouvais me lever de ma chaise…, quand je…

Leana attendait, certaine de ce qui allait suivre.

— Je ne pouvais me lever parce que...

Les yeux de Rose commencèrent à s'embuer de larmes.

— Parce que j'avais peur que... quelque chose n'aille pas avec... mes bébés.

Leana cligna des yeux.

— Tu veux dire que cela n'avait rien à voir avec l'or de père ?

— Non ! Non !

La voix de Rose était tendue comme une corde de violon.

— Je souffrais, affirma-t-elle. Et quand j'ai changé ma chemise de coton, ce matin, j'ai trouvé...

— Oh, Rose !

L'or oublié, Leana étendit la main au-dessus de la table afin d'essuyer la larme sur la joue de sa sœur, espérant que son intuition l'avait induite en erreur.

— Était-ce... du sang ?

Rose émit un petit sanglot, puis hocha la tête.

Dieu, aidez-nous ! Leana fit glisser sa chaise de côté, puis posa la main sur le bras de Rose.

— Écoute-moi, ma chérie. Être trimbalée dans un chariot et escalader les escaliers des auberges ne sont pas des activités appropriées pour une future mère. Il n'est pas étonnant que tu saignes un peu.

Rose leva des yeux où l'espoir semblait renaître.

— Tu as eu ce problème aussi ?

Leana aurait fait n'importe quoi pour réconforter sa sœur, mais elle ne pouvait se résoudre à mentir.

— Cela ne m'est pas arrivé. Mais ce n'est pas inhabituel, Rose. Et il y a des mesures que l'on peut prendre pour protéger tes enfants. Laisse-moi parler au cuisinier.

Quelques instants plus tard, Leana revint à table, rapportant une tasse de thé à l'arôme citronné.

— Mes espoirs n'ont pas été déçus. Le chef collectionne les plantes, comme moi, et conserve de l'ortie sèche dans son officine. C'est le meilleur remède pour alléger les saignements d'une femme.

Rose fit la moue.

— Tu parles de l'ortie avec laquelle on confectionne les filets de pêche et les serviettes de table ?

— Et la soupe aux orties. Une plante des plus utiles.

Leana lui prit le bras, essayant de paraître calme, bien que son cœur battît très fort.

— Bois, Rose. Je crois que cela t'aidera.

Rose prit le breuvage rapidement et en redemanda tandis que Leana offrait les conseils qui lui venaient à l'esprit.

— Élève tes pieds, quand nous voyageons en chariot. Demande à Jamie de t'aider à monter et à descendre de voiture, plutôt que de le faire toute seule. Place la santé de ton bébé avant toute chose.

Leana s'assura d'avoir toute l'attention de Rose, avant de lui demander :

— L'as-tu dit à Jamie ?

— Oh, je n'ose pas.

Rose repoussa sa tasse de thé vide.

— Il a déjà tant d'autres soucis. Mais je ferai tout ce que tu me demanderas, Leana. Et puis, ce n'était que quelques taches de sang, en une seule occasion.

Sa voix se fit plus douce et plus persuasive.

— Promets-moi de ne rien lui dire.

Leana finit par promettre, mais n'en demeurait pas moins très inquiète. Si cela devait se reproduire, elle insisterait pour que Rose en parle à Jamie, ou elle s'en chargerait elle-même.

Leur petit-déjeuner n'était pas sitôt terminé qu'Ian apparut, babillant comme un ruisseau en crue, porté par les bras de son père, qui entrait dans la pièce.

— Quel garçon choyé, lui dit Jamie en s'approchant de leur table. Voilà deux femmes qui t'aiment tendrement.

Il prit un siège et sourit à chacune.

— J'ai promis aux servantes qu'on leur porterait des scones dans leur chambre, si elles me laissaient descendre mon fils pour qu'il prenne son petit-déjeuner, dit-il, et il se tourna vers Ian pour s'assurer que le bambin le voyait. Vas-tu grignoter un scone, garçon, ou préfères-tu le répandre dans tes cheveux ?

— Je pense qu'il le répandra sur *tes* cheveux, dit Rose en repoussant une mèche du front de Jamie, une expression affectueuse au visage.

Leana observa sa sœur attentivement. Si elle souffrait, elle n'en laissait rien paraître.

Des voix masculines et des bruits de lourdes bottes dans l'escalier mirent fin aux échanges bon enfant qui se déroulaient autour de la table. *Père. Et ses fils.* Jamie remit Ian à Rose sans un mot, puis se leva pour faire face à la porte. Bien que Jamie ne portât pas son sabre, son attitude résolue les tiendrait en respect.

Seul Lachlan se présenta. Il ne s'invita pas à s'asseoir, mais resta simplement debout, près de la table. Ses manières étaient réservées, sa voix, calme, sans amertume apparente.

— Je viens vous faire mes adieux, mes filles. Car nous ne nous reverrons plus.

Surprise de constater que sa gorge s'asséchait, Leana détourna le regard, pour que Lachlan ne vît pas les pleurs dans ses yeux et la crût faible. Même si elle était soulagée de le voir partir, il n'en demeurait pas moins son père. Elle ne s'ennuierait pas de lui. Mais elle ferait le deuil de ce qui aurait pu être.

Quand Leana le regarda de nouveau, elle le vit qui prenait sa main. Il déposa brièvement les lèvres sur ses doigts.

— À Dieu vat, Leana.

Elle leva le regard et vit que son père avait les yeux secs ; toujours stoïque, fidèle à lui-même. Pourtant, dans leur grise profondeur, elle vit un homme dont le cœur avait été tellement brisé que tous ses fragments étaient éparpillés, sans espoir d'être jamais recollés.

— Je suis désolé, père, dit Leana.

Et elle l'était. Lachlan baisa brièvement la main de Rose, puis passa une paume ouverte dans la chevelure d'Ian et dit doucement :

— Que Dieu te bénisse.

Lachlan McBride se dirigea ensuite vers la porte et disparut.

Jamie se rassit, un peu embarrassé. Lachlan ne lui avait pas dit un seul mot, ne lui avait pas fait ses adieux.

— La bénédiction du Tout-Puissant me suffit, dit-il d'un ton égal. Et je n'envie pas mon oncle dans les jours à venir. Il devra affronter sa nouvelle femme sans argent ni or. En rentrant à la maison, peut-être retrouvera-t-il son coffre enterré dans le jardin.

Rose baisa la tête d'Ian.

— Peut-être, dit-elle.

Alors qu'on desservait les assiettes du petit-déjeuner, un brouhaha provenant du vestibule attira leur attention.

— C'est le courrier, les informa Jamie, hochant la tête en direction de l'horloge au-dessus du foyer. Selon l'aubergiste, deux diligences arrivent à sept heures, chaque matin. L'une de Carlisle, l'autre de Portpatrick. Le courrier sera trié, les chevaux, remplacés, et les diligences reprendront la route.

Rose arqua les sourcils, évidemment très intéressée.

— Viens, Rose, dit-il en l'aidant à se lever. La moitié de la ville est rassemblée dehors.

Leana prit Ian, afin d'épargner à Rose un poids additionnel, puis suivit le couple à travers le hall, où un bureau croulait sous les sacs postaux. Un employé surmené plissait les yeux derrière ses montures, déchiffrant les adresses griffonnées à la main sur les enveloppes scellées. La plupart des lettres reprirent le chemin des sacs, étant destinées aux paroisses voisines. Mais quelques-unes furent mises de côté pour les résidents de Girthon et d'Anwoth.

Les deux portes de bois étaient grandes ouvertes, permettant aux hôtes de l'auberge et aux badauds d'observer ce qui se passait. Les passagers de la diligence s'étiraient les jambes, admirant le village sous un ciel bleu clair, pendant que l'on mettait les harnais à des chevaux reposés et que la voiture était nettoyée.

Le commis leva la tête, dévisageant les curieux jusqu'à ce que son regard tombe sur Jamie.

— Monsieur McKie ? James McKie, c'est bien cela ? Il est heureux que vous soyez ici ce matin, dit-il en levant une lettre écrite sur un papier rigide blanc cassé et cachetée d'un sceau écarlate.

Il vérifia l'adresse une nouvelle fois.

— Elle est bien pour James Lachlan McKie, d'Auchengray, confirma-t-il, en provenance de Glentrool. Il est inutile de la livrer là-bas, puisque vous êtes ici. Attendiez-vous ce pli, monsieur ?

Le pouls de Leana accéléra ; elle ne pouvait qu'imaginer ce que Jamie ressentait, tandis qu'il se frayait un chemin dans la foule pour prendre sa lettre. Il paya ses trois pennies au commis, puis leva son trophée en rebroussant chemin dans leur direction. Son visage exprimait tour à tour toute la gamme des émotions, que Leana partageait. De la peur. De l'appréhension. Des craintes. De l'espoir.

Rose lui arracha presque la missive des mains.

— *S'il te plaît,* Jamie ! Ne nous fais pas attendre.

Il honora son souhait, décachetant la lettre sans attendre pour la lire.

À James Lachlan McKie
Mardi 3 août 1790

Mon très cher fils,

J'espère que cette lettre vous trouvera, toi, ta femme et ton fils, heureux et en bonne santé. Nous sommes tous ravis d'apprendre qu'un autre petit-fils, ou une petite-fille, s'ajoutera bientôt à notre famille.

Leana et Rose échangèrent des sourires. *Une petite-fille. Deux petits-fils. S'il vous plaît, mon Dieu.*

Je te prie d'excuser cette réponse tardive à ta dernière lettre. Puisqu'elle était adressée à ton père, un domestique la lui a remise directement. Il l'a malheureusement égarée et nous venons à peine de la retrouver, un mois après.

Le soupir exaspéré de Jamie en disait long sur ce qu'il pensait de la vie des McKie à Glentrool.

En ce qui concerne ta lettre destinée à Evan, je l'ai fait suivre dans le Wigtownshire dès son arrivée. Il m'a répondu qu'il l'avait lue, et qu'il guettera ton passage à Cree Bridge, peu après Lammas.

— Guettera mon passage ?
Jamie fixa la lettre un moment.
— Afin de m'accueillir… ou pour me tuer ?
— Ne le dit-elle pas ? demanda Rose en tirant sur la feuille, sa nervosité croissant pendant que Jamie poursuivait la lecture.

Je ne peux prévoir l'accueil que ton frère te fera. La naissance d'Archibald, en octobre, a quelque peu adouci son humeur. Malgré tout, le pardon n'est jamais venu facilement à Evan.

— Mais tu as tenu tête à notre père et tu as gagné, lui rappela Rose, fière de son mari. Tu peux sûrement vaincre ton frère.
Jamie secoua la tête.
— Ce sont deux affaires bien différentes, Rose. Ton père m'accusait injustement de vol. Mon frère a toutes les raisons de m'incriminer, car je suis coupable.
Leana entendit les années de regrets à travers ses mots. Il ne connaîtrait pas la paix tant que les choses avec Evan ne seraient pas résolues, heureusement ou tragiquement. Quand Jamie acheva de lire les dernières lignes de la lettre maternelle, Leana perçut une note d'espoir renaître dans sa voix.

Bien que je ne puisse parler pour ton frère, dans le Wigtownshire, je peux m'exprimer en notre nom. Tu es plus que bienvenu à Glentrool, mon fils. J'attends ton arrivée.

Jamie replia la lettre, regardant déjà dehors.

Chapitre 64

Heureux celui dont l'oreille intérieure
Peut entendre le réconfort des anges.
— John Greenleaf Whittier

Rose n'aurait pu être plus heureuse, confortablement installée à l'arrière du chariot, les jambes surélevées, comme le lui avait recommandé Leana. Les trois derniers sacs de l'or de son père, enveloppés dans de vieux plaids, formaient un repose-pieds idéal. Tout comme ils avaient été des coussins très confortables quand son père fouillait sa chambre à l'auberge Murray Arms.

Lachlan McBride n'avait pas découvert son secret. Ni Leana, ni Jamie. Rose entendait bien qu'il en demeure ainsi. Trois autres églises, et elle serait libérée de son or et de ses remords pour toujours. La corde nouée de la sorcière ne se laissait pas jeter aussi facilement. Trop maléfique pour être placée à l'intérieur d'une église, trop dangereuse pour être lancée au hasard, la corde dorée devait être enterrée en terre non consacrée. Quand l'occasion se présenterait, Rose s'en assurerait.

Elle était convaincue que le fait d'être restée assise sur les pièces, si dures fussent-elles, n'était pas ce qui avait provoqué son saignement. «Pas inhabituel», avait dit Leana. Rose faisait entièrement confiance à Leana en ces matières, et son opinion ne différait de la sienne que sur un seul point : elle n'en parlerait pas à Jamie. Pas avant d'avoir atteint Glentrool et que toutes ses inquiétudes concernant Evan eussent été résolues. De plus, elle avait remarqué les dernières taches de sang très tôt, ce matin-là, et elle n'en reverrait sans doute plus. Pourquoi inquiéter son mari et se mettre dans l'embarras inutilement ?

En paix avec sa décision, Rose s'étendit confortablement, se dorant au soleil de Galloway. Le ciel était complètement dégagé, et l'air rafraîchi par les vents soufflait de la baie de Fleet. S'élevant très haut au-dessus des collines, le château de Cardoness dominait le paysage avec ses imposants murs de pierres. De brefs reflets des nappes liquides apparaissaient et disparaissaient pendant qu'ils roulaient le long de la côte par endroits rocailleuse, par endroits marécageuse, avec des tranchées traîtresses qui changeaient au gré des marées. Annabelle gardait un œil attentif sur Ian, pour l'empêcher de ramper trop près du bord du chariot. Les servantes le divertissaient avec des berceuses et des contes de fées, utilisant leurs mains et leurs doigts pour donner vie à l'une de ses chansons préférées.

Ceci est le couteau et la fourchette de la dame,
Et ceci est la table de la dame ;
Ceci est le miroir de la dame,
Et ceci est le berceau du bébé.

Au mot « berceau », elles pointaient en direction du vieux lit en chêne d'Ian — qui n'était plus la cache de biens volés —, et il secouait la tête en riant.

Rose éclata de rire aussi.

— Ce berceau est trop petit pour toi, maintenant, n'est-ce pas, joli garçon ? Ne grandis pas trop vite, car tes frères jumeaux ne pourront plus te rattraper.

Avant qu'Annabelle et Eliza réagissent à ce qu'elle venait de dire par mégarde, elle indiqua la baie du doigt, dans l'espoir de les distraire.

— Regardez là-bas, ce sont les îles de monsieur Murray ! s'écria-t-elle en regardant attentivement la vaste étendue d'eau. On dit que lorsque le temps est clair, on peut voir l'île de Man.

Ce qu'elle aurait désiré voir, c'était Jamie qui les suivait loin derrière, et qui devait conduire les moutons le long du chemin. Le chariot n'avait pas croisé beaucoup de véhicules, ce jour-là, et pas un seul berger. La fête de Lammas maintenant passée et les moissons terminées, Galloway se reposait, appréciant le soleil d'août avant que les jours commencent à raccourcir et que les collines encore vertes brunissent peu à peu.

Juste au-delà des ruines du château Barholm, Leana rangea le chariot sur le côté de la route et se tourna vers ses passagers.

— Jamie pensait que nous passerions la nuit sur les plateaux près de Kirkdale, où les agneaux pourront paître.

— Y a-t-il une église? demanda Rose, l'or redevenant sa principale préoccupation.

— Nous dormirons à la belle étoile, car nous ne trouverons aucune auberge digne de ce nom entre ici et Monnigaff. Et atteindre une ferme des environs exigerait d'imprudentes escalades dans les collines.

Le regard de Leana se posa sur Rose, et son message était clair.

— Accrochez vos bonnets, jeunes filles, car les chevaux ont une pente abrupte à gravir pour nous.

Rose prit Leana au mot, agrippant le bord de son chapeau alors que le chariot s'inclinait à un angle prononcé. Leurs chevaux, ayant bénéficié de deux jours de repos à Gatehouse, les tirèrent sans difficulté au sommet de la colline. Des moutons à face noire bêlaient le long du chemin étroit et sinueux tandis que, beaucoup plus bas, un ruisseau traçait son cours tortueux dans le vallon boisé. Rose regardait avec étonnement les fermes octogonales au passage, mais ses espoirs furent réduits à néant quand elle vit l'état de la vieille église locale abandonnée. Elle ne trouverait aucun tronc entre ses murs décrépits.

Il y aurait une maison de prière à Ferrytown of Cree, toutefois, suivie par l'église de Jamie à Monnigaff. Elle aurait trouvé un foyer pour ses dernières poignées d'or avant que les tours carrées de Glentrool se profilent à l'horizon.

Leana amena le véhicule sur un promontoire dénudé, presque désertique, entourant le vallon densément boisé, et l'y arrêta. Derrière elles se trouvaient deux cairns, comportant des chambres funéraires. Une rangée de pierres dressées gardait l'une des anciennes tombes, dont les imposantes masses grises se dessinaient sur le ciel bleu. En contrebas, le soleil de fin d'après-midi dorait la baie, la transformant en une étendue étincelante d'orange et d'argent.

Puisque les deux sœurs avaient promis à Jamie qu'elles ne descendraient plus du chariot sans son aide, elles attendirent en amusant Ian. Annabelle et Eliza étendirent une couverture sur une étendue herbeuse non loin du véhicule et déballèrent leur dîner froid, gracieuseté du Murray Arms.

Moins d'une heure après, des bêlements de moutons signalèrent l'arrivée des garçons. Rose se leva avec précaution, s'appuyant sur l'une des malles plus grandes.

— Voilà Rab! cria-t-elle en lui faisant un signe de la main.

Elle remarqua qu'Eliza s'était levée aussi, se protégeant les yeux des rayons du soleil couchant pour voir approcher le jeune berger. La jeune domestique regretterait-elle de déménager à Glentrool, si cela voulait dire qu'elle ne reverrait plus jamais Rab Murray, le garçon rouquin?

Davie Tait avançait aussi vers elles d'un pas décontracté, et Jamie fermait la marche sur Hastings. Ils avaient enlevé six milles, ce matin-là; une courte distance pour les chariots et les chevaux; une longue randonnée pour des agneaux. Au commandement de Jamie, les chiens guidèrent le troupeau vers la petite rivière et les grasses herbes, le long de ses rives. Les hommes se lavèrent le visage et les mains, aidèrent Rose et Leana à descendre prudemment de voiture, puis se lancèrent sur les couvertures étendues par terre, lorgnant la nourriture avec un intérêt évident.

— Des pâtés d'bœuf, dit Rab, tendant la main vers le plat en croûte bien garni. Et du haddock fumé. Oh, quel festin!

Le dîner fut pris lentement, agrémenté par le récit des aventures vécues jusque-là. Rab était volubile, Davie, plus timide, mais les deux garçons savaient raconter une bonne histoire, surtout sous les regards éblouis d'Annabelle et d'Eliza, dans ce décor un peu irréel où se dressaient des cairns funéraires. Leana, de son côté, en avait plein les bras avec Ian tandis que

Rose s'appuyait sur Jamie, essayant de ne pas accorder trop d'attention à son dos endolori.

Avec un ciel sans nuage au-dessus d'eux, le crépuscule sembla s'étirer pendant des heures, suspendu dans un demi-jour bleu-pourpre. Quand la lumière commença finalement à décliner, Davie les surprit en chantant une ballade. Tous promirent de l'accompagner, mais personne ne le fit, laissant la belle voix de ténor du berger flotter seule dans l'air immobile du soir.

Rose ne se rappelait pas s'être endormie. Mais elle se réveilla dans les bras de Jamie, enveloppée dans un plaid chaud. La nuit était maintenant tombée.

Il l'attira près de lui.

— Je n'avais pas l'intention de te réveiller, jeune fille.

— Je suis heureuse que tu l'aies fait.

Quand elle embrassa le cou de Jamie, sa peau sembla rugueuse sur ses lèvres.

— Est-ce que tous les autres sont endormis? demanda-t-elle.

— Oui. Ta sœur et les servantes sont dans le chariot avec Ian, et les garçons sont sur les collines.

Il se tut.

— Je n'ai... pas dormi, encore.

Elle se tourna dans ses bras, cherchant un meilleur angle pour le regarder.

— C'est Evan qui te préoccupe?

Son silence fut éloquent.

Rose voulut le réconforter comme seule une épouse pouvait le faire, en l'enveloppant dans leur lit d'herbe et en chassant de son esprit toute pensée de ce frère assoiffé de vengeance. Mais elle n'osa pas. *Place la santé de ton bébé avant toute chose.* Les paroles de mise en garde de Leana, qu'elle avait bien retenues.

Roulant sur le dos, Rose observa les ténèbres de la nuit et le premier quartier de lune qui se levait. Si elle ne pouvait offrir de réconfort à son mari, peut-être que l'Être qui habitait dans les Cieux le pouvait.

— Jamie…

Elle se redressa en position assise, plus propice à la réflexion.

— Tu as dit ce matin que tu avais été béni par le Tout-Puissant.

Il protesta.

— Cela paraît bien orgueilleux.

— Nous savons tous que c'est vrai. Même père l'a dit.

Rose sourit dans la nuit.

— Malgré ce qu'il lui en a coûté de l'admettre.

Jamie s'assit près d'elle, les coudes appuyés sur ses genoux relevés.

— Je n'ai rien fait pour mériter la faveur de Dieu. Qui sait à quel moment il se fatiguera de moi et retirera sa main ?

Rose posa la tête sur son épaule forte et tiède.

— Quand tu rêves, Jamie, quand il murmure à ton oreille, le Tout-Puissant place-t-il des haies autour de ses promesses ? Dit-il, « je ferai ceci, mais seulement si tu fais cela pour moi ? »

Jamie répondit sans hésiter.

— Non, en dépit de tous mes manquements, sa bénédiction ne m'a jamais quitté.

— Alors, pourquoi t'abandonnerait-il alors que ton chemin s'apprête à croiser celui d'Evan ?

Il glissa le bras autour du sien.

— Peut-être as-tu raison, ma chère épouse. Tu sais toutefois que ce n'est pas à ma propre vie que j'attache de l'importance, mais à la tienne. Et à celle de notre enfant. À la vie de Leana et d'Ian, et de tous ceux dont j'ai la responsabilité.

Jamie se pencha pour l'embrasser avec ferveur, et elle sentit la force de sa conviction.

— Je n'ai pas peur de la mort pour moi, Rose. Seulement pour ceux que j'aime.

— Alors, n'aie pas peur, dit-elle doucement, recevant son baiser à nouveau, lui ouvrant son cœur.

Mon brave Jamie. Mon amour.

C'est seulement quand il retira la bouche de la sienne que Rose remarqua les couleurs changeantes du firmament.

— Jamie, le ciel !

Ils furent tous les deux debout en un instant, éblouis par la beauté du spectacle.

— Ce sont les *joyeux danseurs*.

Jamie lui prit la main et la leva vers le ciel.

— Comme des anges ailés. Ne les as-tu jamais vus auparavant, Rose ?

— Une fois, quand j'étais toute petite. Mais jamais comme maintenant.

Une aurore boréale illuminait l'horizon distant de flammes rouge et or, qui s'étiraient et se contractaient, dansant dans le ciel. Un voile scintillant de lumière se déplaçant dans un silence majestueux, une présence qui se déposait sur eux.

Jamie décrivit un cercle de l'un de ses bras, pour montrer les anciennes pierres sombres qui se profilaient sur le ciel illuminé.

— On appelle cet endroit le « Saint Cairn ». Un nom approprié, n'est-ce pas ? En cette nuit, tout spécialement.

Des brindilles craquant derrière eux firent se tourner Rose. Rab et Davie s'étaient approchés, leurs yeux exprimant leur émerveillement.

— Voyez-vous ça ? s'étonna Davie. C't'une bénédiction d'voir une telle chose à Galloway.

Rab renversa la tête vers l'arrière.

— C't'un miracle, que j'dis.

Alors qu'ils regardaient tous ensemble le rideau lumineux onduler au-dessus d'eux, il exprima sa crainte :

— J'suis heureux d'voir les *joyeux danseurs*, m'sieur McKie, mais l'cairn me donne la chair de poule. Nous dormirons dans le chariot, si ça n'vous ennuie pas.

— Pas du tout, garçon.

Jamie posa le regard sur les pierres dressées, à peine visibles sous le ciel doucement illuminé.

— J'ai dormi sur un cairn, une fois. La nuit où j'ai quitté Glentrool.

Jamie n'en dit pas plus, mais Rose vit les souvenirs de cette nuit se reflétant dans ses yeux. Des heures sans sommeil, pleines de remords. Et de solitude. Et de peur.

Chapitre 65

Comme celui qui, sur une route déserte,
Marche dans la peur et la mort dans l'âme…
Parce qu'il sait qu'un ennemi terrible
Le traque pas à pas.
— Samuel Taylor Coleridge

Je veux te tuer, Jamie.

Le regard de Jamie s'étendait sur les sables, vers le Wigtownshire, et l'avertissement lancé par son frère deux ans auparavant lui déchirait toujours les entrailles. Chaque heure voyagée cette journée-là était trop rapidement passée, chaque mille semblait trop court. Les visions célestes de la veille s'étaient évanouies pour faire place à la grise réalité du présent.

Quand ils s'étaient détournés des eaux de la baie de Wigtown pour s'engager dans les marécages salés et sur les surfaces boueuses de l'estuaire de la Cree, Jamie avait senti son frère se rapprocher ; une minute, le suivant à pied sur la route de la grève, la suivante, le chargeant du haut des collines sur sa monture, ou encore franchissant la rivière en bateau, plutôt que de l'attendre sept milles au nord, à Cree Bridge. Evan était dans son élément aussi bien sur l'eau que sur terre et bien plus à l'aise à l'extérieur que confiné entre quatre murs. Son arc de chasseur était attaché à son épaule, son mousquet à silex était un prolongement de son bras, et son poignard, rarement bien loin de sa main.

Jamie baissa le regard, soulagé de voir sa propre dague logée dans sa botte. Bon pour un combat au corps à corps, s'il fallait en arriver là, mais inutile, si Evan pointait son mousquet dans sa direction. Par précaution, Jamie chevauchait maintenant devant les autres, suivi de ses troupeaux et de ses bergers, le chariot qui transportait sa famille fermant la marche. Il prendrait une autre précaution, dès qu'ils arriveraient à Ferrytown of Cree.

Petit village au bord de la rivière, entouré par les ruisseaux Balloch au sud et Moneypool au nord, Ferrytown of Cree était presque une île, et marins et contrebandiers venaient mouiller dans son port au rythme des marées. Quand Jamie avait décrit l'endroit à Rab et Davie, ce matin-là, il leur avait dit :

— Il est pratiquement impossible d'y entrer ou d'en sortir sans traverser un pont.

Rab l'avait regardé un moment avant de répondre.

— Et y a bien un pont su' ces deux ruisseaux, n'est-ce pas ?

Jamie lui assura qu'ils ne passeraient pas la journée à transporter des agneaux sur l'eau.

— Le Balloch n'est pas profond, nous pourrons le franchir à gué quand la marée sera basse. Et un solide pont de granit enjambe le Moneypool. Aucune raison de s'inquiéter, Rab.

Quelques instants après, Jamie trouva le berger qui marchait à ses côtés, chassant les mouches avec son bonnet.

— Où allons-nous faire paître les agneaux, en attendant qu'la marée baisse ?

— À Ferry Thorn, de ce côté-ci du Balloch, dit Jamie, et il indiqua d'un geste l'aubépine donnant son nom à ce lieu privilégié des amoureux pour leurs rendez-vous galants. Je vous rejoindrai ici quand j'aurai accompli une course en ville.

Jamie chevaucha au-delà du point de repère indiqué, puis descendit vers les rives du Balloch. Même à marée haute, comme c'était alors le cas, le modeste cours d'eau pouvait facilement être traversé à pied. Une rangée inégale de cailloux émergeant de la surface permettait aux piétons de se rendre de l'autre côté. Chevauchant Hastings, Jamie s'y lança sans hésiter, l'eau effleurant à peine les talons de ses bottes.

Le cheval et son cavalier furent bientôt sur un terrain sec, et ils se dirigèrent vers la rue du port et ses nombreuses tavernes.

Choisissant l'établissement qui lui parut le plus animé, Jamie attacha Hastings à un poteau près de la porte, avant d'en franchir le seuil. Les puissantes odeurs de malt, de tabac et des pêcheurs revenant de la haute mer faillirent le rejeter dans la rue. Il avança malgré tout et se dirigea vers le propriétaire.

— J'ai besoin d'un garçon avec un cheval, dit Jamie en faisant miroiter un shilling. Quelqu'un de confiance pour se charger d'une mission pour moi.

Frottant sa barbe hirsute, le vieil homme parcourut du regard la pièce aux poutres grossières.

— Voyez c'te grand efflanqué avec les cheveux bruns? C'est c'que vous cherchez : Lewis McMinn. Y méritera l'shilling qu'vous lui donnerez.

Jamie attira le regard du garçon et lui fit signe de le rejoindre à la porte, où l'air était plus respirable et le bruit des conversations, moins assourdissant.

— Si tu as une monture décente et quelques heures devant toi, j'ai une proposition honnête à te faire.

— J'vous écoute m'sieur.

Jamie estima que ce Lewis McMinn avait vu une vingtaine de printemps. Son œil était clair et il se tenait bien droit. Oui, ce garçon ferait l'affaire.

— Je voudrais que tu chevauches jusqu'à Monnigaff, à l'auberge de la Cree, qui se trouve au pied du pont. Tu la connais?

Quand le garçon fit oui de la tête, Jamie ne perdit pas de temps.

— Tu chercheras un homme de mon âge. Mon frère jumeau, bien que nous ne nous ressemblions pas du tout. Il est un peu plus grand que moi et plus costaud, aussi. Il a une épaisse tignasse de cheveux roux, aussi brillante qu'une couronne de linotte en été, et les poils de ses bras velus sont de la même couleur. Il porte plus volontiers un plaid qu'un manteau et un pantalon, et son haleine pourrait bien sentir le whisky. Son nom est Evan McKie. Autrefois de Glentrool, il est établi aujourd'hui dans le Wigtownshire. S'il ne réside pas à l'auberge, quelqu'un t'aiguillera dans sa direction, car on m'a dit qu'il était dans le voisinage de Cree Bridge.

Lewis regardait avec convoitise le shilling dans la main de Jamie.

— Et après l'avoir trouvé ?

— Remets-lui ce message.

Jamie tira une petite lettre de sa poche, écrite à la hâte, à l'aube, pliée maladroitement et scellée avec de la cire de chandelle.

Six mots, tirés de la Bible.

Pour trouver grâce à tes yeux.

Jamie avait fait du tort à son frère et l'avait reconnu dans sa lettre précédente. Il ne restait plus qu'à demander pardon. Jamie lui remit le pli.

— Assure-toi qu'il la lise. Quand j'entendrai la réponse de mon frère, je saurai ce qu'il me reste à faire.

— D'après la description qu'vous m'en avez faite, j'vous conseille d'fuir dans la direction opposée.

— Je l'ai fait assez longtemps, répondit Jamie en déposant l'argent dans la main tendue de Lewis. J'ai un autre shilling pour toi quand nous nous rencontrerons à Ferry Thorn. À la huitième heure, ça te convient ?

— Entendu, dit Lewis en regardant le ciel où s'étiraient des nuages. Après l'coucher du soleil.

Jamie le regarda partir au petit trot, puis il enfourcha Hastings et retraversa le Balloch, agitant son chapeau en direction du chariot arrêté quand il le vit. Rab et Davie s'occupaient des agneaux tandis que Leana et les servantes pourchassaient Ian, qui rampait çà et là. Rose n'était nulle part en vue.

— Elle est partie à l'église de la paroisse, expliqua Annabelle. Elle a dit qu'elle ne tarderait pas.

Fidèle à sa parole, Rose revint l'instant d'après, enjambant maladroitement les pierres du ruisseau, avant de gravir le sentier. Ses bras étaient chargés de leur prochain repas et son sourire, d'un éclat mutin.

— Des *bannocks* frais, du fromage dur et des pommes mûres de l'été.

Jamie la regarda, incrédule.

— Ma femme vient de dévaliser le tronc des pauvres, semble-t-il. Où as-tu trouvé l'argent pour te procurer notre dîner?

Elle affecta une mine ingénue.

— Mais je te l'ai emprunté, cher mari.

Jamie ne discuta pas, mais il connaissait bien l'état de sa bourse, et il n'y manquait pas un penny. Pendant que les autres mangeaient, il regardait anxieusement la route du nord. Il leur faudrait peu de temps pour traverser le pont à l'autre bout du village. Il valait donc mieux rester là, plutôt que risquer de manquer le retour de Lewis McMinn.

L'après-midi fit peu à peu place au soir. Tandis que les jeunes filles observaient les huîtriers patauger dans l'eau et les courlis cendrés fouiller dans la vase pour trouver leur nourriture, Jamie regardait le ciel se colorer d'étain. *Dépêche-toi, garçon.*

La marée refluait quand le cheval de Lewis réapparut avec son cavalier, traversant le Balloch dans un éclaboussement d'écume. Jamie courut à sa rencontre, de peur que les nouvelles qu'il rapportait n'effraient les autres.

— Quelles nouvelles de Cree Bridge?

Lewis descendit de cheval, puis le précéda sur un terrain plus élevé.

— J'ai trouvé Evan McKie, et il était tel qu'vous m'l'aviez décrit.

Jamie sentit sa bouche devenir subitement très sèche.

— J'lui ai remis vot' message, dit Lewis, puis il hésita et baissa la tête, comme s'il était incertain de ce qu'il devait dire ensuite. Vot' frère m'a confié un mot pour vous aussi.

Deux années de culpabilité lui serraient la gorge comme des doigts d'acier.

— Et alors? demanda-t-il d'une voix étranglée.

— J'lui ai dit qu'vous campiez près de Ferry Thorn.

Lewis semblait fuir son regard, quand il ajouta :

— Y a dit d'surveiller son arrivée.

— Il vient *ici*?

Les mains de Jamie devinrent moites. Son frère avait-il hâte de résoudre leur différend? Ou cherchait-il simplement à se faire justice lui-même, au bord d'une rivière isolée, la nuit, et sans témoin?

— Quoi d'autre, garçon? demanda-t-il à Lewis.

— M'sieur McKie n'viendra pas seul. Vot' frère était accompagné d'dix hommes.

— *Dix*?

Les genoux de Jamie faillirent ployer sous lui.

Lewis tendit la paume de sa main.

— J'prendrais volontiers l'deuxième shilling, m'sieur, si vous aviez la bonté de m'payer.

Jamie voulut s'exécuter, mais ses doigts tremblants avaient de la difficulté à s'emparer de la pièce dans sa bourse. Il venait de payer deux shillings pour recevoir la pire nouvelle de son existence.

Lewis regarda les agneaux.

— Vous n'pensez pas conduire les bêtes à Monnigaff, m'sieur?

Quand Jamie lui assura que telle était son intention, le jeune homme hocha la tête.

— V'z'êtes pas au courant? L'pont qui traverse l'Moneypool n'existe plus.

Jamie fut si surpris qu'il éclata d'un rire nerveux.

— Que veux-tu dire par «n'existe plus»?

— Y s'est effondré dans la rivière, m'sieur.

— Le pont *entier*?

Rab arriva à temps pour entendre l'inopportune nouvelle.

— Vous n'pouvez pas être sérieux, dit Rab.

Lewis repoussa lentement son bonnet vers l'arrière, heureux d'être le centre d'intérêt.

— Depuis des années, les gens répétaient qu'le pont était branlant, qu'ses piliers n'pouvaient plus l'supporter. Mardi dernier, après une pluie terrible, l'courant s'est gonflé en dévalant les collines...

Son haussement d'épaules désinvolte décrivit bien le sort réservé à l'infortuné pont.

— Y faudra trente livres sterling pour l'reconstruire, dit-il, et plus d'hommes que n'en compte Ferrytown. Allez voir par vous-même, les invita-t-il, en faisant un geste théâtral en direction du village. Rien d'aut' qu'des blocs de pierre qui gisent dans la rivière.

Le garçon n'avait pas sitôt terminé son récit que Jamie était sur Hastings, galopant vers le Moneypool. D'abord, l'annonce de l'arrivée imminente de son frère, maintenant, *cela*! La colère l'éperonnait alors qu'il dévalait la ruelle du port, avant de tourner sur la grand-rue, à l'église. Quand il arriva au ruisseau, la scène était bien telle que Lewis l'avait décrite. De grands blocs de granit brisés s'enfonçaient dans la vase et le sable, jonchant les berges inclinées et le lit du cours d'eau.

— C'est pire que je ne l'imaginais, admit Jamie à son retour. Nous devrons porter les agneaux de l'autre côté du Balloch quand la marée sera basse, puis franchir le Moneypool de la même façon demain matin.

Lewis lui jeta un regard singulier.

— Vous n'dormirez pas à côté du ruisseau, j'espère? À l'aspect du ciel, c'sera une nuit très noire et brumeuse. La *kelpie* du Moneypool pourrait v'z'entraîner dans la tombe c'te nuit, le mit-il en garde. Voyez-vous, elle est comme un grand cheval qui surgit avec la marée et...

Jamie n'écouta que d'une oreille les élucubrations superstitieuses de ce garçon crédule. Un démon aquatique qui hantait le ruisseau était le moindre de ses soucis. Un pont effondré, un temps qui se détériorait et Evan McKie — armé et à la tête de dix hommes — étaient infiniment plus préoccupants. Quand Lewis prit congé de Jamie, Rab et Davie commençaient déjà à transporter les agneaux de l'autre côté du petit ruisseau tandis qu'Annabelle et Eliza regroupaient le troupeau sur la rive opposée.

Jamie assit Ian à califourchon sur Hastings avec lui, puis dirigea son groupe à travers le village. Son moral était maintenant aussi bas que le niveau des eaux. Plutôt que de passer la nuit dans la sécurité des murs d'une ferme des environs, ils devraient encore dormir sous les étoiles, exposés aux éléments. Et à la fureur de son frère. Pouvait-il y faire quelque chose ?

Quand ils atteignirent les rives du Moneypool, Jamie les aida à trouver une surface dure pour garer l'attelage et assez d'herbe à brouter pour les agneaux. Leana et Rose parlèrent peu, mais il sentit leur appréhension tandis qu'elles partageaient les dernières pommes, puis étendaient les plaids épais dans le fond du chariot pour la nuit.

Chaque minute qui passait, une vérité devenait plus claire : Evan devait être arrêté avant d'atteindre Ferrytown of Cree. Rab attira Jamie à l'écart, et le front semé de taches de son du garçon était très soucieux. Davie les suivait de près.

— M'sieur McKie, y a-t-il que'que chose que j'puisse faire pour vous aider ? Car j'vois bien qu'vous êtes préoccupé, sûrement à cause d'vot' frère.

— Oui, répondit Jamie, qui ne pouvait leur cacher les faits plus longtemps.

Il leur fit part du rapport de Lewis, sans leur épargner les détails les plus inquiétants. Dix hommes. Sans aucun doute armés.

— Rab, tu m'as offert ton aide, dit-il au berger, et je ne la refuserai pas. Pourrais-tu te rendre à Cree Bridge ?

— Tout d'suite, m'sieur ?

Jamie hocha la tête, et un plan audacieux se développait dans son esprit en même temps qu'il l'exposait.

— Prends un groupe d'agneaux, que tu présenteras à mon frère comme une offrande de paix. Deux vingtaines suffiront.

Une dîme, se dit Jamie.

— C'est la marée basse, reprit-il, plus vite nous ferons traverser les agneaux, mieux cela vaudra. Entre ici et Cree Bridge, il n'y a qu'une route. Tu rencontreras mon frère à coup sûr, mais je ne peux dire ni quand ni où précisément.

Jamie lui décrivit son frère en détail, mettant Rab en garde contre sa force.

— Montre-lui du respect, poursuivit Jamie. Quand il te demandera qui tu es et où tu vas, dis-lui la vérité. Explique-lui que les agneaux que tu conduis m'appartenaient, mais qu'ils sont maintenant les siens, car je lui en fais présent. Et dis-lui que j'irai moi-même le rencontrer. Très bientôt.

Tandis que Rab écoutait attentivement et hochait la tête, la peur se déposait sur ses épaules voûtées comme un lourd plaid, qui semblait visible même dans l'obscurité.

— Et s'il tue vos agneaux, m'sieur McKie ? Et s'il décidait...

— Il ne maltraitera pas les bêtes. Mon frère est impétueux, mais il n'est pas sot. Les agneaux ont plus de valeur pour lui en vie qu'égorgés dans un fossé, le long de la route.

Jamie le regarda droit dans les yeux avant d'ajouter :

— Il n'a pas de querelle à découdre avec toi, Rab. Il n'a aucune raison de te faire du mal et nulle loi ne l'autorise à le faire. Prends les agneaux, Rab, dit-il, espérant l'avoir rassuré. Si Dieu est miséricordieux, cela pourrait adoucir le cœur de mon frère à mon égard. Et je saurai me montrer généreux pour ce geste courageux de ta part.

Il n'y avait pas de temps à perdre. Avec l'aide de Davie, ils réunirent quarante des agneaux les plus vigoureux avant de les mener au bord du Moneypool. De la boue glissante, du sable détrempé et la marée tourbillonnante formaient une alliance dangereuse ; les blocs de granit effondrés offraient les seuls appuis solides au milieu des étendues sombres de vase et de sables mouvants.

Après plusieurs allers et retours, portant un agneau dans ses bras à chaque passage, Jamie comprit ce qu'il devait faire tant que Rab était encore avec eux : sa famille et le reste de son troupeau devaient être déplacés eux aussi. Il n'osait pas attendre jusqu'au matin, sachant Evan en route. Si les femmes restaient dans le chariot, elles seraient forcées d'assister à sa confrontation avec son frère. Cette pensée le rendait nauséeux. Evan étant un gentilhomme, il ne lèverait jamais la main sur une femme ou un enfant, mais il ne pouvait se porter garant des dix hommes qui l'accompagnaient.

Il valait mieux conduire tout le groupe au-delà du ruisseau avant que l'eau monte davantage, puis les guider vers un havre pour la nuit et les confier aux mains capables de Davie.

Lui seul affronterait Evan.

Chapitre 66

Les kelpies des eaux hantent le gué,
Là où tu vas,
Et les voyageurs de la nuit sont attirés,
Vers leur destruction.
— Robert Burns

L a nuit tombait.
Tandis que les garçons s'attelaient à la tâche ardue de faire traverser le gué aux soixante agneaux restants, Jamie se rendit auprès de Rose et des autres jeunes femmes, qui avaient regardé l'opération avec des visages inquiets. Il leur apprit l'arrivée imminente d'Evan et leur décrivit ses propres plans. Il remarqua l'inquiétude contenue de Leana, la peur grandissante chez Rose.

Ian, inconscient de la calamité toute proche, était le même petit garçon enjoué que toujours. Jamie caressa la tête de son fils, sentant plus vivement que jamais le poids de ses obligations.

— Borde mon garçon dans son berceau pour la nuit, Rose, pendant que nous nous occupons des agneaux. Je ferai tout en mon pouvoir pour vous protéger.

Rose se composa un visage calme, mais sa lèvre inférieure tremblait.

— Tu as toute notre confiance, Jamie. N'es-tu pas l'héritier de Glentrool?

Il embrassa la main de Rose, puis lui rappela gentiment :

— Il vaut mieux placer sa confiance en Dieu que dans les princes.

— Bien dit, approuva Leana en souriant. Nous demanderons au Tout-Puissant de guider tes pas.

Le regard de Jamie croisa le sien. *Je suis heureux que tu sois là, Leana.* Il ne pouvait le lui dire; peut-être le savait-elle. La présence de Leana lui donnait une force qu'il ne pouvait décrire, ni s'expliquer.

— Aux agneaux, dit-il en s'éloignant du chariot. Avec vos prières.

Les trois hommes allèrent et revinrent, essayant de profiter au maximum du peu de temps à leur disposition, pendant que la marée était encore basse et que le crépuscule brumeux versait un peu de lumière sur leurs pas. Rab était enfin prêt à partir, enveloppé dans un plaid de berger sec, et il était clair qu'il accomplirait sa mission avec courage.

— Nous nous dirigerons vers le nord demain matin et nous te rejoindrons en chemin, lui dit Jamie en lui serrant vigoureusement la main. Les agneaux et ta bravoure nous sauveront peut-être tous, Rab Murray.

Le berger hocha la tête avant de se mettre en route avec sa houlette, laissant les deux colleys derrière lui. Davie lui envoya un signe de la main, puis se tourna vers Jamie, et l'inquiétude se lisait sur son visage.

— J'm'occupe des moutons, m'sieur McKie. V'feriez mieux d'faire traverser les aut', tant qu'vous l'pouvez encore.

L'eau était plus profonde, maintenant, constata Jamie. Sautant d'une roche à l'autre, mal servi par ses bottes aux semelles lisses, il gardait un œil sur la rive opposée du Moneypool, et ses pensées tournées vers ceux qu'il aimait et qui l'attendaient.

La brume qui commençait à s'élever sur le ruisseau avait transformé le crépuscule en un épais linceul gris. Quand il eut atteint l'autre côté, il gravit la pente raide de la berge et trouva les femmes qui attendaient, leur visage faiblement éclairé par la lumière de la lanterne.

— Je vous ferai traverser le ruisseau. Il faut faire vite, car chaque seconde compte.

— Rose sera la première, dit Leana en aidant sa sœur à se lever. Elle ne doit pas tomber, Jamie.

Son regard croisa le sien.

— Je te promets que je ne la laisserai pas tomber.

Il leva Rose du chariot et ne la reposa plus par la suite. Il se fraya un chemin dans les eaux tandis qu'elle s'agrippait à son cou, versant des larmes de peur.

— Tout va bien, la rassura-t-il quand ils eurent atteint la rive. Attends ici, jusqu'à ce que je revienne avec ta sœur.

Mais Leana ne l'entendait pas de cette oreille, quand il revint.

— Ian d'abord, dit-elle, car l'eau monte.

Plus léger qu'un agneau et engourdi de sommeil, Ian fut facile à transporter, mais le cœur de Jamie battait fortement.

— Mon fils, mon fils, murmura-t-il, le tenant tout contre lui, jusqu'à ce qu'il le confie aux bras tremblants de Rose.

Leana essaya d'envoyer les servantes ensuite, mais Eliza protesta, et Jamie refusa de l'entendre, cette fois.

— Viens, Leana, dit-il fermement, l'enlevant dans ses bras.

Leur enfant à naître pressait contre sa poitrine alors qu'il la portait, un rappel silencieux de tous ceux qui dépendaient de lui, cette nuit-là. *Souviens-toi de moi, et donne-moi des forces encore cette fois.*

Quand Leana serait auprès de Rose pour la calmer et partager les soins d'Ian, il pourrait prendre un peu plus son temps avec les servantes. La prudence s'imposait : il ne voyait plus maintenant que la pierre sur laquelle il posait le pied, et l'eau qui tourbillonnait autour de l'obstacle. Eliza resta près de la berge avec la lanterne, qu'elle tenait le plus haut possible pour guider ses pas.

— Bénie sois-tu, cria-t-il, suivant la lumière diffuse jusqu'à à la berge, qu'il escalada une autre fois.

Annabelle ferma les yeux et s'accrocha. Quand ce fut au tour d'Eliza, la domestique abandonna la lanterne et murmura une prière, avant que les deux s'aventurent dans les eaux boueuses.

Quand ils les eurent franchies, il décida d'ignorer l'avis de Leana de retraverser tout de suite.

— Je sais que l'eau monte, Leana, mais il reste plusieurs heures avant la marée haute. La ferme que j'ai en tête n'est pas très loin. Voyons voir s'il n'est pas possible de vous loger pour la nuit d'abord.

Le sol était détrempé et inégal, ralentissant leur progression à travers les arbres et les taillis. Finalement, ils atteignirent la propriété dont il avait gardé quelques lointains souvenirs de sa jeunesse aventureuse.

— Vous trouverez des lits secs et d'amples provisions, leur promit Jamie. Leurs habitants connaissent les McKie et ils vous offriront leur hospitalité.

Il fit ses adieux, tournant le dos au village avec quelques regrets. Comme il aurait été plus simple de rester ici! De se cacher dans la ferme et d'ignorer l'arrivée imminente d'Evan.

Non. Le temps de la fuite était terminé.

Jamie marcha sur le chemin, maintenant enveloppé dans la brume et les ténèbres, heureux d'avoir un sol ferme et un sentier bien tracé sous ses bottes. C'était le même qu'Evan emprunterait pour gagner Ferrytown. Son frère devrait traverser le ruisseau accompagné de ses dix acolytes; leur arrivée ne serait donc ni silencieuse, ni rapide.

La lune devait encore s'élever à l'horizon, mais elle lui serait peu utile quand elle apparaîtrait. Elle était dans son dernier quartier, et même cette portion serait voilée par les nuages. Jamie fut bientôt au Moneypool, du côté opposé à la lanterne, un maigre phare pour le guider sur la rive éloignée. Insuffisant, en tout cas, pour éclairer les rocs ou lui révéler la profondeur du courant.

Mais il pouvait entendre l'eau tourbillonner sous lui. La marée soulevait peu à peu la Cree, qui refluait à contre-courant, repoussant les eaux saumâtres en cercles incessants, agitant la boue, la vase et le sable. Le long des rives, des sources souterraines rendaient les sables mouvants. Et trompeurs. Si, à un endroit, sa botte s'enfonçait à peine, au pas suivant, toute sa jambe pouvait être avalée jusqu'à la hanche.

Jamie baissa les yeux vers l'eau, essayant de rassembler son courage, alors même que ses pieds commençaient à glisser dans la boue, l'attirant inexorablement. Était-il préférable d'attendre ici plutôt que de traverser ? Non, car un attelage emprunté ainsi que sa propre monture et toutes leurs possessions restaient sans surveillance de l'autre côté. Et ses armes aussi étaient stockées dans le chariot.

Il traverserait. Il le devait. Maintenant.

Jamie engagea une botte dans le ruisseau, espérant qu'elle se pose sur l'un des gros blocs de granit, et il cria pratiquement sa joie quand la chance lui sourit. Mais son équilibre était précaire sur la surface gluante, et il dut se recroqueviller pour y ramper. L'eau dégageait une odeur d'algues, de fougères en décomposition et de poisson. La Cree était réputée pour ses saumons. Qu'est-ce qui pouvait bien frayer sous les eaux du Moneypool ?

Une kelpie.

La voix de Lewis McMinn revint le hanter. *Comme un grand cheval qui surgit avec la marée.*

— Tu es fou, murmura Jamie à part lui.

Les *kelpies* n'étaient pas plus réelles que les fées ou les *brownies*[14], pourtant les histoires à leur sujet persistaient. Des légendes de juments racées habitant les eaux, invitant les hommes à passer la main dans leur crinière, avant de les entraîner à leur perte dans les profondeurs.

Des contes à dormir debout destinés à éloigner les gamins trop aventureux de la rivière.

De l'autre côté, Jamie crut entendre les chevaux qui s'agitaient. Du moins, c'est de là que les sons semblaient provenir. Il atteignit l'extrémité du roc, incertain de ce qu'il devait faire ensuite. Était-ce une grande pierre qu'il distinguait à sa gauche ? Ou une étendue d'eau noire ? Ou de la boue, prête à lui avaler la jambe ?

Il réprima un juron, déterminé à conserver son sang-froid. La rive n'était plus très loin. Il valait mieux entrer doucement dans l'eau et marcher, plutôt que risquer de mettre un pied dans le vide et tomber sur l'arête aiguë d'un rocher. Il déroula les

---

14. N.d.T. : Sorte de lutins ou de farfadets.

bords de ses bottes jusqu'aux genoux, puis mit une jambe dans le courant, se préparant à subir la morsure du froid.

Le fond était meuble, mais il n'avait pas l'impression de s'y enfoncer. Il plongea son autre jambe dans l'eau et leva les bras pour garder son équilibre. Alors qu'il tentait d'atteindre le rocher suivant, il se sentit entraîné par un fort courant en aval. La lumière blafarde de la lanterne semblait maintenant s'éloigner de lui et la vase autour de ses bottes devenait plus tenace.

Par un effort de pure volonté, Jamie souleva le pied gauche, puis le droit, tâchant d'avancer pour éviter de s'enfoncer dans la boue. Et l'eau profonde. Peu importe dans quelle direction il étirait les bras, ses mains se refermaient dans le vide. Ce n'était plus qu'un bourbier de vase et de boue qui agrippait fermement ses bottes. Il voulut rectifier sa posture, mais en vain. Ses deux pieds refusaient de lui obéir. Plus il luttait, plus il s'enfonçait. L'eau pénétrait maintenant dans ses bottes.

— À l'aide!

Il était ridicule d'appeler, quand personne ne pouvait l'entendre.

— À l'aide! cria-t-il de nouveau.

Plus fort, cette fois-ci. Et le ton était plus désespéré. Tout ce dont il avait besoin, c'était d'un objet auquel s'accrocher, d'un levier quelconque.

Si seulement il arrivait à libérer l'une de ses jambes... S'il pouvait tenir...

Jamie luttait contre la force qui l'attirait vers le fond, la combattait, s'insurgeait contre elle.

— Non! cria-t-il, lançant son poids vers l'avant, ce qui ne fit qu'aggraver sa situation. Ses vêtements mouillés l'entravaient dans ses mouvements, et ses bottes commençaient à se remplir de vase. *Non!* Jamie récupéra son poignard dans son fourreau et le passa à sa ceinture. Mais ses bottes demeuraient prisonnières. Des larmes chaudes lui piquaient les yeux, et sa gorge était si comprimée qu'il n'arrivait plus à lancer les mots du désespoir. *À l'aide! À l'aide!*

La peur l'envahit, l'étouffant. *Je ne mourrai pas ici. Non!*

Jamie rassembla toutes ses forces et parvint à libérer l'une de ses bottes, mais l'élan gagné le fit basculer dans l'eau. Sa tête heurta une roche noire avec un bruit mat. Il tomba à genoux et la nuit sombre devint noire.

Sauve-moi, ô Dieu. Car les eaux me sont entrées jusqu'à l'âme. De l'eau. Froide. De la douleur. Rien d'autre. *J'enfonce dans la bourbe du gouffre, et rien qui tienne.* Ce n'étaient pas ses mots. Il n'avait plus de mots. Il ne lui restait que sa volonté.

Non, je ne mourrai pas, je vivrai.

Jamie saisit le roc immobile, celui qui l'avait meurtri, et tira de toutes ses forces. Il avait le goût du sang à la bouche, mais il cherchait à se libérer par tous les moyens. Ses muscles criaient grâce, mais il refusait d'abandonner. Luttant, combattant, s'obstinant.

En Dieu j'ai placé ma confiance. Je n'aurai pas peur.

La boue, cette bête affamée, ne voulait pas lui lâcher les pieds. Mais Jamie ne capitulerait pas. Pas devant cette... cette *chose*, pas devant une *kelpie*, pas devant son frère. C'était un adversaire de valeur, pourtant il savait qu'il en triompherait. Il le devait.

— Oui! gronda Jamie, en faisant un ultime effort.

Il parvint à libérer une jambe de l'emprise de l'ennemi, lui abandonnant sa botte comme tribut. Mais il n'en avait pas besoin. Il avait besoin de vivre. Il devait sortir de cette eau et se hisser sur ce roc. Maintenant.

Jamie tira plus fort, sa cuisse luttant contre l'attraction mortelle des sables mouvants.

— Pas encore, grogna-t-il. Je n'abandonne pas encore.

Soudain, son autre jambe s'arracha à sa botte. Mais ce fut au prix d'un affreux déchirement, une douleur cuisante qui le traversa de part en part.

C'était sans importance. Il était libre.

Jamie s'élança et tomba à plat ventre sur le roc, bien au-dessus de la surface du ruisseau gonflé. La marée pouvait maintenant monter à sa guise ; il ne pouvait désormais plus se noyer dans les eaux froides.

Il resta là quelque temps pour reprendre haleine, pour laisser s'apaiser son cœur, qui battait à tout rompre, et retrouver ses esprits. Quand il essaya de s'asseoir, il ressentit une douleur aiguë et tenace à la jointure de la cuisse et de la hanche. Peu importait. Il resterait là jusqu'à l'aube, s'il le fallait. Son frère le trouverait. Ou bien Davie. Mais personne ne le découvrirait noyé.

Jamie parvint à rouler sur le côté, celui épargné par la douleur. Sa tête saignait encore à l'endroit où elle avait heurté le roc, et il pouvait sentir l'enflure se gonflant sous ses doigts. La blessure n'était pas fatale. Elle guérirait.

Essayant de percer le brouillard, Jamie voulut déterminer sa situation. Bien qu'il entendît les chevaux qui hennissaient non loin, il ne pouvait les voir. L'huile de la lanterne s'était épuisée, et les berges du ruisseau étaient noires. Où était Evan ? Est-ce que son frère avait été retardé par le brouillard ? À moins que Lewis McMinn se fût trompé sur les intentions véritables d'Evan.

Beaucoup de questions. Peu de réponses. Toutes devraient attendre au matin.

Je suis béni par le Tout-Puissant. Ce n'était pas de l'orgueil que de confesser ce qu'il savait être vrai. Il n'était pas digne du moindre des bienfaits de Dieu. Mais malgré tout, il en était gratifié. Le présent des présents. *En Dieu, nous jubilons tout le jour.*

Avec une pierre comme oreiller, Jamie dormit jusqu'à ce que le soleil réchauffe son visage et que la voix d'un homme l'interpelle de la rive.

Chapitre 67

La terre ne produit pas de baumes pour guérir les erreurs.
— Edward Rowland Sill

Rose se tenait sur le bord du Moneypool, regardant les deux hommes, au comble de l'étonnement : Jamie, prostré sur un rocher au milieu du courant à marée basse, ses vêtements en lambeaux et sans bottes ; et un passant aux cheveux noirs, qui adressait la parole à son mari du côté de Ferrytown.

— M'sieur, si vous m'permettez d'vous l'demander, que faites-vous donc su' c'te rocher ?

Rose regarda Jamie, qui essayait péniblement de se redresser, grimaçant de douleur. Elle aurait voulu attirer son attention, mais craignit qu'il ne basculât à l'eau de son précaire perchoir. Elle attendit plutôt son tour pour lui parler. Il s'agissait d'un début de matinée pour le moins inusité. Elle avait quitté la ferme de bonne heure, sous un soleil radieux, espérant le surprendre. C'était plutôt Jamie qui l'avait étonnée.

— Bonjour à vous, répondit Jamie, lui tournant le dos sans le vouloir pour faire face à l'homme d'âge mûr. Je suis heureux de vous informer que j'ai vaincu votre *kelpie*, hier soir. La bête n'importunera plus votre village, désormais.

L'homme éclata de rire, exhibant une dentition complète.

— Vraiment ? Et quel est l'nom de c'lui à qui nous devons c'te délivrance ?

— James McKie, de Glentrool.

— Eh bien, nous ferions mieux d'changer ça. Un gentilhomme qui a vaincu la *kelpie* du Moneypool est un prince parmi les hommes. Ne pourrions-nous point vous appeler le laird de Glentrool ?

— Non, vous ne le pouvez pas.

Toute trace de bonhomie disparut de la voix de Jamie.

— Pas tant que mon père est en vie.

— C'est juste, acquiesça l'étranger. Aurez-vous besoin d'aide pour quitter vot' rocher? Car y a une jeune fille qui vous attend d'l'aut' côté.

Quand Jamie se tourna vers elle pour lui sourire, Rose se jeta pratiquement dans le ruisseau peu profond pour aller l'y chercher. *Mon pauvre Jamie!*

— Tu es un spectacle de choix pour mes yeux douloureux, Rose.

Il descendit de son roc avec difficulté et se mit à boiter dans sa direction.

— Il me semble que ce ne sont pas tes yeux, mais ta jambe qui te fait souffrir.

Elle ouvrit les bras, prête à l'accueillir, aussi sale fût-il.

— Que t'est-il arrivé, Jamie?

Pieds nus et souffrant visiblement, il prit quelques minutes pour l'atteindre.

— Ne m'as-tu pas entendu expliquer à ce villageois que j'avais combattu une *kelpie*?

Quand Jamie se tourna à nouveau vers son interlocuteur, ils s'aperçurent que l'homme était parti, sans avoir révélé son nom ni dit au revoir.

— Voilà un étrange personnage, dit Rose pendant que Jamie mettait le pied sur la berge. J'ai entendu l'histoire que tu lui as racontée. Maintenant, vas-tu m'expliquer ce qui est vraiment arrivé?

— Peut-être, dit-il en lui déposant un léger baiser sur la bouche.

Elle ne dirait jamais à son mari qu'il exhalait un parfum d'algues en décomposition. Pas quand elle était si heureuse de le revoir. Mais une *kelpie*? Il lui faudrait trouver une meilleure histoire que celle-là.

— Leana et les autres seront ici bientôt.

Rose s'écarta pour le regarder de plus près. Est-ce Evan qui t'a mis dans cet état, te blessant à la jambe avant de t'abandonner ici?

Il regarda vers la route.

— Il me reste encore à voir mon frère, quoique je demeure convaincu que nous le croiserons en nous dirigeant vers le nord.

Sa réponse était factuelle, comme s'il ne craignait plus vraiment de le rencontrer.

— Et le jour du sabbat, ajouta-t-il, toute la maison de mes parents sera à l'église de Monnigaff. Avec toutes ces rencontres qui m'attendent, il est heureux que j'aie survécu à cette nuit.

Rose le regarda de plus près, essayant de démêler la situation. Pas de bottes. Ses vêtements dans un état lamentable. Et boitant, par-dessus le marché.

— Mais si ce n'était pas Evan, alors *qui* était-ce, Jamie? Quelle sorte de bête ou d'homme a bien pu te laisser dans un état pareil?

Elle croisa les bras sur son corsage, lui signifiant qu'elle attendait une réponse plausible.

— Je suis… tombé, commença-t-il en passant une main dans sa chevelure emmêlée. Le courant était rapide, le brouillard, épais et la boue, bien déterminée à m'engloutir. Quand je me suis heurté la tête sur ce roc, je me suis presque noyé.

— Jamie! Jamais je ne me suis douté…

L'explication de la *kelpie* n'était peut-être pas si bête.

— J'ai dû lutter pour ma vie, je te l'assure. Comme je n'arrivais pas à tirer mes bottes de la vase, mon seul recours fut de les y laisser. Mais je me suis tordu une jambe en m'arrachant au lit du ruisseau. Quand je me suis enfin hissé sur ce rocher, toutes mes forces m'avaient abandonné, et c'est pourquoi j'étais encore ici ce matin, quand tu m'as retrouvé. Elle est un peu amochée, dit-il en regardant sa jambe droite. Mais je suis toujours en vie. Et heureux de l'être.

— Sûrement pas autant que moi.

Elle embrassa son mari une autre fois, oubliant son odeur de saumure, un maigre inconvénient pour avoir survécu à pareille épreuve.

— Mon brave mari.

— Je ne suis pas certain d'avoir été brave, jeune fille. Seulement déterminé à ne pas me laisser noyer.

Il tourna son attention de l'autre côté du ruisseau.

— Notre première tâche de la journée est de faire traverser le chariot et les chevaux pendant que la marée est basse.

Elle l'aida à monter sur la berge.

— Et c'est Davie Tait qui s'en chargera, dit Rose, car Jamie McKie est un éclopé, qui n'améliorera pas son état en faisant un autre plongeon dans le Moneypool. Quand nous aurons récupéré notre chariot, je te trouverai des vêtements et un morceau de savon.

Rose baissa les yeux vers ses pieds nus.

— Et je crois aussi qu'une visite chez le bottier de Monnigaff s'impose.

— Aller pieds nus est très populaire chez les paysans de Galloway, lui rappela-t-il. J'ai certainement l'air d'en être un, aujourd'hui.

Le temps s'était amélioré. Les nuages gris et la brume avaient fait place à un ciel clair et à de l'air plus sec. Quand Davie apparut, Rose mit le jeune berger au travail, et il guida les chevaux et la voiture sur un passage de galets. Heureusement, les sabots et les roues ne s'enfoncèrent pas dans la boue. Leana et les domestiques arrivèrent à temps pour voir Hastings traverser le ruisseau sans incident, et le groupe se rassembla pour se préparer aux deux derniers jours de leur voyage.

Davie se gratta la tête.

— J'pense qu'vous devriez vous asseoir dans le chariot que'ques minutes, m'sieur McKie.

— Bonne idée, approuva Rose, désireuse de jouir de la compagnie de Jamie, quel que fût le motif. Tu pourras t'installer dans le chariot avec moi et étendre ta jambe douloureuse.

Les deux derniers sacs d'or et la corde de la sorcière étant bien dissimulés au fond de paniers de linge sale, elle ne craignait pas que son mari découvrît son secret au dernier moment. Leana lui assura qu'elle était prête à conduire le chariot jusqu'à Monnigaff.

— J'chevaucherai vot' monture, offrit Davie. Nous irons chercher Rab, n'est-ce pas?

Jamie hésita avant de répondre.

— Je dois admettre que je respirerai mieux quand je verrai le garçon venir à notre rencontre.

— Si tu l'veux, Davie...

C'était Annabelle, virant au rose sous ses taches de rousseur.

— J'peux... t'aider à guider tes agneaux.

— Vraiment, jeune fille ?

Le ton de la voix de Davie indiquait qu'il était heureux de la proposition.

— Les colleys resteront d'chaque côté d'la route, expliqua-t-il. Si ça n't'ennuie pas d'marcher derrière les bêtes, en faisant attention où tu mets les pieds, j'irai devant et j'partirai à la recherche de Rab. Ensuite, j'viendrai t'rejoindre à l'arrière, mam'zelle.

Le regard sévère de Jamie n'était que de façade.

— J'ai l'impression que mon poste de chef des bergers m'a été usurpé.

Davie retira son chapeau et s'inclina en souriant.

— J'vous d'mande pardon, m'sieur.

— Non, non, répondit Jamie sur le même ton. Ton plan est excellent, garçon. Allez.

Prenant ses responsabilités à cœur, Davie aida les deux sœurs à monter dans le chariot. Eliza et Ian vinrent les rejoindre pendant que Leana prenait les rênes, se tournant sur son siège pour recevoir ses instructions de Jamie.

— Laisse le troupeau et Annabelle prendre les devants, dit-il à Leana. Si mon frère a l'intention de venir à nous, cela nous donnera le temps de le voir approcher.

Rose glissa la main autour de son bras en poussant un soupir.

— Aussi difficile que ce jour s'annonce, je suis soulagée qu'il soit enfin arrivé, Jamie. Pourtant, j'aurais souhaité que tu ne sois pas estropié. Je ne veux pas que ton frère pense que tu es faible.

— Jamie n'est pas faible, dit Leana rapidement, mais il souffre, et cela me désole.

Elle regarda Jamie.

— Et si je préparais un cataplasme ? suggéra-t-elle. De la consoude peut être trouvée dans n'importe quel bois humide des Lowlands, près des rivières, en particulier. Les fleurs jaunes sont tombées, désormais, mais je n'aurai besoin que de leurs longues feuilles ovales. J'utiliserai les racines, aussi, car la consoude est excellente pour arrêter les saignements.

Leana ne regarda pas Rose, mais elle était certaine que cette offre l'intéresserait aussi. La tache de sang qu'elle avait trouvée sur sa robe de nuit, ce matin-là, était petite, mais d'une noirceur inquiétante. Les déplacements en étaient sûrement la cause. Ou l'excitation à l'approche de Glentrool. Ou la promesse des jumeaux. Jamie estimait qu'ils pourraient atteindre leur destination lundi en journée. Ne pourrait-elle pas être particulièrement prudente pendant ces deux derniers jours ?

— La consoude me fera certainement le plus grand bien, répondit Jamie, tout en souriant à Rose. D'ici là, j'essaierai de ne pas trop me plaindre de la douleur.

Rose leva son regard vers lui.

Et je ferai de même, mon amour.

Chapitre 68

Il n'est pas toujours donné aux mortels d'être bénis.
— John Armstrong

Quand Rose se blottit sur Jamie, prenant garde de ne pas appuyer sur sa jambe douloureuse, elle l'entendit gémir. Elle se redressa rapidement et se confondit en excuses.

— Ne sois pas désolée, dit-il. C'était accidentel.

Il lui prit la main et la posa délicatement à l'endroit où la cuisse et la hanche se rejoignaient.

— L'articulation semble être sortie de son attache, expliqua-t-il. La consoude de Leana m'aidera. Et le temps, souvent le meilleur des guérisseurs.

Rose ne put taire ses inquiétudes.

— Mais combattras-tu Evan ? Tu ne peux marcher sans grimacer de douleur. Comment dégaineras-tu ton sabre ?

— Je ne combattrai pas mon frère.

Elle le regarda, confuse.

— Ne sois pas si inquiète, Rose ! Je ne laisserai pas non plus Evan me tuer. Ni toucher à un cheveu de ta jolie tête.

Jamie se repositionna, afin de soulager sa jambe.

— C'est le pardon que je recherche, non sa tête au bout de mon épée. Je crois que ma blessure me servira, « car, lorsque je suis faible, c'est alors que je suis fort ».

— Oh, Jamie !

Elle leva les yeux au ciel.

— Où vas-tu chercher de pareilles choses ? Ce doit être cette vilaine coupure à la tête. Leana ! cria-t-elle, as-tu une herbe dans ta pharmacie pour soigner la blessure au front de Jamie ? Car je crains qu'il ait la raison dérangée.

— J'ai quelque chose, en effet, dit-elle par-dessus son épaule, un sourire dans la voix. De la lavande.

Jamie ferma les yeux, laissant reposer sa tête sur l'arrière du chariot.

— La nuit dernière, j'ai eu mon content de batailles pour plusieurs années.

Alors qu'il décrivait avec force détails son expérience boule-versante, l'étonnement semblait le gagner peu à peu.

— J'aurais dû mourir, Rose, dit-il pensivement. Mais cela n'a pas été le cas.

Elle frotta délicatement l'ecchymose sur son front. Dire qu'elle dormait confortablement dans une douillette maison de ferme, au moment même où il luttait pour sa vie !

— Nous aurions dû être là. Tous ensemble. Pour t'aider..., pour te sauver...

— Je n'étais pas seul, Rose.

Au bout d'un moment, il rouvrit les yeux. Elle n'avait jamais vu son mari aussi en paix.

— Aujourd'hui, quand j'affronterai mon frère, je serai plus fort que jamais. Et le jour du sabbat, quand je verrai mon père à l'église, je prie pour être encore plus fort.

Rose le crut. Comment ne pas le faire alors qu'il était aussi confiant ? Pourtant, il était là, blessé et souffrant, sans bottes aux pieds ni arme à la main. *Quelque chose* était arrivé à son mari ; il n'était plus l'homme qui s'était aventuré dans la brume la veille.

Béni par le Tout-Puissant. Oui, il l'était.

Un tel homme méritait une femme vertueuse. Pas une voleuse.

Son regard tomba sur le panier de linge sale qui cachait les derniers sacs volés, et son cœur s'effondra. Tandis que Dieu s'activait à protéger Jamie, elle avait compromis sa liberté sans réfléchir. Rose se détourna afin qu'il ne pût voir ses larmes et lui en demander la raison. Il ne devait jamais connaître sa trans-gression. Mais elle devait le dire à *quelqu'un*. Elle devait décharger son fardeau, car la culpabilité lui pesait bien plus que l'or. Elle avait pensé qu'en se débarrassant de l'un, elle ferait taire l'autre. Elle était dans l'erreur.

Pouvait-elle confesser son crime à son Père céleste, à défaut de son père terrestre?

Soudain, une terrible crampe la saisit, comme si une main invisible s'était refermée sur elle.

Oh, Père. Peut-être était-il trop tard pour les confessions. Le dommage avait déjà été fait.

Rose s'adossa au chariot, la douleur irradiant de l'intérieur pour envahir ses membres, se déversant dans son corps. Et oui, plus de sang. *De grâce, pardonnez-moi. Guérissez-moi.*

— Rose?

C'était la voix de Jamie. Inquiet.

— Chérie, quelque chose ne va pas? demanda-t-il.

Puis, il se tourna vers sa sœur et dit d'une voix plus forte :

— Leana, pourrions-nous nous arrêter? Rose ne se sent pas bien.

Rose sentit le chariot s'immobiliser peu à peu et elle plaça les mains sur son ventre, espérant guérir ses enfants par ses caresses. *Trop tard. Trop tard.*

Leana se pencha sur elle ; elle l'aida à s'étendre et plaça ses pieds sur un appui.

— Jamie, je crois qu'il serait préférable qu'elle reste immobile. Il y a une fermette derrière les arbres. Eliza, emmène Ian et va demander de l'aide à leurs habitants. Nous avons besoin d'eau fraîche pour nous désaltérer et d'eau chaude pour les compresses. Et de chiffons propres.

Eliza ne perdit pas une seconde, portant Ian dans ses bras, tandis que Jamie faisait de son mieux pour donner à Leana l'espace dont elle avait besoin dans le chariot.

— Ma chère Rose.

Leana se pencha sur elle et pressa leurs joues ensemble.

— N'aie pas peur.

Rose luttait pour penser clairement.

— S'il te plaît…, ne lui dis pas…

Le lendemain, peut-être. Une fois que Jamie aurait affronté Evan. Pas maintenant.

— Non, Rose.

La voix de Leana était basse, mais ses mots, résolus.

— Jamie est ton mari, dit-elle. Il doit savoir.

Quand Leana s'assit, Jamie se déplaça près d'elle. Il était clair qu'il ne voulait pas qu'on lui cache quoi que ce soit.

— Dis-moi tout, Leana. Car il semble que ma femme en soit incapable.

Leana les regarda tous les deux.

— Rose a eu... des saignements.

— Elle *a eu* ? Ce ne sont donc pas ses premiers ?

— Je suis désolée, Jamie, intervint Rose en levant la main, espérant le calmer par la douceur d'une caresse. C'est ma faute, si tu n'en as pas été informé avant. Pas celle de Leana.

Elle ferma les paupières pour se protéger des ardeurs du soleil, tandis qu'un mince filet de larmes s'échappait de chaque œil, ruisselant dans ses cheveux. *Tout est ma faute.*

Leana essuya ses pleurs, et sa voix était aussi douce que sa main.

— Pardonne-nous à toutes les deux, Jamie. Ce n'étaient que quelques petites taches. Et cela n'est pas... inhabituel. Mais, puisque ça s'est reproduit, je prendrai des précautions additionnelles et j'utiliserai les médicaments dont je dispose. Rose est jeune et en bonne santé. Tu n'as rien à craindre.

Rose soupira tandis que Jamie déposait un baiser dans la paume de sa main. *Il m'aime encore.*

— Je sais bien que l'idée de ne pas m'en parler est de Rose, dit Jamie d'un ton adouci. La jeune fille affectionne les secrets.

Leana la regarda avec tendresse.

— Oui, elle est comme ça.

Eliza revint, faisant rebondir Ian sur son épaule, une femme jeune marchant à ses côtés.

— V'là m'dame Hughan, d'la ferme Calloch, dit la servante, accélérant les présentations. Elle possède un joli jardin d'plantes médicinales. R'gardez c'qu'elle vous a apporté.

Rose vit sa sœur recevoir ses humbles présents avec une joie sincère.

— Des feuilles de consoude ! Déjà broyées.

— Oui, m'dame, dit la fermière. Assez pour faire un ou deux cataplasmes. Et les aut' choses qu'vous avez demandées sont là aussi. J'ai pensé qu'un thé aux orties serait une bonne idée.

Leana aida Rose à se redresser pour porter la tasse de corne contenant le thé tiède à ses lèvres.

— Comme vous le pouvez voir, madame, j'ai deux patients qui bénéficieront tous les deux de la consoude.

Elle prit une pincée d'herbe humide et l'ajouta au thé de Rose.

— Ce soir, nous logerons dans une auberge où je pourrai vous soigner convenablement. N'est-ce pas, Jamie? demanda Leana en le regardant avec insistance.

Maintenant assise, sa tasse de thé à la main, Rose allait mieux. Dieu merci, pensa-t-elle, elle portait une robe foncée. Le sang ne paraîtrait peut-être pas. En regardant la jolie fermière à la chevelure châtain, qui vidait son tablier rempli d'herbes médicinales et versait des verres d'eau à ses invités inattendus, elle se sentit prise d'une soudaine affection pour cette pauvre jeune femme, avec sa robe flétrie et son bonnet défraîchi. Ne pourrait-elle lui manifester sa reconnaissance d'une manière ou d'une autre? Pareille gentillesse ne méritait-elle pas une récompense?

Elle eut une inspiration soudaine. *Mais oui. L'or!*

Il serait bien employé, à la ferme Calloch. Mais comment le lui remettre sans que les autres s'en aperçoivent? Le panier était à côté d'elle. Oserait-elle prendre l'un des sacs restants? Mais que ferait-elle ensuite?

Quand madame Hughan déposa son pichet de bois vide pour s'amuser avec Ian un moment, une occasion se présenta que Rose saisit sans hésiter. L'enfant riait aux éclats dans les bras de la paysanne, qui le faisait tournoyer en tous sens. Pendant que tous avaient les yeux rivés sur eux, Rose transféra discrètement l'or du panier au pichet. Elle enfouit ensuite deux mouchoirs par-dessus pour étouffer les sons.

— Nous devons partir, annonça Jamie, se tournant vers elle, le vert de ses yeux rendu encore plus brillant par la lumière du soleil. Te sens-tu assez bien pour voyager, Rose?

— Ça va, maintenant, dit-elle en poussant le pichet vers leur hôtesse. Vous n'oublierez pas ceci, madame Hughan. J'ai mis quelques serviettes à l'intérieur pour vous exprimer notre gratitude.

Ce n'était pas un mensonge; il y avait bien des serviettes dans le pichet... entre autres choses. S'il lui sembla plus lourd, la paysanne ne fit pas de commentaire. Elle continua son chemin en le balançant à côté d'elle.

Leana, entre-temps, avait pressé le cataplasme entre ses doigts pour en faire de minces compresses, grandes comme la paume de ses mains.

— Rose tu dois appliquer ceci sur... la partie du corps de Jamie qui est blessée.

Il était impossible pour la pâle Leana de dissimuler la moindre rougeur.

— La peau n'est pas lacérée, n'est-ce pas, Jamie? demanda-t-elle. Car la consoude médicinale ne peut être appliquée sur une blessure ouverte.

Il lança un plaid sur ses genoux et grimaça en abaissant sa culotte, tandis que Leana et Eliza détournaient pudiquement le regard.

— Ce serait plus facile à faire avec un kilt, plaisanta-t-il, malgré la douleur.

Rose plaça délicatement le cataplasme à l'endroit sensible qu'il lui indiquait. Quand il grimaça, elle sut qu'elle avait localisé la déchirure. Après avoir replacé le plaid, Rose signala aux autres qu'ils pouvaient se remettre en route.

— Nous avons laissé Annabelle garder les moutons près de la route trop longtemps.

Le chariot roula bientôt le long des rives sinueuses de la Cree. Annabelle marchait devant eux, tenant la houlette de berger de Davie tel un talisman protégeant ses agneaux.

Après un mille ou deux, Leana se tourna pour voir comment ses passagers se portaient.

— Les gens du pays disent que la consoude protège aussi le voyageur.

— Aujourd'hui, plus que tout autre jour, cette protection est la bienvenue, dit Jamie, tenant d'une main le cataplasme et, de l'autre, la main de Rose. Nous ne sommes plus loin de Monnigaff.

Rose vit le dos de sa sœur se raidir.

— Et voici Rab et Davie qui arrivent sur Hastings. Ils apportent sûrement des nouvelles. De ton frère.

Chapitre 69

Je veux la grâce qui s'écoule de toi,
Qui anime toutes les choses sur lesquelles elle se répand.
— William Cowper

Tant qu'il n'aurait pas vu Evan en face, Jamie ne saurait pas si sa lettre ou ses moutons avaient attendri le dur cœur de son frère. Mais Rab Murray le savait peut-être. Alors que le berger chevauchait vers lui, Jamie se préparait à recevoir son rapport.

— Vot' frère attendait à l'auberge de la Cree, en fin d'compte. Y a dit qu'y faisait trop mauvais pour mettre homme ou bête dehors, hier.

Rab laissa Davie descendre de cheval pour rejoindre Annabelle, puis fit faire demi-tour à Hastings pour marcher à côté du chariot, qui avançait à petite allure.

— Et il avait raison, acquiesça Jamie.

Des souvenirs poignants de sa lutte nocturne avec le Moneypool lui revinrent à l'esprit.

— Qu'est-ce que mon frère a dit, au sujet des agneaux ? A-t-il accepté mon présent, si modeste soit-il ?

— Y l'a accepté.

Rab gratta sa chemise, comme s'il était temps de prendre un bon bain.

— L'un d'ses bergers va conduire les agneaux à sa ferme, dans la paroisse de Sorbie.

À cette nouvelle, Jamie se redressa dans le chariot.

— Les hommes avec lui sont des *bergers* ?

— Des bergers et des pâtres, et nombreux, en plus. Quand j'suis entré dans l'auberge, mon cœur battait sous ma ch'mise, car j'pensais trouver dix gredins.

Rab sourit.

— J'ai plutôt vu dix garçons comme moi.

Jamie se frotta la nuque, essayant d'effacer l'image qu'il portait dans son esprit. Celle d'Evan à la tête d'une table grossière, déclarant ouvertement sa haine à son endroit, devant une assemblée de dix fripouilles sans foi ni loi. Des brigands, comme ceux que Rab s'attendait à rencontrer.

— Des bergers, répéta Jamie, essayant toujours de comprendre la situation. Et des ouvriers agricoles.

— De braves hommes, en vérité. Comme le sont la plupart des travailleurs.

Rab fit un sourire à Eliza, qui devint de la couleur d'un silène en mai.

— Et habillés simplement, j'espère, dit Jamie.

Il se débarrassa de son cataplasme maintenant froid et réarrangea ses vêtements. Bien que son manteau et sa culotte fussent propres, ils n'avaient rien de très élégant. Il avait espéré rencontrer Evan comme il avait affronté Lachlan : dans une tenue digne d'un prince, pas en va-nu-pieds. Jamie décida d'adopter une attitude tout en humilité. Et de prier pour que cela ne lui coûtât pas la vie.

— Est-ce qu'Evan s'est bien comporté avec toi ? demanda Rose.

— Ben, on peut pas dire qu'y ait été méchant.

Le berger frotta son menton couvert de poils roux.

— Ni très bavard.

Jamie hocha la tête de bas en haut.

— Quand nous étions jeunes, j'étais celui qui employait les mots, souvent comme une arme. Mon frère préférait sa dague.

Son propre poignard serait inutile, maintenant, comprit Jamie, puisque sans bottes, il ne pouvait le dissimuler sur lui. L'arme demeurerait dans le chariot, auprès de l'inoffensif pistolet. Mais pas son épée, toutefois ; il avait un emploi pour elle.

Ils atteignirent la lisière de Monnigaff, un vieux village de chaumières regroupées sur une pointe de terre basse, au confluent du ruisseau Penkill et de la rivière Cree. Plus étroit à cet endroit qu'à Ferrytown, la Cree était domptée par des berges rocailleuses et enjambée par un pont construit une quarantaine d'années auparavant. Ce samedi-là, le marché battait son plein, grouillant de visiteurs des paroisses voisines venus acheter de la farine et du malt.

Jamie se demanda s'il parviendrait même à trouver son frère, au milieu d'une telle foule.

— Davie, conduis les agneaux au nord de la ville. Et toi, Leana, pourrais-tu garer le chariot dès que tu le pourras?

Elle continua au-delà de Cree Bridge, jusqu'à un lieu ombragé le long de la route parallèle au Penkill, où elle immobilisa l'attelage.

— Rencontrerons-nous... *tous* Evan?

— Oui, dit fermement Jamie.

Une confession publique, avec toute sa famille comme témoin, serait la meilleure solution. Il descendit de voiture et attacha son fourreau, s'efforçant d'appuyer tout son poids sur sa jambe blessée. Il n'avait pas attendu deux ans pour affronter son frère en boitant. Ce n'était pas la pitié qu'il recherchait, mais la clémence. Le pardon pour l'impardonnable. Alors seulement, il pourrait lever la tête à titre de laird de Glentrool. Alors seulement, il pourrait vivre en liberté.

Quand Leana voulut se lever, il la retint.

— Laisse Rab t'aider à descendre, Leana. Je suis désolé de ne pouvoir le faire moi-même.

Leana se pencha sur le bord du chariot afin que Rab puisse la saisir. Une fois sur ses pieds, elle prit dans ses bras un Ian endormi, puis se tourna vers sa sœur.

— Jamie, je pense qu'il serait préférable que Rose reste là où elle est.

Bien que Rose fût assise, son visage était crayeux, et ses yeux, un peu hagards.

— Jamie, est-ce que cela t'ennuierait beaucoup, si j'attendais ici?

— Pas du tout.

Il se pencha sur le bord du chariot pour lui prendre les mains, qui étaient trop froides pour une chaude journée d'août.

— Je m'inquiète seulement que tu ne te sentes pas bien, Rose, dit-il.

Saignait-elle encore? Leur enfant était-il en danger? *Que le Ciel m'assiste!* Il était impossible de partager son cœur et son esprit à deux endroits.

— Nous ne nous attarderons pas après le service, demain, lui promit-il, nous nous dépêcherons plutôt d'arriver à Glentrool. Est-ce que cela te convient?

— C'est d'accord, dit-elle dans un soupir, clairement soulagée. Demain soir, je dormirai dans ma nouvelle maison.

— Oui, mon amour.

Il lui serra la main plus fort.

— Ta nouvelle maison. Le jour du sabbat.

Plaise à Dieu qu'il en soit ainsi. Il n'aimait pas l'idée de la quitter, pourtant sa rencontre avec Evan ne pouvait plus être reportée.

— Je dois trouver mon frère, lui dit-il. Prie pour moi, Rose.

— Chaque seconde de ton absence, répondit-elle.

Elle baissa la tête pour lui embrasser les mains.

— Notre enfant a besoin d'un père, Jamie. Je t'en prie, reviens vite.

Les paroles de Rose résonnant toujours en lui, Jamie aligna son groupe, désireux de présenter les siens à Evan avec toute la dignité appropriée pour l'occasion. Ils formaient une troupe débraillée, épuisée par des jours de déplacement, mais chacun importait à ses yeux et méritait une présentation convenable.

— Rab, veux-tu te placer derrière moi? Et Davie se joindra à toi. Puis, Annabelle et Eliza. Ensuite, Leana et mon fils.

Jamie se tourna vers sa femme, espérant lui soutenir le moral.

— C'est ta place, Rose. La place d'honneur.

Rose sourit faiblement.

— Puisque tu le dis, Jamie.

— M'sieur McKie, dit Rab en tirant la manche de son manteau. Le voilà.

Jamie leva le regard juste à temps pour voir son frère émerger de l'auberge de la Cree, à moins d'une cinquantaine de pas. Il était vêtu d'un manteau de droguet et portait des bottes poussiéreuses. Ses cheveux d'un roux ardent étaient attachés sur sa nuque épaisse. *Evan McKie.* Toujours aussi hardi, il se tenait debout sur le seuil, parcourant la foule du regard. Ses bergers et ses pâtres l'entouraient, et aucun ne lui arrivait plus haut qu'à l'épaule.

Jamie resta sur sa position, attendant qu'Evan se tourne dans sa direction.

Leurs regards se croisèrent. *Enfin, mon frère.*

Jamie fit le premier pas, laissant sa maisonnée derrière lui afin qu'elle soit en sécurité. Il marchait très droit, sans boiter, ignorant la douleur à sa jambe. Bien que sa tête et ses pieds fussent nus, son sabre pendait à sa ceinture. *Attends-moi, Evan. Laisse-moi venir à toi.*

La foule mouvante entre les deux hommes s'écarta, livrant passage à Jamie. Enfin, c'était l'impression qu'il avait, tant il était absorbé dans ses pensées. *Tu es mon espérance, ô mon Dieu.*

Quand Evan fit un premier pas vers lui, Jamie s'arrêta et s'inclina. Très bas, comme un serviteur. Ses doigts touchèrent la terre. La poussière couvrait ses pieds nus.

Au bout d'un moment, il se redressa et avança, le chemin devant lui s'élargissant. Tout en marchant, Jamie plaça sa main sur son épée, la retirant lentement de son fourreau. Non pas d'un geste brusque dans un féroce cliquetis de métal, mais sans précipitation, presque silencieusement.

Jamie s'arrêta de nouveau, à dix pas de son frère, et présenta la lame de son épée déposée dans les paumes ouvertes de ses mains. Le langage de la soumission. Serrant les dents pour combattre la douleur, il s'agenouilla lentement sur la place du marché poussiéreuse. La tête baissée, les mains tremblantes, Jamie leva l'épée au-dessus de ses épaules, puis par-dessus sa tête, la tendant vers son frère en s'étirant autant qu'il en était capable.

Le sol trembla sous l'impact de pas puissants venant vers lui. La lame lui fut arrachée des mains. Des mains robustes le remirent sur ses pieds.

— Jamie!

Evan l'embrassa fortement, sa figure barbouillée de larmes enfouie dans le cou de Jamie. Celui-ci s'effondra dans les bras fraternels. Des pleurs coulaient sur ses joues. Jamie n'avait cure d'être vu ainsi. Il n'en était pas moins un homme.

— Tu es rentré à la maison, frère.

Evan prononça les mots d'une voix rude, tout en l'étreignant un peu plus fortement.

— Tu es rentré.

Jamie essaya de parler, de dire les mots pour lesquels il avait fait tout ce chemin.

— J'ai péché contre le Ciel. Et contre toi, Evan. Je ne suis plus digne d'être appelé ton frère.

— Allons, Jamie.

Evan le relâcha, mais pas avant de l'avoir joliment secoué.

— Tu es le seul frère que j'ai.

Il le regarda sévèrement, mais Jamie connaissait bien ce regard; il n'y avait aucune malveillance en lui.

— Pensais-tu que j'allais t'en garder rancune éternellement?

— Je le croyais bien.

Jamie se passa la paume des mains sur les yeux, son soulagement si grand qu'il faillit éclater de rire.

— Sinon éternellement, dit-il, du moins pendant toute la durée de mon existence.

— C'est vrai, j'ai menacé de te tuer. La nuit où tu as abusé notre père, je l'aurais sans doute fait.

Evan plaqua une main charnue sur l'épaule de Jamie, marquant chaque mot en l'agrippant fortement.

— Mais l'homme humble qui m'a écrit cette lettre n'est pas celui qui s'est enfui de Glentrool, il y a deux ans, dit-il. Mon frère perdu est retrouvé. Je ne te perdrai plus une autre fois, Jamie.

Jamie ravala sa salive.

— Et je ne te reperdrai pas non plus.

Evan passa sa manche sur son visage barbu en poussant un soupir saccadé, puis il fit un geste en direction des hommes derrière lui.

— Ce sont les nouveaux bergers et les pâtres que j'ai engagés pour le jour de Lammas.

Il se gratta la tête, faisant danser sa crinière rousse.

— Je te les présenterais bien, Jamie, mais je ne connais pas encore tous leurs noms.

Les hommes se sourirent, s'éclaircissant la gorge et se balançant sur leurs pieds. Quelle qu'eût été leur opinion sur l'homme qui les avait engagés, Jamie était sûr qu'ils venaient de voir un nouveau visage d'Evan McKie. La foule du marché commença à se disperser, comme si elle avait obtenu le divertissement qu'elle était venue chercher ce jour-là.

Le regard d'Evan glissa derrière lui, et ses traits s'adoucirent.

— Est-ce que ce sont tes gens que je vois alignés près du chariot? Je ferais bien d'aller les saluer, n'est-ce pas?

Il ramassa l'épée de Jamie au sol et la lui rendit, puis les deux hommes marchèrent vers la famille McKie.

— Mère a dit que tu t'étais marié, Jamie. Est-ce que ce garçon-là est mon neveu?

— En effet, il l'est. Dieu m'a béni bien plus que je ne le méritais.

Jamie nomma fièrement chaque membre de son groupe.

— Tu as déjà fait connaissance avec Rab Murray. Et voici un autre berger de la paroisse de Newabbey, Davie Tait.

Il était difficile de ne pas remarquer leur expression ébahie devant la scène à laquelle ils venaient d'assister. Eliza et Annabelle firent une profonde révérence tandis que Jamie les présentait.

— Je renverrai les garçons avec le chariot, mais les jeunes filles viendront avec nous à Glentrool.

— Vous n'aimerez pas y faire le ménage, les mit en garde Evan. Assurez-vous que Jamie vous présente d'emblée comme dames de compagnie, ainsi Ivy Findlay n'aura pas l'idée de vous mettre une serpillière ou un balai entre les mains.

— Nous n'y manquerons pas ! répondirent-elles à l'unisson, tout en rougissant devant l'attention dont elles étaient l'objet.

Deux autres pas, et Jamie se trouva devant Leana. Les yeux de la jeune femme étaient posés avec affection sur son enfant. Elle avait pleuré, car ses joues pâles étaient toujours humides. Jamie se pencha vers elle et murmura :

— J'espère que ce sont des larmes de joie.

Ses yeux brillaient comme des étoiles.

— Jamais je n'ai été aussi fière de toi, Jamie.

Il resta maître de lui, mais difficilement.

— Evan, voici ma première femme, Leana McBride. Et notre premier-né, Ian James McKie.

Evan s'inclina devant Leana, l'appréciant d'un œil vraiment très masculin.

— Une charmante jeune femme et une mère attentionnée, à ce que je vois.

Il tendit un doigt robuste pour qu'Ian le saisisse, ce qu'il fit sans se faire prier, le secouant comme un hochet.

— Ton fils doit avoir l'âge du mien, fit-il remarquer.

Jamie hésita avant de répondre. Il ne laisserait pas leurs fils creuser un fossé entre eux ; il ne voulait pas non plus les voir s'entredéchirer dans les années à venir.

— Ian est né le 4 octobre, le jour suivant la naissance de ton Archie.

— Ah, tu sais donc au sujet d'Archibald, grommela Evan. Je suppose que c'est mère qui t'a appris la nouvelle.

— Non, c'est John McMillan, de Glenhead. Je l'ai vu à la foire de Keltonhill.

Jamie sourit quand Ian tordit le doigt de son oncle avec assez de vigueur pour forcer Evan à le retirer vivement en poussant un cri de douleur.

— Mais, en vérité, frère, c'est *toi* que je m'attendais à voir là-bas, avoua Jamie.

Evan arqua ses sourcils roux.

— Si je me souviens bien, mère nous avait ordonné de ne plus jamais escalader cette colline les jours de foire.

— J'espère alors que tu ne me dénonceras pas, dit Jamie en riant, tout en rajustant la bride de Hastings. C'est là-bas que j'ai acheté cette bête.

— Ton cheval ne m'intéresse guère, Jamie, car il me reste une autre fleur à contempler.

Evan se tourna vivement, et un grand sourire éclairait son visage rougeaud.

— Qui peut bien être cette jeune fille ? l'interrogea-t-il.

— Une jolie fleur, en effet.

Honteux de l'avoir négligée, Jamie baisa la main de Rose pour se faire pardonner, et fut soulagé de la trouver plus chaude que précédemment. Sa robe bleu foncé faisait ressortir le teint de sa peau, qui ressemblait à de la porcelaine. En dépit de la sécheresse de ses lèvres, elle souriait, et il y avait davantage d'étincelles dans ses yeux.

— Evan, voici Rose McKie, ma seconde épouse. Elle m'apportera un autre enfant en janvier.

Evan baissa la tête et dit dans un murmure rauque :

— *Deux* épouses ? Je ne croyais pas que tu t'étais absenté si longtemps.

Jamie changea de posture, car sa jambe commençait à le faire souffrir.

— C'est une histoire compliquée, que je ne chercherai pas à te raconter aujourd'hui, au beau milieu de la rue.

— Je suis curieux de l'entendre, dit Evan en se redressant. Tu ferais mieux d'avoir une réponse toute prête, quand tu rencontreras notre famille à l'église, demain matin.

Il hocha la tête en direction de la vieille église de Monnigaff, de l'autre côté du ruisseau Penkill.

— Deux femmes, dit-il pensivement, portant chacune un enfant de toi…

La voix d'Evan traîna, mais l'insinuation était claire. Leana avait sa lettre toute prête pour le révérend Erskine, mais elle ne pourrait la faire circuler dans l'église. Étant natif de la paroisse, Jamie savait que les réponses devraient venir de lui.

— Cela sera étrange, admit Jamie, de revoir la maisonnée demain. Et de rentrer à sa suite après le service. Est-ce que père est en bonne santé?

— Je ne l'ai pas vu depuis deux semaines, mais oui, il va bien. Mère, comme toujours, sera heureuse de revoir son fils favori.

Les mots de son frère ne portaient aucune trace d'amertume. Jamie avait toujours eu la faveur de sa mère, et les deux le savaient. Evan passa un bras fraternel autour de l'épaule de Jamie et l'entraîna un peu à l'écart.

— À propos des quarante agneaux dont tu m'as fait présent, reprit Evan, je possède des pâturages à Sorbie, et plus de moutons que je n'en puis compter. Pourquoi ne pas garder ce qui t'appartient, et les emmener à Glentrool?

Jamie savait pourquoi il devait les lui laisser.

— Parce que j'ai offert ces agneaux comme une dîme. Pas seulement à toi, mais aussi au Tout-Puissant.

Il regarda son frère de côté, se demandant comment il réagirait; c'était leur père qui avait toujours été l'homme religieux de Glentrool, recherchant la faveur de Dieu, pas eux.

— Les agneaux m'ont été volés, confia Jamie, mais Dieu me les a remis. Il n'est que juste que je lui en restitue une partie, comme une offrande que je lui destine. Et à toi.

Evan ralentit le pas, relâchant l'épaule de Jamie.

— Tu es devenu un homme très pieux, Jamie McKie.

— Je sais à quoi ressemble la grâce divine, dit Jamie.

Il regarda Evan attentivement, de frère à frère.

— Parce qu'aujourd'hui, je l'ai vue dans ton visage.

Ce fut alors au tour d'Evan d'être mal à l'aise.

— C'est ce que la Bible dit, n'est-ce pas? «La grâce pour la grâce.»

Evan haussa les épaules, mais Jamie vit que ses mots avaient plu à son frère.

— Je garderai tes agneaux, dit-il enfin. Bien qu'ils me semblent être les nabots d'une paire de jumeaux. Comme un frère que je connais.

Jamie éclata de rire.

— Ce *sont* des nabots, en effet, tous, sans exception.

— Parfois, les nabots se remplument.

Evan le regarda des pieds à la tête.

— Je pense que tu serais de taille à te battre contre moi, aujourd'hui.

Jamie lui tendit la main.

— Un combat ne sera pas nécessaire, mon frère.

Evan la prit et la serra.

— En effet, ce ne sera pas nécessaire.

— Jamie ?

C'était Leana qui accourait vers lui, le visage anxieux.

— Je me demandais si nous ne devrions pas trouver un gîte maintenant. Rose serait plus à l'aise…, si elle devait…

— Je viens à l'instant, Leana, dit-il en lui effleurant le bras pour la rassurer. Evan, je crains qu'il me faille partir.

Jamie se mit en route vers le chariot, marchant à reculons en lançant un dernier message à son frère.

— Ne manque pas de venir nous voir à Glentrool avec Judith et ton fils. Sinon, c'est nous qui irons à Sorbie au printemps, après la naissance de mes enfants.

Evan fit un geste en direction du pont.

— Pourquoi ne viens-tu pas à Sorbie maintenant ? Laisse-moi au moins te prêter un berger ou deux pour t'aider demain.

Jamie aurait souhaité passer plus de temps avec son frère, pourtant il était irrésistiblement attiré par sa propre famille, qui dépendait de lui.

— Tu en as fait plus qu'assez, Evan.

Celui-ci leva la main pour faire ses adieux.

— À Dieu vat, donc, car ton voyage est loin d'être terminé.

Chapitre 70

Le voyageur le plus en sécurité dans la nuit
est celui dont le bagage est le plus léger.
— Hernando Cortez

— Tu es sûre que tu as tout ce qu'il te faut ?

— Oui, Jamie.

Leana le fit entrer dans la chambrette du deuxième étage de l'auberge de la Cree, où elle veillait sur une Rose endormie. Jamie avait son propre logement à la porte d'à côté, les domestiques et Ian étaient logés dans une chambre de coin au premier étage, et les bergers dormaient dans les prés.

Leana parlait à voix basse, ne voulant pas réveiller sa sœur.

— Rose et moi porterons les mêmes robes, demain. La valise et ma pharmacie sont vraiment tout ce dont nous avons besoin.

Jamie les déposa toutes les deux avec une petite grimace.

— Grimper cet escalier n'améliore pas l'état de ma jambe, j'en ai peur.

Il avait vaillamment caché son inconfort lors de sa rencontre avec Evan et durant toute l'heure du dîner à l'auberge. Maintenant, la douleur marquait le visage de Jamie et lui voilait les yeux. Leana croisa les mains, résistant à l'envie de palper la meurtrissure sur son front.

— J'ai quelques remèdes qui peuvent t'aider à dormir confortablement. Et accélérer ta guérison.

— Quand tu te seras occupée de Rose, j'accepterai volontiers tout ce que ta pharmacie et toi pourrez m'offrir.

Jamie inclina la tête, un salut de gentilhomme, puis passa près d'elle et s'assit sur un bas tabouret de bois, près de l'un des deux lits étroits. Il s'étira les jambes, enveloppées dans une nouvelle paire de bottes achetées à la hâte juste avant la fermeture des éventaires du marché.

— Et voici ma «jolie fleur», comme mon frère l'a si justement nommée.

Rose semblait avoir retrouvé ses couleurs, mais elle avait peu mangé au dîner et s'était endormie en posant la tête sur l'oreiller. Les saignements, heureusement, avaient été moindres que ce qu'ils avaient redouté. Pas suffisants pour tacher sa robe, suspendue au mur dans l'attente du sabbat. Et ils ne s'étaient pas reproduits après l'épisode du matin. Leana était heureuse de cette évolution, mais elle n'en demeurait pas moins très préoccupée.

Jamie se pencha au-dessus du lit et passa la main sur les cheveux défaits de Rose, dont les mèches noires étaient étendues en éventail sur l'oreiller.

— Je serai heureux quand elle sera à la maison, et que nous pourrons lui servir le riche ragoût d'Aubert.

— Ce sera excellent pour elle, acquiesça Leana, mais sans trop d'enthousiasme ; ce plat n'était pas le préféré de sa sœur. Veux-tu passer quelque temps avec Rose ? demanda-t-elle. Je peux aller voir comment se porte Ian, si tu veux.

Il ne dit rien pendant un moment. Quand il parla, sa voix était fatiguée.

— Tu es toujours aussi prévenante, Leana.

Quand Jamie tourna la tête, elle vit la brume dans ses yeux.

— Est-ce qu'elle… Est-ce que l'enfant qu'elle porte…

Leana s'agenouilla près de lui, voulant le réconforter, mais sans pour autant lui cacher la vérité.

— Je prie pour Rose à toute heure. Je crains qu'elle ne s'affaiblisse, bien qu'elle soit réticente à l'admettre.

Leana inclina la tête, sentant la culpabilité peser sur ses épaules.

— S'il te plaît, excuse-moi, Jamie. J'aurais dû te parler de ses saignements dès qu'elle s'est confiée à moi.

— Bien sûr, tu aurais dû le faire.

Il posa la main sur sa tête si doucement qu'elle ne pouvait en sentir le poids, seulement la chaleur.

— Mais alors, tu aurais brisé une promesse faite à ta sœur. Tu es une femme de parole, Leana. Même si les autres y manquent parfois.

Quand il se leva, la chaleur se retira aussi.

— Je confie Rose à tes excellents soins. Si elle se réveille, viens me trouver.

Leana prit le siège vacant de Jamie alors qu'il refermait la porte derrière lui. Elle posa le dos de sa main sur le front de Rose — pas de fièvre, Dieu merci —, puis plongea son doigt dans une tasse d'eau froide et humecta les lèvres parcheminées de sa sœur. La seule fenêtre de la chambre étouffante n'avait pas de guillotine, laissant passer la lumière, mais pas l'air. Leana fit ce qu'elle put. Elle replia la mince couverture et arrangea les draps, puis commença à chercher quelque médicament pour sa sœur.

Même dans son sommeil, Rose devait avoir perçu le changement de température ou senti du mouvement autour d'elle. Elle remua et ouvrit les yeux.

— Leana?

— Excuse-moi, ma chérie.

Chagrinée, Leana se précipita à son chevet.

— Je n'avais pas l'intention de te déranger.

— Tu ne l'as pas fait, je t'assure.

Rose s'étira, et ses orteils dépassaient de l'extrémité du petit lit.

— Je n'étais qu'à moitié endormie, somnolente, plutôt. Je rêvais que je tenais mes jumeaux.

— Un beau rêve, dit Leana en prenant une mince fiole brune de l'assortiment de sa pharmacie portative. Je crains de ne pas avoir beaucoup de remèdes qui soient sécuritaires pour toi, maintenant. Sûrement pas l'alchémille. La sauge sauvage, la primevère et le genévrier ne sont pas recommandés pour les femmes enceintes. Ni la bourse à pasteur.

Elle retira avec précaution le bouchon de la bouteille qu'elle tenait à la main.

— Mais la brunelle fera l'affaire, déclara-t-elle.

Elle ajouta une généreuse dose du sirop à la tasse d'eau qui se trouvait sur la table de toilette, puis aida Rose à s'asseoir.

— Bois ceci, s'il te plaît. Les paysans l'appellent la « plume du prince ». Elle prévient les saignements.

Pendant que Rose buvait le breuvage en faisant la grimace, Leana se mit en quête d'une serviette de toile pour essuyer quelques gouttes tombées sur la table. Un panier de linge sale attira son attention. Jamie l'avait-il apporté pour quelque raison ? Quand Leana se pencha pour y prendre une serviette, Rose parut s'étouffer.

— Mon Dieu, chérie !

Leana fut à ses côtés en un clin d'œil, lui retirant la tasse des mains.

— Peux-tu respirer ?

Rose s'effondra contre le mur de plâtre grossier à côté du lit.

— Je peux respirer. Mais je ne peux… Oh, ma sœur.

Elle étendit une main tremblante en direction de la chambre.

— Regarde dans le panier. Tu y trouveras… mon secret.

Leana traversa la pièce en quelques pas, redoutant la découverte qui l'attendait sous les linges. C'était un sac à la forme irrégulière, froid au toucher. Quand elle s'en saisit, son lourd contenu était instable dans sa main. Elle n'eut pas besoin de défaire le nœud effiloché pour deviner ce qu'il y avait à l'intérieur.

— L'or de père, dit Rose, lui épargnant l'effort. Ce qu'il en reste. Si je ne me porte pas assez bien pour assister au service demain matin, tu devras le déposer dans le tronc à ma place, quand personne ne regardera.

— Rose !

Le sac d'argent lui glissa des mains et tomba sur le plancher de bois avec un bruit mat.

— Est-ce cela que tu as fait du reste ? Toutes les églises que tu as visitées… Je croyais que tu voulais… prier.

Rose hocha la tête, ses joues redevenant soudain très colorées.

— J'ai prié. Mais je voulais aussi faire un don généreux. Pour les pauvres.

— Très généreux, en effet.

Leana laissa le sac sur le plancher un moment, presque craintive de toucher aux pièces d'or qui avaient autrefois appartenu à Lachlan McBride. Il en restait si peu qu'il ne valait pas la peine de le lui rendre. C'était trop tard.

— Quand père a fouillé la chambre, au Murray Arms…

— Elles étaient sous ma robe. J'étais assise dessus, dit-elle.

Une petite pointe de satisfaction perçait dans sa voix.

— Le coffre est disparu depuis longtemps, ajouta-t-elle. Il a servi à alimenter le bûcher de Lammas, à Keltonhill. Mais il reste aussi quelque chose d'autre.

La corde de la sorcière. Leana ravala sa salive.

— Je ne peux…

— Tu ne *dois* pas y toucher!

— Quelqu'un doit le faire.

Leana ramassa le sac et le déposa sur la vieille table de toilette.

— Rose…, nous devons le dire à Jamie.

— Non!

Sa sœur s'agrippa aux draps du lit, comme si elle voulait se réfugier derrière eux. Leana partageait ses appréhensions; Jamie serait furieux. Pourtant, elle ne referait pas la même erreur une autre fois : lui cacher quelque chose à la demande de sa sœur.

— Les secrets n'ont pas leur place dans le mariage, chérie.

Leana haïssait le ton de sa propre voix. Celui d'une grande sœur réprimandant la cadette. Mais Rose les avait tous mis en danger — son mari, plus que tout autre. Si leur père avait retrouvé l'or, il aurait accusé Jamie du vol. Et il l'aurait fait condamner comme un vulgaire brigand. Comment Rose avait-elle pu être aussi inconsciente?

Leana respira profondément, exhalant sa frustration. Rose était sa seule sœur, et elle l'aimait, peu importe ce qu'elle avait fait ou les motifs qui l'avaient poussée à le faire. Pourtant, un fait demeurait.

— Jamie doit savoir. Nous le lui dirons ensemble.

Rose se blottit contre le mur, les yeux dessillés par la peur.

— Il ne me le pardonnera jamais.

Les coups frappés à la porte étaient fermes, insistants.

— Leana ? Rose ?

Les murs trop minces de l'auberge n'avaient pas gardé leur secret, semblait-il. Leana ouvrit, espérant que la culpabilité qu'elle ressentait ne fût pas trop apparente.

— Entre, Jamie. Ma sœur et moi… avons quelque chose à te dire.

Il ne portait pas son manteau, le pan de sa chemise pendait, comme s'il venait d'être réveillé en sursaut. Quand il entra dans la pièce et referma la porte derrière lui, Leana recula instincti-vement. Son regard était fixé sur elle et il n'était pas amène.

— Je t'ai demandé de venir me trouver, si Rose se réveillait, dit-il.

— Jamie…

Rose lui parla d'une voix qui se voulait apaisante.

— Je viens à peine de me réveiller. Leana et moi… discutions.

Quand il se tourna, son regard tomba sur le sac de pièces, puis s'immobilisa. Il leva le paquet de la table de toilette, le sou-pesant dans sa main pendant un moment, avant de le laisser retomber sur le plancher.

— Voilà donc ce que j'ai entendu quand j'étais couché dans mon lit, il y a cinq minutes à peine. L'inimitable cliquetis des souverains et des shillings.

La voix de Jamie était d'un calme effrayant.

— Mais ces pièces ne sont pas à nous, n'est-ce pas ?

Chapitre 71

Mais le battement de mon propre cœur
Était le seul son que j'entendais.
— Richard Monckton Milnes, Lord Houghton

L eana retint son souffle. *Mon Dieu, faites qu'il soit clément.*
Jamie regarda Rose d'abord, comme s'il jaugeait sa culpabilité. Puis, il se tourna vers Leana. Son expression était presque aussi froide que ce matin où il s'était réveillé en croyant trouver Rose dans le lit nuptial, et qu'il l'avait découverte à sa place. *Pensais-tu que je ne remarquerais rien ?* Elle frissonna, se rappelant.

— Parle-moi, Leana, dit-il, et sa voix, son regard, exigeaient obéissance. Bien que je sache que ce n'est pas toi qui as volé l'or de ton père.

— Je n'ai appris la vérité que ce soir, commença Leana.

Elle comprit soudain qu'elle tentait de se mettre hors de cause. Et incriminait Rose.

— Mais je soupçonne que… je le savais déjà… depuis quelques jours…

— Sans rien m'en dire.

— Jamie, ce n'était pas à moi.

— Ce n'était pas *à toi* ?

Il leva les bras au ciel, au comble de l'exaspération.

— Tu es la mère de mon fils et la sœur de ma femme. Tu as ma confiance pour tout ce qui compte à mes yeux.

Tout ce qui compte à mes yeux. Leana craignait qu'elle ne fasse plus vraiment partie de ces choses.

Sa voix basse vibrait de colère.

— Si tu avais soupçonné… Non, si tu avais seulement *imaginé* un seul moment que Rose ait pu faire une chose aussi invraisemblable, tu aurais dû venir à moi.

Jamie ramassa les pièces sur le plancher, écrasant le sac dans son poing.

— Tu as entendu le serment que j'ai fait à ton père. Si Lachlan avait trouvé cet or…, s'il avait… s'il…

Avec un cri angoissé, Jamie lança le sac sur le buffet, faisant éclater la couture de coton. L'or et l'argent volèrent en tous sens.

— Jamie, je t'en prie!

Leana s'élança aux côtés de Rose. Sa sœur pleurait, le visage tourné vers le mur.

— As-tu oublié que ta femme ne se porte pas bien? Rose ignorait que père nous suivrait. Ou que tu ferais une promesse aussi… impétueuse.

— Impétueuse? se lamenta Jamie en s'assoyant à son tour sur le bord du lit. Mais j'étais si sûr…, tellement certain…

Sa voix, rendue aiguë par la douleur, cassa finalement.

— *Mais pourquoi, Rose?*

Elle parvint à soulever la tête des couvertures.

— Je voulais… blesser mon père. Pour ce qu'il t'avait fait. Et ce qu'il m'avait fait. Et à Leana. Je n'ai pas pensé… je n'ai pas… *pensé*.

Rose s'effondra en pleurs, et son dos s'élevait et s'abaissait sous les douces caresses de Leana.

Leana respira profondément pour se calmer. *S'il vous plaît, Père. Aidez-le à voir la vérité.* S'inclinant vers lui, elle posa délicatement la main sur son épaule, espérant qu'il ne la rejette pas, ni la demande qu'elle s'apprêtait à lui faire.

— Jamie, ton…

Sa voix faiblit, mais elle se reprit.

— Ton frère t'a pardonné de son plein gré, même si tu lui as volé quelque chose qui avait une grande valeur à ses yeux. Peux-tu faire acte de clémence envers ma sœur… pour le même péché?

Sous ses mains, Jamie et Rose s'immobilisèrent. Leana retint sa respiration, espérant entendre un son différent. Pas celui des pièces se répandant sur le plancher, mais celui de la grâce.

La voix de Rose s'éleva, à peine un murmure.

— S'il te plaît…, pardonne-moi.

Jamie tendit la main vers elle.

— Seulement si tu excuses ma colère. Je ne voulais pas… je ne voulais… Oh, mon amour.

Sa plainte était presque une mélopée. Rose se tourna et se jeta dans ses bras.

Leana se déplaça sur le bord du lit pour céder sa place, même si toutes les digues de son cœur se rompaient au même moment. La douleur, le soulagement, la peine, la joie affluaient dans son âme comme une marée. La noyant. Elle les aimait tous les deux. Sincèrement. Mais de les voir ainsi enlacés… unis comme un seul être, c'était trop dur. Cela faisait trop mal.

— S'il vous plaît…

Leana étouffa les mots avec ses mains.

Aucun des deux ne leva les yeux.

Elle se glissa discrètement hors de la chambre et descendit l'escalier avec une seule pensée à l'esprit. *Ian.* Dieu avait arraché Jamie à ses bras, mais il lui avait donné son fils. Et, bientôt, une fille. *C'est plus que suffisant, mon Dieu. Plus que suffisant.*

Elle frappa à la porte des servantes, honteuse de ses pleurs, mortifiée par son besoin. Eliza ouvrit la porte et l'invita tout de suite à entrer. Elle ne posa pas de questions, n'eût pas besoin non plus qu'on lui dise quoi faire.

— Ian? dit la servante en soulevant le garçon du berceau, qui occupait la moitié de la petite pièce. R'garde qui est descendu pour te voir. C't'une bonne chose qu'tu sois encore réveillé.

Eliza déposa Ian, le corps chaud et engourdi de sommeil, dans les bras de sa mère. Sa tête vint se nicher sous le menton de Leana, qui plaça son fils près de son cœur. Une seule étreinte et elle était guérie. Tous les endroits brisés étaient réparés. Tous les coins vides étaient comblés.

Leana remercia la servante, puis sortit dans le couloir, si heureuse de tenir Ian qu'elle ne souciait pas de n'avoir nulle part où aller. La nuit était douce. Elle pourrait peut-être sortir et s'abreuver d'air frais.

Elle resterait près de l'auberge, pour ne pas risquer d'être arrêtée par les aînés de la paroisse, s'ils la surprenaient à errer dans les rues du village. Monnigaff était sa paroisse, maintenant. Il valait mieux ne pas commencer du mauvais pied. Leana avait une lettre de recommandation du révérend Gordon dans son réticule. Elle l'apporterait au service du lendemain, où elle ferait connaissance avec les parents de Jamie et la maison de Glentrool.

« Je suis la mère d'Ian McKie », dirait-elle quand on l'interrogerait. Une description fidèle de son rôle. Un titre honorable. *Le futur héritier de Glentrool.* Elle ne dirait pas ces mots, mais ils la réconforteraient. D'élever un enfant si fortuné, cela n'était-il pas assez d'honneur ?

En l'absence de la lanterne lunaire, le ciel était noir, noyé d'étoiles. Elle s'éloigna de la porte de quelques pas, au cas où elle s'ouvrirait inopinément. Puis, elle s'immobilisa, baignant dans la beauté de la nuit et des sons apaisants du ruisseau qui s'écoulait. Eliza avait enveloppé Ian d'une petite couverture, mais Leana aimait à penser que son corps et son amour étaient suffisants pour le garder au chaud.

Quand la porte s'ouvrit, ce ne fut pas avec fracas, mais avec un léger craquement suivi par des bruits de pas furtifs.

— Leana ?

Surprise, elle se tourna vivement, protégeant Ian de ses bras.

— Jamie ? demanda-t-elle.

Son visage était voilé par l'obscurité. Elle pouvait voir la corde nouée qui dépassait sous sa chemise.

— Mais que fais-tu donc ?

— Je me défais de quelque chose.

Dieu soit loué.

— As-tu besoin de mon aide ?

— Seulement comme témoin, pour certifier que cette chose méprisable a été enterrée. Je ne laisserai rien d'aussi… maléfique, d'aussi impie, sous notre toit une seconde de plus.

Il fit un pas en avant, la main appuyée sur le dos de Leana.

— Je connais un très bon endroit pour l'enterrer.

Leana le connaissait aussi.

— Sous un chêne. C'est le premier arbre que Dieu a créé, dit-on. Fort. Et sûr.

Ils n'eurent pas à marcher très loin avant d'atteindre les branches en éventail d'un chêne encore vert et au feuillage abondant. Jamie trouva un bâton robuste et creusa un profond cercueil pour la corde, retournant la terre, hachant le sol jusqu'à ce que l'outil improvisé casse en deux. Même dans les ténèbres de la nuit, la corde dorée était visible, comme animée d'une vie propre.

Leana se détourna, protégeant Ian. Bien qu'il fût profondément endormi, elle ne voulait pas qu'il soit souillé par ses maléfices.

Jamie s'empara de la corde nouée avec le pan de sa chemise et la lança dans le trou béant entre les racines du chêne. Il le remplit de terre, raclant le sol avec ses bottes neuves, jusqu'à ce que cette tombe étrange fût remplie. Puis, il piétina la terre meuble pour bien la tasser.

— C'est fait, dit-il.

Si elle ne put voir l'expression de soulagement sur son visage, elle l'entendit dans sa voix.

— Et les pièces? s'enquit Leana.

— Elles iront dans le tronc des pauvres dès demain matin, répondit-il.

Le souhait de Rose avait prévalu. Une fin heureuse pour un gain mal acquis.

Jamie la reconduisit vers l'auberge, les yeux posés sur Ian.

— Vas-tu le mettre au lit maintenant?

— Il était *déjà* au lit, mais…

Comment pouvait-elle s'expliquer? *Mon cœur se brisait. J'avais besoin de savoir que mon fils m'aimait. Même si toi, tu ne m'aimes plus.* Elle ne pouvait dire aucune de ces choses.

— Je voulais voir Ian, dit-elle simplement.

La vérité et rien de plus.

— Nous avons eu une journée éprouvante, Leana. Il n'est pas étonnant que tu aies recherché le réconfort de ton fils.

Jamie s'arrêta à la porte, le regard maintenant fixé sur elle.

— Je comprends, Leana, dit-il. Plus que tu le crois.

Il entra, puis se tourna, comme s'il venait de se rappeler quelque chose.

— J'ai demandé qu'on apporte un bain chaud dans ta chambre et un autre dans la mienne, l'informa-t-il. Avec tout ce qui s'est passé aujourd'hui, j'ai pensé que cela nous ferait tous du bien. Et puis, il y a ma famille, que nous rencontrerons demain.

— Excellente idée, Jamie.

Elle pouvait déjà sentir la chaleur de l'eau sur sa peau et la fragrance du parfum de lavande. Il délogea la boue de ses bottes en frappant sur le montant de la porte.

— Tu as mentionné que tu avais un remède qui m'aiderait à dormir. Est-ce que cette offre tient toujours ?

Chapitre 72

Mais Dieu s'adresse à l'homme dans la solitude.
— John Stuart Blackie

Son bain était fumant. La cuvette et les seaux de bois avaient été montés par deux employés de l'auberge, trop occupés à grommeler pour parler, et qui acceptèrent les pennies de Jamie sans un mot de gratitude.

Maintenant qu'il avait la chambre pour lui seul, Jamie voulut se défaire de ses vêtements, entrer dans son bain et laisser l'eau chaude apaiser la douleur lancinante dans sa cuisse. Mais Leana lui avait assuré qu'elle viendrait le voir dès qu'elle se serait occupée de Rose; elle devait lui apporter une herbe médicinale pour son bain et une autre pour sa blessure à la tête. Il ne lui restait qu'à attendre, en espérant que l'eau ne tiédisse pas trop.

Jamie se passa les doigts sur le front afin de palper la peau râpée et l'enflure douloureuse qu'elle recouvrait. La bosse avait considérablement diminué, mais l'épiderme avait été déchiré et tardait à se cicatriser. Leana jetterait un coup d'œil à sa vilaine blessure et la badigeonnerait avec l'une de ses pommades.

Leana. Il était heureux qu'elle soit là. Pour une myriade de raisons. Mais elle semblait tout sauf heureuse d'être coincée entre lui et Rose, à toute heure du jour et de la nuit. À Glentrool, il s'assurerait qu'elle dispose d'un coin dans la maison qui lui soit entièrement réservé. L'étage de la tourelle, peut-être, ce qui lui permettrait d'aller et de venir en utilisant l'escalier en spirale, sans constamment croiser son chemin. Une telle solitude rendrait-elle sa vie plus facile ? *N'est-ce pas plutôt ta vie, Jamie, qui serait facilitée ?*

Il entendit quelques coups légers frappés à sa porte. Et les syllabes murmurées de son nom.

L'invitant dans sa chambrette, qui ne comptait pour tout meuble qu'un lit et la cuve du bain, il s'excusa à nouveau de l'accueillir si modestement.

— Je n'ai pas même une chaise à t'offrir, Leana.

— Je n'en ai pas besoin.

Elle plaça la tasse, couverte d'une soucoupe, sur le plancher près de la cuve, puis déposa sa pharmacie sur le lit bas, évitant le regard de Jamie. Ses cheveux défaits flottaient autour d'elle comme un voile.

— Je ne resterai pas longtemps, dit-elle, car ton bain attend.

À la demande de Leana, il s'assit sur le bord du lit afin qu'elle puisse soigner sa blessure. Il reconnut le parfum immédiatement.

— De la lavande, dit-il alors qu'elle badigeonnait prudemment la peau déchirée. Je sentirai comme toi, alors.

Leana répondit par un timide sourire.

— Le parfum s'évanouit avec le temps. Comme la plupart des choses.

Pas toutes les choses, Leana.

Elle prit une fiole brune, puis la remit à sa place et continua ses recherches.

— Rose se sent beaucoup mieux. Elle me l'a du moins assuré quand je l'ai quittée. Elle est étendue dans son bain, maintenant.

Il fut soulagé de l'entendre, car Rose ne lui avait pas semblé bien portante, récemment. *Et par la faute de qui ?* Son éclat de colère était la dernière chose dont Rose avait besoin. Ils s'étaient pardonnés mutuellement, mais de telles scènes étaient néfastes pour sa santé.

— Est-ce que Rose pourra se joindre à nous à l'église, demain matin ? Pour rencontrer ma famille ?

— Je le crois, dit Leana, qui fouilla dans la pharmacie portative que Duncan lui avait fabriquée, il y avait si longtemps de ça.

Elle en tira un petit flacon qu'elle leva devant ses yeux.

— Voilà, dit-elle.

Elle en versa une demi-douzaine de gouttes dans l'eau encore fumante.

— De l'huile de thym, dit-elle. On dit que la senteur seule redonne à l'homme force et courage.

— Il me faudra les deux quand viendra le matin.

Jamie se pencha au-dessus de l'eau et aspira l'arôme plaisant.

— Et cela m'aidera à dormir, dis-tu ?

— Le thym dans ton bain est destiné à soulager ta hanche.

Elle se pencha pour reprendre la tasse et glissa la soucoupe en dessous.

— Pour t'aider à dormir, reprit-elle, j'en ai fait infuser quelques feuilles séchées. Les apothicaires du Moyen Âge estimaient que le thym était un remède infaillible contre ce mal troublant…

Elle s'arrêta dans sa phrase, pour lui remettre la boisson chaude.

— Les cauchemars, dit-elle, complétant sa pensée.

Il en prit une gorgée pour lui faire plaisir. Le goût était amer, piquant, terreux.

— Tu boiras tout, n'est-ce pas ? demanda Leana, la main posée sur le loquet de la porte, ses sourcils couleur du miel arqués, attendant la réponse.

— Je te le promets, dit Jamie en levant la tasse vers elle. Dors bien, Leana.

Que ce soit en raison de la chaleur du bain ou des herbes qui le parfumaient, Jamie dut se traîner jusqu'à son lit, où il s'endormit immédiatement, la douleur pratiquement évanouie. Mais le thym ne tint pas ses rêves troublants en respect. Pas celui dont il garda le souvenir le plus vivace, en tout cas, et qui le réveilla bien après que le soleil fût levé.

Un nuage épais s'était répandu sur Galloway pendant la nuit, ses vrilles humides s'enroulant sous les portes de l'auberge, se glissant à travers les fissures des murs. L'air était aussi gris à l'intérieur qu'à l'extérieur. Jamie s'assit dans son lit, le cœur battant à tout rompre, essayant de se rappeler les mots qu'il avait entendus. Ce rêve avait été comme tous les autres, une voix. D'origine incontestablement divine. Qui lui parlait directement.

Ton nom n'est plus James. Désormais, tu seras le laird de Glentrool.

— Non! avait-il protesté.

Comme s'il était possible de se lancer dans une escarmouche avec Dieu et en sortir vainqueur.

Mais Jamie savait qu'il ne pouvait être laird de Glentrool. Pas encore.

La voix s'était identifiée sans méprise possible. *Je suis le Dieu tout-puissant.* Puis vint la promesse qui avait rempli Jamie de terreur et l'avait réveillé en sursaut. *La terre que j'ai autrefois donnée à Archibald et Alec McKie, je te la donne maintenant, à toi et à ta descendance.*

Glentrool ne pouvait lui appartenir. Pas tant que son père vivait.

— Non, je le verrai à l'église.

Jamie rejeta les couvertures de côté, espérant pouvoir faire de même avec son rêve déconcertant. Glentrool serait à lui un jour. *Mais, de grâce, mon Dieu, pas aujourd'hui.*

Il endossa une chemise et une culotte propre, puis brossa son manteau, secouant encore la tête d'incrédulité.

— James McKie, l'héritier de Glentrool, sans même un valet de chambre ou un domestique, ironisa-t-il. Comment sont tombés les héros!

Son cœur s'arrêta. *Les mots de David à la mort de Saul.*

Jamie lança ses quelques possessions dans un sac de voyage en cuir, puis il marcha en boitant dans le corridor et alla frapper à la porte voisine. Ses coups trahissaient son anxiété. Selon son estimation, il devait être plus de huit heures. Les femmes prirent leur temps avant de répondre. Il venait de lever le poing pour frapper un second coup quand la porte s'entrouvrit, pas plus que la paume d'une main.

Leana le regardait à travers l'ouverture.

— Rose... n'est pas prête.

Il essaya de regarder derrière Leana, mais elle était plutôt grande. Ses cheveux étaient ramassés sous son bonnet duveteux, vert comme sa robe. La couleur de ses yeux, lui avait-elle dit un jour.

— Je vois que tu es déjà habillée pour la journée, dit-il.

— Et Rose aussi, dit Leana en ouvrant la porte d'un autre cran. Mais nous ne sommes pas sûres... C'est-à-dire, il serait peut-être mieux...

— Leana, pour l'amour de Dieu. Laisse-moi voir ma femme.

Elle ouvrit enfin la porte, l'invitant à entrer. Rose aussi était habillée pour se rendre à l'église et elle portait la même robe bleue que la veille. L'ourlet avait été bien frotté et le col de dentelle, repassé. Ses cheveux aussi étaient bien coiffés — les servantes avaient été affairées, ce matin-là —, et un petit chapeau dont il avait oublié l'existence était perché sur ses cheveux noirs.

Mais son visage était cendreux. Aussi gris que la brume qui flottait à l'extérieur des fenêtres sans rideau.

— Rose !

Il fit un pas vers elle et la prit dans ses bras. Elle vint s'y blottir, mais il sentit la faiblesse de son corps. Comme si elle ne tenait debout que par un pur effort de volonté.

— Dis-moi, mon amour. As-tu... Y a-t-il...

Il ne pouvait se résoudre à dire les mots. *Du sang.*

Un hochement de tête confirma ses appréhensions.

Jamie la serra plus encore, comme si son amour pouvait la guérir, comme si sa force pouvait filtrer à travers ses vêtements. Les mots trébuchaient de sa bouche, des mots qui n'avaient que peu de sens.

— Leana, peut-on faire... quelque chose ?

Quand il vit ses yeux bleus remplis de pleurs, il eut la réponse.

— Rose...

Il pressa la joue sur la sienne, espérant qu'elle comprendrait.

— Peut-être serait-il préférable pour toi... de nous attendre ici.

Son dos se raidit.

— Mais, Jamie...

— Après l'office du matin, nous verrons si tu es en mesure de te déplacer ou s'il serait préférable que nous restions ici...

— Non, dit Rose en s'arrachant à ses bras, sa nature entêtée reprenant le dessus, même si ses forces n'étaient pas au rendez-vous. Je veux aller à la maison, Jamie. Je veux me reposer dans ton lit jusqu'à ce que je sois rétablie.

Elle le regarda, les ombres sous ses paupières dessinant des marques noires sur sa peau.

— Dès que le service sera terminé, continua-t-elle, viens me chercher et amène-moi à la maison.

— Entendu.

Il l'embrassa, scellant leur entente, puis l'aida à s'étendre dans son lit. Après avoir desserré son col et retiré les épingles de ses cheveux, il hésita, réticent à la laisser derrière.

— Rose, je crains qu'il soit l'heure de partir, maintenant, dit-il, embarrassé. Ma famille sera là bientôt, et je...

Non, il ne l'écraserait pas sous le poids de ses propres peurs. Pas maintenant.

— Ça ira, Jamie, dit-elle, et elle paraissait déjà mieux. Le repos est le meilleur remède.

— En es-tu certaine? demanda-t-il, et il attendit que ses yeux le convainquent. Annabelle te tiendra compagnie. Envoie quelqu'un nous chercher sur-le-champ, si tu te sens plus mal.

— Va, Jamie. Ma sœur est déjà à la porte.

Rose les renvoya du geste en agitant sa couverture, mais sans vigueur.

— Allez-vous-en et laissez-moi dormir.

Jamie quitta la pièce avec appréhension. Il était déchiré entre son désir de rester auprès de Rose et le besoin de voir ses parents, afin de s'assurer par lui-même qu'ils se portaient bien. Leana descendit l'escalier avant lui, les plumes de son bonnet se balançant au rythme de son pas. Son réticule, déformé par l'or de son père, disparaissait et réapparaissait des plis de sa robe. Les trois avaient convenu que Leana, une étrangère à

Monnigaff, serait le meilleur choix pour glisser les pièces dans le tronc des pauvres sans attirer l'attention.

Enveloppé dans un brouillard aussi épais qu'un brouet, Jamie attendit à l'extérieur de l'auberge tandis que Leana réglait les derniers détails avec les servantes. Peu après, elle apparut avec Eliza, qui portait un Ian tout propre.

Jamie sourit à son fils et sentit sa poitrine se détendre. Son père ne pourrait qu'être heureux d'avoir un second petit-fils, en particulier s'il était aussi bien portant et avait le regard aussi brillant que celui-là.

— Si nous pouvons localiser l'église par ce temps, nous y serons rapidement.

Bien que la brume ralentît leur pas, ils eurent vite franchi le pont de pierre en arc enjambant le ruisseau. Ils suivirent ensuite la courbe de la route ascendante jusqu'à leur destination.

Âgée de six cents ans, à l'ombre d'un if plus âgé encore, l'église médiévale s'élevait très haut au-dessus du confluent de la Cree et du Penkill, jetant un regard bienveillant sur leur union, comme un ministre présidant à un mariage. La brume s'élevant de la rivière et du ruisseau s'enroulait autour des pierres tombales — les plus vieilles de Galloway, se vantaient les paroissiens.

Davie était resté auprès des moutons, mais Jamie et son groupe trouvèrent Rab au milieu des lève-tôt, qui arpentaient déjà le cimetière.

— R'gardez, m'sieur McKie !

Il indiqua une pierre tombale dont les inscriptions presque effacées indiquaient l'année 1416.

— Ça doit être un parent à moi. « A. Murray », qu'y est écrit.

Jamie le salua, tout en se penchant vers Leana.

— C'est le moment, Leana. L'église sera vide, maintenant.

Tandis qu'elle s'éloignait rapidement vers la porte de l'église, Jamie observait ses voisins des collines et des vallées qui se préparaient à la prière, attendant l'appel de la première cloche.

Certains le regardaient avec curiosité, comme s'ils le replaçaient vaguement. D'autres le reconnurent et lui tournèrent brusquement le dos. *Y a-t-il une seule âme dans la paroisse qui me souhaitera la bienvenue ?* John McMillan avait éludé sa question ; Jamie comprenait maintenant pourquoi. Et les choses ne s'amélioreraient pas quand la paroisse ferait connaissance avec ses deux cousines — non, avec ses deux femmes.

Evan lui avait recommandé d'avoir une réponse toute prête, et Jamie en avait une : la vérité. « Voici Leana, ma première femme et la mère de mon fils, Ian. »

Une idée lui vint, et il se sentit tout de suite coupable de l'avoir eue : l'absence de Rose, lors de ce premier sabbat, lui faciliterait les choses. Jamie s'en repentit immédiatement. *Pardonne-moi, Rose. Tu seras ici au prochain sabbat. Et je serai fier de te présenter à la paroisse.*

Leana marcha vers lui, et il remarqua son réticule, notablement plus léger, se balançant à côté d'elle. Elle ne lui prit pas le bras, et il se garda de le lui offrir.

— Tout va bien, dit-elle simplement, levant la tête quand la cloche de l'église sonna dans le beffroi, appelant les fidèles à l'office divin.

Jamie prit les devants du petit groupe, louvoyant entre les pierres tombales.

— Est-ce que ces McKie morts sont d'vot' parenté ? demanda Rab.

— Des parents éloignés, en effet.

Jamie jeta un regard à plusieurs tombes au passage.

— Mais mon grand-père et ma grand-mère sont enterrés à Glentrool, s'empressa-t-il d'ajouter. Notre famille possède son propre tombeau, consacré par le ministre de la paroisse. Je ne serai pas enseveli dans ce cimetière, ni mes parents, d'ailleurs.

Il frémit en pensant à son rêve éveillé. Rab ajouta rapidement :

— Souhaitons que c'jour-là mettra longtemps à arriver, m'sieur McKie.

Très longtemps, en effet.

L'église de Monnigaff, un bloc de pierre rectangulaire aussi banal que tous les autres vus pendant la semaine, semblait incolore, avalée par la brume. Jamie franchit le seuil, l'estomac noué. Il espérait qu'on vienne l'accueillir à son retour à la maison, pourtant il n'avait pas rencontré une âme de Glentrool, et l'état de Rose pesait lourdement sur sa conscience. S'était-elle rendormie ? Les saignements avaient-ils pris fin, maintenant ? Il ne s'était jamais senti à ce point déchiré entre des devoirs conflictuels.

Jamie prit enfin une décision. Il enverrait au-devant les bergers avec les agneaux, dès que le service serait terminé. De tous les soucis qui l'écrasaient, celui-là fut le plus rapidement écarté : dès une heure, les garçons seraient en route.

Assis dans l'église, les souvenirs l'assaillaient comme des moineaux se lançant à l'assaut du jardin. Il y avait le banc de la famille sur lequel il s'assoyait, chaque sabbat, dans sa jeunesse. Les familles qu'il connaissait depuis son enfance étaient là : les Carmont, les Galbraith, les Laurie, les McFadgen. Bientôt, le révérend Erskine ferait son apparition, presque chauve, les épaules voûtées, le visage sévère, portant une robe noire aussi rigide que ses principes.

Jamie guida son groupe vers le banc paternel, sachant qu'il se remplirait quand sa famille apparaîtrait. Ils seraient sûrement heureux de le trouver là en train de les attendre. Le jour du sabbat, la maison des McKie quittait habituellement Glentrool à sept heures — les serviteurs partaient à pied encore plus tôt — pour entreprendre le long trajet jusqu'à l'église. S'ils arrivaient parfois de bonne heure, ils n'étaient jamais en retard ; Alec McKie y veillait. « Donnez à Dieu le début et la fin de chaque journée », disait toujours son père. Et c'était plus vrai que jamais le dimanche. Il n'y avait que par les plus rudes journées d'hiver que la maisonnée restait à Glentrool, le patriarche dirigeant alors une longue séance de prière familiale.

Père, s'il te plaît, pardonne-moi. Jamie répétait mentalement les mots, car ils auraient besoin d'êtres dits. Bien qu'Alec McKie l'eût envoyé à Auchengray avec sa bénédiction, c'était en dépit de la tromperie de Jamie qu'il l'avait fait, et non en raison de celle-ci.

La deuxième cloche du matin résonna au-dessus d'eux, étouffée par l'air humide. Jamie regardait par-dessus son épaule, s'attendant à voir la silhouette courbée de son père franchir la porte à pas hésitants. Sa mère serait derrière lui, sa tête de corbeau levée bien haut et ses yeux noirs auxquels rien n'échappait. En l'imaginant, il pensa à Rose. *Tu seras comme elle, mon amour. Et elle t'aimera beaucoup.* Elles étaient sorties du même moule, sa mère et sa femme.

Le maître de chapelle se leva pour le psaume de rassemblement. Les McKie n'étaient toujours pas en vue.

Quand le ministre monta en chaire, ce n'était pas le révérend Erskine, mais un homme bien plus jeune, à peine âgé de trente ans. «Le révérend Moodie», dit un paroissien, et Jamie l'entendit. Qu'un étranger dirige le service le déconcertait, ce jour-là plus que tout autre.

Un quart d'heure plus tard, quand le ministre se leva pour la prière, le moral de Jamie était au plus bas. Quelque chose n'allait pas du tout. Était-ce la santé de son père qui les avait tous contraints à rester à la maison? Alec McKie avait quatre-vingt-quatre ans, et peu de gens à Glentrool vivaient aussi longtemps. Le révérend Erskine avait peut-être été appelé au chevet de son père. Et qu'en était-il de Rose? Son état s'améliorait-il? Devait-il retourner auprès d'elle sans perdre une seconde?

Rongé par l'inquiétude, Jamie baissa la tête pour la prière. Ce ne furent pas les mots du jeune ministre qui élevèrent sa pensée vers le ciel, mais ceux d'un roi, au fond de son cœur. *Ne t'éloigne pas de moi, Seigneur. Car le danger est proche, et la peur est de tous côtés.*

Chapitre 73

Il n'a pas de remède pour guérir la peur.
— Proverbe écossais

R ose regarda la pharmacie d'herbes médicinales de Leana.
— Annabelle, dit-elle en montrant un point derrière
l'épaule de la servante. Sais-tu quelle médecine Leana
emploierait…

— Non, m'dame.

Annabelle regarda le coffret de noisetier, dont le contenu
était un mystère pour tous, à l'exception de sa maîtresse.

— Vot' sœur sera d'retour bientôt. Elle saura c'qu'y faut
prendre.

Rose dirigea son regard vers la porte, souhaitant qu'elle
s'ouvre. *Dépêche-toi, Leana. Ça ne va pas du tout.*

Après le départ de Jamie et des autres pour l'église, Rose
s'était glissée hors de sa robe et avait somnolé au peu, seulement pour être réveillée par une douleur persistante. Celle-ci
avait débuté dans son dos, s'était propagée plus bas, puis
avait rampé dans tout son corps, comme si elle se saisissait de
ses enfants à naître, dans l'intention de les lui voler.

Non ! Rose rapprocha ses genoux de sa poitrine. Pour les
garder, les protéger. Si elle restait parfaitement immobile,
peut-être sentirait-elle ses jumeaux bouger. *Tu sentiras les premiers frémissements à la fin du quatrième mois.* La description
qu'en avait faite Leana, qu'elle avait mémorisée, et dont elle
attendait impatiemment la manifestation.

Le moment était arrivé. Se pouvait-il que ce fût *cela*, après
tout ?

Voilà. Elle se figea, ses mains littéralement collées à l'endroit où elle l'avait ressenti. Était-ce un frémissement ? Si elle
pouvait sentir ses enfants bouger, être sûre qu'ils étaient en
vie et en bonne santé, elle pourrait supporter n'importe quelle

douleur, tolérer tous les saignements. *Oh.* Était-ce un coup de pied?

L'espoir fit place à une crampe aiguë, qui la paralysa.

Annabelle était penchée sur elle, épongeant son visage avec un linge humide.

— V'lez-vous que j'vous apporte une tasse de thé, m'dame? Ou v'lez-vous plutôt qu'j'aille chercher vot' sœur à l'église?

— Du thé, répondit Rose en grimaçant. Leana sera ici bientôt.

Annabelle sortit précipitamment de la pièce. Rose appréciait son dévouement, mais la servante était trop effrayée pour être d'une aide quelconque. La touche rassurante de Leana était ce que Rose voulait. Ses mains tièdes, sa voix douce, ses mots remplis de sagesse, ses herbes qui guérissaient.

— Dépêche-toi, ma sœur, dit-elle en inhalant l'air humide et froid.

Les murs de plâtre nus et les planchers de bois éraflés lui semblaient encore plus déprimants, ce jour-là. Si Jamie la portait dans l'escalier et la déposait dans le chariot, à l'air frais, elle se sentirait tout de suite mieux.

Jusqu'à ce que les roues se mettent à tourner, et, alors, cela empirerait.

Une autre douleur aiguë la saisit. Rien de comparable à ce qu'elle avait déjà ressenti auparavant, ou à ce qu'on lui avait décrit. Intense. Effrayante. *Aidez-moi à la supporter, mon Dieu.* Après un moment atroce, la douleur se retira de nouveau. Chaque fois, elle priait pour que ce fût la dernière.

Quand Rose entendit les pas dans l'escalier, elle pressa ses draps froissés sur les coins de ses yeux, pour arrêter ses pleurs. Comme elle haïrait que Jamie la vît ainsi!

Annabelle frappa à la porte, puis l'ouvrit toute grande, apportant une tasse de thé odorante et accompagnée des deux personnes que Rose aimait le plus au monde. Elle essaya de sourire et tendit les deux mains.

— Vous êtes venus pour me sauver.

Leana s'assit précairement sur le bord du lit et Jamie, sur le bas tabouret, chacun lui prenant une main, comme elle l'avait espéré.

— Ma pauvre sœur, dit Leana en se penchant sur elle, déposant un baiser plein de ferveur sur sa joue. Ce fut le matin le plus long de toute ma vie. Je n'ai cessé de m'inquiéter à ton sujet.

Quand Leana se retira, Jamie se pencha pour prendre sa place. Rose ferma les yeux tandis qu'il l'embrassait, puis sentit sa gorge se serrer quand il lui murmura à l'oreille :

— Je t'aime, Rose. Je m'occuperai de toi. N'aie pas peur.

J'ai seulement peur pour nos enfants, Jamie. Seulement pour tes fils. Elle lui dirait la vérité, quand elle serait seule avec lui. *Des jumeaux, cher mari. Les tiens et les miens.*

Annabelle restait près de la porte, les soucoupes à la main, agitée de tremblements nerveux. Rose la libéra.

— Laisse le thé ici, Annabelle. Je suis certaine qu'Eliza appréciera ton aide auprès d'Ian.

La servante se retira et les soucoupes demeurèrent sur le buffet. Leana alla chercher le breuvage chaud, puis vint se rasseoir.

— Jamie, pourrais-tu aider Rose à s'asseoir ?

— Volontiers, répondit-il.

Ses bras vigoureux se glissèrent derrière son dos, la soulevant comme si elle était encore plus légère que les minces couvertures posées sur ses jambes.

Peu importait la chaleur qu'il ferait ce jour-là, Rose ne retirerait pas la couverture. Jamie ne devait pas voir le sang, qui était plus noir, maintenant, et plus abondant. Elle but une gorgée du thé tonifiant et se rendit compte que ses lèvres étaient sèches.

Dès qu'elle l'avala, une autre douleur la saisit à l'abdomen. Plus vive, cette fois-ci. Et qui dura plus longtemps. Rose remit précipitamment la soucoupe dans les mains de Leana, incapable de retenir un gémissement.

— Faites que cela cesse, implora-t-elle. *Que ça cesse !*

— Rose, qu'y a-t-il ?

Jamie était presque sur ses pieds, ses bras l'enlaçant, pour l'empêcher de tomber du lit.

— Leana, dit-il d'un ton urgent, il *faut* faire quelque chose.

Rose vit la peur dans les yeux de sa sœur, reflétant la sienne.

— Y a-t-il un médecin dans le village, Jamie?

— Non, dit-il amèrement, comme si c'était par sa faute qu'il fût impossible d'en faire venir un tout de suite. Il n'y a que le ministre, et il n'est dans la paroisse que depuis un mois.

— Dis à Eliza de courir au presbytère. Qu'elle demande au révérend Moodie de venir et qu'il apporte tout livre de médecine qu'il pourrait avoir sous la main.

Leana déposa la tasse de thé et retira rapidement l'épingle qui retenait son chapeau.

— S'il y a une sage-femme à Monnigaff, nous ferions mieux de l'envoyer chercher aussi.

Rose ne protesta pas. Pas si ces étrangers pouvaient sauver ses bébés.

Elle leva le visage pour recevoir un baiser rapide de Jamie, puis le regarda partir, souhaitant qu'il fût de retour bientôt. Elle ne pouvait tolérer son absence. Si quelque chose devait arriver.

Je suis avec toi pour te délivrer.

Les mots allaient et venaient comme une brise soufflant dans la pièce, bien que la fenêtre n'eût pas de châssis à guillotine. Leana lui brossa les cheveux. La caresse d'une mère.

— Il n'y a plus que nous deux, maintenant. Peux-tu me dire où cela te fait mal?

Il y eut un moment d'hésitation.

— Ici, dit Rose en plaçant une main lasse sur son ventre. Et là.

— Est-ce que tu… saignes encore?

Elle ne pouvait plus cacher la vérité. Pas à sa sœur. Rose repoussa le couvre-lit et vit le visage de Leana devenir blanc comme de la craie. C'était pire qu'elle l'avait imaginé, alors. Couchée sur le dos, Rose n'arrivait pas à voir au-delà de son estomac arrondi, mais elle pouvait sentir les flaques humides sur son peignoir de coton et les contractions traîtresses de son corps qui s'amplifiaient.

— Qu'arrive-t-il, Leana ? Qu'est-ce que c'est ?

De ses mains tremblantes, Leana l'examina.

— Rose. Oh, ma Rose.

— Est-ce… Vais-je…

Ses mots se perdirent dans un gémissement, alors qu'une autre vague de douleur terrassait son corps. Puis, une autre, plus forte encore, la pliant en deux.

Cela ne peut être. Cela ne peut être.

— Aide-moi, Leana !

Mais sa sœur ne pouvait l'aider. Elle ne pouvait arrêter la douleur, ni le sang, ni l'angoisse, alors que ses bébés lui étaient extirpés des entrailles, aussi sûrement que si on les lui arrachait des bras.

— *Non !* cria Rose encore et encore. *De grâce !*

Leana lui prit les mains, pleurant avec elle.

— Je suis ici, Rose. Je suis ici.

Son travail était dur et bref. Luttant pour respirer, Rose s'agrippait à pleines mains à la robe de Leana, tordant l'étoffe alors que, vague après vague, la douleur déferlait en elle, broyant en même temps ses espoirs et son cœur. *Mes bébés !*

Des larmes ruisselaient sur son visage.

— Je voulais être… mère. Je voulais être…

— Je suis… désolée, Rose. Si désolée.

Leana haletait aussi bruyamment que sa sœur, luttant à ses côtés.

— Nous y sommes presque, ma chère sœur. Ce sera fini… bientôt.

Des coups urgents furent frappés à la porte. Des voix masculines.

Leana ne lâcha pas prise, s'accrocha plus fort.

— Je suis avec toi, Rose. Cela… ne peut durer… encore longtemps.

Mais cela continuait. Et se répétait, encore et encore, comme si elle donnait vraiment naissance à ses enfants.

Mais ce n'était pas cela. Pas réellement.

— Jamie! cria-t-elle, puis sa tête s'effondra sur l'oreiller et l'obscurité l'envahit.

Chapitre 74

Il fallait qu'on en arrive là !
— William Shakespeare

Jamie fit irruption dans la pièce au son de son nom et fut anéanti par la scène qui l'accueillit. Leana pleurait. Rose reposait inerte dans ses bras, à moitié inconsciente. Les draps étaient maculés de sang.

— Rose ! Ma douce Rose.

Il tomba sur les genoux près du lit, prenant sa femme dans ses bras.

— Je n'aurais jamais dû partir. Pardonne-moi..., pardonne-moi.

— Laisse-la respirer, Jamie.

Leana l'écarta gentiment de sa sœur, puis étendit Rose sur le lit.

— Voilà, chérie. Respire profondément. C'est presque fini, maintenant.

Jamie regarda Leana, horrifié.

— *Fini ?*

Les yeux remplis de pleurs de Leana se levèrent vers lui.

— Rose a... Elle a perdu ton enfant.

Leana se leva, pour lui donner un peu plus d'espace.

— Je suis... je suis désolée, Jamie.

— Oh, ma Rose.

Désemparé, il se pencha sur elle. Il essuya les larmes de ses yeux avec ses pouces, murmurant son nom.

— Je suis ici, mon amour.

Quand les yeux de Rose s'ouvrirent en frémissant, il réprima un sanglot. *Merci, mon Dieu.*

— Jamie...

Rose parlait doucement, il devait se pencher sur elle pour comprendre.

— C'est ma faute.

— Non, jeune fille. Ce n'est la faute de personne.

Sinon la mienne. De t'avoir emmenée ici.

Il n'osait trop y penser, maintenant, de peur que la culpabilité le déchire.

Pas plus qu'il ne pouvait regarder les draps ruinés ou la douleur qu'ils contenaient. Il remit plutôt la couverture pudiquement en place. *Ma pauvre Rose.* Un jour, ils auraient un autre enfant. Il ne le lui dirait pas maintenant, mais plus tard. Quand un tel espoir lui offrirait du réconfort. Quand de tels mots la guériraient.

— Maintenant, nous devons te soigner, murmura-t-il, le cœur brisé à la vue de son épouse.

Se pouvait-il qu'elle n'eût que dix-sept ans ? C'était bien trop jeune pour avoir tant souffert. Il voulait la prendre, la réconforter dans ses bras, mais elle était trop faible ; il craignait de lui faire mal. Il lui assécha plutôt les joues et murmura toutes les paroles tendres auxquelles il pouvait penser. *Ma brave jeune femme.*

— Jamie.

La main de Leana lui toucha l'épaule.

— Je dois… m'occuper de certaines choses, ici. Si tu voulais m'accorder quelques minutes…

Avec réticence, il se leva et s'éloigna du lit. Rose voulait-elle qu'il reste ? Ou qu'il parte ? La tête de sa femme roula sur le côté, les larmes coulant sur son oreiller.

— Leana s'occupera de moi. Reviens dès qu'elle t'appellera, tu veux bien ?

Il ne s'était jamais senti aussi impuissant de toute sa vie.

— J'attendrai de l'autre côté de la porte, dit-il, et les deux femmes acquiescèrent.

Sa présence ne faisait que retarder l'inévitable.

Quand Jamie fut dans le corridor, il découvrit le ministre, dont il avait presque oublié la venue, se tenant à quelques pas de la porte, peut-être afin de leur accorder un peu d'intimité. Avec ses cheveux blonds et son teint rougeaud, le révérend

Stephen Moodie n'était ni grand ni très vigoureux, mais il dégageait une force tranquille, dont Jamie avait désespérément
besoin. Le jeune ministre s'éclaircit la gorge.

— Elle a donc perdu l'enfant ?

Jamie fixa le plancher, l'impact de ces mots commençant
seulement à produire leur effet sur lui.

— Oui, elle l'a… perdu.

Le révérend Moodie offrit ses condoléances d'une manière
calme et empathique. Ses paroles étaient assurément sincères.
Mais Jamie ne pouvait les entendre. Son esprit était fixé sur les
draps tachés de sang et la réalité qu'il feignait de ne pas avoir
vue. *Deux enfants.* Plus petits que la paume de sa main. *Des
jumeaux.* Sa femme adorée, qui ne voulait rien de plus au monde
qu'être mère, avait perdu deux enfants le même jour.

La porte s'ouvrit, et Leana pénétra dans le corridor sombre,
les bras chargés de literie maculée de sang, le regard incertain.

— Jamie, elle… Rose a besoin de toi. Elle est encore… Elle…

Il était déjà dans la pièce. Il s'appropria le petit tabouret et
replaça les couvertures autour du cou gracile de Rose. Si fragile,
si pâle.

— Je suis ici, Rose.

Son joli visage était creusé par le deuil.

— Jamie…, j'ai eu… C'était…

— Je sais, jeune fille.

Il se pencha pour l'embrasser, ses lèvres étaient mouillées
de larmes.

— Des jumeaux. Je les ai… vus. Et je suis si désolé. Nous
essaierons encore, mon amour.

Il devait le dire maintenant, il devait la rassurer.

Mais ses larmes ne cessèrent pas.

— C'est ma faute, Jamie. Lillias Brown m'a donné ces herbes
horribles. Avant notre mariage.

Elle détourna la tête, cachant sa honte.

— Et un collier de pierres qu'elle m'a conjuré de porter,
avoua-t-elle. Et ces sorts, ces incantations… Oh, Jamie, ne vois-
tu pas ?

Son murmure était torturé.

— Nos enfants sont morts… à cause de *moi*!

— Non, jeune fille!

Il l'attira dans ses bras plus brusquement qu'il en avait l'intention, choqué par les paroles de Rose.

— Ne dis pas de telles choses.

— Mais c'est *vrai*! sanglota-t-elle. C'est… *ma faute*.

— Allons, Rose.

Il lui frotta le dos, souhaitant pouvoir effacer les affreux souvenirs de ce jour et tous les autres aussi douloureux qui les avaient précédés.

— Ne te punis pas, mon amour.

Il baissa la voix, de peur que le révérend l'entende et pense que ses paroles étaient blasphématoires.

— Le Tout-Puissant m'a promis de nombreux enfants. N'aie pas peur, Rose. Tu te rétabliras. Ton ventre portera des fils.

— Mais, Jamie…

Quand elle toucha les draps près de son corps, ils semblaient rougir à vue d'œil.

— Quelque chose… ne va pas.

Il regarda, mais refusa de croire ce qu'il voyait. *C'est impossible.* Il y avait eu assez de sang. Trop de sang.

— Peut-être est-ce normal…, quand une femme…

Jamie sentit une présence derrière lui et se tourna pour voir Leana qui portait un pichet d'eau, le visage atterré. Il chercha des réponses dans ses yeux.

— Ce n'est pas inhabituel, n'est-ce pas, Leana? Que ceci… Que…

Elle fit un geste en direction de sa pharmacie.

— Jamie, je dois faire ce que je peux pour arrêter l'hémorragie. Si tu voulais bien me laisser l'approcher.

— Naturellement.

Il se leva si rapidement que le tabouret se renversa.

— Y a-t-il quelque chose que je puisse faire?

Elle hocha la tête en direction du révérend Moodie, qui apparut dans l'embrasure de la porte.

— Tu peux prier, Jamie.

— Monsieur McKie...

Le ministre l'attira à l'écart, tournant le dos aux deux femmes.

— Je crains de ne pas avoir, dans ma modeste bibliothèque, de manuels médicaux qui traitent de cette... situation. Et la sage-femme de notre village est à Talnotry, en train de mettre un bébé au monde chez les McCallan.

Jamie fixa le plancher, incapable de regarder le visage contrit de l'homme, ni désireux d'écouter ce qu'il disait.

— Ce n'est pas une « situation », monsieur. Rose McKie est ma femme. Mon... *épouse*...

— Oui, oui, dit l'homme en lui agrippant le bras. Et sa sœur s'en occupe très bien. Faisons ce qu'elle suggère.

Quand le ministre inclina la tête, Jamie fit de même, mais son cœur et son esprit étaient auprès de Rose, de l'autre côté de la pièce. *Fais ce que tu dois, Leana. Puis, laisse-moi l'approcher. Laisse-moi la prendre.*

Tout en écoutant les paroles solennelles du révérend Moodie, Jamie avait ses propres prières à adresser au Seigneur. *Rétablissez-la. Rendez-lui la santé. Faites qu'elle ait d'autres enfants.*

Rose gémit, plus fort que jamais. Le son lui transperça la poitrine comme une longue épée. Il fut près d'elle en un instant, abandonnant le ministre à ses prières.

— Rose, ma Rose ! Qu'est-ce que je peux faire, jeune fille ? Que puis-je faire pour alléger ta douleur ?

Il était vaguement conscient de la présence de Leana, qui trempait des chiffons dans de l'eau aromatisée avec des herbes, avant de les presser sur le corps de sa femme. Mais il gardait le regard fixé sur le visage de Rose. Les yeux de la jeune femme étaient hagards, rouges d'avoir tant pleuré. Sa bouche était ouverte, car elle luttait pour respirer. *Aidez-moi, mon Dieu ! Donnez-moi les bons mots à dire.*

Jamie se pencha davantage, pour être plus près d'elle.

— Tu n'es pas seule, Rose. Nous sommes tous ici pour t'aider. Essaie de te détendre, mon amour. Ta sœur sait ce qu'elle fait.

Il ne pouvait qu'espérer que ce fût vrai. Sans médecin ni sage-femme, la miséricorde de Dieu et les remèdes de Leana étaient leur seul espoir.

Et pourquoi cela, Jamie ? Parce qu'il avait entraîné sa femme à travers la moitié de Galloway pour contrarier son oncle. Dans un chariot. Dormant dans des plaids, comme de pauvres bergers. S'ils avaient été à Auchengray, il aurait pu galoper jusqu'à Dumfries et ramener le docteur Gilchrist au chevet de Rose. Mais ils étaient en pleine nature, à Monnigaff. *À cause de moi.*

— Je n'aurais pas dû t'emmener ici, Rose.

Il lui caressa le front, les joues, le cou. Comme si son contact pouvait la guérir. Comme si ses mots pouvaient tout arranger. Mais ils n'étaient d'aucun secours. Il était trop tard pour cela.

— Pardonne-moi, Rose. Je t'en conjure…, pardonne-moi.

— Seulement si…

Au prix d'un grand effort, elle se tourna pour le regarder.

— Seulement si tu… me pardonnes.

Son regard croisa le sien. Il n'y vit aucune lueur d'espoir.

— J'ai attiré ce malheur… sur moi, Jamie. J'ai maudit mon père.

Le jeune ministre, interloqué, répondit :

— Je suis sûr que vous faites erreur, madame McKie.

— Je… l'ai… maudit.

Sa tête retomba sur le côté, comme si sa confession avait drainé toute son énergie.

— Ton père le méritait, Rose.

Jamie lui agrippa les épaules, son désespoir grandissant.

— Cette… hémorragie n'a rien à voir avec lui. Ni avec quoi que ce soit que tu aies pu dire ou faire.

— Si je peux vous parler un moment, monsieur.

Le révérend Moodie se pencha et lui murmura à l'oreille :

— Je vous demande pardon, mais votre femme…, que dire…, j'ai peur que la Bible ne soit très claire à ce sujet.

«Quiconque maudira son père ou sa mère devra mourir.» Préparez-vous, monsieur McKie, car je crains que le pire soit encore à venir.

Chapitre 75

Ainsi fane le rose de tes joues.
— Samuel Daniel

Leana n'avait pas entendu le commentaire du révérend Moodie, mais la réponse de Jamie fut cinglante.

— *Non !*

Il virevolta et saisit le ministre par le revers de son manteau, et sa voix était basse, mais venimeuse.

— Je ne vous laisserai pas proférer pareille infamie !

Le visage déjà rougeaud de l'homme devint plus rouge encore.

— Je ne peux dire que la vérité, monsieur McKie. C'est ma vocation et mon devoir.

— Alors, votre devoir s'arrête ici.

Jamie le libéra brusquement.

— Veuillez sortir de cette pièce, je vous prie.

Froissé, le jeune homme quitta la chambre tandis que Jamie revenait prendre la main de Rose. Stupéfiée par l'éclat qui venait de se produire, Leana gardait la tête basse. Ce que le ministre venait de dire n'avait pas besoin d'être répété, car cela aurait troublé Rose encore davantage. *Jamie. Jamie. Ce n'est pas le moment.* Pourtant, ce n'était pas charitable de juger un homme qui venait de perdre deux enfants et qui était en danger de… *Non !* Il ne fallait pas même qu'elle y pense.

Après avoir rincé le chiffon de lin, Leana l'appliqua de nouveau sur le corps de sa sœur, implorant la clémence divine. Un petit sachet de mousseline trempait dans l'eau chaude ; il était bourré avec de l'alchémille sèche, prise dans son jardin d'herbes médicinales. Leana avait ajouté une mesure d'eau de rose, aussi. Et des larmes.

L'eau aurait dû être rose. Mais elle était rouge.

Dans sa pharmacie, il n'y avait rien de plus efficace que l'alchémille. Elle avait demandé à Eliza d'aller chercher de l'eau chaude, afin de préparer du thé en y faisant infuser cette herbe. Mais que faire, si les remèdes de son jardin devaient faillir à la tâche, si l'hémorragie ne s'arrêtait pas…?

— Leana?

La voix de Rose était aussi fragile qu'un fil de coton. Mince, faible, prête à se briser.

— Oui, chérie, je suis ici.

Elle toucha délicatement la hanche de Rose.

— Souffres-tu?

Une question irréfléchie. Mais la réponse de Rose la surprit.

— Non, pas comme avant. Je ne ressens… presque rien.

Jamie regarda par-dessus son épaule, comme s'il voulait jauger sa réaction. Leana essayait de ne rien laisser paraître de sa détresse, bien que son cœur fût brisé et ses mains, tremblantes. *Pas de sensation. Oh, Rose.*

Mobilisant ce qui lui restait de force, Leana jeta un regard circulaire dans la chambre et comprit ce qui devait être fait.

— Jamie, si tu voulais bien tirer le lit pour l'éloigner du mur, je pourrais alors m'asseoir d'un côté et toi de l'autre. Nous serions plus libres de nos mouvements. *Et tu pourrais voir ma sœur. Et je pourrais dire…*

— Bien sûr, Leana.

Il était déjà debout et attendait qu'elle l'imite. Prenant son bol d'herbes, Leana fit un pas en arrière, puis Jamie déplaça le lit étroit afin qu'elle pût venir prendre place du côté droit du mince matelas. Un petit cognement à la porte annonça Eliza, qui tenait une théière dans une main et un second tabouret dans l'autre.

— J'ai pensé qu'ça ferait du bien à vot' dos, m'dame, d'avoir vot' propre tabouret.

— Sois bénie, jeune fille.

Leana fit infuser le thé immédiatement, utilisant ce qui lui restait d'alchémille.

— Quand il sera bon et fort, tu m'en apporteras une tasse pour Rose, tu veux bien?

Leana glissa sa chaise aussi près du lit que possible. Puis, elle continua d'administrer ses soins en dépit de la triste évidence qu'ils semblaient sans effet. Elle essayait tous les remèdes possibles, mais ils se révélaient insuffisants. Rose n'allait pas mieux. Son corps ne se tordait plus, ne se cabrait plus, mais le flot de sang ne voulait pas cesser.

Elle pouvait voir Rose clairement, maintenant, mais le spectacle qu'elle offrait était presque trop éprouvant pour être regardé. La lumière s'était éteinte dans les yeux de sa sœur. Son sourire s'était évanoui et toute couleur semblait avoir quitté ses joues pâles.

L'implacable vérité était que Rose se mourait.

Les bras de Leana devinrent inertes. Le linge humide retomba dans la cuvette. *Quand le cœur est triste, l'esprit est abattu.*

— Jamie…, elle…

— Oui, dit-il d'une voix rauque. Je sais.

Leana abandonna ses efforts. Seul le Tout-Puissant pouvait sauver sa sœur, maintenant. Elle plaça la cuvette sur le sol, puis s'inclina vers Rose en posant son regard sur elle. Jamie libéra l'une des mains de son épouse et la plaça dans celles de Leana. Comme la peau de sa sœur était froide! Quand Leana le regarda pour le remercier silencieusement, elle vit le reflet de sa propre douleur dans ses yeux verts.

Les deux restèrent ainsi plusieurs minutes. Tenant la main de Rose. Murmurant des paroles de réconfort, parce qu'ils ne pouvaient rien faire d'autre.

— Je suis heureux que la douleur soit partie, Rose.

— Tu iras mieux bientôt.

— Je t'aime, Rose.

Les deux le répétèrent plusieurs fois. Leana contint un sanglot, quand Rose murmura :

— Et je t'aime.

Peu importait à qui elle s'adressait. La chambre était si silencieuse que Leana sursauta quand Eliza lui toucha l'épaule.

— M'dame, v'lez-vous vot' thé maintenant ?

Leana regarda Jamie, et les deux hochèrent la tête.

— Eliza, si cela ne t'ennuie pas...

— Pas du tout, m'dame.

Eliza renifla, tenant son tablier contre sa bouche.

— J'serai en bas avec Annabelle et Ian. L'aubergiste dit qu'nous pouvons rester aussi longtemps... aussi longtemps...

Jamie lui épargna le reste.

— Oui, jeune fille.

Eliza sortit sans bruit, à l'exception du loquet retombant en place.

— Rose, peux-tu m'entendre ?

Leana se pencha pour essayer d'attirer le regard de sa sœur.

— Y a-t-il... quoi que ce soit... que nous puissions faire...

Elle serra la main de Rose si fort qu'elle craignît de lui faire mal.

— Oui, dit Rose, dont la voix était d'une clarté étonnante. Nomme... mes enfants.

Leana demeura interdite.

— Oh, Rose...

— Nous aurons... du temps.

Jamie luttait pour trouver les mots.

— Du temps pour cela... plus tard.

— S'il te plaît, Jamie.

Rose le regarda directement, et ses yeux étaient implorants.

— William et Alexandre, murmura-t-elle.

— Oui, répondit-il, et son visage se défit sous l'effet du chagrin.

Leana détourna la tête, plus détruite par la douleur de Jamie que par la sienne. *Mon Dieu, réconfortez-le.*

Rose n'avait pas fini.

— Enterre-les... au cimetière.

Comme Jamie ne pouvait que gémir, Leana s'empara instinctivement de son autre main, les unissant tous les trois. *Tu ne seras pas seul dans l'épreuve, Jamie.*

— Oui, ma douce Rose, dit Leana. Nous prendrons bien soin de William et d'Alexandre.

Rose s'enfonça plus profondément dans le lit. Sa main semblait devenir plus petite, comme celle d'un enfant.

Leana sentit un grand calme s'installer dans la chambre. Un silence paisible, comme celui qui accompagne les aurores boréales, dans le ciel. Visible, mais non audible. À l'infini, pourtant si près. Elle chercha dans son cœur des mots de consolation si nécessaires, placés là il y avait bien longtemps.

— Ne crains rien, Rose. Et ne t'effraie de rien. Car Dieu est avec toi partout où tu iras.

— Il est avec moi, dit Rose faiblement.

Elle les regarda à tour de rôle, comme pour graver leur visage dans sa mémoire.

— Je n'ai pas peur.

Un sourire courut sur ses lèvres parcheminées.

— Il m'aime.

— Je t'aime, Rose.

Jamie pouvait à peine prononcer les mots.

— Je t'aime.

Leana vit la main que tenait Jamie se crisper un bref instant.

— Ne crains rien. Jamie te tient, ma sœur.

— Non, dit Rose en fermant les yeux, mais son sourire ténu demeurait sur ses lèvres. Ce n'est pas Jamie.

Chapitre 76

Dans toute la silencieuse virilité de la douleur.
— Oliver Goldsmith

Une main tenait toujours la sienne. *Leana.*
— Elle est partie, Jamie.

La tête de Jamie s'effondra sur le cœur de Rose pour recevoir son ultime soupir. Mais il ne sentit rien contre sa joue. Seulement la forme immobile de la femme qu'il aimait. La douleur monta en lui, l'écrasant. Il relâcha la main de Leana, abandonnant momentanément sa chaleur et sa force, pour embrasser sa femme. Il serra Rose contre sa poitrine, comme si cela pouvait endiguer sa peine. *Nous n'avons pu arrêter le sang, ma bien-aimée. Nous avons essayé, mais nous n'y pouvions rien.*

Jamie pleurait en silence. Les pleurs mouillaient la robe de nuit de Rose et sa chemise, mais c'était sans importance. Plus rien n'importait.

Il l'avait abandonnée. Pis que cela, il l'avait tuée.

Pardonne-moi, pardonne-moi. Il avait répété ces mots, encore et encore, Rose ne les entendrait jamais. Il pourrait les crier de toute la force de ses poumons du haut de la tourelle de Glentrool, ses supplications ne changeraient rien.

Elle est partie, Jamie. C'était l'irrévocable vérité.

Jamie défit lentement les épingles de ses cheveux, laissant la riche toison de sa chevelure retomber sur ses épaules. Il enfouit son visage dans son parfum d'eau de rose. *Cela ne peut être un adieu. Cela ne peut être.*

Il la tint, silencieusement, immobile, pendant un long moment. Par ses yeux mi-clos, il vit Leana qui s'occupait calmement des tâches qui devaient être faites. La chambre ne possédait pas de miroir à couvrir, ni de pendule à arrêter.

Leana n'ouvrit que la porte, la fenêtre étant condamnée. Cela ne signifiait rien ; l'esprit de Rose s'était déjà envolé.

Finalement, Leana vint s'agenouiller près de lui, les joues mouillées de larmes.

— Pourrais-je... tenir ma sœur ?

Elle reçut le corps de Rose comme une mère qui retrouverait son enfant, l'enveloppant dans ses bras, collant sa tête contre sa poitrine.

— Oh, Rose, comment vais-je pouvoir... Que vais-je faire... sans toi ?

Conscient de tout ce qu'elles avaient vécu ensemble, de tout ce qu'elles signifiaient l'une pour l'autre, le chagrin de Jamie s'amplifia, jusqu'à ce que la douleur le plonge dans une sorte de torpeur.

Quand Leana leva le regard, ce fut sa propre tristesse qu'elle vit dans ses yeux.

— Je dois la laver et l'habiller, maintenant. Pourrais-tu appeler Eliza pour moi ?

Jamie se leva, mais ses jambes flageolantes le soutenaient à peine. Il ne pouvait se résoudre à voir une femme qui lui avait donné tant de joie être réduite à... un corps inerte. *Que Dieu me vienne en aide, à un cadavre.*

— Je vais chercher Eliza, dit-il, comprenant que la présence des domestiques était nécessaire, maintenant. Puis, je verrai le révérend Moodie. S'il consent encore à me parler.

— Jamie.

Leana lui plaça une main sur le bras.

— Il comprendra. Tu n'étais plus... toi-même.

— J'étais tout à fait moi-même, marmonna-t-il, le chagrin faisant place à la honte alors qu'il descendait l'escalier, ignorant la douleur dans sa jambe.

Il parcourut le couloir sombre d'un pas incertain et ralentit en arrivant devant la chambre des servantes. Les jeunes filles aimaient Rose et seraient atterrées par la nouvelle.

Ce fut Eliza qui lui répondit, et ses joues étaient fripées d'avoir pleuré.

— Oh, m'sieur McKie.

Elle dut s'appuyer sur le montant de la porte, quand il lui apprit le décès de Rose.

— J'suis si désolée. J'sais pas quoi dire d'autre.

— J'suis si triste, moi aussi, m'sieur McKie, fit une autre voix de jeune fille.

Annabelle était debout derrière elle, se tordant les mains, et Ian était par terre, à ses pieds. Le garçon, toujours souriant, frappa dans ses mains en voyant son père.

— Ici, garçon, dit Jamie en ramassant l'enfant au sol.

Il ne chercha pas à cacher aux servantes les nouvelles larmes dans ses yeux.

— Viens réjouir le cœur de ton père.

Rose adorait son beau-fils, et il lui rendait bien son affection. Si jeune qu'il fût, Ian se rendrait compte de son absence.

— Tu es toute la famille que j'ai, Ian, dit Jamie en ravalant un sanglot. Les deux seuls McKie qui restent.

Alors que nous aurions dû être cinq. Cette prise de conscience fut comme un coup de boutoir. Rose avait tant voulu être mère. Elle n'avait à peu près parlé que de cela, le printemps dernier. D'avoir maudit son père n'avait pas raccourci ses jours, peu importait ce que le ministre avait insinué ; il ne connaissait pas Lachlan McBride. La chose qu'elle voulait le plus au monde — la maternité — avait coûté à Rose sa jeune existence.

Ce n'est pas vrai, Jamie. La voix insistante en lui ne se laisserait pas réduire au silence. *C'est le départ d'Auchengray qui lui a enlevé la vie. Si tu avais attendu que les enfants soient nés…*

Se sentant soudain malade, il remit Ian à Annabelle.

— Eliza, ton aide est requise en haut. C'est-à-dire…, t'en sens-tu capable ?

Elle replaça son bonnet blanc et s'essuya les joues avec son tablier.

— J'y arriverai, m'sieur.

Se faufilant à côté de lui, elle se dépêcha de sortir pour aller seconder Leana.

— Et toi, Annabelle, dit Jamie en faisant courir sa main dans ses cheveux défaits, essayant de retrouver son empire sur lui-même. Tout ira bien avec Ian ?

— Nous s'rons très bien, m'sieur McKie. J'm'occuperai du dîner pour nous tous. Allez-vous voir l'ministre, maintenant ? demanda-t-elle.

Quand il fit oui de la tête, elle lorgna en direction du pichet et de la cuvette.

— J'sais bien qu'je n'suis pas vot' valet d'chambre, dit la servante, mais j'serai honorée d'arranger vot' toilette avant vot' départ.

Un peu plus tard, Jamie, rasé, peigné et frotté, quitta l'auberge. Il étudia le ciel en se rendant jusqu'au pont, essayant d'estimer l'heure qu'il était. Trois heures, jugea-t-il. Bien que la brume se fût dissipée à midi, l'air était encore humide. Des nuages gris masquaient le soleil.

Il traversa le ruisseau Penkill pour se diriger vers le presbytère jouxtant l'église. Il fut accueilli à la porte par madame Moodie, une jeune femme brune au sourire timide.

— Monsieur McKie, dit-elle. Nous vous attendions.

Le révérend Moodie se leva de son fauteuil, quand Jamie marcha dans le salon. Les deux hommes restèrent un moment l'un en face de l'autre, se dévisageant, jusqu'à ce que Jamie s'éclaircisse la gorge pour dire ce qui l'avait amené là :

— Je vous demande pardon…

— Et je vous l'accorde volontiers.

Le ministre traversa la pièce, la main tendue.

— Ma condamnation de tout à l'heure était justifiée, dit-il, mais cruelle et mal à propos. Je ne peux dire avec certitude comment j'aurais moi-même réagi, si un étranger s'était permis pareille remarque sur mon épouse. Je vous prie de m'excuser.

Surpris, Jamie serra la main de l'homme. Dans sa vie, il n'avait pas vu beaucoup de ministres si prompts à demander pardon à l'un de leurs fidèles.

— Il est clair, monsieur McKie, que vous êtes venu porteur de tragiques nouvelles.

Jamie fixa le tapis, essayant de maîtriser ses émotions, sa réponse tenant en une seule syllabe.

— Oui.

Il invita Jamie à s'asseoir ; une tasse de thé fit son apparition, et des paroles de compassion furent exprimées. Après un silence approprié, le ministre fit bifurquer la conversation vers des préoccupations pratiques.

— Le bedeau ne peut travailler le jour du sabbat, dit-il, mais je lui demanderai de creuser une tombe dès l'aube.

— Ce ne sera pas nécessaire. Ma famille…, à Glentrool…, possède un tombeau.

La pensée de voir sa femme ensevelie sous une simple pierre tombale de granit leva l'estomac de Jamie.

— Glentrool est distant d'une dizaine de milles, lui rappela le ministre. Puisqu'il n'est pas convenable de déplacer un cercueil sur un véhicule roulant, vous devrez trouver plusieurs hommes qui accepteront de le transporter sur leurs épaules. Avez-vous des amis dans le village sur lesquels vous pouvez compter ?

Jamie connaissait la réponse. Ce matin-là, à l'église, pas une seule âme ne lui avait souhaité la bienvenue dans la paroisse.

— J'ai bien peur d'être resté absent de Monnigaff trop longtemps.

— Alors, il est préférable d'enterrer votre femme ici, monsieur McKie, sur une terre consacrée. Je demanderai au bedeau de sonner le glas, ce soir. Monsieur Lamont ira aussi vous voir à l'auberge dès neuf heures du matin pour la procession, peu après l'arrivée du charpentier.

Le révérend Moodie se leva, ayant rempli ses obligations.

— Je suis persuadé que votre famille doit vous manquer, reprit-il. Que le Dieu tout-puissant vous réconforte, cette nuit.

Jamie revint en chancelant à l'auberge, ne voyant rien d'autre que l'herbe sous ses pieds.

Rose est morte. Il continua de répéter les mots encore et encore dans son esprit, les soupesant, puis les rejetant. Elle était ici, la veille au soir. Vivante, bien que malade. Aurait-il pu imaginer cela ? Était-ce un autre de ses fameux rêves ? Peut-être qu'après avoir gravi l'escalier, en entrant dans sa chambre, il la trouverait guérie et assise sur son lit. *Tu es venu pour me sauver.*

Un espoir fou, un vœu insensé, mais qui anima son pas alors qu'il regagnait l'auberge. Il frappa à peine avant d'ouvrir brusquement la porte pour se tourner vers le lit. Rose reposait dans une immobilité absolue, vêtue d'une robe rouge clair. Ses mains gantées étaient croisées sur sa poitrine, ses yeux, recouverts d'une pièce d'or, sa peau, blanche comme de la cire.

Il fit un pas en arrière, frappé une autre fois par la vérité.

— Jamie, dit Leana, l'invitant à s'approcher. Je regrette que nous n'ayons pu la vêtir dans sa dernière robe.

Elle regarda furtivement Eliza, qui reniflait dans un coin.

— Je sais que c'est la coutume, se justifia-t-elle, mais la robe bleue n'était plus... convenable.

Comme cela ressemblait à Leana de s'exprimer aussi délicatement.

— Tu as fait un bon choix, parvint-il à dire en s'approchant.

La robe de damas avait été confectionnée par Joseph Armstrong à l'occasion de leur mariage de décembre.

— Ce sont... les gants de ta mère, dit-il.

Leana avait fait présent à sa sœur des gants de soie qu'elle chérissait tant, lors du sabbat précédent, qui était aussi le jour de l'anniversaire de Rose. Un autre voile de chagrin vint envelopper le cœur de Jamie comme un linceul : Rose était morte en couches. Tout comme sa mère.

Jamie abaissa le regard vers elle, bien que ce ne fût plus Rose qui se trouvait devant lui. Ce n'était plus sa chaude et sémillante épouse, avec son sourire charmeur et ses manières de séductrice. Ce n'était plus qu'une ombre de cette chère jeune femme. La petite assiette de terre et de sel qui reposait sur sa poitrine se voulait un rappel : la terre symbolisant le corps corruptible, le sel, l'esprit incorruptible.

Il s'éveillerait demain, et Rose ne serait plus là. Ni le jour suivant. Ni aucun autre jour de sa vie.

Leana posa la main sur sa manche.

— Jamie, je ne voudrais pas faire quelque chose d'inapproprié, mais...

— Tu ne ferais jamais cela.

— J'ai trouvé...

Elle inclina timidement sa tête blonde.

— Une petite boîte en bois... pour tes...

Mes fils. Il se détourna, pour ravaler un sanglot qui s'élevait dans sa poitrine.

Elle ne dit rien pendant un moment.

— Jamie, il n'y a aucune honte à éprouver du chagrin.

Ses mots tendres, telle une clé, libérèrent la douleur enfermée en lui. Un son lui monta dans la gorge, la sourde lamentation d'un animal blessé, piégé et à l'agonie. *Mes fils. Mes propres fils.* Il ne les avait jamais tenus, ne les avait jamais bénis.

Quand Leana lui présenta le petit cercueil, il l'enveloppa dans ses mains. *Que le Dieu tout-puissant vous bénisse, mes fils.* Les mots de son père, Alec McKie. Prononcés trop tard.

Elle dit doucement :

— Le charpentier viendra demain matin, n'est-ce pas ?

Jamie agrippa la boîte.

— Tôt, a promis le ministre.

— Quand il le fera, nous mettrons cette boîte sous la tête de Rose, tel un oreiller. Car les enfants qui n'ont pas été baptisés sont normalement enterrés sous les murs du cimetière.

Jamie ne se souvint qu'à ce moment-là de cette cruelle pratique.

— Au crépuscule.

— Pire encore, ils pourraient être enterrés du côté nord du cimetière. « Au milieu des chèvres », comme dirait Neda.

Elle soupira profondément.

— Rose n'aurait jamais voulu cela, dit-elle. Je crois qu'il est préférable d'enterrer ses précieux enfants avec elle.

— Très bien, Leana.

Il lui remit le petit cercueil, craignant que la douleur pût le lui faire échapper des mains.

— Comme toujours, tu as pensé à tout.

Des larmes lui mouillèrent les yeux.

— Je n'ai pas pensé à un moyen de sauver Rose.

— Oh, jeune fille, soupira-t-il en enveloppant ses coudes dans ses mains. Tu as fait tout ce que tu pouvais. Sa mort repose sur mes épaules, pas sur les tiennes.

Elle ne répondit pas immédiatement ; sa plus grande crainte fut alors confirmée. *Leana jette aussi le blâme sur moi.*

Chapitre 77

Des mots qui pleurent et des larmes qui parlent.
— Abraham Cowley

Leana était assise dans un silence rempli de larmes à la lueur des chandelles, enveloppée dans ses souvenirs : Rose courant dans le jardin, sa natte dansant à sa traîne ; Rose tenant courageusement tête à leur père, s'enfuyant dans l'escalier, puis la serrant très fort ; Rose qui tenait une pièce de coton à la hauteur de ses yeux, déclarant que l'accord était parfait.

Reviens à moi, Rose. Mais elle ne pouvait pas.

Il était tard ; les chandelles brûlaient jusqu'à leur base. La famille ne disposant que de quelques chandelles déjà entamées de Yule[15] — un éclairage insuffisant pour la circonstance —, l'aubergiste avait généreusement offert une douzaine de bougies des réserves de la cuisine. Depuis le milieu de l'après-midi, le petit groupe avait veillé, une vigile rituelle destinée à défendre le corps de l'être aimé jusqu'à ce qu'il fût enterré. Les servantes s'étaient depuis longtemps retirées dans leur lit ; seuls Leana et Jamie restaient, assis sur de bas tabourets distants d'un pied.

Le visage de Rose semblait presque animé par un cruel jeu de la lumière vacillante des chandelles. Baigner sa sœur, puis l'habiller avait été incroyablement difficile. Leana avait pleuré du début à la fin. Pourtant, chaque moment avait été sacré. La pensée que son esprit était entre les mains du Tout-Puissant, alors qu'elle tenait son corps dans ses bras, était au-delà de ce qu'elle pouvait comprendre ou imaginer. Et, en même temps, réconfortant au-delà de toute mesure : sa chère Rose n'était pas seule.

---

15. N.d.T. : Noël.

Lui mettre les gants fut le plus difficile. *Mère. Rose.* Tout en parcourant les coutures du bout des doigts, évoquant les occasions où elle-même les avait portés, Leana remercia le Ciel d'avoir pu les donner à sa sœur tant qu'elle le pouvait encore.

Tu es toujours si bonne avec moi.

Leana savait que c'était plus que cela. Elle trouvait du réconfort dans la pensée que son dernier présent à Rose était le plus beau que sa sœur eût jamais reçu.

— Leana ?

Profondément plongée dans ses pensées, elle sursauta quand elle entendit son nom. La voix de Jamie était basse, enrouée.

— Informeras-tu ton père ? Ou devrais-je m'en charger ?

— Il serait préférable que je lui écrive.

Jamie ne répondant pas, elle ajouta :

— À moins que tu veuilles...

— Non, Leana.

Il se tourna vers elle, et la lueur des bougies éclairait les plans de son visage.

— La nouvelle sera déjà assez douloureuse à lire, expliqua-t-il, sans qu'elle soit de ma main, par surcroît.

— Je poserai ma plume sur le papier dès l'aube, dit-elle.

Elle écrirait aussi à Neda, à Kingsgrange, puis mettrait les deux lettres à la poste avant leur départ pour Glentrool. Jamie était préoccupé par l'absence de ses parents ; ils ne s'attarderaient donc pas dans le village après les funérailles du matin.

— Devrais-tu envoyer un messager qui nous précédera à Glentrool ?

— Ce n'est pas nécessaire. Nous serons à la maison vers le milieu de l'après-midi. Et ma mère préférera apprendre la nouvelle de vive voix.

Il se leva, étirant ses longues jambes. Ils n'avaient que peu parlé, depuis minuit. Les deux étaient épuisés en raison du manque de sommeil et ils avaient les yeux rougis d'avoir pleuré.

— Jamie, pourquoi ne vas-tu pas te reposer une heure ou deux dans ta chambre ? Je serai bien ici, seule. Rose sera en bonnes mains.

Il baissa le regard vers elle.

— Il n'existe pas d'autres mains qui aient aussi bien pris soin de Rose que les tiennes.

Sur ces paroles, il se pencha et lui déposa un baiser sur les doigts, un geste de gentilhomme pour exprimer son respect.

Elle ramena ses mains sur ses genoux, soudain embarrassée.

— Un peu de sommeil te fera grand bien, dit-elle.

Il marcha prudemment vers la porte, conscient de l'heure tardive et par respect pour les clients endormis de l'auberge.

— Seulement si tu promets de m'imiter quand je me réveillerai, car je n'ai pas l'intention de dormir très longtemps.

Jamie tint promesse et fut de retour alors que la nuit était toujours d'encre. Leana n'avait aucune crainte de demeurer auprès du corps de Rose, mais elle fut heureuse de changer de place avec lui, ne serait-ce que pour lui accorder un peu de temps seul auprès de sa femme.

Quand elle s'étira sur le lit de Jamie, Leana trouva qu'il n'était guère plus grand que celui dans lequel elle avait dormi. Les couvertures gardaient encore la chaleur de son corps, portaient son odeur ; une bouffée de thym de son bain, de la lavande sur son oreiller provenant de la pommade qu'elle avait appliquée sur sa blessure, un peu du savon ordinaire fourni par l'auberge. Mais, surtout, les draps sentaient comme Jamie, un parfum masculin qu'elle n'avait jamais vraiment oublié.

Leana tourna la tête, respirant profondément l'air inodore pour clarifier son esprit. Elle n'était ici que pour une raison — se reposer une heure —, afin d'avoir suffisamment de forces pour affronter le jour difficile qui l'attendait. Fermant les yeux, ses mains enveloppant l'enfant qui grandissait en elle, elle se détendit dans le mince matelas, recherchant le réconfort béni du sommeil.

— Leana.

Un coup frappé à la porte la réveilla en sursaut.

— Le charpentier est là.

Elle fut sur ses pieds en un instant, lissant les plis de sa robe, replaçant ses cheveux. Était-ce vraiment le matin ? Elle n'avait le temps que de s'asperger le visage d'eau froide, elle compléterait convenablement sa toilette lorsqu'elle en aurait le temps. Jamie était dans le couloir, l'attendant pour la ramener dans la chambre qu'elle avait partagée avec Rose.

Leana le suivit en silence, se préparant au choc de voir sa sœur à la pleine lumière du jour. Si pâle, si immobile. Leana se détourna jusqu'à ce que la pièce cesse de tourner.

— Leana, voici monsieur Gammel, il a apporté… ce que tu as demandé.

Jamie s'écarta pour laisser passer l'homme, qui tentait d'introduire un cercueil de pin par la porte. Il le déposa près du lit à la place des deux tabourets où Leana et Jamie avaient veillé la défunte à tour de rôle.

Monsieur Gammel les regarda.

— Savez c'qu'on dit, n'est-ce pas ? Si y a un cadavre non enterré l'jour du sabbat, ça veut dire qu'y aura un aut' mort dans la paroisse dans l'courant d'la semaine.

Sans attendre de réponse, il se pencha au-dessus du couvercle du cercueil, qui était lâchement retenu en place par des clous, et l'ouvrit de ses mains nues. Le marteau à sa taille le clouerait en place pour toujours.

— Faites attention aux bouts pointus, dit-il à Leana en déposant le couvercle sur le côté.

De sa chemise, il tira un linceul funéraire de lin écossais, comme la loi l'exigeait.

— J'ai pensé qu'vous auriez besoin d'ceci, fit-il observer, car v'z'en avez sans doute pas dans vos malles.

Quand le charpentier eut remis la toile à Leana, elle retira l'assiette de sel et de terre, puis requit l'aide de Jamie pour envelopper précautionneusement le corps de sa sœur dans le mince linceul. Tant ses bras que son cœur la faisaient souffrir, quand elle eut terminé. Pendant que monsieur Gammel avait le dos tourné, Leana plaça la boîte précieuse contenant les restes de ses neveux ; elle recula ensuite d'un pas pour laisser les hommes déposer la forme recouverte de lin dans le cercueil.

Le charpentier se lava les mains immédiatement — plus motivé par une crainte superstitieuse que par un souci d'hygiène —, puis cloua solidement le couvercle. Chaque élan du marteau faisait grimacer Leana, chaque cognement était comme un clou planté dans son âme.

Deux garçons apparurent à la porte, tenant leur bonnet à la main.

— C'sont mes apprentis, qui jouent aussi l'rôle de porteurs, quand l'occasion s'présente. Nous placerons l'drap mortuaire quand nous serons en bas. J'vois qu'vous boitez d'une jambe, m'sieur McKie. S'rez-vous quand même capable d'nous aider ?

Leana connaissait la réponse : Jamie n'allait pas laisser à d'autres la tâche de porter sa femme. Ils descendirent une marche à la fois, Jamie posté à l'arrière du cercueil. Il s'appuyait surtout sur sa jambe gauche, sa jambe valide, mais il grimaçait néanmoins à chaque pas.

Du haut de l'escalier, Leana les observa contourner le palier. Eliza et Annabelle attendaient en bas avec Ian, le visage inquiet. Quand les hommes atteignirent le rez-de-chaussée en poussant des grognements satisfaits, Leana se précipita à leurs côtés, soulagée qu'ils soient descendus sans encombre. Elle était fière de Jamie, qui se tenait bien droit, les épaules carrées sous le bord du cercueil.

Monsieur Lamont, le bedeau de la paroisse, les attendait, tenant la cloche d'une main et le drap mortuaire de l'autre.

— Normalement, j'devrais percevoir un droit pour l'usage du drap mortuaire, payable au conseil de l'Église, expliqua-t-il en recouvrant le cercueil. Mais puisqu'vous venez d'une aut' paroisse, l'révérend a décidé d'rien d'mander du tout.

Il baissa ensuite la voix, tout en retenant d'une main le battant de sa cloche pour l'empêcher de tinter.

— Imaginez-vous donc, dit-il d'un ton conspirateur, qu'une bourse pleine d'or a été trouvée dans l'tronc, hier. Vos shillings s'ront pas nécessaires.

Jamie et Leana s'entreregardèrent et, l'espace d'un bref instant en cette journée de deuil, échangèrent le plus ténu des sourires ; Rose aurait été heureuse de voir son or bien employé.

Monsieur Lamont descendit la rue le premier. Il prenait son devoir très au sérieux, faisant sonner la cloche des morts à un rythme lent et régulier. Autrefois, on croyait que le bruit chassait les mauvais esprits ; aujourd'hui, elle ne servait plus qu'à signaler aux habitants du village que des funérailles étaient en cours. Certains viendraient, poussés par la curiosité. Non pour offrir leur soutien, mais simplement pour regarder.

Les quatre porteurs du cercueil suivaient le bedeau, ensuite venait Leana tenant Ian, puis Eliza et Annabelle complétaient le modeste cortège funèbre. Des larmes fraîches arrosaient leur visage. Ian tapotait les joues de sa mère et semblait mécontent de voir ses mains mouillées.

Aux funérailles de sa mère, Leana n'avait que cinq ans et elle agrippait la main de leur gouvernante. *Oh, Neda. Comme je voudrais que tu sois ici !* La lettre qu'elle lui écrirait serait la plus difficile de toutes. Leana avait l'intention de la rédiger le matin même, mais Jamie l'avait laissé dormir. *Bientôt, Neda, je t'écrirai pour te raconter la plus triste des histoires.*

Quand le cortège eut atteint le cimetière, quelques villageois suivaient derrière et ils se regroupèrent près de la porte de l'église. Le révérend Moodie était debout à côté d'une fosse ouverte, vêtu de sa robe noire. Son expression était austère, ses manières, réservées, pourtant ses yeux bruns brillaient de compassion alors qu'il accueillait le petit groupe et commençait un bref service funéraire.

Ils se recueillirent dans la quiétude d'un matin dont le ciel sans nuage était illuminé par un soleil radieux. Des chants d'oiseaux remplissaient les silences, qui étaient nombreux ; les murmures étaient reçus par des froncements de sourcils pendant les enterrements. Eliza et Annabelle étaient ensemble d'un côté de Leana, leurs larmes à la vue de tous, et Jamie de l'autre côté, les mains dans le dos, son visage, l'image même du chagrin.

Leana pressa Ian contre son cœur, si rempli de douleur qu'elle ne savait ni où regarder ni que faire. *Ma chère Rose, ma seule sœur ! Comment peux-tu être partie à jamais ?*

Alors que la boîte de pin était descendue en terre, le ministre étendit les mains. Ses paroles vibraient de conviction, offrant à Leana l'espoir dont elle avait si désespérément besoin.

— Béni soit Dieu, le Père de notre Seigneur Jésus-Christ, qui, en accord avec sa miséricorde infinie, a fait naître en nous un espoir indéfectible, par la résurrection de Jésus-Christ d'entre les morts. C'est là un héritage incorruptible, sans tache, impérissable et réservé au paradis pour toi, Rose.

Incorruptible. L'héritage terrestre de Jamie, aussi vaste et prospère qu'il fût, ne pouvait se comparer à l'héritage céleste réservé à Rose. *Et à Jamie. Et à tous ceux qui aiment le Christ.* Que vaut la propriété à la lumière de l'éternité ? Qu'est-ce que le charme de la jeunesse, comparé à la beauté inaltérable du Christ ?

Cette vérité réconforta Leana en ce matin lumineux et triste, et elle asséscha peu à peu ses larmes. Rose avait trouvé les mots les plus justes. *Je n'ai pas peur.*

Ce n'était pas la fin, mais le début.

Chapitre 78

Je suis loin de ma maison et je me languis souvent,
Du pays natal et des sourires de bienvenue de mon père.
— Erastus W. Ellsworth

La maison l'attirait comme un phare. Maintenant, Jamie devait choisir le meilleur moyen de s'y rendre.

S'il prenait son temps, guidant le chariot vers le nord à son rythme lent et régulier, il ne pourrait être utile aux siens, à Glentrool, avant tard dans la journée. Un événement grave avait dû se produire pour empêcher son père de paraître à l'église le jour du sabbat. Et la nervosité devait commencer à gagner Rab et Davie, qui ignoraient tout de la tragédie qui s'était jouée à l'auberge de la Cree.

Pourtant, s'il galopait devant pour offrir son aide et annoncer la triste nouvelle concernant Rose, il laisserait trois femmes sans défense et son héritier cheminer seuls sur une route isolée à travers les terres sauvages de Monnigaff, avec pour tout moyen de défense un inutile pistolet.

Finalement, c'est sa jambe blessée qui décida pour lui.

Jamie n'avait pas chevauché Hastings depuis sa mésaventure au ruisseau Moneypool. En essayant de nouveau, il découvrit que la douleur dans sa jambe était débilitante. Monter à cheval tiraillait précisément les muscles qu'il avait déchirés dans le courant. Une chevauchée rapide à Glentrool était hors de question ; il était tout simplement incapable de monter Hastings. Avec un soupir résigné, il attacha le cheval à l'arrière du chariot et prit place sur son siège de bois grossier.

— Je crois que je vais conduire, dit-il à Leana, qui s'était déplacée pour le laisser monter.

Elle regarda par-dessus son épaule.

— Devrais-je rejoindre les servantes dans le chariot ?

S'il te plaît, reste. C'était ce qu'il voulait lui dire. *Ne me laisse pas seul ici.* Après le matin le plus triste de son existence, il recherchait la présence de quelqu'un à ses côtés pour partager son chagrin. Mais il n'osait pas le lui imposer ; peut-être préférait-elle rester seule avec ses pensées.

— Fais ce qui te plaira, Leana.

Elle resta.

À son signal, les chevaux s'ébranlèrent, traversant le pont du ruisseau Penkill avant de tourner au nord au bois de Knockman, laissant l'église de Monnigaff derrière eux. Après la cérémonie, Jamie avait accepté les condoléances polies des quelques villageois qui avaient assisté à l'enterrement. Il avait payé leur dû au ministre, au bedeau et au charpentier. Il avait aussi commandé une pierre tombale au tailleur de pierres du village. Bien qu'elle fût écrite à la hâte, il souhaitait que l'épitaphe de Rose honorât bien sa mémoire. Jamie n'en avait jamais écrit, auparavant, et il espérait bien ne pas avoir à le refaire avant un long moment.

À Galloway, les funérailles étaient généralement une affaire de longue haleine, comportant plusieurs jours de veille. Voisins et visiteurs, souvent venus de loin, devaient être constamment pourvus en nourriture et en boisson. Jamie n'avait ni le cœur ni l'argent pour un tel étalage. Il avait perdu sa femme. Il avait perdu deux fils mort-nés. Seuls ceux qui aimaient Rose autant que lui-même avaient été invités à porter le deuil en sa compagnie.

Ils avaient quitté l'auberge de la Cree vers midi, après s'être baignés et légèrement restaurés, et avoir chargé leurs possessions dans le chariot une dernière fois. Leana avait posté des messages écrits à la hâte à Neda et à son père, et un autre pour Evan, au de nom de Jamie. Plaise à Dieu, Jamie n'aurait pas à écrire une autre lettre quand il arriverait à Glentrool. *Frère, j'ai le regret de t'informer que notre père, Alec McKie...*

Cette pensée fit frémir Jamie.

— Veux-tu un plaid ? demanda Leana en se tournant pour prendre une couverture derrière elle. L'air s'est rafraîchi, depuis que nous avons quitté le village.

Il arrêta sa main.

— C'est parce que nous montons graduellement en avançant.

Il pointa en direction des ruines du château Stewart dans le pré de la ferme de Penninghame. Ils s'écartèrent de la Cree quelque temps, mais la route revint bientôt embrasser la rive de la rivière jusqu'à l'auberge House o' the Hill.

Des bois aromatiques cédèrent la place à des prairies longeant les rives du loch Cree, mal nommé, car il n'était à peine plus qu'un renflement de la rivière. Une demi-douzaine de petits cours d'eau vinrent ralentir leur marche ; tous furent incommodes à franchir à gué. Jamie marchait d'abord à côté des chevaux, qui tiraient le chariot vide à travers les ruisseaux semés de cailloux ; il aidait ensuite les femmes à passer à pied avant de remonter. Jamie se disait que son périple aurait été bien plus rapide à dos de cheval — pas plus de deux heures —, mais il se rappelait alors que son premier devoir était envers son fils et celles qui en prenaient soin.

— Quel joli paysage, m'sieur McKie ! s'écria Eliza.

Les marais et les montagnes devant eux possédaient une beauté revêche et sauvage. D'énormes rochers gris, aussi gros que leur chariot, étaient suspendus entre ciel et terre, sur les flancs des collines couvertes d'ajoncs surplombant la route. Là où de vieux arbres s'étaient renversés dans les plaines marécageuses, les racines exposées prenaient des formes fantastiques, à la fois grotesques et magnifiques.

Alors que le chariot longeait le bois de Cree, la plus ancienne forêt de Galloway, Jamie pensait à Evan, ce frère qui avait passé sa jeunesse à chasser le chevreuil entre les chênes et à pêcher le saumon dans la rivière. Est-ce que leur réunion à Monnigaff avait vraiment eu lieu ? Cela semblait un souvenir lointain, maintenant ; comme tout le reste, le meilleur comme le pire, qui avait croisé sa route pendant ce long voyage de retour à la maison.

Seuls les souvenirs de Rose restaient. Son visage, sa voix, le contact de sa peau étaient gravés dans son esprit et dans son cœur, aussi sûrement que son nom l'avait été dans le granit avec le ciseau et le marteau du tailleur de pierres de Monnigaff.

Rose McBride McKie. Femme et mère adorée.

La tête de Jamie s'effondra vers l'avant et entra en contact avec les rênes. Des larmes, inattendues et malvenues, tombèrent sur le plancher de bois du chariot. Quand une paire de mains gracieuses retirèrent les guides de ses mains entrouvertes, il les prit toutes les deux et les serra, jusqu'à ce que la vague de chagrin fût passée.

— Je suis… désolée, Leana.

Il leva la tête, puis la tourna pour croiser son regard.

— Désolé d'être…

— Ne dis pas «faible», Jamie McKie.

En dépit de l'humidité dans ses yeux, le regard de Leana était confiant.

— Tu es l'homme le plus fort que j'aie connu, lui dit-elle. Tu as tenu tête à mon père, pourtant tu t'es incliné devant ton frère. Tu as enterré ta femme et tes deux fils ce matin, et tu devras affronter ce soir le père que tu as trompé.

— Plaise à Dieu que je *voie* mon père.

Jamie souhaitait au moins cela. Leana avait une façon de dire les choses qui le faisait paraître vertueux, même s'il savait qu'il était loin de l'être.

— En ce qui concerne ma Rose chérie, reprit-il, tout est ma faute, Leana.

Quand elle voulut protester, il leva la main.

— Ne prétends pas autre chose, affirma-t-il. Si je n'avais pas insisté pour que nous désertions Auchengray…

— Non, Jamie. Bien avant notre départ, Rose se plaignait de douleurs et d'indispositions. Puisque j'ai fait le même trajet avec mon bébé sans inconvénient, nous devons conclure que ce ne sont pas nos pérégrinations qui ont… entraîné… la…

Leana soupira et se passa un mouchoir sur les yeux.

— Cela briserait le cœur de Rose, reprit-elle, de penser que tu te martyrises ainsi. T'a-t-*elle* déjà blâmé de quoi que ce soit ?

Il réfléchit un moment avant de répondre.

— Non, elle ne l'a jamais fait.

— Alors, ne le fais pas toi-même, dit Leana en se penchant pour croiser son regard de nouveau. Car sois assuré que *moi*, je ne te blâme pas.

Il voyait bien qu'elle était sincère, qu'elle ne le tenait pas responsable de la mort de sa sœur. Mais il ne pouvait se pardonner à lui-même. Son seul espoir était d'aller de l'avant, de remplir ses devoirs envers ceux qui avaient survécu à Rose, tous ceux qui l'avaient aimée. En subvenant aux besoins de Leana. En élevant son enfant. Et en portant le deuil de sa femme.

Ressaisissant les rênes, Jamie dépassa la propriété de Larg, le dernier repère avant de tourner sur le chemin de la maison. Cela avait-il vraiment duré deux ans ? Deux ans depuis qu'il avait fui la fureur de son frère, avant de retomber sur lui à l'auberge House o' the Hill à peine quelques heures plus tard. Ils feraient halte au vénérable établissement pour confier les chevaux à son écurie et remiser le chariot dans son hangar. La seule manière de se déplacer dans les vallons escarpés de Loch Trool était à pied.

— Verrons-nous Glentrool du haut de la colline ? s'enquit Annabelle.

— Non, nous devons sillonner à travers le vallon, d'abord. C'est du côté nord du loch, le seul manoir à des milles à la ronde. Vous verrez la tourelle et les cheminées quand nous atteindrons la rive du loch.

En dépit de la lourdeur dans sa poitrine, son pouls s'accéléra alors qu'une image claire de la maison prenait forme dans son esprit. Dans moins d'une heure, sa mère serait dans le vestibule d'entrée, accueillant son petit-fils. Plaise à Dieu, le laird de Glentrool serait aussi à ses côtés.

— Voilà l'auberge ! lança Eliza, et son enthousiasme fut contagieux.

Ian frappa dans ses mains et gazouilla tandis qu'Annabelle se mettait à chanter de sa voix de soprano :

Adieu, adieu, ma chère Eliza,
La servante que j'adore !

Jamie ne reprocha pas aux jeunes filles ce moment de joie. Dans leur jeune existence, elles n'avaient jamais servi ailleurs qu'à Auchengray. Glentrool serait une amélioration considérable, pour elles. Eliza serait la dame de compagnie de Leana ; en ce qui concernait Annabelle, il insisterait pour qu'Ivy Findlay lui trouve une place dans la maison. Peut-être comme bonne d'enfants auprès d'Ian, si Leana l'approuvait, et de leur deuxième enfant, à la fin de l'année.

Les écuries de l'auberge sur la colline apparurent à la vue, étant situées en contrebas de l'établissement et abritées par des sycomores. Jamie immobilisa le chariot à leur ombre. Au même moment, un jeune homme aux dents mal plantées s'approcha de lui en souriant.

— M'sieur McKie, n'est-ce pas ? L'fils du laird ?

Jamie le regarda plus attentivement. Son visage lui était familier.

— J'm'appelle George, dit-il. Comme le roi en personne, qu'vous m'aviez dit l'aut' nuit.

Un vague souvenir refit surface. Celui d'un garçon échevelé avec des vêtements en lambeaux, qui s'était occupé de Walloch la nuit où Jamie avait fui pour sa vie. Il comprit enfin à qui il avait affaire.

— Je te dois un penny, George.

Il inclina la tête, manifestement ravi.

— V'm'aviez dit qu'vous aviez perdu vot' bourse. J'parie que c't'un Tsigane qui vous l'avait volée. Les bois grouillent de toutes sortes de gens.

— Tu as tout à fait raison, répondit Jamie en déposant cinq pièces de cuivre dans sa main aux lignes crasseuses, heureux

de payer cette dette, si modeste fût-elle. Les pennies additionnels sont pour ta patience, dit-il.

Quand la sympathie du garçon lui fut acquise, Jamie fit les
arrangements pour que les chevaux de trait soient nourris,
soignés et logés dans l'étable, jusqu'à l'arrivée des bergers.

— Attends-les demain matin, dit Jamie en payant pour l'hébergement des chevaux.

Puis, il déchargea quelques bagages légers, faciles à porter
sur ses épaules ; il enverrait des domestiques avec des charrettes
à bras plus tard pour récupérer les malles.

— Tu garderas un œil sur mes biens ? demanda-t-il au
garçon.

— V'pouvez compter su' George, m'sieur, répondit celui-ci
en souriant, empochant ses gains.

Jamie et les autres continuèrent à pied sur la route bordée
de murets. Ils passèrent devant l'auberge en pierres des champs
et atteignirent la cime de la colline.

— Bienvenue dans la vallée, dit Jamie, inspirant l'air
imprégné de l'odeur de sapin.

Des collines escarpées couvertes de bruyère se déroulaient
devant eux, formant un vallon étroit dont le Trool était le cœur.
Des bois de bouleaux bordaient les rives du long lac sinueux. De
leur point d'observation, l'eau était un étincelant fil d'argent
tissé à travers les pins par une main experte.

Jamie indiqua du doigt les montagnes massives, la poitrine
gonflée d'orgueil.

— Mulldonach et Lamachan s'élèvent à droite, et Fell of
Eschoncan à gauche. Glentrool se trouve dans son ombre. Trois
milles encore, et nous sommes à la maison.

Il mena son groupe dans la descente. Leana était tout juste
derrière lui, suivie d'Eliza tenant Ian. Annabelle guidait
Hastings, qui, exceptionnellement, portait des bagages plutôt
que des cavaliers sur son dos.

Les servantes babillaient ensemble. Leurs voix, fluettes
comme les vrilles des rouges-queues, étaient avalées par l'im-
mensité du ciel et du pays. Jamie observait les collines distantes,

qui semblaient se replier les unes sur les autres. Bien que la plupart fussent arrondies, des rochers escarpés saillissaient sous leur sommet. Quand le sentier s'élargit, Leana s'avança près de lui, ses jupes se balançant avec son pas. Bien qu'il eût hâte d'atteindre sa destination, il ralentit le rythme pour rester à côté d'elle.

— Robert de Bruce a chassé le cerf dans ce vallon, lui dit-il, et il lui récita un vers ancien : « À Glentrool il venait séjourner, pour chasser et s'amuser. »

— Et tuer quelques Anglais des hauteurs de Mulldonach, ajouta Leana.

La jeune femme connaissait son histoire.

— Ses hommes firent débouler des rochers des montagnes de Steps of Trool, aussi hautes que toute autre dans le vallon. Les Anglais furent enterrés à Soldier's Holm, dans la prairie qui se trouve à la tête du loch.

Leana s'étant tue, il s'en voulut de s'être laissé aller à une conversation anodine. Ni l'un ni l'autre n'avait besoin qu'on lui rappelle les morts et les enterrements de cette journée.

Ils atteignirent le pied des collines, où le gué du Minnoch les attendait. Le niveau de l'eau était plus bas qu'à l'accoutumée ; il n'en fut pas moins soulagé quand ils atteignirent l'autre côté du ruisseau, sans autres dommages que des bottes mouillées et des ourlets détrempés. Le sentier étroit, bordé de hauts sapins aux longues branches pendantes, suivait les contours sinueux du Water of Trool. Toute impression d'espace ouvert avait disparu ; ils étaient maintenant enfermés dans une prison dont les barreaux étaient formés par des conifères. À chaque pas, l'appréhension de Jamie croissait, désireux d'être à la maison un instant, le redoutant celui d'après. Sa jambe blessée recommençait à le faire souffrir après cette longue promenade, et ses nouvelles bottes avaient cessé d'être confortables un demi-mille auparavant.

Leana parla finalement, et la tendresse dans sa voix pénétra ses défenses.

— Jamie, je sais que ce n'est pas le retour à la maison que tu avais imaginé…

Il ralentit le pas.

— Non, ce ne l'est pas.

Pas sans Rose.

— Mais c'est mon foyer, dit-il, et pour cela, je dois être reconnaissant.

Jamie s'arrêta un moment et lui prit un coude, tout en indiquant un point devant eux.

— Là, Leana. À côté du loch. C'est Glentrool.

Les yeux de Leana s'ouvrirent tout grands.

— Le voilà enfin.

Haut de deux étages — la tour carrée centrale en comportant un troisième —, le manoir de granit gris s'élevait parmi les contreforts, entouré de pins écossais. Bien qu'il présentât au loch une face large et unie, Glentrool s'enorgueillissait d'une tourelle ronde à l'angle de ses murailles formant un *L*, surmontée d'un toit conique, dont la construction remontait à plus de deux siècles. Quand il était un jeune garçon, Jamie avait un jour gravi le toit en pente pour planter un drapeau triangulaire à son sommet, comme dans les illustrations de châteaux français qu'il avait vues. Sa mère lui avait ordonné de descendre avant de se rompre le cou, à la grande déception d'Evan.

— C't'une très grande maison, m'sieur McKie, dit Eliza en soulevant Ian pour lui offrir une meilleure vue. J'n'avais aucune idée qu'vous viviez dans un manoir.

Annabelle ne dit rien, mais s'arrêta où elle était, tenant les guides d'Hastings à deux mains.

— M'sieur, voyez-vous cette lumière, au-dessus de la maison ?

Jamie essaya de mieux voir à travers les arbres.

— Le soleil, tu veux dire, qui se réfléchit sur le toit ?

— Non…, elle est plus haute que l'toit. Mais, ma foi, m'sieur…, c'est la *lumière des morts* !

Son sang se glaça dans ses veines.

— La vois-tu, Eliza ? cria Annabelle. Et vous, mam'zelle McBride ?

Son visage semé de taches de son exprimait de la terreur.

— Y a qu'une personne qui peut voir la lumière des morts, s'exclama-t-elle. Et j'la vois, j'la vois comme j'vous vois.

Jamie connaissait cette superstition. *La lumière des morts.* Vue par une personne à la fois, jamais deux. Annonciatrice d'un décès.

Père.

S'élançant sans se soucier de regarder si les autres le suivaient, Jamie marcha vers le loch qui s'élargissait, les yeux fixés sur Glentrool, escaladant en pensée l'escalier menant à la chambre à coucher que ses parents avaient partagée pendant près de cinq décennies. Craignant ce qu'il allait y trouver. Un être aimé. Mourant. *Non. Pas une autre fois.*

Chapitre 79

La mort à une porte, l'héritage à l'autre.
— Proverbe écossais

*D*ésormais, *tu seras le laird de Glentrool.*
Les mots martelaient le cœur de Jamie, alors qu'il se précipitait à travers les branches de pin qui s'interposaient entre lui et la barrière de Glentrool. *Père, je ne peux être laird maintenant. J'ai un héritier, mais pas d'épouse. J'ai votre bénédiction, mais pas le respect de la paroisse.* C'était trop tôt, bien trop tôt, pour la mort d'Alec McKie.

À chaque pas que faisait Jamie, le courant du ruisseau Buchan devenait plus bruyant, et les murs gris de Glentrool grandissaient. Il était pratiquement sur le seuil, quand il entendit Leana, qui marchait non loin derrière lui. La culpabilité le fit s'arrêter pour se retourner.

— Pardonne mon manque de savoir-vivre, Leana.

Il lui offrit le bras, en parfait gentilhomme.

— Laisse-moi t'accompagner sur le seuil de ma maison.

Leana s'épongea le front avec son mouchoir.

— Jamie, tu n'as pas à t'excuser de ta hâte de rentrer chez toi.

Tandis qu'elle reprenait son souffle, Jamie observait la grande porte d'entrée de chêne, aussi vieille que le manoir lui-même. Devait-il frapper ou entrer sans façon? C'était la demeure patrimoniale, pourtant il s'y sentait comme un étranger.

Quand la porte s'ouvrit, la question fut résolue.

— M'sieur McKie!

Le visage étonné d'Ivy Findlay l'accueillit.

— V'z'êtes au courant d'la nouvelle, alors.

Elle les fit entrer avec une petite révérence.

— Nous étions inquiets… C'est qu'vot' père…, il… J'suis désolée, m'sieur McKie.

Une douleur trop familière le transperça. *C'est vrai, alors.*

Les indices étaient partout : Glentrool était en deuil. Des toiles recouvraient les grands miroirs dans le hall d'entrée, et la pendule posée sur le manteau de la cheminée de la salle de réception était arrêtée à huit heures. *Était-ce matin ? Ou hier ?*

Jamie chercha sa mère du regard, puis comprit qu'elle devait être au chevet de son père. Il irait la rejoindre à l'instant.

— Ivy, où est ma… Je te demande pardon, voici ma cousine, Leana McBride.

Ivy fit une nouvelle révérence, mais elle se redressa en apercevant Eliza et Annabelle qui accouraient avec Ian.

— Et qui sont ces demoiselles, m'sieur ? Et le p'tit garçon ?

— Leana peut vous expliquer…

Jamie tira sur les manches de son manteau, comme si ce seul petit geste avait pu arranger sa tenue défaite. Sa mère aimait qu'il soit bien habillé. Peut-être ferait-elle une exception, étant donné les circonstances.

— Je dois voir mon père immédiatement, dit-il.

— Oui, oui, v'devez l'voir. Il est là.

Jamie se tourna vers la porte de la bibliothèque. Curieux que sa mère n'eût pas entendu sa voix et ne fût pas venue l'accueillir. La grande pièce à l'avant de la maison comptait bien dans son ameublement un lit à dais ornemental, mais il était rarement utilisé. Et il ne gardait le souvenir d'aucune veillée funèbre à Glentrool. Jamie frappa doucement à la porte, puis l'ouvrit lentement, se préparant à voir le corps flétri d'Alec McKie dans un état de repos éternel.

Mais ce n'était pas ce qui attendait Jamie.

Sur le lit, les mains croisées sur la poitrine, gisait Rowena McKie.

— *Non !*

Jamie s'arrêta net à l'entrée de la bibliothèque brillamment éclairée par des chandelles.

— Ce n'est pas possible…

Mais ce l'était.

Sur sa poitrine se trouvait l'assiette de terre et de sel. À ses pieds, son père, terrassé par le chagrin.

— Oh, Jamie !

Alec tendit un bras tremblant.

— Dieu t'a ramené parmi nous, garçon. Nous ne savions pas où t'envoyer un message ni à quel endroit te trouver. Ta mère, ta pauvre mère...

Jamie n'eut pas la présence d'esprit d'avancer dans la pièce. Il restait simplement là, sur le seuil, pétrifié. Et honteux. Pourquoi n'était-il pas rentré à la maison plusieurs mois auparavant ? Pourquoi ne lui avait-il pas écrit de Gatehouse of Fleet ? Sa mère reposait dans l'immobilité de la mort. Au-delà de son atteinte. Tout comme Rose.

— Qu'est-il arrivé, père ?

Alec remua la mâchoire. Ses yeux chassieux étaient plus aqueux que jamais, et les tremblements de ses mains s'étaient notablement accentués.

— Hier matin, nous nous sommes levés tôt pour le sabbat. Ta mère montait son cheval, comme elle l'a toujours fait pendant la majeure partie de ses soixante-quatre ans. Elle n'était pas bien en selle quand le cheval s'est cabré, personne ne sait pourquoi, et elle est tombée par terre sur son cou fragile.

Jamie broncha à l'image de sa mère si dynamique chutant dans la mort. Avait-elle souffert ? Aucune blessure ne marquait son cou gracile. Aucune trace de sang ne tachait sa robe. *Ce ne fut pas ainsi pour toi, ma belle Rose.* Comment pourrait-il se réconcilier avec l'affreuse vérité ? Les deux femmes qu'il aimait le plus au monde lui avaient été enlevées le même sabbat.

Alec regarda sa femme, et ses épaules s'affaissèrent un peu plus.

— Rowena n'a jamais rouvert les yeux. Elle est morte une heure après sa chute.

Jamie se rappela le banc vide à Monnigaff.

— Votre absence hier à l'église s'explique.

— Personne n'a voulu la quitter.

Son père contourna le lit et lui prit le bras.

— Nous avons entendu la musique, Jamie.

Une idée superstitieuse aussi vieille que Glentrool : parfois, quand une personne rendait l'âme, la plus douce des musiques pouvait être entendue dans la même pièce, disait-on. Jamie regarda sa mère, dont les cheveux encore noirs contrastaient avec la blancheur des draps, le menton ferme, une femme déterminée jusqu'à la fin. L'âge n'avait pas flétri sa beauté ni détruit son esprit. Mais la mort s'en était emparée malgré tout.

— Je suis désolé de ne pas avoir été là, père.

— C'est bon que tu sois revenu, garçon.

Des larmes coulaient sur les joues du visage ridé d'Alec.

— Je ne suis qu'un vieil homme fragile, qui ne peut marcher d'une pièce à l'autre sans aide. Je ne peux ni voir, ni entendre…

— Je sais, père…

— Non, répondit Alec en s'appuyant lourdement sur le bras de Jamie, sa main osseuse refermée sur son poignet. Tu ne sais pas ce que c'est… de perdre sa femme.

Jamie faillit se défaire de l'étreinte de son père.

— J'ai aussi perdu ma femme.

Alec leva sa tête blanche et se tourna vers la porte, pointant un doigt tremblant en direction de Leana, qui était debout dans le vestibule.

— Mais qui est-elle ?

— C'est ma cousine, dit Jamie d'une voix neutre. Leana McBride.

Elle leva le regard à la mention de son nom. Ian était maintenant dans ses bras. Il pouvait voir le chagrin dans ses yeux ; soit que Leana en eût assez vu pour comprendre la situation, soit qu'Ivy lui eût appris à quelles funérailles ils étaient accourus sans le savoir.

— Mais si elle n'est pas ta femme, demanda Alec, alors de qui est cet enfant, que la jeune femme porte ?

Jamie hésita. *L'enfant qu'elle porte dans ses bras ? Ou dans son ventre ?*

— Nous… avons déjà été mariés, père. L'enfant que Leana tient dans ses bras… est le mien.

— Hein ? fit Alec en plissant les yeux vers Leana, comme s'il croyait qu'il comprendrait mieux la situation s'il voyait plus clair.

Jamie grogna, son âme si écrasée par la douleur qu'il n'arrivait plus à la contenir.

— Ce n'est ni l'endroit ni le moment d'expliquer tout cela, père.

Plus tard, quand son père ne serait plus aussi égaré par le chagrin, Jamie pourrait lui parler de Rose. Et de Leana. Lui expliquer les deux mariages et les deux épouses. Mais pas aujourd'hui.

— Viens, jeune James.

Son père l'éloigna du lit.

— J'ai une bénédiction à accorder à celui de mes fils qui a été choisi par Dieu.

Alec tint le bras de Jamie d'une main et plaqua l'autre sur sa tête. Sa voix tremblait, en raison de l'âge ou de l'émotion, Jamie n'aurait su le dire. Il avait déjà entendu les mots avant, un lugubre soir d'automne, quand ses mensonges avaient acheté sa bénédiction. Aujourd'hui, dans une pièce brillamment éclairée, les paroles de son père, offertes librement, avaient l'accent de la sincérité.

— Que Dieu tout-puissant te bénisse, mon fils. Qu'il accorde à tes terres de la pluie et du soleil, et à tes troupeaux de gras pâturages. Que tous à Glentrool te voient comme leur laird.

— J'espère que cela arrivera, père. Un jour.

— Non, dit Alec avec tant d'autorité que Jamie se redressa. Je suis comme mort, fils, puisque ta mère est partie. Tu sais très bien comment c'était entre nous : ta mère faisait tout ce que j'étais incapable d'accomplir moi-même. En décembre, j'aurai vécu quatre-vingt-cinq ans. J'ai été le maître de ces terres assez longtemps. Tu dois assumer le rôle de laird maintenant, Jamie, ou Glentrool souffrira.

Désormais, tu seras le laird de Glentrool. Son rêve éveillé. À huit heures, le même matin.

Jamie sentait le poids de la main de son père, comprenait la signification de ses paroles. Il ne s'était jamais senti aussi faible que ce jour-là ; peut-être Dieu l'avait-il voulu ainsi.

— Oui, père.

Jamie se redressa autant qu'il put sous la main d'Alec.

— Si vous croyez que je suis prêt, alors je le veux.

— Aucun homme n'est jamais vraiment prêt à être laird. Mais le temps est venu, Jamie. Et tu es rentré.

Chapitre 80

Ne trompe pas ton cœur et dis-lui,
« La douleur passera. »
— Adelaide Anne Procter

Des nuages gris étaient suspendus très bas dans le ciel, et l'air sec était inhabituellement immobile alors que la famille et les amis étaient rassemblés autour du mausolée de granit pour l'inhumation de Rowena.

Leana avait donné à sa robe noire de deuil un cachet très sobre, espérant ne pas attirer davantage l'attention sur elle, à titre de nouvelle venue à Glentrool. En ce jour, c'était la mémoire de Rowena McKie que l'on honorait, et c'était un samedi important aussi pour Jamie et Ian. Annabelle s'occupait de l'enfant dans sa nouvelle chambre aménagée dans la tourelle, essayant de le garder présentable jusqu'à ce que la famille rentre à la maison. Oncle Alec avait prévu de présenter à ses voisins du vallon son petit-fils, le futur héritier de Glentrool, et son fils dans son nouveau rôle de laird.

Jamie était à la hauteur de son rang. Il était vêtu des mêmes habits de qualité qui l'avaient bien servi à Gatehouse — le manteau vert mat qui s'harmonisait avec la couleur de ses yeux, un foulard blanc en dentelle, une culotte de soie bordeaux et des bas de la même couleur, ainsi que ses souliers à boucle bien lustrés —, une mise qui annonçait à la fois autorité et élégance. Le bout d'étoffe noir qu'il portait enroulé autour de son bras avait une double signification, ce dont toutes les personnes présentes étaient douloureusement conscientes. La nouvelle des morts tragiques de Rose et de Rowena s'était répandue à travers le vallon comme la neige poussée par un vent de janvier.

Jamie n'avait pas souvent parlé de Rose depuis leur arrivée, mais quand il le faisait, ses yeux se voilaient, sa voix se brisait et son maintien perdait un peu de sa hauteur princière. Dans ces moments sombres, Jamie se tournait vers Leana.

— Leana, je sais que tu souffres autant que moi.

Oui, Jamie. J'ai tant de chagrin.

Le mercredi, ils avaient marché dans la bruyère ensemble,
parlant très peu, observant le soleil qui dansait à la surface du
loch. La veille, ils avaient partagé un banc sur la jetée de pierre
à l'extrémité du chemin, devant le manoir. Là, Jamie avait tenté
de mettre des mots sur sa peine. Leana lui avait répondu par
l'un des psaumes qu'elle avait appris sur les genoux de Neda :

— « Dieu est proche de tous ceux qui ont le cœur brisé. »

— Mais pourquoi n'était-il pas aux côtés de Rose ?
demanda-t-il.

— Dieu *était* auprès de Rose, dit-elle aussi gentiment que
possible. Il a guéri ma sœur comme lui seul pouvait le faire : en
la rappelant à ses côtés.

Jamie leva les yeux, comme s'il se préparait à répliquer, mais
il y avait des larmes dans les yeux de Leana. Elle lui confia :

— Les questions que tu soulèves sont les mêmes que je me
suis posées moi-même.

Ces questions la hantaient toujours. *Pourquoi, quand Rose
était si jeune ? Pourquoi, alors qu'elle ne voulait qu'être mère ?
Pourquoi, alors que Jamie l'aimait tant ?*

La réponse du Tout-Puissant, non dite, mais omniprésente,
restait : *Ayez confiance en moi.*

Là-haut, dans le ciel, le cri plaintif d'un faucon pèlerin, dont
l'écho se propageait dans tout le vallon, attira son attention. Le
révérend Moodie s'interrompit un moment dans son oraison
funèbre pour lever les yeux aussi. Ceux qui habitaient là ne prêtèrent que peu d'attention à l'oiseau, mais les étrangers — dont
Leana — s'extasiaient devant les merveilles naturelles de Trool :
les vigoureux moutons à face noire qui broutaient les arbrisseaux de bruyère ; l'appel plaintif du pluvier doré se répétant
dans les collines ; les eaux qui s'écoulaient tout en bas dans le
ruisseau Buchan, créant un constant flot musical sans notes.

Oui, le vallon était un lieu féerique. Mais il était aussi retiré. Et solitaire.

Comme il avait été difficile de dire adieu à Rab Murray et à Davie Tait. Et d'écrire à Neda et Duncan d'autres mauvaises nouvelles. Leana ne connaissait que très peu des visages qui l'entouraient, bien qu'elle en reconnût quelques-uns de la veillée funèbre.

Evan McKie était présent aux funérailles de sa mère, bien sûr, flanqué de Jamie d'un côté et de son épouse de l'autre. Le ton sec de Judith McKie l'identifiait comme une Anglaise. Du Cumberland, selon Jamie. Leur fils, Archibald, était le portrait de son père : braillard aux membres vigoureux, il arborait déjà une toison de cheveux roux clair. D'autres parents des McKie étaient venus de Glencaird, une vieille propriété située non loin sur les rives du ruisseau Black. C'était un monde si différent d'Auchengray, avec ses nobles familles issues de lignages anciens et possédant de vastes terres.

Jamie lui avait murmuré des noms à l'oreille toute la semaine alors que les visiteurs affluaient dans les grandes pièces carrées de Glentrool, échangeant condoléances et rafraîchissements. *McTaggart. Galbraith. Tole. McFadgen.* Leana hochait la tête vers chacun d'eux, espérant être en mesure de les reconnaître plus tard, quand elle se sentirait plus forte et que son chagrin serait moins écrasant.

Leur plus proche voisin, John McMillan, de Glenhead, était trop remarquable pour être confondu avec qui que ce soit d'autre. Arborant une épaisse tignasse noire et de larges épaules, John jaugeait du regard toute femme qui croisait son chemin, pourtant il semblait en chercher une en particulier. Quand une jolie fille dénommée Sally apparut dans son champ de vision, le large sourire de John trahit le faible qu'il avait pour elle. Il y aurait un mariage dans le vallon avant la Saint-Martin; Leana aurait pu en mettre sa main au feu.

Et un bébé né à Glentrool un mois plus tard.

Elle croisa discrètement les mains devant elle, sentant son bébé remuer dans son ventre. Est-ce que Jamie accepterait cet enfant? Ou lui en voudrait-il parce qu'elle était enceinte? Et quel rôle jouait-elle, maintenant, à part celui évident d'engendrer ses enfants?

Leana ignorait tout de sa place à Glentrool. Le domaine avait son propre jardinier, Robert Muir. Annabelle servait de bonne d'enfant à Ian. Ivy Findlay dirigeait d'une main de maître le personnel de domestiques. Et Aubert Billaud n'acceptait pas la présence d'intrus dans sa cuisine. Déterminée à être utile, Leana avait aidé Ian à s'installer dans sa chambre ronde. Pendant les heures calmes de la soirée, elle s'occupait à faire de la couture, car aucune maison n'avait jamais assez de serviettes et de draps de lin. Elle avait aussi retouché les chemises de Jamie, celles qu'il avait laissées derrière lui en quittant Glentrool à la hâte, rallongeant les manches et évasant les épaules.

Quand les voisins étaient venus présenter leurs hommages, Jamie avait présenté Leana comme sa première épouse et Ian, son héritier. « *Première épouse ?* » disait leur regard. La mâchoire levée de Jamie décourageait quiconque de faire des commentaires désobligeants. En ce qui concernait l'enfant qu'elle portait manifestement, personne n'abordait pareil sujet dans la société bien-pensante, mais Leana sentait leur regard posé sur elle et entendait leurs murmures.

Le raclement sourd du granit contre le granit ramena le regard de Leana là où il devait être : sur le lieu de repos éternel de tante Rowena. Le révérend Moodie fit un pas de côté alors que Jamie et Evan, auxquels s'étaient joints plusieurs voisins, portaient le cercueil de Rowena McKie dans le sombre mausolée. Construit au cœur d'un épais bosquet de pins à l'est de la maison, le tombeau, sculpté avec art, était un monument funéraire digne des McKie des générations passées. Mais l'intérieur évoqua plutôt pour elle une caverne qu'elle avait visitée un jour sur la côte du Solway : sombre, humide et froide.

Alec McKie y serait enterré. Et, un jour lointain, Jamie. Et Ian.

Ses genoux faiblirent à cette pensée. *Laissez-moi mourir la première, mon Dieu. Quand je serai vieille et quand Ian sera fort. Comme son père.*

Elle n'avait pas très bien connu sa tante Rowena. Les lettres de Glentrool étaient rares, et les McKie n'avaient rendu visite à Auchengray qu'une seule fois, quand Leana avait huit ans à peine, et que Jamie et Evan en avaient douze. Leana se souvenait des éclats théâtraux de sa tante Rowena, qui ressemblait à Rose tant physiquement que du point de vue du caractère. Pas étonnant que Jamie les aimât tant toutes les deux. Il était clair que Rowena avait été le phare de la vie d'Alec. Même muni d'une canne, l'aîné des McKie pouvait difficilement se déplacer d'un endroit à l'autre, le cœur aussi pesant que ses pieds.

Leana ferma les yeux, cherchant des réponses. Peut-être était-ce là son rôle à Glentrool : d'aider les deux hommes à faire le deuil de leur femme. Et à trouver le courage d'aller de l'avant.

— C'est terminé, Leana.

Jamie lui prit le coude, la guidant vers la maison par le chemin qui passait à travers les pins. Des conversations à voix basse bourdonnaient autour d'eux comme des abeilles.

Elle regarda tout autour, étonnée.

— Jamie, je suis désolée...

— Ne t'excuse pas, Leana.

Il marchait à côté d'elle, accordant son pas au sien.

— Tu ne connaissais ni ma mère, ni toutes ces personnes qui sont venues cette semaine, en quête de quelques commérages à raconter à leur retour.

— Je croyais qu'ils étaient venus pour des biscuits et du fromage, murmura-t-elle. Ou du whisky et de la bière brune. Je n'en avais jamais vu une telle consommation, auparavant.

Jamie se pencha vers elle pour lui expliquer.

— Père croit qu'un grand étalage de nourriture et de boisson honore la mémoire du défunt.

— Ah bon, dit-elle.

La joue de Jamie était suffisamment proche de la sienne pour qu'elle puisse sentir son savon de bruyère.

— Rowena a été bien honorée, alors, fit-elle observer.

Il se redressa, et son visage était soucieux.

— Crois-tu que j'aurais dû organiser un tel banquet pour Rose ?

— Non, Jamie. Tu honores la mémoire de ma sœur chaque fois que tu parles d'elle.

Ses traits s'adoucirent.

— Tu trouves toujours les bonnes paroles, Leana.

Jamie allongea le pas, la guidant au-delà d'un bosquet de cerisiers et le long du chemin, devant le manoir. Ceux qui les avaient précédés attendaient près de la porte, sans doute par déférence pour le jeune laird. Son règne avait déjà commencé.

Une fois à l'intérieur, Jamie fut sollicité de toutes parts par de vieux amis et de lointains parents, laissant Leana se défendre seule. Elle marcha à travers la grande maison, heureuse de constater que la mort ne jetait plus son pâle spectre sur ses chambres. Des chandelles brillaient dans tous les coins, et des roses fraîchement cueillies dans le jardin embaumaient l'air. Les rideaux étant tirés et les fenêtres, bien frottées ; les tapisseries aux motifs élaborés prenaient vie — bleu sourd et vert mousse, les couleurs des McKie.

Un ébéniste de renom de Glasgow avait passé une année à Glentrool, lui avait expliqué Jamie. Il avait créé des tables et des chaises, des buffets et des commodes au dessin exquis, fabriqués avec des chênes abattus dans le vallon. Leana n'avait jamais vu de tels meubles ; elle caressait le bois au passage, s'émerveillant devant l'art déployé par l'artisan. Ni le modeste cottage de tante Meg ni même Auchengray, avec ses nombreuses pièces aux poutres basses, ne pouvaient espérer rivaliser avec la décoration raffinée, les vastes chambres et les hauts plafonds du manoir de Glentrool.

Au rez-de-chaussée, la bibliothèque était sa pièce favorite. L'imposant bureau d'Alec régnait du côté faisant face au loch, un lit à dais était installé près du foyer, et le plancher poli de bois dur était recouvert d'un tapis moelleux. Son précieux violon et son archet étaient accrochés entre deux tablettes ; un jour, Ian apprendrait à jouer aussi bien que son grand-père. Pourtant, ce fut la peinture à l'huile au-dessus du manteau de la cheminée qui attira le regard de Leana.

Elle avait vu le portrait officiel d'Alec McKie dans la salle à manger, le dernier d'une longue lignée d'ancêtres. Peint une vingtaine d'années auparavant, Alec était dans la force de la maturité, et il ressemblait au laird actuel. Mais cette peinture-là le figurait dans la fleur de l'âge, vers la fin de la trentaine, sans doute, dans un cadre moins officiel : à l'extérieur, dans les collines brumeuses illuminées par un soleil couchant. L'un des côtés de son col de manteau était replié, comme celui d'un homme qui s'était habillé à la hâte. Sur son épaule était jeté un sac de voyage en cuir. Son gilet, d'un brun verdâtre et foncé subtilement quadrillé, était à moitié déboutonné, sa chemise à dentelle blanche était ouverte autour du cou, et il arborait une barbe d'un jour, comme s'il s'était passé de son valet de chambre, ce matin-là.

Postée sous le portrait, Leana sourit en découvrant que Jamie avait la même bouche que son père, aux formes généreuses, avec une agréable symétrie des lèvres inférieure et supérieure. Alec ne souriait pas, à ce moment-là, mais semblait sur le point de le faire. L'arête du nez dessinait sur son visage une ligne plus étroite que celle de Jamie ; il semblait que l'os avait été brisé et avait guéri quelques années avant que le peintre appliquât son pinceau sur la toile. Et quelles oreilles délicates il avait ! Pourtant, c'était le regard portant au loin de son oncle qui l'intriguait. Comme s'il voyait quelque chose qu'il désirait ardemment, un objet pour lequel il était prêt à se battre.

— Voulez-vous savoir ce que je regardais ?

Surprise, Leana se retourna pour voir un Alec bien plus vieux, claudiquant vers elle en agitant un doigt osseux en direction du tableau.

— Jeremiah Davison l'a peint à la demande de Rowena, peu après son arrivée à Glentrool, à l'été 1744. Elle a dit qu'elle voulait une peinture fidèle de l'Alec sur lequel elle avait posé le regard pour la première fois.

Il ricana, et son gosier émit un son éraillé.

— En vérité, reprit-il, c'était l'expression de mon visage quand je la vis, elle, qu'elle voulait immortaliser. Rowena m'a fait porter les mêmes vêtements, elle m'a demandé de laisser pousser ma barbe et de reprendre le même air ébahi.

Alec s'appuya lourdement sur sa canne.

— J'ai aimé Rowena dès que j'ai posé le regard sur elle, dit-il, et ses yeux non voyants se voilèrent de larmes. Et je l'aime encore.

Debout devant le portrait, son oncle décrivait ce jour comme si c'était hier, et non pas quelque jour lointain. Leana ne pouvait qu'imaginer une telle dévotion. Jamie l'avait aimée tendrement, autrefois. Mais pas saison après saison. Seulement une, en réalité. *Au printemps.*

— Vous voilà, père.

Jamie entra dans la pièce d'un pas égal, ne laissant rien paraître de sa blessure.

— Vous m'avez demandé de venir vous trouver quand Ian serait prêt.

Alec se tourna vers son fils, le portrait oublié.

— Veux-tu me présenter à ton héritier ?

— Certainement, répondit Jamie, et son regard croisa celui de Leana. Ian est mon fils premier-né et le futur héritier de Glentrool.

Leana inclina la tête en un remerciement silencieux. Jamie aimait son fils ; de cela, il ne pouvait y avoir aucun doute.

Elle observa les hommes de Glentrool passer du vestibule à la salle de réception, ne sachant trop ce qu'on attendait d'elle. Devait-elle les suivre ou se mêler au groupe en tant que mère d'Ian ? Il semblait que non, finalement : il n'y avait que des hommes, dans la pièce. Annabelle remit Ian dans les bras de son père, avant de s'enfuir après une brève révérence. Jamie tint Ian sur sa poitrine, presque à la hauteur de l'épaule, faisant face à l'auguste groupe, tandis que Leana observait la scène du vestibule.

— C't'un beau garçon.

Une jeune femme était à côté d'elle et souriait. Elle regardait admirativement Jamie, bien qu'elle portât les vêtements simples d'une paysanne.

— Pas plus d'un an, j'dirais, ajouta-t-elle.

Leana éclata de rire, se sentant ridicule d'avoir ainsi sauté aux conclusions.

— C'est mon fils, Ian, qui vient tout juste de célébrer son dixième mois. Vous avez l'œil juste.

— C'est parce que c'est mon métier, m'dame. J'mets des bébés au monde.

Elle jeta un regard entendu à la taille de Leana.

— J'm'appelle Jeanie Wilson, se présenta-t-elle. J'suis sage-femme, comme ma mère avant moi, et ma grand-mère aussi.

Jeanie jeta un autre regard à Ian, puis s'approcha de Leana.

— J'ai entendu dire qu'vous vous y connaissiez en simples, m'dame. Pourriez-vous faire un jardin d'herbes médicinales à Glentrool ? Car j'ai pas l'temps d'le faire moi-même, ayant mes propres enfants.

Leana avait justement jonglé avec cette idée.

— Si notre jardinier m'alloue un petit coin de terre…

— Robert Muir ? Oh oui ! Y sera heureux d'voir une jolie jeune femme comme vous travailler dans son jardin.

Leana se détourna de la présentation pour accorder toute son attention à la sage-femme.

— Comme vous pouvez le voir aisément, j'aurai besoin de vos services en décembre.

Jeanie fronça les sourcils.

— V'croyez qu'vot' petite fille naîtra si tard ?

Surprise de sa perspicacité, Leana porta un doigt à ses lèvres.

— Silence, Jeanie. Je n'ai pas encore dit à monsieur McKie qu'il serait père d'une fille.

— L'jeune laird est aussi l'père de celle-là ?

— C'est une longue histoire pour une soirée d'hiver, dit Leana en la regardant attentivement. Viendrez-vous m'aider, quand le moment sera venu?

Jeanie Wilson sourit.

— Envoyez-moi chercher avant d'perdre les eaux. Le vallon a besoin d'une naissance. Nous avons versé assez d'larmes sur les morts.

Chapitre 81

Un prince, dès le moment qu'il est couronné,
Hérite de toutes les vertus.
— Jonathan Swift

Jamie se frotta les yeux. Les écritures du grand livre s'embrouillaient devant ses yeux après plusieurs heures la plume à la main. Thomas Findlay, le superviseur de Glentrool, lui avait un jour montré tout ce qu'il savait sur la comptabilité du domaine. «Maintenant qu'vous êtes laird, lui avait dit Thomas, j'suis heureux d'vous remettre le grand livre. V'verrez par vous-même comment vot' argent est dépensé et v'pourrez décider c'qui est l'mieux pour Glentrool.»

Ce qui est le mieux pour Glentrool. Un refrain souvent répété depuis son arrivée à la maison, le mois précédent. Son père lui avait confié que Rowena s'était chargée de ce qu'il ne pouvait plus faire lui-même. Maintenant, Jamie connaissait la vérité : sa mère s'était occupée de tout. Pas un penny, pas un employé n'entraient ou ne sortaient de Glentrool sans l'approbation de Rowena.

Un petit coup frappé à la porte de la bibliothèque le tira de sa rêverie.

— M'sieur McKie ? demanda Thomas Findlay du seuil de la porte. Pourrais-je vous parler un moment ?

Jamie l'invita d'un geste à entrer, encore un peu mal à l'aise avec le caractère officiel de son nouveau rôle. Thomas l'avait appelé par son prénom pendant toute sa jeunesse, même après son retour de l'université. Les choses avaient changé, maintenant. Il leva les yeux du bureau en chêne de son père, croisant ses doigts tachés d'encre.

— Qu'y a-t-il, Thomas ?

— L'mois d'septembre est arrivé, m'sieur. Henry Stewart a besoin d'vot' permission pour faire les arrangements concernant les béliers.

Une autre preuve de la poigne de fer avec laquelle sa mère régnait. Stew, le chef des bergers de Glentrool et vétéran de nombreuses saisons d'agnelage, n'avait pas besoin de la sanction de Jamie pour faire son travail.

— Bien sûr, il peut prendre les arrangements nécessaires.

Jamie s'était efforcé de parler d'une voix neutre, afin d'éviter que Thomas n'interprète mal son irritation. Il n'était pas nécessaire de critiquer les méthodes de sa mère. Il n'avait qu'à changer celles qui avaient besoin de l'être.

Jamie se rassit pour reprendre son travail.

— Transmettez mes salutations à Stew.

Le superviseur resta, son bonnet de laine à la main, exhibant une chevelure noire et bouclée en inclinant la tête.

— M'sieur McKie, vous faites du bon travail. Tous les garçons sont d'accord.

Jamie réprima son sourire, mais sans doute pas trop bien.

— Je suis heureux de vous l'entendre dire, Thomas.

Comme il était mal à l'aise dans ce genre de politesses ! Ne pouvait-on pas simplement se donner une vigoureuse poignée de main, comme le faisait Duncan, pour marquer son appréciation ? Il ne devait plus oublier son rang de laird, semblait-il. « Tes domestiques doivent te respecter, l'avait avisé son père, ce matin-là. Et un soupçon de crainte est toujours salutaire. »

La peur était l'outil privilégié de Lachlan. Rowena avait choisi la manipulation. Jamie voyait l'honnêteté comme le meilleur moyen d'arriver à ses fins. Il travaillerait fort et exigerait la même chose de ses gens.

— Bonne journée à vous, m'sieur, dit Thomas en faisant un geste avec son bonnet, avant de se retirer, laissant Jamie à ses comptes.

Et à ses souvenirs de Rose, qui étaient légion.

Son rire léger qui flottait dans l'escalier d'Auchengray. Un clin d'œil quand ils partageaient un secret. Le menton qu'elle abaissait quand elle était mécontente. Sa main cherchant la sienne sous la table de la salle à manger. Les petits coups espiègles avec sa natte. Une mélodie qui sonnait faux venant de la chambre d'enfant. Sa main délicate lui caressant la joue. Son inoubliable, irremplaçable Rose.

Jamie avait trouvé le meilleur remède à son chagrin : il tenait constamment ses mains et son esprit affairés, de l'aube au crépuscule. Les heures de la nuit étaient les plus difficiles. Dans l'obscurité de la maison silencieuse, il restait étendu dans son ancienne chambre, écoutant le ruisseau murmurer de l'autre côté de la fenêtre et s'ennuyant de sa douce Rose. Bien qu'elle ne fût jamais venue à Glentrool, qu'elle ne se fût jamais blottie contre lui dans ce lit, il n'était pas difficile de l'imaginer là. Il l'avait fait si souvent avant leur départ d'Auchengray.

Mais Rose n'était pas là. À la place, il avait la vaste chambre à coucher surplombant le loch pour lui seul. L'ancienne chambre d'Evan, contiguë à la sienne, appartenait maintenant à Leana. C'était celle qui était la plus proche de la chambre d'enfant, et la petite pièce de la tourelle ne pouvait qu'accueillir le berceau d'Ian et le lit d'Annabelle. En deuil de sa sœur, Leana n'avait pas encore commencé à décorer sa chambre. Celle-ci était sévère et sans ornement, comme ses robes noires.

Certains soirs, quand le sommeil tardait à venir, Jamie l'entendait pleurer doucement et trouvait son propre oreiller mouillé aussi. De toutes les manières dont Leana l'aidait à se remettre de la mort de Rose, c'étaient leurs larmes partagées, la nuit, qui avaient la plus grande signification pour lui. Mais jamais il ne le lui avouerait. Elle se sentirait épiée, l'imaginant en train de l'écouter de l'autre côté du mur. Ou encore elle étoufferait ses sanglots, le laissant seul à pleurer Rose.

C'est le jour, maintenant. Au travail, McKie.

Jamie balança ses comptes une autre demi-heure, avant qu'Ivy apparût à la porte pour annoncer le déjeuner. Si on avait fait usage d'une cloche, comme à Auchengray, il en aurait retiré le grelot immédiatement. À Glentrool, le déjeuner était plus léger et servi plus tard, à deux heures. Le dîner était également plus tardif et aussi plus cérémonieux. Aubert servait ses meilleurs plats le soir, les services se succédant à partir de huit heures précises.

Jamie quitta ses livres, plus qu'heureux d'échanger ses fastidieuses colonnes de chiffres pour une chère fine en agréable compagnie. Lors de leur premier repas commun, Alec avait insisté pour que Jamie prenne la place d'honneur, au bout de la longue table. Jamie avait ensuite demandé à son père de s'asseoir à sa gauche, en face de Leana, qui était assise à sa droite. Sa mère n'aurait pas approuvé cet arrangement, mais Jamie préférait une conversation intime, plutôt qu'un repas silencieux et austère. Le dos tourné au foyer, dans lequel la tourbe brûlait toute l'année, Jamie recevait volontiers trois fois par jour les conseils paternels concernant la direction de Glentrool.

Quand il pénétra dans la salle à manger par le corridor, il les trouva debout près de leur chaise, l'attendant. Quelques formalités demeuraient. Jamie bénit d'abord le repas, puis ils s'assirent pendant que le personnel de la cuisine entrait par la porte la plus éloignée de la pièce tapissée de portraits de famille, apportant des plats de potage.

— Alors, voilà le fameux ragoût d'Aubert, dit Leana.

Elle leva les sourcils de manière appréciative en y goûtant.

— Onctueux, dit-elle au bout d'un moment, et... savoureux.

Jamie sourit.

— Tu viens de décrire avec cette seule remarque tous les potages d'Aubert. Même ses bouillons possèdent la même texture crémeuse. Sa recette demeure un mystère pour nous tous.

Son père mangeait lentement, le front penché si bas sur son plat que Jamie craignait que son front n'y plongeât. Même si ses autres sens étaient aujourd'hui émoussés, le goût d'Alec pour les mets relevés demeurait intact. Cependant, la main qui tenait la cuillère tremblait, et la trajectoire qu'il lui imprimait n'était pas toujours précise ; le contenu se déversait parfois sur la table ou, pire encore, sur ses genoux. Les serviettes de table étaient utiles, mais Alec avait encore besoin de son valet, un Anglais nommé Gilbert, pour arranger sa tenue après chaque repas.

Jamie honorait le vœu de son père : aucun arrangement spécial ne serait fait à l'heure des repas. Les petits incidents étaient ignorés ou rapidement rectifiés sans commentaire. Les potages et les sauces se révélaient des défis, mais comme c'était ce que son père préférait, on en servait à Glentrool.

Dans sa jeunesse — qui, comprenait-il aujourd'hui, s'était prolongée pendant une bonne partie de son épreuve à Auchengray —, il avait mésestimé Alec McKie, le jugeant faible, inefficace, en un mot, inutile. Pendant les longues heures passées à la bibliothèque, Jamie avait découvert tout ce que son père avait accompli, quand il était lui-même dans la force de l'âge. Voir ainsi Alec séparé de Rowena, dans sa propre lumière plutôt que dans l'ombre formidable de sa femme, avait permis à Jamie de se faire une tout autre idée du caractère constant de son père. Et, comparé à Lachlan McBride, l'homme était un saint.

Jamie comprit finalement la vérité : son père était l'homme le plus sage qu'il eût jamais eu l'occasion de connaître. Et le plus clément, car il avait aimé son fils prodigue malgré tout. Peu importait le nombre de mois et d'années qu'il lui restait à vivre, Alec McKie méritait la plus haute estime de Jamie, et il l'obtiendrait. *Un fils sage fait la joie de son père.* Il était plus que temps de remettre la joie à l'honneur, à Glentrool.

Jamie haussa la voix légèrement.

— À quoi avez-vous consacré votre matinée, père ?

Il pointa sa cuillère vide du côté opposé de la table.

— J'ai observé cette jolie jeune fille cultiver son jardin.

Je connais cette joie, père. Jamie se tourna vers Leana, dont les cheveux frisottés et les joues rougies par le vent trahissaient les activités du matin.

— La terre ne demeure pas longtemps improductive entre tes mains, n'est-ce pas, Leana ?

— Robert et moi sommes en train de semer un jardin de plantes médicinales. J'espère que cela ne vous ennuie pas ?

— Si ça nous ennuie? répondit Alec. Nous sommes fortunés d'avoir une femme qui s'y connaît en herbes sous notre
toit. On parle de plusieurs de ces plantes dans la Bible, vous
savez. La coriandre, la rue, l'anis et l'hysope.

— Je ne peux faire pousser celles-là sous le climat de
l'Écosse, monsieur McKie. Mais j'ai de l'aigremoine, de la véro-
nique, de la reine-des-prés et de la valériane. Et du mouron des
oiseaux, pour vous aider à dormir.

— Cela conviendra, dit Alec, qui retourna à sa soupe en
hochant la tête.

Jamie essaya de paraître indifférent en adressant la question
suivante :

— Robert a-t-il été… serviable?

Il aurait voulu dire «respectueux», mais il n'osa pas. À
trente ans et toujours vieux garçon, Robert avait la réputation
de lorgner les jeunes filles. *Et tu ne reluqueras pas celle-là, garçon.*

— C'est un jardinier doué, répondit Leana, sur un ton plus
enthousiaste qu'il ne l'eût souhaité. Sa besace de jardinier
contient bon nombre d'outils et d'objets utiles que je n'avais
jamais employés avant. D'ingénieuses cisailles, des cloches de
paille pour se garder du soleil et un outil à long manche pour
transplanter les fleurs. Pendant toutes ces années, je n'avais
jamais utilisé qu'une bêche, une truelle, un couteau à émonder
et une fourche de jardinage.

— Et avec beaucoup de bonheur, lui rappela Jamie, tout en
signalant aux servantes de passer au deuxième service.

C'était le 1ᵉʳ septembre; Jamie avait demandé au garde-
chasse de procurer une bécasse des bois à sa table, puisque
l'oiseau s'ébattait dans les forêts, en cette saison.

— Que Robert se charge toujours du travail pénible,
conseilla-t-il à Leana. Je ne tiens pas à ce que tu t'épuises à la
tâche.

Ou que tu risques la vie de ton enfant. Ou la tienne.

Quand elle leva les yeux vers lui, il vit qu'elle avait saisi le
sens de ses paroles.

— Je promets que je me contenterai de pointer du doigt. Et que je laisserai Robert planter ce que je lui indiquerai.

— Bien dit, Leana.

Jamie lui faisait confiance, bien sûr, mais il aurait Robert Muir à l'œil.

— Que l'on apporte cette bécasse grillée, alors, car l'appétit de mon père est loin d'être rassasié.

Leana fut plus volubile que d'habitude, pendant ce repas. Bien que son vêtement fût sombre, son ton était léger alors qu'elle partageait avec les autres les derniers exploits d'Ian.

— Je l'ai clairement entendu prononcer le mot « soulier ».

Jamie feignit d'être étonné.

— Notre fils est-il déjà assez vieux pour porter des souliers ?

Elle sourit en hochant la tête.

— Il est tout juste capable de se tenir debout, et pas très longtemps. Il n'aura pas besoin de chaussures tant qu'il ne marchera pas et ne jouera pas dehors.

— Est-ce vrai ? demanda Jamie.

Pour une femme qui n'avait jamais eu de mère, l'instinct maternel de Leana était remarquable.

— Que de connaissances, Leana ! Mais où as-tu appris toutes ces choses ?

Elle haussa les épaules, rayonnante.

— En posant des questions à Neda. Et en observant Jessie Newall avec ses petits. Une femme se prépare toute sa vie à être mère.

Je le vois bien, jeune femme.

Leana était le portrait vivant de la maternité : son corps était arrondi par l'enfant qu'elle portait, et son visage rayonnait de bonheur. Même dans sa robe de deuil, même dans le chagrin, sa joie de donner naissance ne pouvait être contenue. Et il ne voulait pas qu'elle le soit.

Après le pudding, Jamie retourna au bureau de son père — il lui faudrait un certain temps avant de s'y sentir chez lui —, et s'attaqua au panier de la correspondance qui s'était accumulée depuis la mort de sa mère. Puisque son père ne pouvait plus tenir lui-même la plume pour écrire, cette tâche lui incombait.

Des témoignages de sympathie se mêlaient à des factures qui demandaient un règlement immédiat. Il avait presque terminé d'en faire le tri, quand Ian rampa sur le plancher de la bibliothèque et vint dans sa direction, comme s'il explorait Glentrool de sa propre initiative.

— Qui vient voir son père ? demanda Jamie, délaissant ses lettres et ouvrant les mains vers lui. Ce beau garçon pourrait-il être le mien ?

— Il ne peut être celui de personne d'autre, dit Leana, qui se tenait dans l'embrasure de la porte, les regardant tous les deux. Regarde ces sourcils et ose me dire que ce ne sont pas les tiens.

Jamie leva Ian pour l'examiner attentivement. Loin d'être intimidé, le bambin l'imita promptement.

— Ce garçon est à moi, déclara Jamie en faisant un large sourire, auquel Ian répondit aussi. J'espère que notre deuxième enfant te ressemblera, Leana.

Elle le regarda de la porte.

— Qu'il sera blond, tu veux dire ?

— Pas blond, mais blonde.

Il la regarda pour s'assurer qu'elle écoutait.

— Façonnée en or et en bleu, les couleurs du ciel.

— Ah, fit-elle simplement, mais ses joues étaient loin d'être pâles.

La soirée passa, minuit vint. La maison était retombée dans le silence, et il ne pouvait toujours pas dormir. Jamie essayait diverses positions, revenant toujours sur son côté droit, regardant la porte de la chambre contiguë où Leana pleurait doucement. Peu importait la gaieté qui avait régné dans la journée, le chagrin réclamait son tribut de larmes chaque soir.

Pour une fois, ses yeux étaient secs ; il ne partageait pas ses pleurs, cette nuit-là. À la place, Jamie aurait eu envie d'aller voir

Leana pour la réconforter. Pour l'écouter, comme elle l'avait écouté si souvent. Pour la consoler avec de tendres paroles.

Pour la réconforter ? L'écouter ? La consoler ? Es-tu certain de cela, Jamie ?

Il ne l'était pas du tout.

Il avait des certitudes concernant son travail à Glentrool, oui. À propos de ses sentiments envers Leana, aucune.

Quand Rose était vivante, son chemin était clairement tracé : son amour pour Leana avait été coupé au raz du sol, et ses racines étaient destinées à se dessécher. Son amour pour Rose, lui, avait grandi et s'était épanoui. Elle était sa femme. Son amour. Sa vie.

Mais, maintenant, sa Rose adorée était morte. Son amour demeurait constant et ses souvenirs, vivaces, certes, mais c'était sa sœur qui était assise à sa table. La maîtresse de sa maison. La mère de ses enfants. La femme à qui il avait dit un jour «je t'aimerai toujours».

Et je l'ai fait, Leana. Et pourtant, non.

Avec un gémissement, il se plaça sur son côté gauche, tournant le dos à la porte pour faire face au premier quartier de la lune, qui se levait.

Chapitre 82

Les pensées divines qui fleurissent en toi,
Continueront de s'épanouir.
— George MacDonald

— Oh, Rose. Tu adorerais cela.

Leana souleva le présent qu'elle offrirait à Jamie, puis enfouit son rire dans l'étoffe, de peur d'être entendue et que son secret fût découvert.

— Ian, tu n'en parleras à personne, n'est-ce pas ?

Elle se pencha pour embrasser sa tête ronde avant de le laisser explorer la chambre à quatre pattes. Quand le laird de Glentrool célébrerait son vingt-sixième anniversaire, le lundi suivant — le 20 septembre —, son unique présent serait prêt.

Leana avait de la difficulté à rapprocher les coutures, car ses doigts commençaient à lui fourmiller. Le même engourdissement, suivi par une sensation de brûlure, l'avait affligée quand elle portait Ian. Elle avait dû déposer son aiguille à coudre plus souvent qu'elle ne l'aurait désiré. Et, à l'heure du coucher, elle résistait à la tentation de mettre ses mains sous l'oreiller, car la pression avivait la douleur, le lendemain matin.

Heureusement, elle arrivait à se reposer la nuit. Pendant des semaines, ce fut dans les larmes que Leana trouvait le sommeil. Maintenant, elle éprouvait une certaine paix. L'Être souverain portait Jamie et Rose près de son cœur. Elle pouvait lui faire confiance et lâcher prise. *Mon âme, retourne à ton repos.*

Le contentement commençait à filtrer dans sa vie. Et, avec lui, le désir de créer un foyer paisible pour Ian et pour l'enfant qui s'agitait à cœur joie dans son ventre. Le septième mois de la grossesse était celui où le bébé était le plus actif, disaient les sages-femmes ; la gymnastique qui se déployait sous sa robe évasée en était la preuve.

Leana se leva lentement, puis marcha un peu dans la chambre, pour suivre les progrès d'Ian. Cet endroit était pour elle le coin le plus joli de Glentrool, bien qu'il n'y eût aucun angle. Formant un cercle parfait, le premier étage de la tourelle faisait office de bureau pour Thomas et Ivy Findlay, avec une porte donnant sur le jardin. La chambre du deuxième étage était restée vacante depuis qu'Evan et Jamie avaient quitté la petite enfance. Pièce plutôt modeste, à l'opposé des autres de Glentrool, elle était parfaite pour un petit garçon qui faisait ses premiers pas. Il n'y avait qu'une fenêtre — étroite, mais presque aussi haute que la pièce — faite de verre épais, et, au milieu de chaque panneau, une rosace capturait les rayons du soleil. Puisqu'elle faisait face à l'ouest, la lumière y ruisselait tout l'après-midi, et la pièce était toujours bien illuminée. Un drap de velours bleu tombait facilement en place, quand venait l'heure de la sieste.

Rowena avait fait un excellent travail en aménageant la chambre d'enfant. D'épais tapis couvraient presque toute la surface du plancher, et les chandeliers d'applique étaient hors de portée des petites mains. Un ensemble de chaises robustes entouraient une minuscule table de bois, dont les bords étaient arrondis et bien lisses. Rowena devait avoir été une femme sur laquelle on pouvait compter, une mère qui savait exactement ce dont ses fils avaient besoin.

Derrière la porte, épousant la forme des murs arrondis, un escalier en spirale menait au premier étage de la tourelle. Sombre, raide et étroit, il était trop dangereux pour un enfant qui faisait ses premiers pas ou une femme enceinte. Un jour, Leana l'escaladerait et le descendrait une bougie à la main, mais, pour le moment, la porte de l'escalier restait fermée.

Elle observait Ian se hisser sur ses pieds en s'aidant de la table, puis lâcher les mains un court moment. Ah, ce regard de vainqueur ! Il se rassoyait presque tout de suite, mais le sentiment de liberté conquise qu'elle lisait dans ses yeux l'émouvait.

Un jour, le fils de Jamie McKie marcherait et courrait où il voudrait.

Puisqu'elle ne pouvait plus prendre Ian par terre en toute sécurité, Leana se glissa derrière lui et lui ouvrit les bras. Il vint à elle sans se faire prier, mais ne resta pas longtemps, sa curiosité étant plus impérieuse que son besoin d'être pris. Les blocs de bois peints, les tasses aux couleurs brillantes et les animaux sur roulettes étaient bien plus intéressants que sa mère. Quand il était prêt à faire sa sieste, toutefois, il rampait dans ses bras et poussait le soupir de satisfaction qui accompagne les retours à la maison.

Tandis qu'elle attendait que son fils se lasse de ses jouets, Leana examina son projet de couture et sourit à nouveau, imaginant le visage de Jamie, le samedi suivant. Un présent inhabituel, qu'il ne pourrait ni ouvrir ni employer. Pourtant, elle était certaine qu'il lui plairait.

L'idée lui était venue en finissant de retoucher toutes les chemises de Jamie. En fouillant dans le vieux coffre de couture de Rowena, à la recherche de quelque retaille dont elle aurait pu faire bon usage, elle avait déniché un trésor. Sous des pièces de lin, de laine et de soie se trouvait une mesure de lourd satin vert foncé sur lequel courait un motif bordeaux. C'était la même étoffe qui avait servi à confectionner le plus beau manteau de la garde-robe de Jamie.

Maintenant, le futur héritier de Glentrool avait le sien, identique jusque dans les plus infimes détails à celui de son père. Pour faire le patron, elle avait dû emprunter le manteau de Jamie dans son armoire à linge, un jour où celui-ci s'était absenté pour faire une course au village. Elle avait aussi dû trouver pour Annabelle une occupation à l'écart de la chambre d'enfant pendant quelques heures. L'ajuster à son fils gigotant avait été plus ardu qu'elle ne l'avait prévu, mais Leana avait tourné la séance d'essayage en jeu — « Qui se cache dans cette manche, Ian ? Peux-tu mettre une main dedans et le trouver ? » —, et bientôt, son manteau lui seyait comme un gant.

Ian protesterait quand elle voudrait l'engoncer dans un vêtement aussi rigide et, dans quelques mois, il n'entrerait plus dans sa création. Mais il lui suffirait de voir l'expression de Jamie pour être amplement récompensée de tous ses efforts. Surtout si cela le faisait rire. Comme elle s'ennuyait de ce son! Un rire chaud, riche, masculin, roulant des profondeurs de la gorge. Elle ressentait un chatouillis dans les orteils, quand elle y pensait.

Riras-tu pour moi, Jamie? Alors seulement, elle serait sûre que lui aussi commençait à guérir. Il y avait des signes encourageants. Son appétit était revenu, et il semblait heureux de joindre sa famille à table ou d'accueillir un visiteur à leur porte. La prière familiale qu'il présidait chaque soir, après le dîner, était bien préparée, et ses commentaires, sincères. Il avait pris une décision courageuse en invitant les domestiques à se joindre à eux. Ils n'étaient pas relégués sur des bancs grossiers à la périphérie de la pièce, ni debout dans un coin obscur, mais assis autour de la table sur des chaises confortables. «Nous sommes tous membres de la famille de Dieu et égaux à ses yeux», avait déclaré Jamie, au grand étonnement de tous.

Chaque jour, il trouvait aussi du temps pour marcher au milieu de ses troupeaux, rendre visite à son père ou partager les jeux d'Ian. Mais il ne semblait pas encore parfaitement détendu. Une douleur supportée stoïquement avait gravé quelques nouvelles lignes sur le beau visage de Jamie. Si Leana le pouvait, elle les lisserait avec l'une de ses potions. Des œufs mélangés avec de l'alun et de l'eau de rose, peut-être. Elle ne pouvait prétendre que ses soins banniraient à eux seuls les traces de son chagrin. Ou effaceraient les souvenirs de Rose, qui déposaient un voile humide sur ses yeux, dans les moments de désœuvrement.

Leana ne voulait pas bousculer Jamie ou empiéter sur son deuil. Chaque jour, dès qu'elle pensait à Rose pour la première fois, son cœur se brisait à nouveau, comprenant qu'elle ne reverrait plus jamais sa chère sœur. Pourtant, les blessures se refermaient et guérissaient un peu plus vite, chez elle. Non pas parce qu'elle n'aimait pas Rose ou ne chérissait pas sa mémoire, mais, au contraire, parce qu'elle aimait sa sœur et savait comment elle aurait voulu qu'on se souvienne d'elle. *Le soir arrivent les pleurs. Et le matin, l'allégresse.*

Des voix dans l'escalier en spirale firent se lever rapidement Leana, qui dut s'aider de la petite table pour se soutenir, comme Ian l'avait fait. Elle ne regretterait pas cette constante maladresse dans ses mouvements, après la naissance de son enfant. Quand Annabelle et Eliza ouvrirent la porte, elles se lancèrent à la recherche d'Ian ; Leana profita de ce répit pour enfouir le présent de Jamie sous son tablier et croiser les bras sur cette bosse suspecte.

— Y est temps pour l'garçon d'faire sa sieste, dit Annabelle.

Elle saisit le garçon sur plancher, avec l'aisance que procuraient la jeunesse et une taille fine, pour le déposer ensuite dans son berceau.

Le regard d'Eliza s'arrêta un bref instant sur le tablier de sa maîtresse, mais elle ne dit rien.

— Et y a une surprise qui vous attend dans l'jardin, m'dame. Laissez-moi vous aider à descendre l'escalier.

La porte du corridor donnait sur la chambre qu'Eliza partageait avec Leana, comme c'était la coutume pour une dame de compagnie. Leana disposait d'un grand lit à dais, dont les montants étaient joliment sculptés, tandis qu'Eliza dormait dans un lit encastré dans le mur, derrière une porte pliante. Pourtant, la pièce était si vaste qu'elles s'entendaient à peine se retourner sur leur matelas.

— Attends-moi un moment, Eliza, le temps de retirer mon tablier.

Leana se glissa dans leur chambre pour envelopper le petit manteau dans son tablier de lin. Quelques instants plus tard, elle émergea dans le corridor où la blonde Eliza attendait tranquillement, comme si elle n'avait rien remarqué du comportement inhabituel de Leana.

— Tu as dit qu'il y avait une surprise pour *moi* ? demanda Leana.

Elle saisit le bras d'Eliza d'une main, tint la rampe de l'autre, et elles descendirent ensemble le large escalier de chêne qui divisait la grande maison en son milieu.

— Ce n'est pas vraiment une surprise, m'dame, parce que vous l'attendez…

— Ma rose ! s'écria Leana.

Elle libéra Eliza et se dépêcha de descendre les dernières marches.

— Oui, lui lança Eliza. M'sieur Muir vous attend.

Le longiligne jardinier était debout près de son nouveau carré d'herbes médicinales, un coude appuyé sur sa bêche à long manche, un arbrisseau d'aspect dénudé à ses pieds.

— Si vous m'indiquez où vous l'voulez, mam'zelle, j'me ferai un plaisir de l'planter.

— Entendu, Robert, dit-elle.

Il s'était souvenu de leur promesse faite à Jamie.

Quand les deux travaillaient ensemble dans le jardin, Leana avait exprimé son amour des roses — une certaine variété d'un rose clair, en particulier. Robert lui avait alors dit le plus grand bien des serres de Bargaly House, une propriété au pied des collines de Cairnsmuir.

— L'jardinier d'Bargaly est un ami à moi. Quand j'irai lui rendre visite, j'lui demanderai s'il cultive vot' variété favorite.

Robert Muir était un homme de parole. Il lui avait rapporté une rose des apothicaires.

— Nous devons lui trouver un endroit en plein soleil, expliqua Leana, tout en considérant les collines rocailleuses où paissaient des moutons. Mais qui soit aussi à l'abri du vent.

— Dans le vallon ?

Il secoua négativement la tête.

— Nous aurons du soleil, mais nous ne l'mettrons pas facilement à l'abri du vent. L'côté est d'la maison serait mieux, à mon avis.

Il saisit le petit arbuste et suivit Leana, qui contournait le manoir.

— J'ai asséché les racines pendant une heure ; il est prêt, annonça-t-il.

Leana choisit un endroit sous la fenêtre de la salle à manger, puis demanda à Robert de tailler les racines, courtes et bien droites. Quand la rose fut plantée et émondée, et la terre, bien arrosée, le jardinier se retira d'un pas nonchalant afin de permettre à Leana de se recueillir.

Leana s'agenouilla et plaça délicatement ses mains près des pousses dénudées de la plante, puis s'assit un moment. Le soleil de septembre lui réchauffait les épaules. Des vents d'ouest la contournaient, déviés par la maison qui était censée accueillir Rose.

— Ma chère sœur.

Elle appliqua les mains sur le sol, les yeux mouillés de pleurs.

— Bienvenue à la maison.

Chapitre 83

Comment pourrais-je décrire les signaux et les signes
Par lesquels un cœur en devine un autre ?
— Henry Wadsworth Longfellow

Il pouvait deviner que Leana tramait quelque chose. Ses mains jonglaient avec la coutellerie d'argent, pourtant elle ne touchait pas à son petit-déjeuner. Pas même aux petits pains au beurre tout chauds et sentant bon la levure. Était-elle préoccupée parce qu'elle n'avait pas de cadeau à déposer à côté de son assiette ? Des présents d'anniversaire n'étaient pas échangés, quand la maison était en deuil.

Avant qu'il eût le temps de s'apercevoir de quoi que ce soit, Leana avait quitté sa place à table.

— Messieurs, si vous voulez bien m'excuser.

Elle se leva avec un demi-sourire au visage.

— Je n'en ai que pour un moment, dit-elle.

Après un petit hochement de tête en guise de révérence, elle disparut dans le corridor. Le bruit de ses pas s'évanouit dans l'escalier.

Alec leva la tête de son porridge et cligna des yeux pour exprimer sa confusion.

— Est-ce que ta femme… C'est-à-dire, Leana, est malade ?

Ta femme. Jamie pardonna le lapsus de son père, considérant avec quelle facilité elle s'était glissée dans la peau de maîtresse de Glentrool. Une telle méprise sur le rôle joué par Leana était compréhensible.

Sa propre confusion était une autre histoire. Jamie se pencha vers son père.

— Leana va très bien, père. Je crois qu'elle a simplement… oublié quelque chose.

Quelques minutes plus tard, tandis qu'il terminait son porridge, Jamie entendit un rire flotter dans l'escalier accompagné du babillage joyeux d'Ian.

— Je crois qu'elle avait oublié mon fils, supposa Jamie à voix haute.

En général, les enfants n'étaient pas admis à table tant que... enfin, tant qu'ils étaient des enfants. Peut-être avait-elle prévu cette brève apparition en l'honneur de son anniversaire?

Quelqu'un frappa à la porte — il entendit les rires amusés d'au moins trois autres femmes de l'autre côté — et annonça :

— Regardez le futur héritier de Glentrool!

Comme pour accentuer le caractère théâtral du moment, la porte s'ouvrit lentement vers Jamie.

L'héritier annoncé, assis dans les bras de sa mère comme sur un trône, fut enfin révélé.

Oh, mon Dieu!

Leana sourit.

— Jamie, vas-tu enfin dire quelque chose?

Que pouvait-il dire? C'était la chose la plus extravagante qu'il eût jamais vue de sa vie : Ian vêtu exactement comme lui, jusqu'aux bottines de cuir à ses pieds.

— Eh bien... fit-il.

Il ne voulait pas rire, mais ne put s'en empêcher.

— Tu as visiblement travaillé... très fort.

Il y eut un autre rire, qu'il tenta de maquiller en toussotement sans trop de succès.

— Oh, merci Leana. Est-ce mon... cadeau?

Après le mot «cadeau», un grand éclat de rire s'ensuivit, qu'il fut aussi incapable de rattraper que sa cuillère, qui tomba sur le plancher. Hors d'atteinte. Trop tard.

— James McKie! le tança son père. Mais que se passe-t-il donc avec toi?

— Père..., vous voudrez sans doute regarder par vous-même.

Jamie détourna la tête, pensant que s'il ne voyait pas l'enfant, il pourrait se ressaisir. Mais même s'il regardait ailleurs, le

Jamie miniature était toujours là, lui souriant, agitant le petit mouchoir de soie noué autour de son cou.

— Tout ce qu'il lui manque, parvint enfin à dire Jamie, c'est une épée.

Sur ce, Leana tourna le garçon de côté et exhiba la cuillère d'argent attachée à la ceinture du petit héritier.

C'en était trop.

Jamie tressauta de rire jusqu'à ce que des larmes jaillissent de ses yeux. Ian trouva le comportement de son père des plus amusants et voulut bondir dans ses bras grands ouverts. Annabelle et Eliza observaient de la porte, comme la moitié des domestiques. Heureusement, la salle à manger comptait plusieurs accès. Quand Alec reconnut enfin le bambin, il s'esclaffa encore plus énergiquement que tous les autres. Son rire se mua en une quinte de toux qui inquiéta un moment Jamie, jusqu'à ce qu'il vît la joie qui illuminait le visage de son père.

Leana riait aussi — un son clair et joyeux, comme des cloches sonnant à toute volée.

— Je suis heureuse de voir que tu apprécies ton cadeau d'anniversaire, Jamie.

— Un cadeau particulièrement divertissant, dit-il en caressant l'étoffe, s'émerveillant du doigté de Leana. J'espère seulement que tu ne l'as pas taillé dans l'original.

— Ton manteau t'attend dans ton armoire. J'ai dû... l'emprunter, cependant.

— Me le dérober, tu veux dire, dit-il en lui remettant Ian, en affectant maintenant un air de reproche. Soyez prévenue, mademoiselle McBride, votre anniversaire est dans six mois, ce qui me donne amplement le temps de préparer ma revanche.

Un autre anniversaire arriva bien avant, toutefois : celui d'Ian, célébré au début d'octobre. Dans tout le vallon, les verts vibrants de l'été perdirent leur éclat au profit des couleurs mates de l'automne — des chênes rouge sombre, des haies épineuses brunes, des ajoncs jaune doré, des pins vert foncé — tandis que l'humeur ensoleillée d'Ian continuait de briller, projetant son éclat radieux dans toute la maison.

Deuil ou non, il y avait des cadeaux qui attendaient Ian, ce lundi-là. Jamie lui offrit un cheval de bois, sculpté par un des ébénistes du village, et il en fit parvenir un autre identique au fils d'Evan, à Sorbie. Le cadeau de Leana fut une grande balle de linge faite de piqué de coton et bourrée de laine. Son grand-père lui donna l'outil le plus utile qui soit, un souverain d'or. Et on convainquit Aubert de lui préparer son plat favori : des pommes de terre et des navets en purée ; de la compote de pommes avec du sucre et de la cannelle ; et de l'agneau tendre rôti avec du romarin, coupé en petits fragments adaptés aux dents naissantes d'Ian.

Jamie resta dans la chambre d'enfant pendant que Leana donnait son repas d'anniversaire à Ian et le couchait pour sa sieste. L'effet de sa voix apaisante se propagea sur Jamie. Le grand livre et la correspondance furent momentanément oubliés. Les soucis au sujet de la saison de l'agnelage à venir furent laissés sur le seuil de la porte de la chambre d'enfant.

Il était dans le domaine de Leana, maintenant. Et ravi d'y être.

Jamie l'observa, penchée au-dessus du berceau. La ligne gracieuse de son cou, ses épaules étroites, l'attiraient. Mais s'il la saisissait, il déposerait un baiser sur sa nuque, un endroit tendre dont il gardait un cher souvenir. Ses mains chercheraient le contour de sa taille, où leur enfant grandissait…

Non, il n'osa pas même penser à embrasser Leana.

Ensemble, la mère et le père observaient l'enfant.

Les paupières d'Ian battirent, sa bouche s'entrouvrit, et finalement, il s'enfonça dans le matelas avec un soupir satisfait. Jamie demanda :

— Est-ce que je ressemble à cela, quand je m'endors ?

— Oui, dit Leana doucement, en se tournant vers l'escalier. Tu lui ressembles.

Embarrassé, Jamie la suivit rapidement dans le corridor.

— Je te demande pardon…

— Jamie, tu t'en fais trop, répondit Leana, qui s'arrêta au sommet de l'escalier.

Son sourire était sincère.

— C'était une question tout à fait innocente, le rassura-t-elle.

Spontanée, sans doute, mais pas complètement innocente. Il se sentait si bien en compagnie de Leana qu'il oubliait parfois qu'ils n'étaient plus mari et femme. Même en cet instant, descendre l'escalier avec elle en lui donnant la main semblait naturel, simplement *normal*. Mais elle n'était pas sa femme ; elle était sa cousine. Il ferait bien de s'en souvenir, au risque de l'offenser. Ou était-ce son cœur qu'il risquait chaque heure, chaque jour que Leana McBride vivait sous son toit ?

Qu'il l'aimât encore, qu'il eût toujours aimé Leana d'une certaine manière n'était pas la question. Pourrait-*elle* encore l'aimer après avoir été reléguée au second plan si longtemps, au profit de sa sœur ? C'était beaucoup demander, même à une femme aussi généreuse que Leana.

Chapitre 84

Les mots, comme la nature, révèlent en partie
Et dissimulent en partie notre âme.
— Alfred, Lord Tennyson

— J'ai un présent pour toi.

Leana leva les yeux de sa lecture tandis que Jamie lui tendait un carré de papier grossier, maladroitement plié et recouvert d'une fine couche de poussière grise.

— Un cadeau?

Elle le prit, un peu hésitante.

— Pour la fête de saint Luc?

À l'exception du Rutherglen, où la vieille fête était dûment observée, le 18 octobre passait habituellement sans cérémonie.

— Je ne pensais pas à saint Luc, avoua-t-il. Et «cadeau» n'est peut-être pas le terme approprié.

Elle rapprocha sa chaise du foyer. Jamie fit de même, s'assoyant plus près d'elle qu'il en avait l'habitude. Deux heures avant le dîner, le crépuscule s'était déjà installé dans le vallon. Les trois grandes fenêtres de la salle de réception ne fournissaient plus assez de lumière naturelle pour lire, et les servantes sillonnaient la maison pour allumer des bougies. De grandes chandelles exquises, faites de cire d'abeille, lumineuses et odorantes. L'avarice de Lachlan McBride n'avait pas cours à Glentrool.

Leana commença à défaire le papier rigide, répandant la pâle poussière sur sa robe noire. Soudain, Jamie lui immobilisa les mains. Elle leva les yeux, surprise de le trouver si sérieux.

— Avant d'ouvrir ceci, Leana, laisse-moi te dire à quel point je suis désolé que tu ne puisses te joindre à nous, le jour du sabbat.

Bien qu'elle eût protesté au début, Jamie s'était montré ferme : pas de randonnée jusqu'au village au sud de Glentrool pour elle, cet automne.

— Le risque pour toi et ton enfant est trop grand, insista-t-il.

Même à l'occasion du sabbat précédent, lorsque la pierre tombale de sa sœur avait été finalement dévoilée, Jamie n'avait pas autorisé Leana à voyager. Après une vie entière de services dominicaux à Newabbey, cette période de prière hebdomadaire lui manquait et aussi — mais cela, elle n'aurait jamais osé l'avouer — la chance d'être assise près de Jamie.

Leana hocha la tête vers la feuille.

— Est-ce que cela a un lien avec l'église ?

— Pas exactement, répondit Jamie. C'est davantage lié à Rose.

Il l'aida à le déplier et à frotter la poussière — de granit, constata Leana.

— C'est le croquis du tailleur de pierres, expliqua-t-il en l'étendant sur ses genoux. Quand je lui ai dit combien tu désirais voir la pierre tombale de ta sœur, il m'a présenté ceci. S'il avait su qu'une dame allait l'étudier, m'a-t-il dit, il l'aurait dessiné plus soigneusement. Mais il est fidèle au monument, Leana. J'espère que cela te plaira.

Elle posa un doigt sur le papier et suivit les lignes tracées par le tailleur. Le dessin était gracieux. Et familier. Une couronne de roses, délicatement gravée dans la pierre, tout comme celle qui ornait la pierre de leur mère à Newabbey.

— Comment as-tu pu t'en souvenir ?

— Comment aurais-je pu l'oublier ? demanda-t-il doucement.

Leana serra les doigts sur le croquis, luttant pour ne pas perdre contenance. Le nom de sa sœur était ciselé sous la couronne. *Rose McBride McKie.* Mais les dates étaient bien trop rapprochées. *Née le 1ᵉʳ août 1773. Décédée le 8 août 1790.* Ensuite, les faits tragiques. *Épouse bien-aimée de James Lachlan McKie. Mère de William et d'Alexandre.*

— Oh, Jamie. Quelle bonne idée...

— Oui, dit-il en enlevant la poussière qui masquait l'épi-taphe au bas de la feuille. J'ai choisi ces lignes dans la poésie d'Isaac Watts. Dis-moi ce que tu en penses.

Leana lut l'épitaphe à voix haute, imaginant Jamie en train de vivre la pire journée de sa vie et qui devait néanmoins penser à faire toutes ces choses.

Comme la rose est la belle !
Quelle fleur merveilleuse.
La gloire d'avril et de mai !

— C'est bien choisi, dit-elle.

Et elle était sincère. *Notre merveilleuse Rose.*

— Leana, dit-il en repliant lentement la feuille, et ses yeux étaient de la couleur de la mousse et de la brume. Je suis heu-reux... si heureux de t'avoir ici à Glentrool. Avec Ian. Et avec moi.

Un seul coup frappé à la porte de la salle de réception ; la voix d'Ivy Findlay, rauque comme du papier d'émeri, s'infiltra à l'intérieur.

— L'dîner vous attend, m'sieur McKie.

Ils s'entreregardèrent dans un sursaut coupable. Jamie lui prit le coude et l'aida à se lever.

— Comme je le disais, je suis heureux que tu sois ici.

Leana se souvenait de ce qu'il avait ajouté, un instant aupa-ravant. *Avec moi.* Oserait-elle lui demander ce qu'il avait voulu dire ? *Qu'adviendra-t-il de nous, Jamie ?* C'était la question qui habitait son cœur. Pourrait-elle la poser à voix haute ? Non. Il était encore trop tôt. Le chagrin était trop jeune.

Elle attendrait. *Il faut que la patience accomplisse parfaitement son œuvre.*

Leana sortit furtivement à six heures trente pour observer le jour se lever. Quand Davina, ou David, viendrait au monde — elle devait se préparer aux deux possibilités, au cas où son instinct maternel l'induirait en erreur —, de telles excursions matinales seraient hors de question. Mais ce matin-là, rien ne lui était interdit. Elle suivit le sentier devant le manoir jusqu'à la jetée de pierres, bien aménagée avec des bancs confortables. Un petit bateau était amarré. Peut-être qu'au printemps, quand les jours de deuil de Jamie seraient terminés et qu'elle aurait mis au monde son bébé, il l'emmènerait faire un tour sur le loch. Comme la surface était calme, ce matin-là ! En l'absence du soleil, elle était totalement incolore.

Elle n'osait s'aventurer loin de la maison, car ce jour-là marquait le début de la saison de chasse, et les archers seraient bientôt sur les collines, à l'affût des cerfs rouges. Le ciel, qui commençait à s'illuminer, était encore d'un bleu foncé sur lequel se dessinaient les premiers contours des nuages. Sous ses yeux, sa couleur passa au turquoise, mais si graduellement qu'elle ne put discerner ni la transition ni le moment où elle s'était produite. Elle baissa les yeux un moment pour chasser une feuille qui s'était déposée sur ses genoux, et, quand elle les releva, le ciel était déjà plus clair, presque gris.

Maintenant, elle pouvait voir le sol, couvert de rosée. Ou était-ce du frimas ? Le feuillage miroitant du bouleau voisin et des sorbiers ainsi que la chair de poule sur ses bras le lui confirmèrent. D'infimes particules de glace s'étaient déposées comme un léger manteau sur les montagnes au-delà du loch, mettant en relief les profondes ornières creusées par les torrents d'hiver. Elle se serra dans son plaid et battit des pieds sur le sol pour les réchauffer.

L'air était merveilleusement calme. Habituellement, les vents soupiraient à travers les pins, gémissant sur le vallon, le plus triste de tous les sons. Mais pas aujourd'hui. Au lieu de cela, elle fut récompensée par un spectacle émouvant : un aigle volant très haut au-dessus du loch, en route vers son nid à flanc de montagne, près de Glenhead.

Leana entendit des pas. Puis, la voix de Jamie.

— Quel spectacle magnifique, de si bon matin.

Elle se leva et se tourna pour l'accueillir.

— Oh, l'as-tu vu, toi aussi ?

Jamie diminua l'écart entre eux et retira son grand manteau pour le passer sur les épaules de Leana. La bordure de laine reposait par terre, mais il ne s'en soucia pas.

— Vu quoi, Leana ?

— L'aigle royal, dit-elle, puis elle le regarda. Mais qu'as-tu vu de si magnifique ?

Il sourit, et alors elle sut. Frimas ou non, la chaleur lui monta aux joues. Elle se tourna pour faire face au loch et sentit les mains de Jamie se poser doucement sur ses bras.

— Ne reste pas trop longtemps, Leana. Les chasseurs sortiront bientôt.

Puis, Jamie la laissa savourer sa solitude. Quelques minutes auparavant, elle ne désirait pas de compagnie. Maintenant, elle s'ennuyait de sa voix, de son contact. Malgré son manteau, toujours chaud du corps de son propriétaire, elle avait froid. Et elle se sentait seule sur la jetée. Le loch était gris, comme le ciel. Comme les collines, comme la maison. Pourtant, quand Jamie était là, Glentrool était chaud, coloré, vivant.

Mon Jamie.

Il était le mari de son cœur, sinon de son corps. Il était le père de son enfant et leur espoir pour l'avenir. Elle ne nierait jamais son amour pour lui. Pas même s'il le lui demandait.

S'il te plaît, Jamie. Demande-le-moi.

Chapitre 85

Le chagrin et la feuille écarlate,
Les pensées mélancoliques et les jours ensoleillés;
Ah moi! cette beauté et cette douleur
Ne se marient pas bien ensemble.
— Thomas William Parsons

Tandis que les jours d'automne raccourcissaient, les heures de travail s'étiraient. Alors que Leana passait plus de temps à se reposer pour le bien de son enfant — une pratique que Jamie approuvait de tout cœur —, lui-même déployait ses énergies à faire prospérer cette terre qui était maintenant la sienne. Les troupeaux de Glentrool comptaient dix fois plus de têtes que ceux d'Auchengray, et le territoire sur lequel ils étaient disséminés était plus âpre. Henry Stewart et les bergers qui travaillaient pour lui restaient dans les champs après le crépuscule, préparant les brebis pour l'accouplement.

Jamie allait rejoindre Stew, quand il le pouvait. L'homme était plus taciturne que Duncan, il ne prodiguait pas ses conseils aussi volontiers, mais il était du même tempérament égal et il possédait cette même sagesse du berger, acquise lors des longues journées solitaires sur les collines.

— Comment va vot' père? demanda Stew un soir, tandis qu'ils travaillaient côte à côte avec les chiens, ramenant les brebis à la bergerie.

C'était le dernier vendredi d'octobre, pourtant il en restait plusieurs à féconder.

— Attendez-moi! cria-t-il aux chiens alors que les colleys tournaient autour du troupeau dans le sens contraire des aiguilles d'une montre.

Bien que Stew eût atteint la cinquantaine, sa figure tannée semblait plus âgée, alors que son corps agile, lui, faisait bien plus jeune. Son visage était de la couleur et de la texture d'une écale de noix. Il avait des cheveux minces, une peau rude, des yeux rapprochés et des vêtements fripés, le tout d'un brun pâle mal défini, se confondant avec la bruyère fanée du paysage.

— Pour un homme de son âge, répondit Jamie, mon père se porte remarquablement bien.

Stew prit son temps avant de répondre.

— C'est dur pour un homme d'perdre sa femme.

— Oui, ce l'est, répondit Jamie.

Plus difficile qu'il ne l'imaginait. Il pouvait encore voir Rose, quand il fermait les yeux. Mais il ne pouvait plus entendre sa voix. Peu importait ses efforts pour se rappeler son timbre, ses inflexions ou son ton, la voix de Rose était simplement *partie*. Il gardait en mémoire plusieurs choses qu'elle avait dites, mais ne pouvait s'imaginer qu'il les entendait de sa bouche.

Quand il entendait la voix d'une femme, c'était celle de Leana. Chantant une berceuse à Ian. Riant avec son père. Complimentant les domestiques. Même au milieu de leur deuil, il régnait une joie tranquille à Glentrool. Parfois, il se demandait si Leana le *voulait* ainsi. Sa mère avait exercé son influence sur la maison, pourtant elle n'avait engendré que rivalité et discorde. Les méthodes de Leana étaient très différentes, et leurs résultats aussi. À Glentrool, pas une âme n'aurait osé nier l'amélioration du climat, depuis l'arrivée de Leana, trois mois auparavant.

Stew leva la tête, scrutant l'horizon qui s'assombrissait.

— Nous perdons not' lumière, m'sieur McKie, et vot' famille attend son dîner. Y serait temps d'rentrer à la maison, non?

Souhaitant le bonsoir à Stew, Jamie descendit la colline d'un pas prudent, grimaçant à l'occasion, quand sa jambe droite faisait un faux mouvement. Il n'avait qu'un demi-mille à marcher. Alors que la lumière du soleil faiblissait, la chaleur faisait de même et les couleurs aussi semblaient s'éteindre. Les arbres entourant Glentrool devenaient noirs, et leur silhouette se dessinait sur le ciel du crépuscule. L'orange des cimes faisait place à des nuages roses, puis à un bleu-gris qui devenait plus foncé à mesure que l'œil se déplaçait vers le zénith.

Ses nombreuses réflexions se rattachant à Leana l'attiraient vers la maison. *Oui,* vers elle, pas seulement vers la demeure. Leana était le cœur de Glentrool, même si elle n'était pas sa femme.

Ne pourrais-tu pas changer cela ?

Il ralentit le pas, regardant le loch à ses pieds, miroitant au soleil couchant.

Ils avaient déjà prononcé leurs vœux de mariage, auparavant. Ils avaient vécu comme mari et femme, sans savoir que les jours de leur union étaient comptés.

Y a-t-il un empêchement à ce mariage ?

Il y en avait tant que les doigts de Jamie étaient insuffisants pour les compter. Mais quand il commençait à les énumérer, aucun d'eux n'importait. Une seule chose comptait. Non, deux : Leana était la mère de son enfant, et il l'aimait passionnément.

— Alors, elle sera ma femme, dit-il à voix haute aux montagnes, aux prés et au vent.

Si elle était réticente, il ferait sa conquête à nouveau. Si son corps avait besoin d'être rapiécé, il le recoudrait avec son amour. Si l'Église s'opposait, il saurait la convaincre. Si la paroisse ne l'approuvait pas, il leur rappellerait qu'il était le laird de Glentrool, dont le seul désir était d'honorer le Seigneur. *Ce que Dieu a uni, l'homme ne doit point le séparer.*

Jamie allongea le pas, les yeux fixés sur le manoir de pierre qui abritait sa future épouse. S'il subsistait quelque douleur dans sa jambe, il ne la sentait plus.

Épouse-moi, Leana. Les mots étaient aussi sucrés qu'une pomme d'automne dans sa bouche.

En approchant, il s'aperçut que Leana l'attendait à la porte d'entrée. Comme si elle savait. Le regardant, l'attendant. Il cria son nom, leva la main vers elle, accélérant le pas, ne cherchant pas à dissimuler son empressement. Il voulait qu'elle voie la vérité dans son visage, avant de l'entendre de ses lèvres.

Elle ouvrit la porte derrière elle, lui souriant tandis qu'il approchait.

— Je craignais que nous ne t'ayons perdu parmi les brebis.

— Non, jeune femme, je ne suis pas perdu, mais retrouvé.

Jamie tint la porte tandis qu'elle se tournait pour entrer. Se déplaçant avec précaution, remarqua-t-il, paraissant à la fois plus lourde, mais fragile. Cinq semaines tout au plus, avait-elle dit ce matin-là. Les arrangements avaient été faits avec Jeanie Wilson, la sage-femme du vallon.

Maintenant, il avait ses propres arrangements à faire.

Il la rattrapa et lui prit la main dans la sienne, s'arrêtant devant la porte de la bibliothèque, trop impatient pour trouver un autre endroit pour cet entretien. Il était maître de sa maison ; il parlerait avec qui il voudrait et où cela lui plairait.

— Jamie, qu'y a-t-il ?

Par où commencer ? Par le commencement.

— Leana, il y eut un temps… où tu…

Où tu m'aimais. C'était vrai, mais n'avait pas besoin d'être dit. Il se reprit.

— Il y eut un temps où nous nous aimions, tous les deux. Comme un homme aime une femme. Comme un mari chérit son épouse. Je ne peux…, je n'ose pas…

— Je comprends, Jamie, dit Leana.

Quelques larmes baignaient ses yeux, mais ne tombaient pas encore.

Que comprenait-elle ? Il n'avait pas fini. Non, il n'avait pas même véritablement débuté.

— Leana, je crois que…

— Peut-être un jour… dit-elle faiblement.

Un jour ? Il n'y avait aucune promesse dans ces mots.

— Écoute-moi, Leana…

Sans avertissement, la porte de la librairie s'ouvrit, et Alec McKie en surgit. Jamie ne l'avait jamais entendu tonner de cette manière.

— Écoute ton père qui t'a engendré ! dit Alec en frappant le plancher de sa canne pour ajouter de l'emphase, puis il en donna deux petits coups secs sur la porte ouverte de la bibliothèque. Je veux te parler immédiatement, Jamie. Le dîner peut attendre.

Stupéfait, Jamie se tourna vers Leana, qui s'était déjà éloignée de lui.

— Nous parlerons une autre fois, dit-elle doucement avant de se diriger rapidement vers l'escalier.

— Non, Leana, dit Jamie. Nous parlerons ce soir.

Alec lui donna un petit coup dans les côtes.

— Tout de suite, garçon, avant que je m'impatiente.

Jamie obéit, bien que lui-même commençât à bouillir. Sa conversation avec Leana était loin d'être finie. Et qu'est-ce qui avait bien pu mettre son père en colère ainsi? Il le découvrit avant que la porte se refermât derrière lui.

— Ne connais-tu pas les Écritures, James McKie?

Il était *vraiment* en colère.

— Vous savez très bien que oui, père, parce que c'est vous-même qui me les avez enseignées.

La Bible familiale était ouverte sur son bureau, et il pointait un passage d'un doigt tremblant, mais d'une voix ferme.

— «Fais ta joie de la femme de ta jeunesse.» C'est ce qui est écrit, Jamie. «Sois sans cesse épris de son amour.»

— *Père!* lui dit-il d'un ton de reproche, les yeux fixés au sol. Baissez la voix.

— J'ai baissé la voix dans cette maison assez longtemps! répondit son père, qui semblait véritablement sortir de ses gonds. Tu es peut-être le laird, mais tu es toujours mon fils.

— Oui, mais...

— Et étant mon fils, tu entendras ces mots : Leana est la femme que Dieu a choisie pour toi. Finis-en avec ton deuil et épouse-la.

Les yeux de Jamie s'ouvrirent tout grands.

— Prendre Leana pour épouse? s'étonna Jamie, qui se demandait si son père lisait dans ses pensées. Père, justement, je...

— Tu es l'un des héritiers de la paroisse, Jamie. Tu peux sûrement convaincre le jeune ministre de Monnigaff de vous marier.

— Père, c'était mon intention…

— Et c'est la mienne de livrer ma pensée ! lança Alec en agitant sa canne en direction du plafond. Ma vue décline, garçon, mais je vois encore assez clair pour me rendre compte que cette femme t'aime. Ne l'entends-tu pas dans sa voix, quand elle prononce ton nom ?

Oui, père, je l'entends. Jamie n'osait sourire, car l'homme était sur sa lancée.

— Et c'est précisément pourquoi… reprit Jamie.

— Oh ! lança son père, qui marchait à travers la pièce, abattant sa canne sur toutes les surfaces qui s'y prêtaient. Ton enfant doit naître en décembre. Veux-tu qu'il le fasse en dehors des liens du mariage ? Marqué comme un bâtard par les gens du vallon ? Garçon ou fille, ce serait un lourd fardeau à porter toute une vie.

— Assurément.

Son père venait de lui donner le motif idéal pour épouser Leana plus tôt que plus tard. Un homme brillant, Alec McKie.

— Fais ce que tu dois, Jamie. Demande pardon à cette femme, implore la clémence du conseil de l'Église, mais fais en sorte que mon petit-fils porte un nom légitime.

Jamie prit le bras de son père et l'aida à s'asseoir.

— Allez-vous bien, père ?

— Je me porterai mieux quand tu auras fait ton devoir envers la jeune femme, dit Alec.

Il agrippa la chemise de Jamie, l'attira près de lui, et sa voix n'était plus qu'un murmure rauque.

— Tu as déjà épousé Leana une fois, fils. Refais-le.

Chapitre 86

Un espoir au-delà de l'ombre d'un rêve.
— John Keats

Leana attendit Jamie dans le salon du second étage. Mais elle ne pouvait s'asseoir, tant ses nerfs étaient tendus. Et elle ne pouvait se lever, car ses genoux refusaient de la porter. Elle ne pouvait pas non plus regarder par la fenêtre, car la nuit avait enveloppé la vallée dans son linceul noir. Et elle ne pouvait se concentrer sur toutes les voix qui semblaient se bousculer dans sa tête.

Il y eut un temps où nous nous aimions, tous les deux. Les mots de Jamie dans le couloir, dits avec conviction. Le contact de sa main. L'éclat brillant de son regard.

Fais ta joie de la femme de ta jeunesse. Le rugissement de colère justifié d'Alec McKie derrière la porte close de la bibliothèque, alors qu'elle fuyait dans l'escalier.

Écoute, ô ma fille, et prête l'oreille. Une voix différente, que seul son cœur entendait. Elle prêterait surtout attention à celle-là.

Écoute-moi.

— Je t'écoute, Jamie.

Elle appuya son front sur la vitre, et son souffle embua le verre glacé. *Dépêche-toi.*

Une porte s'ouvrit dans le vestibule, un étage en dessous. Des paroles cordiales mettant fin à un entretien. Le pas de Jamie dans l'escalier. Elle ne le confondrait jamais avec un autre. Le bruit du cuir contre le bois. Résolu, rythmé, comme celui d'un soldat avançant au nom d'une cause juste.

Nous parlerons ce soir.

Se détournant de la fenêtre, Leana fit face à l'escalier. *Maintenant, Jamie. Je t'en prie.*

Dès qu'il eut atteint le sommet de l'escalier, Jamie se dirigea vers elle, traversant le plancher d'un pas mesuré. Bien qu'il fût habillé comme un berger et couvert de bruyère, il avait le port du laird qu'il était. Grand, fort et élégant. C'était le même Jamie qu'elle avait aimé pendant deux longues années, et pourtant il était beaucoup plus.

Finalement, il s'arrêta devant elle. Il ne parla pas. Il prit plutôt ses mains dans les siennes, et les étudia. Frottant ses pouces contre le dos de chaque main. Lui caressant les doigts, jusqu'à ce qu'elle craignît de s'évanouir.

— Leana.

Davantage un souffle qu'un mot. Il déposa un baiser à l'intérieur de chaque poignet, cherchant son pouls.

— Épouse-moi, mon amour, implora-t-il. Dis que tu le feras.

Jamie, mon doux Jamie! S'il relâchait ses mains, elle s'effondrerait sur le plancher. Elle répondit simplement :

— Oui, mon amour.

Il leva le regard, et ses yeux verts reflétaient la lueur de la bougie.

— En es-tu certaine?

Ce fut la question la plus facile à laquelle elle eût jamais répondu dans sa vie.

— Je suis certaine de t'aimer, Jamie.

Elle déplaça leurs mains jointes vers sa taille avec un sourire tremblant.

— Et je suis absolument sûre que je suis destinée à être la mère de tes enfants.

Bien que sa bouche sourît, ses yeux étaient sérieux.

— Plusieurs épreuves nous attendent, Leana.

— Et bien des joies, aussi, répondit-elle, baissant la tête pour lui baiser les mains, comme il avait embrassé les siennes.

Des pleurs lui baignaient les yeux. *Cher Jamie. L'époux de mon cœur.*

— Certains détails importants doivent être arrangés, Leana. Avec le révérend Moodie. Car nous ne pouvons attendre. Notre enfant a besoin d'un père.

Il embrassa sa tête inclinée.

— Et j'ai besoin de toi, Leana.

Oh, mon cher Jamie ! Leana se redressa, mais ne se donna pas la peine d'essuyer ses larmes.

— C'est tout ce que je pouvais espérer, mais… ton père…

— Son souhait est que nous soyons mariés. Dès que possible. Alec McKie insistera pour dire que c'était son idée depuis le début. Quand il a épié notre conversation dans le couloir, il s'est mépris sur mes intentions… et il m'a fait connaître son souhait.

— Et quel est *ton* souhait, Jamie ?

Elle chercha son regard, dans l'espoir d'y lire son cœur. Pour être sûre, absolument sûre.

— Peut-être est-ce seulement notre bébé qui te motive à me conduire si vite devant l'autel ?

— Je crois que je n'ai pas été assez clair, alors.

Il lui baisa le front, puis chaque joue. Lentement. Tendrement.

— Je t'aime, Leana. Je veux que tu sois ma femme.

Elle laissa les mots se loger dans son cœur. Des mots qu'elle avait attendus toute sa vie.

— Et je te désire comme époux, mais…

Elle hésita, mais il était impossible d'éviter ce sujet.

— Nous sommes tous les deux en deuil.

— Nous le sommes. Et j'aimais Rose, dit Jamie, d'une voix lourde de regrets. Je ne peux prétendre le contraire.

Il lui serra plus fortement les mains.

— Je porterai toujours le deuil de Rose, reprit-il, elle me manquera toujours, comme elle te manque à toi aussi. Je ne ferai jamais rien pour déshonorer sa mémoire. Mais je crois sincèrement qu'elle aurait voulu que nous nous mariions.

— Mais elle t'aimait tant…

— Elle t'aimait aussi, Leana.

Il y eut une petite inflexion dans sa voix.

— Tu étais une mère, une sœur et une amie pour elle. Rose aurait souhaité que tu sois bien aimée et que tes enfants ne manquent de rien.

Sa sœur sourirait-elle vraiment de là-haut, en observant leur union ? *Oh, ma chère Rose. Comment en être certaine ?* Jamie l'aimait ! Tous ses rêves devenaient réalité. Et pourtant…

Leana abaissa le regard vers sa robe de deuil, et une nouvelle vague de doutes s'abattit sur elle.

— C'est trop tôt, Jamie.

En dépit de ses appréhensions, Jamie ne se laisserait pas dissuader.

— Nous informerons père au dîner, lors du premier service. Puis, au sabbat, je parlerai au révérend. Nous ne pouvons attendre, Leana.

Le samedi matin, Leana frappa à l'entrée du bureau circulaire des Findlay, portant une brassée de linge qu'elle venait de coudre. Si seulement c'était la gouvernante Neda au cœur tendre qui lui ouvrait la porte ! Neda la conseillerait au sujet de son mariage avec Jamie et du deuil qu'elle devait encore porter.

Elle fut plutôt accueillie par les traits pincés d'Ivy.

— Encore d'aut' linge, m'dame ?

— Oui, répondit simplement Leana en lui remettant son chargement.

Ivy gardait un compte méticuleux de chaque article dans son armoire et n'admettait pas qu'on y ajoute quoi que ce soit à l'improviste.

Sa tâche accomplie, Leana se retira dans le vestibule, se sentant un peu désœuvrée. Jamie passerait toute la journée sur les collines ; Annabelle amusait Ian dans la chambre d'enfant et Eliza repassait une autre robe de deuil en vue du sabbat que Leana passerait à la maison. Il n'y avait plus grand-chose à faire, en ce samedi.

Si ce n'était qu'il lui fallait prendre la plus importante décision de toute sa vie.

Honorerait-elle mieux Rose en décevant Jamie et en remettant la cérémonie à plus tard ? Mais, alors, elle donnerait naissance à son second enfant en dehors des liens du mariage. Son amour pour Rose serait-il mieux servi en agréant au désir de

Jamie de protéger leur enfant en l'épousant immédiatement ? Dans ce cas, elle devrait surmonter le mépris de certains voisins et ses propres doutes, par surcroît.

Jamie ne nourrissait pas le moindre doute : ils se marieraient en novembre.

Leana ne l'avait jamais vu aussi tenace. Quand ils avaient fait part à son père de leur projet de mariage, la veille, Alec avait été enchanté. Naturellement, elle s'était jointe à leur célébration. Comment aurait-elle pu ne pas le faire ? La pensée d'être l'épouse de Jamie la rendait folle de bonheur. De se voir réellement mariée, de prononcer les serments, de vivre comme mari et femme, d'élever une famille… *oh !*

Alors survenait la pensée de Rose. Et sa joie se flétrissait. Elle se sentait déloyale, égoïste, insensible.

Si elle avait pu demander, d'une quelconque façon, sa bénédiction à Rose, elle pourrait renoncer à ses craintes et embrasser sans réserve son avenir avec Jamie. Mais Rose ne pouvait être consultée. La paix ne pourrait être trouvée là.

Jamie était plus persuasif. « Nous aimions tous les deux Rose, lui rappela-t-il un matin, au petit-déjeuner, et nous honorerons sa mémoire ensemble. »

Était-ce possible ? Ou la culpabilité viendrait-elle la harceler, le jour, et la couvrir de honte, la nuit ?

Elle éprouvait le besoin de marcher, de penser, de *faire* quelque chose. Leana trouva sa cape de laine et la mit sur ses épaules. L'après-midi était frisquet, mais sec. Une promenade dans le jardin ne pourrait menacer la santé de leur enfant — sa principale préoccupation des dernières semaines, et de Jamie aussi.

Leana passa le capuchon de sa cape par-dessus ses cheveux, enfouissant les mèches rebelles, puis commença sa tournée des différents lots du jardin entre les allées herbeuses qui les séparaient. Puisque Robert ne travaillait pas ce jour-là, elle avait le jardin pour elle seule. À l'exception de quelques bosquets ici et là, qui auraient eu besoin d'être émondés, les plantes ornementales s'étaient endormies pour l'hiver. Il restait quelques légumes à cueillir : du panais, du chou cavalier, des navets et des poireaux. Comme cela lui semblait curieux d'avoir un domestique dont c'était la tâche attitrée.

Ses propres mains étaient devenues douces. Si elle n'y prenait pas garde, elle serait gâtée en moins d'un an et ne serait plus utile à personne. Quand elle en avait parlé à Jamie, ce matin-là, il avait répliqué avec un sourire : « J'aime tes mains douces », et il les avait embrassées pour le lui prouver. Oh, il savait se montrer très convaincant, le laird de Glentrool.

Pourtant, plus que de plaire à Jamie, plus encore que d'honorer sa sœur, Leana voulait chérir l'Être qu'elle aimait par-dessus tout.

J'ai pris plaisir, ô mon Dieu, à faire ta volonté.

Elle se jucha sur l'un des bancs de pierre disposés le long des allées du jardin et regarda le sorbier avec ses feuilles écarlates, dont les dernières baies étaient pillées par les grives litornes et les merles noirs. Planté à la demande de Rowena, l'arbre était l'élément central du jardin. Le sorbier fleurirait à nouveau en mai, puis recouvrirait le jardin de ses blancs pétales après leur chute, en juin. Pendant l'été, les baies deviendraient d'un riche jaune-rouge, offrant un vif contraste avec les feuilles vertes. La légende disait que les tartans des Highlands étaient inspirés des feuilles et des fruits brillants du sorbier. En octobre suivant, l'arbre redeviendrait ce qu'il était maintenant, toujours magnifique à travers les quatre saisons.

Dans le sorbier sacré, Leana trouva sa réponse : tout comme on se souviendrait toujours de Rowena à Glentrool, Rose resterait dans le cœur de tous, que Leana épousât Jamie maintenant ou l'année prochaine. Leana sourit aux branches gracieuses de l'arbre. Pour le bien de leur enfant — pour son propre bien —, elle épouserait Jamie dès que l'Église le permettrait.

— Je pensais bien que je te trouverais ici.

Jamie traversa le jardin et alla la rejoindre sur le banc, son sourire répondant à celui de Leana.

— Comme tu sembles heureuse, mon amour. Peut-être as-tu pris ta résolution au sujet de notre mariage en novembre ?

Il passa un bras autour de son épaule et l'attira plus près de lui.

— Mais, je te préviens, dit-il d'un ton plaisant, je n'accepterai aucun refus.

Elle blottit la tête dans la courbe chaude son cou.

— Mon cœur et ma main sont à toi, Jamie.

— Bénie sois-tu, Leana.

Elle sentit sa pomme d'Adam bouger et son bras la serrer plus fort.

— Et tout ce qui est à moi t'appartient, mon cœur par-dessus tout.

Elle se laissa envelopper dans son étreinte, aspirant sa tiède odeur. Serait-il vraiment sien avant la Saint-André, le dernier jour du mois ? L'Église pourrait ne pas se décider aussi facilement qu'elle. Ni aussi favorablement.

— Qu'en est-il du révérend Moodie ?

Jamie déposa un baiser dans sa tresse enroulée.

— S'il accepte ma requête de nous marier immédiatement, nous saurons que nous avons reçu la bénédiction du Tout-Puissant.

Leana leva la tête pour chercher son regard.

— Et s'il n'est pas d'accord ? Si le ministre ne le permet pas ?

L'expression de Jamie était résolue.

— À la même heure demain, je serai de retour, Leana. Et nous saurons à quoi nous en tenir.

Chapitre 87

Mais jusqu'à mes derniers moments,
mes mots sont les mêmes :
« Il ne saurait y avoir de paix tant que Jamie
ne sera pas rentré à la maison ! »
— Robert Burns

Leana rectifia la cravate de Jamie de ses mains tremblantes dans le vestibule faiblement éclairé. La maison était déjà vide, en dépit de l'heure hâtive.

— Tu as la lettre du révérend Gordon, n'est-ce pas ?

Elle n'avait pas eu l'occasion de la montrer au révérend Moodie lors de son premier et seul sabbat à l'église de Monnigaff. Les mots du révérend de Newabbey pourraient aussi se révéler utiles.

Jamie tapota la poche de sa veste.

— Elle est ici, Leana. Je n'ai besoin de rien d'autre que de tes prières.

Elle passa la main sur sa joue lisse.

— Mes prières t'accompagneront dès ton départ et jusqu'à ton retour.

Son regard était un peu troublé.

— J'ignore quelles nouvelles je te rapporterai. Le révérend Moodie pourrait accepter de nous marier, tout en insistant pour qu'un deuil convenable de six mois, ou même d'une année soit observé.

— Je peux attendre, Jamie.

— Moi, je ne le peux pas. Et notre enfant non plus.

Elle aborda l'impensable.

— Il pourrait aussi refuser tout à fait de nous unir.

— Bien sûr, il le pourrait, dit Jamie, et ses lèvres se contractèrent. Mais je ne laisserais pas les choses en demeurer là. Je t'ai déjà déçue trop souvent.

Il passa sa main gantée sur leur enfant, comme s'il prêtait serment.

— Je t'épouserai, Leana. Bientôt.

Elle appuya la main sur le cœur de Jamie, pour faire son propre vœu :

— Et tu seras mon mari.

Peu importe l'attente et les tourments que je devrai endurer.

— Reviens à la maison, Jamie.

— Tu sais que je le ferai.

Il déposa un tendre baiser sur sa joue et se tourna vers la porte.

Du parterre vinrent les voix des autres qui se rassemblaient pour le départ. Les serviteurs à pied étaient déjà en route pour l'auberge House o' the Hill, où un chariot appartenant aux McKie était toujours garé pour la randonnée hebdomadaire à l'église. Il était question de construire une chapelle dans le voisinage, une église plus modeste pour les habitants habitant la moitié nord de la paroisse. Mais le presbytère n'était pas chaud à cette idée, soupçonnant qu'elle était surtout motivée par la paresse.

Thomas, Ivy, Jamie et son père chevaucheraient ensemble jusqu'à l'auberge. Là, monsieur McKie prendrait place dans le chariot et se rendrait de cet endroit jusqu'au village. À la lumière de l'accident fatal de Rowena, ces quelques milles à chevaucher sur une vieille jument rendaient Jamie nerveux pour son père. Mais Alec McKie ne voulait pas rester à la maison le jour du service, quand le temps était clément. Et il n'y avait aucune autre façon de quitter le vallon qu'à cheval ou à pied.

Leana suivit Jamie sur la pelouse, se frottant les bras pour les réchauffer. C'était le dernier jour d'octobre — la veille de la fête de *Hallowmas*[16] —, pourtant le ciel n'annonçait rien qu'il eût fallu redouter. L'air était sec, l'horizon, clair. Un jour de « séchage », comme Thomas les appelait. Le soleil était à peine levé, et la demi-lune suspendue haut dans le ciel était d'un blanc pâle, presque transparente dans le firmament bleu turquoise.

---

16. N.d.T. : La Toussaint.

Les couleurs d'automne commençaient aussi à faner sur les collines. Le long du loch Trool, les vertes fougères impériales étaient maintenant jaune et brun, et la brume s'élevant de l'eau adoucissait les sombres contours des pins.

Jamie montait Hastings, maintenant, mais son regard était posé sur elle.

— Je déteste devoir te quitter, Leana.

— Ian et moi aurons notre propre heure de prière, dit-elle en caressant la crinière noire du hongre. Et je prierai sans cesse pour toi. C'est un jour malchanceux du calendrier.

— Pas pour nous, Leana, dit-il en se baissant pour lui caresser la joue.

Puis, il se redressa et partit avec les autres en lui faisant un signe de la main.

Reviens vite, mon amour.

Du coin de l'œil, Leana aperçut une chouette fauve fondre silencieusement sur sa proie. Une souris, peut-être; un petit-déjeuner, avant que l'oiseau de nuit disparût pour le jour. Elle entendit la chouette hululer dans la nuit, défendre son territoire, et pensa aux vieux vers de Galloway que l'on réciterait dans les cercles occultes, cette même nuit.

Quand la chouette grise aura hululé trois fois,
Quand le chat noir aura miaulé trois fois,
Quand le crapaud aura coassé trois fois dans le bois...

Leana n'avait pas encore vu de renards dans les bois, bien qu'elle eût déjà entendu leurs plaintes mélancoliques. Cela lui rappela que son garçon ne tarderait pas à faire entendre ses propres lamentations, alors elle se dépêcha de rentrer afin de réveiller Ian pour son petit-déjeuner.

Aubert était parti en laissant un chaudron de porridge, qui mijotait sur le feu, et des pâtés de mouton pour leur déjeuner. Cela n'ennuyait pas du tout Leana de passer une journée tranquille à Glentrool en compagnie d'Ian. Elle nourrit, baigna et habilla le garçon, puis s'assit avec lui sur le plancher de la chambre d'enfant, lui racontant des histoires de la Bible. Elle pria avec le bambin sur ses genoux, lui récitant un psaume qu'elle lui enseignerait un jour. Il ne comportait que six versets, mais était approprié pour un garçon dont le père était James McKie. *Dieu est mon berger, rien ne me manque.*

Alors que la journée avançait, les pensées de Leana demeuraient tournées vers Monnigaff, comptant chaque heure, essayant de deviner ce que Jamie faisait, priant pour que l'Église se montrât indulgente. Il ne reviendrait pas à la maison avant tard dans l'après-midi — avant la tombée de la nuit, espérait-elle, car c'était une veille lugubre que celle de *Hallowmas*. Bien qu'elle n'eût pas peur des fantômes ou des sorcières, il y aurait sûrement quelques filous en train de rôder, utilisant ce prétexte pour causer du grabuge.

Leana et Ian mangèrent leurs pâtés de mouton et firent la sieste dans l'après-midi. À leur réveil, les voyageurs du sabbat n'étaient toujours pas rentrés à la maison. Elle pensa à Neda, qui avait l'habitude de dire que « la peur a de longues jambes », et elle sentit ses propres peurs franchir la route jusqu'à Monnigaff. Le plaidoyer de Jamie trouverait-il une oreille sympathique, ou bien le révérend Moodie le réprimanderait-il pour avoir même envisagé ce mariage avec une femme au passé douteux ? Et immédiatement après la mort de sa femme. *Rose, notre chère Rose.*

Quand la maisonnée rentra, le soleil avait disparu derrière une couche d'épais nuages, et l'air était chargé d'une odeur de pluie. Dès qu'elle entendit le son des fers sur la terre battue, Leana se précipita dehors, à temps pour voir Thomas qui arrivait à cheval, le visage sombre. Puis, Ivy, chevauchant en amazone, et Alec McKie, non loin derrière sur la jument ; les deux avaient l'air épuisés.

Jamie n'était nulle part en vue.

— M'dame.

Thomas descendit de cheval, puis salua poliment.

— J'ai une lettre pour vous d'm'sieur McKie. Y m'a dit d'vous la remettre directement.

La frayeur, comme une araignée agile, grimpa le long de ses vertèbres. *Jamie, mais que s'est-il donc passé ?*

Thomas plaça la lettre dans sa main.

— J'suis désolé, m'dame. Y a demandé d'la lire dès qu'vous l'pourriez. Y était... très contrarié, quand y l'a écrite.

Leana regarda la feuille pliée. Scellée à la hâte, d'après son apparence, avec l'empreinte d'un pouce dans la cire. Elle brisa le sceau, déplia la missive et reconnut immédiatement l'écriture bien formée de Jamie. Le ministre avait-il accepté ou refusé ? L'épouserait-il maintenant ou bien jamais ?

Bien que Jamie n'eût écrit que quelques mots, ils plantèrent plus de peur dans son cœur que n'importe quel sort lancé à la veille de *Hallowmas*.

Ma chère Leana,

Les choses ne se sont pas déroulées comme je l'aurais souhaité. Je dois présenter notre cas devant le conseil de l'Église. Puisqu'il se réunit demain matin, je passerai la nuit au village. Plaise à Dieu que j'aie gain de cause. Puis, je reviendrai plus vite que le vent.

> *À toi pour toujours,*
> *Jamie*

Chapitre 88

Madame, dit la duègne avec sa face d'ombre
À la petite fille étonnée et rêvant,
Tout sur terre appartient aux princes, hors le vent.
— Victor Hugo

Il n'avait d'autre choix que de passer la nuit à l'auberge de la Cree, la seule du village. L'hôtelier, voulant se montrer aimable, avait offert à Jamie une chambre au rez-de-chaussée. Pas à l'étage, où il avait logé en août.

Mais cela lui importait peu. Les murs rustiques et les planchers nus des chambres exiguës restaient les mêmes. Les souvenirs poignants de Rose l'assaillaient de toutes parts. En posant les yeux sur l'escalier raide, il sentait à nouveau le poids du cercueil de Rose sur son épaule. La cuvette vide de la table de toilette semblait imprégner sa chambre de l'odeur astringente d'une cape de femme. De l'étroit corridor lui venaient les mots de Leana, répétés encore et encore. *Elle est partie, Jamie.*

Jamie essaya de dormir, mais il en était incapable. Il pria, mais ne put trouver aucune paix. Les larmes ne soulageaient pas sa souffrance. Quand l'aube se leva sur Monnigaff, il régla sa note et quitta l'endroit à l'instant même. Il chérissait les souvenirs de Rose… mais pas ceux-ci. Pas ceux des heures ultimes où il ne pouvait plus la sauver.

À huit heures trente, il émergea de l'auberge et trouva tout le village peint en gris de novembre. Une pluie légère flottait dans l'air, si fine qu'elle ne tombait pas, et semblait même s'élever comme de la brume. *D'la purée d'pois*, c'est le nom que Duncan donnait au phénomène. Pendant la nuit, la température avait baissé, et une froide humidité s'était infiltrée jusque dans ses os. Les quelques villageois qui étaient dehors saluaient du bonnet en croisant Jamie, avant de poursuivre hâtivement leur chemin. Être le laird de Glentrool amenait une mesure de respect. Les vastes propriétés de la famille ne pesaient pas lourd aux yeux du conseil de l'Église, cependant. Sur les plans moral et spirituel, tous étaient également coupables aux yeux de ses membres.

Dissimulée dans la poche de son manteau se trouvait une lourde bourse remplie d'argent. Si on le frappait d'une amende pour ses transgressions, Jamie était préparé à apporter sa contribution au fonds des pauvres. Il portait un plus grand désir dans son cœur : celui de dire la vérité, peu importait ce qu'il lui en coûterait. Dans les heures sombres de la nuit, il avait couché ses pensées sur une feuille de papier, puis l'avait enfouie dans sa poche. Bien qu'il ne pût savoir quelles questions le conseil lui poserait, Jamie savait ce qu'il était venu lui déclarer.

En direction du presbytère, il passa devant le chêne où il avait enterré la corde dorée du coffre de Lachlan et traversa la place du marché où il avait rendu son sabre à Evan. Monnigaff, un village auquel étaient rattachés tant de souvenirs. Tous relégués dans l'ombre par un seul, qui l'attirait au cimetière par un chemin familier : au-delà de l'if, pas très loin du monument de grès élevé par les Chesney, en vue du ruisseau Penkill.

Il s'agenouilla dans le sol humide et passa la main sur les roses sculptées, revoyant les doigts de Leana traçant le croquis de l'artisan. Sa gorge se serra de nouveau.

— Tu nous manqueras à tous les deux, ma bien-aimée.

Rejetant quelques feuilles éparses tombées sur le monument, il relut les mots. *Épouse de James Lachlan McKie*. Bien qu'il ne pût la voir, une alliance d'argent cerclait le doigt ganté et le ferait pour l'éternité. *Ma femme*.

Il agrippa la pierre tombale de granit.

— Rose…, chère Rose, je t'aimerai toujours. Rien ne pourra jamais changer cela.

Cela le soulageait de confesser la vérité à voix haute, même si c'était seulement pour l'if, les tombes et le ruisseau.

— Tu sais que j'ai aimé ta sœur aussi, et notre amour s'est ranimé. J'ai demandé à Leana d'être mon épouse. J'espère que cela te plaira, Rose. Elle t'aime tant.

Jamie attendit dans le silence qui l'entourait. Pas de signe ni de voix provenant d'au-dessus, mais simplement la paix qui entrait dans son cœur. *Et maintenant, Dieu, que dois-je attendre ? Mon espoir est en vous.*

— Monsieur McKie ?

Le révérend Moodie se tenait non loin de lui, portant un chapeau à large bord, et son expression était austère.

— Les hommes s'assemblent autour de la table en ce moment même. Si vous êtes prêt…

— Je le suis, dit Jamie en se levant.

Il balaya les feuilles de son pardessus, puis suivit le ministre le long de la courte distance jusqu'au presbytère, sa détermination grandissant à chaque pas. *Je rappellerai ta puissance, Seigneur éternel.* Sa propre force ne le servirait pas, ici. Ni sa richesse ni son bras armé ne suffiraient. Seulement la vérité.

La femme du révérend soulagea Jamie de son manteau humide, puis le fit asseoir dans le petit salon avec une tasse de thé, la compassion brillant dans ses yeux bruns.

— Mon mari vous convoquera bientôt.

Jamie but son thé sans y goûter, son esprit fixé sur l'épreuve qui l'attendait. Il ne se souciait pas de ce que les dirigeants de la paroisse pensaient de lui, seule l'opinion qu'ils avaient de la femme qu'il aimait lui importait. De celle qu'il avait l'intention d'épouser. Bientôt.

Le révérend Moodie sortit de la salle à manger et appela Jamie d'un léger hochement de tête. Bien que frêle, le jeune ministre ne broncha pas devant Jamie, bien plus imposant de stature, quand il passa devant lui pour entrer dans la pièce. Manifestement, Stephen Moodie était sûr de sa vocation, un travailleur du Seigneur qui valait son sel.

Le charbon brûlait ardemment dans le foyer, prodiguant sa chaleur à la pièce au plafond bas, dont toutes les vitres étaient embuées. Des chaises étaient disposées le long des murs, plus qu'il n'était possible d'en loger autour de la table oblongue. Jamie prit le siège qui lui était offert, puis hocha la tête en direction des hommes présents. Il les connaissait tous, ainsi que leur famille. Samuel McTaggart était aussi vieux qu'Alec McKie, bien que plus alerte. Son regard perçant ne trahissait aucun début de sénilité alors qu'il jaugeait Jamie. Richard Galbraith, le secrétaire et professeur de l'école paroissiale, arborait une tignasse raide, aussi noire que le charbon dans le foyer du ministre. Jamie pensa que les traits anguleux du jeune homme devaient être dus à une maigre diète ; les maîtres d'école ne recevaient qu'un salaire de misère. Les yeux intelligents de Richard scrutèrent Jamie attentivement, la pointe de sa plume prête à s'élancer sur son cahier de minutes. Le troisième aîné avait l'âge de Duncan. Homme calme, réfléchi, qui lissait sa barbe fournie en ajustant ses lunettes, David McFadgen était peu prolixe, mais rien ne lui échappait.

Ils étaient tous assis, maintenant, Jamie d'un côté de la table, faisant face aux quatre autres, ce qui évoquait davantage la mise en scène d'un procès que d'une réunion. Qu'il en soit ainsi, alors. Ce serait un test de sa loyauté envers le Tout-Puissant et la femme qu'il aimait. Jamie sortit ses notes de sa poche et étendit le papier devant lui, déposant ses mains jointes sur les mots, comme si l'encre elle-même devait fortifier son courage.

Le révérend Moodie avait ses propres documents en main. Des lettres, à en juger par les vestiges des sceaux de cire à leur bordure.

— Monsieur McKie, nous sommes prêts à commencer.

Le sourire du ministre prit Jamie par surprise. Les séances du conseil de l'Église étaient toujours empreintes de la plus grande gravité.

— Vous êtes notre premier sujet à l'ordre du jour, ce mois-ci, reprit-il, et le compte-rendu de cette réunion sera dûment consigné dans les registres.

De l'autre côté de la table, la plume de Richard Galbraith grattait la page vierge. Le ministre continua :

— Hier matin, vous avez demandé que l'Église soit témoin de votre mariage avec Leana McBride, autrefois de la paroisse de Newabbey. Et la date prévue de ce mariage est le…?

Jamie avait la gorge sèche et il aurait aimé avoir sa tasse de thé près de lui.

— Le plus tôt possible, monsieur.

— Et quelle est la raison de cette précipitation?

Il ne broncha pas.

— Leana attend notre deuxième enfant au début de décembre.

Les yeux de Samuel McTaggart le foudroyèrent.

— De toute évidence, l'enfant a été conçu en dehors des liens du mariage.

— Non, monsieur. Par habitude et de commune renommée, nous étions mariés, à ce moment-là. Et, si vous bénissez notre mariage, il naîtra à l'intérieur d'une union légitime.

Richard Galbraith ne chercha pas à cacher sa consternation.

— Alors, *qui* est la jeune femme enterrée dans notre cimetière, dont la pierre tombale porte votre nom?

Que chacun parle de la vérité à son prochain. Jamie répondit d'une voix égale :

— Elle était ma femme aussi.

— Vous aviez *deux femmes à la fois*?

Samuel McTaggart abattit son poing sur la table.

— Monsieur McKie, vous n'êtes pas un gentilhomme, mais un bigame!

— Je n'ai pas eu deux femmes en même temps, monsieur McTaggart. Pendant plus d'un an, j'ai cru être marié avec Leana McBride. Mais les registres du conseil de l'Église établissaient que j'étais plutôt marié avec sa plus jeune sœur, Rose. On m'a alors forcé à respecter ce vœu.

Monsieur McTaggart persista :

— Mais quelle femme aviez-vous *choisie* comme épouse?

Jamie savait que la réponse ne leur plairait pas, mais il devait être honnête.

— Je les ai choisies toutes les deux. D'abord, Rose. Et maintenant, Leana.

— Suggérez-vous que vous êtes blanc comme neige dans cette situation scabreuse ?

Jamie perçut l'incrédulité dans la voix de Richard Galbraith et il n'aurait pu l'en blâmer. Une histoire de mariage aussi étrange n'existait sans doute pas dans toute la chrétienté.

Il décroisa les mains et plaça la feuille qu'il tenait bien en vue. Les aînés lui avaient offert la chance qu'il attendait.

— Messieurs, je suis entièrement coupable. J'ai échoué de bien des manières vis-à-vis des deux femmes que j'ai aimées. En ce qui concerne les détails exacts de mes mariages, je vous renvoie aux registres de la paroisse de Newabbey. Je suis certain que le révérend Gordon consentira à vous en fournir une copie.

Le ministre tapota sa pile de feuilles.

— Il l'a déjà fait. J'en ai partagé le contenu avec les autres membres du conseil. Continuez, monsieur McKie.

Ils savaient tout, alors.

Jamie regarda sa feuille. Elle comportait deux listes, griffonnées au cœur de la nuit. Il commença par la plus difficile.

— J'ai devant moi une brève énumération de mes transgressions. Si j'avais voulu toutes les écrire, je n'aurais pas eu assez d'espace sur la feuille.

Bien que son cœur battît rapidement, Jamie conservait une voix calme.

— J'ai trompé mon père, reprit-il. Et j'ai volé l'héritage de mon frère.

Personne ne sembla surpris ou enclin à demander des détails. Tout Monnigaff connaissait l'histoire.

— Il est tout à l'honneur des deux hommes de m'avoir pardonné.

Samuel McTaggart fit un signe de la main.

— Poursuivez, monsieur McKie.

La suite n'était pas plus facile à lire.

— Je me suis défilé devant mes responsabilités, en tant que mari de Leana, en continuant de me comporter comme le prétendant de sa jeune sœur, Rose, même si ma femme portait mon héritier.

Les aînés n'avaient jamais entendu une chose pareille ; la honte réchauffait le col de Jamie et lui brûlait le visage.

— Quand Leana a été condamnée à comparaître trois sabbats d'affilée sur le banc de pénitence pour le péché de fornication, continua-t-il, je l'ai soutenue, mais je n'ai pas fait ce que j'aurais dû faire.

— Et qu'auriez-vous dû faire, monsieur McKie ?

— J'aurais dû prendre sa place.

La pièce tomba dans le silence. Regardant ses notes jetées à la hâte, Jamie n'y voyait plus que les péchés qu'il avait omis d'écrire.

— Les registres de la paroisse de Newabbey confirment le témoignage de monsieur McKie, dit le révérend Moodie en consultant ses documents, puis il repoussa la pile devant lui. J'ai aussi deux lettres en ma possession, dit-il. L'une du révérend John Gordon, datée du 23 août, et l'autre du révérend John Scott, de Twyneholm, en date du 1er juillet. La seconde était en réalité adressée à John Gordon, mais il me l'a transmise pour répondre à ma récente demande d'information au sujet de mademoiselle McBride.

Il leva le regard et poursuivit :

— Quand une femme arrive dans ma paroisse avec un enfant, mais sans mari, j'ai le droit de poser des questions. Ces deux lettres attestent de la rectitude morale de Leana McBride.

— Aucune femme ne l'égale, dit Jamie en regardant les quatre hommes dans les yeux à tour de rôle. La Bible dit que « la femme gracieuse obtient l'honneur ». Voici donc les grâces de Leana McBride.

Il se leva sans réfléchir, et le raclement de sa chaise rebondit sur les murs de la pièce silencieuse. Jamie se mit à lire la seconde liste :

— Elle aime inconditionnellement.

Sa gorge se serra. *Tu m'as aimé, Leana, même quand je ne t'aimais pas.*

— Elle est clémente.

Tu l'es, ma bien-aimée. Toujours. La liste commençait à nager devant ses yeux. Il poursuivit :

— Elle soigne les plaies de celui qui souffre. Elle réconforte les affligés.

Tu as soigné notre Rose. Et moi.

— Elle est la meilleure des mères et la plus aimable des épouses.

Et bien plus que je ne le mérite.

Il replia sa liste avec soin, puis la remit dans son gilet.

Jamie soutint sans baisser les yeux le regard des quatre hommes.

— Accordez-moi la permission d'épouser cette femme gracieuse sans délai. Car je suis assuré que les lettres en votre possession confirmeront tout ce que je viens de dire.

Le révérend Moodie afficha un autre sourire, plus large, cette fois-ci.

— Vous avez raison, monsieur. Les deux hommes, qui sont d'estimés serviteurs de l'Évangile, ont affirmé avec insistance que Leana McBride est une femme dont le cœur est à l'image de celui de notre Seigneur. Imparfaite, comme nous le sommes tous. Mais pardonnée, puisque chacun mérite de l'être. Nous pouvons nous estimer heureux de la compter parmi nos paroissiennes.

Aussi abruptement qu'il s'était levé, Jamie reprit son siège, respirant librement pour la première fois depuis plusieurs minutes.

— Êtes-vous en train de dire que... nous sommes autorisés à nous marier ? Sans empêchement ?

David McFadgen parla finalement, s'adressant aux autres aînés.

— Mais pourquoi un tel empressement à se marier, alors qu'il porte encore le deuil de sa première... enfin, de son autre femme ? Devrions-nous permettre ce mariage, messieurs ?

Le révérend Moodie plissa les lèvres un moment.

— L'estime et le respect profonds de monsieur McKie pour sa défunte épouse sont évidents. Comme le sont ses responsabilités envers Leana McBride et l'imminence de la naissance de leur enfant. C'est un mariage hâtif, je vous le concède, et il y a des implications sociales. Mais elles ne tombent pas sous la juridiction de l'Église.

Un sourire faillit s'esquisser sur le visage du ministre.

— Les langues s'animeront à votre sujet, monsieur McKie, mais je présume que vous en avez l'habitude.

Jamie reposa sa question, toujours incrédule.

— Alors, Leana et moi avons la permission de nous marier immédiatement?

Le ministre hocha la tête en direction du secrétaire.

— À la condition que vous ayez sur vous la somme nécessaire, à payer à monsieur Galbraith. Pour la lecture des bans...

Jamie tirait déjà sa bourse de son gilet. *Ma bien-aimée, ils ont accepté. Ils ont accepté!*

Richard Galbraith déposa sa plume sur la page de son livre de minutes pour recevoir l'argent de Jamie.

— Si cela vous agrée, je lirai les bans les trois premiers dimanches de novembre, ce qui veut dire que le mariage devrait être célébré peu après.

Il glissa les pièces dans une petite boîte et enregistra le paiement, sous l'œil attentif de Jamie. Il n'y aurait pas d'erreur administrative, pour *ce* mariage-ci.

— Vous m'excuserez cette remarque, monsieur McKie, ajouta le secrétaire, mais pourquoi une femme aussi vertueuse voudrait-elle de vous pour mari?

Jamie éclata de rire, ce qui chassa les derniers vestiges de ses larmes.

— Voilà, monsieur, une question que vous devrez lui poser à elle.

Il serra sa bourse, qui, comme son cœur, était bien plus légère, maintenant.

— J'ai une question pour vous, révérend, reprit Jamie. Si vous aviez ces lettres en votre possession et connaissiez tous les faits avant mon arrivée…

— Alors, pourquoi vous ai-je convoqué ici ? J'avais deux buts à l'esprit, monsieur McKie. Puisque vous faites partie des figures dirigeantes de notre paroisse, vous méritiez d'être entendu. Les rumeurs ne peuvent prendre racine là où la vérité a été d'abord plantée.

Il y eut quelques grognements d'approbation de la part des aînés.

— Et pour être honnête, continua le révérend, dont le regard s'alluma, je voulais savoir dans quelle étoffe vous étiez taillé. Une mise à l'épreuve de votre caractère, si vous voulez.

Jamie était déjà à moitié levé. Il demanda, hésitant :

— Et… ?

— Vous l'avez réussie, monsieur. Avec une mention honorable pour votre franchise. Et votre humilité.

Le révérend Moodie fit le tour de la table et tendit la main à Jamie. Sa femme, qui était à la porte et ne manquait rien de la scène, tenait le pardessus de Jamie.

— Je suis certain, reprit le révérend Moodie, que votre femme attend que vous lui fassiez connaître notre décision. Rentrez-vous maintenant à la maison, monsieur ?

— Oui, monsieur, dit Jamie en étirant le bras pour prendre son manteau. Plus vite que le vent.

Chapitre 89

Sonnez la cornemuse et battez le tambour,
Le meilleur de la vie est à venir.
— Proverbe écossais

Un vent capricieux soufflait sur le loch. Leana allait et venait sur la jetée, les épaules et le cou chaudement enveloppés dans sa cape, dont l'ourlet balayait les pierres humides à ses pieds. Ses pas étaient lents et cadencés, comme ceux d'une femme promenant un bébé. Ou d'une future mariée en train de danser. *S'il vous plaît, mon Dieu, qu'il en soit ainsi !* Si le conseil de l'Église l'autorisait. Si le Tout-Puissant répondait à ses prières. *Je t'attendrai tout le jour.*

Il était midi. La bruine s'était arrêtée, et l'air était maintenant froid, venteux et humide. Jamie serait contrarié, s'il savait qu'elle l'attendait dehors. Mais la jetée était le meilleur endroit pour le voir approcher. Si elle restait dans le salon, elle ignorerait ce que l'avenir leur réservait tant qu'il ne franchirait pas la porte. D'ici, la posture de Jamie à cheval lui apprendrait immédiatement ce que l'Église avait décidé, et elle disposerait d'un moment pour absorber la nouvelle avant de lui parler. *Fais vite, mon amour.*

Comme une réponse, l'écho lointain des sabots de Hastings se répercutant sur les collines plana jusqu'à elle par le loch. Elle se tourna vers l'ouest, et son cœur se mit à battre au même rythme. Jamie arrivait au grand galop. Était-ce un bon présage ? Ou chevauchait-il à toute bride pour éventer sa colère et sa frustration ? Parce que l'Église avait refusé. Parce que leur mariage ne pourrait avoir lieu.

Elle agrippa sa cape de lainage de ses mains gantées. *Je vous en supplie, Seigneur. Mon enfant a besoin d'un père. Et j'ai besoin de Jamie.*

Il était presque en vue. Au loin, elle entrevoyait les flancs noirs du hongre et son grand manteau bleu flottant au vent, pareils à une flèche filant entre les arbres. Elle se précipita vers la maison, marchant le long de l'allée aussi vite que sa lourde cape et son ventre plus lourd encore le lui permettaient.

Elle pouvait reconnaître Jamie, maintenant. La tête bien haute, il tenait son tricorne à la main et l'agitait dans sa direction. Sa voix était portée par le vent.

— Leana! Leana!

Saisissant ses jupes, elle se mit à courir vers lui en criant son nom, malgré les larmes qui étranglaient sa voix. *Oh, mon cher époux!* Jamie descendit de cheval avant même qu'Hastings se fût complètement immobilisé et franchit en courant la distance qui les séparait. Elle cherchait son souffle, quand il le lui vola en l'enlevant dans ses bras.

— Leana! Mon amour, ma fiancée.

Elle s'agrippa à son cou.

— Est-ce vrai? Le conseil de l'Église a accepté?

Les mots de Jamie étaient étouffés par sa cape, mais elle n'en manqua aucun.

— Tu es mienne, Leana, et je suis tien. Pour toujours.

Mon Jamie. Vraiment à moi. Elle étancha ses larmes sur son épaule et attendit que la terre cesse de tourner. Ou n'était-ce pas plutôt lui qui la faisait virevolter?

— Jamie, s'il te plaît! parvint-elle à dire en riant. Dépose-moi, je t'en prie, sinon notre enfant n'attendra pas notre mariage pour naître.

Il la reposa par terre et fit un pas en arrière, comme s'il regrettait cet élan d'enthousiasme.

— Ah! Leana, comment ai-je pu être aussi insouciant?

Elle se porta la main sur le cœur, qui battait à un rythme joyeux.

— Il n'est pas nécessaire de t'excuser.

Elle le regarda dans les yeux, désireuse de le rassurer.

— De toute ma vie, je ne me suis jamais sentie aussi choyée.

— Ah, fit-il simplement.

Son expression préoccupée s'évanouit pour être tout de suite remplacée par une autre. Une certaine lueur dans le regard, un pli rieur de sa bouche généreuse. Un spectacle qu'elle se rappelait si bien, et qu'elle craignait ne plus jamais revoir.

— C'est mon devoir de prendre soin de toi, Leana, dit Jamie en l'attirant plus près encore, et sa voix était à la fois tendre et rauque. C'est mon privilège de pourvoir à tous tes besoins, de veiller à ton bien-être. De t'aimer comme ton mari.

Son regard s'arrêta sur sa bouche. Depuis qu'il lui avait fait sa demande, Jamie lui avait embrassé la main, les joues, le front. Mais il ne lui avait pas baisé les lèvres. Son dernier baiser remontait à cette soirée, si lointaine maintenant, dans le refuge de la colline d'Auchengray, lorsqu'ils étaient encore mari et femme.

Il s'inclina lentement, puis fit une pause, comme s'il attendait sa permission.

Leana ferma les yeux et leva la bouche pour la lui accorder.

Leurs lèvres se touchèrent. Une chaleur s'infiltra en elle comme s'ils s'étaient trouvés devant un feu de tourbe ardente. Leurs bouches semblaient faites l'une pour l'autre, et des sensations à la fois familières et oubliées couraient dans ses membres.

Pourtant, c'était le baiser d'un gentilhomme, pas encore celui d'un amant. D'un fiancé, non d'un mari. Elle comprit et n'en fut pas désappointée. Au contraire, elle vibrait de bonheur. D'être désirée, et en même temps honorée, était pour elle le plus beau de tous les présents.

Quand leurs lèvres se quittèrent, il lui sourit.

— La passion doit attendre, jeune femme, jusqu'à ce que nous soyons mariés.

Elle baissa les yeux vers leur bébé à naître.

— Et encore un peu plus longtemps, j'en ai peur.

Son rire profond la fit frissonner sous sa chaude cape.

— Je peux être un homme patient, Leana, quand il le faut. Alors, considère ceci comme une annonce en bonne et due forme : quand nous serons mariés, je t'embrasserai autant qu'il me plaira.

— Oui, dit-elle en dissimulant son sourire dans le double col de son grand manteau.

S'il te plaît.

L'après-midi du sabbat suivant, Leana attendait le retour de Jamie, entretenant toujours la crainte diffuse que quelqu'un eût pu contester leur union, au moment de la lecture des bans.

— Les paroissiens ont tous haussé les sourcils, rapporta Jamie après avoir franchi la porte de Glentrool, mais aucun n'a levé la main. Deux autres dimanches encore et tout sera réglé. Et le 23 novembre, tu seras enfin ma femme.

— Alors, laisse-moi m'exercer à mes devoirs d'épouse.

Leana le fit passer du vestibule à la bibliothèque, où elle avait allumé un bon feu dans l'âtre et déposé un pot de chocolat chaud sur son bureau. Elle l'avait subtilisé dans la cuisine dès qu'elle avait entendu sa voix sur la pelouse, car le jour était âpre, avec un cinglant vent du nord. Leana réchauffa les joues glacées de Jamie dans ses paumes, absorbant le froid par ses mains tout en savourant la sensation rugueuse de sa barbe sur sa peau.

Il abaissa son visage souriant vers elle, portant toujours son long manteau.

— Deux semaines et deux jours, mon amour.

Jamie avait choisi un mardi, afin que les invités à leur mariage n'eussent pas à voyager le jour du sabbat, pensant sans aucun doute à Evan et Judith, qui arriveraient de Sorbie. Puisque Leana ne pouvait se rendre à l'église, le révérend Moodie viendrait à Glentrool pour célébrer le mariage, et il apporterait le banc de la mariée avec lui.

Leana tourna les mains afin de presser leur dos, encore chaud, sur le visage de Jamie.

— J'ai commencé à confectionner ta chemise de mariage, dit-elle.

Les tâches de la fiancée incluaient de coudre à son futur époux une chemise pour le jour de leur union, et elle avait utilisé à cette fin un rouleau de fine batiste, déniché dans le coffre à couture de la mère de Jamie.

— Je me suis aussi fait une robe de mariée bleue, ajouta-t-elle. Mais après la naissance de notre enfant, je devrai la refaire presque complètement.

— Elle est bleue, dis-tu ?

Un sourire s'épanouit sur le visage de Jamie, car ils connaissaient tous les deux la vieille ballade. *L'amour est bleu.*

— Tu reconnaîtras sans doute l'étoffe. Rose l'avait achetée pour moi à Gatehouse of Fleet.

Leana fit une pause, laissant la vague de chagrin déferler sur elle, puis se retirer. Elle pouvait parler de Rose plus facilement, maintenant, mais sa présence lui manquait dès qu'elle évoquait son souvenir.

— Plus tard, poursuivit Leana, Rose m'a confessé qu'elle l'avait payée avec l'argent de père.

— Ce n'est que justice, dit Jamie.

Il prit les mains de Leana, toujours posées sur son visage, et les embrassa à tour de rôle.

— C'est la responsabilité du père de la mariée d'offrir une robe à sa fille. Ce fut un beau geste de Rose.

Leana n'avait pas l'intention de faire appel à un tailleur, préférant la confectionner elle-même. Elle serait cousue avec des points d'amour et le fil des souvenirs précieux de ce jour où Rose et elle avaient fait des achats dans ce village. Bien que le bleu fût une couleur tout à fait appropriée pour une robe de mariée, Leana l'avait choisie d'abord et avant tout pour inclure sa sœur d'une certaine manière dans son bonheur. Si leur mariage avait été célébré en juin, elle aurait tapissé la maison de roses à sa mémoire. Mais on ne trouvait plus de fleurs dans les jardins de novembre. Seulement des branches de houx et de sapin pour égayer les pièces et ajouter un parfum sylvestre.

Leana aida Jamie à retirer son manteau et l'accompagna jusqu'à son bureau.

— Savoure ton chocolat pendant qu'il est encore chaud. Notre repas froid du sabbat nous attend sur le buffet de la salle à manger.

Il lui passa plutôt un bras autour de la taille et l'attira près de lui, posant une main hésitante sur leur enfant. Il était si actif à cet instant-là que même Jamie ne pouvait manquer de s'en apercevoir. Auparavant, de telles privautés l'auraient rendue mal à l'aise. Mais c'était Jamie, le mari qui s'était précipité dans la chambre où elle avait donné naissance à Ian depuis à peine quelques minutes, et pour qui son corps n'avait plus de secrets. S'il éprouvait du réconfort, et même du plaisir, à sentir les coups de pied de son enfant sous sa main, elle ne l'en priverait pas.

L'expression d'émerveillement qu'elle lisait sur son visage fit monter un sanglot dans sa gorge. Jamie était désireux de voir son enfant venir au monde en toute sécurité.

— L'une des coutumes de mariage devra être abandonnée, je le crains, dit-elle en caressant les cheveux de Jamie. Je ne pourrai m'enfuir lors des sept jours précédant la cérémonie.

Comme Rose l'avait fait chez tante Meg.

Le visage de Jamie devint plus sérieux.

— Je n'ai pas l'intention de te perdre de vue. Ta période de réclusion vient de commencer, jeune femme.

— J'espère qu'il me sera permis d'écrire des lettres, lui dit-elle d'un ton taquin. J'ai déjà envoyé une missive à Neda, à Kingsgrange, et une autre à tante Meg, à Burnside.

— Est-ce vrai ? demanda Jamie en posant une main sur le bas de son dos, décrivant de petits cercles là où il était particu-lièrement douloureux. J'ai écrit quelques lettres moi-même, dit-il, dont une à mon oncle Lachlan.

Son bébé lui donna un vigoureux coup de pied, comme s'il avait été aussi surpris qu'elle par la nouvelle. Lors de sa der-nière visite, Jeanie Wilson, la sage-femme, avait prédit à Leana que l'enfant naîtrait avant le jour de la Saint-André. *Ce n'sera pas un enfant d'décembre, m'dame. J'peux vous dire ça.* Leana sentit l'enfant tourner de nouveau.

Inconscient de ce qui distrayait l'attention de Leana, Jamie continua :

— Lorsque nos chemins se sont séparés à Gatehouse, j'ai fait une promesse à ton père : « Je n'aurai jamais d'autre épouse que votre fille. »

— Oh…

Leana avait compris. *Il voulait dire Rose.*

— Pourtant, je n'avais pas précisé laquelle. Le Tout-Puissant a arrêté ma langue.

Il se leva et la guida vers leur dîner.

— Il sait ce que l'avenir nous réserve, Leana, reprit-il, même si nous l'ignorons.

Avant d'ouvrir la porte du corridor, Jamie lui effleura les lèvres une autre fois. Un baiser qui se prolongea, rempli de promesses.

— Le meilleur est à venir, ma jolie fiancée.

Chapitre 90

Et à ses yeux
Il n'y avait qu'un visage aimé sur terre,
Et c'était celui qui brillait sur lui.
— George Gordon, Lord Byron

Jamie était posté sur la pelouse pour accueillir les invités qui arrivaient, pourtant il ne pouvait résister à la tentation de lever les yeux vers la fenêtre du salon. Leana était tout juste au bout du corridor, il le savait, en train de se faire habiller par Eliza. Il ne lui avait pas parlé de toute la matinée. Une coutume de mariage, strictement observée. Ivy avait monté la garde au pied de l'escalier, lui servant une mise en garde : « Vous n'verrez pas la mariée, m'sieur McKie. Elle n'a pas encore fini de s'préparer. »

La situation comportait un avantage : s'il ne pouvait monter, Leana ne pouvait pas descendre non plus. Quand le jardinier de Bargaly House était arrivé un peu plus tôt avec les roses que Jamie avait achetées, les fleurs avaient été disposées sur le plancher du rez-de-chaussée. Leana n'ayant pu les voir, la surprise qu'il lui préparait demeurait entière.

La dépense avait été considérable ; l'expression qu'il verrait dans son visage valait bien chaque shilling versé.

Des vases de roses de toutes les nuances — rose pâle, blanc crème, rose cendré, jaune ambré, rouge violacé — chargeaient la maison de couleurs, défiant la grisaille du ciel de novembre. Leana avait mentionné incidemment qu'elle aurait souhaité qu'il y eût des roses à son mariage. Maintenant, c'était fait, avec un échantillon de chaque variété de la serre de Bargaly. Des douzaines et des douzaines, dont toutes les épines avaient été retirées à la demande de Jamie.

— R'garde, Ian !

C'était Annabelle qui arrivait, tenant son fils.

— C'ton père, déjà vêtu pour son mariage.

Jamie replaça le manteau plissé du garçon, une autre création de Leana, et passa une main dans ses cheveux indisciplinés pour les replacer.

— J'aurais dû envoyer mon valet dans *ta* chambre, jeune homme, dit-il d'un ton taquin, tout en faisant un clin d'œil à Annabelle afin qu'elle ne s'offusquât pas de sa plaisanterie. Elle avait fait de son mieux ; Ian était simplement le fils de son père, facile à écheveler.

— Ne t'éloigne pas, jeune fille, lui dit-il. Leana n'aime pas perdre son fils de vue.

— Oh oui, répondit la servante, c'est c'qu'elle dit toujours.

Elle fit un pas de côté pour laisser passer un autre contingent d'invités, qui arrivaient en voiture et qui furent accueillis par deux garçons d'écurie. Toutes les paires de mains de Glentrool étaient mises à contribution, ce jour-là.

Heureusement, le temps coopérait. Le ciel était de la couleur d'un shilling nouvellement fondu, une grande flaque d'argent suspendue très haut au-dessus de leur tête. Froid, mais sec, l'air ne portait aucune menace de pluie ou de neige, un bienfait pour ceux qui avaient quelque distance à parcourir.

— Mon frère !

Jamie leva les yeux à temps pour voir Evan qui descendait de cheval, le visage rendu encore plus rougeaud par une longue chevauchée face au vent du nord. Les deux hommes se serrèrent la main, puis s'embrassèrent avec effusion, se donnant mutuellement quelques tapes dans le dos. Jamie s'émerveillait encore de leur réconciliation. *Ah ! qu'il est bon, qu'il est agréable pour des frères d'être ensemble.*

— Je suis désolé d'avoir laissé Judith à la maison, mais elle n'est pas en état de voyager, maintenant.

Le sourire d'Evan était tout sauf subtil.

— Je serai père de nouveau en mai, dit-il enfin. Et *toi*, tu auras ton deuxième enfant…

— À tout moment, compléta Jamie pour lui.

La veille, Leana l'avait avisé que le bébé pourrait naître plus tôt que prévu. Non pas en décembre, mais à la fin de novembre. Il ne lui avait pas exprimé ses peurs les plus profondes ; il n'avait pas voulu non plus qu'elle pût les lire dans ses yeux. *Veillez sur elle, mon Dieu.*

Jamie revint à la conscience du moment présent et du joyeux événement qui marquait ce jour.

— Je suis heureux que tu sois venu, Evan, dit Jamie en faisant un geste en direction de la porte d'entrée. Tu trouveras un siège qui t'attend dans le salon, dit-il, et les deux frères se séparèrent, avec la promesse de s'entretenir plus longuement avant que la journée fût finie.

Jamie promena son regard sur la route, surveillant l'arrivée de deux invités en particulier. Ils étaient censés avoir rejoint Monnigaff la veille, de la diligence assurant la liaison entre Carlisle et Portpatrick. Il avait envoyé suffisamment d'argent pour qu'ils puissent payer leur passage, ainsi qu'une lettre à leur laird. Celle-ci lui demandait de libérer ses deux employés pendant une semaine, et incluait un dédommagement financier pour le travail perdu. Il ne pouvait plus qu'attendre et guetter leur arrivée.

Il était midi quand le révérend Moodie apparut, son cheval tirant une petite charrette contenant le banc de la mariée. Son visage sévère ne trompa pas Jamie.

— Vous devrez payer pour cela, monsieur McKie.

Jamie rit de bon cœur en récupérant sa bourse pour y puiser les piécettes nécessaires.

— Pour être franc, je suis honteux de les accepter, admit le révérend, tout en empochant l'argent. Il y a quelques semaines, un don extraordinairement généreux a été déposé dans notre tronc.

Le révérend Moodie lui jeta un regard amusé.

— En fait, reprit-il, ce sac d'or est apparu le dimanche même où vous êtes arrivés à Monnigaff.

— Quelle étrange coïncidence, murmura Jamie, tout en ordonnant à deux serviteurs de décharger le petit banc utilisé seulement lors des mariages. Vous trouverez que tout a été préparé pour vous recevoir, monsieur. Ayez l'amabilité de suivre le banc de la mariée dans le salon.

Le flot d'invités s'accrut, quand une heure approcha. De toute évidence, personne dans la paroisse ne voulait rater un événement aussi scandaleux, incluant ceux qui désapprouvaient cette union.

Finalement, Jamie les aperçut. Ses invités longuement attendus marchaient vers lui sur la route poussiéreuse de terre battue. Un homme efflanqué et une femme aux cheveux couleur de cuivre, vêtus de leurs plus beaux habits de sabbat et souriant comme des farfadets.

— Duncan! cria-t-il, n'ayant cure de déchoir de son rang en courant sur la pelouse afin d'accueillir le couple de domestiques. Bienvenue, Neda!

Il les embrassa l'un après l'autre, la gorge serrée.

Les yeux de Duncan étaient brillants de larmes, lorsqu'il tendit son mouchoir à Neda, qui le prit pour s'éponger les joues.

— C'était généreux d'envoyer l'argent, m'sieur McKie. L'laird de Kingsgrange a été très impressionné.

— Et je suis heureux que l'homme ait accepté de vous laisser venir. Je sais que votre absence se fera sentir.

Jamie étendit les bras autour de leurs épaules et les dirigea vers le loch.

— Comme nous n'avons pas beaucoup de temps, mon plan est le suivant : restez sur la jetée et attendez l'arrivée de Leana, qui viendra me rejoindre à la porte. Vous marcherez alors discrètement vers elle afin de lui faire une surprise, c'est d'accord?

Dès qu'ils eurent pris place sur un banc de pierre, l'expression ravie de Neda s'assombrit.

— M'sieur McKie, aujourd'hui n'est pas un jour pour avoir des pensées tristes, mais c'plus fort que moi. Nos cœurs ont été brisés, quand nous avons appris la mort d'Rose. C'était une charmante fille, et nous savons qu'vous vous aimiez beaucoup, tous les deux.

— Vous avez raison, Neda, dit Jamie en plongeant son regard dans le sien, reconnaissant de ce témoignage de sympathie. Nous aimerons toujours notre Rose.

— Puis j'pense, dit Duncan en lui prenant le bras, qu'vous faites la bonne chose, maintenant. N'laissez pas une âme corrompue dire l'contraire. Leana est la femme qu'Dieu vous a toujours destinée, continua l'ancien superviseur d'Auchengray, qui vouvoyait son ancien apprenti et ami, aujourd'hui laird de Glentrool.

Jamie sourit, en dépit de sa poitrine qui se comprimait.

— Vous et mon père partagez la même opinion, Duncan.

Il consulta sa montre, puis regarda par-dessus son épaule.

— N'oubliez pas, leur rappela-t-il, dès que vous la verrez, venez sans délai.

Jamie les laissa avec un peu de réticence, mais il savait qu'il y aurait amplement de temps plus tard pour faire le tour du propriétaire. Tout était prêt ; il ne manquait plus que la mariée. Il venait à peine d'atteindre la porte quand le cortège, précédé par des éclats de rire féminins, arriva en contournant le coin de la maison. Tenant l'ourlet de la robe de Leana, les servantes vinrent la reconduire auprès de Jamie en se frayant un chemin entre les retardataires.

— Leana, mon amour, dit-il en tendant la main pour recevoir sa future épouse.

Ses cheveux, drapés de la traditionnelle coiffe écossaise, le *kell* de dentelle, n'étaient pas attachés et formaient un halo d'or autour de son visage radieux. Sa robe était de la couleur des campanules en mai. *Un très bon choix, Rose.* Et ses yeux brillaient d'un amour qu'il consacrerait le restant de ses jours à mériter.

Leana sourit en prenant la main qu'il lui offrait.

— Jamie, comme tu es beau.

— Je suis heureux que mes atours te plaisent, jeune femme.

Il n'avait pas accordé à son habit une seconde d'attention, bien que son valet s'y fût acharné pendant une bonne heure.

— La chemise que tu m'as faite est la plus élégante de ma garde-robe, dit-il. Cependant, aucune paire d'yeux ne la remarquera, quand chacun verra la femme qui marche à mon bras.

Il se pencha plus près d'elle et inhala son parfum.

— Tu es la jeune femme la plus merveilleuse de toute l'Écosse, lui murmura-t-il à l'oreille. Et moi, le plus fortuné des hommes.

Elle sourit comme la jeune mariée qu'elle était, et son teint se colora de la même nuance de rouge que les roses du vestibule.

À la demande de Jamie, les servantes l'avaient fait sortir par la porte de derrière, afin qu'elle ne vît pas les fleurs avant d'entrer dans la maison avec les autres. Bientôt, mais pas tout de suite. La présence des Hastings était la première surprise qu'il lui réservait.

Il sourit en les observant qui approchaient discrètement.

— Leana, j'ai pris la liberté de dépenser un peu du bon argent de notre domaine afin d'inviter deux personnes dont tu apprécieras la venue à Glentrool.

Juste avant que Leana se retournât, Jamie vit son regard s'illuminer comme le ciel à l'aurore.

— *Neda !*

Chapitre 91

Et quand mes lèvres rencontrent les tiennes
Ton âme se marie à la mienne.
— Hjalmar Hjorth Boyesen

Leana se lança dans les bras de Neda, sans un seul égard pour sa robe de mariée soigneusement repassée ou son *kell* joliment épinglé.

— Je ne peux croire que vous soyez *ici* !

— C'est vot' bon mari qu'vous devez remercier pour ça.

Neda l'embrassa un moment, puis la tint à bout de bras pour l'admirer.

— V'nez, laissez-moi voir c'te charmante robe.

Leana essuya quelques larmes, car elle savait que ce n'était pas sa robe que Neda voulait voir, mais son bébé.

— N'est-elle pas ravissante ? demanda Leana.

— Un joli spectacle pour mes yeux qui vieillissent. C'est pour bientôt, que j'dirais.

Neda passa les mains sur le voile de dentelle importée, un présent de Jamie, et lissa quelques plis sur les manches longues de Leana.

— V'z'aviez bien laissé une dernière couture à finir pour aujourd'hui ? demanda-t-elle.

Leana sourit à ce rappel. Cela pouvait porter malheur à la mariée de mettre la touche finale à sa robe avant le jour de ses noces.

— Ne vous inquiétez pas. J'ai cousu un bouton ce matin.

— Mais pour *vous*, m'sieur, je crains qu'il n'y ait plus d'espoir, dit Duncan à Jamie. Car la calamité guette l'homme qui épouse une femme qui attend un bébé.

Quand Jamie voulut protester, Duncan ajouta rapidement :

— Sauf s'il en est l'père, bien sûr.

Les quatre rirent gaiement. Leana ne pouvait imaginer qu'un autre cœur fût plus léger que le sien, à ce moment-là. Jamie était l'homme qui l'épousait, son enfant allait naître bientôt et Neda était présente à son mariage!

— Avez-vous vu Ian? demanda Leana en faisant un signe à Annabelle, qui, fidèle à sa promesse, était restée tout près. Il a beaucoup grandi, vous ne trouvez pas?

Neda et Duncan se répandirent en exclamations admiratives à la vue du bambin, jusqu'à ce qu'une voix sévère réclame leur attention.

— Monsieur McKie.

Le révérend Moodie était debout à la porte, les bras croisés sur la poitrine.

— Alors, ce mariage, c'est pour aujourd'hui ou pour demain?

— Aujourd'hui, assurément.

Jamie envoya Duncan, Neda et Annabelle devant et demanda au joueur de cornemuse de s'exécuter. Comme on ne se rendrait pas en procession jusqu'à l'église, le musicien ferait le tour de la pelouse trois fois, pendant que Leana et Jamie franchiraient le seuil de la maison. Le jeune *piper* enfouit le sac en tartan sous son bras pour le gonfler d'air. Après plusieurs grognements et couinements de protestation, l'instrument produisit enfin une note heureuse. Le garçon se mit alors en marche au rythme de sa musique, dont l'écho se propageait au-dessus du loch pour aller rebondir sur les collines de Mulldonach.

— J'aime l'air que tu as choisi, Leana.

Elle chanta l'introduction.

— «J'n'ai jamais aimé qu'un seul garçon.» Tu sais que c'est vrai, Jamie McKie. Tu es le seul homme que j'aie jamais aimé.

Il la regarda un long moment.

— Et toi, Leana McBride, tu es la seule femme que j'aimerai tant que Dieu me prêtera vie. Entre et sois mon épouse.

Quand la porte s'ouvrit, leurs voisins rassemblés près de la porte d'entrée s'écartèrent afin de livrer passage au couple. Mais ce ne fut pas vraiment ce que Leana remarqua.

Des roses. Partout.

— Jamie...

Elle s'agrippa à son bras, bouleversée par le spectacle.

— J'ai *senti* le parfum des roses! Mais je pensais que c'était quelque doux souvenir de ma sœur. Comment as-tu fait... D'où proviennent-elles? Oh, Jamie, c'est plus que...

— Non, ce n'est pas assez. Ce ne pourra jamais être assez.

Il déposa un baiser sur le mince voile de son *kell*.

— Avant que ce jour soit fini, tu choisiras ta rose favorite, dit-il, et tu en répandras les pétales sur notre lit nuptial.

Il se rappelle. Elle prit une longue respiration, tremblante, bien que son enfant lui laissât peu d'espace pour aspirer l'air. Hélas, ils n'auraient pas une nuit de noces comme la majorité des couples. Pourtant, tenir Jamie dans ses bras et le noyer de ses baisers... Oui, il y aurait assez de plaisir dans cela.

Jamie, vêtu d'un manteau et d'une veste neuve, la fit entrer dans la maison. Elle avait choisi le bleu foncé de sa chemise pour s'harmoniser avec le reste de son habillement; de plus, le tailleur avait fait du bon travail. Pourtant, c'était Jamie qui avait raison : tous les yeux étaient tournés vers elle.

Cependant, ils ne s'abaissaient pas vers son bébé, comme elle l'avait craint, ni même sur sa nouvelle robe; tous la regardaient dans les yeux. Plusieurs souriaient. D'autres versaient des larmes.

Leana souriait et pleurait en même temps.

Elle, qui avait été clouée au banc de pénitence, s'assoirait maintenant sur celui de la mariée. Ses péchés, et ils étaient nombreux, avaient été oubliés. Et Dieu, dans sa miséricorde infinie, lui avait accordé tous les désirs de son cœur. *Tous les jours, je vous louerai. Tous les jours, Seigneur.*

Jamie l'escorta jusqu'au salon, brillamment illuminé par les chandelles et parfumé par les roses. Autour de Glentrool, les airs joyeux du *piper* continuaient de retentir tandis que Leana fredonnait les paroles dans son cœur. *Il veut que je sois sienne, et d'être sienne, moi je le veux.*

Le banc de la mariée, ébréché et éraflé par des décennies d'usage, avait été placé devant le foyer où des bûches de pin brûlaient et crépitaient. Au-dessus, le manteau de la cheminée était couvert de roses thé, crème et rose pâle. Des chaises étaient éparpillées partout, et toutes occupées. Plusieurs invités étaient debout, tandis que d'autres tendaient le cou à l'embrasure de la porte. Annabelle tenait Ian afin qu'il puisse voir ses deux parents ; le garçon applaudissait, provoquant plusieurs petits gloussements dans l'assistance. Neda et Duncan étaient assis près des futurs mariés, Alec McKie aussi. Tous les trois rayonnaient.

Le couple avait tout juste assez d'espace pour prendre place devant le banc, où le révérend Moodie les attendait, manifestant quelques signes d'impatience.

— Je croyais que vous vous étiez enfuis à Gretna Green, dit-il.

Jamie s'esclaffa.

— Non, monsieur, car je ne voudrais pas que quiconque puisse dire que Leana n'est pas ma véritable épouse.

Il hocha la tête en direction de la petite table à la droite du ministre.

— Je vois que vous avez le registre du conseil, fit-il remarquer.

— À votre insistance, monsieur McKie. Votre mariage sera dûment consigné.

Le révérend se redressa, assumant l'expression sévère qui seyait à un ministre du culte, et il leva la voix vers l'assemblée.

— Levez-vous pour la lecture du *Livre de liturgie commune*.

Des chaises raclèrent le plancher, des robes se froissèrent, des gorges s'éclaircirent. Les mots solennels de John Knox résonnèrent dans la pièce.

Leana essayait de respirer, mais en semblait incapable. Était-elle vraiment là, en train d'être mariée à Jamie ? Après toutes les peines, toutes les souffrances ? Quand son futur mari baissa les yeux vers elle, la paix régna de nouveau dans son cœur. *Mon bien-aimé est mien, et je suis à lui.*

Alors que les témoins se rassoyaient, le ministre posa son livre à côté de lui et regarda le couple pour lui demander :

— Y a-t-il quelque empêchement à ce mariage ? Une raison pour laquelle vous ne pourriez être unis comme mari et femme ?

Ils se sourirent mutuellement et répondirent à l'unisson.

— Aucune, monsieur.

Le révérend Moodie leva la voix de nouveau pour demander :

— Y a-t-il quelque raison pour laquelle ces deux personnes ne devraient pas être unies par les liens sacrés du mariage ?

Leana était immobile, seulement consciente de son cœur qui battait plus fort et de ses genoux qui tremblaient. Mais il n'y eut aucune réaction dans l'assistance. Aucune raison ne fut avancée. Aucun empêchement révélé.

— Avez-vous l'anneau, monsieur McKie ?

Jamie produisit une alliance de la poche de son gilet et la glissa à l'annulaire gauche de Leana, s'arrêtant près de l'articulation. Son nouvel anneau de mariage était plus large que celui qu'elle avait porté auparavant, et qui avait été mis en terre avec leur chère Rose. Celui-là était en or massif et magnifiquement gravé.

Son regard chercha celui de Leana ; il voulait être sûr qu'elle en était heureuse. Elle s'assura qu'il le vit dans ses yeux. *C'est parfait, Jamie.*

Ils se tournèrent tous les deux vers le ministre, se préparant à prononcer leurs vœux, tandis que la dernière note du musicien restait suspendue dans les airs.

— James Lachlan McKie, acceptez-vous de prendre cette femme, Leana McBride, comme légitime épouse ?

Jamie la regarda, elle, et non le ministre, quand il répondit. Dans ses yeux, Leana entraperçut le reste de leur vie à deux.

Sa voix était virile, résolue.

— Je prends cette femme, Leana McBride, comme légitime épouse devant Dieu et devant cette assemblée.

Cher Jamie. Elle ne pouvait attendre une seconde de plus pour prononcer le même serment. Le révérend Moodie se tourna vers Leana, qui n'avait pourtant d'yeux que pour Jamie.

— Et vous, Leana McBride, acceptez-vous de prendre cet homme, James Lachlan McKie, comme légitime époux ?

Son cœur bondit, et il lui sembla que son enfant fit de même.

— Je le prends comme légitime époux devant Dieu et devant cette assemblée.

Pour toujours.

— Prêtez une oreille diligente à l'Évangile, recommanda le révérend Moodie alors que Jamie poussait la bague en place.

L'or, échauffé par leur contact, miroitait à la lumière du foyer.

Le ministre lut l'Évangile selon saint Matthieu.

— « Voici donc que l'homme quittera son père et sa mère pour s'attacher à sa femme, et les deux ne feront qu'une seule chair. »

Une chair. Bientôt, Jamie. Pas maintenant, mais bientôt.

— « Ce que Dieu a uni, l'homme ne doit point le séparer. »

— Ainsi soit-il ! lança Alec McKie, déclenchant un barrage de fous rires dans toute la pièce.

Jamais le psaume de mariage traditionnel n'avait été chanté avec plus de ferveur, en particulier par Jamie.

— « Ma femme sera une vigne fertile, entonna-t-il, mes enfants, des plants d'olivier ».

Leana inclina la tête pour cacher son sourire. Elle ne pouvait faire pousser d'oliviers en Écosse. Mais elle pourrait avoir bien des fils et des filles, avec l'aide de son mari. Oui, elle pouvait accomplir cela.

Dès que le révérend Gordon eut conclu sa bénédiction, un joyeux vacarme éclata. Les chaises furent renversées et des invités rieurs jouèrent du coude, chacun voulant être le premier à franchir la porte, pour s'enfuir avec la bénédiction et la chance qui l'accompagnait. Le révérend Moodie manifesta sa contrariété.

— J'ai souvent observé cette coutume que je n'ai jamais comprise. Cela vaut-il la peine de piétiner ses amis pour s'enfuir avec une bénédiction ?

Jamie regarda en direction d'Evan et dit :

— Je la comprends très bien, au contraire.

Le regard de son frère était égal, mais pas du tout hostile.

— Je le comprends aussi, dit Evan en tendant la main. Tous mes meilleurs vœux de bonheur pour ton mariage, Jamie.

Jamie serra fortement la main d'Evan.

— Et les miens aussi. Ainsi qu'à tes enfants.

Evan indiqua la veste de Jamie.

— Mon frère, dit-il, tu ferais mieux d'avoir une poignée d'argent dans ta bourse, car on te réclame avec insistance sur la pelouse.

Leana entendait aussi la voix des enfants qui criaient.

— *Ba ! Ba !*

Jamie tapota son gilet.

— Je suis prêt, dit-il.

Mené par Jamie, le cortège nuptial louvoya entre les chaises renversées et les manteaux abandonnés et se dirigea vers le vestibule. La maison était maintenant presque déserte, et Leana put contempler toutes les roses qui l'enjolivaient.

— Mon amour, tu as dépensé une petite fortune.

— Oui, admit-il en lui serrant la main, c'est ce que j'ai fait.

Non seulement les enfants attendaient l'occasion de se ruer sur les pièces de monnaie, mais bien des adultes semblaient aussi désireux de se joindre à la fête. Les yeux de Leana s'écarquillèrent quand Jamie versa le contenu de sa bourse dans sa main ouverte. Ce n'étaient pas des pennies, mais des shillings.

— *Ba ! Ba !*

Le cri se répétait en s'amplifiant. Jamie lança les pièces aussi haut qu'il pût dans les airs, et elles retombèrent telle une averse sur la pelouse et tous ceux qui espéraient les attraper. Leana grimaça, mais personne ne se plaignit de recevoir une pluie de shillings sur la tête.

— Vous êtes très généreux, monsieur McKie.

Le ministre contourna le couple en rajustant sa cape, car l'après-midi était maintenant plus frais.

— Je crains qu'il me faille moi aussi solliciter votre générosité : m'accordez-vous la permission d'embrasser votre nouvelle épouse, comme le veut la coutume ?

Jamie recula d'un pas, mais Leana nota que l'expression de son visage avait perdu de son aménité.

— Faites vite, révérend, car la jeune femme m'appartient.

— Je n'abuserai pas de mon privilège, promit le ministre.

Il baisa brièvement Leana sur les lèvres, un baiser aussi chaste que celui d'un père à sa fille.

— Maintenant, c'est votre tour, dit-il en souriant, déjà en route vers les écuries. Et je ne vous demanderai pas de faire vite.

Alors que Leana lui souhaitait au revoir de la main, Jamie l'attrapa au vol et l'enroula autour de son cou.

— Notre ministre m'ordonne de t'embrasser, chère épouse.

Elle se laissa attirer dans sa chaude étreinte.

— Mais ce n'est pas qu'un devoir, j'espère.

— C'en est un, Leana, répondit-il.

Il l'embrassa avec tant de passion qu'elle pût à peine goûter au baiser de son mari.

— Mais c'est un devoir que j'accomplis volontiers.

Chapitre 92

La paix et le repos enfin sont venus,
Tout le long labeur du jour est passé ;
Et chaque cœur soupire, « La maison,
Enfin, la maison ! »
— Thomas Hood

L'espace d'un instant, Jamie oublia où il était.

Il avait oublié qu'il était à l'extérieur de sa maison par un après-midi frileux de novembre ; que la moitié de la paroisse l'observait ; qu'un joueur de cornemuse et un cuisinier attendaient le début des festivités nuptiales.

Il ne pensait qu'à la femme dans ses bras et au baiser qu'il n'avait jamais oublié. *Leana, ma femme, mon amour.*

— Jamie, dit-elle, les yeux mi-clos et la voix légèrement haletante. Porte-moi… dans l'escalier. S'il te plaît…

Il leva la tête et se rappela soudain où ils étaient. Et où ils n'étaient pas.

— Leana, ma chérie, nous avons des invités…

— Et moi, j'ai un bébé qui ne peut attendre.

Elle s'affaissa dans ses bras et une tache sombre apparut au bas de sa robe.

Désemparé, il cria le premier nom qui lui vint à l'esprit.

— Neda !

Duncan fut là le premier, repoussant la foule qui se pressait, formant une masse indistincte de voix anxieuses.

— C'commencé, garçon. N'ayez pas peur.

Jamie regardait, horrifié. La tache grandissait, le liquide se répandait sous les pieds de Leana. *Non.* Il ne le permettrait pas. Cela ne se produirait pas une autre fois.

— Viens, Leana, laisse-moi te prendre, dit-il en la soulevant.

Il la tint serrée contre sa poitrine et fut soulagé quand elle remua légèrement.

— Jamie… soupira-t-elle. Aide-moi…

Neda était déjà auprès du couple, saisissant la main de Leana.

— C'est Neda, chérie. Nous vous ramenons dans la maison.

Jeanie Wilson, la sage-femme, était derrière eux.

— V'z'inquiétez pas, m'sieur McKie. Vot' bébé est un peu plus tôt qu'prévu, c'n'est rien.

— Ce n'est pas *rien*.

Il regarda la robe toute mouillée.

— Elle va…

— Elle va très bien, m'sieur McKie, dit Neda d'une voix basse. C'sont ses eaux. Y a aucun motif d'inquiétude.

— Alors…, elle…

Jamie essayait de tout démêler, tandis les femmes le pressaient d'entrer et l'accompagnaient dans le vestibule.

— Leana est…

— Elle est en train d'mettre au monde vot' enfant, voilà c'qu'elle fait, dit Jeanie d'un ton clinique. Désirez-vous porter vot' femme en haut, m'sieur, ou préférez-vous que l'travail s'passe ici ? demanda la sage-femme en indiquant de la main le grand lit de la bibliothèque, où la mère de Jamie gisait quelques jours plus tôt.

— Non, dit-il.

Il passa devant la porte et escalada les marches, certain de sa destination.

— Elle mettra notre bébé au monde dans notre lit, déclara-t-il.

Leana n'était pas lourde à porter, mais l'enfant l'empêchait de la saisir aussi fermement qu'il l'aurait voulu. Les bras de sa femme étaient accrochés autour de son cou.

— Agrippe-toi bien, Leana. Je ne te laisserai pas tomber.

— Jamie…

Elle répétait son nom en geignant, encore et encore.

— Oui, mon amour. Nous y sommes presque.

Leur enfant comprimé entre eux, Jamie sentit soudain une contraction s'emparer du corps de Leana. Il s'arrêta et s'appuya sur le mur, déconcerté par la puissance du mouvement qu'il ressentait contre sa poitrine. Leana empoignait son manteau à pleines mains.

— Dépêche-toi, Jamie.

Il grimpa les dernières marches et franchit le corridor jusqu'à la chambre du laird, que son père leur avait cédée le matin même.

— Nous y sommes, mon amour.

Il déposa Leana dans le lit nuptial. La pièce avait été nettoyée de fond en comble, de nouveaux draps, installés sur le matelas, et des bougies, disposées dans toute la pièce. Il voulait que tout soit parfait pour elle, car il ne pouvait imaginer que...

— Leana, que puis-je faire pour toi?

— Des roses, dit-elle dans un murmure rauque. Des roses... rouges.

Jamie se leva, et, déjà, la chaleur de son corps manquait à Leana.

— Alors, tu auras des roses.

Neda et Jeanie étaient au travail, attachant les rideaux aux colonnes du lit, déboutonnant la robe de Leana. Des servantes accoururent dans la chambre avec des serviettes propres et des pichets d'eau chaude.

— Allez, m'sieur McKie, dit Neda gentiment. Allez lui chercher ses fleurs. Nous avons tout c'qu'y nous faut ici.

Il posa une main sur la colonne la plus proche de la tête de Leana.

— C'est dans ce même lit que ma mère m'a donné naissance.

— Et c't'ici qu'ma grand-mère, Jean Wilson, vous a mis au monde, lui rappela Jeanie, comme elle le faisait presque chaque fois qu'elle le voyait. Confiez-nous-la, m'sieur McKie. Nous savons c'qu'y faut faire.

Duncan l'attendait dans le corridor.

— Dites-moi c'que vous attendez, m'sieur McKie. J'suis ici pour vous assister.

— Aidez-moi à porter les fleurs.

Jamie dévala l'escalier, et son esprit tournait à vive allure. Ce ne fut que lorsqu'il vit la foule dans le vestibule qu'il se rappela qu'une maison remplie d'invités attendait que l'on célèbre une noce, qui allait se poursuivre tard dans la nuit. Ses invités n'avaient pas fait tout ce chemin pour entendre prononcer des vœux de mariage; ils étaient venus pour le whisky et la bière, le banquet et la danse, dans cet ordre-là.

— M'sieur McKie! cria une voix dans sa direction. Est-ce que vot' femme va bien? Est-ce vot' bébé, m'sieur?

— Oui, c'est le mien.

Mais Leana allait-elle bien? Neda le lui dirait, n'est-ce pas? *Dieu, assistez-moi!*

Décidé à résoudre enfin un premier problème, il s'arrêta à mi-chemin dans l'escalier et fit un geste en direction du jeune violoniste. Celui-ci comprit et frappa les cordes de son archet afin d'attirer l'attention de l'assistance, pendant que Jamie levait les mains.

— Mesdames et messieurs, annonça-t-il, mes domestiques vous serviront nourriture et rafraîchissements à volonté. Les musiciens seront dans la salle de réception, tandis que moi… eh bien, j'apporte de ce pas des fleurs à ma femme en travail.

Les visiteurs applaudirent avec enthousiasme Jamie, qui descendit quatre à quatre les dernières marches pour aller directement vers les premières roses rouges qu'il aperçut. Les préférait-elle pâles ou foncées? *Oh!* Avec l'aide de Duncan, il prit tous les vases de fleurs qui étaient à peu près de la bonne couleur. Ils firent plusieurs allers et retours, les déposant sur le plancher près de la porte de la chambre à coucher.

Quand il s'en approchait, Jamie tendait l'oreille pour entendre Leana. Était-ce un pleur? Avait-elle appelé son nom? Était-ce… *Non.* Pas le bébé, pas si tôt. Il perçut la voix apaisante de Neda et celle, plus jeune, de Jeanie, mais il ne pouvait entendre Leana. *Mon Dieu, je ne veux pas la perdre.*

Quand ils eurent apporté les dernières roses, Duncan attendit au bout du corridor, clairement désireux de se rendre utile.

— Vous venez à peine de faire connaissance avec mon père, dit Jamie, mais auriez-vous la gentillesse de vous occuper de lui ? Il ne voit et n'entend presque rien, et il est un peu égaré, maintenant, au milieu d'une foule.

— J'le ferai, m'sieur McKie.

Le sourire entendu de Duncan était un spectacle bienvenu, en un tel jour.

— Quand c'tumulte sera passé, dit-il, j'serai curieux d'en apprendre davantage sur vot' voyage de retour vers l'ouest. Et nous en avons aussi beaucoup à vous raconter à propos d'Kingsgrange.

— Demain, c'est ce que nous ferons.

Les deux hommes se serrèrent la main, puis Duncan se dirigea vers l'escalier. Jamie fit face à la chambre, rassemblant son courage pour frapper. Il était toutefois décidé à arracher la porte de ses gonds, si les femmes ne le laissaient pas entrer.

— Venez, m'sieur McKie, dit Neda, dont la voix semblait calme.

Jamie entra en portant un pot dans chaque main et referma la porte du pied. Neda et Jeanie conféraient de l'autre côté de la pièce. Comment allait Leana ? Il se rendit à ses côtés immédiatement, oubliant tout de suite ses fleurs, qu'il abandonna sur la coiffeuse.

Son épouse de moins d'une heure était étendue sous une couverture, heureusement non maculée de sang, mais son visage était très rouge. Il s'agenouilla près d'elle, lui caressant les joues et les cheveux.

— Leana ?

Ses paupières battirent, puis s'ouvrirent.

— Oh, Jamie, tu es ici.

Un sourire se dessina sur ses lèvres pendant qu'elle levait une main vers lui. Il la saisit et fut heureux de la trouver tiède, et non glaciale.

— Les festivités nuptiales ont débuté sans la mariée.

Il déposa un baiser plein de chaleur sur ses doigts.

— Est-ce que ce bruit te dérange ? Je peux renvoyer nos invités chez eux, si tu le désires.

— Non, dit-elle en grimaçant, saisie d'une nouvelle contraction qui commençait. Je peux hurler à tue-tête sans me préoccuper d'être entendue.

— Crie autant qu'il te plaira, jeune femme.

Il agrippa la main de Leana, qui se recroquevillait une autre fois. Neda s'approcha pour prendre son autre main.

— C'est cela, Leana, dit Neda. Doucement.

Jamie leva les yeux vers cette femme, qui avait vu Leana à travers tant de jours difficiles.

— C'est bon de vous avoir ici, Neda.

Neda dégagea une mèche de cheveux de son visage avec sa main ouverte.

— Dieu savait qu'on aurait besoin d'moi.

Jamie baissa les yeux vers Neda.

— Encore combien de temps avant…

— C'difficile à dire, m'sieur McKie. C'n'est pas aussi long avec un deuxième bébé.

— Mais elle… va bien.

— Allons, m'sieur McKie. Leana était destinée à être mère. Vot' Ian n'en est-y pas la preuve ?

Le sourire de Neda le rassura autant que ses paroles.

— Tout c'dont elle a besoin, c'est d'temps. Et d'intimité. Si vous v'lez bien éloigner les gens d'sa porte…

Et moi aussi ? Il n'avait pas besoin de le demander. Résigné, il baisa la main de Leana pour prendre congé.

— Il semble que ces femmes te veulent pour elles seules.

— Non.

Son regard se verrouilla dans le sien.

— Je te veux, Jamie. Ici, auprès de moi.

— En es-tu certaine ? demanda-t-il, et la lueur qu'il vit briller dans son regard répondit à sa question. As-tu... peur, Leana ?

— Seulement de ne plus te voir, dit-elle, puis elle se tourna vers Neda. Est-ce que cela vous ennuie, s'il reste ?

Neda leva les yeux au ciel.

— Ça n'se fait pas, jeune femme. Les hommes ne savent pas...

— Mais Jamie sait, plaida Leana. Nous étions ensemble... avec Rose...

Quand Leana le regarda, il comprit. Elle le faisait pour lui. Ainsi, il n'attendrait pas dans l'incertitude.

— Leana, si tu désires vraiment ma présence..., j'en serai très honoré.

Elle sourit.

— Apportez une chaise à mon mari.

Peu après, Jamie était installé près d'elle. Il avait lancé son manteau et son gilet sur la coiffeuse, et les manches de sa chemise de mariage étaient roulées au-dessus de ses coudes. Il était prêt à faire tout ce qu'on lui demanderait. Pour Leana. Pour leur enfant.

Neda et Jeanie allèrent chercher à la porte les dernières roses rouges et les disposèrent autour de son lit. Leur doux parfum était capiteux, presque enivrant.

— Comme elles sont jolies, dit Leana en fermant les yeux, juste avant qu'une autre contraction soulevât ses genoux sur sa poitrine.

Jamie ignorait tout de ce qui allait suivre — quel gentilhomme était au courant de ces choses ? —, mais il ne détourna pas le regard quand ses douleurs s'accrurent. Il lui prit plutôt la main et lui épongea le front avec une serviette humide. Tout en lui prodiguant des mots de réconfort, il attendait les instructions de Neda et Jeanie, qui allaient et venaient tout près de lui.

— Très bien, Leana, dit-il à sa femme. Continue à respirer. Je suis si fier de toi, mon amour. Notre enfant sera là bientôt.

L'après-midi fit place au crépuscule, et elle était toujours en travail. En bas, la musique était plus forte, les rires, plus bruyants. Mais dans la chambre du laird, un miracle tranquille s'accomplissait. La femme qu'il aimait était en train de mettre au monde leur enfant, et il faisait de son mieux pour l'assister pendant que la nuit tombait sur le vallon. Ses cheveux humides collaient à son visage, et des larmes lui coulaient sur les joues ; pourtant, sa bouche était sèche et fendillée. Neda l'informa qu'il ne pouvait lui donner d'eau, seulement lui humecter les lèvres du bout de son doigt mouillé, geste qu'il répéta souvent.

— C'est toi, mon roc, implorait Leana entre chaque effort. Sois mon soutien.

Au début, Jamie se penchait vers elle, croyant qu'elle lui parlait. Puis, il comprit : elle parlait au Tout-Puissant.

— Je suis entre tes mains.

Les mots de Leana se perdaient dans un gémissement.

— Délivre-moi. De grâce…, délivre-moi !

Jamie pouvait voir qu'elle souffrait, sentait la tension dans son corps, lisait la douleur sur ses traits.

— Que puis-je faire, Leana ?

Elle lui agrippa la main.

— Prie.

La tête de Jamie s'affaissa, et des larmes tombèrent sur les draps froissés. *C'est la femme que j'aime, mon Dieu. C'est la femme que vous m'avez donnée. Soyez clément envers elle. Donnez-lui la force. Protégez-la. De grâce, Seigneur. Je vous en prie. Faites voir la lumière du jour à cet enfant.*

Neda lui effleura l'épaule.

— M'sieur McKie, à moins qu'vous n'vouliez prendre les choses en main, v'feriez mieux d'aller vous asseoir plus loin.

Il fut sur ses pieds avant même de s'en être rendu compte. Leana ne libéra pas sa main.

— Reste avec moi, dit-elle simplement.

Elle l'attira près de la tête du lit tandis que Neda repliait les couvertures, tout en donnant des directives. Jamie s'agenouilla à côté d'elle, se promettant de ne pas se couvrir de ridicule en perdant connaissance. Si sa femme pouvait tout supporter, il l'accompagnerait courageusement dans l'épreuve.

— Je suis ici, Leana. Je suis ici avec toi.

— Jamie !

Elle hurla son nom, le visage déformé.

Puis, la voix de Neda. Décisive.

— Poussez maintenant, jeune femme. V'z'y êtes presque.

Puis, elle y était vraiment. Et le bébé était là aussi. Rose, mouillé, magnifique.

La voix de Neda à nouveau, qui exultait maintenant.

— Une fille pour vous, m'sieur McKie !

Leana pleurait de soulagement. Jamie pleurait, tout simplement. *Merci, mon Dieu !* Il s'essuya le visage avec un coin du drap, puis embrassa son épouse. La mère de son fils. Et de sa fille, dont les cris vigoureux étaient encore plus forts que le son de la cornemuse qui retentissait au pied de l'escalier.

— Davina, dit Leana, qui chantait presque le nom de l'enfant.

— Un choix merveilleux.

Jamie mouilla les lèvres de Leana de ses pleurs en l'embrassant tandis qu'elle se couvrait pudiquement d'une couverture. Quelques instants après, la sage-femme revint avec son bébé enveloppé dans des linges propres.

— V'là vot' p'tite fille, m'dame McKie.

Leana sourit.

— Comme j'aime le son produit par ce nom, dit-elle en hochant la tête vers Jamie. Que mon mari la tienne d'abord.

La sage-femme déposa la fillette nouveau-née dans le creux de son bras, qui tremblait légèrement.

— Davina, murmura-t-il, reniflant fortement.

Elle était petite, délicate. Parfaite à tout point de vue.

— Je suis... ton père, dit-il.

Il tenta inutilement de ravaler un sanglot.

— Et voilà ta chère maman.

Il replaça avec précaution le chaud paquet dans les bras impatients de Leana. Elle toucha son nez, sa joue, son minuscule menton.

— Ma précieuse fille.

Un coup frappé à la porte et une explosion de joie annoncèrent une nouvelle arrivée. Jamie entrouvrit la porte et fit signe à la servante d'entrer. Eliza pénétra dans la pièce, puis s'arrêta et fit une révérence, les yeux écarquillés.

— M'sieur McKie, pardonnez-moi, mais c'est Ian. Il a entendu l'bébé. Et… moi aussi.

— Viens, mon cher garçon ! dit Leana en l'invitant de sa main libre. Ta sœur est ici.

Eliza approcha du lit avec appréhension, mais Ian n'en avait aucune ; il agitait les bras et les tendait vers sa mère. Jamie intervint et prit lui-même son fils.

— Les bras de ta mère sont pleins, maintenant. Que penses-tu de Davina ? N'est-elle pas une jolie petite sœur pour toi ?

Ian regarda la forme grouillante et cligna des yeux.

— As-tu remarqué ses cheveux ? demanda Leana en retirant le linge qui couvrait la tête minuscule. Ils ne sont pas brun foncé comme les tiens, ni dorés comme les miens.

Jamie regarda, incrédule.

— *Roux ?*

Leana éclata de rire.

— Un autre McKie aux cheveux rouges, comme ton frère.

— Leana, dit Neda doucement, v'savez quel jour nous sommes ? C't'un mardi.

Le sourire de Leana était comme une bougie, illuminant la chambre.

— Ian, *tu* es né le jour du sabbat, ce qui veut dire que tu es « allègre et beau et bon et gai ». Mais l'enfant du mardi est touché par la grâce.

Jamie baissa le regard vers sa femme. *Comme toi, chère femme.*

Quand Ian commença à gigoter, Jamie le rendit à Eliza plutôt que de risquer de voir l'enfant asséner un coup de pied accidentel au corps sensible de Leana.

— Voilà un bon garçon. Tu peux encore regarder ta sœur.

Il croisa le regard de Neda.

— Pourriez-vous trouver votre mari, demanda-t-il, afin qu'il aide mon père à monter jusqu'ici ?

Leana rit doucement.

— Bientôt, c'est toute la maisonnée qui sera dans notre chambre.

— Bien sûr que non, répondit-il avec un sourire. Ils se réuniront tous au salon, car c'est notre nuit de noces, Leana, et il est temps que je t'aie pour moi seul. Eliza, Jeanie, pourriez-vous…

Les deux femmes étaient déjà en route vers la porte. Elles esquissèrent une révérence avant de la refermer derrière elles. En bas de l'escalier, le violoniste donnait ses coups d'archet, le joueur de cornemuse soufflait dans son instrument, pourtant dans la chambre du laird, le silence était la plus belle musique.

Jamie se pencha, prit la tête de Davina dans le creux de sa main et fut surpris par sa chaleur. Et sa petitesse.

— Tu m'as fait présent d'une magnifique petite fille, Leana.

Le souffle chaud de sa femme était doux à son oreille.

— Et toi, tu m'as donné un beau foyer.

— Glentrool, tu veux dire ?

Puisqu'elle ne répondait pas, il tourna la tête et fut surpris de trouver des larmes dans ses yeux.

— Qu'y a-t-il, Leana ?

Leana posa la main sur le cœur de son époux.

— C'est là que j'espère vivre toujours.

— Ah, fit Jamie, l'attirant plus près pour l'embrasser tendrement. Tu y seras toujours chez toi, mon amour.

L'honneur d'un prince

GUIDE DE LECTURE

Les livres devraient servir l'une de ces quatre fins :
La sagesse, la piété, le délice ou l'utilité.
— Sir John Denham

1. Bien que Jamie McKie apparaisse sur la page de couverture, l'histoire débute avec Leana McBride. Quels espoirs reste-t-il à Leana, à la fin du premier chapitre de *L'honneur d'un prince* ? Voyez-vous le soleil poindre à l'horizon pour elle, à la fin du chapitre 10 ? Comment l'histoire aurait-elle pu se développer, si Leana était demeurée à Auchengray, plutôt que de fuir à Twyneholm ? Et si elle était restée au cottage Burnside, au lieu de rentrer à Auchengray ?

2. Le cœur de Jamie est d'abord conquis par une sœur, puis par l'autre, mais ses changements d'allégeance ne sont pas subis. Sympathisez-vous avec ses débats intérieurs, ou le trouvez-vous simplement indécis ? Est-ce que la prière de Leana — « aime ma sœur » — justifie sa conduite ? Comment expliquez-vous que le cœur de Jamie retourne à Rose ?

3. Même si le petit Ian ne peut encore que babiller et agiter les bras, il fait partie intégrante de l'histoire de cette famille. Comment décririez-vous la relation de Leana avec son fils ? Que pensez-vous du lien de Rose avec Ian ? Et de Jamie, dans son rôle de père ? Vous êtes-vous surpris à vouloir materner Ian — ou peut-être votre propre enfant — en lisant *L'honneur d'un prince* ? À quels moments dans l'histoire vos sentiments maternels se sont-ils manifestés ?

4. Comment le mariage et la maternité imminente de Rose l'ont-ils aidée à mûrir? Leana lui dit : «C'est l'amour de Jamie pour toi et ton amour pour lui qui te rendent sans peur.» Êtes-vous d'accord? Qu'est-ce qui aurait aussi pu aider Rose à s'affranchir de la peur? Si vous avez lu *Belle est la rose*, comment vos sentiments à son égard se sont-ils transformés, après avoir lu *L'honneur d'un prince*? À votre avis, Rose devient-elle une véritable héroïne, à la fin?

5. En quoi Rose ressemble-t-elle à son père et en quoi diffère-t-elle de lui? Si Rose avait été *votre* fille, comment l'auriez-vous conseillée, à ce moment crucial où elle est seule dans le petit salon de Lachlan, devant son coffre d'or? Que pensez-vous de la solution de Rose de distribuer l'argent volé? Qu'en auriez-vous fait? Les choses auraient-elles pu tourner différemment, si Rose s'était tout de suite confiée à Jamie?

6. Les épigraphes au début de chaque chapitre sont destinées à jeter un pont entre deux scènes ou à présenter celle qui suit. En quoi les mots de Sir Walter Scott, au début du chapitre 42, décrivent-ils le dilemme de Jamie? Choisissez une épigraphe que vous aimez particulièrement. Comment annonce-t-elle le tableau qu'elle précède?

7. Dans toute l'histoire de l'Écosse, et même encore aujourd'hui, la religion a joué un rôle majeur dans la vie de tous les jours de ces habitants des Lowlands. Comment décririez-vous la relation de Leana avec Dieu? Qu'en est-il de la foi de Jamie? Et de celle de Rose? Lequel de ces trois personnages semble le mieux illustrer votre propre cheminement spirituel? Dieu promet : «Je ne te décevrai pas, ni ne t'abandonnerai.» Quelles preuves trouvez-vous dans cette histoire qu'il est fidèle à sa promesse?

8. Pendant presque toute la durée du roman, Leana se trouve dans une situation très difficile, offrant son soutien affectif

à sa sœur alors qu'elle porte l'enfant de Jamie. Comment décririez-vous Leana ? Un modèle à suivre ? Une martyre ? Une femme vertueuse ? Ou inconsciente ? Sympathisez-vous avec elle dans ses épreuves ? Quelles autres options, envisageables à la fin du XVIIIᵉ siècle, aurait-elle pu explorer ?

9. Le folklore écossais réserve une place de choix aux *kelpies*, ces esprits aquatiques qui revêtent une forme chevaline. John Mactaggart, dans son *Scottish Gallovidian Encyclopedia* (1824), les qualifie « d'esprits maléfiques marqués du sceau du surnaturel ». En cette nuit décisive dans le ruisseau Moneypool, Jamie combattait-il vraiment une *kelpie* ? Ou la boue et le sable ? Se battait-il avec Dieu ? Ou avec son frère ? Comment l'expérience l'a-t-elle changé, et pourquoi ?

10. Étiez-vous préparé au tournant tragique de l'histoire, à Monnigaff ? Quelles émotions vous inspirent les scènes où Rose est le personnage principal ? Quelqu'un porte-t-il vraiment la responsabilité de ce qui est survenu ? À la lumière de vos propres expériences de vie, les retombées de ce drame vous semblent-elles plausibles sur le plan émotionnel ?

11. Comment qualifieriez-vous le caractère de Jamie, au début de ce roman ? Puis, à travers les épreuves et les défis à Gatehouse of Fleet, à Ferrytown of Cree et à Monnigaff ? Et à la fin de l'histoire, à Glentrool ? Jamie voit dans les yeux de sa femme « un amour qu'il consacrera le restant de ses jours à mériter. » Jamie mérite-t-il l'amour de Leana ? Quand tout est consommé, Jamie a-t-il gagné le titre de « prince », de héros ?

12. Ce guide de lecture s'ouvre avec une citation de Sir John Denham, un poète irlandais du XVIIᵉ siècle. Êtes-vous d'accord avec son affirmation, selon laquelle les livres devraient servir l'une des quatre fins suivantes : la sagesse,

la piété, le délice ou l'utilité? En lisant *L'honneur d'un prince*, quelle sagesse avez-vous acquise? Y a-t-il des éléments du récit qui avaient une signification spirituelle particulière pour vous? Qu'est-ce qui vous a le plus touché, dans cette histoire? Comment pourriez-vous utiliser les leçons apprises? Si vous deviez décrire la trilogie à une amie qui aime la fiction, que lui diriez-vous?

Notes de l'auteure

Terre de bouleaux et de sorbiers,
Terre de cascades et de forêts,
Terre si chère à mon cœur,
Belle Galloway.
— George G. B. Sproat

Dès ma toute première visite, je me sentais comme chez moi dans ce coin paisible du sud-ouest de l'Écosse que l'on nomme « Galloway ». Les terres agricoles ondulées ressemblaient à celles de ma Pennsylvanie natale, et les murets de pierres sèches me rappelaient les clôtures de pierres du Kentucky. Mais toutes les comparaisons s'arrêtent là, car Galloway n'est comme aucun autre endroit sur Terre. Les ruines de grès rouge de Sweetheart Abbey datant du XIIIᵉ siècle s'élèvent encore du cœur de New Abbey (oui, en deux mots, maintenant). Le château Cardoness se dresse comme une sentinelle silencieuse veillant sur la rivière Fleet depuis la fin du XVᵉ siècle. Parsemant la campagne se multiplient les villages paisibles, dont plusieurs ne forment qu'une seule rue, bordée de petits cottages de part et d'autre. Des moutons flânent le long de routes à une seule voie, et des bovins, qui semblent porter une ceinture blanche au milieu de leur corps noir, paissent avec bonheur les gras pâturages.

Quelques écrivains écossais, comme S. R. Crockett, la nomment volontiers la « grise Galloway ». Lors d'une visite hivernale, après des jours sans fin de ciel gris, de collines grises et de lochs gris, j'étais tout à fait d'accord ! Mais au printemps, quand le mot « vert » n'est pas suffisant pour décrire le paysage verdoyant ; en été, quand les fleurs rose foncé des lauriers-roses et des épilobes s'épanouissent le long des routes ; et au début de l'automne, quand la bruyère pourpre couvre les collines, alors Galloway est tout sauf grise et triste. Mais, je dois m'en confesser, j'aime le temps maussade. Les brouillards épais et le crachin transforment mon bureau douillet en paradis d'écrivain. De tels jours, je parcours Galloway dans mon cœur et sur la feuille, en me proposant d'entraîner le lecteur avec moi.

À l'époque où vivait Jamie McKie, nous aurions emprunté la vieille route militaire, qui dessine une bande d'une centaine de milles entre Bridge of Sark et Portpatrick. Le long de cette route poussèrent des villages comme Twyneholm, bien que son église paroissiale fût construite bien avant que le major Rickson et ses hommes ne fissent leur apparition au milieu des années 1700, avec leurs marteaux de forgeron et leur poudre à canon. De jeunes soldats tracèrent leur chemin à travers Galloway, élevant une forge tous les dix milles, afin de procurer aux troupes anglaises une voie rapide pour aller mater les rébellions en Irlande. Une carte d'état-major moderne indique que des sections de l'ancien chemin militaire sont toujours utilisées, de Haugh of Urr à Castle Douglas (Carlinwark en 1790) et de Twynholm (sans *e*, maintenant) à Gatehouse of Fleet. Par une heureuse coïncidence, la route littorale entre Gatehouse et Ferrytown fut complétée en 1790, permettant au service de malle-poste de débuter et à notre histoire de continuer.

Lorsque Leana empruntait l'almanach de la bibliothèque de son père — *Les saisons de Season* —, j'en avais moi-même un exemplaire entre les mains. C'était l'édition de 1791, toutefois, soit celle de l'année suivante. Le volume doté d'une reliure de cuir rouge à dorures comportait sept autres almanachs de la même année — *The Gentleman's Diary, The Ladies' Diary, Old Poor Robin's Almanack*, entre autres —, tous publiés à Londres. Le rébus, dont la solution est un prénom de jeune fille composé de deux noms de plante à feuilles persistantes, restera non résolu, j'en ai peur, à moins que vous ne mettiez la main sur l'édition de 1792 de l'almanach d'Henry Season.

Le livre d'Alastair Penman, *Some Customs, Folklore and Superstitions of Galloway* s'est révélé particulièrement utile pour décrire le feu de pierre de Rose et les coutumes funéraires locales. Le livret de monsieur Penman, *Rhonehouse or Keltonhill : Its History, Its Fair and Some of Its Surroundings* et l'ouvrage de Malcolm Harper, *Rambles in Galloway* (1896), m'ont été d'une aide précieuse pour recréer l'atmosphère de la foire de Keltonhill à la fin du XVIIIe siècle.

Quant à l'origine de cet événement, laissons Duncan Hastings nous la raconter lui-même : « Par un beau jour d'été, un marchand ambulant — ou un trafiquant, ou un fricoteur ou comme y vous plaira d'l'appeler — de Glesca décida qu'y voulait exposer sa marchandise en plein air. Y l'étendit sur un lit d'ajoncs su' l'flanc d'la colline près d'la vieille église d'Kelton. Des curieux s'approchèrent, achetant ceci ou cela, et, avant qu'la journée soit finie, il avait presque tout vendu. Y se promit d'y r'tourner l'année d'après, et, c'te fois-là, il invita d'aut' compères à s'joindre à lui. Puis vinrent les marchands d'chevaux, les colporteurs et avant longtemps... » Oui, Duncan. Nous aussi sommes allés à la foire de Keltonhill.

Comme l'épigraphe plus haut le suggère, des bouleaux et des sorbiers abondent à Galloway, et ces arbres vénérables jalonnent les pages du *L'honneur d'un prince* . À Creetown (le « nouveau » nom de Ferrytown of Cree, après qu'il est devenu un *burgh of barony*[1] en 1792), j'ai photographié l'« aubépine des amoureux », où un petit troupeau de moutons — appartenant sûrement à Jamie — s'attardait près du ruisseau. J'ai aussi rapporté à la maison un gland ramassé dans le cimetière de l'église de Buittle, où Leana immobilisa le chariot de Jock Bell sous un bosquet de chênes. Plus tard, la même semaine, j'ai posé le regard sur l'if vieux de plusieurs siècles près de l'église de Monigaff (un *n* s'est égaré avec les années) et j'ai cherché une certaine pierre tombale sur laquelle une couronne de fleurs était gravée.

À ma seconde visite à l'auberge Murray Arms de Gatehouse of Fleet, j'ai dormi dans une chambre en haut de l'escalier — celle où Rose a courageusement dissimulé l'or de son père sous ses jupes. Puis, j'ai passé une heure inspirante dans la chambre

---

1. N.d.T. : Type de ville écossaise maintenant disparu.

où Jamie et Lachlan ont eu leur confrontation initiale. Trois années après les événements relatés dans ce récit, Robert Burns a écrit sa fameuse ode à Bannockburn, *Les Écossais, qui ont...*, dans cette même pièce. Thomas Newbigging, dans son charmant livre *A Nook in Galloway* (1911), décrit cette nuit féconde. Le 1er août 1793, après une visite au château Kenmure, Burns et son compagnon « affrontèrent une terrible tempête de vent, d'éclairs et de pluie, alors qu'ils chevauchaient à travers la lande ». Quand ils arrivèrent au Murray Arms, « le poète entra dans la chambre, s'assit à la table, et écrivit l'ode qu'il avait composée en chemin ». La table originale est disparue depuis longtemps, mais j'ai passé la main sur celle qui est là aujourd'hui, en pensant à nos voyageurs d'août 1790.

Au Burns Museum d'Alloway, j'ai souri à la lecture d'un extrait de la correspondance de l'auteur avec son éditeur : « Les changements proposés, à mon avis, affadiront ce passage. Ayez l'obligeance de laisser cette ligne intacte. » Je suis heureuse de travailler avec une merveilleuse équipe d'éditeurs, dont chaque « changement proposé » rehausse invariablement la qualité de mon premier jet. À cette chère équipe qui a relu tous les mots de *L'honneur d'un prince* et m'a offert des conseils inestimables, j'offre mes remerciements du fond du cœur : Sara Fortenberry, Dudley Delffs, Carol Bartley, Danelle McCafferty et Paul Hawley. Je suis aussi reconnaissante à mes correcteurs d'épreuves, qui, comme Leesa Gagel et Nancy Morris — sans oublier mon cher mari, Bill —, se sont relayés pour relever les dernières coquilles, évitant qu'elles n'apparaissent dans l'ouvrage publié.

L'image évocatrice de Cairnholy, sur la quatrième de couverture, a été prise par Allen Wright, un photographe doué dont les calendriers de Galloway ornent mon cabinet d'écrivain. Vous trouverez d'autres échantillons de son talent à l'adresse : www.LyricalScotland.co.uk.

Je n'oserais jamais écrire un roman écossais sans l'aide de Benny Gillies — libraire, cartographe, réviseur et ami —, qui, avec sa merveilleuse femme, Lyn, m'a accueillie dans sa maison et sa boutique de Kirkpatrick-Durham, me renvoyant à la maison avec ma valise pleine de livres. Offrez-vous une visite à sa librairie en ligne au www.bennygillies.co.uk. Benny m'a confié que pendant toutes ses années vécues à Galloway, il n'avait jamais vu d'aurore boréale. Mais puisque le Jacob des temps anciens voyait des anges dans le ciel, j'ai pensé qu'une vision miraculeuse des joyeux danseurs à Galloway par Jamie était de saison. Puis, juste avant que ce roman soit publié, Benny a vu sa toute première aurore boréale!

Pour les scènes de la vie pastorale, je suis redevable à Tony Dempster de la ferme Castlehill, près de Lockerbie, ainsi qu'à Barbara Wiedenbeck de la ferme Sonsie, qui, avec Benny Gillies, se sont assuré que mes agneaux étaient bien traités. L'ouvrage *The Galloway Shepherd* (1970) de Ian Niall fut aussi une ressource précieuse. Puisque je ne suis pas plus douée pour la pêche que pour garder les moutons, je suis heureuse d'avoir trouvé une réédition récente du livre d'Izaak Walton, *The Compleat Angler* (1653). Je me considère également choyée de compter Stephen Tweed, pêcheur émérite, au nombre de mes serviables amis. Ginia Hairston m'a aidée à mieux comprendre la race chevaline, me valant des hennissements d'approbation de Walloch et d'Hastings. Bill Holland, le ministre de la paroisse de New Abbey, et sa chère femme, Helen, m'ont accueilli dans le salon de leur manoir, pas seulement une fois, mais à *trois* reprises au cours des ans, m'offrant des renseignements historiques de grande valeur, et de délicieux plateaux de fromages de Galloway et de galettes d'avoine croustillantes.

En visitant la vieille église d'Anwoth, j'ai fait la connaissance de Carrie Peto, qui possède la nouvelle église voisine — bâtie en 1826 et qui n'a été abandonnée que récemment — et l'ancien presbytère. Non seulement cette femme généreuse m'a fait faire la visite du sanctuaire, mais elle m'a également mise en contact avec madame Katharine McCulloch, qui habite la « grande maison », comme on l'appelle en Angleterre. Sa famille est liée à la paroisse d'Anwoth depuis six siècles au moins. Un trésor intemporel, madame McCulloch.

Encore plus de renseignements utiles m'attendaient quand je suis arrivée à Ferrytown of Cree. J'offre mes plus sincères remerciements à Rosemarie Stephenson, du Gem Rock Museum, et à mon trio d'experts du Creetown Heritage Museum and Exhibition Centre — Andrew Macdonald, Val Johnson et John Cutland, historien local et auteur de *The Story of Ferrytown of Cree and Kirkmabreck Parish*. Ces personnes sont les véritables joyaux de Creetown. J'espère qu'elles me pardonneront d'avoir fait s'effondrer le pont du ruisseau Moneypool vingt ans après les faits — en 1790 plutôt qu'en 1770 —, quoique l'on m'ait dit qu'il a fallu attendre jusqu'en 1809 la fin de sa reconstruction.

Joignez-vous donc à moi pour une visite virtuelle de la campagne écossaise qui sert de toile de fond à *L'honneur d'un prince*, incluant toutes les églises où Rose a déposé ses piécettes d'or volées, en visitant mon site internet* : www.LizCurtisHiggs. com. Vous y trouverez un guide de lecture de la Bible examinant les passages sur lesquels ce roman est basé — la Genèse 31-33, 35 —, ainsi qu'une liste de mes livres de référence sur l'Écosse, des notes historiques additionnelles, des commentaires de lecteurs, des liens vers mes sites internet préférés, une discographie de musique celtique et des bandes sonores qui m'inspirent quand j'écris, en plus de quelques délicieuses recettes écossaises.

Rien ne me fait plus plaisir que de rester en contact avec mes lectrices et mes lecteurs. Si vous désirez recevoir mon bulletin, *The Graceful Heart*, imprimé et expédié une fois par an, ou recevoir un ex-libris gratuit pour ce roman, veuillez m'écrire à l'adresse suivante :

Liz Curtis Higgs
P.O. Box 43577
Louisville, KY 40253-0577

Ou visitez mon site internet :
www.LizCurtisHiggs.com

Merci pour votre soutien. Plusieurs autres romans historiques se déroulant en Écosse sont en préparation. Venez me rejoindre dans l'île brumeuse d'Arran, décor de l'histoire de Davina dans *Trouver grâce à tes yeux*, à paraître. D'ici là, chères lectrices, chers lecteurs, vous êtes ma bénédiction !

Liz Curtis Higgs

À paraître

La grâce à tes yeux

« Autant Davina est une virtuose du violon, autant Liz Curtis Higgs est un maître de la littérature. »
— Teresa Medeiros, auteure de best-sellers du *New York Times*

Vallée de loch Trool, printemps 1808

Davina McKie est une jolie jeune fille de dix-sept ans, brillante et musicienne talentueuse. Incapable de parler depuis son enfance, elle est couvée par ses belliqueux frères cadets, Will et Sandy, qui se sont juré de protéger leur sœur muette.

Quand les garçons sont contraints de quitter la vallée, Jamie McKie conçoit le projet d'égayer l'été de sa fille en accompagnant Davina à l'île d'Arran. Ses cousines l'accueillent au presbytère, et la paroisse se réjouit de l'arrivée de cette violoniste talentueuse.

Mais quand elle capte le regard d'un séduisant jeune Highlander à la veille du solstice d'été, Davina, surprotégée jusqu'alors, n'est pas préparée aux événements bouleversants qui s'ensuivent.

Une histoire intemporelle de passion et de vengeance, de perte d'innocence et de rêves brisés, *Trouver grâce à tes yeux* explore la douleur d'une honte sans nom et le don de la grâce infinie.